JORGE VOLPI

Né à Mexico en 1968, Jorge Volpi a étudié le droit et les lettres avant d'être lecteur en Espagne, à l'université de Salamanque, où il a obtenu un doctorat en philologie hispanique. Il a donné des cours à Atlanta et a travaillé au script d'un film de Louis Mandoki (*Pour l'amour d'une femme*). Nommé attaché culturel à l'ambassade du Mexique à Paris en 2001, il est l'auteur de plusieurs romans et d'un essai. Chef de file du groupe "crack", dont l'objectif est de faire évoluer la littérature en langue espagnole, il préconise une écriture plus simple, plus concise et une ouverture à d'autres centres d'intérêt, notamment à l'Europe, considérée presque comme une contrée exotique. *À la recherche de Klingsor*, couronné du prix Biblioteca Breve en 1999 (attribué par le passé à de grandes figures de la littérature hispanophone comme Mario Vargas Llosa, Carlos Fuentes ou Juan Marsé), a été traduit en dix-neuf langues. C'est son premier livre paru en France. En 2001 et en 2003, *Jours de colère* et *La fin de la folie* ont également été publiés en France.

A LA RECHERCHE
DE KLINGSOR

JORGE VOLPI

A la recherche de Klingsor

Traduit de l'espagnol (Mexique)
par Gabriel Iaculli

PLON

Titre original :
EN BUSCA DE KLINGSOR

ISBN : 2-266-11847-1

A Adrián, Eloy, Gerardo,
Nacho et Pedro Ángel,
autres conspirateurs

« La science est un jeu, mais qui se joue contre la réalité, à couteaux tirés… Quand quelqu'un a découpé soigneusement une image en mille morceaux, on peut reconstituer le puzzle, si l'on est capable de remettre les pièces en place. Dans un jeu scientifique, l'adversaire, c'est le bon Dieu. Il est maître du jeu et des règles du jeu, qui ne sont pas toutes connues. Il nous en laisse une partie à découvrir, à déterminer. L'expérimentation est l'épée trempée que l'on peut opposer victorieusement aux démons de l'obscurité mais qui peut aussi nous valoir une défaite honteuse. Le doute repose sur quelques lois immuables établies par Dieu et d'autres qui semblent issues de notre paresse intellectuelle ; le résultat n'est possible qu'en dépassant cette limite. C'est sans doute alors que le jeu est le plus passionnant. Parce que, dans ce cas, nous affrontons l'obstacle imaginaire dressé entre Dieu et nous, un obstacle qui peut-être n'existe pas. »

ERWIN SCHRÖDINGER.

Avant-propos

« Éteignez-moi ces lumières ! »

Cette parole, lancée d'une voix amère et éraillée, ramène pour un instant le monde à l'âge glacé des ténèbres. L'espace alentour est une goutte d'encre de Chine où le silence souligne les franges de pénombre ; pendant quelques secondes, personne ne l'applaudit, personne ne le trompe, personne ne l'insulte. Même les horloges, obéissantes, se sont tues. La mort, sans doute, n'est guère différente de cet instant. Ce n'est qu'au moment où l'écho de sa voix s'éteint qu'il s'avise que l'univers dans lequel il vit ne lui appartient plus.

« Reprenons, ordonne-t-il. Je veux le voir encore une fois ! »

L'opérateur s'exécute : il fait défiler, retourne et enclenche la bobine. Le mécanisme poussif se met en marche. Attentif, le Führer perçoit les cliquetis qu'égrène le projecteur. L'obscurité et sa colère se dissipent. Un rayon puissant traverse la salle et va se loger dans l'écran comme une balle dans la poitrine de l'ennemi. Il peut maintenant distinguer les volées de marches, les plis des rideaux, les rangées de fauteuils de la salle de projection qui devient, comme chaque nuit, la ligne de feu.

Les éclats de lumière se dispersent sans ordre ni accord dans toute la pièce ; ils se logent sur les murs et les tapis, collent à ses lèvres et à ses oreilles, se tordent avec ses mèches de cheveux et vont enfin se lover dans les recoins ; la salle est maintenant une réplique du monde. Devant lui, les clartés et les ombres opèrent leur sacrifice sanglant, reproduisent des visages et des agonies, concèdent une existence d'emprunt à des corps qui n'existent plus depuis longtemps. Avec l'enthousiasme de l'enfant qui écoute de nouveau son histoire préférée, Hitler se délecte pour la énième fois du spectacle.

L'enchaînement des causes et des effets a entamé son cycle, rituel célébré selon l'inspiration dans laquelle le plongent les nouvelles du front : à un coup succède un gémissement ; à une blessure un flot de sang ; au repos, la mort… Ce bain quotidien, nocturne, retour au châtiment qu'ont subi ses adversaires, est pour lui une thérapie plus qu'un divertissement morbide. Il lui arrive de se dire qu'il ne trouvera pas le sommeil avant d'avoir pris quelques gouttes de cette drogue visuelle et inoffensive. Il connaît par cœur chaque tableau, chaque scène, chaque séquence, et il attend qu'ils se reproduisent comme l'admirateur attend le premier baiser de ses vedettes préférées.

« Bravo ! » Le cri jaillit de ses lèvres énormes, en gros plan.

Ainsi accueille-t-il l'œuvre qu'il a lui-même réalisée et censurée, le film, toujours le même, qu'il regarde chaque jour à la même heure, avec pour toute compagnie le pâle *Gruppenführer-SS* à qui a été confiée la charge honorifique d'opérateur du bunker. Dans cette œuvre d'art où la justice se confond avec l'Histoire, il voit une beauté sublime — un paysage beaucoup plus grandiose que ceux qu'il a peints à l'aquarelle au temps de son adolescence —, engendrée par le jeu sournois de ses détracteurs et la fidélité sans faille de ses bourreaux.

« Bravo ! » hurle-t-il encore, comme si une caméra faisait passer à la postérité sa gingivite et ses dents cariées. « Bravo ! » gémit-il en une lamentable parodie d'orgasme, le seul qu'il connaisse, tandis que les dernières scènes déversent sur ses pupilles les lambeaux de chair à peine humains qu'ont laissés les tortures.

Enfin, le projectionniste rallume la salle, en espérant que la mélancolie violente du Führer sera enfin apaisée. Celui-ci demeure coi face à l'écran vide, indifférent aux bombes qui, de minute en minute, détruisent des dizaines d'immeubles du vieux Berlin. Ce n'est qu'à ces moments privilégiés qu'il peut oublier la déroute.

« Encore ! »

La gloire est morte : cela fait des mois qu'il ne sort plus dans les rues pour recevoir les acclamations de son *Volk*[1] et il se souvient à peine du beau matin où ses bottes ont foulé les allées des jardins parisiens. Il doit à présent se contenter d'être un individu anonyme — pareil aux milliers d'autres qui, par sa faute, meurent d'un bout à l'autre de l'Europe —, obsédé par le leurre de l'écran, seul et unique espace où son pouvoir demeure intact. Les lumières s'éteignent et le *Gruppenführer-SS,* fort de ses talents d'artilleur, arrose une nouvelle fois la cible. Il met sans doute dans le mille tandis que le Führer se cale dans son fauteuil.

Le 20 juillet 1944, un groupe d'officiers supérieurs de la Wehrmacht, l'armée du Reich, soutenu par des dizaines de civils, a attenté à la vie de Hitler pendant que celui-ci assistait à une réunion de travail au quartier général de Rastenburg, à environ six cents kilo-

1. Peuple. *(N.d.T.)*

mètres de Berlin. Un jeune colonel, mutilé lors d'un combat en Afrique du Nord, le comte Claus Schenk von Stauffenberg, avait introduit deux bombes dans une sacoche qui fut placée sous le bureau de Hitler, et avait attendu non loin de là que l'engin explose pour mettre en branle un coup d'État qui devait en finir avec le gouvernement nazi et tâcher d'arrêter la guerre.

Une infime erreur de calcul — un rien : une des bombes qui ne put être activée ou une distance un peu trop grande entre la sacoche et l'endroit où le Führer s'était assis — fit capoter le complot. Hitler s'en tira avec quelques égratignures et aucun des chefs suprêmes de l'armée ou du parti nazi ne fut grièvement blessé. Les conspirateurs eurent beau essayer de mener à bien leur projet sans avoir atteint le premier objectif, dès les premières heures du lendemain, la situation était de nouveau contrôlée par les nazis. Les principaux chefs rebelles — Ludwig Beck, Friedrich Olbricht, Werner von Haeften, Albrecht Ritter Mertz von Quirnheim et Stauffenberg, bien entendu — moururent le soir même au quartier général de la Bendlerstrasse, à Berlin, et toute une série d'arrestations fut aussitôt ordonnée par le *Reichsführer* Heinrich Himmler, promu ministre de l'Intérieur.

A la grande surprise de ceux qui étaient visés et de ceux qui ne l'étaient pas, le complot incluait des généraux et des colonels, des hommes d'affaires et des diplomates, des membres des services de renseignements de l'armée de terre et de la marine, des artisans et des commerçants. Fidèle à sa théorie du sang impur, Himmler fit arrêter non seulement ceux qui étaient directement mêlés au complot, mais aussi leurs familles. Fin août 1944, près de six cents personnes avaient été appréhendées pour avoir soutenu les conspirateurs ou tout simplement parce qu'elles étaient liées à eux.

Hitler, furieux, décida d'exercer des représailles exemplaires contre ceux qui s'étaient opposés à lui au pire moment de la guerre. Quelques semaines à peine s'étaient écoulées depuis le début du débarquement allié en Normandie, et déjà se manifestaient ceux qui voulaient sauver leur peau et compromettre ainsi le destin du Reich. Il avait l'intention de lancer un grand procès, comme ceux que son ennemi, Staline, avait organisés à Moscou en 1937, afin d'étaler aux yeux du monde la bassesse des accusés. Hitler convoqua à son quartier général, la Tanière du Loup, Roland Freisler, le président du Tribunal du Peuple, et même le bourreau chargé d'exécuter les hautes œuvres, et il les prévint : « Je veux qu'ils soient tous pendus et taillés en pièces comme des animaux de boucherie ! »

Les procès commencèrent le 7 août dans la grande salle du Tribunal du Peuple, à Berlin. Huit accusés comparurent alors : Erwin von Witzleben, Erik Hoepner, Helmut Stieff, Paul von Hase, Robert Bernardis, Friedrich Karl Klausing, Paul Yorck von Wartenburg et Albrecht von Hagen. On leur interdit de porter une cravate et des bretelles, et les avocats de la défense eux-mêmes leur demandèrent de plaider coupables. Flanqué de deux énormes bannières nazies, Freisler n'eut de cesse d'étouffer leurs protestations. Nul ne devait entendre leur voix. Leur infamie n'était que trop évidente : Freisler condamna sans réserve les huit accusés à mort. Puis, il s'adressa à eux en ces termes :

« Nous pouvons maintenant retourner à la vie et au combat. Le *Volk* s'est purgé de vous et il est à nouveau pur. Nous n'avons rien en commun avec vous. Nous, nous luttons. La Wehrmacht crie : *Heil, Hitler !* Nous crions : *Heil, Hitler !*, nous qui nous battons aux côtés de notre Führer, qui marchons derrière lui, pour la gloire de l'Allemagne ! »

Le 8 août, les détenus furent conduits dans les sous-sols de la prison de Plötzensee. Hitler interdit qu'on leur accordât la consolation des sacrements ; il voulait les châtier corps et âme. On leur laissa à peine le temps d'ôter leurs vêtements pour endosser la tenue de prisonnier et chausser de vieilles socques de bois. Dans cet accoutrement, ils traversèrent les couloirs de la prison et entrèrent dans la salle des exécutions, derrière un long rideau noir.

Un cameraman a suivi les huit accusés, dès le début. Il a filmé leurs corps nus, pendant qu'ils changeaient de vêtements ; il a filmé leur peur, leur dignité, leur épouvante, leurs regards fiers ou douloureux ; il a filmé les cicatrices des tortures qu'ils avaient subies au cours de la quinzaine précédente ; leurs faux pas tout au long du couloir ; leur passage derrière le lourd rideau noir où les attendent la potence et la mort. Chacun de leurs mouvements est enregistré, dans les moindres détails, sur ordre exprès du Führer, qui n'allait évidemment pas leur faire l'honneur d'assister à leur exécution, mais qui désirait voir leur fin, seul, après coup.

Les tréteaux sont plantés. Quand le premier des protagonistes fait son entrée — un individu dégingandé et pâle, aux cheveux ébouriffés, aux socques répugnantes, souillées par la boue immonde du couloir —, deux puissants projecteurs s'allument. Brusquement, l'atmosphère semble être devenue pure, ou du moins acquiert un éclat qui le suggère. Les yeux de l'homme étincellent, un instant, aveuglés par la lumière qui va les changer en cendres. Son visage reflète la honte ; il sait que la postérité le contemple tel qu'il est. Autour de lui, une petite cour accompagne ses derniers instants : le procureur, le gouverneur de Plötzensee, quelques officiers et, en plus du cameraman, une demi-douzaine de journalistes.

Sur l'ordre du gouverneur, le bourreau s'approche du condamné. On voit, en plan américain, cet homme sévère et d'une froideur de marbre tendre la corde

— faite de cordes de piano résistantes — avec laquelle il s'apprête à pendre sa victime. On voudrait, pour l'intensité dramatique, que le *metteur en scène**[1] fasse un gros plan sur les mains calleuses du bourreau qui ne tremblent pas, ou sur les gouttes de sueur qui coulent aux commissures des lèvres du condamné, mais l'étincelle de génie d'une Leni Riefenstahl manque, à cette occasion. On doit se contenter de simples prises de vues d'une sobriété mesquine, de formes d'une propreté anodine. Le bourreau délie les mains du prisonnier, le pousse sur une petite estrade puis lui passe le nœud coulant autour du cou. Un instant, le condamné ressemble à une statue de la défaite. C'est le moment où la pièce — pardon, je voulais dire le film — est à son paroxysme dramatique. Une seconde de silence, pendant laquelle le temps se fige dans les glaces, accentue la tension. Personne ne bouge, ne fait le moindre geste, dans l'attente du signal du gouverneur.

Sur un geste à peine perceptible, le corps de l'accusé se met à glisser, tout doucement, en une sorte de pas de danse, dans le vide. La caméra capte avec soin la moindre étape de l'agonie, qui peut durer quelques minutes : tout d'abord, l'expression d'horreur clouée dans le regard, puis les hématomes violacés qui apparaissent autour du nœud coulant, puis les halètements et les émissions de salive et de sang qui sortent de la bouche et du nez de l'acteur et, pour finir, les spasmes violents — mais quel jeu ! — qui évoquent ceux d'un énorme esturgeon tiré de l'eau par un pêcheur émérite. La victime se balance, scène inoubliable, comme le marteau d'une cloche battant l'air qui l'encercle.

Pour surprendre et réjouir le public, il ne manque

1. Les mots en italique suivis d'un astérisque sont en français dans le texte. *(N.d.T.)*

plus que le *coup de théâtre** magistral : le puissant nedoit pas seulement vaincre ses ennemis, il doit aussi les ridiculiser, faire comprendre à tous que nul n'a assez d'envergure morale pour s'opposer à lui. D'un signe de la main, le gouverneur relance l'expectative. Le bourreau sourit, s'approche du cadavre et, d'un geste, lui baisse le pantalon. Avec une délectation pornographique, la caméra engloutit le sexe flasque et rabougri de la victime, montrant, par cette métaphore, la faiblesse extrême de ceux qui s'opposent aux desseins du Führer.

Les deux jambes nues, longues et noueuses, d'une blancheur extrême, et la timide touffe obscure du pubis déclenchent les applaudissements rageurs de Hitler, qui salue ainsi, une fois encore, cette trouvaille digne du meilleur cinéma expressionniste. Il ne s'agit pourtant que de la fin du premier épisode. Les bourreaux et le personnel de la prison méritent bien un petit moment de détente, que la caméra n'omet pas d'enregistrer : tous se dirigent vers une table, se servent un verre de cognac pour trinquer au triomphe de la mort. Pendant ce temps, le cadavre est dépendu et emporté en lieu sûr, où il sera incinéré. Ses cendres voleront dans le vent. Par bonheur, il reste encore sept exécutions à venir ! Le Führer regarde sa montre et se rengorge.

Quand on est venu m'arrêter, le 5 septembre, j'étais chez moi, Ludwigstrasse, à travailler sur certains calculs que m'avait demandés Heisenberg quelques semaines auparavant. Depuis que l'on avait entendu Hitler annoncer à la radio, le 20 juillet, que le coup d'État était manqué et que la Providence avait heureusement permis au Führer de rester en vie, je savais que le temps m'était compté. J'avais suivi avec une angoisse croissante les événements subséquents : l'exécution de Stauffenberg et de ses amis les plus proches, l'annonce des jugements au Tribunal du

Peuple, et toute la série d'arrestations massives qui s'étaient succédé.

J'avais tâché de garder mon calme. Mais, en apprenant que Heini, Heinrich von Lütz, mon ami d'enfance, avait été arrêté, je compris que mon tour n'allait pas tarder à venir. Que pouvais-je faire ? Fuir, quitter l'Allemagne ? Me cacher ? Nous étions dans les plus rudes mois de la guerre, c'était impossible. Il ne me restait qu'à attendre aussi tranquillement que possible qu'un SS ou quelqu'un de la Gestapo fasse irruption chez moi, dans le meilleur des cas. Comme je l'avais prévu, les sicaires s'étaient rapidement présentés, m'avaient passé les menottes et conduit à Plötzensee.

Freisler avait déjà fait pleuvoir des dizaines de condamnations à mort quand je fus traduit devant le Tribunal du Peuple de Bellevuestrasse le 3 février 1945. Ce jour-là, cinq prisonniers devaient être jugés. Le premier à comparaître était Fabien von Schlabrendorff, avocat et lieutenant de réserve accusé de collusion avec divers meneurs de la résistance aux nazis. Il avait été arrêté peu après le 20 juillet et interné depuis lors en camp de concentration, à Dachau, puis à Flössenburg. Selon son habitude, Freisler interrompait la procédure pour se moquer des accusés, il nous traitait de porcs et de traîtres en hurlant que l'Allemagne ne remporterait la victoire — la victoire en 1945 ! — que si elle se montrait capable d'éliminer les vermines comme nous.

Alors se produisit ce que j'aurais pris — si je n'avais été là pour le voir — pour un mensonge ou un miracle : les sirènes d'alarme retentirent, une lumière rouge s'alluma dans la salle, le silence céda la place à un rugissement et, quelques instants plus tard, une succession interminable d'explosions secouait l'édifice du Tribunal. Depuis ces derniers mois, les pilonnages faisaient partie de la vie quotidienne, à Berlin, si bien que chacun essayait de garder son calme en attendant la fin de l'alerte, sans se douter qu'il ne s'agissait pas d'une attaque aérienne comme les autres, mais du bombardement allié le plus intensif depuis le début de la guerre. Avant même que nous eussions pu nous en aviser, une déflagration formidable avait soufflé le toit du Tribunal du Peuple. Un rideau de fumée et de poussière s'abattit sur la salle ; on aurait dit une tempête de neige. Le plâtre tombait des murs comme du talc, mais les dégâts semblaient s'arrêter là. Il ne restait plus qu'à attendre la reprise de la procédure, ou que le juge décidât de la remettre au lendemain. Alors, le vacarme nous fit lever les yeux : un morceau de pierre énorme était tombé sur l'estrade, à côté de laquelle gisait le crâne du juge Roland Freisler, coupé en deux ; un ruisseau de sang couvrait son visage et s'écoulait sur l'acte de la sentence suprême prononcée contre Schlabrendorff. A cette exception près, nul n'avait été blessé.

Les gardiens de service se précipitèrent dans la rue pour courir chercher un médecin et revinrent quelques instants plus tard accompagnés d'un petit homme en jaquette, qui s'était mis à l'abri des bombes sous le porche du Tribunal. Aussitôt qu'il se fut approché du cadavre, le médecin déclara qu'il ne pouvait rien faire : Freisler était mort sur le coup. Nous, les accusés, nous étions restés à nos places, stupéfaits, sous l'œil haineux des gardiens qui nous surveillaient sans savoir que faire. C'est alors que retentit la voix aigre du médecin : « Je refuse. Je ne le ferai pas. Je regrette. Vous pouvez m'arrêter, si vous voulez, mais je ne signerai pas le certificat de décès… Appelez quelqu'un d'autre. » Par la suite, nous avons appris que le médecin s'appelait Rolf Schleicher, et que son frère, Rüdiger, qui travaillait à l'Institut de réglementation aéronautique, avait été condamné à mort par ce même juge quelques semaines auparavant.

Après la mort de Freisler, le jugement fut maintes fois reporté. Les pilonnages des Alliés dévastaient la ville. Dès mars 1945, les transferts d'une prison à une autre se succédèrent, jusqu'à ce qu'une unité nord-américaine nous rende la liberté quelques jours après la capitulation. Contrairement à ce qui était arrivé à la plupart de mes compagnons et de mes amis, j'avais survécu.

Le 20 juillet 1944, dans l'après-midi, un hasard favorable avait sauvé Hitler. Si Stauffenberg avait pu faire éclater la deuxième bombe à retardement, si la sacoche piégée s'était trouvée plus près du Führer... Au cours de la matinée de ce 3 février, un autre hasard favorable me sauva, moi. Si j'avais été jugé un autre jour, si le bombardement n'avait pas commencé juste à ce moment-là, si le morceau de pierre était tombé quelques centimètres plus près ou plus loin, si Freisler s'était jeté à terre ou mis à l'abri... Je ne saurais dire, aujourd'hui encore, s'il est judicieux et justifié d'établir une relation entre les deux faits. Je me demande pourquoi je m'obstine, si longtemps après les faits, à établir un lien entre des coups du sort qui, en principe, n'ont rien à voir entre eux. Pourquoi ils sont pour moi toujours liés, comme s'ils étaient la manifestation d'une seule et même volonté. Pourquoi je ne veux pas admettre que ces rapports ne cachent rien, pas plus que les malheurs de l'homme. Pourquoi je m'accroche encore et toujours à cette idée de destin, de fatalité, de mauvais sort.

Sans doute parce que d'autres coïncidences, non moins terribles, m'ont forcé à écrire ces pages. Si je me hasarde à rapprocher des faits qui n'ont apparemment aucun rapport entre eux — que Hitler ait échappé à la mort et moi aussi, par exemple —, c'est parce que jamais auparavant l'humanité ne s'était aventurée aussi loin dans le désastre sous toutes ses formes. Contrairement à ce qui s'est produit tout au long du passé, notre époque s'est acharnée à faire le jeu sournois du chaos, à démontrer que rien ne saurait résister à son empire. Je voudrais ici révéler la trame de ce malheureux siècle. De *mon* siècle. Montrer à ma manière comment le hasard a gouverné le monde et comment nous, les hommes de science, avons vainement essayé d'endiguer sa furie. Et je voudrais en même temps évoquer ici quelques destinées : la mienne, avec tout le cortège de souffrances que j'ai endurées en un peu plus de quatre-vingts ans, mais aussi les destinées de ceux qui, toujours par hasard, se sont trouvés à mes côtés. Je caresse parfois l'idée que je suis le fil conducteur de ces destinées, que mon existence, ma mémoire et ces lignes, par conséquent, ne sont que les prolégomènes d'une théorie aussi importante qu'inextricable qui intégrerait tous les liens qui nous unirent. Peut-être mon projet paraîtra-t-il trop ambitieux au lecteur, trop incertain, voire déraisonnable. Tant pis. Maintenant que la mort vient tous les jours me faire une visite, que j'ai perdu toute espérance et que je n'ai plus devant moi que le chemin qui me conduit à ma fin dernière, c'est la seule tâche qui puisse justifier ce que je fus.

Professeur Gustav Links,
Mathématicien à l'université de Leipzig,
10 novembre 1989.

LIVRE PREMIER

Lois de la mécanique narrative

Loi I

Toute narration a été écrite par un narrateur

Cette assertion, qui semble aussi tautologique que tout à fait idiote, est plus profonde qu'on ne veut bien l'admettre. Pendant des années, on nous a fait croire que quand nous lisions un roman ou un récit écrit à la première personne — ceci seulement à titre d'exemple, parce que notre ouvrage n'appartient ni à l'un de ces genres ni à l'autre —, personne ne se chargeait de nous conduire par la main jusqu'aux devinettes de la trame, mais que celle-ci, par magie, se donnait à nos yeux comme si c'était la vie même. C'est par ce biais que l'on se forge l'illusion qu'un livre est un monde parallèle dans lequel on s'aventure pour son plaisir. Rien de plus faux. En ce qui me concerne, j'ai toujours trouvé minables les auteurs qui cherchent à se cacher derrière ce qu'ils écrivent, comme si rien d'eux-mêmes ne filtrait dans leurs discours et le choix de leurs mots, et ce à seule fin de nous endormir avec une dose de prétendue objectivité. Je ne suis sans doute pas le premier à signaler ce piège douteux, mais je tiens à exprimer mon désaccord avec les efforts honteux que font certains auteurs pour cacher les traces de leurs crimes.

COROLLAIRE I

Pour les raisons précédemment évoquées, je tiens à préciser que je suis bien l'auteur de ces pages, un être de chair et de sang, comme toi, lecteur ; mais, toutefois, qui suis-*je* ? Comme on peut le lire sur la couverture de ce livre — si un éditeur se donne la peine de le publier —, je m'appelle Gustav Links. Quoi d'autre ? Écartez-moi un instant de votre esprit pour jeter un nouveau regard sur la page de titre. C'est clair : ce livre a été achevé — je ne dis pas : écrit — en 1989. Quoi encore ? Le peu que j'ai raconté jusqu'ici : j'ai participé au complot manqué contre Hitler du 20 juillet 1944, j'ai été arrêté et jugé, mais le *fatum*, à la dernière minute, m'a sauvé de la mort.

J'espère que le lecteur ne me croit pas prétentieux au point de prétendre lui raconter l'ultime version de ma vie entière ; rien de plus étranger à mes intentions. Comme tant d'autres l'ont dit avant moi, je ne serai que le guide qui les conduit au fil du récit ; je serai un Serenius, un Virgile vieux et sourd qui se risque à guider les pas de ses lecteurs. Poussé par le sort, la fatalité, l'histoire, le hasard ou Dieu — que le lecteur choisisse — j'ai dû participer aux événements que j'évoque. Je jure n'avoir d'autre intention que de mériter la confiance du lecteur, voilà pourquoi je refuse de le tromper en lui faisant croire que je n'existe pas et que je n'ai pas été mêlé aux épisodes transcendantaux qui vont suivre.

Loi II

Tout narrateur présente une vérité unique

Je ne sais si le lecteur a jamais entendu parler d'Erwin Schrödinger. En sus d'être un grand physicien — qui découvrit la mécanique ondulatoire —, une intelligence supérieure et l'un des principaux personnages de cette histoire, c'était une sorte de Don Juan caché dans un corps de maître d'école malingre (j'en parle maintenant à mon aise, mais, quand j'ai fait sa connaissance, je ne me serais jamais permis semblable familiarité). Il portait de petites lunettes rondes très amusantes et il était toujours entouré de femmes d'une grande beauté ; mais voilà qui est pour l'instant un peu prématuré. Je me laisse entraîner, je bouscule la chronologie sans pouvoir m'en empêcher. Certes, une idée semblable était venue aux sophistes de la Grèce classique et à Henry James, au siècle dernier, mais c'est mon bon Erwin qui a jeté les bases d'une théorie de la vérité que je trouve particulièrement satisfaisante. Je ne vais pas l'exposer en détail mais me contenter, pour le moment, de dire un mot sur l'une des déductions inattendues que l'on peut en tirer : *je suis ce que je vois.* Qu'est-ce que cela signifie ? Une évidence : la vérité est relative. Tout observateur — peu importe qu'il se penche sur un électron en mouvement ou sur l'univers entier — est le complément de ce que Schrödinger a appelé le « paquet d'ondes » provenant du phénomène observé. L'interaction entre le sujet qui observe et l'objet observé produit une combinaison indéfinissable qui conduit à la conclusion sans surprise que tout esprit est, en pratique, un univers.

Corollaire II

Les conséquences de l'affirmation précédente s'imposent, aussi claires que des gouttes de rosée — et c'est là l'une des plus vieilles excuses que l'on connaisse de mémoire d'homme : la vérité est *ma* vérité, un point c'est tout. Les « états d'onde » quantiques produits par mon observation sont uniques et immuables, ils résultent de tout un tas de théories — principe d'incertitude, théorie de la complémentarité, principe d'exclusion — que je ne vais pas exposer à présent, si bien que nul ne peut prétendre que sa vérité vaille mieux qu'une autre. Répétons-le : cela étant, je ne puis que jouer mon jeu, qui peut paraître inacceptable, faux et même trompeur, non point parce que je le veux, mais de par une loi de la physique à laquelle on ne peut se soustraire. Je n'ai donc pas à m'en justifier.

Loi III

Tout narrateur a une raison de narrer

Le problème des axiomes, c'est qu'ils paraissent toujours si insupportablement évidents qu'il en est qui croient pouvoir devenir mathématiciens du jour au lendemain. Drôle de recours. Enfin : si nous acceptons la Loi I, qui affirme que tout texte a un auteur, et la Loi II, qui montre que cet auteur est maître d'une vérité exclusive, cette nouvelle norme devient d'autant plus ennuyeuse : si les choses ne naissent pas de rien, c'est parce que quelqu'un soutient qu'il doit en être ainsi. Je sais qu'en ce qui concerne le monde, il n'en va pas de même — il ne semble pas, du moins, que nous saurons bientôt pourquoi quelqu'un a eu l'idée de le créer —, mais je ne suis pas responsable de l'incertitude qui existe hors de ces pages. Il faut extirper cette maudite tentation théologique des critiques littéraires — et scientifiques, bien évidemment — qui veut que les textes soient des versions actualisées de la Bible. Aucun auteur n'est semblable à Dieu — je puis vous le garantir —, aucune page n'est une mauvaise imitation de l'arche d'alliance ou des Evangiles. Et, bien entendu, les homoncules esquissés à l'encre ne sont pas non plus des créatures à notre image. Notre amour des métaphores peut nous conduire aux situations les plus fausses. A la différence de ce qui se passe dans l'univers — mystère des mystères —, on écrit toujours les livres pour quelque motif, aussi négligeable qu'il puisse être.

COROLLAIRE III

Mais que le lecteur ne soit pas pour autant certain qu'il découvrira facilement les miens. La recherche scientifique — du moins celle à laquelle je me suis consacré pendant des années et qui semble bien être, à présent, sur le point d'aboutir — n'a jamais ressemblé à la préparation d'une tarte selon la recette de grand-mère. J'aurais bien aimé qu'il en fût ainsi ! Combien de complications ne me serais-je pas épargnées ! Alors, pas trop d'impatience : je ne vais pas vous dévoiler d'un trait mes intentions. Elles sont là, mais je n'arrive pas à y mettre bon ordre. Avec un peu de patience, le lecteur finira bien par les découvrir. Qu'il se souvienne de Schrödinger : pour qu'il y ait véritablement compréhension, il faut qu'il y ait une interaction entre l'observateur et l'objet observé, et je me trouve à présent dans cette dernière catégorie (quelque peu inconfortable). Que le lecteur en profite, comme je l'ai fait avec tant d'autres œuvres, pour analyser les effets qui lui sont présentés et essayer d'en découvrir les causes. C'est là la clé de la réussite scientifique. Je pourrais lui faciliter la tâche en affirmant que je désire établir ma propre version des faits, lui présenter mes conclusions ou tout simplement établir *ma* vérité, mais à mon âge vénérable — plus de quatre-vingts ans, comme je l'ai dit, pèsent sur mes épaules —, je ne suis pas sûr que ces raisons puissent me satisfaire. Si l'on m'avait demandé mon avis, à ce propos, il y a une quarantaine, voire une vingtaine d'années, j'aurais adhéré sans hésiter aux thèses qui précèdent. Mais à présent, sachant que ma vieille et sombre compagne peut se jeter sur moi à tout instant, maintenant que chaque respiration me coûte un effort surhumain, que les activités qui, pour le lecteur, font partie du quotidien — manger, prendre une douche, déféquer — sont pour moi des sortes de miracles, je ne peux guère être certain que mes convictions, à cet égard, n'aient pas changé. Ce sera au lecteur, s'il accepte le défi — mon Dieu, que tout cela est ampoulé, mieux vaudrait dire : le jeu —, de déterminer si j'ai eu raison ou non.

Crimes de guerre

Quand le lieutenant Francis P. Bacon, ancien agent de l'OSS — service secret américain de l'époque — et consultant scientifique attaché aux forces d'occupation des États-Unis en Allemagne arriva à Nuremberg le 15 octobre 1946 à huit heures, personne ne vint l'accueillir. Quand Bacon descendit du train, la gare était pour ainsi dire déserte ; il n'aperçut nulle part Gunther Sadel, membre du service de contre-espionnage, adjoint au général de brigade Leroy H. Watson, responsable de l'enclave nord-américaine, qui aurait pourtant dû, comme convenu, le conduire à l'endroit où devaient avoir lieu les exécutions des criminels de guerre nazis.

Après quelques minutes d'attente, incapable de contenir son irritation, le lieutenant demanda ce qui se passait aux agents de la police militaire qui surveillaient la gare. Pas un ne fut capable de lui répondre. Hormis quelques ouvriers — pour la plupart des prisonniers de guerre, des *Pows,* comme on les appelait — qui trimaient à réparer les voies, nul ne semblait disposé à remuer le petit doigt. Bacon aperçut deux officiers et, un peu plus loin, le chef de gare, mais il s'avisa qu'ils ne pourraient rien faire pour lui eux non plus. Il ne lui restait plus qu'à se rendre au palais de justice.

Il était furieux. Les rafales du vent d'automne lui fouettaient le visage. Les rues étaient tout aussi désertes que la gare, comme si l'on redoutait encore une alerte aérienne. Bacon, offensé, n'accordait même pas un regard à la ville en ruine — berceau des fameux Maîtres chanteurs et, tout récemment encore, orgueil et siège du pouvoir nazi ; elle avait été détruite de fond en comble par onze bombardements des Alliés peu avant la capitulation ; les pierres amoncelées aux abords des endroits où se dressaient naguère des églises, des palais et des statues n'étaient pour lui que des obstacles sur son chemin, des malheurs bien mérités, des pertes sur lesquelles il était inutile de se lamenter. Pas un seul instant il ne songea qu'à quelque distance s'était trouvé le musée le plus important d'Allemagne ni que la petite maison où Albrecht Dürer avait vécu jusqu'à sa mort, en 1528, était à présent réduite en cendres.

Nuremberg n'était pour lui que l'un des odieux sanctuaires nazis où des milliers de jeunes gens, fiers de leurs chemises brunes, de leurs bannières ornées d'aigles et de leurs énormes flambeaux avaient acclamé Hitler, à l'heure où ils adoraient les svastikas, qui, pareilles à des araignées préhistoriques lovées dans leurs œufs, se détachaient sur les drapeaux rouges flottant devant les édifices publics de toute l'Allemagne. Tous les ans, au mois de septembre, se déroulait à Nuremberg le grand festival du parti nazi — le *Nationalsozialistische Deutsche Arbeiterpartei* —, et c'était aussi la ville que le Führer avait choisie pour promulguer en 1935 les lois antisémites. De plus, c'est là qu'étaient conservées comme symboles du pouvoir aryen les *Reichskleinoden* et les *Reichsheiligtümer,* anciennes reliques impériales que Hitler avait soustraites à la Hofburg de Vienne après l'annexion de l'Autriche, parmi lesquelles figurait la fameuse lance de Longin. Dans l'esprit de Bacon, les millions de Juifs morts à Auschwitz, Dachau et autres camps de concentration, comme on l'avait démontré au cours des réunions du Tribunal militaire international, étaient la seule bonne raison de pleurer et d'avoir honte, et non pas le juste châtiment infligé à l'un des bastions du Troisième Reich.

Bacon venait d'avoir vingt-six ans, mais, depuis son arrivée en Europe, en février 1943, il s'était efforcé de paraître plus mûr, plus fort, plus rude. Il voulait rayer d'un trait de plume les faiblesses qui l'avaient jusqu'alors tourmenté et qui avaient contribué dans une certaine mesure à le faire expulser des États-Unis. Il ne voulait plus de l'homme respectueux, sincère et raisonnable qu'il avait pu être : voilà pourquoi il avait accepté cette mission et abandonné ses travaux scientifiques à l'Institut des hautes études de Princeton ; c'était un moyen de canaliser ses désirs de vengeance et de se prouver qu'il n'était plus le même. Il avait bien l'intention de démontrer qu'il faisait partie des vainqueurs, sans se permettre la moindre compassion envers les vaincus.

Vu de loin, Bacon ne se distinguait pas des quelques soldats américains qui patrouillaient dans le secteur. Il avait des cheveux châtain sombre, coupés très court, des yeux clairs et un nez fin dont il s'était toujours senti très fier. Il portait l'uniforme avec prestance — ou plus exactement avec une certaine rigidité —, de manière à bien afficher son grade, indifférent aux souffrances d'autrui. Sur son épaule, un sac à dos de l'armée contenait à peu près tout ce qu'il possédait : des vêtements de rechange, quelques photographies sur lesquelles il n'avait évidemment pas jeté le moindre coup d'œil depuis son départ du New Jersey et quelques vieux exemplaires des *Annalen der Physik,* l'une des revues les plus importantes dans sa spécialité, dérobés dans les bibliothèques qu'il avait fréquentées.

En réalité, Bacon n'était pas venu à Nuremberg dans l'intention d'assister aux exécutions — une trentaine de personnes seulement étaient admises —, mais il avait été grisé par l'invitation que lui avait adressée le général Watson, auquel l'avait recommandé le général William J. Donovan, fondateur de l'OSS et nommé pendant une quinzaine de jours avocat général adjoint aux procès de Nuremberg (Donovan s'était excusé au dernier moment, à la suite de son affrontement violent avec Robert Jackson, premier avocat général de la délégation américaine et ancien membre de la Cour suprême, qui lui reprochait de s'être entretenu avec Göring sans son autorisation). La tâche de Bacon devait être très différente et, en un sens, plus modeste : il devrait relire les minutes du procès afin de découvrir de possibles « discordances » — tel était le terme que ses supérieurs avaient employé — entre les témoignages liés au développement de la recherche scientifique pendant le Troisième Reich.

Récemment restauré sous l'autorité du capitaine Daniel Kiley, jeune architecte de Harvard qui avait aussi travaillé pour l'OSS, le palais de justice était l'un des rares édifices publics de Nuremberg qui tenaient encore debout. Arrivé dans le centre-ville, Bacon n'eut aucune peine à l'apercevoir. C'était un vaste ensemble de bâtiments avec des galeries au rez-de-chaussée, des fenêtres gigantesques et des toits pointus, qu'abritait naguère une vaste place ombragée. A l'arrière se trouvait la prison, quatre blocs rectangulaires disposés en rayons d'un demi-cercle, défendus par un haut mur surmonté de hérissons. Les prisonniers nazis avaient été rassemblés dans le bâtiment C, à quelques pas duquel s'élevait une petite construction cubique, ancien gymnase dans lequel on avait dressé la potence.

Il était neuf heures et quart quand Bacon présenta ses documents aux officiers de garde à l'entrée de la prison militaire de Nuremberg. Après avoir contrôlé son autorisation, les soldats lui annoncèrent qu'ils avaient ordre de ne laisser entrer personne — dans le gymnase, du moins — jusqu'à la fin des exécutions. Il eut beau leur expliquer qu'il avait été invité par le général Watson, ils ne bronchèrent point. Ils ne réagirent pas davantage quand il leur demanda d'aller lui chercher Gunther Sadel et se contentèrent de dire : « Ce sont les ordres du général Rickard. »

Des dizaines de reporters s'amoncelaient aux alentours. Seuls deux journalistes tirés au sort et le photographe officiel du tribunal avaient été admis dans le gymnase. Les autres devaient, comme Bacon, se contenter d'attendre que soit annoncée dans les tribunes de la presse la mort des criminels de guerre. Pour devancer leurs collègues, certains journaux avait déjà publié des articles anticipés, comme celui que le *New York Herald Tribune* avait fait paraître sur huit colonnes à la une et sous le titre :

ONZE LEADERS NAZIS PENDUS
À LA PRISON DE NUREMBERG :
GÖRING ET SES COMPÈRES PAIENT
LEURS CRIMES DE GUERRE

Les exécutions devaient avoir lieu passé midi, aussi Bacon avait-il quelques heures devant lui pour trouver quelqu'un qui l'aiderait à entrer. Il décida que la première chose à faire, c'était d'aller au Grand Hôtel, où l'on avait dû lui réserver une chambre. La malchance le poursuivait : l'employé lui dit qu'il n'y avait pas la moindre chambre libre. Bacon déclara qu'il était en mission spéciale et demanda à être reçu par l'officier le plus haut placé. Un capitaine aux abords pompeux qui semblait s'être adapté à merveille à sa nouvelle fonction de gérant d'hôtel de voyageurs trouva une solution : le lieutenant Bacon n'était pas attendu avant le lendemain, et de nombreuses chambres seraient alors libres : « Le spectacle se termine aujourd'hui, vous savez ? », mais, pour une seule nuit, on pourrait le caser dans la chambre 14, « celle qu'occupait le Führer ».

Bacon monta l'escalier et s'installa dans l'immense *suite**. Il ne restait presque rien de l'apparat nazi, mais il y avait tout de même des mois qu'il ne s'était trouvé dans un endroit aussi accueillant. Penser que ces murs, autour de lui, avaient pu abriter le Führer en personne à un moment ou à un autre lui donnait l'impression d'être victime d'une mauvaise plaisanterie. Comment aurait-il pu imaginer une chose pareille ? Qu'en penserait Elizabeth, si elle l'apprenait ? Question vaine : par bonheur ou par malheur, elle ne voulait plus rien savoir de lui. Bacon essaya le lit avec une sorte de répugnance insane, comme s'il profanait un lieu sacré. L'idée de pisser sur les meubles lui traversa l'esprit, mais il se dit aussitôt que le personnel de l'hôtel n'avait pas à faire les frais de ses fantaisies. Il se leva et se dirigea vers le cabinet de toilette : il regarda la large baignoire, le lavabo, les waters et le bidet. Sur toutes ces surfaces avait sans doute glissé la peau cireuse de Hitler ; là, il avait été nu et sans défense, il avait admiré son sexe flasque avant d'entrer dans le bain, et le trou de la cuvette avait englouti ses excréments…

Bacon, étourdi, se regarda dans le miroir : des cernes épais marquaient son visage ; en réalité, il n'avait pas seulement mûri, il avait vieilli. Il porta la main à ses cheveux et, après un examen minutieux, découvrit quelques poils blancs qui lui confirmèrent sa déchéance. Il n'était plus l'enfant, le jeune prodige, il n'était plus rien de tout ce qui l'avait tenu en marge du monde. Il ôta son uniforme, se souvint qu'il n'y avait pas si longtemps il était encore un autre homme : enfermé entre les murs immaculés de l'Institut, à Princeton, prêt à épouser une femme qu'il n'aimait pas, protégé du reste du monde comme un insecte épinglé dans une vitrine de musée... Pour scandaleuse qu'avait été sa fuite, avoir quitté l'Institut tenait pour lui du miracle, de la révélation. Il sentait, pour la première fois, que la vie était une présence palpable, loin des pupitres et des tableaux, de l'ennui des congrès et des colloques. Jamais il n'aurait cru pouvoir aimer à ce point être soldat, lutter pour son pays ; il savait à présent qu'il avait pris la bonne décision. Il aurait bien le temps, ensuite, de retourner à la science : alors, il le ferait en héros et non plus en fugitif.

Il ouvrit le robinet en s'attendant à un jet d'eau chaude, mais il n'obtint, déçu, qu'un hésitant filet d'eau tiède. « Le Führer n'aurait pas apprécié », se dit-il avec un petit rire, et il entreprit de faire sa toilette avec un gant et une savonnette neuve et parfumée. Puis il alla s'allonger sur le lit et, sans même s'en rendre compte, il tomba dans un sommeil profond. Il fit une sorte de cauchemar étouffant : il se trouvait au milieu d'un bois ténébreux où la pluie tombait et où apparaissait Vivien, la jeune Noire avec laquelle il avait eu une longue liaison clandestine à Princeton. La terre n'était pas seulement couverte de flaques d'eau ; elle devenait une sorte de marécage moussu et louche. Il mit un moment avant d'embrasser Vivien, et se rendit bientôt compte qu'il se trouvait en présence d'Elizabeth, son ancienne fiancée. « Tu as du rouge sur les lèvres, lui disait-elle en les lui essuyant avec un mouchoir. Il ne faut pas faire ça, le tançait-elle. C'est mal. C'est très mal. » Bacon tentait de s'éloigner, mais trop tard : Vivien avait disparu. Quand il s'éveilla, il était près de trois heures de l'après-midi. Il n'arrivait pas à y croire ; il avait commis la pire des erreurs, en oubliant sa mission pour se délasser entre les draps du Führer. Il s'habilla en toute hâte, dévala les escaliers et courut jusqu'aux tribunes de la presse du palais de justice.

Un peu plus tard, il apprit en même temps que le reste de l'assistance la nouvelle qui, partie des rues détruites de l'ancienne ville médiévale, allait courir le monde comme une épidémie : le *Reichsmarschall* Hermann Göring, le prisonnier nazi de plus haut rang jugé par le Tribunal militaire international, avait été trouvé mort dans sa cellule quelques heures avant celle où le sergent John Woods aurait dû exécuter la sentence qui frappait le maréchal. Les rumeurs affirmaient que Göring avait avalé une capsule de cyanure en se moquant, par ce dernier coup de théâtre, de la décision de ses juges. « Ma statue se trouvera un jour sur toutes les places et ma statuette dans tous les foyers d'Allemagne », avait-il déclaré par bravade. A son avis, l'Histoire lui rendrait justice. Dans la cellule numéro 5 de l'aile C, on trouva un tas de lettres, couvertes d'une petite écriture décidée. Dans la première de ces lettres, il expliquait les raisons de son acte :

> À la Commission de contrôle alliée :
>
> Je ne verrais pas d'objection à ce que l'on me fusille. Mais je ne faciliterai pas la pendaison du Reichsmarschall d'Allemagne ! Pour l'honneur de l'Allemagne, je ne puis le permettre. Plus encore, je ne me sens pas tenu par la moindre obligation morale de me soumettre au châtiment de mes ennemis. Pour cette raison, j'ai choisi de mourir comme le grand Hannibal.

Dans une autre lettre adressée au général Roy V. Rickard, membre de la Commission quadripartite chargée de veiller aux exécutions, Göring reconnut qu'il avait toujours eu en sa possession la capsule de cyanure. C'est aussi ce qu'il écrivit à sa femme :

« Après avoir mûrement réfléchi et recommandé mon âme à Dieu, j'ai décidé de me supprimer pour ne pas subir des mains de mes ennemis leur ignominieuse exécution. Les derniers battements de mon cœur iront à notre grand et éternel amour. » Enfin, il adressa quelques lignes à Henry Gerecke, le pasteur qui assistait les prisonniers allemands, pour implorer son pardon et lui expliquer qu'il agissait ainsi pour des raisons politiques.

Le lendemain, Gunther Sadel faisait part à Bacon de tout ce qu'il savait à ce sujet. La veille, c'est-à-dire le 14 octobre, le gardien de service avait noté, à 21 h 35, que le prisonnier reposait tranquillement dans son cachot après le départ du docteur Ludwig Pfluecker, qui lui avait administré un sédatif. Comme toutes les nuits précédentes, un soldat montait la garde devant la cellule, avec l'ordre de ne pas lâcher le prisonnier des yeux jusqu'au matin ; c'était enfin la *dernière* nuit qu'il devait passer à veiller ainsi. De son côté, le colonel Burton Andrus, responsable de la prison, coupait toute communication entre la prison et le reste du monde. Les gardiens avaient la permission d'appeler le central pour connaître, à la fin de chaque tour de batte, les résultats de la finale de la Coupe du monde de base-ball qui se disputait à ce moment-là.

Tout à coup, quelqu'un réclama les bons offices du pasteur Gerecke. C'était le sergent Gregori Timishin qui appelait à l'aide : il arrivait quelque chose à Göring. Le pasteur courut jusqu'à la cellule et ne trouva plus du *Reichsmarschall* encore si bien portant la veille qu'une dépouille, dans un état tel que tout secours était superflu. Le regard qui avait séduit tant d'hommes et de femmes, qui avait imposé le respect à ses geôliers et provoqué leur colère, se perdait maintenant dans l'infini : un seul de ses yeux s'obstinait à rester ouvert. Son teint rose était devenu verdâtre et son corps — il avait perdu une vingtaine de kilos depuis sa capture — avait l'air d'un ballot intransportable. Gerecke lui prit le pouls et dit seulement : « Seigneur, cet homme se meurt. » Quand les principaux membres de l'état-major arrivèrent, il était trop tard : par couardise ou par orgueil, Göring les avait vaincus. La cellule sentait l'amande amère.

Bacon ne pouvait en croire ses oreilles. Le misérable leur avait faussé compagnie au dernier moment. Il n'était pas le seul membre des forces alliées à se sentir déçu. Certains journaux allèrent même jusqu'à titrer leurs manchettes :

GÖRING TRIOMPHE DE SES BOURREAUX

« Où diable a-t-il trouvé cette capsule ? demanda Bacon à Sadel.

— C'est la question que tout le monde se pose, répondit le jeune homme. On a fait une enquête approfondie, et, jusqu'à présent, on n'accuse encore personne. Andrus est effondré, ajouta-t-il en songeant au directeur de la prison. Il y en a beaucoup qui disent que c'est sa faute, tu sais, ce n'est pas le premier prisonnier qui se suicide. Je crois que personne n'aurait pu l'empêcher…

— Tout de même ! Göring ! Et la veille de son exécution, encore ! C'est incroyable… » Bacon remuait la tête d'un côté à l'autre et se lamentait : « Et si c'était le médecin allemand ?…

— Pfluecker ? Ça m'étonnerait, fit Sadel, en expliquant : Il aurait difficilement pu le faire. Les gardes le fouillaient attentivement avant de le laisser entrer dans les cellules, et le comprimé qu'il a donné à Göring n'était qu'un tranquillisant… Non, le maréchal devait l'avoir dans ses affaires, au vestiaire, et quelqu'un se sera chargé de la lui apporter…

— Qui pourrait vouloir aider ce porc ? s'exclama Bacon en faisant craquer ses doigts.

— Ce n'est pas aussi simple qu'il y paraît. Je n'ai pas eu affaire à lui, mais parmi ceux qui l'ont approché, beaucoup disent que c'était quelqu'un, le vieil Hermann. Tout au long du procès, des Allemands mais aussi des Américains ont sympathisé avec lui. Il était trop cynique et mordant pour se faire haïr... »

L'explication parut curieuse à Bacon, surtout venant d'un jeune homme tel que Sadel. Il était à moitié juif, il avait dû s'enfuir d'Allemagne à treize ans et gagner les États-Unis pour y retrouver son père. Depuis lors, il était resté sans nouvelles de sa mère, qui avait été forcée de divorcer et de demeurer à Berlin ; il ne savait même pas si elle était morte ou vivante. En rentrant en Allemagne, le général Watson, qu'il accompagnait, lui avait permis de la rechercher. Cette femme était à présent un témoin à charge au cours des procès.

« Le premier suspect, c'est Tex Wheelis, reprit Sadel. L'officier responsable du vestiaire. On dit qu'il était très lié à Göring, et qu'il aurait pu l'aider. Mais on ne peut rien prouver. Les grosses têtes veulent en finir une fois pour toutes avec cette affaire. Ils considèrent qu'il s'agit d'un accident, et qu'il faut s'en tenir là.

— Un *accident*, dis-tu ? » Bacon sentait à chaque instant son impatience croître. « Des centaines de gens ont bossé pendant des mois pour lui passer la corde au cou et il réussit à leur échapper au dernier moment... Le suicide de Hitler à Berlin, c'est un accident, ça aussi ? Et la "solution finale" ? Il ne t'arrive pas de te dire que tout ça n'a servi à rien ? Que nous luttons contre un mal qui nous dépasse ?

— Les Juifs ont permis de faire éclater la vérité au grand jour, mon lieutenant. Ils ont montré au monde ce qu'était véritablement le Troisième Reich, afin que nul ne puisse ignorer les atrocités commises. Qui pourrait nier l'horreur des camps nazis, des chambres à gaz et des millions de morts, après avoir vu ces photographies ?

— Et avec ce qui vient de se passer, vous croyez que nous connaîtrons vraiment la vérité, un jour ? On n'a d'autre vérité que celle en laquelle on peut croire. »

Le lendemain matin, le lieutenant Bacon put voir de loin les corps exsangues des onze chefs nazis que l'on emportait dans des camions de l'armée suivis d'une escorte de voitures et de soldats en armes vers le cimetière d'Ostfriedrichhof, à Munich, où ils devaient être incinérés. Chaque cadavre était enveloppé dans un sac étiqueté, sous un faux nom. On raconta aux Allemands responsables du crématoire qu'il s'agissait de soldats américains tombés au combat : il fallait éviter qu'apparussent par la suite des reliques de ces hommes. Nul ne devait donc pouvoir établir un rapport quelconque entre ces cendres et les chefs nazis condamnés par le Tribunal militaire international à Nuremberg : Joachim von Ribbentrop, ministre des Affaires étrangères ; Hans Frank, gouverneur des Territoires occupés de Pologne ; Wilhelm Frick, protecteur de Bohême et de Moldavie ; Alfred Jodl, commandant en chef de la Wehrmacht ; Ernst Kaltenbrunner, chef de la Sûreté générale et adjoint de Himmler ; Wilhelm Keitel, chef d'état-major de la Wehrmacht ; Alfred Rosenberg, philosophe officiel du régime et ministre des Territoires occupés de l'Est ; Fritz Sauckel, directeur du Programme de travail obligatoire ; Arthur Seyss-Inquart, procureur général de Hollande ; Julius Streicher, directeur du journal *Der Stürmer* et, bien entendu, Hermann Göring, *Reichsmarschall,* chef de la *Luftwaffe,* l'armée de l'air, qui dans la hiérarchie du Reich venait en deuxième position, juste après Hitler.

La ville parut soudain reprendre son souffle. La mission était remplie, bien que nul ne s'estimât satisfait des résultats obtenus — les Soviétiques, qui, d'emblée, avaient manifesté leur désaccord devant les formes de procédure adoptées par les Nord-Américains et les Anglais, les accusaient même à présent d'avoir permis à Göring de se suicider. Quelques procès de moindre importance restaient encore à venir, mais les projecteurs de l'actualité mondiale n'étaient plus braqués sur la salle du palais de justice. Cependant, comme je l'ai dit, le lieutenant Francis P. Bacon n'était pas venu à Nuremberg pour assister aux exécutions, mais pour remplir une tout autre mission répondant beaucoup mieux à ses aptitudes scientifiques.

Vers le milieu de la guerre, Bacon, qui travaillait alors à l'Institut des hautes études de Princeton, avait pris la décision de s'engager dans l'armée. En 1943, il était envoyé en Angleterre pour établir un contact avec les scientifiques britanniques, et, en 1945, rattaché à la mission *Alsos,* dirigée par un autre physicien, le Hollandais Samuel I. Goudsmit, chargé de rassembler toutes les informations disponibles sur le programme scientifique allemand — la recherche nucléaire, en particulier — et de s'emparer des scientifiques qui s'en occupaient.

Une fois sa mission terminée, Bacon aurait pu retourner aux États-Unis, mais il préféra poursuivre sa collaboration avec la Commission de contrôle alliée, qui gouvernait l'Allemagne occupée, en tant que consultant en divers domaines liés à la science. Enfin, début octobre 1946, quelques jours après que le Tribunal militaire international de Nuremberg eut prononcé ses dernières sentences contre les accusés nazis, Bacon fut convoqué par les services secrets de l'armée pour examiner une partie des dossiers extraits des procès et préparer un compte rendu sur les informations essentielles qui s'en dégageaient. Le léger indice qui avait éveillé l'intérêt de l'armée était le suivant :

Le 30 juillet 1946, avait commencé dans la salle principale du palais de justice du Nuremberg le procès contre sept organisations allemandes : la direction du parti national-socialiste, le cabinet du Reich, l'échelon de protection (SS), la police secrète (Gestapo), le service de sécurité (SD), la section d'assaut (SA), et le haut commandement militaire du Reich. Au cours des semaines précédentes, le Tribunal avait ordonné que ce procès fût annoncé dans toute l'Allemagne, de manière que toute personne concernée pût porter témoignage. Plus de trois cent mille réponses parvinrent au palais de justice ; sur la foi de ces témoignages, six cent trois membres des organismes susmentionnés furent conduits à Nuremberg en tant que témoins potentiels. En définitive, la cour reçut les déclarations de quatre-vingt-dix d'entre eux, des SS, pour la plupart, qui déclarèrent n'avoir commis aucune action condamnable pendant l'exercice de leur fonction.

C'est l'un de ces témoins qui éveilla l'attention des services secrets américains. Au cours du procès on appela à la barre un petit bonhomme, Wolfram von Sievers, président de la Société de sauvegarde du patrimoine allemand dont, comme on l'apprit par la suite, dépendaient les bureaux de la Ahnenerbe, c'est-à-dire du département de recherche scientifique secrète SS. Von Sievers était un individu extrêmement nerveux et, pendant toutes les heures qu'il passa assis sur le banc des témoins, il ne cessa de se frotter les mains et les joues, littéralement trempées de sueur. Il butait sur les mots, se répétait, bégayait, donnait du fil à retordre à l'équipe chargée de la traduction simultanée qui participait pour la première fois à un procès au tribunal de Nuremberg.

En répondant à l'un des magistrats, Von Sievers fit la première de ses déclarations fort singulières : d'après un accord passé avec Himmler, les SS étaient chargés d'envoyer dans son laboratoire des crânes « juifs-bolcheviques » à fin d'examen. Quand on lui demanda expressément s'il savait comment les SS obtenaient ces crânes, Von Sievers répondit qu'il s'agissait de ceux de prisonniers de guerre du front de l'Est qui étaient exécutés à cette fin. « Et quel était l'objet de ces recherches ? » demanda ensuite l'avocat général. Les propos de Von Sievers devinrent une fois encore incompréhensibles. Il bafouillait. Enfin, pressé par les juges de s'expliquer, il se lança dans un long exposé brouillon sur la phrénologie et l'évolution physique des races anciennes. Il divagua, mêlant les Toltèques et l'Atlantide, la supériorité aryenne et les endroits magiques comme l'Agartha et le Shambalah. Tout ce que l'on put en tirer fut que son travail consistait à démontrer l'infériorité biologique des Sémites, à étudier leur évolution physiologique au cours du temps, et à trouver le moyen le plus efficace d'éliminer leurs défauts.

Quand il se tut, Von Sievers avait tout l'air de l'un des crânes qu'il avait étudiés. Le blanc de ses yeux n'était plus qu'une masse gélatineuse sur le point de fondre et ses mains étaient agitées d'un tremblement irrépressible. L'avocat général commençait à désespérer. Il n'avait aucunement l'intention d'approfondir la nature des travaux exécrables du professeur Von Sievers — qui devait plus tard être jugé et condamné pour crimes contre l'humanité —, mais il voulait mettre en évidence les atrocités commises par les SS et par le gouvernement nazi pour mener à bien leurs recherches.

« Qui vous procurait le matériel pour ces travaux, professeur Von Sievers ?

— Les SS, je vous l'ai dit, bredouilla celui-ci.

— Était-il habituel que les SS vous chargent de semblables tâches ?

— Oui.

— Et vous dites que vous étiez financé par les SS ?

— Oui, directement.

— Que voulez-vous dire par “directement”, professeur ? », s'enquit l'avocat général, pensant entrevoir une piste qui le mènerait dans la direction où il voulait aller.

Von Sievers tenta de s'éclaircir la gorge.

« Hum, toutes les recherches scientifiques qui s'effectuaient en Allemagne passaient d'abord par la Commission de contrôle du Conseil de la recherche scientifique du Reich. »

L'avocat général avait atteint son but. C'était là ce qu'il voulait entendre. Le Conseil de la recherche scientifique du Reich était présidé, comme tous les organismes qui en dépendaient, par le *Reichsmarschall* Hermann Göring.

« Merci, professeur, dit alors le magistrat. J'ai terminé. »

Contre toute attente, Von Sievers ajouta une phrase qui, après délibération des magistrats, fut effacée des minutes du procès sur une protestation des avocats de la défense. Toutefois, sur la transcription que les services secrets de l'armée avaient transmise à Bacon, la phrase n'avait pas été supprimée, et le lieutenant la lut avec le plus grand intérêt, car elle était soulignée en rouge :

« Pour l'attribution des fonds, tout projet devait être approuvé par le conseiller scientifique du Führer. Je n'ai jamais pu savoir de qui il s'agissait, mais le bruit courait que c'était quelqu'un de très connu. Une éminence grise qui inspirait le respect à la communauté scientifique sous le nom de code de Klingsor. »

Quelques jours plus tard, la salle d'audience était bondée, signe évident que le grand premier rôle des procès, le maréchal du Reich Hermann Göring, allait comparaître devant ses juges. En veston blanc — tenue célèbre qu'il portait à son heure de gloire —, rubicond et hautain, Göring était l'âme de ces jugements. Dispos et serein, avec cette pointe d'impertinence que seules confèrent des années d'autorité incontestée, il affrontait ses interlocuteurs comme s'il eût dicté ses Mémoires. A ses meilleurs moments, il faisait preuve d'un humour corrosif et subtil ; mais, dans ses mauvais moments, on eût dit une bête en cage, prête à mordre jusqu'à son avocat. Otto Stahmer, son défenseur, se chargea de monter le petit numéro suivant :

« Avez-vous jamais donné l'ordre d'effectuer des expériences médicales sur des êtres humains ? »

Göring poussa un grand soupir :

« Non.

— Connaissiez-vous le docteur Rascher, qui a été accusé de pratiquer des expériences scientifiques sur des cobayes humains au camp de Dachau pour la Luftwaffe ?

— Non.

— Avez-vous donné l'ordre de réaliser des expériences épouvantables sur des prisonniers ?

— Non.

— En tant que président du Conseil de la recherche scientifique du Reich, avez-vous ordonné que soient réalisées des recherches sur les moyens de destruction massive ?

— Non. »

Sir David Maxwell-Fyfe, l'avocat général anglais, se leva :

« Vous avez été un grand pilote, dont les états de service sont impressionnants, dit-il à Göring avec courtoisie. Comment pouvez-vous ne pas vous rappeler les expériences qui visaient à évaluer la résistance des uniformes utilisés par les forces aériennes ?

— J'avais de nombreuses tâches à remplir, expliqua Göring avec tout autant de courtoisie. Des dizaines de milliers d'ordres ont été émis sous mon nom. Bien que le juge rapporteur Jackson ait prétendu que je "mangeais à tous les râteliers", je ne pouvais avoir connaissance de toutes les expériences scientifiques qui étaient réalisées dans le Reich. »

Maxwell-Fyfe produisit comme preuves un ensemble de lettres échangées entre Heinrich Himmler et le maréchal de camp Erhard Milch, assistant de Göring. Dans l'une de ces lettres, Milch remerciait Himmler du soutien qu'il avait apporté à la réalisation des expériences du docteur Rascher sur le vol à haute altitude. L'un des documents mentionnait qu'un prisonnier juif avait été transporté à 29 000 pieds de hauteur sans oxygène. Le sujet avait expiré au bout de treize minutes.

« Est-il possible, avait demandé Maxwell-Fyfe, qu'un officier de haut rang, directement sous vos ordres, comme Milch, ait eu connaissance de certaines expériences, et pas vous ?

— Les affaires dont j'étais responsable étaient classées en trois catégories, expliqua Göring, souriant presque : "urgentes", "importantes" et "de routine". Les expériences conduites par le Contrôle médical de la Luftwaffe appartenaient à la troisième catégorie et ne dépendaient pas de moi. »

Personne ne fit plus allusion à l'homme de science qui approuvait les projets scientifiques du Reich. Nul ne parla plus de Klingsor. Göring n'en fit jamais mention, et Von Sievers lui-même, quand on l'interrogea de nouveau, nia avoir jamais prononcé ce nom. Cette allusion fortuite était tout ce que Bacon possédait pour travailler.

Le lieutenant ferma brusquement le dossier.

Hypothèse : de la physique quantique à l'espionnage

HYPOTHÈSE 1

Sur l'enfance et la jeunesse de Bacon

Le 10 novembre 1919, le *New York Times* publiait en première page la nouvelle suivante :

LUMIERES COURBES
DANS LES CIEUX

Les scientifiques plus ou moins
surpris par les résultats
des observations de l'éclipse

TRIOMPHE DE LA THÉORIE D'EINSTEIN

Les étoiles ne sont pas où elles semblaient être
ou là où l'on avait calculé qu'elles étaient
mais nul ne doit s'en inquiéter.

UN OUVRAGE ADRESSÉ À 12 SAVANTS

Personne d'autre au monde ne peut
le comprendre, a dit Einstein quand
ses éditeurs l'ont accepté.

Albert Einstein avait quarante ans, mais c'était pourtant la première fois que son nom apparaissait dans ce journal new-yorkais. Près de quinze ans avaient passé depuis la publication, en 1905, de son premier article sur la relativité spatiale, intitulé « Sur l'électrodynamique des corps en mouvement », dans lequel apparaissait la fameuse formule $e = mc^2$, et quatre années depuis sa dernière étude sur la relativité générale, mais c'est seulement à ce moment-là que le grand public découvrit son importance. Dès lors, Einstein devint une sorte d'oracle, un symbole des temps nouveaux, et chaque parole qu'il prononça fut reprise par les journaux du monde entier. Il y avait à peine quelques mois que le traité de Versailles qui mettait fin à la Grande Guerre était signé, et le monde avait changé. Partout sur le globe on avait l'impression qu'une ère nouvelle commençait pour l'humanité et Einstein s'imposait comme le prophète à qui s'adresser pour demander conseil. Dans une lettre envoyée à son ami Max Born, l'un des premiers interprètes de la théorie de la relativité, il s'en plaignait avec la vanité discrète qu'il pouvait afficher : « Comme l'homme de la fable qui changeait en or tout ce qu'il touchait, tout se change, dans mon cas, en tapage journalistique. »

Entre 1916 et 1917, Einstein avait cherché un moyen de prouver la théorie de la relativité générale. Malheureusement, les procédés permettant de démontrer qu'il avait vu juste étaient rares. L'un d'eux était de mesurer la courbure de la lumière à l'approche d'une masse importante, ce qui ne pouvait se réaliser que pendant une éclipse de soleil. Mais l'Europe était alors en guerre et les communications entre les savants allemands et ceux du reste du monde avaient été interrompues. Seuls quelques rares physiciens purent prendre connaissance des objectifs d'Einstein, qui dut attendre la fin des hostilités pour trouver quelqu'un capable de confirmer ses suppositions.

Dès avant la guerre, Einstein était entré en contact avec Sir Arthur Eddington. Quand il put de nouveau lui écrire, le célèbre astrophysicien anglais fut enthousiasmé à l'idée de pouvoir vérifier par expérience la théorie de la relativité. On fixa avec précision la date et l'heure à laquelle la mesure serait effectuée, le 29 mai 1919, quelques mois seulement après la signature de l'armistice ; on pourrait alors assister, de tout point proche de l'équateur, à une éclipse de soleil exceptionnelle. Au début de cette même année, Eddington obtint un soutien de mille livres de l'astronome de la cour d'Angleterre, Sir Franck Dyson, pour son voyage vers l'équateur.

Eddington organisa deux expéditions, l'une qui s'établirait dans l'île du Prince, sur la côte occidentale de l'Afrique, et qu'il dirigerait lui-même, l'autre à Sobral, au nord du Brésil. Selon ses prévisions, les deux emplacements étaient parfaits pour pouvoir mesurer la déviation de la lumière stellaire aux abords de la lune. D'après les calculs d'Einstein, cette déviation devait être de 1 745 secondes d'arc, le double de ce que prévoyait la physique traditionnelle. Avec le soutien de Dyson, Eddington partit pour l'île du Prince en mars.

Le 29 mai, jour de l'éclipse, Eddington se réveilla dès l'aube pour constater, déçu, que l'île était couverte d'une épaisse couche de nuages qui avait bien l'air de vouloir faire échouer son projet. Après tant de préparatifs et d'efforts, la nature allait le mettre en échec. Il ne lui restait plus qu'à espérer, en guise de consolation, que l'équipe de Sobral obtiendrait des résultats, mais cela ne mit pas l'astronome de meilleure humeur. Eddington ne courait pas après la gloire que pouvait lui valoir l'expérience, mais il désirait être le premier à comprendre la nouvelle idée du monde. Comme si l'on cherchait à se moquer de lui, quelques minutes plus tard se déchaîna la plus terrible tempête qu'il eût vue de sa vie. Les coups de tonnerre éclataient à ses oreilles comme des salves d'artillerie. Si les choses continuaient ainsi, la seule courbure qu'observerait l'astronome serait celle des cocotiers ployés par l'ouragan. Les télescopes, les appareils photo et les autres instruments de mesure, inutiles et vains face aux explosions du ciel, allaient rester à l'abri des éléments déchaînés.

A une heure et demie de l'après-midi, alors qu'Eddington était sur le point de céder au découragement, le miracle se produisit : les nuages s'éloignèrent, chassés par un vent frais et persistant. Eddington bouscula son équipe : il ne restait que huit minutes avant le début de l'éclipse. Tous ceux qui l'entouraient croyaient qu'il allait leur être donné de contempler l'histoire de l'univers condensée en quelques secondes : le soleil se montra, flamboyant et fier, pour être englouti presque aussitôt par les ténèbres de sa rivale, la lune. Dans un crépuscule inconcevable, les oiseaux étourdis retournaient à leurs nids tandis que les singes et les sauriens s'apprêtaient à dormir avant l'heure habituelle. Un silence inquiet imprégnait par magie cette nuit passagère. Avec un synchronisme parfait, les caméras saisirent cet instant.

Pendant les trois jours qui suivirent, Eddington s'enferma dans une chambre obscure improvisée pour développer les seize photogrammes obtenus et pouvoir ensuite effectuer les calculs nécessaires. Aussitôt que les premières images apparurent dans le révélateur, pareilles à des fantômes perdus dans les eaux, l'astronome sut qu'il avait réussi. Après avoir vérifié et revérifié les mesures, il sortit de son refuge aussi fier qu'un évêque qui couronne un nouveau roi. Le résultat était frappant, malgré une marge d'erreur insignifiante. Einstein avait triomphé. Quelques semaines s'écoulèrent encore avant que l'annonce de cette victoire ne fasse le tour du monde. Ce fut seulement le 10 novembre 1919, cinq mois après l'expérience, que le *New York Times* publia la nouvelle.

Comme s'il voulait être le premier hôte de ce nouvel univers, au matin de ce même jour, à 7 h 30, naquit dans le petit hôpital de Newark du New Jersey, non loin de Princeton, un enfant qui serait peu après baptisé sous le nom de Francis Percy Bacon, fils de Charles Drexter Bacon, propriétaire des magasins Albany, et de Rachel Richards, son épouse, fille du banquier Raymond Richards, de New Canaan, dans le Connecticut.

C'est par un après-midi de juillet que sa mère décida de lui apprendre à compter. Avec la même voix impassible qu'elle prenait pour lui raconter les histoires d'anges et de bêtes, elle lui dévoila le secret du calcul en lui expliquant chaque opération comme s'il s'agissait d'une nouvelle station du chemin de croix ou de l'un des psaumes qu'elle mêlait à ses prières. Derrière les vitres, le premier orage d'été faisait frémir le feuillage des arbres ; le martèlement violent de la pluie leur rappelait la présence de Dieu et l'étendue de sa miséricorde. Ce jour-là, Frank fut pourvu d'un remède contre les orages et il apprit, de plus, que les nombres sont meilleurs que les hommes. A la différence des êtres humains (il songeait aux colères subites de son père, ou à la hauteur distante de sa mère), les nombres sont dignes de confiance : ils n'ont ni versatilité ni sautes d'humeur, ils ne trompent ni ne trahissent, ils ne s'attaquent pas aux faibles.

Bien des années passèrent avant qu'il n'apprenne, pendant une forte fièvre, que l'arithmétique cache des petites manies, des dérèglements, et ne constitue pas, comme il l'avait cru de prime abord, une communauté immuable. Le petit Frank découvrit pour la première fois dans son délire les passions secrètes qui l'animent, après que le médecin l'eut frictionné avec de la glace. Comme tous les hommes qu'il avait connus jusqu'alors, les nombres se battaient entre eux avec un acharnement qui n'admettait pas les défaites. Par la suite, toute la diversité de leurs comportements se dévoila à lui : ils s'unissaient entre parenthèses, s'accouplaient en se multipliant, s'annulaient dans les soustractions, édifiaient des palais sur les solides pythagoriciens, dansaient d'un extrême à l'autre de la vaste géométrie euclidienne, inventaient des utopies dans le calcul différentiel et se condamnaient à mort dans l'abîme des racines carrées. Leur enfer était encore pire : il ne se situait pas au-dessous de zéro, dans les chiffres négatifs — simplification détestable, enfantine —, mais dans les paradoxes, les anomalies et le triste spectre des probabilités.

Dès lors, les inventions des nombres furent sa grande consolation : c'était en elles que se trouvait, pour lui, la seule vraie vie. Seuls ceux qui ne cherchaient pas à les comprendre — comme son père et les médecins — pouvaient croire que c'étaient là des créatures perverses et ambitieuses. Il n'était pas vrai que les chiffres lui dévoraient le cerveau et lui faisaient considérer le monde comme une conjecture mathématique maladroite. Il n'était pas plus vrai qu'ils n'obéissent qu'aux règles de la logique, rebelles aux lois des hommes. Il ne pouvait tout simplement pas se résigner à abandonner le royaume de la géométrie pour retourner à celui, sordide, du foyer.

La première fois qu'il fut ravi par les démons de l'algèbre, Frank avait cinq ans. Sa mère le trouva dans la cave, claquant des dents en pleine gelée de novembre, le regard rivé sur la tuyauterie. De ses lèvres coulaient des filets de salive écumante et son corps avait la consistance du chanvre. Le neurologue consulté déclara que le seul remède était la patience. « C'est comme s'il était endormi », ajouta-t-il, incapable d'expliquer le phénomène proche de l'hypnose ou de l'autisme. Un jour et demi s'écoula avant que la prédiction du médecin ne se réalise. Frank sortit de son lit comme un papillon de sa chrysalide. Sa mère, qui sommeillait près de lui, car elle le veillait depuis le début de cette maladie, l'embrassa, convaincue que son amour l'avait sauvé de la mort. Quelques minutes plus tard, quand il put enfin s'exprimer, l'enfant la détrompa : « Je cherchais la solution d'un problème », déclara-t-il à la surprise de tous. Puis il sourit : « Et je l'ai trouvée. »

Frank possédait un trésor, le souvenir du seul cadeau que son père lui eût jamais fait. Il devait alors avoir six ans. C'était dimanche et, sans dire un mot, son père s'était levé et lui avait tendu un étui en cuir noir couvert de poussière qui était resté pendant des années dans un coin de l'armoire, comme s'il s'agissait d'un legs secret, de l'unique science qu'il devait transmettre à son fils. Sous le regard ébahi de l'enfant, Charles en tira un tas de figurines diverses : dragons, samouraïs, bonzes et pagodes — qu'il s'entêtait à appeler cavaliers, pions, fous et tours —, et un bel échiquier d'ébène et de marbre qu'il s'empressa de poser sur la table du salon.

Frank fut surpris par la soudaine euphorie de son père, qui semblait tout à coup disposé à passer une partie de son temps avec lui pour lui montrer comment mettre en échec, déplacer les cavaliers ou mener ces étranges intrigues de palais appelées roques. Ce jeu permettait au vieux Charles de se remémorer ses forces anciennes, comme si ces batailles inoffensives étaient un léger remède contre celles qu'il livrait seul à ses employés.

« Très bien. Puisque tu as compris les règles, que dirais-tu de faire une petite partie ?

— Jouons », répondit aussitôt Frank.

Bien qu'il ne s'agît que d'un amusement, Charles mettait en jeu toute son énergie, prenait le tableau quadrillé pour un champ d'honneur et lançait des ordres martiaux à son fils de six ans. Après l'ouverture, il méditait longuement chaque coup comme s'il devait consulter les cartes et se concerter avec les membres de l'état-major qui l'accueillaient au garde-à-vous dans son camp imaginaire. Cette attitude inquiétait Frank, au point qu'il parvenait à peine à se concentrer sur ses bribes de stratégie. Les mains calleuses de son père, couvertes de grains de beauté et de veines proéminentes, s'emparaient des pièces avec la vigueur que l'on met à déboucher une bouteille. A chaque mouvement, mandarins et geishas paraissaient sur le point d'être réduits en poudre. Cet après-midi-là, le père de Frank, impitoyable, remporta sept victoires par d'humiliants mats en deux coups. Son caractère discipliné l'empêchait de feindre et de se laisser battre. Si son fils voulait devenir un homme, il devait accepter ces défaites avec reconnaissance. Il lui fallait apprendre à survivre dans le champ miné qu'est la vie, sortir de ses retranchements et affronter chaque jour l'ennemi.

« Une erreur de ma part », déclara Charles entre ses dents la première fois qu'il perdit, et il alluma un havane pour montrer qu'il était beau joueur, en ajoutant : « Mais il faut reconnaître que tu ne t'en es pas mal tiré. » Toutefois, le lendemain, il n'attendit pas que son fils lui propose une partie. Quand Frank rentra de l'école — il venait de fêter ses huit ans —, il trouva son père en train de disposer les pièces sur l'échiquier, non sans les avoir auparavant lustrées avec un chiffon, comme s'il passait en revue un escadron indiscipliné. « On commence ? » fit-il. Frank accepta le défi, envoya valser son cartable et s'apprêta à affronter ce qui n'était plus une simple bataille mais une guerre à outrance. Au bout de quelques heures, la victoire revenait au plus jeune : il avait gagné la première, la troisième, la quatrième et la cinquième partie, et son père la deuxième et la sixième ; désarçonné, mais avec la consolation d'avoir remporté la dernière manche, Charles déclara qu'il se faisait tard et qu'il avait mieux à faire.

Frank découvrit dans cette faiblesse paternelle ce que signifie remporter une victoire à la Pyrrhus. La succession de défaites qu'essuya Charles par la suite ne fit qu'aigrir son caractère et, à la longue, contribuer à l'accablement qui s'empara de lui quelques mois plus tard. Quand il le battait, Frank observait le regard impuissant de son père et ne pouvait s'empêcher de se réjouir de sa petite revanche. Mais le tempérament de Charles était tel qu'il ne pouvait supporter le poids de la honte. Au bout d'une année au cours de laquelle l'importance de sa défaite dépassait largement ce à quoi il s'était attendu, il préféra ne plus défier son fils. Quelques mois plus tard, un infarctus mettait fin à ses jours. Frank ne sut jamais si cet homme rancunier et mesquin avait un jour été fier de son enfant.

Jusqu'à sa neuvième année, son nom ne lui valut aucun désagrément. Sa mère, dans son désir de le voir s'intégrer à la société frivole du New Jersey, l'appelait toujours Frank, ou Frankie, et, depuis la mort de Charles, nul n'avait jamais prononcé son autre prénom, Percy, fâcheux cadeau de baptême. C'était seulement sur les documents officiels qu'il l'indiquait, d'une initiale pareille à une marque d'infamie, en espérant que personne ne lui demanderait ce qu'elle ne disait pas. Au collège, il en alla autrement. Un professeur, en première année, fut le premier à faire la remarque : « Francis Bacon ? » s'écria-t-il bien fort, sur le point d'éclater de rire. « Oui », répondit Frank, sans comprendre de quoi il retournait. Il dut dire adieu à son désir de passer inaperçu et il lui fallut se résigner, en début d'année, aux plaisanteries qu'élèves et enseignants pouvaient lancer à ses dépens.

Savoir que son nom n'était pas unique ne l'inquiéta pas outre mesure, les premiers temps : il se rassurait en songeant à tous les John, les Marie et les Robert qui courent le monde. Et puis, le nouveau mari de sa mère s'appelait Tobias Smith et n'avait pas du tout l'air traumatisé de devoir partager son nom avec des milliers de ses compatriotes. « Je suppose que vous serez vous aussi un génie, monsieur Bacon ? » lui demandait-on avec un air goguenard. Le pire, c'était encore qu'il n'en doutait pas. Mais qui donc allait admettre qu'il y eût un deuxième grand esprit lui aussi appelé Francis Bacon ? La première coïncidence semblait bannir à jamais l'idée qu'il pût y en avoir une autre, beaucoup plus improbable. Il tâchait de se défendre en faisant de son mieux, mais en l'entendant se glorifier des résultats qu'il obtenait, ses professeurs ne pouvaient s'empêcher d'en rire. On aurait dit qu'ils cherchaient à le convaincre que ses aptitudes n'étaient qu'une excentricité, une lubie, et non pas un talent véritable. Quoi qu'il en fût, ils ne manquaient pas de le comparer au véritable Bacon, comme s'il n'était qu'une copie hasardeuse et infidèle d'un original perdu.

Dire que l'enfance et l'adolescence de Bacon furent solitaires serait un euphémisme. Trop conscient des qualités qui le différenciaient des autres, il se refusait à établir tout contact autre qu'indispensable. Ses migraines constantes, qui le plongeaient dans un état de catatonie tel qu'il ne pouvait supporter la lumière et le bruit, ne facilitaient pas les rapports conviviaux. Il passait d'innombrables heures enfermé dans sa chambre à vérifier des formules et des théorèmes, jusqu'à ce que son beau-père vînt le chercher pour le conduire par la peau du cou dans la salle à manger. Sa mère se repentait presque de lui avoir appris à compter : il était impertinent et obstiné, intolérant envers ceux qu'il jugeait indignes de son intelligence.

Il oublia insensiblement les plaisanteries détestables auxquelles donnait lieu son nom pour se pencher avec un intérêt grandissant sur le scientifique anglais à qui il les devait. Il ressentait le besoin de connaître cet homonyme historique qui lui gâchait la vie. Il s'attela à cette tâche avec la passion que mettent les adolescents à étudier chaque jour leur reflet dans le miroir pour s'assurer qu'ils se font hommes. Frank surmonta la gêne qui le gagnait quand il trouvait son nom imprimé dans les livres en se répétant qu'il ne s'agissait pas de lui, et il se voua à l'étude des préoccupations de son aïeul d'emprunt. En admirant les découvertes de ce dernier, il ressentit cette démangeaison qui pousse à braver les abîmes : la découverte qu'il faisait, loin de confirmer les sous-entendus des moqueurs, scella sa vocation. L'admiration qu'il portait à son homonyme acheva de le convaincre que, même si ce n'était là qu'une erreur, son destin était lié à celui de cet homme : s'il n'était pas une réincarnation de Francis Bacon — ce à quoi il ne pouvait croire —, il tablait pourtant sur un signe du destin, car la conjonction était trop flagrante pour n'être qu'un simple hasard.

L'histoire du baron Verulam changea la vie de Francis P. Ce qu'il avait appris l'incita à poursuivre, d'une manière ou d'une autre, l'œuvre de cet homme. Pour aussi orageuses qu'eussent été ses relations avec autrui, il était passé à l'immortalité. Comme lui, Francis était en butte à l'incompréhension de ses contemporains, et il s'en consolait en se disant que sa mère, son beau-père et les rieurs du collège se repentiraient du traitement qu'ils lui réservaient. Il se sentait tout particulièrement fier de porter le nom de quelqu'un à qui on avait pu attribuer l'œuvre de William Shakespeare. Comme sir Francis Bacon, Frank s'intéressait à la science pour diverses raisons — curiosité, quête de certitudes, talent inné —, mais il reconnaissait que celle qui l'emportait entre toutes était la même pour lui et pour son ancêtre : la rancune. Vivre avec les données exactes des mathématiques était la seule manière concevable d'affronter le désordre de l'univers, dont le destin ne dépendait pas de lui. Il aurait bien aimé dire, transformant un apophtegme de son héros élisabéthain : « J'ai étudié les nombres, pas les hommes. »

Au collège, le rejet de ses semblables s'atténua peu à peu, grâce à son enthousiasme grandissant pour les lois naturelles (lesquelles incluaient, au moins en principe, une certaine admiration de l'humanité). Même si tout ce qui se produisait ne pouvait être expliqué par la raison, la science lui garantissait au moins un droit chemin vers la connaissance. L'essentiel demeurait la possibilité d'exercer un certain pouvoir sur les autres en étudiant les lois fondamentales qui régissent le monde. Sans se défaire tout à fait de son manque de confiance originel, Frank le rangea dans un recoin de sa mémoire, où il allait de moins en moins souvent fouiller.

Il se leva un matin de la meilleure, de la plus expansive humeur ; sans qu'il sût dire exactement pourquoi, il était décidé à laisser tomber les mathématiques pures, avec leurs réseaux d'abstractions et de formules insondables, pour se rapprocher de la terre plus ferme et plus concrète de la physique. Si cette décision ne dépendait pas du vœu de sa mère, qui aurait bien aimé qu'il devienne un ingénieur, au moins le rapprochait-elle du monde qu'elle connaissait. Sa tâche, à présent, n'était plus de combiner des nombres comme un schizophrène les mots, mais de s'aventurer dans les composants fondamentaux de l'univers : la matière, la lumière, l'énergie. Peut-être deviendrait-il, dans cette voie, ainsi que le désirait sa famille, quelqu'un d'utile à ses semblables. Hélas, même dans ce domaine, il trompa les espérances maternelles : de toute évidence, il était incapable de s'atteler à des problèmes concrets. Au lieu de se consacrer à l'électronique, Bacon se lança avec enthousiasme dans la branche la plus nouvelle, la plus mal assurée et la moins pratique de la physique : la recherche atomique et la toute nouvelle théorie quantique. Il n'y avait là, une fois encore, rien de tangible, les noms des objets de son étude — électrons, forces, champs magnétiques — désignaient des phénomènes aussi singuliers que les nombres.

En 1940, après s'être débattu pendant des années dans ce domaine, malgré l'opposition de sa mère et de son beau-père, Frank obtint un diplôme avec mention de l'université de Princeton pour sa thèse sur les électrons positifs. Il avait vingt et un ans et son avenir ne pouvait être plus prometteur : comme il était l'un des rares spécialistes dans ce domaine, des universités de divers États de l'Union l'avaient invité à effectuer dans leur fief son troisième cycle. Bacon était surtout attiré par trois offres alléchantes : celle du CALTECH, Institut de technologie de Californie, où travaillait Oppenheimer ; celle de l'université de Princeton, son *Alma Mater,* et celle de l'Institut des hautes études de cette même ville. Tout bien considéré, c'était cette dernière offre qui le tentait le plus. L'Institut, fondé en 1930 par les frères Bamberger — anciens propriétaires des magasins de même nom, à Newark —, n'avait véritablement commencé à fonctionner qu'au milieu de l'année 1933, et s'imposa bientôt comme l'un des centres de recherche scientifique les plus importants du monde. Parmi les professeurs se trouvaient Albert Einstein, qui s'était décidé à rester aux États-Unis après les résultats des élections qui avaient porté les nazis au pouvoir en Allemagne, et les mathématiciens Kurt Gödel et John von Neumann, pour ne mentionner que les plus célèbres.

Pendant les derniers jours de l'automne 1940, alors qu'il se dirigeait par les larges allées de l'université de Princeton vers le bureau de son chef de département, Bacon se rendait à peine compte qu'il était en train de décider de son avenir. Les frênes qui bordaient l'allée étaient pareils aux colonnes figées d'un temple dont le toit se serait peu à peu effondré. Un vent mordant soufflait, les contours des bâtiments des diverses facultés se détachaient nettement sur le ciel dégagé. L'apparence de pièce rapportée de leur style médiéval, emprunté aux universités d'Oxford et de Cambridge, n'en était que plus évidente. Dans leurs uniformes gris incommodes, professeurs et étudiants pénétraient dans ces édifices anachroniques, levant le nez dans le vent glacial qui emportait leurs couvre-chefs. Bien qu'il sût que le doyen l'avait convoqué pour une entrevue décisive, Bacon n'était pas inquiet. Il était certain que la voie de la science ne pouvait le conduire qu'au meilleur des mondes et, pour couronner le tout, depuis qu'il avait reçu deux jours auparavant la convocation de l'Institut, il croyait son avenir tout tracé.

Le nouveau doyen, en qui il vit un bout d'homme bavard, ne l'avait pas fait attendre. Assis derrière un grand bureau qui lui arrivait au milieu du torse, il tirait sans arrêt sur sa barbe poivre et sel comme s'il débrouillait l'amas des fils de la destinée. Après lui avoir tendu la main, il avait invité Bacon à s'asseoir, pris un dossier dans la pile qui se trouvait devant lui et, sans regarder son interlocuteur, s'était mis à lire à haute voix :

« Francis Bacon ? Comment oublier un nom pareil ?

Très bien… *Summa cum laude*… “Excellent travail… Analyste remarquable… Un peu lent à prendre des décisions, mais théoricien exceptionnel… En un mot, l’un des étudiants les plus brillants de sa promotion….” Que dites-vous de ces remarques ? s’exclama le doyen avec une voix de locomotive modèle réduit. Je ne vois à votre sujet que des opinions favorables, jeune homme ! Surprenant, vraiment ; surprenant… »

Bacon ne l’avait même pas entendu. Son regard errait sur la collection de revues allemandes — *Annalen der Physik, Zeitschrift für Physik, Naturwissenschaft* — occupant tous les rayons d’une bibliothèque. Hormis ces revues, le reste de la pièce remplie de vitrines et de flacons évoquait davantage un laboratoire d’entomologiste que le bureau d’un physicien. Sur une photo encadrée accrochée au mur du fond, Bacon reconnut Einstein posant en compagnie du doyen, qui avait l’air très imbu de lui-même, dressé sur la pointe des pieds à côté du découvreur de la relativité comme un écureuil prêt à grimper sur un séquoia.

« Je vous en suis très reconnaissant, monsieur.

— Mais il ne s’agit pas là de mon opinion, je lis seulement votre dossier, jeune homme. J’aurais préféré mieux vous connaître, mais cela n’a pu se faire, alors, je ne puis guère me montrer aussi élogieux que vos professeurs. Enfin, c’est comme ça, allons droit au but, si vous le voulez bien. Je vous ai convoqué pour vous faire part d’une décision que vous connaissez probablement mieux que moi.

— Je crois savoir de quoi vous voulez parler, monsieur.

— Grâce à la recommandation du professeur Oswald Veblen, l’Institut des hautes études a décidé de vous convier à vous joindre à son personnel enseignant. » Bacon ne put s’empêcher de sourire. « Bien entendu, nous préférerions que vous restiez auprès de nous, mais l'ultime décision vous appartient. Si vous choisissez d'aller chez nos voisins, je ne puis m'y opposer. Laissez-moi seulement vous préciser qu'à l'Institut, vous ne serez qu'un assistant, et non pas un futur docteur… Comprenez-vous ce que cela signifie ? Voulez-vous y réfléchir encore un peu ou avez-vous déjà pris une décision ? »

L'Institut avait tout d'abord été installé à Find Hall dans les bâtiments de la faculté de mathématiques de l'université, pendant que l'on réunissait les fonds nécessaires à la construction de l'édifice qui lui serait réservé. Dès 1939, c'était chose faite, il occupait à Fuld Hall un vaste bloc en brique rouge qui aurait aussi bien pu être un asile d'aliénés qu'un hôtel de ville, ce qui lui avait valu une certaine indépendance dans le fief universitaire. De légères rancœurs flottaient entre les deux institutions. A peine l'Institut avait-il été fondé que son premier directeur, Abraham Flexner, avait promis qu'il n'essaierait pas d'y attirer les professeurs de l'université de Princeton, mais aussi bien Veblen que le mathématicien hongrois John von Neumann, invités à l'origine par l'université, avaient fini par se joindre à son équipe.

« Je pense accepter la proposition de l'Institut, monsieur.

— Je m'en doutais », fit le doyen.

Bacon avait déjà pesé les avantages et les inconvénients que présentait cette offre. Même si l'Institut ne l'admettait pas en tant qu'étudiant diplômé, il serait, en compensation, en contact avec quelques-uns des plus grands physiciens et mathématiciens du monde. Il n'hésita pas un instant.

« Très bien, ajouta le petit homme, alors, il n'y a rien à faire. Quel âge avez-vous, jeune homme ?

— Vingt et un ans.

— Vous êtes encore bien jeune… Trop jeune. Peut-être pourrez-vous revenir sur votre décision par la suite. Il ne faut pas perdre de temps. La jeunesse est primordiale, pour un physicien. C'est une loi de la vie, injuste comme toutes les autres, et vous la connaissez bien : après la trentaine, un physicien est fini… fini. Je vous parle d'expérience…

— Je vous sais gré de vos conseils. »

Bacon songea un moment au rendez-vous qu'il avait pris avec Von Neumann, le mardi suivant, à trois heures de l'après-midi. Le doyen le tira de ses pensées :

« Je ne vous retiens pas. »

HYPOTHÈSE 2

Sur Von Neumann et la guerre

« Je m'appelle Bacon, monsieur. Francis Bacon. » Frank s'était présenté à l'Institut à l'heure convenue. Il avait mis son meilleur costume, gris souris, et une cravate aux motifs rappelant des girafes.

« Oh ! Bacon. Né le 22 janvier 1561 à York House, mort en 1626. Un maniaque, hélas. Et une intelligence délicieuse, bien sûr. Je pourrais vous réciter à l'instant d'un bout à l'autre le *Novum Organum,* mais je suppose que vous trouveriez ça lassant. Et puis, j'ai un rendez-vous auquel je ne dois pas arriver trop tard. »

Parmi les scientifiques de l'époque, nul plus que John von Neumann ne semblait avoir sondé le caractère fuyant et tourmenté des nombres. A l'université de Princeton, où il avait été pendant quelques mois professeur titulaire à la faculté de mathématiques, le jeune savant était considéré comme l'un des hommes les plus intelligents du monde et le pire professeur qui soit. Dans sa Hongrie natale, il s'était prénommé

János, puis Johann en Allemagne, si bien qu'il n'avait pas hésité à adopter la forme anglaise de son prénom, pour mieux s'adapter aux allures décontractées de son pays d'adoption, et se faisait à présent appeler Johnny von Neumann, combinant ainsi au whisky écossais la bière tchèque. Von Neumann était né à Budapest en 1903 et avait maintenant trente-sept ans, mais sa carrière d'enfant prodige avait fait de lui l'un des plus grands mathématiciens de sa génération, et, depuis quelques mois, le plus jeune membre de l'équipe de recherche de l'Institut. Bacon n'avait pas assisté à ses cours, mais il connaissait sur le bout des doigts toutes les anecdotes liées à ses excentricités qui couraient sur le campus de l'université de Princeton. Comme il allait bientôt s'en rendre compte, Neumann parlait l'anglais avec un accent qui n'avait rien à voir avec ceux des pays de l'Europe centrale, et que bien des gens estimaient d'invention. Il portait toujours un costume café au lait impeccable, qu'il ne quittait même pas pendant les mois d'été ni pendant les séjours à la campagne. En sus de sa rapidité de calcul, il avait aussi une mémoire photographique : il lui suffisait de jeter un coup d'œil sur un imprimé, de lire une fois un roman pour pouvoir ensuite les réciter par cœur, sans une erreur, d'un bout à l'autre. Il l'avait prouvé à plusieurs reprises avec la première partie de *Un conte de deux villes.*

Impatient de nature, Von Neumann détestait les étudiants : il pestait contre leur lenteur, les répétitions inutiles qu'il devait leur lancer comme un paysan le grain à ses poules et, plus encore, l'étonnement ou la terreur qui s'inscrivaient sur leurs visages quand ils tentaient de deviner la beauté de l'une de ses équations. Nul n'était capable de suivre ses cours, pour la simple raison qu'il les débitait à une vitesse supérieure à la normale ; ses étudiants avaient à peine commencé à copier la formule interminable qu'il venait de griffonner à la hâte que le vif professeur l'effaçait pour passer à la suivante, comme si le tableau était une annonce lumineuse de Broadway. Pendant son séjour à l'université, un seul étudiant avait été capable de mener à bien sa thèse de doctorat sous sa direction, et Von Neumann n'était pas prêt à renouveler l'expérience amère de devoir relire des démonstrations mal rédigées et de déchiffrer des constructions arithmétiques confuses. Voilà pourquoi, quand Abraham Flexner, alors directeur de l'Institut, l'avait invité à entrer dans son équipe en précisant que, comme tous les autres professeurs qui y travaillaient, il n'aurait pas l'obligation d'enseigner, le mathématicien, ravi, avait aussitôt accepté. Il se libérait ainsi à jamais de cette plaie que sont les freluquets incapables de distinguer Mozart de Beethoven.

« Je dois sortir. Une réunion au sommet, vous comprenez ? Avec thé, biscuits, et toutes les célébrités… bon, pas aussi célèbres que votre homonyme, bien entendu, mais suffisamment pour que je ne puisse pas me permettre de les faire attendre, suis-je assez clair ? » Il s'interrompit un instant. Il était fort, et même un peu grassouillet, avec un double menton lisse et luisant sous une barbiche taillée en pointe. Son accent était vraiment particulier. « Qu'allons-nous faire de vous, Bacon ? Désolé de vous faire attendre, je n'avais pas prévu… Que faisons-nous, dites-moi ? » Bacon essaya en vain de s'expliquer. Le discours de Neumann le faisait penser aux ratiocinations incongrues de la chenille de *Alice au pays des merveilles.* « C'est bien, c'est bien, Bacon. J'ai une idée… Demain, je donne une petite fête, voyez-vous ? Je fais ça souvent, on s'ennuie tellement, ici. Je dis toujours à ma femme qu'on devrait ouvrir un bar, comme à Budapest, mais elle ne me prend pas au sérieux, Bacon… Bon, je m'en vais. Je vous attends demain à cinq heures chez moi, avant que les autres invités n'arrivent… Une de nos petites réceptions, voyez-vous ? Pour tordre le cou à l'ennui. Vous avez dû en entendre parler, je suppose. Maintenant, il faut que je file. Désolé. Cinq heures, n'oubliez pas…

— Monsieur… dit Bacon, tentant de l'interrompre.

— C'est dit. On se penchera sérieusement là-dessus à un autre moment. Permettez. »

Après s'être bagarré pendant des heures avec une secrétaire bornée et avoir obtenu l'adresse de Von Neumann, Bacon arriva au rendez-vous, 26, Westcott Road, avec sa ponctualité habituelle. Deux employés sortaient des plateaux de victuailles d'une camionnette garée devant l'entrée, puis les portaient dans la cuisine avec un élan méthodique d'ouvrières chargées du stock alimentaire de la fourmilière. Bien qu'il n'eût pas osé y faire allusion, Bacon avait bel et bien entendu parler des raouts organisés par Von Neumann, auxquels se rendaient la plupart des grands personnages de la scène intellectuelle de Princeton. On disait qu'Einstein s'y montrait dans les grandes occasions. On sentait partout une atmosphère de guerre — c'était un an avant l'attaque de Pearl Harbor —, mais les gens s'efforçaient de démontrer que la vie continuait ou, autrement dit, essayaient de profiter des derniers instants de plaisir avant la catastrophe.

Il appuya sur le bouton de sonnette et attendit quelques secondes, en vain. Décidé, il entra dans la maison à la suite de l'un des livreurs, puis se mit à appeler à mi-voix le professeur Von Neumann ; nul, à plus d'un mètre de lui, n'aurait pu l'entendre. Quelques minutes passèrent avant qu'une servante, remarquant sa présence, ne montât prévenir le mathématicien. Von Neumann apparut bientôt, à moitié habillé, la veste sur le dos, la cravate pendant à son bras.

« Bacon !

— Oui, monsieur.

— Allons, allons, encore vous. » Il s'assit dans un fauteuil et fit signe à Frank d'en faire autant de son côté. Puis il entreprit de boutonner son gilet avec ses doigts boudinés. « Ce n'est pas que votre insistance me choque, mon ami, non, mais il ne faut tout de même pas oublier les bonnes manières. Je me prépare à recevoir des invités, voyez-vous ? Vous conviendrez avec moi que le moment est mal choisi pour parler physique…

— Mais c'est vous qui m'avez demandé de venir, Monsieur…

— A d'autres, à d'autres, Bacon. » Il nouait maintenant sa cravate. « Mais enfin, puisque vous êtes ici, ce ne serait pas gentil de vous laisser repartir les mains vides, n'est-ce pas ? Les manières, mon ami ; voilà ce qui manque aux Nord-Américains… Il n'y a là aucune attaque personnelle, je vous l'assure, mais je commence à en avoir assez, de tout ça. » Von Neumann regardait Frank comme un pathologiste le cadavre qu'il dissèque. « Je suppose que je dois me prononcer sur votre admission à l'Institut, c'est bien ça ? Votre avenir est entre mes mains… C'est une responsabilité terrible, mon jeune ami, terrible. Comment veulent-ils que je sache si vous êtes un génie ou un crétin ?

— Je vous ai envoyé mon curriculum, monsieur.

— Vous êtes physicien, c'est ça ?

— Oui, monsieur.

— Première maladresse, fit Von Neumann dans sa barbe. Le fait que j'aie écrit quelques pages sur la théorie quantique ne vous autorise pas à penser qu'il est de mon devoir d'évaluer le premier balourd venu qui étudie le sujet, ne croyez-vous pas ? Mais ne faites pas cette tête-là, mon ami, ce n'est pas vous que je vise, non… Toutefois, j'ai bien peur que ces imbéciles ne m'aient rien envoyé du tout. » Von Neumann se leva de son siège pour aller se servir un vol-au-vent aux champignons. Réflexion faite, il saisit le plateau, s'approcha de Bacon et le lui présenta ; mais ce dernier refusa la bouchée. « Pouvez-vous le croire ? Rien. Le pire, Bacon, c'est encore que je devrai émettre dans quelques jours un jugement sur votre compte devant le comité. Comment allons-nous nous y prendre ?

— Je ne sais pas, monsieur.

— J'ai trouvé ! s'exclama-t-il aussitôt, enthousiasmé par une idée subite. Vous vous serez rendu compte que nous sommes sur le point d'entrer en guerre, n'est-ce pas ? »

Bacon ne parut pas comprendre le coq-à-l'âne de Von Neumann.

« Oui, répondit-il, pour dire quelque chose.

— N'en doutez pas, Bacon, nous allons nous battre contre Adolf et les Japs.

— Bien des gens sont contre la guerre…

— Allez-vous me dire que vous avez peur ? Que vous ne voulez rien faire pour tirer le monde des griffes de ce démon ? » Bacon ne comprenait pas où Neumann voulait en venir ; il avait l'impression que celui-ci se payait sa tête, aussi s'apprêta-t-il à répondre sans se compromettre.

« Dites-moi, Bacon, c'est quoi, une guerre ?

— Ma foi, disons un affrontement entre deux ennemis, ou plus.

— Et quoi encore ? » Von Neumann commençait à désespérer. « Pourquoi se battent-ils, Bacon, pourquoi ?

— Parce qu'ils ont des intérêts opposés, hasarda-t-il.

— Mais non ! C'est exactement le contraire.

— Parce qu'ils ont des intérêts communs ?

— Mais bien entendu ! Ils ont le même objectif,

le même but, qu'un seul des deux peut atteindre. Voilà pourquoi ils se battent. »

Bacon se sentit dérouté. Neumann, de son côté, essayait de passer sa rage sur les entrées.

« Je vais vous donner un exemple, simple et pertinent. Quel est l'objectif commun des nazis et des Anglais, disons ? Le même gâteau, Bacon : l'Europe. Depuis que Hitler est arrivé au pouvoir en Allemagne, en 1933, il n'a pas arrêté d'exiger plus de parts : ç'a été l'Autriche, puis la Tchécoslovaquie, puis la Pologne, la Belgique, la Hollande, la France, la Norvège… et maintenant, c'est tout le gâteau. Quand il s'est lancé, les Anglais l'ont laissé faire, avec pour conséquence la honteuse conférence de Munich ; mais, par la suite, ils se sont avisés que l'Allemagne en avait un peu trop. Vous me suivez ?

— Oui, monsieur. La guerre est une sorte de jeu.

— Avez-vous lu mon petit article de 1928 à ce sujet ? s'enquit Von Neumann, méfiant.

— "Sur la théorie des jeux de société", cita Bacon. J'en ai entendu parler, mais je crains fort de ne pas l'avoir encore lu…

— Admettons. Je veux bien vous croire. Bien, supposons alors que la guerre entre Hitler et Churchill soit un jeu. Admettons encore, ce qui n'est pas aussi évident, que les joueurs qui y participent le font rationnellement.

— Je comprends, osa Bacon. Ils vont faire l'impossible pour aboutir au résultat qu'ils visent : gagner.

— Très bien. » Pour la première fois, Frank vit Von Neumann sourire. « La théorie que j'élabore actuellement avec l'aide de mon ami l'économiste Oskar Morgenstein part du principe que tous les jeux rationnels doivent avoir une *solution* mathématique.

— Une stratégie.

— Vous avez compris, Bacon. La meilleure stratégie, dans un jeu ou dans une guerre, est celle qui donne le meilleur résultat possible. Bien. » Von Neumann s'éclaircit la gorge en buvant une gorgée de whisky. « Il existe deux types de jeux : ceux de "somme nulle" et ceux qui ne le sont pas. Un jeu est de somme nulle si l'objet de l'enjeu est fini et si l'un des joueurs gagne nécessairement ce que l'autre perd. S'il n'y a qu'une seule tarte, chaque part que j'en obtiens est une perte pour mon adversaire.

— Et ils ne sont pas de somme nulle si les parts qu'obtient l'un des joueurs ne sont pas nécessairement une perte pour l'autre, enchaîna Bacon, intéressé.

— Exact. Donc, notre guerre entre nazis et Anglais…

— Est de somme nulle.

— Bien. Nous tenons maintenant notre hypothèse. Où en est cette guerre ? Hitler détient la moitié de l'Europe ; l'Angleterre résiste à grand-peine. Les Russes attendent de voir venir, accrochés au pacte de non-agression qu'ils ont signé avec les Allemands. Dans ce cas de figure, dites-moi, Bacon : quelle stratégie pensez-vous que le Führer va adopter ? », demanda Neumann, qui, excité, respirait comme un soufflet de forge.

La question était épineuse, et elle était aussi captieuse, Bacon le savait. Il ne devait pas répondre en se fiant à son intuition, mais selon les calculs auxquels s'attendait son interlocuteur.

« Hitler va vouloir une autre part de gâteau.

— Voilà ce que je voulais entendre ! s'exclama Von Neumann. Nous l'avons dit et répété au président Roosevelt. Et quelle part, exactement ? »

Il n'y avait que deux possibilités. Bacon n'hésita pas.

« Je crois qu'il s'attaquera d'abord à la Russie.

— Et pourquoi ?

— Parce que c'est l'ennemi potentiel le plus faible

et qu'il ne doit pas laisser à Staline le temps de s'armer davantage.

— Parfait, Bacon. Un peu plus difficile, à présent. » Von Neumann prenait plaisir, d'évidence, à intimider le jeune homme. « Considérons notre position dans cette affaire, je veux dire, celle des États-Unis d'Amérique. Pour le moment, nous ne sommes pas encore engagés dans le conflit, de sorte que nous pouvons être plus objectifs. Essayons de décider, rationnellement, de ce que nous allons faire. »

Bacon et Von Neumann s'entretenaient ainsi depuis plus d'une demi-heure. Pendant ce temps, la servante mettait la table dans la salle à manger voisine. A un moment, la femme du professeur — Klara, sa deuxième femme, en fait — se montra dans l'escalier pour lui faire signe de se dépêcher. Von Neumann la renvoya d'un geste peu aimable et fit signe à son interlocuteur de ne pas s'en soucier. Même s'il se sentait un peu ridicule, Bacon appréciait l'humour et le tour de cette conversation : elle lui rappelait les regrettées parties d'échecs de son enfance. De plus, il avait nettement l'impression que sous la simplicité apparente de ce défi, il livrait en réalité une bataille curieuse contre le professeur. La discussion ressemblait à celles qu'auraient pu avoir deux espions de pays ennemis ou deux amants inquiets. Les interventions de l'un n'avaient d'autre but que de percer les intentions de l'autre, et vice versa. En même temps, tous deux devaient tenir leurs stratégies secrètes et tenter de percer à jour celles de l'adversaire. Pour lui aussi c'était un jeu.

« Ma théorie est la suivante, commença Von Neumann en prenant une feuille de papier sur la table et en y dessinant soigneusement quelques schémas. Entre les Allemands et nous, le jeu n'est pas de somme nulle, des valeurs différentes sont accordées aux parts que chacun désire obtenir d'un gâteau bien plus gros :

le monde. Il n'y a que deux stratégies et par conséquent seulement quatre résultats possibles. Les États-Unis peuvent intervenir ou ne pas intervenir dans la guerre. De leur côté, les pays de l'Axe peuvent nous attaquer ou ne pas le faire. Quels sont, dans ce cas, les quatre scénarios possibles ? »

Bacon répondit sans hésiter :

« Un : nous les attaquons. Deux : ils nous attaquent par surprise. Trois : nous nous attaquons mutuellement, et quatre : nous conservons la position jusqu'à présent adoptée.

— Excellente analyse, maréchal Bacon. Considérons maintenant les résultats pour chacun de ces cas. Si nous leur déclarons la guerre, nous avons la possibilité de les surprendre mais les pertes en vies humaines de notre côté seront grandes ; si c'est eux, au contraire, qui nous attaquent les premiers, ils ont la possibilité de nous surprendre, mais il leur faudra alors mener une guerre sur deux fronts (en admettant toujours notre théorie qu'ils vont tomber sur les rouges d'un moment à l'autre) ; si, troisième scénario, nous nous déclarons la guerre simultanément, avec toutes les négociations et préparations que cela implique, nous perdons l'effet de surprise et nous subissons aussi de lourdes pertes ; enfin, si nous laissons les choses telles qu'elles sont, Hitler sera sans doute le maître de toute l'Europe et nous, les maîtres de toute l'Amérique, ce qui, à la longue, nous conduira inévitablement à l'affrontement…

— J'aime bien votre analyse, monsieur.

— J'en suis heureux, Bacon. Maintenant, attribuons des valeurs à chacun des résultats possibles, que ce soit pour eux ou pour nous.

— D'accord », lança Bacon, et il écrivit sur la feuille de papier :

États-Unis et Axe attaquent simultanément = USA, 1 ; Axe, 1.

États-Unis attaquent les premiers et surprennent l'Axe = USA, 3 ; Axe, 0.

États-Unis attendent et sont surpris par attaque de l'Axe = USA, 0 ; Axe, 3.

La situation se maintient telle qu'elle est actuellement = USA, 2 ; Axe, 2.

Puis, il dessina le tableau suivant :

	Axe attaque	*Axe attend*
USA attaque	1,1	3,0
USA attend	0,3	2,2

« La question est : que devons-nous faire ? » demanda Von Neumann, plus enthousiaste que jamais.

Bacon contempla le tableau comme s'il avait sous les yeux une peinture de la Renaissance. Sa simplicité lui paraissait aussi belle qu'à son maître. Une véritable œuvre d'art.

« Le pire scénario, pour nous, c'est d'attendre et d'être attaqués par surprise. Nous obtenons un 0 et Adolf un 3. Le problème, c'est que nous ignorons ce que va faire ce démon. Considéré ainsi, je crois que la seule solution rationnelle, c'est que nous attaquions les premiers. Si nous prenons les nazis par surprise, nous gagnons par 3 à 0. Si nous nous contentons de déclarations de guerre simultanées, nous obtenons au moins un 1 à 1, ce qui vaut mieux que le zéro que nous récolterions si nous nous montrions trop indulgents, poursuivit Bacon, sûr de lui. Il n'y a pas à hésiter. De cette manière, au moins, c'est nous qui menons le jeu. »

Von Neumann paraissait encore plus satisfait que son élève. Bacon lui avait montré ce qu'il valait et, de plus, il était d'accord avec lui sur le choix politique que le président Roosevelt devrait adopter, concernant la guerre. Depuis que l'on avait découvert la fission de l'uranium, en 1939, il était l'un des principaux promoteurs de la mise en œuvre d'un programme de recherche nucléaire à grande échelle aux États-Unis. Une bombe atomique, si la chose était faisable, surprendrait les Allemands et les Japonais et mettrait fin aux guerres une fois pour toutes. Malheureusement, son appel aux armes ne semblait guère émouvoir Roosevelt.

« Je crois qu'il ne me reste plus qu'à devoir supporter l'embarras quotidien de votre présence dans les couloirs de Fuld Hall, décréta Von Neumann en se levant pesamment de son siège. Mais n'allez pas vous croire entré au paradis, Bacon. Je vais vous faire bosser comme un mulet jusqu'à ce que vous soyez écœuré des calculs que je vous soumettrai. Passez me voir à mon bureau lundi prochain. »

Von Neumann partit en direction de l'escalier ; on entendait de nouveau retentir, à l'étage, la voix exaspérée de Klara Dan. Avant de disparaître, Von Neumann lança encore à Bacon :

« Si vous n'avez rien de mieux à faire, restez donc pour la soirée. »

Comme l'avait prévu Von Neumann, en 1941, les États-Unis ne purent faire autrement que d'entrer en guerre. Le président Roosevelt avait préféré rester neutre jusqu'au dernier moment, et les Japonais choisirent la meilleure stratégie possible : l'attaque par surprise. A trois heures du matin, le 7 décembre, une nuée de bombardiers nippons attaqua sans déclaration préalable la flotte américaine ancrée à Pearl Harbor. La réaction n'aurait pu être plus violente. Toutes les couches de la société nord-américaine furent indignées par un tel manque de principes.

Sur Einstein et l'amour

Quand il finit par s'établir aux États-Unis fin 1933, Einstein était déjà une sorte de génie universel dont la présence en imposait même à ceux qui ne comprenaient rien à la physique. Assumant sa légende, le père de la relativité s'amusait à adresser, sous forme de devinette ou de paradoxe, de brèves réponses d'une concision de parabole bouddhiste aux admirateurs qui l'interrogeaient. Ses longs cheveux hérissés qui avaient récemment blanchi et ses yeux entourés de cernes profonds lui donnaient l'apparence de l'ermite que réclamaient les temps modernes. Les journalistes — notamment ceux du *New York Times* — se rendaient chez lui, rue Mercer, pour recueillir ses commentaires sur les sujets les plus divers ; devenu une combinaison de Socrate et de Confucius, Einstein les recevait avec la complaisance qu'inspirent l'ignorance et la timidité du néophyte. Les anecdotes qui couraient sur ces entrevues ne tardèrent pas à faire le tour du pays et chacune de ses réponses insolites à être considérée comme un *koan* zen, un conte soufi ou un aphorisme du Talmud. A titre d'exemple, un reporter demanda un jour à Einstein :

« Existe-t-il une formule pour réussir dans la vie ?

— Oui, il y en a une.

— Laquelle ? s'enquit avidement le reporter.

— Si A représente la réussite, je dirai que la formule est A = X + Y + Z, dans laquelle X est le travail et Y la chance.

— Et que sera Z, alors ?

— Savoir se taire », avait conclu Einstein en souriant.

De telles reparties, concises et percutantes, ne faisaient que grandir son prestige et aviver la rancœur de ses ennemis. A cette époque-là, le monde pouvait être divisé en deux groupes : celui qui l'adorait et celui qui, comme les nazis, aurait donné n'importe quoi pour le voir mort.

En 1931, au cours d'un voyage à Pasadena où Einstein avait donné une conférence au CALTECH, le professeur Abraham Flexner lui avait proposé pour la première fois d'entrer à l'Institut des hautes études qui allait être inauguré à Princeton. Il lui refit cette proposition un peu plus tard, en 1932, quand il le revit à Oxford.

« Monsieur Einstein, lui dit-il alors, tandis qu'ils se promenaient dans les jardins de Christ Church, je n'oserais pas vous proposer un poste dans notre Institut, mais songez-y et voyez si cela vous convient : nous sommes prêts à accepter sans discuter vos conditions. »

Dans les premières décennies des années 30, les élections au Reichstag avaient donné chaque fois plus de voix au parti de Hitler. A celles de 1932, plus de deux cents députés nazis étaient admis au Parlement, qui fut alors présidé par le tortueux Hermann Göring. C'est à ce moment-là que le physicien et sa seconde femme, Elsa, se rendirent compte qu'ils devraient tôt ou tard quitter l'Allemagne. Un troisième appel de Flexner, cette fois dans la maison où vivait Einstein, à Caputh, dans les environs de Berlin, détermina le couple à franchir l'Atlantique. Lors d'un nouveau cycle de conférences aux États-Unis, Einstein promit à Flexner d'aller voir à quoi ressemblait l'Institut avant de prendre une décision. Le jour où ils avaient quitté leur maison, Einstein avait regardé sa femme, au visage prématurément vieilli, et, sur ce ton comminatoire qu'il prenait aux heures tragiques, lui avait dit : *Dreh' dich um. Du siehst's nie wieder*, c'est-à-dire : « Tourne-toi. Tu ne la reverras plus. » En janvier 1933, alors qu'Einstein se trouvait à Pasadena, Hitler était nommé chancelier du Reich par le vieux président Hindenburg. Lors d'un entretien, Einstein confirma la prédiction faite à sa femme : « Je ne retournerai pas chez moi. »

Tout en prenant bien soin d'éviter l'Allemagne, Albert et Elsa avaient pourtant regagné l'Europe, où divers engagements universitaires les retenaient encore. Pendant ce temps, dans l'un de ses discours enflammés au Reichstag, Göring évoquait la trahison du « scientifique juif » et vouait aux gémonies Einstein et son œuvre. A la suite de cette déclaration, des unités d'assaut nazies mirent à sac la maison du physicien à Caputh, sous prétexte de chercher des armes que les communistes y auraient entreposées.

Enfin, après un bref séjour sur la côte belge, quand Flexner eut pris l'engagement d'accepter ses conditions — un traitement annuel de quinze mille dollars et un emploi pour l'un de ses assistants —, Einstein accepta le poste à l'Institut de Princeton. Le 17 octobre 1933, il descendait du *Westmoreland* à Quarantine Island. Là, il prit un petit bateau qui le conduisit incognito sur la côte du New Jersey, d'où il fila tout droit au Peackock Inn de Princeton.

Le nouvel Institut semblait avoir été conçu tout spécialement pour lui. D'après ce que Flexner lui avait dit, c'était un endroit où il pourrait travailler « sans être gêné par le tourbillon de l'actualité ». Contrairement à ce qui se passait dans les autres universités du monde, le département de physique était ici consacré à la recherche pure et l'on n'y donnait pas de cours. A Princeton, Einstein n'avait qu'une obligation : penser. Un nouveau koan allait bientôt définir sa vie en Amérique du Nord ; un autre — ou le même — reporter demanda au gourou :

« Monsieur le professeur, vous avez élaboré ici des

théories qui ont changé notre vision du monde, entraîné un progrès scientifique considérable. Pourriez-vous me dire où se trouve votre laboratoire ?

— Là », avait répondu Einstein en montrant le stylo qui dépassait de la poche de sa veste.

Pour pouvoir exercer son raisonnement scientifique sur les sujets qu'il n'aurait pu aborder autrement, Einstein avait mis en pratique une méthode de travail à laquelle il recourait fréquemment, et qu'il appelait *Gedankenexperiment* ou « expérience de pensée ». Malgré l'apparente contradiction interne du terme, c'était en fait une technique employée depuis la Grèce ancienne. Toute la science moderne, et plus particulièrement la physique, reposait sur la vérification expérimentale des hypothèses : une théorie était acceptable si, et seulement si, elle n'était pas contredite par l'expérience concrète, si ses propositions étaient rigoureusement réalisables et sans exception. Toutefois, depuis la fin du XIXe siècle, peu de physiciens purs aimaient fréquenter les laboratoires pour se battre avec des appareils toujours plus compliqués qui ne servaient qu'à confirmer ce qu'ils savaient déjà. Le fossé entre théoriciens et praticiens se creusa encore plus que celui qui existait entre mathématiciens et ingénieurs ; sur les deux bords, on se détestait, et l'on ne faisait alliance que lorsque les circonstances imposaient un travail en commun. Même s'ils dépendaient les uns des autres, les uns et les autres faisaient leur possible pour s'éviter et inventaient même des prétextes pour ne pas se rendre aux congrès organisés par les groupes adverses.

Parmi les plus importantes — et les plus controversées — des *Gedankenexperimente* réalisés par Einstein, il y avait le fameux *Paradoxe EPR* (appelé ainsi parce qu'il combinait à l'initiale de son propre nom celles de Podolski et de Rosen, deux de ses collaborateurs à Princeton), publié en 1935. Reposant sur la seule « expérience de pensée », puisque les instruments capables d'en vérifier les suppositions n'existaient pas encore, le *Paradoxe EPR* tentait de réfuter, une fois de plus, la physique quantique qui donnait tant de fil à retordre à Einstein (bien qu'il eût contribué à sa création). La mécanique quantique, telle qu'elle était définie par le physicien danois Niels Bohr, dans ce que l'on a appelé « l'interprétation de Copenhague », démontrait, entre autres choses, que le hasard n'était pas un facteur accidentel mais intrinsèque des lois de la physique. Ce qu'Einstein, bien entendu, ne pouvait admettre. « Dieu ne joue pas aux dés », avait-il écrit à Max Born, et le *Paradoxe EPR* était une manière de mettre en évidence les contradictions d'une pareille idée. Bohr et ses épigones se contentèrent d'insinuer qu'Einstein avait perdu la raison.

Bacon faisait partie, comme Einstein, du groupe des physiciens théoriciens. Depuis la naissance précoce de sa passion pour les mathématiques pures, il avait fait son possible pour mettre à l'écart les problèmes pratiques, en s'attachant à des formules et des équations qui semblaient toujours plus abstraites et auxquelles il était presque impossible, dans la plupart des cas, de trouver une application concrète. Au lieu de s'intéresser aux accélérateurs de particules et aux méthodes de spectrométrie, Bacon préférait se tenir sur le terrain de l'imagination ; il ne courait ainsi aucun danger de se salir les mains, d'être exposé aux rayons X ou d'absorber des résidus radioactifs. Pour se lancer dans ses recherches, il lui suffisait de se montrer attentif et astucieux. Cette manière d'aborder la physique lui rappelait le jeu d'échecs.

Malgré ses grands établissements d'enseignement supérieur, Princeton était une ville insipide, trop petite, un vase clos où régnaient la candeur et l'hypocrisie, et, malgré sa tradition universitaire, ou peut-être à cause de cette tradition, tous les contacts sociaux y étaient empreints d'une réserve de façade, d'une grisaille, d'une moralité pesante (l'université elle-même était entachée d'une certaine réputation de racisme et d'antisémitisme). Pour couronner le tout, la guerre en Europe empêchait toute manifestation de joie spontanée.

Pour échapper à ces inconvénients, Bacon avait depuis longtemps établi que le seul et unique domaine dans lequel la théorie — devenue pour lui pure fantaisie personnelle — était non seulement infructueuse mais perverse était celui de la sexualité. Et la tragédie de Princeton était justement que tous les habitants, du recteur aux épouses des enseignants, en passant par le maire, les pasteurs, les policiers, les médecins et la plupart des étudiants, n'avaient pas compris ce principe fondamental. Ils se contentaient d'en faire l'expérience mentale dans les endroits les plus incongrus : églises, salles de conférences, réunions de famille, quand ce n'était pas au moment où ils conduisaient leur progéniture au jardin d'enfants, déjeunaient ou promenaient leur caniche, en fin de journée. A l'image du programme que s'était tracé l'Institut des hautes études, la société opalescente de Princeton se contentait d'imaginer les plaisirs qu'elle redoutait de prendre. C'est pourquoi Bacon détestait ses voisins. Pour lui, ils n'étaient que des faibles, des sots, des hypocrites... Dans ce domaine, il était le seul à ne pouvoir se contenter d'abstractions et de fantasmes : aucun esprit — pas même celui d'Einstein — n'était assez puissant pour embrasser toute la diversité du monde qu'offraient les femmes. L'esprit pouvait formuler des règles et des théories, énoncer des hypothèses et des corollaires, mais il n'était pas capable d'appréhender à l'instant la diversité infinie des odeurs, des sensations et des émotions qu'apporte la luxure. Disons le mot, depuis deux ans, face à l'impossibilité d'avoir une liaison dans son milieu social, Bacon investissait son argent dans le plus vieux métier du monde.

Dans un moment d'ennui, il avait fait la connaissance de Vivien. Elle avait un corps parfait : ses seins, vus de loin, avaient l'air de deux boules de billard ; quand il les caressait, ils s'adaptaient parfaitement à ses mains. Quand il sentait qu'il allait recevoir sa visite — malgré son insistance, elle avait toujours refusé de s'annoncer —, il ne manquait jamais de mettre les draps les plus blancs qu'il trouvait dans l'armoire. Rien ne lui plaisait davantage que le contraste entre la peau brune de Vivien et la blancheur du drap. Il adorait le moment où, en se couchant à côté d'elle, il profanait cette harmonie profonde de l'union secrète des contraires.

Avec Vivien, il parlait à peine, non pas tant parce que sa vie et ce qu'elle pouvait dire lui importaient peu — les vies des autres femmes ne l'intéressaient pas davantage, et il parlait pourtant longuement avec elles —, mais parce qu'il lui plaisait de croire que les hanches larges de cette femme abritaient un terrible mystère. Ses yeux, dont le blanc avait des éclats d'éclipse de lune, devaient receler il ne savait quel secret de son passé, peut-être même un drame ou un crime, auquel elle devait sa nature fuyante. Même s'il n'en était pas ainsi — il ne s'était jamais posé la question —, l'illusion de vivre avec quelqu'un de compliqué l'enchantait : l'inquiétude qu'il ressentait en sa présence était son trésor. Quand il enfouissait son visage dans les cheveux crépus de Vivien aux milliers de boucles pareilles aux colimaçons qui ornent le crâne de Bouddha, il avait l'impression de pénétrer dans un monde inconnu.

En dépit de la passion qu'elle éveillait en lui — de tout ce qu'il avait pu connaître, c'était ce qui se rapprochait encore le plus de l'amour —, Bacon prenait bien garde que nul ne le vît avec elle dans les rues de Princeton. Il la recevait toujours chez lui, où elle se présentait environ une fois par semaine comme pour une sorte de rituel, de sacrifice qui lui aurait permis d'apaiser les dieux. L'impression enfantine de commettre un péché, de passer outre l'interdit procurait à Bacon une émotion qu'il n'avait encore jamais ressentie. Tels étaient les prémisses de sa théorie sur Vivien, qu'il cherchait à approfondir entre les draps avec l'obstination caractéristique que mettent les physiciens à mener à bien leurs expériences. Elle, de son côté, se laissait manipuler avec une sérénité proche de l'indolence : elle avait tenu un kiosque à journaux et sa capacité d'étonnement était sans doute usée par toutes les nouvelles alarmantes étalées à la une. Vivien faisait l'amour en douceur et en transpirant d'abondance, comme si elle dansait sur un air de blues plutôt que sur un rythme africain sensuel et endiablé. Pour Bacon, son tempérament évoquait les cobayes, les larves accommodantes et tranquilles qui se balancent sur les feuilles à demi rongées, indifférentes aux mâchoires des prédateurs.

Quand elle s'était dévêtue, Bacon la faisait s'allonger sur le ventre, allumait toutes les lampes et contemplait sans broncher pendant quelques minutes le contraste des couleurs. Ensuite, il se penchait sur elle et l'embrassait sans se lasser : sa langue courait sur les formes pleines et gagnait tout doucement le creux des reins, où elle s'attardait jusqu'à ce qu'elle eût laissé un lac de salive au fond de cette haute vallée de chair. Ses lèvres sentaient à chaque instant la perfection des ellipses dont il ne pouvait découvrir les fonctions. Pour finir, il la changeait de position, comme si elle n'était qu'une poupée articulée. Alors et seulement alors, il se dévêtait à son tour. Il ouvrait délicatement les cuisses de Vivien en s'imaginant qu'il s'agissait de deux coulures de lave ardente et il enfouissait son visage dans le sexe moite et impavide. Ce préambule était une sorte d'axiome duquel découlait chaque fois un théorème différent. Selon la capacité analytique qu'il déployait, l'un pouvait le conduire aux petits pieds sales de Vivien, l'autre à ses mamelons ou encore à ses sourcils, à son nombril ; plus que forniquer avec elle, il étudiait d'une même traite ces possibilités et les formes que pouvait prendre son propre plaisir. L'orgasme n'était que la conséquence nécessaire des calculs dans lesquels il se lançait en début de partie.

« Il est temps que tu t'en ailles », lui disait-il, une fois rendu à lui-même.

Elle lui plaisait beaucoup, mais il ne la détestait pas moins quand elle s'attardait dans son lit, quand il lui fallait l'embrasser après l'amour. Alors, la chaleur qui émanait d'elle et les gouttes de sueur qui perlaient sur sa peau comme autant de petits yeux translucides provoquaient en lui une répulsion aussi vive qu'avait pu l'être son excitation. L'animalité de leur contact ne tardait pas à s'imposer à lui, et il ne pouvait s'empêcher de songer à des porcs qui se vautrent dans leurs excréments. Une fois sa théorie appliquée, il ne laissait à Vivien que le temps de récupérer avant de lui demander de partir. Avec une indifférence apparemment égale à celle dont elle faisait preuve, il la regardait ramasser ses vêtements et s'habiller comme si elle n'était qu'un automate. Quand il se retrouvait seul, Bacon ne pouvait échapper à la tristesse, *quod erat demonstrandum,* et il dormait le plus souvent d'un sommeil sans rêves.

Bien qu'on lui eût appris les règles du savoir-vivre de la bonne société du New Jersey, Bacon avait à peu près ignoré les jeunes filles de son âge. Celles qui commençaient à l'attirer, les austères croyantes bien coiffées, faisaient justement partie des beautés inaccessibles qui préféraient l'éviter. Tout d'abord, Bacon n'attacha pas la moindre importance à ce fait : pour se défendre d'être ainsi repoussé, il adopta l'*a priori* qu'elles étaient toutes assez bêtes pour confondre une racine carrée et un bulbe d'orchidée. Après ses vaines tentatives de soutenir une conversation de plus de cinq minutes avec l'une ou l'autre d'entre elles, il était épuisé et découragé. Il sentait bien que personne ne pouvait le comprendre et moins encore l'aimer. C'était ce sentiment qui allait le conduire vers les endroits impies dont un bravache de l'université lui avait donné l'adresse. Là, il n'aurait ni à parler ni à faire semblant de s'intéresser au temps qu'il fait, aux bals et aux vêtements de luxe : d'après ce que lui avait dit son compère, tout s'y bornait à une affaire silencieuse et discrète, à un orgasme qui n'entraînait aucun engagement. La première fois, il fut terrorisé, s'efforça de penser à des formules mathématiques pour cacher sa nervosité et permettre à son corps de réagir comme il le voulait au moment opportun. Il choisit une jeune fille mince et timide — rassuré à l'idée qu'elle avait encore plus peur que lui — qui, une fois dans le lit, se changea en une machine dépourvue de tout sentiment. Elle ôta ses vêtements d'un coup, exhibant de petits mamelons qui semblaient saillir directement de sa cage thoracique, elle laissa Bacon lui donner deux coups de langue et se chargea du reste. Quand tout fut terminé, il n'éprouva aucun remords, aucune impression de vide ; au contraire, il était satisfait. Véritablement satisfait. C'était encore meilleur que ce que lui avait laissé entendre le roublard de sa classe ; c'était idéal pour chasser les démons de la luxure et lui permettre de se consacrer tout entier à des affaires plus sérieuses, comme la physique quantique. Quand l'appel de la chair se faisait sentir, il ne lui en coûtait que quelques dollars. De plus, comme tout scientifique, en lequel sommeille toujours un entomologiste, il était attiré par la variété et la diversité. Il se sentait chaque jour plus étonné par les différences qui apparaissaient entre les diverses femmes, et les moindres détails étaient pour lui autant de sources intarissables d'excitation : un grain de beauté, un relief qu'il n'avait encore jamais vus, un nombril légèrement difforme lui procuraient un plaisir égal à celui qu'il ressentait en trouvant la solution d'un problème d'algèbre. Il étudiait ces sujets avec une lucidité de collectionneur qui lui interdisait les abords de la tendresse.

Il n'aurait su dire pourquoi Vivien n'était pas comme les autres. Bacon avait découvert son visage impassible et triste quelques mois auparavant. Par la suite, il devait essayer de retrouver la date exacte de leur première rencontre pour mieux réfléchir à l'origine de leur relation, mais il ne put se rappeler exactement le jour et l'heure où la chose s'était produite. Il fut tout aussi incapable de se souvenir si cela s'était passé pendant l'été ou pendant l'automne, avant ou après son vingtième anniversaire : il ne lui restait en mémoire que l'écho lointain de sa voix, quand il avait adressé la parole à cette jeune fille qui semblait à peine sortie de l'enfance. Au lieu de prendre un numéro du *New York Times* dans la pile placée à portée des clients et de poser les pièces de monnaie sur une revue de mode comme il le faisait d'habitude, il le demanda à la marchande. Quand elle le lui tendit, Bacon remarqua l'expression de douleur muette retranchée derrière la barrière de journaux. L'instant suivant, cette apparence fragile et grave allait se planter dans sa mémoire comme une aiguille dans l'étoffe de son veston. La jeune fille était d'une beauté qu'il n'avait encore jamais croisée sur sa route : malgré la couleur de sa peau — ce qu'il se disait sans vergogne — ses traits étaient la douceur même, et ce n'était pas la force primitive des masques africains ni les pâles imitations qu'avait pu en faire Picasso que son nez épaté et ses lèvres charnues lui rappelaient, mais le calme inquiétant d'un lever de soleil dans la jungle (métaphore qui dévoilait son goût des romans et des films d'aventures). Dès lors, tous les dimanches, il s'arrêtait devant le kiosque à journaux dans l'espoir de la voir, de lier connaissance.

Le regard de la jeune fille le mettait aussi mal à l'aise qu'il le fascinait. Jamais il ne s'était imaginé qu'il s'intéresserait un jour à une femme noire — cela ne cadrait tout simplement pas avec sa tournure d'esprit — et voilà qu'il en était obsédé. On ne peut le passer sous silence : son intérêt premier était celui d'un collectionneur qui s'est entiché d'un timbre exotique. Il essaya un jour d'échanger quelques mots avec elle à propos des nouvelles du monde — la guerre était un prétexte tout trouvé —, sans résultat aucun : la jeune fille se contenta d'ébaucher un maigre sourire et retourna à ses pensées.

« Tu as perdu ta langue ? lui demanda Bacon comme s'il s'adressait à un enfant, mais il se reprit aussitôt : Quel âge as-tu ?

— Dix-sept », fit-elle. Sa voix était grave, rauque.

Bacon paya son journal et s'éloigna lentement, comme s'il s'attendait à ce qu'elle le rappelât, au dernier moment. Mais elle semblait n'avoir même pas prêté attention au visage du client anonyme qui lui avait demandé son âge. Le lendemain, Bacon reprit la direction du kiosque. Ses jambes flageolaient, mais il réussit pourtant à lui adresser la parole d'une voix neutre et ferme en prenant, ainsi qu'il s'en fit la remarque après coup, l'accent nasillard des contremaîtres du Sud.

« Ça te dirait, d'aller au ciné ? » lui lança-t-il à bout portant.

Elle leva sur lui de petits yeux inquiets. Se moquait-il d'elle ? Elle dévoila pour la première fois des dents auprès desquelles le papier journal semblait jaunâtre.

« Je ne peux pas.

— Pourquoi ?

— Parce que.

— Tu as peur ?

— Non. »

La scène se répéta pendant deux mois. Bacon achetait le *New York Times* et lui parlait des films que donnaient les cinémas proches, dans l'espoir d'obtenir une réponse favorable, mais elle remuait toujours la tête d'un côté à l'autre, comme pour chasser une mouche impertinente. Bacon ne se découragea point ; la scène devint pour lui une sorte de rituel hebdomadaire, si bien qu'il fut surpris quand, un beau jour, la jeune fille accepta sa proposition. Ce fut ainsi qu'il se trouva, en début de soirée, devant la caisse d'un cinéma de quartier (endroit peu recommandable, lui avait-on dit). Ce fut son premier film en couleurs, inoubliable : *Autant en emporte le vent,* qui venait de sortir aux États-Unis. Plus tard, il ne pourrait se souvenir exactement de quoi il était question — pendant les trois quarts de la projection il avait épié du coin de l'œil le profil bleuâtre de sa compagne — mais le nom et le jeu de l'actrice principale, Vivien Leigh, étaient gravés en lui, et il décida de ne pas appeler autrement la petite marchande de journaux. Celle-ci devait un jour lui dire son véritable prénom — quelque chose comme Dolores ou Barbara ou Leona —, mais il lui expliqua qu'il préférait l'appeler Vivien. Ce faisant, il avait inventé une créature nouvelle, dotée des qualités qu'il lui imposait.

Le dimanche suivant, la scène se déroula de la même manière — ils allèrent même revoir *Autant en emporte le vent* —, confirmant les lois de l'inertie. La constante était la rareté des propos qu'ils échangeaient. On aurait dit qu'ils avaient pris l'engagement tacite de passer un moment ensemble et rien de plus. Ce fut en allant au cinéma qu'il l'embrassa pour la première fois — ses lèvres le firent penser à ces grosses ventouses dont on se sert pour déboucher les canalisations. Comme pour tout ce qu'il entreprenait, Bacon agit sous l'empire d'une curiosité plus scientifique que sentimentale. Quelques semaines suffirent pour qu'à ce scénario habituel vienne s'ajouter une nouveauté : la petite maison de campagne qu'il avait reçue de son père pour tout héritage. Même alors, ils ne dirent que l'indispensable. Bacon désespérait de savoir, au moins, si elle ressentait elle aussi du plaisir ou si elle ne se livrait à l'acte que pour le contenter. En fait, il n'avait pas la moindre idée des sentiments qui pouvaient les lier, mais plutôt l'impression que toute allusion directe à la nature de leur liaison, interdite et suspecte, serait une provocation inutile. Néanmoins, avec le temps, il finit par accepter ce silence et le considérer comme la seule caractéristique possible de sa relation avec Vivien.

Bacon revenait d'un cours de statistique quand sa mère, qui se faisait désormais appeler Rachel Smith, vint le voir sans s'être annoncée. Depuis le décès de son premier mari, elle était devenue riche et hautaine. Elle portait, comme une New-Yorkaise rangée, un tailleur noir, les cheveux coupés à la garçonne, coiffure un peu anachronique, et, autour du cou, la fourrure argentée d'une petite bestiole dont les yeux éteints n'éveillaient guère que de la tristesse. Bien qu'elle appartînt à la classe moyenne, elle avait réussi, par son deuxième mariage, à entrer dans l'orgueilleuse haute société régionale. Elle se sentait l'égale des femmes qu'elle y côtoyait et singeait attentivement leurs manies, leurs manières et jusqu'à leur racisme sournois, conséquence nécessaire de sa position sociale. Les biens que lui avait légués son premier mari lui permettaient d'employer deux servantes de couleur qu'elle traitait avec le même dédain qu'elle réservait aux mendiants. Bacon ignora cette attitude jusqu'au jour où elle commenta devant lui, hargneuse, l'aspect des fonctionnaires de couleur. « Cette odeur qu'ils ont... », disait-elle chaque fois qu'elle croisait un Noir en plaçant devant son nez un mouchoir imprégné de parfum français.

« Pourquoi me fais-tu honte comme ça ? » lui jeta-t-elle d'une voix pleurnicharde en posant son petit sac turquoise sur le bureau de Bacon. Malgré ses grands airs, elle s'exprimait toujours avec timidité, presque à mi-voix. « Il a fallu que ce soit une de mes amies qui m'en informe : au lieu d'étudier, mon fils dépense l'argent que lui a laissé son père pour une putain noire. C'est vrai ?

— Ce n'est pas une prostituée, maman.

— Ne me prends pas pour une idiote, Frank. »

La dispute dura un moment, jusqu'à ce que Frank, sous la menace des larmes, lui eût promis de ne plus voir Vivien. Bien entendu, il n'avait pas l'intention de tenir sa promesse — du moins pas entièrement : quand il revit la petite, il lui expliqua qu'il préférait ne plus sortir avec elle. Il vit les larmes monter aux yeux de Vivien, mais, comme il s'y attendait, elle ne dit rien. Elle ne lui adressa aucun reproche, ne se plaignit pas, manifesta seulement sa tristesse habituelle. Vivien ne dit rien non plus la semaine suivante, quand Bacon refusa d'aller au cinéma. Dès lors, ils ne sortirent plus ensemble. Bacon n'eut même pas à lui expliquer ce changement : Vivien en devinait la raison et préférait éviter l'humiliation supplémentaire de devoir gober un mensonge. Enfin, quand il lui déclara que son travail de marchande de journaux était indigne d'une fille comme elle, Vivien se fit engager dans une cafétéria.

Bacon ne fut pas long à se rendre compte que,

quand on méprise celle qu'on aime, l'amour devient un vice cruel et solitaire : il avait confiance en elle, mais il sentait la haine grandir sous sa soumission apparente. Vivien ne semblait pas deviner les pensées de son amant ; comme si rien n'avait changé entre eux, elle venait chez lui deux fois pas semaine avec l'apathie de l'agneau qui se laisse élever en sachant bien que le jour viendra où il sera servi à la table de son maître.

Quand, à l'une des réceptions qu'organisait sa mère, celle-ci lui présenta une jeune fille vive, criblée de taches de son, qui appartenait, ainsi qu'elle le précisa avec fierté, « à l'une des meilleures familles de Philadelphie » et qui, de plus, s'intéressait à ce qu'il disait, Bacon ne vit aucun mal à danser avec elle et à lui répondre que, par bonheur, il n'avait aucun engagement par ailleurs. Il n'eut même pas une pensée pour Vivien, devenue pour lui un fantasme sexuel qui entrait dans son lit comme une apparition suscitée par un rêve érotique. Pendant une quinzaine de jours, Vivien se rendit maintes fois chez Bacon, mais ne le trouva point. Sans lui avoir rien dit, il dînait maintenant chez les parents de son éblouissante fiancée.

« Ne me quitte pas, lui dit Vivien sur un ton ferme et décidé, quand ils se virent, la fois suivante.

— Ça devait bien se terminer tôt ou tard entre nous. Vraiment, je le regrette.

— Mais pourquoi ?

— Il n'y a pas moyen de faire autrement, répondit Bacon.

— Je te promets que je n'en parlerai jamais à personne. »

Or, plus elle parlait, plus Bacon la méprisait et, paradoxalement, s'attachait à elle, mystère qu'il ne parvenait pas à élucider.

« Il y a quelque chose que tu ne sais pas, ajouta-t-il sans la regarder. Je suis fiancé. Elle s'appelle Elizabeth. » Les mots avaient du mal à sortir. « Je n'ai pu faire autrement, il faut que tu le comprennes... Pourras-tu me pardonner ? Je préfère être sincère et te le dire maintenant... »

Bien sûr, qu'elle pouvait lui pardonner. Bacon le savait — il était capable de prévoir ses moindres réactions —, autrement, il ne le lui aurait pas demandé ou, du moins, pas aussi abruptement. Il se pouvait que, contrairement à ses habitudes, Vivien se fâchât et s'en allât ; mais il sentait qu'elle n'en ferait rien. Il était sûr qu'elle finirait par lui revenir, qu'ils s'aimeraient en silence et seraient aussi heureux qu'ils l'avaient été. En attendant, il devait s'occuper des préparatifs de son mariage.

« Très bien, Vivien, comme tu voudras. »

L'Institut des hautes études était un endroit humide, lugubre : on n'y voyait ni laboratoires ni étudiants bruyants et insolents. Les instruments de travail y étaient réduits aux tableaux noirs, aux craies et aux feuilles de papier... Pour quelqu'un qui désirait y réaliser des « expériences de pensée », c'était sans doute l'endroit idéal. Entre les murs gris de Fuld Hall s'agglutinaient les esprits les plus puissants de l'époque : les professeurs Veblen, Gödel, Alexander, Von Neumann, des célébrités venaient y donner des conférences, et il y avait encore, bien entendu, le saint patron des physiciens, Einstein. Toutefois, Bacon s'y ennuyait.

Quelques mois s'étaient écoulés depuis qu'il avait commencé à travailler aux côtés de Von Neumann, mais il n'avait encore rien trouvé qui le stimulât. Ce qu'il avait à faire avec le professeur hongrois ne lui déplaisait pas, c'était un travail de routine, il ne désirait pas trouver un meilleur endroit pour poursuivre ses études, mais il avait découvert en lui une veine qui l'éloignait de la spéculation pure, ou de la science silencieuse à laquelle on s'adonnait à l'Institut. Il avait à deux ou trois reprises essayé de se rapprocher des professeurs quand ils se réunissaient pour prendre le thé et des biscuits à trois heures de l'après-midi, mais ses désirs de se mêler à leur conversation avaient été frustrés par le manque d'intérêt qu'ils affichaient pour sa personne. Lassés de leurs propres raisonnements, ils bavardaient entre eux sur des sujets aussi essentiels à l'avenir de la science que les résultats des matchs de base-ball, le moyen de se procurer des vins européens, ou le goût de graisse de la nourriture américaine. Les questions sérieuses que Bacon essayait de poser se perdaient entre de petits rires nerveux ou des signes de distraction soudains. Bien qu'il l'estimât, Veblen le saluait avec condescendance ; Von Neumann le tolérait — ainsi qu'il l'en avait averti — et les autres scientifiques, qu'il connaissait à peine, ne faisaient même pas cas de lui.

Ce manque d'attention, succédant au brillant parcours dans toutes les matières auquel il était habitué, le plongeait dans une léthargie très proche des dépressions qui l'accablaient lorsqu'il vivait encore avec ses parents. Alors, il se disait qu'il aurait peut-être mieux fait de choisir une autre université, celle du CALTECH, peut-être, où il aurait au moins eu la possibilité de s'attaquer à des problèmes cruciaux. Bien que Von Neumann eût publié en 1932 l'un des traités les plus importants de la physique moderne, intitulé *Fondements mathématiques de la théorie quantique,* il était évident qu'il ne s'intéressait plus à présent qu'à ses jeux, et, pis encore, à la programmation des calculatrices automatiques. Aucun de ces sujets n'intéressait Bacon ; les formulations ingénieuses de son mentor l'amusaient sans doute, mais il n'en appréciait pas davantage les obsessions de cet homme.

Pour couronner le tout, sa relation avec Elizabeth devenait chaque jour plus sérieuse et la perspective d'un engagement formel le terrifiait. Au commencement, il s'était agi pour lui d'une sorte d'épreuve — c'était la première fois qu'une femme de cette condition sociale lui disait qu'elle l'aimait —, mais jamais il n'aurait cru que tout cela pût aller aussi vite. Par ailleurs, il ne pouvait publiquement accorder sa préférence à Vivien : le scandale qui s'ensuivrait le ferait sans doute renvoyer de l'université. L'avenir étincelant auquel il s'attendait en entrant à l'Institut devenait un piège auquel il n'y avait pas moyen d'échapper. Car il refusait de s'avouer vaincu : il devait tenir le coup pendant au moins un an avant d'envisager de partir pour la Californie.

« Que se passe-t-il, Bacon ? lui demanda un jour Von Neumann avec sa familiarité habituelle. Ça ne va pas ? Je vois ce que c'est… Les femmes, n'est-ce pas ? Les hommes sont toujours victimes des femmes. C'est le grand problème de notre époque, Bacon. Avez-vous songé au temps que nous perdons à nous tourmenter à leur sujet ? Si les hommes consacraient à la physique ou aux mathématiques le quart du temps qu'ils passent à démêler leurs problèmes sentimentaux, la science progresserait à pas de géant. Mais enfin, que diable ! N'est-ce pas merveilleusement plaisant ?

— Plaisant et douloureux, monsieur, bredouilla Bacon.

— Bien entendu ! C'est ce qui rend l'affaire si intéressante ! Je vous avoue que je passe moi aussi des heures à réfléchir à ce problème… Je suis un homme marié, vous savez ? Ah, oui, j'oubliais que vous avez rencontré ma femme, à cette soirée… Marié mais encore jeune. N'ai-je pas le droit de me demander si je connaîtrai une autre femme que Klara ? » Le propos avait fait rougir Von Neumann. « Et si nous prenions un verre ensemble en fin de journée pour poursuivre cette conversation, qu'en dites-vous ? Parfait, Bacon, en attendant, au travail ! »

Le soir revêtait les briques de l'Institut de lueurs rouges et violettes. Au-dessus de leurs têtes, les nuages s'étaient défaits de leur tristesse habituelle et laissaient passer les derniers rayons du soleil. Comme la fois précédente, Von Neumann avait donné rendez-vous à Bacon à son domicile. Klara était allée faire une partie de bridge chez une voisine, et les deux hommes pouvaient parler librement. Bacon se sentait plus à son aise que la dernière fois dans le grand salon.

« Quand on m'a annoncé que les boissons alcoolisées étaient interdites aux États-Unis, j'ai cru qu'il s'agissait d'une plaisanterie, s'exclama Von Neumann, en prenant deux verres dans le buffet. Constater que c'était vrai m'a horrifié. Ces Américains sont fous ! Voilà pourquoi je m'en suis tenu au poste de professeur invité, pour pouvoir retourner chaque été en Europe me remettre du régime sec. » Sur ces mots, il saisit une bouteille de bourbon et versa l'alcool roux dans deux grands verres ; c'était un barman accompli. « Par bonheur, ils se sont avisés de leur erreur. De l'eau ? Je le préfère tel quel. Voilà, à la vôtre… Alors, Bacon, dites-moi ce qui vous arrive.

— Je n'en sais rien, mentit Frank. Je m'attendais à autre chose. » Il essaya ensuite de se rattraper : « Ce n'est pas que je me sente mal à l'Institut, mais je crains de n'être pas au bon endroit au bon moment…

— Mais où aimeriez-vous être ?

— C'est là mon problème. Je ne vois pas de meilleur endroit que celui-ci… Vous êtes tous là… C'est justement ce qui me donne l'impression que mon travail, ici, ne sera jamais reconnu.

— Vous êtes bien impatient, Bacon. J'étais comme vous, croyez-moi. Je vous comprends. » Le professeur remuait la tête d'un côté à l'autre, comme s'il en était véritablement peiné. « J'ai toujours dit que le talent mathématique déclinait à partir de vingt-six ans, il ne vous reste donc que…

— Quatre ans.

— Quatre ans ! C'est épouvantable, non ? Enfin, j'ai trente-huit ans et je donne encore assez bien le change. » Von Neumann prit quelques gorgées d'alcool et se tamponna les lèvres avec une serviette en lin. « Mais il me semble bien, mon jeune ami, qu'il n'y a pas que l'Institut qui vous intéresse… Vous avez un problème de femmes, je me trompe ?

— J'ai bien peur que non. »

Bacon appréciait les conseils de son tuteur mais n'était pas sûr de vouloir lui parler de sa vie privée, ce qu'il n'aimait faire devant personne.

« Dites-moi, que se passe-t-il ?

— Il y a deux femmes…

— Je le savais ! J'ai du nez, non, Bacon ? Les gens croient que les mathématiciens sont détachés du monde, mais rien n'est moins sûr… Nous pouvons être plus observateurs que les autres. Nous voyons des choses qu'ils ne voient pas. » Il s'interrompit. « Vous les aimez toutes les deux ?

— En un sens, oui. Enfin, je n'en suis pas sûr. L'une est ma fiancée. C'est une fille agréable, à l'esprit ouvert…

— Mais vous ne l'aimez pas.

— Non.

— Alors, épousez l'autre.

— C'est impossible. Je ne sais comment vous l'expliquer… » Bacon avala une gorgée de bourbon pour se donner du courage. « L'autre est très différente… Je me demande si je la connais vraiment et même si je l'aime… Nous parlons à peine…

— C'est un problème, bien sûr, un véritable problème ! s'exclama Von Neumann, l'interrompant. Une fois encore, j'avais raison, vous avez vu ? Voilà les questions qui nous harcèlent sans cesse, même si nous ne voulons pas le reconnaître. Mais ne pensez pas que les mathématiques ne servent à rien dans ces moments difficiles. » Le professeur vida son verre et se resservit aussitôt. Bacon avait à peine touché au sien. « Voilà pourquoi la théorie des jeux m'intéresse tellement. Vous pensiez peut-être qu'il s'agissait là de l'une de mes excentricités, de jouer à pile ou face ou d'un passe-temps comme le poker ? Non, Bacon, ce qu'il y a de véritablement intéressant, dans les jeux, c'est qu'ils reflètent les comportements de l'homme... Et qu'ils nous aident à éclaircir la nature de trois questions très proches : l'économie, la guerre et l'amour... Car c'est à ces trois activités que se résument les luttes que nous nous livrons les uns aux autres. Dans ces trois jeux, il y a au moins deux volontés qui s'opposent. Chacun s'efforce de tirer le maximum de profit de l'autre en prenant aussi peu de risques que possible...

— Comme dans l'exemple que vous m'aviez donné à propos de la guerre.

— Précisément, Bacon. Quoique, dernièrement, je me sois plutôt penché sur leurs effets dans l'économie ; mais analysons votre cas, ce sera un bon exercice. Voyons. C'est un jeu qui se joue à trois : vous et vos deux femmes, que j'appellerai, pour ne pas être indiscret, A et B. Vous serez C. Maintenant, dites-moi ce que chacune d'elle désire.

— Je vais tâcher d'être bref. » Les mains de Bacon étaient aussi moites que s'il avait été en train de se confesser. « La première, celle que vous appelez A, est ma fiancée. Elle veut que je l'épouse. Elle n'arrête pas d'y faire allusion devant moi, de m'y pousser, elle ne pense pas à autre chose. Tout ce que désire la fille B, de son côté, c'est ma présence, ce qui devient impossible si j'épouse A.

— Je comprends. Et vous, que désirez-vous ?

— C'est le plus difficile. Je ne sais pas très bien. Je crois que j'aimerais que la situation demeure telle qu'elle est à présent… Que rien ne change. »

Von Neumann se leva de son siège et se mit à faire les cent pas dans le salon. Il tapa dans ses mains comme s'il applaudissait, en regardant Bacon avec une condescendance presque paternelle.

« J'ai bien peur, cher ami, que vous n'ayez choisi de faire le mort, ce qui est le choix le plus dangereux que l'on puisse faire à ce jeu-là… Bien entendu, on peut toujours essayer, mais les lois de la physique s'y opposeront ! Dans les jeux, chacun essaie toujours de faire mieux, d'atteindre de nouveaux objectifs et de battre pas à pas l'adversaire… C'est ce que font vos deux femmes. Elles vous encerclent petit à petit, alors que vous vous en tenez à la défense passive. » Von Neumann se rassit et posa sa grosse main sur le bras de Bacon. « A titre d'ami, je dois vous dire que votre stratégie vous conduit à l'échec. Tôt ou tard, l'une ou l'autre finira par vous vaincre. En fait, bien que ne le sachant pas, elles se battent entre elles… Vous n'êtes pas un joueur, mon petit ! Vous n'êtes que la cagnotte !

— Que faire, alors ?

— Oh, mon cher Bacon ! Je ne vous parle que de théorie des jeux, pas de la réalité. Comme vous l'avez si justement dit la dernière fois, la raison est une chose, la volonté en est une autre. Tout ce que je peux vous dire, c'est que je ne vois qu'une issue…

— Et laquelle, monsieur ?

— Désolé, Bacon, je suis mathématicien, pas psychologue. » Un sourire félin apparut sur le visage rougeaud de Von Neumann. « Il faudra que vous la trouviez seul… Un autre verre ? »

Bacon savait que, fidèle à l'habitude qu'il avait prise à Berlin, Einstein raffolait des promenades. Il allait tous les jours à pied de chez lui à l'Institut, et il aimait bien avoir alors un compagnon avec qui bavarder. Cela ne durait jamais que quelques minutes, qui étaient pour ses interlocuteurs autant de sublimes instants de révélation. Bien des physiciens ne venaient à Princeton que dans l'espoir de se promener ainsi avec Einstein, car c'était alors qu'il se montrait le plus détendu et le plus pétillant. Bacon ne lui avait jamais été présenté, ce qui ne l'empêchait pas de se dire qu'il pourrait un jour l'aborder pour échanger quelques mots avec lui. Avec un peu de chance, il deviendrait peut-être l'un des interlocuteurs privilégiés du professeur.

Il décida un matin de l'attendre, tapi dans un recoin de la cage d'escalier, à la sortie de son bureau, le cagibi 115 de Fuld Hall. Il avait peur et éprouvait la honte soigneusement cachée des fans qui courent derrière leurs vedettes préférées pour leur demander un autographe en pleine rue, mais il ne pouvait laisser passer cette occasion. Il avait choisi de rester à Princeton pour pouvoir lier connaissance avec des hommes comme Einstein, et non pas pour entendre les curieux sermons de Von Neumann ou se faire snober par ses collègues.

Ainsi que l'affirmaient les journalistes qui se chargeaient de vulgariser — ou plutôt de défigurer — la pensée d'Einstein, Bacon put faire lui-même l'expérience de la relativité du temps. Les secondes s'écoulaient aussi lentement que si les conduits alimentant la clepsydre universelle avaient été bouchés. Il y avait plus de quarante minutes qu'il était là, embusqué tel un espion ou un surveillant, à guetter la sortie du physicien comme s'il s'attendait à un miracle. Chaque fois que quelqu'un passait à côté de lui, Bacon lui adressait un salut timide et portait la main à son front comme s'il se souvenait enfin de la raison qui l'avait conduit dans ce coin, puis il faisait quelques pas dans la direction opposée jusqu'à ce que le péril se fût éloigné. Il se donnait l'impression d'être un garde du corps incapable, ou le concierge anachronique de l'Institut.

Enfin, la porte s'ouvrit. Einstein sortit d'un pas pressé — il portait un costume noir et ses cheveux n'étaient ni aussi blancs ni aussi ébouriffés que sur les photographies que Bacon avait pu voir — et se dirigea vers la sortie. C'était le moment, l'occasion que Frank avait guettée, mais il hésita et, pendant ce temps, le professeur dévalait les marches. Einstein n'avait même pas remarqué sa présence en s'élançant vers le bas de l'escalier ; il passa son chemin, ignorant l'ombre qui se tenait là. Quand Bacon s'avisa de sa maladresse, il était trop tard : le professeur avait quitté le bâtiment et empruntait l'un des sentiers de terre battue de l'université. Frank ne pouvait pas lui courir après et l'aborder brusquement : la rencontre devait paraître fortuite, s'il ne voulait pas être repoussé de prime abord. Furieux contre lui-même, il ne renonça pas pour autant à l'entreprise. Dans un état qui lui sembla proche du somnambulisme, il se mit à suivre Einstein de loin, enveloppé dans son manteau, et s'éloigna de Fuld Hall.

Craintif et exalté, Bacon s'avisait à peine de l'absurdité de sa manœuvre. Soucieux comme il l'était de se cacher derrière les voitures et les frênes bordant la route, il ne se doutait pas de l'embrouillamini dans lequel il se plongeait. Tandis qu'il cherchait l'abri de l'entrée d'une pharmacie et de divers porches, Einstein arrivait au 112, rue Mercer, alors bruyante, où il vivait en compagnie de sa secrétaire, Helen Dukas. Quand Bacon le vit entrer chez lui, il se sentit soulagé d'un grand poids. Il épongea la sueur de son front avec sa manche de chemise et retourna à l'Institut.

Le lendemain, Bacon était prêt à rattraper sa bévue

de la veille : il affronterait une nouvelle fois Einstein et, si les circonstances jouaient en sa faveur, il lui ferait même part de sa tentative manquée. Il se disait que le savant avait un sens de l'humour très aiguisé, et que ce serait là une bonne manière de rompre la glace. Peu après midi, Bacon était à son poste, comme un soldat prêt à remplir sa mission. Mais il venait à peine d'arriver qu'Einstein quittait son bureau en toute hâte. Bacon n'était pas préparé à l'effet de surprise. Une fois encore, le physicien passa devant lui sans le voir et se précipita vers la sortie.

Bacon maudit sa timidité. Pourquoi n'osait-il pas lui demander un rendez-vous comme tant d'autres le faisaient ? Il en avait assez. Il allait rattraper Einstein et prendre langue avec lui une bonne fois. Il partit de nouveau à sa poursuite et comprit, au moment où il allait le rejoindre, que ce qu'il désirait lui dire ne pourrait jamais franchir ses lèvres ; en s'en avisant, il fit volte-face et se mit à l'abri des mouvements intempestifs du physicien derrière une enseigne publicitaire. C'était incroyable, on aurait dit que leurs trajectoires ne pouvaient se croiser, au sens strict et banal de la mécanique newtonienne. Einstein rentra tranquillement chez lui pour déjeuner, ignorant tout des affres de son poursuivant. « Imbécile ! Imbécile ! Imbécile ! » se répétait Bacon en regagnant l'université. Quelle fatalité rendait donc ses tentatives tellement ridicules ? Était-il incapable de contrôler ses pulsions enfantines ?

Poursuivre le vieux professeur devint pour Bacon, sans qu'il sût pourquoi, une routine qui s'ajouta à celles d'effectuer des calculs pour Von Neumann, de répondre aux appels téléphoniques d'Elizabeth ou de recevoir Vivien, le soir. S'il avait pu confier à quiconque où il en était, nul ne l'aurait cru. Devenir l'ombre, le fantôme, l'onde associée du créateur de la relativité ? Impossible. Bacon n'en peaufinait pas moins ses moyens ; il se sentait toujours plus sûr de lui et finissait par se changer en homme invisible… Passer devant le 112, rue Mercer, devint peu à peu aussi naturel, pour lui, que prendre le thé à trois heures ou élaborer un modèle : c'était une sorte de nécessité ou de mauvaise habitude. Einstein rentrait le plus souvent seul chez lui, mais diverses personnes l'accompagnaient parfois, vieilles ou jeunes, célèbres ou anonymes, qui occupaient la place à laquelle il aurait dû être, lui, le plus fidèle de ses disciples.

Einstein ne le remarqua qu'une fois, et l'incident n'eut apparemment aucune conséquence substantielle. La neige tombait en rideaux huileux, donnait aux visages des passants un éclat jaunâtre déplaisant. Les oiseaux piaillaient comme si leurs nids étaient en feu. Brusquement, sans le moindre avertissement, Einstein se retourna et fit face à Bacon, qui ne sut plus où se mettre. Son jeu de gamin prenait fin. Il était perdu.

« Vous travaillez à l'Institut, n'est-ce pas ? » fit Einstein, le reconnaissant.

Bacon se dit que le moment attendu était enfin venu, celui de lier amitié, fût-ce superficiellement, avec l'homme qu'il voyait plus souvent que tout autre et auquel le rattachait une admiration aussi démesurée qu'obscure.

« C'est cela », répondit Bacon et il attendit la réplique d'Einstein comme si l'oracle allait parler.

« Il fait un de ces froids ! » s'exclama Einstein, étonné.

Il ne dit rien d'autre. Pas un mot de plus. Aucune révélation. Aucune prophétie. Il ne lui demanda même pas son nom. Il fit un petit mouvement de tête en guise d'au revoir et se remit en marche, seul, préoccupé, dans une timide manifestation de cette lumière dont la nature l'intriguait tellement. Bacon allait enfin pouvoir se vanter publiquement d'avoir reçu cette bribe de sagesse du maître, d'avoir été le réceptacle de ces paroles, aussi magiques que si Dieu en personne les eût prononcées : *Il fait un de ces froids !* Il rit de bon cœur, encore tremblant, et laissa la silhouette sombre d'Einstein se perdre, au loin, comme l'éclat des étoiles dont le maître parlait si souvent. Le lendemain, Bacon recommença à le suivre, mais avec la tranquillité d'esprit que donne une mission accomplie.

HYPOTHÈSE 4

Sur le théorème de Gödel et le mariage

Quand son âme était en paix, les yeux d'Elizabeth étaient vert olive, mais quand ces mêmes yeux prenaient un ton cuivré, Bacon savait qu'au calme allait succéder la tempête. En de tels moments, tout ce qu'il pouvait faire, c'était se tenir coi et attendre que tarisse le torrent impétueux de paroles qui jaillissait de la bouche d'Elizabeth. Elle avait des poignets si fins qu'il pouvait en faire le tour en joignant le pouce et l'index, et un cou aussi élancé et ferme qu'une tige de tournesol, mais quand elle se mettait en colère, ce qui arrivait assez fréquemment, ses fines proportions doublaient comme celles d'un cobra furieux. Toute la candeur et la courtoisie dont elle pouvait faire preuve en société se résolvaient en un tel chapelet de reproches et de chantages qu'elle en perdait le souffle. Alors, à son tour repentante, elle laissait de douces larmes couler sur ses joues, et Bacon, ému, n'avait d'autre recours que de caresser l'ovale délicat du visage de sa fiancée, plonger les doigts dans ses longs cheveux châtains jusqu'à ce que, ses forces rameutées, elle fût prête à repartir à l'attaque.

Bacon avait pu remarquer que cette scène se répétait une fois par mois, avec une exactitude astronomique, devenait une sorte d'horloge biologique qui scandait l'évolution de leurs rapports. Ayant un jour calculé que les prochaines fureurs d'Elizabeth devaient tomber le samedi suivant, il essaya de s'y soustraire en prétendant qu'il avait un calcul un peu long à rendre d'urgence à Von Neumann, mais sa tentative d'esquive fut vaine : les transports de jalousie d'Elizabeth attendirent patiemment le dimanche, et furent aussi violents que s'ils avaient reçu des renforts pendant la nuit. Bacon en vint alors à considérer ces fureurs mensuelles comme un prolongement inévitable de ses fiançailles, que compensaient, se disait-il en se moquant de lui-même, les tendres baisers, pareils à des abeilles approchant du calice de la fleur, qu'Elizabeth lui concédait comme autant de faveurs après ses accès de colère.

La jeune fille se présentait toujours à lui comme un mannequin paraît en couverture d'une revue de mode, arborant des robes très ajustées, des bijoux aux formes d'insectes et des chapeaux à plumes que Bacon n'avait encore jamais vus qu'au cinéma. Il était indéniable que le fard à paupières violacé et le rouge des pommettes rehaussaient la fraîcheur du teint d'Elizabeth ; son allure lui rappelait les gamines qui chipent les produits cosmétiques de leurs mères, poussées par l'envie de leur ressembler. L'image singulière qu'elle lui offrait ne manquait pas de l'émouvoir, comme si la combinaison inattendue du luxe et de l'innocence, de la prétention et de la naïveté témoignait d'une sensibilité que sa fiancée aurait cachée sous le masque de l'orgueil.

La mère de Bacon la lui avait présentée de force après avoir parlé avec elle quelques heures d'affilée, lors d'une partie de bridge interminable. « C'est une fille exceptionnelle », avait-elle dit à Frank, songeant moins à sa beauté et à son talent artistique — elle étudiait la peinture dans une école d'art de New York

— qu'à son appartenance au grand monde : Elizabeth, comme elle le lui précisa, était la fille unique d'un riche banquier de Philadelphie, qui ne voulait que son bonheur. Quand il la revit pour la première fois, ce fut dans un restaurant français de la Cinquième Avenue. Devant son corps délicat d'adolescente et les larges boucles qui s'échappaient de sa coiffure et qu'elle ne pouvait s'empêcher d'enrouler sur ses doigts en dépit de ses bonnes manières, Bacon comprit qu'elle allait prendre une place importante dans sa vie, et pour d'autres motifs que ceux qu'avait invoqués sa mère. Il avait toujours admiré le caractère agressif des petites filles gâtées qui n'était, pour lui, qu'un moyen de cacher leur incapacité d'affronter les difficultés de la vie quotidienne. Bref, elle lui plaisait parce qu'elle était en tous points le contraire de Vivien.

Ce soir-là, entre la langouste et le gâteau au chocolat, Elizabeth se confia à lui et lui dit ce qu'elle estimait qu'un jeune scientifique, un intellectuel comme lui, pouvait entendre de la part d'une jeune fille comme elle : qu'elle peignait, que ce qui comptait le plus, pour elle, c'était l'art et la liberté, et que l'argent n'était qu'un moyen comme un autre de faire son bonheur… L'effet du champagne empêchait Bacon de saisir le sens de ces carillonnements — Elizabeth avait une voix haut perchée et chevrotante — lancés de manière à paraître sensuels. Il essayait entretemps de deviner la forme de ses seins sous l'étoffe cerise du chemisier et la lingerie fine européenne qui devait les couvrir. Bien que Bacon ne levât même pas la tête pour la regarder dans les yeux, elle n'en poursuivait pas moins son exposé labyrinthique sur l'histoire de l'art, sans douter un instant que le brillant scientifique en herbe fût passionné par son intelligence et tombât amoureux d'elle.

En fin de soirée, Bacon voulut se faire une idée plus

précise des charmes de sa nouvelle amie et, après l'avoir prise par la main, il tenta de l'embrasser en pleine rue. Elizabeth, employant la recette des femmes de sa famille pour obtenir un mari, lui envoya une gifle retentissante qui attira l'attention des passants ; à la suite de quoi elle lui demanda de se conduire en gentilhomme et de la raccompagner à la résidence où elle logeait. La tactique porta ses fruits une fois encore : impressionné par ce déploiement de forces, Bacon lui dit qu'il désirait la revoir. Après avoir réfléchi pendant quelques secondes angoissantes, Elizabeth accepta. C'est ainsi qu'ils en vinrent à se rencontrer deux fois par semaine — le plus souvent le samedi matin et le dimanche après-midi ; mais un bon mois s'écoula avant qu'Elizabeth ne permît aux lèvres luxurieuses de Bacon de se poser sur les siennes, véritable coffre-fort. Elle lui expliqua qu'il n'y avait aucune commune mesure entre la liberté artistique — sublime et immaculée — et la décence dont doivent faire preuve les gens comme il faut.

En principe, Bacon détestait ces jeux-là. Il s'était toujours opposé à l'hypocrisie et à la morale bourgeoises, mais, en affrontant Elizabeth, il avait découvert que rien ne justifiait cette attitude. Bien qu'il couchât trois fois par semaine avec Vivien, sans la moindre courtoisie, la moindre danse nuptiale, il était toujours enthousiasmé par Elizabeth, et seulement parce qu'elle lui interdisait de la toucher. En un élan contre nature absurde, il pensait au corps frêle d'Elizabeth tandis qu'il se repaissait des formes généreuses de Vivien, et il regrettait le silence de cette dernière pendant les longues péroraisons assommantes de sa fiancée.

Bacon savait que les conventions sociales — inspirées par la mécanique classique — étaient inflexibles. Tôt ou tard, sa duplicité devrait prendre fin et le choix s'imposerait : Elizabeth. Personne — ni sa mère, ni ses amis, ni même ses professeurs ou ses condisciples — ne lui pardonnerait de laisser tomber l'enchanteresse jeune fille considérée d'emblée comme sa future femme, et d'autant moins si c'était pour une pauvre travailleuse noire. Pliant le genou devant cette fatalité qui le piégeait, Bacon acheta une bague de fiançailles ornée d'un petit diamant bleu qu'il offrit à Elizabeth par un soir venteux de mars 1942, à la lumière de la lune, comme l'exigeaient les canons du romantisme. Enthousiasmée, Elizabeth plongea pour la première fois sa fine langue dans la bouche de Bacon, qu'elle explora frénétiquement en tous sens, comme pressée de rattraper le temps perdu. Puis, tandis qu'ils échangeaient un dernier baiser avant de se quitter, elle prit la main de son fiancé et la posa sur l'étoffe couleur pêche qui couvrait son sein gauche. Bacon comprit, en sentant sous ses doigts le contact du satin, qu'il venait de signer un engagement inéluctable.

Alors que la date du mariage n'était pas encore arrêtée — Bacon devait attendre les prochaines vacances pour se rendre à Philadelphie et obtenir l'accord du père d'Elizabeth —, la jeune fille courait déjà les boutiques où elle se faisait présenter tous les modèles de robes de mariée. Chaque fois qu'elle retrouvait son fiancé, elle lui décrivait, avec la même patience qu'elle avait déployée à lui expliquer le surréalisme et les avant-gardes, les ornements compliqués de divers modèles entre lesquels il lui fallait faire un choix : l'un avait d'énormes manches d'allure médiévale, mais sa couleur laiteuse était un peu banale ; l'autre, une délicate couronne tressée, mais pas assez d'ampleur, et le dernier aurait été parfait, s'il n'avait été plissé en dépit du bon sens. Prendre une décision, ainsi que Bacon put s'en rendre compte, était aussi compliqué que d'obtenir la quadrature du cercle.

Avec cette obsession qu'éveillaient en elle les

étoffes, les voiles et les dentelles, Bacon découvrit peu avant le mariage un autre secret d'Elizabeth : l'empire grandissant de sa jalousie. Une fois encore, il n'y avait aucune commune mesure entre la liberté individuelle et l'engagement mutuel et absolu que prennent les conjoints. Elle ne tarda pas à exiger des rencontres plus fréquentes : bien qu'il habitât Princeton, il devait se rendre à New York plusieurs fois par semaine, sans compter les samedis et les dimanches, seulement pour la voir une heure ou deux. De surcroît, ces voyages n'entraînaient pas une intimité plus grande : « Nous avons patienté jusqu'à présent, lui disait-elle, alors, pourquoi ne pas attendre la nuit de noces ? » Il allait et venait comme un Yo-Yo entre les mains d'une enfant autiste.

Le jour où Bacon refusa de se déplacer pour la troisième fois de la semaine afin d'écouter la conférence d'Elizabeth sur les invités du banquet, il eut droit à l'une des explosions de jalousie qui allaient sans doute ponctuer leur vie conjugale. Bien entendu, Elizabeth ne soupçonnait pas qu'il pût la tromper — c'était impensable, grotesque ; elle cherchait seulement à s'assurer que la volonté de son fiancée était soumise aux caprices de la sienne. Après tout, elle allait devenir sa femme, et le prix qu'il devait payer pour avoir droit à cette soumission miraculeuse, c'était de satisfaire de bon cœur tous les désirs qu'elle exprimait.

Comme pour le punir de lui avoir désobéi, Elizabeth exigea, tantôt à grands cris, tantôt en le cajolant, des comptes rendus de ses activités quotidiennes : « Où es-tu allé ? — Et pourquoi ? — Et avec qui ? » étaient les trois questions fondamentales du credo que la jeune femme adoptait avec une ferveur de novice. Tout commentaire inconsidéré, toute allusion déplacée, toute faute d'inattention de la part de Bacon donnait lieu à un interrogatoire qui pouvait durer des heures entières et qui, dans le meilleur des cas, trouvait sa conclusion au téléphone, comme si toutes les activités dont elle n'était pas le centre étaient des atteintes portées à l'amour. Les réunions de département, les cours, les travaux que l'on confiait à Bacon à l'Institut étaient pour Elizabeth les alibis suspects de son infidélité.

Le plus incroyable, c'était encore que Bacon répondît par des caresses et des excuses à l'avalanche de revendications de sa fiancée. Il ne cessa de se demander, au cours de ces mois-là, pourquoi il tolérait cette discipline martiale qui le dépouillait de son caractère véritable. La réponse était simple : il se sentait coupable. Il croyait qu'Elizabeth, malgré ses fureurs, lui faisait confiance, alors que ses soupçons aux apparences théâtrales étaient en fait fondés. Pour que la situation demeurât telle qu'elle était, ainsi qu'il l'avait confié à Von Neumann, il préférait détourner l'attention d'Elizabeth et s'en tenir aux reproches qu'elle lui adressait pour des motifs sans importance, comme les exigences de son travail, plutôt que d'éveiller ses soupçons sur les vraies raisons de ses absences. Il apprenait peu à peu que, quand on mène une double vie, on en est réduit, plutôt qu'à mentir, à forger et à présenter des demi-vérités, comme si le monde pouvait être partagé en deux moitiés à la fois opposées et complémentaires.

Fin mars 1942, Von Neumann annonça à Bacon que l'éminent professeur Kurt Gödel devait présenter une communication sur ses derniers travaux au cours de la prochaine assemblée des professeurs de l'Institut, qui devait avoir lieu quelques jours plus tard — précisément ceux où Elizabeth et lui avaient prévu de se rendre à Philadelphie. Quand Bacon annonça la nouvelle à sa fiancée, en lui expliquant l'importance de l'événement et en lui promettant qu'ils feraient le voyage le mois suivant, Elizabeth se contenta de les envoyer au diable, lui et son Institut… Ce n'était pas la première fois qu'elle le menaçait de rompre — elle finissait toujours par revenir le chercher — mais, cette fois, Bacon décida de passer outre. Faire la connaissance de Gödel était beaucoup plus important que de s'inquiéter d'un nouveau chantage de sa fiancée. Ce prétexte, c'était une bonne idée, allait lui permettre de se reposer d'elle pendant quelques semaines et de pouvoir réfléchir, seul, à son avenir.

« Désolé, Elizabeth, lui dit-il au téléphone, mais je ne peux manquer cette réunion. » Tout en sachant que ces quelques jours n'étaient qu'une illusion annonçant l'esclavage à venir, il décida d'en profiter comme s'ils ne devaient jamais prendre fin.

Le professeur Gödel était un petit homme taciturne, fin comme une perche, et dont l'allure faisait davantage penser à une sarigue ou à un rat musqué qu'à un génie de la logique. Il y avait deux ans qu'il était entré à l'Institut, huit ans après avoir ébranlé par un seul article l'ensemble des mathématiques modernes.

Pendant plus de deux millénaires, les mathématiques avaient évolué d'une façon incontrôlée, comme les branches d'un arbre qui se croisent, se cognent les unes contre les autres et s'emmêlent. Les découvertes des Babyloniens, des Égyptiens, des Grecs, des Arabes et des Indiens, puis les progrès réalisés en Occident avaient fait de l'arithmétique une sorte de monstre aux mille têtes, dont nul ne comprenait la véritable nature. Bien que ce fût l'appareil scientifique le plus objectif, le plus raffiné de l'humanité, quotidiennement utilisé par des millions d'hommes pour résoudre des problèmes pratiques, nul se savait si, au milieu de leur diversité infinie, les mathématiques ne cachaient pas un germe en décomposition, un mycoplasme ou un virus capable de discréditer leurs résultats.

Les Grecs avaient été les premiers à envisager cette

possibilité, en découvrant les paradoxes. Comme avaient pu le constater Zénon et ceux qui après lui s'étaient penchés sur l'étude de l'arithmétique et de la géométrie, la stricte application de la logique entraînait parfois des absurdités et des contradictions que l'on ne pouvait éclaircir de façon satisfaisante. De nombreux paradoxes étaient connus depuis l'Antiquité, comme l'aporie d'Achille et de la tortue qui niait le mouvement ou le paradoxe d'Épiménide, selon lequel une proposition pouvait être à la fois vraie et fausse ; mais ce fut à la fin du Moyen Age que les irrégularités se mirent à se multiplier comme des cellules malignes. Cette hérésie, qui troubla si fort les pythagoriciens et les Pères de l'Église, montrait que la science pouvait se tromper, contrairement à ce que l'on avait pu croire jusqu'alors.

Pour s'opposer à ce mouvement chaotique, de nombreux scientifiques tentèrent de systématiser les mathématiques et les règles qui les gouvernent. L'un des premiers à s'atteler à cette tâche fut Euclide, qui, dans ses *Éléments,* essaya de faire dériver toutes les vérités de la géométrie de cinq axiomes fondamentaux. Plus tard, des mathématiciens et des philosophes comme René Descartes, Emmanuel Kant, George Boole, Gottlob Frege et Giuseppe Peano tentèrent de faire de même dans des domaines aussi divers que la statistique et le calcul infinitésimal, avec des résultats peu concluants. Entre-temps, de nouveaux paradoxes avaient vu le jour, comme ceux énoncés par Georg Cantor dans sa théorie des ensembles.

Au début du XXe siècle, la situation était plus confuse que jamais. En tenant compte des aberrations mises en évidence par Cantor, les mathématiciens anglais Bertrand Russell et Alfred North Whitehead s'efforcèrent de reconstruire ensemble les mathématiques à partir de quelques principes fondamentaux, ainsi que l'avait fait Euclide deux mille ans auparavant

vant, dans ce qu'ils appelèrent la « théorie des classes et des relations ». Ils publièrent en 1919 un traité monumental intitulé *Principia Mathematica,* écrit entre 1903 et 1910, et fondé sur des travaux antérieurs de Russell, en vue de faire disparaître les contradictions gênantes qui existaient jusqu'alors dans la connaissance des mathématiques.

Malheureusement, leur ouvrage était si vaste et si complexe que nul ne put croire, en définitive, que toute démonstration pourrait être effectuée à partir de leurs postulats sans jamais entraîner des absurdités. Quelques années auparavant, en 1900, David Hilbert, un mathématicien de l'université de Göttingen, lors de l'ouverture du Congrès de Paris, avait donné lecture d'un exposé qui fut dès lors connu sous le nom de *Programme de Hilbert.* Il y présentait une liste des grands problèmes que les mathématiques n'avaient encore pu résoudre et auxquels devraient à l'avenir s'attaquer les spécialistes, parmi lesquels figurait ce que l'on a appelé le problème de la complétude. La question était de savoir si le système décrit dans les *Principia Mathematica* — ou tout autre système axiomatique — était cohérent et complet, c'est-à-dire s'il renfermait ou non des contradictions et si n'importe quel énoncé mathématique pouvait être démontré à partir de tels axiomes. Hilbert pensait que la réponse devait être affirmative, ainsi qu'il l'exposa à ses collègues réunis à Paris : « Tout problème mathématique est supposé avoir une solution, nous en sommes tous convaincus. En ultime analyse, l'une des choses qui nous intéressent quand nous abordons un problème mathématique est justement l'exigence qui s'impose à nous : *voilà le problème, il faut trouver une solution ;* c'est là une exigence propre à la pensée pure, parce qu'en mathématiques, il n'y a pas d'*ignorabimus.* »

« Le *Programme de Hilbert* est devenu la Bible des

mathématiciens et des logiciens du monde entier, expliqua Von Neumann à Bacon. Trouver la solution d'un seul de ces problèmes revenait à être célèbre, voyez-vous ? Partout, des centaines de jeunes chercheurs se cassaient la tête pour mettre en place au moins une pièce du gigantesque puzzle conçu par Hilbert. Peut-être qu'en tant que physicien vous ne pouvez percevoir toute l'importance de l'enjeu… Il fallait prouver qu'on était le meilleur… et la course ne se disputait pas seulement contre des rivaux inconnus, mais contre le temps. Une véritable folie.

— Je suppose que vous aussi vous avez essayé de découvrir la solution des problèmes de Hilbert, monsieur », dit Bacon pour l'inciter à poursuivre, car il connaissait déjà la réponse, mais il voulait donner à la vanité de Von Neumann l'occasion de sauter comme un tigre affamé sur la question.

« Bien entendu, Bacon. Nous avons tous essayé… En fait, nous en sommes encore là. Pendant de nombreux mois, je n'ai pensé à rien d'autre qu'au défi que représentait le problème de la complétude. » Von Neumann se caressa le menton et prit une voix grave, comme s'il racontait une histoire mystérieuse. « Et je me suis attaqué justement à celui auquel s'est consacré Gödel par la suite, avec plus de bonheur que moi. J'ai tout d'abord cru être sur la bonne voie… Mon intuition me disait que l'objectif n'était pas aussi impossible à atteindre qu'il en avait l'air… N'avez-vous jamais eu cette sensation que tous vos poils se hérissent, comme si quelqu'un grattait le tableau du bout des ongles ? C'était extraordinaire…

— Et qu'est-il arrivé ?

— Je me suis brusquement trouvé devant un mur, bloqué. » Von Neumann agitait les mains comme s'il était sur le point d'exploser. « J'avais l'esprit vide, paralysé… J'étais anéanti. Le vide de l'échec, vous connaissez… Je n'ai rien trouvé de mieux à faire que de me coucher et de dormir tout mon soûl. En me réveillant, je me suis aperçu que quelque chose de merveilleux s'était produit : j'avais découvert en rêve le moyen de poursuivre ma démonstration. Je l'avais rêvé, Bacon, comme un prophète écrivant sous la dictée du Créateur ! J'ai repris fébrilement mes calculs... Maintenant, j'étais sûr de trouver la solution. » Ses mains semblaient à présent caresser un trophée imaginaire. « Mais, de nouveau, en arrivant au point crucial, l'inspiration m'a trahi. Comme ça, tout simplement... Je retournais encore une fois à la case départ. Défait.

— Oh ! » Bacon avait senti qu'il lui fallait alors lancer une exclamation d'intérêt et demander à Von Neumann d'en venir au fait. « Et alors ?

— J'ai attendu le soir et, comme je le supposais, je suis tombé dans un profond sommeil...

— Et vous avez retrouvé le fil.

— Précisément ! C'était une sorte de miracle... Ma démonstration suivait un parcours rigoureux et parfait. J'étais certain que j'entrerais dans l'histoire pour avoir trouvé la solution de l'un des problèmes signalés par Hilbert...

— Et il n'en est pas allé ainsi, monsieur ?

— Mon cher Bacon, dit Von Neumann, tandis que ses grosses lèvres gercées se fendaient d'un grand sourire, c'est un bonheur pour les mathématiques que je n'aie pas rêvé cette nuit-là ! »

Quand Gödel trouva la solution de ce même problème en 1931, il n'était encore qu'un jeune mathématicien inconnu. Son article, intitulé « Sur les énoncés formellement indécidables des *Principia Mathematica* et des systèmes apparentés. I », fut une douche froide qui rabattit à jamais l'optimisme des thèses de Hilbert. Gödel y démontrait qu'il pouvait exister une proposition qui fût à la fois vraie et indémontrable — c'est-à-dire indécidable — non seulement parmi celles des *Principia Mathematica,* mais aussi, et nécessairement, dans tout système axiomatique suffisamment fort pour développer l'arithmétique. Contrairement aux prévisions de tous les spécialistes, les mathématiques étaient, indubitablement, incomplètes.

Avec ce résultat, Gödel avait terrassé l'idée romantique que les mathématiques pouvaient donner une image complète de l'univers, libérée des contraintes de la philosophie. Son succès fut tel qu'il n'eut même pas à écrire le chapitre II qu'annonçait son article. Pour lui, la mission de dynamiteur était terminée. Le plus surprenant était la simplicité avec laquelle Gödel avait atteint son objectif. En reformulant l'ancien paradoxe d'Épiménide — substrat de tous les paradoxes mathématiques, en fait —, il avait conçu un théorème qui prouvait ses hypothèses :

> Pour toute classe récursive ω-consistante k de *formules*, il existe des *signes de classe* récursifs r tels que ni v Gen r ni Neg (v Gen r) n'appartienne à Csq (k) (v étant la *variante libre* de r).

Ce qui pourrait être rendu approximativement par : « Toute formulation axiomatique de théorie des nombres inclut des énoncés indécidables. » Pour parler plus simplement, Gödel disait : « Cette assertion de la théorie des nombres ne peut être démontrée dans le système des *Principia Mathematica* », ou autrement formulé : « Cet énoncé de la théorie des nombres ne peut être démontré dans la théorie des nombres », ce qui pouvait à son tour être rendu de la façon suivante : « Cet énoncé de la logique ne peut être démontré par les règles de cette même logique », et même encore, si on l'étendait aux méandres de la psychologie : « Cette idée de moi-même ne peut être démontrée par moi-même. »

En résumé, Gödel affirmait que dans tout système — toute science, tout langage, tout esprit — existent des affirmations qui sont justes mais qui ne peuvent être prouvées. Pour autant qu'on s'y efforce et pour aussi irréprochable que puisse être le système que l'on a créé, il y aura toujours en lui des arguments indémontrables, paradoxaux, qui, comme des termites, rongeront nos certitudes. La théorie de la relativité d'Einstein et la théorie quantique de Bohr et de leurs successeurs avaient déjà démontré que la physique n'était pas une science exacte — un ensemble d'affirmations indéniables —, Gödel venait d'en faire autant pour les mathématiques. Nul ne pouvait plus prétendre être sûr de lui dans un monde à présent dominé par le doute. Grâce à Gödel, la vérité était devenue plus fuyante et capricieuse que jamais.

Le corps de Vivien se trouvait une nouvelle fois couché sur les draps de Bacon, pareil à une tache brune aux contours sinueux. Elle était arrivée chez lui en début de soirée. Maintenant, ses bras nus se noyaient dans l'ombre, couverts d'une sorte de rosée qu'y avait laissé le crachin tenace qui tombait dans les rues. Il y avait tout juste trois jours qu'à la suite d'une âpre conversation téléphonique avec Elizabeth, Bacon avait décidé d'assister aux conférences de Gödel plutôt que de se rendre à Philadelphie. Il se souvenait à présent, tout en léchant le lobe de l'oreille de Vivien, qu'il avait aussi songé, à ce moment-là, à se débarrasser de la jeune Noire, mais, en la voyant entrer, il s'était rendu compte qu'il ne pouvait résister à la tentation de lui faire l'amour encore une fois.

Comme s'il s'était libéré d'une obligation, il éprouvait pour la première fois le besoin d'être tendre avec sa maîtresse. Il avait tout à coup l'impression qu'elle était faible et innocente, et non plus blessée et mystérieuse, et il désirait compenser la trahison qu'il lui infligeait depuis des mois. Peut-être cherchait-il à manifester la tendresse qu'il aurait aimé qu'on lui témoignât ; en tout cas, au lieu de la considérer comme un objet, il la déshabilla doucement, comme s'il s'apprêtait à donner le bain à une enfant. Puis il l'embrassa longuement et tendrement sur la bouche — faiblesse à laquelle il avait toujours refusé de céder — en passant la main dans les cheveux noirs et crépus de sa compagne. Enfin, il la prit avec la délicatesse que l'on voue aux vierges. Il ne resta de sa routine que le silence obstiné auquel il se tenait en la possédant.

« Tu l'aimes ? »

Au milieu des draps, Vivien était pareille à un naufragé essayant d'éviter le choc d'une vague déferlante. Bacon, couché sur le flanc, se serra contre elle, ignorant que cette vague n'était rien d'autre que lui-même.

« Non, bafouilla-t-il, je ne sais pas… Il faut que tu comprennes, Vivien…

— Tu vas l'épouser ?

— Oui.

— Et pourquoi, puisque tu ne l'aimes pas ?

— Ne pose pas toutes ces questions… Parce qu'il le faut, je crois. Il y a des choses que l'on doit faire, c'est tout : se marier, avoir des enfants, mourir… Elle est jolie, elle plaît à ma mère, elle est riche.

— Et c'est une Blanche…

— Ça, ça ne compte pas.

— Tu sais très bien que ça compte !

— Depuis le début, tu savais qu'en ce qui nous concerne… Je ne t'ai jamais donné de faux espoirs, Vivien.

— Tu ne te souviens même pas de mon vrai prénom, comment pourrais-tu me donner de faux espoirs ? » Vivien se détacha de Bacon et se leva. Elle ne semblait ni blessée ni déçue. Elle ramassa ses affaires éparpillées dans la pièce et dit : « N'en parlons plus. »

Bacon la regardait comme s'il était agi d'une malle pleine de photographies et de souvenirs lointains, oubliée depuis longtemps et dont on lève brusquement le couvercle.

« Je peux te demander quelque chose ? dit-il enfin, d'une voix hachée, sans même se lever. Seulement pour une fois, Vivien, ne pars pas. Reste dormir avec moi cette nuit… Il pleut. Et je veux voir à quoi ressemble ton visage, le matin. »

Bacon se réveilla de bonne heure, doublement agité par la présence insolite de Vivien et par la conférence que le professeur Gödel devait prononcer le matin même. Il contempla pendant quelques secondes le corps de Vivien, qui dormait paisiblement. A la lumière du jour, elle lui parut plus belle que jamais. Sans faire de bruit, il se leva et se prépara à partir. Tout en prenant sa douche, il ne put se défaire de l'étrange sensation de paix qu'il avait éprouvée en ouvrant les yeux et en découvrant Vivien auprès de lui. Il avait beau tâcher de se convaincre qu'il devait l'oublier, son parfum lui collait à la peau et résistait à l'eau et au savon. Il se rasa, s'habilla rapidement et, avant de se rendre à l'Institut, ne put s'empêcher de poser un baiser sur le front de Vivien.

Au cours des jours précédents, comme s'il avait été chargé d'une recherche biographique approfondie, Bacon s'était ingénié à découvrir des précisions sur la vie de Gödel. Tous les professeurs de l'Institut semblaient admirer et respecter le logicien, même si ceux qui le connaissaient bien laissaient entendre que son caractère était aussi difficile que ses théorèmes. Mais il était l'un des rares amis intimes d'Einstein.

Gödel était entré pour la première fois à l'Institut fin 1933, en tant que professeur invité, quand il était encore professeur titulaire à l'université de Vienne. Ses cours étaient alors centrés sur l'incomplétude des mathématiques, et ils éveillèrent un intérêt phénoménal, voire obsessionnel, parmi ceux qui les suivirent. Peu de scientifiques, hormis Einstein, pouvaient se vanter d'attirer un public aussi attentif. Oswald Veblen, l'organisateur de son séjour, était heureux de l'enthousiasme que suscitait Gödel ; même si celui-ci ne parlait que du bout des lèvres des questions fondamentales de la logique, les étudiants disséquaient ses affirmations comme s'il s'agissait d'un nouvel exercice qui leur aurait permis de mieux comprendre les conclusions du maître.

Tout se déroulait le mieux du monde quand, un beau matin, sans avoir préparé le terrain, Gödel déclara à Veblen qu'il devait regagner immédiatement l'Europe et qu'il ne pourrait terminer son programme de cours. Incapable d'inventer le moindre prétexte, il se borna à déclarer qu'il avait une envie folle de retourner chez lui et qu'il ne voyait aucun moyen de faire autrement. Après avoir présenté ses excuses aux autres professeurs de l'Institut, Gödel s'embarqua pour l'Europe. Un peu plus tard, à l'automne 1934, on apprit qu'il avait dû entrer à la clinique psychiatrique Westend, dans les environs de Vienne, pour y suivre un traitement contre une dépression profonde.

Un an après cette crise, Gödel reprenait contact avec les universitaires de Princeton pour un nouveau cycle de conférences. En 1939, peu après que Hitler eut annexé l'Autriche au Reich allemand, Gödel perdit son poste à l'université de Vienne et, ce qui était plus grave, il fut mobilisé en dépit de sa santé déficiente. En janvier 1940, il décida de partir pour les États-Unis avec Adele Nimbursky, qu'il venait d'épouser. Leur odyssée fut l'une des plus curieuses de l'époque : au lieu de traverser l'Atlantique, ce qu'ils considéraient comme trop dangereux, Gödel et sa femme partirent en direction de la Russie, prirent le Transsibérien, passèrent ensuite par le Japon et finirent par s'embarquer à Yokohama pour San Francisco, où ils débarquèrent le 4 mars 1940. Quelques jours plus tard, Einstein les accueillait à Princeton.

En arrivant à l'Institut, Bacon alla s'asseoir à l'un des derniers rangs de l'auditorium et attendit l'arrivée de Gödel avec autant de fièvre que s'il s'apprêtait à recevoir Vivien. En le voyant entrer, il trouva que le professeur, qui n'avait que trente-six ans — trois années de moins que Von Neumann — ressemblait davantage à un prêtre ou à un rabbin qu'à un mathématicien. Son nez faisait penser à l'une de ces protubérances qui pendent sous le bec des dindons, et ses yeux, dans un cercle de gros verres opaques, ne semblaient receler aucune étincelle d'intelligence. Bacon n'en était pas moins certain, comme tout le reste de l'assistance, que cet homme maigre et sec était un génie, un de ces savants mélancoliques qui paient de leur tranquillité d'esprit le talent dont ils ont été dotés.

L'une des conséquences inattendues du *Théorème de Gödel* était justement l'impossibilité de distinguer la folie du génie. Puisque tous les systèmes renferment des énoncés justes qui ne peuvent être démontrés, l'existence de raisonnements justes invérifiables était plus que probable. L'esprit, comme les mathématiques, ne peut se défier de lui-même, face à une incohérence. Nul ne peut savoir s'il est fou ou sain d'esprit du simple fait qu'il ne dispose pas d'un système de référence extérieur à sa propre intelligence. Le fou n'a d'autre moyen de se contrôler que la logique de sa folie, et le génie d'autre moyen que la logique de la génialité.

Lors de cette première conférence, Gödel retraça les grandes lignes de la recherche dont il avait ébauché le programme lors de son séjour précédent à Princeton. Il s'exprimait avec un léger accent, de rares gestes, et ses exemples n'étaient que de maladroites ébauches de métaphores brillantes. Bref, il était tout le contraire de Von Neumann. Alors que les explications de ce dernier n'étaient qu'humour et trouvailles, celles de Gödel étaient lestées de réflexions sombres, aussi ternes et pesantes que la personnalité du conférencier. Quand celui-ci eut conclu, Bacon s'approcha de lui, avec quelques autres membres de l'Institut. Comme il s'y était engagé, Von Neumann fit les présentations.

« Tu ne vas pas me croire, Kurt, quand je t'aurai dit comment s'appelle ce garçon. »

Gödel fit un geste indiquant qu'il n'était pas le moins du monde curieux de le savoir. Frank lui tendit la main, mais le professeur ne remarqua même pas son geste.

« Francis Bacon, que dis-tu de ça ? fit Von Neumann en riant. Francis Bacon, rien que ça. Mais celuici, à la différence du vrai, est physicien.

— Je ne crois pas aux sciences naturelles, répliqua Gödel sur un ton qui ne se voulait pas pédant mais purement rationnel.

— Tu ne trouves pas ça drôle, Kurt ? »

Gödel regarda un instant Bacon dans les yeux ; plus que le jauger, il essayait de comprendre ce que ses amis nord-américains trouvaient si drôle. Enfin, Von Neumann le prit par le bras et l'entraîna, comme s'il s'agissait d'un sphinx en pierre prêté par un musée étranger, et les autres se dispersèrent. Bacon demeura seul au milieu du passage, étonné par la passivité apparente du mathématicien.

Quand Bacon rentra chez lui, ce soir-là, il y trouva Vivien. Autant elle lui avait été plus que nécessaire la veille, autant il lui semblait à présent que malgré lui et l'entente qui les rapprochait, elle profitait de l'occasion pour lui jeter à la figure la faiblesse dont il avait fait preuve. Elle avait nettoyé le parquet et la salle de bains ; les murs de la pièce où il travaillait n'étaient plus couverts de petits morceaux de papier fixés avec des punaises sur lesquels Bacon notait les idées qui lui venaient et son bureau était enfin dépoussiéré. Comme d'habitude, Vivien était allongée sur les draps — mais vêtue, cette fois, d'une chemisette violette et d'une jupe noire — et elle attendait son arrivée, aussi sereine que la victime attendant le bourreau. Elle savait, Bacon le lui avait suffisamment répété, à quel point il détestait que l'on se mêlât de ses affaires, que l'on touchât au désordre particulier qu'il cultivait, mais, en un ultime défi, elle avait pris le risque d'outrepasser cette convention vaine. Puisqu'il avait choisi de s'en tenir à la froideur, elle pouvait bien lui rendre ainsi la monnaie de sa pièce. Imperturbable, Bacon contempla l'apparence étincelante de son repaire d'un air aussi peu courroucé qu'enthousiaste. Il donnait plutôt l'impression de ne pas comprendre ce qui s'était produit. Son regard fit le tour de la pièce avant de rencontrer celui de Vivien, contrit.

« Que fais-tu là ? » Ce fut tout ce qu'il osa lui demander, en laissant tomber son cartable par terre comme s'il se déchargeait d'un fardeau.

« Je savais que tu ne serais pas content. »

Bacon s'approcha de Vivien avec des mouvements de panthère qui va se jeter sur sa proie. Elle n'eut pas le temps de se relever. Sans pouvoir s'en empêcher, il se mit à lui lécher les pieds, puis les jambes, et enfin, après lui avoir ôté sa robe comme on pèle un fruit tropical à la chair délicate, le ventre et les seins. Il savait qu'il commettait une erreur — pis encore : qu'il commettait deux fois de suite la même erreur —, mais il ne s'en inquiéta pas davantage. Il plongea dans la chair chaude de Vivien, prêt à s'y noyer une nuit encore. Deux heures plus tard, ce fut elle qui s'y opposa :

« Il est temps que je m'en aille, dit-elle, sans toutefois relâcher son étreinte.

— Pourquoi ?

— Il se fait tard.

— Et alors ? Tu peux rester, si tu veux…

— Tu es sur le point de te marier, lui rappela Vivien.

— C'est justement pour ça que j'aimerais que tu restes. » Bacon ne cachait pas la grossièreté de ses intentions. « Nous n'avons plus beaucoup de temps. Profitons-en.

— Tu ne vois donc pas que tu rends les choses plus difficiles ? Tout ce que tu vas obtenir, comme ça, c'est de tout rendre plus douloureux…

— Tu parles de l'avenir, Vivien. Nul ne peut savoir ce qu'il nous réserve. Nous ne sommes même pas capables de prévoir le temps qu'il fera demain. Pourquoi nous en soucier maintenant ? C'est du présent qu'il s'agit, de notre présent.

— Hier, tu ne disais pas ça…

— Tu vois ? s'exclama Bacon, c'est la preuve qu'il faut profiter du moment favorable. »

Vivien savait aussi bien que lui qu'ils se mentaient l'un et l'autre à eux-mêmes, et, ce qui était plus grave, qu'ils en tiraient du plaisir, mais rien n'est plus faux qu'une vérité qu'on ne veut pas entendre. Mieux valait croire que l'avenir n'était qu'une possibilité parmi tant d'autres, une scène aussi inexistante que le passé. Pendant toute la durée du cycle de conférences de Gödel — délai pendant lequel il avait décidé de ne pas voir Elizabeth —, Bacon était bien décidé à profiter de Vivien comme un miséreux qui ne perd pas la moindre goutte de jus de sa dernière orange.

Depuis des semaines, Elizabeth ne pouvait dormir que quelques heures par nuit, et ces nuits hostiles devenaient pour elle une torture sans fin, où elle voyait comme au cinéma son fiancé plongé dans diverses activités, toutes incompatibles avec leur mariage. Elle en perdit bientôt l'appétit et se dit que, si elle continuait ainsi, elle allait devenir une femme maigre désespérée, rien d'appétissant pour un homme qui s'obstinait à défendre une entité métaphysique appelée liberté. Pendant quelques jours, elle avait tenu à sa résolution de lui donner une leçon et de ne pas chercher à le joindre : elle était trop sûre d'elle pour douter un seul instant qu'elle finirait par rabattre l'orgueil de Frank. Quand il comprendrait qu'elle refusait de céder, Frank chercherait désespérément à la voir, et c'est alors qu'elle imposerait une fois pour toutes ses conditions, concernant leur vie commune. Le jeûne et la quarantaine qu'elle s'imposait lui vaudraient — comme l'assure le christianisme — le royaume à venir.

Jamais encore ils n'étaient restés aussi longtemps sans se voir. Plus les jours passaient, plus l'épreuve devenait pénible. Il s'agissait d'une sorte de compétition — Bacon devait se dire, plus tard, que c'était celle d'Achille et de la tortue et qu'il avait tenu le rôle de la tortue —, dans laquelle le vainqueur était celui qui ferait preuve de plus de détermination et de patience que l'autre. Comprenant que c'était là le défi de sa vie, Elizabeth n'était pas disposée à se laisser battre. Chaque fois qu'elle se sentait angoissée, elle se retenait à grand-peine de l'appeler et se rassurait en imaginant qu'il souffrait autant qu'elle de leur séparation.

Un cauchemar balaya sa résistance. Elle était atteinte d'une maladie grave, elle mourait, et Bacon, au lieu de s'en affliger, s'en réjouissait. Elizabeth s'était réveillée en larmes, certaine que ce mauvais rêve était le signe que sa stratégie l'avait conduite à l'échec. Et s'il ne revenait jamais la trouver ? S'il ne l'avait jamais aimée ? Pour la première fois, elle se reprocha sa sécheresse et sa dureté : peut-être avait-elle trop exigé de lui. Elle l'aimait. Plus que jamais. Elle se disait qu'elle avait agi comme une idiote. Pourquoi souffrir de son absence, pourquoi mettre son amour à l'épreuve, quand tout ce qu'elle désirait, c'était l'avoir à ses côtés ? L'orgueil et la vanité ne devaient pas les séparer. Il était encore temps de réparer son erreur.

Quand elle arriva chez Bacon — il était onze heures du matin et il devait se trouver à l'Institut —, Elizabeth ployait sous le poids d'un tas de paquets, empilés les uns sur les autres, qui lui permettaient à peine d'avancer. Vue de loin, sa démarche lente et titubante la faisait ressembler aux robots que l'on voit dans les films. Elle avait acheté du fromage, du vin, des fruits, des lampes de bureau et de chevet et un train modèle réduit très original. Elle n'avait encore jamais mis les pieds dans l'appartement de Bacon — elle préférait l'inviter chez elle ou lui donner rendez-vous dans des cafétérias ou des restaurants —, mais exigé pourtant qu'il lui remît un jeu de clés. Elle allait maintenant s'en servir et lui faire une surprise, pour lui signifier que l'heure de faire la paix était venue.

La salle était presque pleine, mais Bacon était sûr que très peu d'auditeurs — excepté Veblen et Von Neumann, peut-être, assis au premier rang — pouvaient véritablement comprendre le sens des propos ahurissants que tenait tout tranquillement Gödel. Le professeur allait et venait avec une grâce éléphantesque devant le tableau, où il écrivait des formules d'un élan qui évoquait celui de l'homme des cavernes dessinant un bison dans une grotte. Gödel faisait aussi tout son possible pour ne pas regarder son public et préférait se perdre dans l'infini qui se déployait sur le mur du fond. Il s'efforçait de démontrer ce jour-là à l'assistance ce qu'on appelle la « théorie du continu » formulée par Cantor dans sa théorie des ensembles.

« L'hypothèse du continu de Cantor, disait-il comme s'il parlait seul dans une salle déserte, se réduit à la question : combien de points y a-t-il dans la droite de l'espace euclidien ? Ce qui revient à demander : combien y a-t-il d'ensembles d'entiers ? » Gödel s'interrompit un instant, comme s'il spéculait devant un grand bloc de marbre avant de l'attaquer au ciseau. « Évidemment, la question ne se pose que si l'on étend la notion de nombre à celle des puissances des ensembles infinis… »

Gödel s'arrêta brusquement de parler, comme s'il ne pouvait concevoir que quelqu'un pût l'interrompre : une lourde porte en bois venait de s'ouvrir et de se refermer violemment avec un claquement tel qu'il avait fait voler en éclats le calme immémorial dans lequel le logicien entraînait à sa suite les auditeurs. Veblen et les autres professeurs se levèrent de leurs sièges et tous les regards se portèrent sur la femme qui, sans hésiter, avait fait irruption dans l'auditorium.

« Où es-tu ? cria-t-elle sans se soucier que d'aussi nombreux inconnus entendissent son appel. Tu m'as menti ! Auras-tu seulement le courage de l'admettre ? »

Assis au dernier rang, Bacon reconnut Elizabeth et ne sut s'il fallait se lever et la rassurer ou éviter d'être aperçu et se soustraire à sa fureur. Elle restait plantée là, indifférente à la gêne qu'elle semait dans la salle. Gödel était horrifié. Toute la beauté d'Elizabeth était balayée par le rictus glacial avec lequel elle cherchait la tête de traître et de coupable de son fiancé dans les rangs du public.

« Je vous en prie, mademoiselle, je ne sais ni qui vous êtes ni ce que vous venez faire ici, mais vous interrompez une conférence, s'empressa de lancer Veblen. Je vous demande impérativement de quitter la salle et de permettre au professeur de poursuivre son exposé... »

Elizabeth ne l'entendit même pas. En revanche, elle découvrit enfin le regard terrorisé de sa victime.

« Ne te cache pas ! cria-t-elle encore. T'imaginais-tu que je ne m'en rendrais jamais compte ? Que tu allais pouvoir continuer à recevoir cette pute noire ? Me croyais-tu assez stupide... ?

— Elizabeth, je t'en prie ! supplia Bacon qui, devant l'irritation des autres membres de l'assistance, ne put éviter l'affrontement. Nous réglerons ça plus tard...

— Plus tard ? Pas question ! Je ne me tairai pas tant que tu ne m'auras pas tout dit ! » Sur ces mots, elle se dirigea vers lui, avec des larmes aussi ardentes que la rage impuissante qui s'emparait de Bacon.

« Monsieur Bacon ! lança Veblen avec véhémence en lui indiquant la sortie, expliquez à cette demoiselle que nous sommes en pleine conférence, de la plus haute importance... M'entendez-vous ? »

Elizabeth était arrivée à l'endroit où se tenait son fiancé. Quand celui-ci la prit par le bras et tenta de l'entraîner vers la sortie, elle lui envoya une gifle retentissante. Tous les assistants, sauf Gödel, lancèrent un « Oh ! » prolongé au bruit que fit la gifle. Incapable d'endurer plus longtemps pareille humiliation, Bacon, sans réfléchir, lui renvoya le coup, moins fort que celui qu'il avait reçu, mais qui, par un caprice de l'acoustique, retentit plus violemment que le premier.

« Bacon ! Ceci est inadmissible ! » s'écria Veblen,

tandis que Von Neumann, à côté de lui, ne pouvait contenir un rire étranglé. « Faut-il que je vous demande encore une fois de quitter la salle et de nous permettre de poursuivre ? »

Elizabeth, étourdie par le coup, n'était plus consciente de ce qui se produisait autour d'elle. Le désastre qu'elle avait provoqué était noyé dans une confusion proche de celle du demi-sommeil. Tout ce qu'elle voulait, c'était enlacer Bacon et dormir longtemps auprès de lui. Gödel, face à la salle, contemplait le spectacle avec inquiétude.

« Tu la gardais chez toi, sanglotait Elizabeth tandis que Bacon la faisait sortir sous le regard de ses confrères. Tu gardais cette pute noire chez toi… »

La dernière chose que put encore apercevoir Bacon avant de quitter la salle, ce fut le regard mauvais de Veblen qui lui disait, mieux que ne l'eussent fait les pires invectives, qu'il venait de ruiner sa carrière et son brillant avenir à l'Institut. En soutenant sa fiancée livide — ou plutôt celle qui avait été sa fiancée, se dit-il, sarcastique —, Bacon mesurait à peine les conséquences de ce scandale : les trois étais de sa vie — Elizabeth, Von Neumann et Vivien — venaient d'entrer en collision comme des trains lancés à grande vitesse. Que penserait Von Neumann de ce résultat imprévisible du jeu de l'amour ? Bacon entraîna Elizabeth dans une des salles voisines et la poussa à s'asseoir sur une chaise. Il demeura près d'elle, sans la toucher, sans l'embrasser jusqu'à ce que, quelques minutes plus tard, ayant recouvré ses esprits, elle l'eût insulté et, d'un pas mal assuré, eût quitté l'Institut.

Pendant ce temps, en pleine salle de conférences, le professeur Gödel annonça qu'il ne pouvait poursuivre son exposé et se mit à pleurer sans plus de retenue. Von Neumann se leva pour aller le consoler.

Sur le départ de Bacon pour l'Allemagne

Quand Bacon retourna à l'Institut, quelques jours plus tard, il se rendit directement au bureau du directeur, Frank Aydelotte — le successeur de Flexner —, qui avait cherché à le joindre par tous les moyens. Bacon ne savait quel sort lui réservait ce rendez-vous, mais il ne pouvait être, lui semblait-il, que funeste, sur l'échelle qui allait du blâme sévère au renvoi définitif. Pour comble de malchance, il avait une de ces migraines qui, comme un couteau planté au milieu du front, lui partageaient le crâne en deux moitiés, l'une saine et insensible, l'autre animée d'un mouvement frénétique et angoissant de machine emballée. Les migraines se déclenchaient quand il était trop nerveux ou après une émotion trop vive, avec des sortes d'éclairs semblables à ceux des étoiles filantes ; à ces éclairs succédaient vertiges et nausées — messagers de malheur —, et la douleur s'installait sans coup férir. Toute résistance était vaine : les remèdes habituels — tasses de café qui lui démolissaient les nerfs, poches de glaçons sur la nuque qui lui donnaient l'impression d'être un colin à l'étalage, ou massages inefficaces des lobes de l'oreille et des poignets — ne le soulageaient même pas momentanément. Alors la douleur s'imposait, inévitable. Aussi inévitable que les reproches redoutables qu'Aydelotte allait lui adresser.

A dix heures du matin, il était déjà hors de combat. Les rayons de soleil se plantaient comme des échardes entre ses paupières à demi fermées, les rumeurs lointaines de la ville devenaient un fracas assourdissant à ses oreilles, les murs en brique rouge de Fuld Hall tremblaient comme de la gelée. Il respira profondément, essaya de lisser un peu ses cheveux et se fit annoncer par la secrétaire obèse du directeur. Celui-ci le reçut aussitôt ; sans se lever de son fauteuil, il lui désigna une chaise en laquelle Bacon vit un instrument de torture. Derrière Aydelotte, un grand type aussi carré qu'un joueur de football, vêtu de gris, le regardait avec curiosité.

« Asseyez-vous », répéta Aydelotte.

Bacon obtempéra. Il ne voulait pas laisser voir son malaise ni se montrer trop intimidé. Son rôle d'enfant puni était déjà bien assez inconfortable pour y ajouter encore une explication sur ses défaillances physiques.

« Détendez-vous, Bacon, dit le directeur, d'une manière un peu empruntée. Mon bureau n'est pas un tribunal ni un peloton d'exécution.

— Je désire vous demander pardon, l'interrompit Bacon en un élan irrépressible. Je ne voudrais pas qu'un problème personnel... Pourrais-je au moins voir le professeur Gödel pour lui présenter mes excuses ? »

Aydelotte lui adressa un regard réprobateur.

« Pas si vite, Bacon. Malheureusement, ce ne sera pas aussi simple... Le professeur Gödel a eu une de ses... rechutes nerveuses. C'est un homme extraordinairement sensible.

— Il va très mal ?

— Disons qu'il n'est pas dans un de ses meilleurs moments. Je suppose que ça lui passera. Pour l'instant, il a décidé de ne pas bouger de chez lui de toute la semaine. » Aydelotte eut une petite toux tactique, pour indiquer que le sujet était clos. « Je dois vous dire, Bacon, que l'incident est vraiment très regrettable. Vous imaginez-vous l'impression qu'il a pu produire sur l'assistance ? Le professeur Veblen a jeté sur vous un blâme violent. Vous m'avez compris ?

— J'ai terriblement honte. Je ferai tout pour réparer ma faute...

— Tout, reprit Aydelotte sur un ton martial. C'est

navrant, Bacon. J'ai relu attentivement votre dossier, et il est véritablement impressionnant. Aussi bien à l'université qu'ici, vous avez exécuté votre travail avec talent et discrétion, deux vertus que j'apprécie particulièrement chez les scientifiques… » Bacon avait l'impression qu'en parlant Aydelotte remuait beaucoup trop les lèvres, semblables à deux anguilles qui se seraient battues entre elles. « De plus, le professeur Von Neumann a pris la peine de vous défendre. Il dit que vous êtes l'un de nos chercheurs les plus doués… »

Bacon se sentit flatté par le commentaire de son mentor. Il avait toujours cru que le mathématicien hongrois se contentait de le tolérer, ainsi qu'il le lui avait dit d'emblée, et ne croyait pas que cet homme l'appréciait vraiment.

« Il a même ajouté qu'il est sûr qu'un jour ou l'autre, quand vous aurez acquis la maîtrise qui ne vient qu'avec le temps, vous ferez faire de grands bonds en avant à la physique. » Cette opinion parut carrément outrée à Bacon. « Comme vous pouvez le constater, votre situation est délicate, mais elle n'est pas désespérée. Il y a tant d'éléments qui jouent en votre faveur qu'un petit détail comme celui de l'autre jour n'est qu'une aiguille perdue dans la meule de foin de vos mérites… »

Bacon se demandait si ce ton pompeux était le fruit de son imagination ou si Aydelotte l'adoptait pour se débarrasser de lui sans remords.

« Ne vous inquiétez pas, Bacon, je ne vous dis pas ça pour vous claquer ensuite la porte au nez », fit Aydelotte, comme s'il avait lu dans sa pensée. Mais il ne le regardait plus et vissait et dévissait avec la plus grande attention le capuchon de son stylo. « Cependant, cela ne doit pas nous empêcher de vous parler franchement, mon garçon : vous n'êtes pas fait pour cet Institut. Votre conduite de l'autre jour n'est que la confirmation d'une vérité inéluctable. » Bacon sursauta, comme si le directeur lui avait envoyé un coup de poing dans l'œil qui lui faisait déjà si mal. « Nous, nous sommes heureux de pouvoir compter sur votre présence, mais je crois pourtant (corrigez-moi si je me trompe) que vous ne vous y sentez pas apprécié à votre juste valeur et que de notre côté, je ne sais pourquoi, nous avons l'impression de ne pas vous faire justice. Votre talent renâcle à se plier aux tâches routinières. » Sur ces mots, Aydelotte se tourna pour guetter l'approbation de l'homme en gris qui se tenait, imperturbable, derrière lui. « Je ne veux pas dire par là que vous devez vous orienter vers la physique expérimentale, mais que vous avez, comment dire ? un caractère trop inquiet... Nous pensons que si les choses demeuraient telles qu'elles sont, vous finiriez par nous quitter sans avoir réalisé les grandes œuvres que nous attendons de vous... Il vous faut plus d'activité, mon jeune ami. Plus de vie.

— Je ne sais que vous répondre, balbutia Bacon. Je vous promets que si vous me le permettez...

— Je viens de vous dire que ce qui s'est produit pendant la conférence du professeur Gödel est regrettable mais n'est pas irréparable. » Aydelotte commençait à manifester une certaine impatience. « Laissez-moi vous présenter M. Bird. » L'homme en question eut alors une ombre de sourire. « M. Bird travaille pour le gouvernement. Il y a quelques semaines, il m'a demandé de lui recommander quelqu'un qui aurait les compétences nécessaires pour mener à bien une mission spéciale. Il leur faut un homme jeune qui soit en même temps un physicien compétent. J'ai parlé de cette requête au professeur Von Neumann, et il a pensé que vous seriez le candidat idéal. »

L'estocade d'Aydelotte lui échauffa les oreilles. Après cette présentation ambiguë, Bacon put examiner sans gêne la corpulence de Bird. Plus qu'étoffé, il était enveloppé, massif comme un athlète qui a arrêté de s'entraîner depuis longtemps. Bacon se dit qu'il devait s'agir d'un militaire ou plus probablement d'un *marine*.

« Je tiens à vous dire, mon cher Bacon — cette courtoisie qui ne lui ressemblait pas semblait mettre Aydelotte mal à l'aise — que nous aimerions beaucoup que vous collaboriez avec M. Bird, mais qu'il ne s'agit aucunement d'un ordre. Je vous demande seulement d'écouter ce qu'il a à vous proposer et, ensuite, de prendre librement votre décision. Je crois que ce serait là une sortie digne, pour tout le monde… »

En achevant sa phrase, Aydelotte s'était levé, et, avec un enthousiasme un peu forcé, il serrait maintenant la main de Bacon. M. Bird eut une légère toux, pour marquer la fin de cette partie de l'entretien, puis il se dirigea vers la sortie.

« Faisons quelques pas ensemble », dit-il à Bacon d'une voix qui n'admettait pas de contradiction.

Bacon le suivit. Il se sentait mieux. Les propos d'Aydelotte, véritable décharge électrique, lui avaient fait oublier son malaise.

« Bonne chance, Bacon », lui dit le directeur comme ils prenaient congé.

Pour Bacon, cette phrase sonna comme un signe évident qu'il n'était pas près de revoir Aydelotte ni l'Institut.

« Étiez-vous déjà venu ici ? demanda Bacon pour rompre la glace.

— Oui, plusieurs fois. »

Ils marchaient l'un à côté de l'autre comme des vieux amis, sans but précis. M. Bird ne semblait pas pressé et s'arrêtait pour contempler les marguerites et les églantiers en amateur passionné d'horticulture.

« Alors, vous travaillez pour le gouvernement ? »

Bacon se sentait de nouveau nauséeux. « Devons-nous nous rendre quelque part ?

— Non. »

Ils firent un tour complet du campus, puis ils recommencèrent. Une chose était sûre : M. Bird avait tout le temps du monde. Brusquement, il s'arrêta et regarda Bacon fixement, comme s'il allait enfin lui révéler le motif de sa visite.

« Est-il vrai que le professeur Einstein a découvert la quatrième dimension ? »

Tout d'abord, Bacon crut avoir mal entendu. Il se dit même que la migraine lui donnait des hallucinations auditives.

« Non, non, pas exactement, bredouilla-t-il au bout de quelques secondes. Dans sa théorie, le temps est la quatrième dimension… Les êtres humains vivent dans un univers à quatre dimensions, l'espace-temps.

— Et cette formule que l'on trouve dans les journaux… prouve-t-elle l'existence de l'âme ?

— Non, bien sûr. Elle signifie que l'énergie est égale à la masse multipliée par la vitesse de la lumière au carré. »

M. Bird se gratta la tête d'un geste théâtral. Puis, comme s'il avait tout combiné d'avance, il y alla de sa propre théorie :

« Moi, je n'aime pas du tout cette idée de la relativité. Je crois qu'il y a des choses qui ne peuvent être relatives. Le bien et le mal, par exemple. Croire qu'ils sont relatifs, c'est pousser au crime, non ? Je connais bon nombre de crapules qui, en se référant à la relativité, cherchent à échapper au châtiment qu'elles méritent. Vous imaginez-vous ce qui se passerait si tout le monde pensait que tout est relatif et que chacun peut faire ce qui lui chante ? Etre un traître n'est pas relatif. Tuer quelqu'un non plus. Assassiner des milliers de gens, comme le fait Hitler, n'est pas relatif. »

Bacon se sentit intimidé.

« Je suis d'accord avec vous… Mais ce que vous venez de dire n'a aucun rapport avec la théorie de la relativité et Einstein. » Il se risqua à fournir une explication : « Il parle en termes de physique, et non pas de mœurs sociales…

— Pour moi, ça revient au même.

— Non. Tout ce qu'affirme Einstein, c'est que le mouvement est relatif pour des observateurs en mouvement. Pour nous qui sommes en train de marcher, par exemple, ces filles qui s'approchent semblent aller plus vite que nous. Le seul point de référence est la lumière, dont la vitesse est constante, quel que soit l'endroit d'où on l'observe. Les questions de morale n'ont rien à voir avec ces faits, monsieur Bird.

— Et vous considérez que c'est là une découverte importante ?

— Oui, bien sûr que oui.

— Pardonnez-moi d'insister, mais je n'en ai pas l'impression. S'il en allait ainsi, tout le monde s'en rendrait compte… Je ne crois pas qu'existe une quelconque quatrième dimension, parce que je ne l'ai jamais vue, comme je n'ai jamais vu les atomes ni rien de semblable.

— Vous n'êtes pas le seul… », ironisa Bacon, qui commençait à se lasser. Parler de physique avec quelqu'un qui semblait ignorer la valeur de *pi* n'était pas vain, mais absurde. M. Bird, au contraire, était assez sûr de lui pour s'opposer à Einstein.

« C'est pour cela que vous vouliez me rencontrer ?

— Non, pas du tout. Excusez-moi, ce n'était que de la curiosité. » M. Bird paraissait troublé par ses spéculations antérieures. « J'ai vu bien des hommes comme vous, et je me demandais simplement ce qui vous trotte dans la tête… Les physiciens ne font rien d'autre que réfléchir, des heures durant, à leur bureau ou chez eux, pendant qu'ils prennent une douche, avant de dormir… J'en suis venu à me dire qu'ils ne pensent aussi qu'à leurs calculs et à leurs théories pendant qu'ils font l'amour à leur femme…

— Je peux vous assurer que nous ne sommes pas tous comme ça, fit Bacon, l'interrompant. Mais comment connaissez-vous aussi bien les physiciens et leurs habitudes ? demanda-t-il, cherchant à éveiller sa sympathie.

— Il a bien fallu que je m'habitue à eux. C'est mon métier.

— Vous ne m'avez pas encore dit ce que vous faisiez exactement, monsieur Bird.

— Chaque chose en son temps. Ne soyez pas pressé. Dites-moi plutôt, je vous prie, pour quelles raisons vous suivez le professeur Einstein. »

Bien des fois, en rêve, Bacon avait imaginé que quelqu'un lui posait cette question. Il avait même inventé tout un tas de réponses possibles, mais aucune ne lui revint à l'esprit à ce moment-là.

« Le nier n'aurait aucun sens », insista Bird, d'une voix douce et caressante que Bacon n'avait jamais entendue qu'au cinéma. « Vous avez suivi le professeur Einstein et nous vous avons suivi.

— Nous, mais qui êtes-vous ?

— Vous n'avez pas répondu à ma question, rétorqua Bird en se rembrunissant.

— Vous n'allez pas me croire, fit Bacon en essayant de sourire.

— Laissez-moi donc en décider.

— Je n'en sais rien, je vous l'assure. Un jour, j'ai eu l'idée d'engager une conversation avec lui pendant qu'il regagnait son domicile, je n'ai pas osé et je me suis contenté de le suivre de loin.

— De le suivre de loin. Et puis, vous avez décidé de le faire tous les jours ?

— C'est ça. Ça paraît absurde, mais c'est ça.

— Et vous vous imaginez que le professeur Einstein n'a jamais remarqué votre présence ?

— Bon, oui, une fois, mais j'ai pensé qu'il n'y avait pas attaché la moindre importance.

— Et que me répondriez-vous si je vous disais que le professeur Einstein a appelé la police ?

— Ce n'est pas possible, dit Bacon, qui transpirait soudain d'abondance. C'était une sorte de jeu... Jamais je n'aurais cru...

— Les temps sont durs, vous ne l'ignorez pas. » Bird était revenu à sa courtoisie première. « Vous savez que les nazis détestent le professeur Einstein... Et ils ne sont pas les seuls. Il y a beaucoup de cinglés en ce monde. Les États-Unis sont le nouveau foyer d'Einstein, ils doivent veiller à la sécurité de leurs citoyens, et tout particulièrement à celle du professeur, ne croyez-vous pas ?

— Vous êtes de la police ? s'exclama Bacon, inquiet.

— Pas exactement. » Bird tâchait de prendre un ton rassurant. « Pas au sens où on l'entend habituellement. Disons que je dois faire en sorte que le professeur Einstein se sente ici comme chez lui. Que nul ne le tourmente. Je suis comme son ombre.

— Alors, vous m'avez vu ? Vous savez que ce n'est qu'un jeu, rien de plus.

— Oui, je sais. Mais il faut tout de même prendre quelques précautions. Il m'a fallu un certain temps pour mener ma petite enquête. Par bonheur, nous n'avons rien découvert de suspect.

— Maintenant que vous êtes certain que je ne suis pas un assassin, je peux m'en aller ?

— J'ai bien peur que non, fit Bird d'un ton ferme. On dit que vous êtes un bon physicien. Vous avez d'excellentes notes. Un comportement irréprochable, enfin, excepté vos difficultés avec les femmes, mais ça, ce n'est pas de mon ressort... Voilà pourquoi nous avons décidé de soutenir le projet des professeurs Aydelotte et Von Neumann, en ce qui vous concerne. Il nous semble que vous êtes la personne adéquate dont nous avons besoin pour mener à bien une mission délicate qui nous préoccupe beaucoup.

— Et que pourrais-je y faire, moi ?

— Vous pouvez faire beaucoup. Vous êtes jeune, vous êtes un scientifique compétent, vous aimez le risque, vous parlez l'allemand couramment, et, si ce n'était pas suffisant, songez-y, vous voilà maintenant sans emploi et sans engagements. Nous pensons que vous êtes l'homme qu'il nous faut…

— Qu'il vous faut… pour quoi faire ?

— Je vous l'ai dit : collaborer avec nous. Une enquête, si vous préférez… Vous aimez votre patrie, n'est-ce pas ?

— Bien entendu.

— Eh bien, il est temps de faire quelque chose pour elle. Nous sommes en guerre, ne l'oubliez pas. Les priorités ne sont plus les mêmes, en de telles situations.

— Je suppose que je ne peux pas refuser.

— Vous ne le ferez pas. Vous devez beaucoup à ce pays et l'heure est venue de lui rendre une petite partie de ce qu'il vous a donné. N'est-ce pas juste ? De plus, comme l'a dit le professeur Aydelotte, vous n'êtes pas fait pour cet endroit. Si vous restez, vous ne ferez que créer de nouveaux ennuis, pour ne rien dire de ceux que vous aurez à affronter de votre côté ; je crois que vous comprenez ce que je veux dire… » M. Bird s'adressait à lui comme s'il expliquait à un enfant ce que sont ses devoirs. « Bien entendu, je dois vous demander la discrétion absolue. N'en parlez à personne et ne faites vos adieux qu'à ceux envers lesquels vous ne pouvez agir autrement, mais sans vous étendre sur la raison de votre départ…

— Comment pourrais-je leur dire quoi que ce soit, puisque je ne sais rien ? s'écria Bacon.

— Dites-leur que vous vous êtes engagé dans l'armée. Que votre décision est prise. Plus tard, si tout se passe bien, vous pourrez leur écrire et leur dire la vérité.

— Tout ceci est vraiment trop étrange. Il faut que je réfléchisse.

— Désolé, professeur Bacon, mais vous n'en avez pas le temps. Il faut nous accorder votre confiance comme la patrie vous accorde la sienne. »

Bacon frappa à la porte de Von Neumann avec l'anxiété du moribond qui réclame l'absolution. La migraine l'avait quitté, mais en cédant la place à l'impression d'irréalité qu'entraînent les fortes fièvres.

« Que s'est-il passé ? » demanda Von Neumann en l'accueillant avec son impatience habituelle. Bacon entra dans le bureau du professeur avant d'y avoir été invité.

« Je viens vous remercier de votre recommandation, répondit Bacon en appuyant sur le dernier mot. Et vous faire mes adieux. »

Von Neumann s'assit et le regarda avec une expression paternelle. Comme les fois précédentes, sa mauvaise humeur s'était muée en bonhomie.

« Je me réjouis que vous ayez accepté, mon garçon. C'est une sage décision.

— Vous étiez au courant, n'est-ce pas ?

— Après ce scandale, Aydelotte m'a fait appeler. Veblen insistait pour vous renvoyer sans autre forme de procès. Je me suis borné à leur dire la vérité : que vous êtes un bon physicien, mais que votre place n'est pas ici. Aydelotte y a longuement réfléchi, puis il m'a dit qu'il y avait peut-être pour vous une seconde chance… Un voyage d'études, c'est le terme qu'il a employé. » Von Neumann eut un sourire désabusé.

« L'heure qui vient de sonner pour nous, pour nous tous, mon cher Bacon, est celle du sacrifice. J'ai tout d'abord cru que votre décision de rester ici et de faire front était la bonne, mais je crois maintenant le contraire. Vous êtes un homme intelligent, capable de rendre bien des services à son pays, ailleurs que dans cette étroite et merveilleuse prison de Princeton… Je sais que vous êtes inquiet et irrité, mais je ne puis vous dire qu'une seule chose : vous avez été choisi pour participer à une mission importante parce que vous êtes un physicien. Vous ne serez pas simple soldat : une grande responsabilité vous sera confiée.

— J'aurais préféré prendre une décision sans y être forcé.

— D'une certaine manière, la décision, vous l'aviez prise, mon garçon. Les circonstances ont agi en votre faveur. Vous souvenez-vous de notre dernière conversation ? » Von Neumann tapota affectueusement l'épaule de Bacon. « Vous m'avez raconté votre vie sentimentale et fait part de votre position conflictuelle entre ces deux femmes… Alors, j'ai essayé de vous expliquer que la théorie des jeux pouvait aussi servir à développer des stratégies utiles aux amants. Vous me suivez ?

— Oui, bien entendu.

— Dès lors, je savais que si vous persistiez à ne rien vouloir changer à votre vie, vous finiriez tôt ou tard par tout perdre ; au lieu de résoudre votre problème, vous ne faisiez que l'aggraver… Si je ne me trompe, c'est bien ce qui s'est produit.

— Il me semble que vous avez vu juste : vous m'avez dit que j'étais l'enjeu d'une rivalité entre Elizabeth et Vivien, et qu'un moment viendrait où je serais obligé de choisir l'une ou l'autre… Ou, si je ne le faisais pas, que l'une ou l'autre me laisserait tomber.

— Navré de vous le dire, mais je ne me trompais pas.

— J'ai bien peur d'en être même arrivé à ne plus savoir que faire, comme vous avez pu le constater. Elles ont fini par se rencontrer... Et, en définitive, je crois que je les ai perdues toutes les deux.

— Je le voyais venir. » Il y eut alors dans la voix de Von Neumann une étincelle de compassion que Bacon n'avait encore jamais remarquée. « C'était logique. Aimer deux femmes (ce qui n'est pas la même chose que coucher avec deux femmes) est le pire malheur qui puisse arriver à quelqu'un. On peut se leurrer en se disant que c'est une bénédiction ou une preuve de virilité mais, en fait, c'est une calamité biblique... La vérité finit toujours par faire surface et, alors, on ne sait plus pourquoi on est allé se fourrer dans un tel guêpier. Il est déjà bien assez difficile d'aimer une seule personne pour vouloir en aimer deux. » Von Neumann parut s'absorber dans la contemplation de son passé. « La rivalité qui s'établit entre deux femmes qui aiment le même homme est un des jeux que nous avons appelé "de somme nulle". Ce que l'une gagne, l'autre le perd nécessairement, et vice versa, sans aucune compensation possible. Pour aussi équitable qu'il veuille être, l'homme qui est l'enjeu du combat finira toujours par les trahir l'une et l'autre... Ce qui, à la longue, éveille les soupçons, et, dans le pire des cas, comme le vôtre, aboutit à la rencontre des deux rivales. Je n'aimerais pas être à votre place, Bacon.

— Mais vous m'aviez dit qu'il pouvait y avoir une solution logique à ce conflit.

— Et il y en a une. » Von Neumann se complaisait dans le rôle du *deus ex machina,* capable de le tirer d'affaire à la dernière extrémité. « Une fois que les deux trains sont entrés en collision, la seule stratégie légitime est d'abandonner la partie et d'en commencer une autre. C'est aussi simple que ça.

— Les quitter toutes les deux ?

— Une bonne fois et pour toujours.

— C'est pour ça que vous m'avez recommandé pour cette mission !

— Je n'ai été que le détonateur. J'espère que je ne vous blesse pas. En toute sincérité, je considère que c'est le seul choix possible. Il ne s'agit pas de fuir, mais de sauver le peu qui vous reste. A moins que vous ne préfériez mijoter dans le petit enfer que vous vous êtes aussi inconsidérément construit. »

Bacon ne sut que répondre. Il était encore trop secoué par la douleur et la furie d'Elizabeth, par la disparition soudaine de Vivien, par le scandale qui avait fait tache d'huile à l'Institut. C'était à peine s'il entrevoyait encore ce qu'il désirait faire de sa vie. Peut-être Aydelotte, Von Neumann et M. Bird avaient-ils raison. Peut-être ne lui restait-il qu'à les oublier l'une et l'autre avant qu'elles ne l'oublient ou, pis encore, avant que, pleines de haine et de rancœur, elles ne reviennent lui demander des comptes.

« Faut-il que j'adresse des remerciements à M. Bird ? demanda-t-il, ne sachant plus que croire.

— Pas maintenant, vous en aurez largement l'occasion. Il ne nous est pas donné tous les jours de servir une juste cause. Mais ne faites pas cette tête. J'ai bien peur de ne pouvoir faire autrement que de le rencontrer de temps à autre.

— Que voulez-vous dire ? s'enquit Bacon.

— M. Bird n'est pas exactement un puits de sagesse, mais c'est un bon agent de la marine.

— Vous le connaissez ?

— Évidemment, que je le connais ! Et ce n'est encore rien, de le connaître. Je vais vous confier un secret, Bacon, et je compte sur votre discrétion. Moi aussi je travaille pour eux.

— Vous ?

— C'est l'un de mes travaux subsidiaires. Pas le

plus intéressant, mais pas non plus des moindres. Chez moi, j'ai toujours une valise prête, avec quelques vêtements de rechange et un casque de l'armée. Je ne dois emporter que l'indispensable. Toutefois, en cachette de Klara, j'y glisse toujours un bon livre d'histoire médiévale. Ils peuvent à tout moment me donner le signal du départ et, de nos jours, les vols pour Londres peuvent être terriblement longs et ennuyeux…

— Londres !

— C'est peut-être là que nous nous reverrons la prochaine fois, Bacon. C'est là que vous allez être envoyé. Au moins, nous aurons du bon thé.

— Je vais aller à Londres ?

— Votre perspicacité m'épate, mon petit gars. Oui, vous irez à Londres. Vous saurez ce que c'est que la guerre. Vous saurez ce que c'est que le monde. Et, je vous le promets, vous serez beaucoup plus heureux qu'ici. »

Bacon demeura un long moment sans rien dire, à assimiler ce que Von Neumann venait de lui confier. Il allait être un agent de la marine nord-américaine à Londres. Il répéta plusieurs fois cette formule en lui-même, jusqu'à ce qu'il eût réussi à y croire.

« La seule chose qui me tourmente encore, c'est l'état du professeur Gödel, dit-il, se souvenant tout à coup d'un sujet qu'il avait oublié d'aborder. Je suppose que cet esclandre l'aura profondément affecté…

— Pensez-vous ! lança Von Neumann avec un sourire malin. Au contraire, Bacon, Kurt a sans doute été le seul qui vous aura compris.

— Que voulez-vous dire ?

— Vous croyez que Gödel a été scandalisé par la conduite de votre fiancée ? » Il eut un rire qui ressemblait à un croassement. « Ne soyez pas aussi ingénu, Bacon. Les raisons de sa réaction sont tout autres : comme pour vous, les grands problèmes du professeur Gödel sont liés à l'amour.

— A l'amour ? Gödel ?

— On ne le dirait pas, n'est-ce pas ? Mais c'est ainsi : le timide, le sensible Kurt Gödel est fou d'amour pour sa femme. Il a fait mille choses pour elle : il l'a harcelée jusqu'à la lassitude, il l'a comblée de cadeaux, jusqu'à ce qu'elle se décide enfin à se marier avec lui… Seules les femmes sont capables de faire d'un génie une bête.

— Et que s'est-il passé ensuite ?

— Je vais vous répondre, Bacon, mais si, et seulement si, je puis compter sur votre discrétion. Ce que je vais vous dire, presque personne ne le sait ici, aux États-Unis. C'est un secret plus important que tous ceux que vous allez découvrir pendant la guerre. A Vienne, Adèle était danseuse dans un cabaret de réputation plus que douteuse. Les parents de Gödel se sont toujours opposés à ce que leur enfant chéri fréquente une femme comme elle…

— Mais le professeur Gödel devait avoir près de trente ans, à ce moment-là…

— Ses parents étaient très conservateurs, Bacon, et ils exerçaient une grande influence sur lui. Ç'a été une véritable tragédie. Pendant des années, Kurt n'a pas osé défier sa famille… Vous rendez-vous compte ? En vous voyant vous battre avec votre fiancée, il s'est souvenu de sa passion… C'est ce qui l'a fait pleurer.

— J'ai du mal à le croire.

— J'avoue que ça m'étonne, moi aussi. » Von Neumann se laissait emporter par un certain lyrisme, comme s'il partageait l'émotion profonde que Bacon ressentait en découvrant une faiblesse humaine qui ressemblait tellement à la sienne. « Vous avez, lui et vous, quelque chose en commun. Le grand conflit du professeur Gödel, ce n'est pas le problème du continu, ni l'incomplétude des mathématiques, ni les énoncés formellement indécidables, mais son amour déchirant et tourmenté pour une prostituée, sa propre épouse. »

Bref énoncé autobiographique :
de la théorie des ensembles au totalitarisme

ÉNONCÉ 1

L'enfance et la fin d'une ère

Je me doute bien qu'après l'histoire que je viens de raconter sur le lieutenant Francis Bacon, une question délicate se pose : si ce M. Gustav Links, mathématicien à l'université de Leipzig, a tenu à préciser qu'il était le narrateur des faits ici présentés, comment est-il concevable qu'il connaisse jusqu'aux moindres détails de la vie d'une autre personne, c'est-à-dire du lieutenant Bacon ?

Cette inquiétude me paraît légitime, et c'est pourquoi j'ai pris la liberté d'inclure ici cette digression. Car de l'éclaircissement de ce doute raisonnable dépend la crédibilité de mon récit. Un scientifique comme moi sait, sans avoir besoin de preuves, que toute théorie tombe en poussière au contact de l'air. C'est là ma réponse : je ne peux affirmer que tous les faits que je décris sont vrais — c'est pour cela que je les ai appelés des hypothèses —, et il est évident que je n'ai pu en être témoin. Que puis-je alors dire en ma faveur ? Quelque chose de très simple : le lieutenant Bacon en personne a passé de longues heures avec moi à me parler de son passé. Par moments, il oubliait son rôle d'enquêteur, j'oubliais ce que j'avais à lui dire, et une complicité surprenante s'établissait entre nous, un lien secret qui n'unissait pas seulement nos esprits mais nos cœurs. Dans ces instants de paix et d'entente, j'écoutais sa confession avec un intérêt que pourraient m'envier bien des prêtres et des psychanalystes. Nous inversions les rôles, et, pendant quelques minutes, c'était lui qui devenait l'objet de mon enquête.

Une question en entraîne une autre, qu'y pouvons-nous ? Pourquoi étions-nous proches, le lieutenant Bacon et moi ? Quand nous sommes-nous rencontrés pour la première fois ? Quelle était notre mission ? Comment nos vies parallèles ont-elles fini par se rejoindre ? Pour répondre à toutes ces questions, il me faut bien parler un peu de moi.

Ma naissance n'est autre, dans mon imagination, qu'un point sur un plan. Sur la coordonnée verticale, celle des *y*, les points les plus élevés représentent ce qui m'est arrivé de bien ; les points les plus bas mes mésaventures, mes déroutes, mes échecs. A droite sur la coordonnée horizontale, l'axe des *x*, figurent les actes qui me définissent, ceux dont j'ai fait sciemment l'essentiel de ma vie — désirs, ambitions, obsessions ; à gauche, ce qui en moi a été modelé contre ma volonté ou malgré ma conscience, ces composantes apparemment imprévisibles ou spontanées qui, je ne puis le nier, m'ont mené où j'en suis. Quel sera le résultat final de ce petit exercice ? Quelle forme apparaîtra sur le plan ? Pourrai-je retrouver les coordonnées de mon long parcours et aboutir, à partir de cette ligne, à la formule qui me résume corps et âme ?

A contempler la vie avec cette distance que le temps nous accorde — c'est-à-dire à la considérer comme un problème abstrait ou, pour mieux dire, comme une bactérie qui se déplace péniblement sous le rayon lumineux d'un microscope —, je me rends compte que, depuis ma naissance, mon destin est lié à l'histoire du XXe siècle comme une lamproie fixée au cétacé qui l'héberge et la nourrit. Mon existence est marquée par l'époque troublée qu'il m'a été donné de vivre et, plus encore, par les personnes que le sort a placées sur mon chemin au cours de la première moitié de ce siècle. J'ai connu par pur hasard quelques-uns des moments les plus glorieux et les plus désastreux de l'humanité : deux guerres mondiales, Auschwitz et Hiroshima, la naissance d'une nouvelle science.

Mais je m'égare. Je tâche de me recueillir pour trouver la première phrase qui pourrait me dépeindre, un début énigmatique qui éveillerait la curiosité, un effet qui captiverait mes lecteurs : hélas, je n'y parviens pas. Alors, je commence par les évidences : mon nom, je vous l'ai dit, est Gustav Links, je suis né le 21 mars 1905 à Munich, capitale de la Bavière. Inutile d'évoquer la grandeur de ma ville natale ; il suffit de rappeler que, la tradition de folie instaurée par Louis II et son frère Otton mise à part, la région a connu son heure de gloire, à laquelle ont contribué des hommes tels que Thomas Mann, Richard Strauss, Frank Wedekind et Werner Heisenberg, entre autres.

Mon père, Jürgen Links, était professeur d'histoire médiévale à l'université. Notre lignée remonte au moins au XVIIe siècle, comme le prouve l'arbre généalogique qu'il conservait jalousement et qui a été consulté à plusieurs reprises par les autorités nazies à la recherche d'un ancêtre juif qui aurait pu nous compromettre ; on ne trouva rien de tel : nous comptons parmi nos aïeux un maître de musique à la cour de Berlin, un docteur en pharmacie de Soest, un sellier de Munich au service de l'électeur de Bavière Maximilien Ier Joseph, en pleine époque napoléonienne.

Ma mère s'appelait Else Schwartz, et je n'ai d'elle qu'un souvenir des plus vagues, car elle mourut en couches alors que je n'avais que trois ans. D'elle, je ne peux dire grand-chose : tout ce que je sais, d'après quelques rares photographies que mon père m'a montrées un jour, c'est qu'elle avait un front large et puissant, des cheveux d'un blond si clair qu'il se rapprochait du blanc, qu'elle portait mi-longs, jusqu'à la naissance des seins, et un regard sévère qui ne laissait rien deviner de la bonté qui, à ce que l'on disait, était sa qualité première. A cause de ce malheureux accident, j'ai été fils unique, et, contrairement à ce qui était alors la règle générale, je n'ai pas eu à partager mes maigres privilèges avec une flopée de frères et de sœurs ; bien qu'il n'ait donné à personne l'occasion de penser qu'il souffrait d'avoir perdu sa femme en pleine jeunesse, mon père ne s'est jamais remarié.

En cela comme en bien d'autres choses, Jürgen Links se distinguait du commun des mortels. Lui, je l'ai bien connu, même s'il était le vivant exemple d'une tradition ancestrale des Links : ne jamais se livrer. Il était comme moi né à Munich, mais en 1871, au moment où la Bavière était rattachée à l'empire fédéral de Guillaume Ier et de Bismarck. Il vécut près de la moitié de sa vie sous la poigne de fer de ces deux hommes, en adepte enthousiaste de l'empire. En dépit de sa dureté, de son arrogance, de sa rudesse et de son rigorisme, sa personnalité a été pour moi l'une des plus admirables que j'aie pu connaître. Dès sa jeunesse, il s'était intéressé à l'histoire des anciens peuples germaniques, dont il étudia les origines au long de sa vie. Il était le plus érudit de tout le cercle d'érudits de son entourage, et il récitait de mémoire des passages entiers de chansons de gestes : *Tristan et Iseut,* la *Chanson des Nibelungen* ou le *Parsifal* de Wolfram von Eschenbach. Pendant toute ma jeunesse, je n'ai guère connu autre chose de lui. Dans notre milieu de *Bildungbürger,* la bourgeoisie éclairée, les enfants, relégués en deuxième catégorie sur l'échelle sociale, n'étaient pas admis dans le clan des adultes.

A ma naissance, le monde était bien ordonné, c'était un univers grave et attentif aux moindres détails, où les erreurs engendrant les guerres, la souffrance, la peur, n'étaient que des exceptions lamentables dues à l'impéritie. Mes parents croyaient, comme leurs parents l'avaient cru avant eux, que l'humanité progressait en ligne droite, depuis l'horreur de l'âge des cavernes vers un avenir glorieux, comme si l'histoire n'était qu'un fil électrique entre deux pylônes, ou, pour employer une métaphore mieux adaptée au XIXe siècle, à une voie ferrée qui reliait enfin deux bourgades situées à grande distance l'une de l'autre. Une naissance, dans ce schéma, n'était guère plus qu'une formalité. Ensuite, une éducation sévère suffisait à donner le pli aux enfants, à faire d'eux des hommes de bien et à assurer leur avenir... Les valeurs qu'on nous inculquait alors étaient simples : discipline, austérité, nationalisme. La perspective paraissait si belle et si simple à la fois ! Puisque le monde était régi par le progrès, les existences individuelles devaient suivre le même principe. Et pourquoi aurait-ce mal tourné ? Si l'on planifiait avec suffisamment de soin l'éducation d'un enfant, on lui donnait les moyens d'assurer son épanouissement physique et intellectuel ; si l'on forgeait les caractères comme des plaques de bronze adaptées au joug de la morale, la société verrait bientôt disparaître les fous, les criminels et les mendiants, pour former une communauté d'hommes d'honneur, prospères et pieux.

Par bonheur, mon enfance ne fut pas seulement imprégnée de rigueur scientifique. Un événement la transforma : j'allai grossir les rangs du *Wandervogel,* comme on appelait alors ce mouvement de jeunesse semblable à celui des scouts dans d'autres pays et fleuron de la formation des jeunes Allemands. C'est grâce au mouvement que j'ai fait la connaissance de Heinrich von Lütz, qui a été mon meilleur ami et a exercé sur moi une influence prépondérante pendant des années, et de Werner Heisenberg, qui avait quatre ans de plus que nous et était chef de groupe.

J'ai encore de beaux souvenirs de ce temps-là : les réverbères qu'on allumait aux coins des rues, le Marienplatz toujours noir de monde où nous nous promenions, l'impatience avec laquelle nous avions attendu l'inauguration du *Glockenspiel,* la magnifique horloge de la tour du Neues Rathaus ; la surprise de voir passer la première automobile près de la Alte Pinakothek ; la femme qui apportait le lait à la maison et à laquelle tous les gamins criaient : « *Millimadl, Millimadl, mit'n dicken Wadl !* », c'est-à-dire : « Laitière, laitière aux gros cuissots ! » ; les chansons des musiciens des rues… Je suppose qu'il ne reste rien de tout cela. L'image la plus vivace que je garde est sans doute celle des soldats bavarois qui défilaient Hohenzöllernstrasse au rythme des tambours, suivis de troupes enthousiastes, en direction de leur campement longeant l'Oberwiesenfeld. Je ne me doutais pas que cette scène idyllique allait bientôt tourner au cauchemar.

En juillet 1914 — j'avais alors dix ans —, un extrémiste serbe abattait à Sarajevo l'héritier de la couronne de nos voisins de l'Empire austro-hongrois. Quelques jours plus tard, l'Allemagne, alliée du vieux François-Joseph, prenait les armes. Rien de tout cela ne m'aurait inquiété si mon père, appelé sous les drapeaux, n'était parti pour le front en me laissant avec sa mère. La veille Ute Links était une femme extraordinaire : à soixante-dix ans, elle allait encore marcher dans les hauteurs environnantes et était prête à défendre sa maison si les Français qu'elle détestait, tout comme les Anglais ou les Russes, venaient à l'attaquer. Je suis resté auprès d'elle pendant ces mois de guerre.

Au début de l'année 1915, mon père demanda à ma grand-mère de me faire inscrire au Maximilians-Gymnasium, alors dirigé par le professeur Wecklein, le grand-père maternel de Heisenberg. C'était l'un des lycées les plus prestigieux de Bavière, passage obligatoire pour les enfants de la bourgeoisie désireux d'entrer à l'université. Le Max-Gymnasium, comme nous l'appelions, occupait à l'origine un énorme édifice à l'angle de la Morawitzkystrasse et de la Karl-Theodor-Strasse, mais quand la guerre éclata, l'armée bavaroise le réquisitionna pour y cantonner une partie de ses troupes. Au moment où j'y suis entré, les quelque trois cents élèves inscrits suivaient leurs cours dans les classes du Ludwig-Gymnasium, non loin du Marienplatz (un an plus tard, la guerre finie, les cours reprenaient dans l'ancien bâtiment).

Mes premières années au Max-Gymnasium furent difficiles et ne m'apportèrent pas grand-chose. A partir du milieu de l'année 1915, plusieurs professeurs et élèves de terminale affiliés à l'association paramilitaire de l'école, le *Wehrkraftverein,* partirent pour le front ; nombre d'entre eux ne revinrent jamais. Pour occuper nos heures d'étude, nous récitions toutes sortes de *Vaterlandsliebe,* interminables leçons d'amour de la patrie visant à nous donner la force nécessaire pour endurer stoïquement les rigueurs de la guerre. Un peu plus tard, le manque de charbon et de victuailles devait grignoter encore notre emploi du temps. Il nous arrivait de n'aller au lycée qu'une fois par semaine, pour noter les devoirs que nos maîtres nous donnaient à faire.

L'armistice du 11 novembre 1918 stupéfia tous les Allemands : alors que l'on croyait nos troupes victorieuses — une grande partie de notre armée occupait encore les villes françaises, et, malgré les pertes, était loin d'être désorganisée —, on apprit que nos généraux avaient capitulé. On ne pouvait le croire. Le 9 de ce même mois, à Berlin, l'empereur Guillaume II avait abdiqué. La veille, Kurt Eisner, un Juif, chef de file des socialistes bavarois, avait annoncé à Munich la destitution de l'Empire et proclamé la *Räterrepublik,* gouvernée par un Conseil d'État, selon le modèle soviétique. Pour nous, ce fut l'annonce de l'ère du chaos.

Au cours des semaines qui suivirent, Munich devint un champ de bataille. Le nouveau régime attisa la haine entre les travailleurs de gauche et les classes favorisées. Une fois Premier ministre, Eisner tenta de démobiliser, ainsi que l'exigeait le traité de Versailles, mais il ne réussit qu'à s'aliéner le soutien de l'armée. La bourgeoisie et la noblesse, inquiètes de voir leurs privilèges foulés aux pieds par les bolcheviques d'Eisner, s'empressèrent d'armer des troupes pour se défendre, s'il le fallait. Presque tous les partis de droite se joignirent au mouvement, en particulier les sociétés secrètes ultranationalistes qui proliféraient alors en Bavière, comme le Thule Bund, qui allait bientôt occuper les devants de la scène dans l'histoire de l'Allemagne. Le 21 février 1919, un membre de cette société, le comte d'Arco-Valley, tirait sur Eisner en pleine rue.

Les affrontements entre communistes et formations paramilitaires dans les rues de Munich se multiplièrent. Au milieu de la pagaille générale, le SPD, le parti social démocratique, obtenait la direction du nouveau gouvernement. Parmi les premières mesures prises figuraient l'abolition de la monarchie et des privilèges, la fermeture des écoles et des universités privées, des organes de presse en lesquels on voyait des foyers du conservatisme, et la confiscation des armes : c'était « la terreur rouge ». En avril 1919 — quand je pense que le lieutenant Francis P. Bacon n'était pas encore né ! —, le gouvernement central de Berlin décida d'intervenir, pour pacifier la Bavière. Le ministre socialiste de la Défense, Gustav Noske, leva des troupes de volontaires, les *Freikorps,* qu'il envoya à Munich sous le commandement du général Von Oven. Après de nombreux affrontements, Von Oven se rendit maître de la ville et ordonna de passer par les armes tous ceux que l'on trouverait armés. Les troupes « blanches » profitèrent de l'occasion pour se venger des « rouges » et le massacre dura plusieurs jours. Les forces armées venues de Berlin occupèrent la ville jusqu'au 1er juillet, quand l'ordre fut rétabli. La république de Weimar, et avec elle les vestiges du monde bien ordonné, se maintenait au pouvoir avec peine.

ÉNONCÉ 2

Jeunesse et irrationalité

Heinrich allait au même lycée et faisait partie du même groupe que moi au *Wandervogel.* Comme les *boy-scouts* anglais, nous étions conservateurs et puritains, pleins d'enthousiasme devant la vie et nos semblables, et notre principal souci était de préparer notre entrée dans le monde des adultes. En 1919, le mouvement de jeunesse bavarois considéra que les adultes avaient trahi la plupart de ses idéaux en perdant la guerre. Les jeunes chefs décidèrent alors de fonder un nouveau mouvement de retour aux valeurs originelles, qu'ils appelèrent *Jungbayernbund,* Ligue de la jeunesse bavaroise.

Le 1er août 1919, nous nous retrouvions, avec des centaines de jeunes Allemands et Autrichiens, au château de Prunn, dans la vallée d'Altmühl, pour discuter de l'avenir du mouvement. Après la débâcle, il fallait reconsidérer les fondements de l'organisation. Heinrich et moi, qui avions alors quatorze ans, assistions avec notre *Gruppenführer* à cette magnifique réunion de deux cent cinquante jeunes gens venus de tous les horizons de la sphère culturelle allemande. Pendant trois jours, nous allions décider de l'attitude à adopter vis-à-vis des dures réalités de la politique du moment. Les résultats de cette sorte d'examen de conscience furent publiés dans l'organe officiel du mouvement, *Der Weisse Ritter.* On en tirait la conclusion que la jeunesse éprouvait une répugnance profonde pour la civilisation moderne et son processus d'industrialisation, jugés responsables du conflit armé et de la défaite. C'était pourquoi la jeunesse devait lutter pour une société plus fidèle à ses traditions ancestrales. Conformément aux idées qui étaient dans l'air — comme celles exposées par Spengler dans son ouvrage *Le Déclin de l'Occident* —, nous étions certains que notre civilisation était entrée en décadence, une décadence à laquelle nous condamnait un automatisme inexorable. L'un de nos dirigeants écrivit dans *Der Weisse Ritter* : « Le mouvement des jeunes est un mouvement pour la liberté. Il s'est affranchi des automatismes et du matérialisme sans âme de la civilisation moderne et a lutté avec succès pour ses convictions et pour le droit de vivre en s'opposant aux limites de la tradition et de l'autorité. »

A quatorze ans, Heinrich et moi étions bien en peine de comprendre la portée de ces mots, mais, avec le temps, il me semble qu'ils contenaient en germe toutes les discussions intellectuelles qui agitèrent l'Allemagne, dès cette époque, et jusqu'à la déroute de 1945. En 1920, les sentiments éveillés par cette réunion de Schloss Prunn s'exaltèrent de plus belle : un groupe en désaccord avec le principe général de ne pas participer aux querelles politiques en cours — groupe auquel Heinrich et moi n'hésitâmes pas un instant à nous joindre — se sépara du gros du mouvement et prit le nom de *Neudeutsche Pfadfinderschaft,* mouvement des scouts pour la nouvelle Allemagne, dont les idées essentielles peuvent être résumées en trois principes fondamentaux : *Gemeinschaft, Führer* et *Reich* — Collectivité, Guide et Empire. Notre emblème était, bien entendu, un cheval blanc, symbolisant la lutte que chacun d'entre nous devait livrer, comme saint Georges contre le dragon, pour terrasser la corruption morale de notre entourage et créer un nouvel empire pur et vertueux où primeraient la droiture et la vérité.

S'il me fallait à présent résumer ma vie en ce temps-là, je dirais qu'en fait j'ai vécu deux adolescences différentes et complémentaires. Je veux dire que l'amitié entre Heinrich et moi était si vive, et que nous étions si proches, que chacun vivait un peu la vie de l'autre. Nous n'ignorions rien de nos goûts, de nos désirs, de nos habitudes ; nous aurions pour ainsi dire pu nous substituer l'un à l'autre, et nul ne s'en serait aperçu, si Heinrich n'avait été trapu et fort et moi long et mince comme un serpent. Contrairement aux habitudes de l'époque — on devait se montrer très réservé et garder sa dignité — nous n'avions aucun secret l'un pour l'autre : une transparence rayonnante nous liait comme des frères. Jamais plus je n'ai connu une amitié aussi noble et aussi pure que celle qui nous unissait alors.

Heini, il faut le préciser, était le fils d'un riche, d'un très riche industriel de Thuringe (dans la sidérurgie, il me semble) qui, profitant de la perpétuelle dévaluation du mark, avait amassé une fortune colossale. Il était pour ainsi dire tout le temps en voyage avec sa femme, une Hollandaise des plus courtoises (ils ne venaient que deux fois par mois à Munich), et Heini poussait au petit bonheur, sans cette discipline de fer qu'aurait pu lui imposer un père tel que le mien. Si je n'étais pas le meilleur élève de ma classe, la peur de présenter de mauvaises notes à mon père suffisait à me maintenir parmi les dix premiers, alors que Heini négligeait le grec, le latin et les mathématiques ; non qu'il fût bête, loin de là, mais il préférait se consacrer aux matières qui lui plaisaient vraiment — l'histoire et la philosophie —, sans alors se laisser distraire par des affaires sans importance.

Mon père finit par s'attacher à lui : comme j'étais trop pris par les mathématiques qui étaient devenues mon seul pôle d'intérêt, Heini devint pour lui une sorte de fils spirituel. Heini venait souvent chez moi, même lorsque j'étais absent, pour s'entretenir pendant des heures avec mon père, ce qui, pour moi, était tout simplement inconcevable. Je ne l'enviais pas : tout comme il pouvait venir faire un tour chez moi sans y avoir été invité, je pouvais quand bon me semblait me rendre chez lui, où sa mère — qui avait l'un des plus beaux visages que j'aie pu voir — tolérait mes tentatives de séduction d'adolescent et m'invitait même à goûter ses tartes aux pommes. Que Heini pût se quereller constamment avec un telle femme dépassait mon entendement. L'accord tacite sur lequel reposait cet échange de parents nous permettait de pousser à l'extrême les postulats de notre personnalité partagée.

J'ai pu percevoir en Heinrich, dès sa prime jeunesse, cette aura de mystère qui allait faire de lui un philosophe. C'était un garçon inquiet et rétif, mais doté d'une capacité d'observation exceptionnelle. Un geste, une attitude qu'il remarquait lui suffisaient pour se faire une idée de quelqu'un. Je fus stupéfait quand il me dit, alors que nous venions de croiser pour la première fois dans la rue une grande jeune femme d'une trentaine d'années au visage grave, qu'elle était sans doute vierge, et je ne le fus pas moins la semaine suivante, quand nous eûmes affaire à une Polonaise bien en chair qui nous servit dans une brasserie et qu'il me dit sur un ton singulier : « Celle-ci fornique toutes les nuits et n'en a jamais assez. »

Heinrich jouissait d'une réputation amplement méritée d'homme à femmes. Dans un milieu où trousser une femme était presque un péché — la plupart de mes compagnons se marièrent fort tard et ne purent jamais, il me semble bien, comprendre leurs épouses — Heini faisait figure de merle blanc. Il avait je ne sais combien de cousines à peu près de son âge qu'il voyait fréquemment, et l'une d'entre elles n'avait apparemment pas pu s'empêcher de lui révéler les secrets de l'amour. Les femmes devinrent dès lors pour lui une sorte d'obsession ; il ne parlait que d'elles et, avec son brio habituel, les classait selon leurs particularités les plus remarquables : la couleur de leurs cheveux et de leurs yeux, pour l'apparence ; leur manière de faire l'amour, dans la soumission ou la violence ou, ce qui me troublait le plus, d'après la grosseur et la couleur de leurs mamelons.

Nous étions si proches qu'il n'est pas étonnant que sa passion ait fini par déteindre sur moi. C'est ensemble que nous sommes allés pour la première fois au bordel, à dix-sept ans, et que nous avons demandé à la prostituée de nous recevoir tous les deux ; nous voulions surprendre discrètement nos expressions, ce qu'elles pouvaient avoir de typique ou de ridicule, pendant qu'elle nous caressait. Ensuite, nous avons ri pendant des heures en imitant nos mimiques absurdes. Faisant fi de la morale qui nous avait été inculquée, nous avions à dix-huit ans une expérience amoureuse plus vaste que celle de nos compagnons de notre âge.

Mais il ne faudrait pas croire que nous passions notre temps à trousser les jupons dans les ruelles de Munich. Malgré nos mauvaises notes, Heini était un garçon brillant, toujours prêt à se lancer dans des réflexions philosophiques ardues sur le sens de la vie. Les idées patriotiques que l'on nous insufflait au lycée ou dans le mouvement de jeunesse l'enthousiasmaient : la société qui nous entourait était sur son déclin, et nous, jeunes Allemands, nous devions dépouiller notre passé et trouver moyen de faire face à l'adversité. C'étaient là les constantes qui le poussaient vers des spéculations plus approfondies : bien qu'il ne fût pas encore sûr de son chemin, il désirait devenir un grand homme, une sorte de chef de file intellectuel pour ses contemporains. Ses lectures des sagas médiévales l'avaient imprégné d'un certain mysticisme touchant la « race allemande » et ses idéaux. Petit à petit, tandis que nous nous acheminions vers la fin de nos études au Max-Gymnasium, Heini devint un défenseur fervent de l'irrationnel. D'après lui, tous les maux de notre civilisation étaient dus à la causalité bornée que l'on nous enseignait au lycée. Comme Spengler, il pensait que la causalité était « aussi roide que la mort » et que l'on ne pouvait s'y opposer que par la force.

Nous étions en 1924 et nous venions de terminer honorablement nos études au Max-Gymnasium. Nos destinées divergèrent. Je fus reçu à l'université de Leipzig pour y étudier les mathématiques, alors que Heinrich décidait de partir pour Berlin ; il voulait se consacrer à l'étude de celui qui était alors son philosophe favori, Friedrich Nietzsche, et écrire une thèse sur les dernières années de lucidité du philosophe.

ÉNONCÉ 3

L'arithmétique de l'infini

Leipzig se trouve au confluent de l'Elster Blanche et de la Pleisse, et il en est fait pour la première fois mention au début de l'an 1000 : la *Chronique de l'évêque Thietmar de Merseburg,* écrite à cette époque, relate la fin tragique de l'évêque de Meissen dans la « *urbs Lipsi* ». L'*Alma Mater Lipsiensis,* comme on l'appelait de façon pédante à l'époque, fondée en 1409, fut l'une des premières universités d'Allemagne.

Quand j'y arrivai, en septembre 1924, une politique de restrictions économiques avait été instaurée en vue de permettre à la république de Weimar de jouir d'une tranquillité relative après les années de bouleversement que nous venions de connaître. J'aurais préféré l'université de Göttingen, où les mathématiques allemandes avaient atteint leur sommet grâce aux travaux de David Hilbert, mais j'étais cependant satisfait d'avoir pu entrer à celle de Leipzig. La ville n'était certes pas aussi belle que Dresde, mais elle était aussi intéressante et m'offrait la possibilité de trouver ma voie loin de la férule paternelle et, il faut bien le dire, de celle du mouvement de jeunesse. Je n'avais pas beaucoup d'argent mais je pouvais au moins en faire ce que bon me semblait.

Mon domaine de recherche — et je crois que je puis m'en enorgueillir — était la logique mathématique et plus particulièrement la théorie des ensembles infinis formulée par Georg Cantor à la fin du XIXe siècle. Il s'agissait d'un nouveau champ d'investigation, et il n'y avait pas beaucoup de jeunes mathématiciens qui s'y intéressaient alors. Quand j'avais découvert les théories de Cantor, au cours de ma dernière année au Max-Gymnasium, il m'était aussitôt apparu que je devais consacrer mes efforts à les mener plus loin. Cantor s'était attaqué en mathématicien à l'un des problèmes les plus attrayants de la philosophie : l'infini. En prenant connaissance de ses idées, j'avais eu l'impression de découvrir une mine d'or. Parmi les problèmes que soulevait le fameux *Programme de Hilbert,* il s'en trouvait un, justement lié à la théorie des nombres transfinis, que Cantor n'avait pu résoudre : celui que l'on appelait le « problème du continu ». Lorsque je fus reçu par le *Privatdozent* de l'université de Leipzig, Karl Huttenlocher, et que je lui fis part de ma résolution concernant ce problème épineux, il eut un geste résigné et se contenta de dire :

« Encore un. »

Georg Ferdinand Ludwig Philipp Cantor était né le 3 mars 1845 à Saint-Pétersbourg, tout près des glaces éblouissantes de la Neva. Il était le premier-né d'un couple judéo-allemand : son père, Georg Woldemar, était né à Copenhague et s'était fait luthérien ; sa mère, Maria Anna Bolm, était une Juive russe dont la mère s'était convertie au catholicisme. Alors que le petit Georg venait d'avoir onze ans, la famille alla s'établir en Allemagne, tout d'abord à Wiesbaden, et ensuite à Francfort ; après l'école primaire de Saint-Pétersbourg, il fréquenta divers établissements allemands, puis il entra à la prestigieuse grand-ducale Realschule de Darmstadt et ensuite à la Höhere Gewerbeschule, où il demeura jusqu'en 1862.

Dès son plus jeune âge, Cantor s'était senti attiré par la religion austère de ses parents, tout comme par la musique, la peinture et la littérature, mais une seule discipline retint bientôt son attention : les mathématiques. Pour lui, la science était un moyen d'entrer en communication avec le divin. En dépit de sa foi protestante, il était fasciné par les docteurs de l'Église et leurs arguments abstrus sur l'existence et les propriétés du Créateur, et il ne tarda pas à se convaincre qu'ils avaient découvert des disciplines de pensée capables de nous rapprocher de Lui par des moyens naturels. Son génie le poussa à vouloir traduire ces spéculations théologiques en langage mathématique ; une définition trouvée dans un traité de saint Thomas le marqua à jamais : *Multitudo est id quod est ex unis quorum unum non est alterum* (« Un ensemble est un agrégat dont les éléments sont différents les uns des autres. »)

Le père de Cantor, qui connaissait les aptitudes de son fils, pensait qu'il fallait les canaliser et exigea de lui qu'il fît des études d'ingénierie. Georg était d'un autre avis : l'important, pour lui, ce n'était pas la construction des ponts et le commerce, mais la subtilité des mathématiques pures et de leurs prolongements théologiques. L'obsession luthérienne de la réussite matérielle qu'incarnait la figure paternelle le rendait incapable d'entreprendre la moindre tâche productive. Hanté par le sentiment de l'échec, il se bouclait chez lui et mettait rarement le nez dehors.

Malgré les assauts répétés de la mélancolie, il ne s'inscrivit pas moins, en 1862, à l'université de Zurich. Sa thèse de doctorat sur la théorie des nombres, qui n'avait pourtant que vingt-six pages, lui valut un *magna cum laude,* mais elle n'était qu'une pâle annonce de ce qui allait suivre. En 1869, il quittait cette université pour celle de Halle. Dès lors, il essaya de ramener toutes les questions philosophiques, mathématiques et religieuses qu'il pouvait se poser à une seule : l'étude de l'infini. Cantor cherchait une nouvelle arithmétique capable d'élucider la relation entre la divinité et les nombres. Comme s'il avait voulu reconstruire l'esprit de l'Éternel, c'est sur le vieux concept thomiste des agrégats qu'il jeta les bases de sa théorie des ensembles.

Au même moment, en 1872, paraissait un ouvrage d'un ami de Cantor, le mathématicien Richard Dedekind, qui devait être pour lui un grand encouragement : *Continuité et nombres irrationnels.* Jusqu'alors, l'infini mathématique n'avait pas de définition précise et les érudits devaient se contenter de suppositions et de termes désuets issus de la scolastique. Dedekind, avec la plus grande élégance, proposait la première explication cohérente du terme. Pour lui, un ensemble est infini quand l'un de ses sous-ensembles a la même grandeur que l'ensemble lui-même.

En 1874, Cantor épousait une jeune fille appelée Velle Guttman ; le couple décida de se rendre en voyage de noces à Interlaken pour y rencontrer Dedekind, qui passait ses vacances dans cette pittoresque station suisse. Le séjour dans le canton de Berne fut pour Cantor une expérience aussi stimulante que l'avait été la lecture de la théologie médiévale pendant son adolescence. Il fit avec son épouse de courtes excursions sur les bords de l'Aar et des lacs de Thoune et de Brienz. Mais il préférait sans doute se promener dans les rues d'Interlaken en compagnie de Dedekind ; tout en échangeant leurs idées sur l'infini, ils s'arrêtaient pour contempler la beauté glacée du mont Jungfrau qui se dressait au-dessus d'eux comme le doigt d'une divinité vigilante.

Quelques mois plus tard, à la lumière de ces jours heureux, Cantor écrivait, sans répit, les articles qui devaient le rendre célèbre. Il travaillait jusqu'à la tombée du jour, sous l'inspiration d'une voix qui, il en était certain, n'était pas seulement la sienne. Comme les scribes de l'Antiquité, il donnait forme à l'incommensurable sur quelques feuilles de papier, avec la même conviction, la même foi qu'il mettait le matin à dire ses prières. Avec sa nouvelle théorie des ensembles inspirée par les idées de Dedekind, Cantor était à présent apte à formuler sa propre notion de l'illimité. Après avoir additionné et soustrait des ensembles, les avoir considérés comme des abstractions étrangères à la réalité, les avoir soumis aux méthodes d'analyse mathématique traditionnelles, les avoir bousculés et animés comme s'ils étaient ses créatures, il se trouva dans une impasse, qui devint pour lui une sorte de maladie ou de choc capable de le conduire à la folie. Cette anomalie, symptôme d'insanité inscrit dans les mathématiques, s'imposa à lui quand il s'avisa que l'infini pouvait être mesuré.

Cantor considéra, ce que n'avait pas fait Dedekind,

que les ensembles peuvent avoir diverses grandeurs ou « puissances ». En d'autres termes, qu'il y avait des infinis de diverses dimensions. « Grâce à cette méthode, écrivait-il en 1883, il est toujours possible d'arriver à de nouvelles classes de nombres et, avec elles, à toutes les différentes puissances, par ordre croissant, présentes dans la nature matérielle ou immatérielle ; les nouveaux nombres que l'on obtient de cette manière ont toujours la même précision concrète et la même réalité objective que les autres. » En s'avisant de sa découverte, Cantor écrivit à Dedekind, comme s'il avait ouvert une nouvelle boîte de Pandore : *Je le vois, mais je ne le crois pas* !*

Si lui-même était étonné de ses résultats, ses contemporains considéraient que cette arithmétique était délirante. Ses premiers articles avaient été publiés avec une rapidité surprenante dans le célèbre *Journal de Crelle,* mais ses éditeurs, par crainte de se compromettre, commencèrent à retarder les publications de ses envois. L'attaque la plus violente que Cantor eut à subir fut celle d'un homme d'affaires influent de Berlin, Leopold Kronecker.

Né en 1823, Kronecker était devenu un chef d'entreprise prospère après avoir présenté sa thèse sur la théorie algébrique des nombres en 1845. Du temps où il était étudiant, il avait côtoyé les plus grands mathématiciens de l'époque, Weierstrass, Jacobi et Steiner, et il avait orienté ses travaux vers l'arithmétisation universelle de l'analyse mathématique en croyant aveuglément que l'arithmétique devait être *finie.* « Dieu a créé les entiers, et les autres nombres sont l'œuvre des hommes », déclara-t-il en faisant explicitement allusion à Cantor.

En 1883, après de nombreuses années consacrées aux affaires, Kronecker accepta un poste de professeur titulaire à l'université de Berlin. C'est alors qu'il mena une sourde campagne contre Cantor, empêcha celui-ci d'obtenir un poste équivalent au sien et s'attacha à discréditer pas à pas ses travaux sur l'infini. Déprécié, Cantor trouva refuge à la modeste université de Halle vers la fin de sa vie, de la même manière que son ami Dedekind avait dû se contenter d'un poste dans un lycée de Brunswick.

Blessé par l'acharnement et la rancœur de ses ennemis, Cantor souffrit de désordres nerveux qui le clouaient au lit des semaines entières. Il put cependant terminer en 1884 un long traité où l'on trouve ses principaux apports aux mathématiques, intitulé : *Fondements d'une théorie générale des variétés,* dont l'objectif premier était de répondre aux attaques de Kronecker. Cantor y développait à nouveau son idée que les ensembles infinis pouvaient avoir, comme les ensembles finis, des numérations définies. Pour le démontrer, il n'hésitait pas à se référer aux problèmes théologiques qui l'avaient captivé pendant sa jeunesse, et il en arrivait même à soutenir que si Dieu ne pouvait être perçu par la raison, on pouvait s'en rapprocher, comme l'avaient fait les mystiques, au moyen de sa théorie.

Kronecker refusa toujours de se mesurer à Cantor en public, mais il accepta un jour de le recevoir chez lui. Ce fut la rencontre de deux génies, de deux siècles, de deux tempéraments différents. Les positions demeurèrent inconciliables, et rien ne vint améliorer le sort malheureux de Cantor. Malgré tout, il croyait toujours à ses découvertes, puisqu'il écrivit : « Ma théorie demeure ferme comme un roc ; chaque flèche dirigée contre elle se retournera bientôt contre l'archer. Et comment cela ? Parce que je l'ai examinée sous tous les angles pendant de nombreuses années ; parce que j'ai de même examiné toutes les objections que l'on a pu émettre contre les nombres infinis, et, surtout, parce que je suis remonté à l'origine, pour ainsi dire, à la première cause infaillible de toutes les choses créées. »

Plus que les arguments de Kronecker, ce fut l'une de ses propres découvertes qui finit par l'acculer à la folie : l'« hypothèse du continu ». Cantor croyait que dans son arithmétique de l'infini, il devait exister un ensemble infini d'une puissance plus grande que celle des nombres naturels et plus petite que celle des nombres réels. Malheureusement, il ne put le prouver : comme s'il s'agissait d'un soufflet de Dieu, l'« hypothèse du continu » devint une sorte de malédiction, une démonstration des limites humaines qui ne trouva jamais de solution.

Désillusionné, Cantor abandonna les mathématiques et enseigna la philosophie pendant les rares répits que ses tourments lui laissaient. Craintif, abattu, il avait de fréquentes dépressions qui duraient toujours plus longtemps. Il croyait que l'ange des mathématiques l'avait abandonné à jamais, alors qu'il s'était toujours efforcé de se rapprocher de Dieu, comme il l'écrivit à un ami. Désespéré par le manque de preuve à son hypothèse du continu, il demanda en 1899 la permission d'être exempté d'enseignement sans perdre son traitement, afin de consacrer tout son temps à la découverte de la solution de ce problème. En 1905, il finit par s'avouer vaincu. Jamais il ne parviendrait à démontrer son hypothèse, torture sublime qui pesait sur son âme.

Énoncé 4

La liberté et la luxure

Au milieu du mois d'octobre 1926, je reçus une lettre de Heinrich. Les nouvelles qu'il m'y donnait étaient surprenantes : ses responsabilités lui allaient à merveille, il avait trouvé la femme de ses rêves et comptait l'épouser. D'après ce qu'il disait, Natalia n'était pas seulement intelligente et belle, mais folle de lui. Elle était aussi un peu plus jeune que lui — si ma mémoire ne me joue pas un tour, Heinrich allait avoir vingt-deux ans — et il ne trouvait d'autre épithète que « parfaite » pour la décrire. Il me demandait sans autre forme de procès de lui donner un rendez-vous afin qu'il pût me la présenter.

Dans une lettre tout aussi enthousiaste, je lui dis que j'allais faire tout mon possible pour abolir la distance qui séparait nos deux villes, et qu'être présenté à sa bien-aimée serait pour moi un honneur. Enfin, après quelques échanges épistolaires, Heinrich me donna une date à laquelle nous pourrions nous retrouver à Berlin, où il promettait de nous emmener voir « l'un des plus beaux spectacles du monde » : celui de la célèbre chanteuse noire Joséphine Baker, « un petit singe sans cage », ajoutait-il cyniquement. « De plus, m'écrivait-il encore, Natalia se chargera d'inviter une amie pour toi. » Je n'aurais pu recevoir meilleure nouvelle, pendant ces jours où je ne faisais rien qu'aller de la pension où je logeais à l'université et de l'université à la pension sans autre compagnie que les idées de Cantor. « Comment allons-nous pouvoir resquiller pour un pareil spectacle ou comment pourrons-nous nous l'offrir ? » demandai-je. « Fais-toi beau », se contenta-t-il de me répondre par télégramme, en me donnant rendez-vous dans une gare de Berlin à midi, le samedi suivant.

Je n'étais jamais allé dans la capitale du Reich. J'imaginais qu'elle devait ressembler à Munich, mais je me trompais du tout au tout. Berlin était à cette époque le centre du monde ou, comme l'avait dit Stefan Zweig, la nouvelle Babel. En fait, en 1926, c'était la troisième ville du monde. J'avais mis mon meilleur costume, et quand j'arrivai à la gare, je me rendis compte que je devais avoir l'air bizarre au milieu des autres voyageurs. Je m'assis sur un banc où j'attendis en rongeant mon frein l'arrivée de Heinrich, accompagné de deux belles jeunes femmes. J'aurais voulu savoir d'emblée quelle était celle qui m'était destinée, mais ma timidité m'empêcha de le demander. L'une était blonde avec des taches de son et un corps parfait qui n'était pas celui d'une jeune fille de dix-huit ans ; l'autre était encore plus éblouissante : rousse, avec le regard timide des femmes qui ne se sentent pas sûres d'elles. En moi-même, je priai que ce fût elle ma cavalière, mais, comme j'aurais dû m'en douter, ce n'était pas le cas. Heini me la désigna en disant :

« Permets que je te présente : voici l'amour de ma vie, Natalia. » Il ne faisait aucun doute que l'épithète « parfaite » était la seule qui lui convenait. « Et cette beauté s'appelle Marianne.

— *Enchanté* * », dis-je, avant de leur baiser la main.

Toutes deux me regardèrent en étouffant un rire.

« Mon ami a toujours été très poli. » Heini me cherchait une excuse. « Bon, allons-y, nous n'avons pas beaucoup de temps… »

Natalia et Marianne prirent les devants et je me rapprochai de Heinrich.

« Alors, ce ne sont pas des beautés ? me souffla-t-il à l'oreille.

— D'où as-tu sorti l'argent pour t'offrir tout ça, demandai-je aussitôt. Et tes parents, comment acceptent-ils… ?

— Oublie un instant nos leçons de morale chrétienne, trancha Heinrich. Contente-toi de profiter d'une soirée comme tu n'en reverras pas de sitôt. »

Heini fit signe à un taxi et demanda au chauffeur de nous conduire au café Bauer, Friedrichstrasse. Nous y dégustâmes un déjeuner léger et tardif — plus nous approchions du soir, plus l'atmosphère de l'endroit devenait agréable —, au cours duquel je pus me faire une idée plus précise du caractère de nos invitées. Comme je m'en étais douté, Marianne avait quelques années de plus que nous, mais elle se conduisait en enfant gâtée ; elle demanda encore un dessert et, pendant les deux heures que nous passâmes en ce lieu, ce fut à peine si elle me dit quelques mots. En fait, elle ne s'adressait qu'à Natalia, pour lui faire part de ses remarques sur l'élégance de l'endroit, les vêtements des dames et la prévenance des serveurs. Natalia, de son côté, se contentait de l'écouter sans dire grand-chose. A un certain moment, elle trouva suffisamment de hardiesse pour me demander si j'étudiais les mathématiques. Profondément ému par l'intérêt qu'elle me manifestait, je tâchai d'y répondre en me lançant dans un discours sur Cantor et l'infini, mais Heini s'empressa de m'interrompre pour lancer quelques impertinences :

« Cette ville n'a à offrir que des spectacles décadents — il s'adressait aux jeunes femmes. Ne vous sentirez-vous pas offusquées si nous vous entraînons dans ce monde de perdition ?

— Bien sûr que non ! » s'exclama aussitôt Marianne en coulant pour la première fois dans ma direction un regard chargé de sous-entendus. Je me sentis rougir.

« Ce doit être l'endroit d'Europe où il y a le plus de cabarets, poursuivit Heinrich. Au Café Nationale, les serveuses circulent nues jusqu'à la ceinture. » Il attendit que nos invitées aient manifesté leur surprise pour reprendre : « A l'Apollo, on peut danser nu avec un homme ou avec une femme, selon son goût. Mais le Siempre Fiel les dépasse tous : on y trouve des hommes habillés en femme et des femmes habillées en homme… Si vous voulez, pour finir la soirée, on pourrait aller au Kabaret der Komiken, au Katakombe ou au Megalomania… »

J'étais surpris que Heinrich connût tout cela, comme s'il avait pris un cours accéléré de dépravation berlinoise. Puis, je me dis que toutes ces bonnes adresses devaient lui venir de son père, même si je les imaginais difficilement en train de parler de choses pareilles. Les deux jeunes femmes, elles, étaient enchantées.

« Raconte encore, dit Marianne, comme il fallait s'y attendre.

— Il y a à Berlin les plus grandes chanteuses du monde. Avez-vous déjà entendu Renate Müller ? Ou Evelyn Künnecke ? La meilleure est petite et moche, on dirait un tonneau ; elle s'appelle Claire Waldorff. Et, bien sûr, il y a cette nouvelle actrice à la mode, cette année, Marlene Dietrich ; tout le monde parle de son apparition dans *Une Du Barry moderne*… »

C'était pour moi un univers nouveau. Je sentis aussitôt qu'il me plaisait, qu'il me plaisait beaucoup.

« Hélas, poursuivit Heinrich en me posant la main sur l'épaule, ces princesses ne feront jamais attention à Gustav, ni à moi… Et savez-vous pourquoi ? Je vais vous donner une piste : si vous voyez quelqu'un avec un brin de lavande à la boutonnière, vous pouvez dire qu'il préfère la compagnie de son propre sexe… »

Cela nous fit tous rire. Nous nous sentions euphoriques. J'avais envie d'aimer cette Marianne délurée qui, après son indifférence des premiers moments, me prenait maintenant par le bras.

« Très bien, très bien, dit-elle à Heini. Dis-nous un peu qui est cette femme que nous allons voir…

— Joséphine Baker, c'est le dernier cri ! » Mon ami avait adopté une intonation bouffonne ; je sentais le corps de Marianne contre le mien. « Max Reinhardt en personne, le directeur du Deutsche Theater, a été ébloui en la voyant. Voulez-vous que je vous raconte une anecdote à son sujet ?

— Oui ! lançâmes-nous en chœur.

— On raconte que Reinhardt, émoustillé par sa beauté, est allé la voir après le spectacle. La Baker venait d'arriver de Paris. » Heini était tout content de retenir notre attention. « Une fois dans la loge, il y va de son "Oh, mademoiselle, quel plaisir de faire votre connaissance" et autres flaflas... Joséphine lui retourne alors le compliment : "Monsieur, tout le plaisir est pour moi", etc. Et voilà notre Noire devenue en un tournemain la femme la plus célèbre de Berlin. Tous les aristocrates se battent pour la conduire chez eux, comme s'il s'agissait d'un spectacle itinérant et la Baker se laisse cyniquement trimballer d'un endroit à l'autre... Reinhardt la présente un jour à quelques-uns de ses amis, puis ceux-ci à d'autres, jusqu'à ce qu'apparaisse lors de l'une de ces interminables soirées berlinoises le comte Harry Kessler en personne. »

J'avais entendu parler de Kessler, le *Comte rouge,* un millionnaire excentrique, proche des communistes et ami du père de Heinrich. Je savais maintenant à quoi m'en tenir.

« Imaginez la scène : Kessler arrive à la fête et quelle est la première chose qu'il voit ? Joséphine Baker en train de danser nue, complètement nue devant toute l'assistance. Le comte se dit aussitôt que cette femme, cet *animal sauvage* (ce sont ses propres mots) doit être à lui.

— Et il l'a eue ? demanda Marianne.

— A ton avis ? » Heini faisait monter la tension. « Mais ça n'a pas été facile. Comme toutes les étoiles, la Baker est capricieuse. Elle peut se montrer nue à des milliers d'hommes et refuser de faire l'amour avec un seul d'entre eux. Bien entendu, elle a assisté à la soirée que le comte donnait en son honneur, mais elle a refusé de danser. Kessler, qui avait promis à ses invités un spectacle inouï, ne savait plus où se mettre. En bon aristocrate, il s'est ingénié à distraire ses amis en leur montrant sa collection de sculptures, "Que dites-vous de ce Rodin", etc. C'est alors qu'ils sont arrivés devant une *Femme à genoux* d'Aristide Maillol. Pour Joséphine, ç'a été une révélation. Sans dire un mot, elle s'est dévêtue et a dansé nue devant la statue. Les mouvements du marbre blanc et ceux de la peau noire se confondaient. L'union des contraires, mes amis ! Ceux qui l'ont vue alors — moi seul savais qu'il allait citer son père — disent que c'est le spectacle le plus fascinant qu'ait offert Berlin. »

L'anecdote nous avait tous enchantés. Elle nous présentait une scène que ni les deux jeunes femmes ni moi ne pouvions rêver de connaître. Heinrich nous mena à l'endroit — dont j'ai oublié le nom — où le spectacle devait avoir lieu et échangea quelques mots avec le patron. Tout fut aussitôt réglé. On nous conduisit à une petite table proche de la scène. Une serveuse apporta une bouteille de champagne.

Le *show* s'appelait, il me semble, *The Chocolate Kiddies* et se déroulait sur une musique de Duke Ellington. Dès le premier instant, je fus fasciné : la beauté de Joséphine Baker dépassait toutes mes attentes, tout ce que j'avais pu voir et les descriptions de Heinrich. Elle dansait avec frénésie, exhibant, au-dessus de sa fameuse ceinture de bananes, de petits seins aux mamelons marron. Elle exerçait un attrait sauvage et était, en même temps, une incarnation du rythme des plus subtiles : pas une seule partie de son corps n'échappait aux résonances des tambours.

« Regarde-la bien, me souffla Heini. Tu ne verras rien de pareil à Leipzig. »

Je n'avais pas envie de lui parler, plongé dans l'extase comme je l'étais, captivé par la coiffure savante, la peau luisante de sueur de Joséphine Baker. Les deux jeunes femmes, à mes côtés, étaient aussi hypnotisées que moi.

« Tout le monde sait que c'est une pute, poursuivait Heinrich ; une pute de luxe. Tous les Berlinois sont fous d'elle mais prêts à la mettre en cage au moindre faux pas... Ce que j'aime, dans cette ville, c'est que l'on sait s'y amuser, ajouta-t-il en levant son verre.

— Pourrions-nous échanger quelques mots avec elle ? demandai-je.

— J'en doute fort, fit Heini en riant. Et puis, tous ces gens nous sauteraient à la gorge... »

Quand le numéro s'acheva, le public applaudit avec rage. Il y avait des cris, des manifestations d'hystérie, comme pour un assassinat. La Baker salua avec une expression qui n'avait rien de joyeux. Elle avait tout simplement fait son travail. J'étais véritablement excité, comme les autres, je suppose, car Natalia proposa d'aller ailleurs. Après un bref conciliabule, nous nous décidâmes pour le Siempre Fiel. Marianne, qui était un peu soûle, voulait voir des filles habillées en garçon. En chemin, elle attendit que Natalia et Heinrich nous aient dépassés pour m'embrasser sur la bouche et me dire qu'elle me trouvait attirant. Tout fier, je la pris par la taille.

Le Siempre Fiel nous déçut un peu. Quelques tables y étaient bel et bien occupées par de jeunes femmes athlétiques aux cheveux courts, en smoking noir et col cassé blanc... Les autres femmes, qui n'étaient pas travesties, ne portaient de toute évidence ni culotte ni soutien-gorge...

« Elles te plaisent ? me demanda Marianne.

— Je crois bien.

— Et moi ?

— Beaucoup. » Je pris son visage entre mes mains et lui donnai un long baiser.

— « Combien, dis-moi ?

— D'ici aux étoiles.

— Tu te marierais avec moi ? »

Je ne sus que lui répondre. Puis, je me dis que le lendemain, elle ne se souviendrait de rien, probablement.

« Mais bien sûr. »

Nous n'en reparlâmes plus de la nuit. Nous nous contentâmes de boire, de nous embrasser et de nous caresser discrètement par-dessous la table. Je m'abritais derrière son corps et évitais de regarder Heini et Natalia.

Je regagnai Leipzig avec l'étrange impression que ce qui s'était produit à Berlin n'était qu'un rêve. Je me remis au travail sans pouvoir me défaire d'un profond malaise : tout redevenait grisaille, routine, obligation… Sans grand enthousiasme, je repris mes cours et l'hypothèse du continu.

Un matin m'arriva une lettre de Berlin. Une lettre de Marianne :

> Cher Gustav, Heini m'a dit que tu allais passer un triste Noël à Leipzig, puisque ton père ne sera pas à Munich et que tu n'auras aucune raison d'aller là-bas. Curieusement, il m'arrive à peu près la même chose : ma mère part en Amérique voir son frère, et je dois rester seule à Berlin. Puisqu'il en est ainsi, et si le cœur t'en dit, nous pourrions passer nos vacances ensemble et commencer l'année 1927 main dans la main. Si tu n'as pas d'autre projet et si tu es d'accord, fais-le-moi savoir.
>
> Marianne.

Je pesai pendant un petit moment le pour et le contre — beaucoup de travail m'attendait, je devais passer mes examens et j'étais à couteaux tirés avec Huttenlocher — mais je décidai de faire ce qui me semblait s'imposer : j'écrivis à Marianne pour lui dire que je serais enchanté de la voir et que je connaissais un petit village, à peu près à mi-chemin entre Berlin et Leipzig, où nous pourrions nous retrouver. Peut-être pourrions-nous ensuite aller faire du ski. Elle accepta aussitôt.

Comment aurais-je pu me douter que de ce geste insignifiant, écrire une lettre, allaient dépendre tellement de choses, plus tard ? Dans l'intimité, Marianne se révéla beaucoup plus intelligente et vive d'esprit que je ne l'avais cru de prime abord. En plus d'être chaleureuse et affectueuse, elle avait le talent consommé de savoir écouter les hommes. Elle s'intéressa à mes études mathématiques — ce qui était surprenant de la part d'une jeune femme, à cette époque — et, curieuse de connaître l'histoire d'un homme qui était si important à mes yeux, me demanda même de lui parler de Cantor.

« C'était un être singulier. Quelqu'un qui cherchait Dieu dans la connaissance des mathématiques », lui expliquai-je sans pouvoir lâcher des yeux ses seins.

Dans la cheminée du chalet, le feu crépitait comme une petite troupe de lutins très agités.

« Et il l'a trouvé ?

— Je ne saurais le dire, répondis-je en l'embrassant. Il avait de nombreux ennemis qui lui rendaient la vie impossible. Ils disaient qu'il était fou.

— Et il l'était vraiment ?

— C'était quelqu'un de très fragile d'esprit. Il a fait de longs séjours en maison de repos pour surmonter son angoisse.

— Pauvre homme ! Quelle triste existence !

— C'est seulement peu avant sa mort qu'il a été apprécié par une nouvelle génération de mathématiciens. » Il me semblait que nous suivions un scénario préétabli, ce qui n'enlevait rien à l'enchantement de pouvoir parler de l'histoire des mathématiques à une femme nue. « On le couvrit alors de médailles et de diplômes, mais il déclinait rapidement. La reconnaissance était venue trop tard. Accablé par l'anomalie de ses découvertes et étouffé par la jalousie de ses détracteurs, Cantor mourut dans un asile d'aliénés de Halle le 6 juin 1918, quelques jours avant la fin de la Grande Guerre. »

Je ne pouvais croire que cette scène avait vraiment eu lieu. C'était pour moi une sorte de paradis auquel je pensais n'avoir jamais accès. A la fin des vacances, je me rendis compte que j'étais amoureux fou de cette femme. Je ne supportais pas ses longues absences, j'avais besoin de son odeur, de sa compréhension, de sa tendresse. Quelque chose me disait que, comme je le lui avais déclaré à Berlin en état d'ébriété, j'étais prêt à passer ma vie à ses côtés. Je ne me trompais point. Le 30 octobre 1928, Marianne Sieber devint ma femme. Deux mois auparavant, le 7 août, Heinrich avait fait serment de fidélité éternelle à Natalia Webern. Le bonheur paraissait aussi simple qu'un conte de fées ou le résultat d'une équation.

ÉNONCÉ 5

La recherche de l'absolu

Entre 1928 et 1932, des événements inénarrables ébranlèrent le bon ordre de la république de Weimar : Bertolt Brecht et Kurt Weill présentèrent leur *Opéra de quat' sous,* le philosophe Rudolf Carnap publia *La Structure logique du monde ;* Marlene Dietrich, comme Heini l'avait annoncé, devint une grande étoile grâce à son rôle dans *L'Ange bleu ;* le Graf Zeppelin fit le tour du monde ; Alfred Döblin écrivit *Berlin-Alexanderplatz ;* à Munich, les autorités interdirent à Joséphine Baker de se produire sur scène ; aux élections du Reichstag de 1930, Hitler obtint de nombreuses voix ; Gödel formula son célèbre théorème ; le maréchal Hindenburg fut réélu président du Reich en 1932 et, à la fin de cette année-là, réalisant le rêve de Hitler, deux cent trente députés nazis prirent le contrôle du Reichstag.

Ce survol rapide ne reflète pas, bien entendu, le bouleversement, la tension et la furie qui s'emparaient de l'Allemagne. Pourquoi parler de cette époque sans m'attarder sur les détails, en sonder les contradictions, éclairer les causes qui allaient porter au pouvoir le régime nazi ? Je ne l'avoue pas sans honte : parce que ces quatre années furent les plus tranquilles de toute mon existence. Parfois, quand je me remémore cette période de ma vie, il me semble qu'elle a été vide ; j'évoque ces jours, et je les trouve dépourvus de toute transcendance. Dans ces quatre années, je ne découvre que les broutilles quotidiennes de la vie à deux, les soirées mondaines, les ardeurs de l'amour conjugal et de paisibles vacances dans les Alpes. Alors que la face du monde allait changer, que la physique quantique bousculait l'idée que nous nous faisions de l'univers, que l'Europe allait devoir affronter le fascisme, que la musique, la littérature et les autres arts atteignaient des sommets insoupçonnés, mes grandes préoccupations étaient de caresser le ventre doux de ma femme, de mener à bien mes travaux de mathématiques à l'université et de préparer mon *Habilitationschrift*. Rien dont il vaille la peine de parler ici. Je ne parvins pas à trouver de solution au problème du continu, en dépit de tous mes efforts, mais j'obtins, surtout en physique, quelques résultats qui me donnèrent satisfaction et me valurent le respect de mes professeurs.

Bien entendu, j'ai quelque chose à dire à propos de Marianne. Après l'éblouissement initial, j'ai appris à l'aimer avec conviction et sans lamentations. Pourquoi parler ainsi ? Parce que après l'étape de la passion déchaînée — au cours de laquelle nous faisions l'amour tous les jours, à toute heure, impatients de nous trouver seuls — nous étions vite tombés dans une routine qui n'avait rien de désastreux aussi longtemps que nous ne cherchions pas à la comparer à l'enthousiasme des premiers jours. Nous désirions vivre à jamais ensemble, et nous savions que pour réaliser ce rêve, nous ne pouvions établir notre union sur le seul plaisir charnel, afin de ne pas nous brûler les ailes et finir par nous lasser l'un de l'autre. Nous avions préféré nous en tenir à une modération qui n'allait pas sans perversité, en laissant le désir grandir pendant des jours avant de le satisfaire avec plus d'ardeur, certaines nuits.

Le visage de Marianne était fin, je dirais volontiers félin si elle avait eu le caractère rusé et arrogant que l'on prête à ces animaux, mais elle était, au contraire, subtilement tendre, surtout au lit, comme si l'excès de vitalité qu'elle affichait devant les autres cachait une timidité pudique. Elle était si bien consciente de son tempérament introverti qu'elle tâchait de faire croire le contraire : toutes les expériences plus ou moins osées dans lesquelles nous nous sommes lancés au cours de ces années venaient d'elle. Il lui fallait dépasser ses limites, faire constamment ses preuves. Nous étions retournés plusieurs fois, soit avec Heini et Natalia, soit seuls, dans les cabarets de Berlin où nous nous étions connus, pour explorer plus en profondeur l'univers nocturne, tortueux et obscur, auquel nous avions à peine goûté. Elle prenait encore plus de plaisir que moi à découvrir un nouveau lieu de culte de l'extrémisme, de la transgression.

Ce fut aussi l'âge d'or de notre relation avec Heini et Natalia. Nous partagions tous les quatre les mêmes inquiétudes, les mêmes rêves, les mêmes confusions. La décision de nous marier presque simultanément révélait notre désir de tout partager. Natalia et

Marianne étaient aussi proches l'une de l'autre que nous l'étions, Heini et moi. Toutes deux étaient nées et avaient grandi à Hambourg, et elles s'étaient depuis lors juré une amitié éternelle, qui devait se perpétuer contre vents et marées. En se mariant avec nous, elles n'avaient fait que sceller ce pacte, et, pour leur plaire, Heini et moi nous retrouvions souvent. Nos soirées à quatre étaient inoubliables. Nos liens étaient si forts, si pleins d'affection qu'il n'est pas exagéré de dire que nous formions une famille, seule façon d'expliquer les rapports qui nous maintenaient unis.

Les études de Heinrich se déroulaient à merveille — je l'en jalousais même, parfois — et il ne faisait aucun doute qu'il serait accepté à Heidelberg pour y préparer sa thèse de doctorat sous la direction de Martin Heidegger. La perspective ne pouvait être plus favorable. C'est ainsi que nous sommes arrivés à l'année fatidique, 1933, où tous nos projets ont été bouleversés de fond en comble, tandis que s'écroulait, sans que nous nous en rendions compte, le monde qui nous avait engendrés.

A la suite des élections de l'année précédente, où son parti avait obtenu plus de quarante pour cent des voix, et d'une succession d'affrontements entre communistes et nazis à Berlin, Hitler parvenait, le 30 janvier 1933, à être nommé chancelier par le président du Reich, le maréchal Paul von Hindenburg. Malgré l'hostilité du cabinet — il n'y avait au gouvernement que deux autres ministres nazis, Wilhelm Frick et Hermann Göring —, ce fut là l'une de ses victoires les plus inattendues et le début de son ascension vers le pouvoir suprême. Ce fut le commencement de la fin.

Moins de deux mois plus tard, le 27 février, un événement imprévu assura le triomphe écrasant des nazis. Le palais du Reichstag était incendié, sans raison apparente. Le lendemain de l'attentat, Hitler proclamait l'état d'urgence, qui lui donnait des pouvoirs extraordinaires, pour faire face aux troubles fomentés par les communistes : « Les articles 114-118, 123-124 et 153 de la Constitution du Reich allemand sont momentanément suspendus. Ce qui implique la limitation de la liberté individuelle, du droit de libre expression de l'opinion — incluant la liberté de la presse, d'association et de réunion —, ainsi que la surveillance du courrier, des télégrammes et des communications téléphoniques, les visites à domicile, les confiscations et les restrictions des propriétés, qui demeureront jusqu'à nouvel ordre autorisées au-delà des limites jusqu'alors tolérées par la loi. »

On avait retiré d'entre les flammes un grand type dégingandé qui ne faisait que crier : « Objection ! Objection ! » et dont le visage allongé, tuméfié et noir de cendres, était celui d'un dément. Il s'agissait, comme on le découvrit ensuite, de Marinus van der Lubbe, un jeune Hollandais proche des communistes. Du jour de son arrestation à celui de son jugement, il fut incapable d'expliquer pourquoi il avait provoqué cette tragédie. Il ne cessa d'affirmer qu'il avait agi seul. On avait aussi arrêté, ce soir-là, comme complice ou inspirateur de Van der Lubbe, le député communiste Ernst Torgler, et, dix jours plus tard, par le plus heureux des hasards, les dirigeants de l'Internationale communiste, Georgi Dimitrov, Simon Popov et Vassili Tanev. Le Führer rayonnait.

Je me trouvai à Leipzig le 20 septembre 1933 quand commença le procès contre Van der Lubbe, Torgler, Dimitrov, Popov et Tanev. Les journaux ne parlaient pas d'autre chose. Pendant plusieurs semaines, les interminables séances ne furent interrompues que par les irruptions de Göring ou de *Goebbels* ou par les harangues enflammées et mélodramatiques de Dimitrov. Au bout de ces quelques semaines, le verdict tomba et surprit tout le monde : les quatre dirigeants communistes étaient acquittés, seul Van der Lubbe était reconnu coupable et exécuté peu après.

Cependant, je ne prêtai pas grande attention à ce procès, parce qu'il se déroulait juste au moment où je devais passer mes examens et compléter mes dossiers pour être admis à préparer mon doctorat à l'université de Berlin. En janvier 1934, je recevais par courrier l'annonce de mon admission. C'était merveilleux. Nous allions enfin et malgré tout être réunis, tous les quatre, car, depuis deux mois, Heinrich et Natalia étaient de retour dans la capitale du Reich.

A peine arrivé, je dus constater que la ville n'était plus celle qui nous avait accueillis quelques mois auparavant. Le déchaînement et l'euphorie n'avaient pas tout à fait disparu, mais partout régnait une atmosphère de résignation : sur Alexanderplatz, dans les loges de l'Opéra allemand, à l'université comme à l'Institut Kaiser Wilhelm, à l'Académie des sciences de Prusse et au *Ku'Damm.* Pour donner une idée de la mutation que subissait la ville, je dirai seulement que, fidèles à notre habitude de courir les cabarets, Heini, Natalia, Marianne et moi nous rendîmes une nuit au Tanzfest, l'un des endroits à la mode, fréquenté par les diplomates étrangers et les touristes : l'ambiance y était décadente, et plus encore qu'à l'époque de la république de Weimar, mais l'effet produit était tout le contraire du joyeux et frivole tintamarre de naguère. Au lieu de femmes nues ou travesties, on y trouvait des garçons déguisés en squelettes — parodies bouffonnes, peut-être, des *Totenkopfverbände,* les « Unités Têtes de Mort » de Himmler chargées de surveiller les camps de concentration — qui chantaient en chœur *Berlin, dein Tänzer ist der Tod,* couplet d'une chanson macabre très en vogue à ce moment-là, un fox-trot intitulé *Totentanz,* Danse de la Mort. Pourtant, il me semblait encore que ce n'étaient là que des dérèglements mineurs qui n'avaient rien à voir avec nous. Je me rendais compte, bien entendu, que les nazis faisaient tout pour exacerber le nationalisme et l'antisémitisme des éléments les plus conservateurs de la société allemande, mais, comme la plus grande partie de la population, je n'y voyais que des moyens temporaires de grandir le prestige de Hitler. Toute cette agitation n'allait pas tarder, pensais-je, à tomber dans l'oubli.

Au printemps 1934, je découvris à quel point je me trompais. Ce fut, de tout ce qui se produisait alors autour de nous, ce qui me fit le plus mal ; plus que les campagnes orchestrées par Hitler contre Röhm ou que le décret qui habilitait le Führer et lui accordait les pleins pouvoirs, plus encore que le boycott des entreprises commerciales juives ou la réforme du service public qui excluait les non-Aryens de toutes les charges administratives.

Marianne et moi étions chez Heini et Natalia. Nous avions tenté pendant deux heures d'interpréter de notre mieux le trio « A l'Archiduc » de Beethoven. Je ne sais si j'ai dit que Heini jouait du violon ; Natalia était au piano, moi, j'étais violoncelle. Nous avions Marianne pour tout public, mais ses applaudissements suffisaient à nous faire croire que nous ne nous en étions pas si mal tirés. C'était l'une des innombrables soirées que nous passions ensemble. A la fin du morceau, Natalia alla à la cuisine préparer le dîner. Dans le salon, nous restions tous trois assis avec cette impression de paix que seule apporte la musique. Tout à coup, sans crier gare, comme s'il parlait de la pluie et du beau temps ou de la maladie d'un parent éloigné, Heinrich nous annonça qu'il avait pris la décision de s'engager dans la Wehrmacht.

Je crus avoir mal entendu, mais l'expression figée et grave de Heini m'apprit qu'il n'en était rien. Je sentis le sang se précipiter à mes tempes comme un bataillon lancé à l'assaut. J'étais horrifié. Je ne pouvais le croire.

« Que dis-tu ?

— Que je vais m'engager dans la Wehrmacht, répéta-t-il, sur un ton neutre.

— Es-tu en train de me dire qu'un homme civilisé, un philosophe, de surcroît, veut devenir soldat, et, comme si ce n'était pas suffisant, d'une armée contrôlée par les nazis ? Je ne peux le croire. »

Marianne tentait de me calmer ; entre-temps, Natalia était revenue et s'était placée à côté de son mari. Il était évident qu'ils nous avaient invités à dîner ce soir-là pour nous annoncer la nouvelle.

« Mon Dieu, Heinrich, pourquoi ? insistai-je.

— Tu ne le comprendrais pas, Gustav. C'est la décision la plus philosophique que j'aie jamais prise.

— Je ne peux le croire ! C'est de la folie. Hitler est un dément qui ne cherche que la guerre. Que veux-tu ? Aller au front ? Qu'une balle te fasse éclater la tête ? » J'avais l'impression d'être en plein cauchemar.

« Je te l'ai dit, répondit-il, implacable. Après mûre réflexion, j'ai compris que c'était ce que je devais faire. »

Je ne pouvais quitter Natalia des yeux ; elle, en revanche, baissait la tête et se contentait de tenir Heinrich par le bras. C'était monstrueux.

« Ce n'est pas possible, continuai-je, désespéré. Tu ne peux avoir changé d'avis du jour au lendemain ; pas toi. Dis-moi la vérité : tu le fais pour conserver tes privilèges, c'est ça ?

— Tu m'insultes. » Je ne reconnaissais ni sa voix ni son attitude ; c'était un autre homme, et non plus l'ami de ma jeunesse. « Je suis quelqu'un d'intègre, Gustav. Combien de fois faut-il que je te le dise ? J'ai découvert qu'il fallait que je le fasse. Ne comprends-tu pas ? C'est pour moi un témoignage d'honnêteté intellectuelle.

— Mais qui t'a mis de pareilles idées en tête, Heini ? C'est cet abruti de Schmitt, l'un de ces “combattants de la première heure” du parti nazi ? C'est bien ça ? Réponds-moi, Natalia, je t'en prie. » Elle évitait encore de me regarder en face.

« Je suis sa femme, fit-elle sans broncher, comme une victime prête à endurer le martyre. Si Heinrich dit que c'est le mieux qu'il puisse faire, je le crois. »

J'avais envie de le frapper. Il me semblait qu'un démon s'était emparé de sa volonté. Jamais nous n'avions parlé de la montée du nazisme, mais j'avais toujours supposé qu'il en pensait la même chose que moi... Comment pouvait-il me trahir, nous trahir ainsi ? Nous étions des frères, plus encore que des frères... Ce ne pouvait être vrai.

« Je crois que nous ferions mieux de partir, dit Marianne, en guise d'excuse. Peut-être qu'à un autre moment, quand ils se seront calmés tous les deux, nous pourrons en parler plus tranquillement.

— Nous n'avons plus rien à nous dire ! » m'écriai-je.

Marianne et moi prîmes en toute hâte nos affaires avant de sortir. La colère me faisait frémir.

« Gustav, pour l'amour de Dieu, me dit encore Natalia sur un ton implorant.

— Qu'Il leur pardonne ! » Ce fut mon dernier mot.

Le cercle de l'uranium

« Klingsor », lut une nouvelle fois le lieutenant Francis P. Bacon sans que ce nom lui découvrît pour autant son mystère. S'il voulait être sincère vis-à-vis de lui-même, ce mot ne signifiait rien pour lui : il n'avait pas la moindre idée de ce qu'il devait y trouver et ne savait pas davantage comment s'y prendre. Malgré la détermination qu'il avait mise à se lancer dans cette entreprise, malgré l'expérience acquise pendant sa formation, il se demandait par où commencer. Il était en principe considéré comme l'expert en questions scientifiques de l'armée nord-américaine, si bien qu'il n'avait personne à qui s'adresser pour le guider dans ce labyrinthe. Plus qu'à un problème relevant de sa spécialité, il avait l'impression d'avoir affaire à un piège qu'on lui aurait tendu. Combien d'archives devrait-il consulter ? Combien de personnes devrait-il retrouver et interroger ? Et tout cela pour quelque chose qui n'en valait peut-être pas la peine : il s'agissait probablement d'une question sans importance, de l'un de ces innombrables projets lancés par la tentaculaire bureaucratie nazie qui n'avaient jamais été menés à leur terme.

Bacon quitta sa chambre du Grand Hôtel et se dirigea vers le siège du haut commandement. Du bureau du général Watson, il pourrait envoyer un câble au service de renseignements de l'armée, à Washington, pour demander s'il existait un rapport sur Klingsor. Ce ne serait pas tâche facile. Les services secrets des États-Unis étaient sens dessus dessous depuis que l'OSS avait été dissoute par décret, le 20 novembre 1945. Selon la rumeur la plus répandue, malgré l'opposition d'Edgar J. Hoover, le tout-puissant directeur du FBI, le président Truman était prêt à approuver la création d'un nouveau centre, mais, fin 1946, rien n'avait encore été décidé. Pendant ce temps, les agents de l'OSS comme Bacon devaient s'adresser au service de renseignements de l'armée, au commandement des forces armées en Europe ou au Département d'État. Au milieu de ce chaos, nul ne devait trop s'inquiéter d'établir l'identité de Klingsor.

Par où commencer ? se demanda Bacon une nouvelle fois, en se rendant au poste de commandement. Il relut le témoignage de Wolfram von Sievers : « Pour l'attribution des fonds, tout projet devait être approuvé par le conseiller scientifique du Führer. Je n'ai jamais pu savoir de qui il s'agissait, mais le bruit courait que c'était quelqu'un de très connu. Une éminence grise qui inspirait le respect à la communauté scientifique sous le nom de code de Klingsor. » Devait-il l'interroger une nouvelle fois ? Peut-être le ferait-il plus tard, même s'il savait, au fond de lui-même, qu'il n'obtiendrait rien de plus : après avoir mentionné ce nom, Sievers avait à plusieurs reprises nié l'avoir jamais fait.

Bacon réfléchit pendant quelques instants : parfois, les meilleures idées sont les plus simples, les plus évidentes. Au lieu d'écrire à Washington, où il risquait de tomber sur un militaire parmi tant d'autres sans doute mal disposé et incapable de répondre à ses questions, il valait mieux s'adresser à Samuel I. Goudsmit, sous les ordres duquel il avait travaillé pendant la guerre, qui était peut-être bien l'homme le mieux informé sur les progrès scientifiques de l'Allemagne nazie.

Jusqu'à la fin de l'année 1945, Bacon avait été rattaché à la mission *Alsos,* dont l'équipe scientifique était dirigée par Goudsmit. Au cours des années 20, celui-ci avait été l'un des jeunes physiciens éminents chargés de faire progresser la physique quantique encore au berceau ; c'est à lui que l'on devait, en grande partie, la découverte du spin des électrons. Après avoir été titularisé sous la direction de Paul Ehrenfest, Goudsmit, Juif hollandais, avait obtenu un poste à l'université du Michigan. Ses parents n'avaient malheureusement pas pu le suivre aux États-Unis et étaient restés à La Haye, alors que la guerre avait éclaté. Quand les nazis envahirent la Hollande, Goudsmit se démena jusqu'à ce qu'il eût obtenu les papiers qui devaient permettre à ses parents de passer en Amérique. Mais il était trop tard : en 1943, pendant les grandes déportations, ils étaient arrêtés et conduits à Auschwitz.

Désespéré, Goudsmit s'adressa au physicien Dirk Coster, qui s'était déjà chargé de sauver Lise Meitner en 1938, afin qu'il demandât à Werner Heisenberg d'intervenir. Celui-ci écrivit une lettre dans laquelle il évoquait l'accueil hospitalier que la famille Goudsmit avait réservé aux physiciens allemands qui visitaient la Hollande, et il l'envoya à Coster afin que celui-ci fît valoir ce témoignage auprès des autorités nazies. Ce soutien fut inutile : cinq jours avant que cette lettre eût été envoyée, le père et la mère de Goudsmit mouraient dans une chambre à gaz ; c'était aussi le jour du soixante-dixième anniversaire du père de Goudsmit. Celui-ci ne put pardonner à Heisenberg de n'avoir pas fait tout son possible pour les sauver.

Grâce à l'entremise de John von Neumann, qui se rendit régulièrement à Londres à partir de 1943, Bacon avait pu être intégré dès son arrivée à Londres à l'équipe de scientifiques anglais et nord-américains chargés d'étudier le programme de recherches atomiques allemand. A la fin de cette même année, Bacon était rattaché à la mission *Alsos,* conduite par l'OSS, qui inaugurait ainsi son secteur scientifique. Goudsmit était chargé de la coordination parce qu'il connaissait la physique nucléaire, les langues européennes et les physiciens allemands, et parce qu'il ignorait tout du Projet Manhattan, gros avantage, s'il venait à être arrêté par les nazis.

Alsos débarqua en Normandie peu après le *D-day.* Son principal objectif était de capturer dix scientifiques ayant travaillé sur le projet nazi de recherche nucléaire : Walter Gerlach, Kurt Diebner, Erich Bagge, Otto Hahn, Paul Harteck, Horst Korsching, Max von Laue, Carl Friedrich von Weizsäcker, Karl Wirtz et, bien entendu, Werner Heisenberg.

Pendant plusieurs jours, Goudsmit et Bacon parcoururent les régions dévastées du nord de la France et de la Belgique, et ils arrivèrent enfin en Hollande. Goudsmit insista pour aller à La Haye. Bacon l'accompagna et vit les ruines de ce qui avait été la maison du physicien. Des larmes de colère, d'impuissance et même de culpabilité coulèrent sur les joues de Goudsmit. Bacon ne savait que faire pour le consoler. L'une des nombreuses images qui pouvaient illustrer cette guerre et qui demeurèrent à jamais gravées en lui fut celle de cet homme aussi grand que fort, affligé d'un léger strabisme, pleurant sur les vestiges de son foyer et évoquant la mort de ses vieux parents. Comment ne pas haïr l'ennemi ? Comment ne pas se sentir supérieur aux nazis ? Comment ne pas désirer se venger ?

De La Haye, la mission se rendit directement à Paris, où son commandement général fut établi. Ses membres furent chargés de rassembler, dans cette ville, des informations sur le laboratoire de Frédéric

Joliot-Curie — où les Allemands avaient travaillé pendant l'Occupation. Ensuite, ils partirent pour Strasbourg, où une université avait été organisée selon le modèle allemand, et où Carl Friedrich von Weizsäcker, l'un des plus proches amis de Heisenberg, avait été placé à la tête de l'Institut de physique. En février 1945, Goudsmit et Bacon, ainsi que le sergent Pash, responsable militaire de l'opération, franchirent le Rhin avec l'armée alliée. Fin mars, ils entraient dans la vieille ville universitaire de Heidelberg, où ils participèrent à l'arrestation des physiciens Walther Bothe et Hans Genter, et établirent leur « base avancée méridionale ».

Goudsmit et les autres membres d'*Alsos* savaient qu'à l'origine, le programme de recherches nucléaires nazi avait été mis en œuvre à Berlin, mais qu'après les premières alertes aériennes, l'équipe de recherche avait été envoyée dans un endroit plus sûr. Le groupe travaillant sous les ordres de Diebner était resté à Stadtilm, mais les autres chercheurs, avec Heisenberg à leur tête, s'étaient rendus à Hechingen. Après avoir longuement interrogé Bothe et Genter, Goudsmit et Bacon surent précisément où trouver chacun des physiciens allemands qui avaient participé aux recherches nucléaires, ainsi que les sites sur lesquels ces recherches avaient été effectuées. De plus, l'une des inquiétudes les plus vives de toute la guerre fut levée : parmi les prétendues armes secrètes de Hitler, il était presque certain qu'il n'y avait pas de bombe atomique.

A Washington, à peu près rassuré, le général Groves changea les priorités de la mission : puisque la plupart des scientifiques allemands se trouvaient dans des zones qui seraient placées à l'issue de la guerre sous contrôle des troupes françaises et russes, il était impératif de les capturer avant. Goudsmit était plus impatient que jamais, Bacon, de son côté, de plus en plus partagé entre des sentiments contradictoires : il s'était toujours considéré comme un chercheur, mais le travail qu'il effectuait faisait de lui un espion plus qu'un scientifique ; au lieu de courir après des résultats théoriques, il pourchassait ses collègues, qui, pour avoir combattu dans le camp ennemi, n'en demeuraient pas moins des hommes de science.

« Toute la zone au sud de Stuttgart sera placée sous contrôle français, leur expliqua le colonel Landsdale, attaché militaire de la mission. Nous devons capturer les physiciens et nous emparer du matériel qu'ils ont utilisé avant que les Franchouillards ne le fassent. Si ce n'est pas possible, il faudra tout détruire. »

A Washington, on envisagea d'envahir le sud de l'Allemagne, mais l'armée française réorganisée avançait trop rapidement pour le permettre. On décida pour finir d'envoyer un commando, placé sous les ordres du colonel Pash, à Haigerloch — où les Allemands avaient construit une pile atomique — et à Hechingen. Cette fois, Goudsmit ne participa pas à l'opération, considérée comme trop risquée, mais Bacon fut adjoint à l'équipe de Pash.

Pour la première fois de son existence, Bacon était sur le point d'affronter la vie réelle. Son horreur des problèmes quotidiens s'était entièrement dissipée. Il n'avait plus le temps, à présent, de peser chacune de ses décisions ou de s'interroger sur les conséquences de ses actes : devenu un soldat parmi tant d'autres, il devait exécuter les ordres et, dans le meilleur des cas, se fier à son intuition à l'heure des affrontements. Bacon s'était cru engagé dans une confrontation d'idées, loin du front ; rassembler des informations dans des villes occupées par l'armée, ce n'était pas la même chose que s'infiltrer dans la Forêt-Noire avec pour mission de capturer Heisenberg et son équipe. Bacon avait toujours pensé qu'il n'était pas un poltron — la plus grande menace qui avait pesé sur lui jusqu'alors c'était celle des bombardements, à Londres — mais il découvrit ce que pouvait être la peur. Ce n'était ni une impression ni un état d'âme, mais une sorte de fièvre qui gagnait tout le corps.

« Je ne vous dirai pas que c'est une loi de la physique, lieutenant, lui souffla Pash, mais quand on a peur, le pire, c'est de ne rien faire. La peur ne cesse de grandir, et c'est là le danger. Il faut la combattre aussitôt qu'elle se fait sentir. Et il faut l'écraser à la première attaque, sinon c'est elle qui a raison de nous. »

Sous l'habile commandement de Pash, le commando *Alsos* arriva à Haigerloch le 23 avril, jour de la Saint-Georges, une heure à peine avant que les troupes françaises n'investissent la place. Sans rencontrer de grandes difficultés, on procéda à l'arrestation de Karl Wirtz, Erich Bagge, Carl Friedrich von Weizsäcker et Max von Laue — même si ce dernier n'avait en rien participé au projet atomique. Après avoir démonté la pile, Pash et Bacon se rendirent dans le village voisin, Tailfingen, où ils trouvèrent Otto Hahn, le père de la fission atomique. Les scientifiques et le matériel de laboratoire furent dirigés sur Heidelberg.

Mais la partie délicate de l'opération restait à venir. Trois grands scientifiques étaient encore en liberté : Diebner et Gerlach à Munich, et Heisenberg qui, peu après l'arrivée de Pash et de Bacon à Hechingen, était allé rejoindre sa famille à Urfeld, à deux cent cinquante kilomètres de là. Le commando dut être scindé en deux. Tandis qu'une partie prenait la direction de Munich pour aller chercher Diebner et Gerlach, l'autre — qui incluait Bacon — prenait celle d'Urfeld sous le commandement de Pash. Le 30 avril, jour où Hitler se suicidait à Berlin, la première partie de la mission était accomplie.

« Le plus important reste à faire », déclara Pash à ses hommes.

Bacon rabâchait pour lui-même cette phrase comme s'il disait une prière quand les quatre véhicules transportant les dix hommes de Pash arrivèrent dans le petit village de Kochel, en Bavière, le 1er mai. Urfeld se trouvait sur l'autre versant d'une petite élévation, le Kesselberg, mais la zone n'avait pas été pacifiée par les Alliés et ils risquaient de tomber sur des groupes de soldats allemands ou de Waffen-SS encore actifs.

En arrivant à Kesselberg, les membres du commando constatèrent que le petit pont qui conduisait au village avait été détruit par les bombardements, et que l'on ne pouvait atteindre Urfeld qu'à pied. Pash décida de faire passer la patrouille par une colline couverte de neige. Bacon sentait le froid traverser ses bottes et son uniforme, il sentait aussi autour de lui un calme suspect qui le maintenait en alerte. Ses muscles, son cerveau étaient fouettés par l'adrénaline, et il était incapable de réfléchir, ce qui, dans un pareil moment, pouvait être considéré comme un avantage. Les rochers blafards semblaient refléter son état d'âme ; il était à la fois las et prêt à aller jusqu'au bout. Après avoir longé une saillie rocheuse, la patrouille aperçut les premières maisons d'Urfeld, en deçà du pont détruit. C'était un de ces petits hameaux d'allure anodine, tels qu'on les trouve dans l'imagerie populaire allemande. Fatigués, affamés, les hommes de Pash dévalèrent la colline, et Bacon entendit alors des bruits qui troublèrent la tranquillité de l'endroit. C'étaient des balles. On leur tirait dessus. Il se jeta à terre et s'apprêta à riposter. Quelles étaient ses chances de n'être pas atteint ? Pis encore : quelles étaient celles de n'avoir pas à tuer quelqu'un ? Il avait suivi un entraînement rapide avant de s'embarquer pour Londres, mais c'était la première fois qu'il pointait une arme à feu sur un être humain. Il tremblait. Il devenait un autre homme.

Alors que les balles pleuvaient autour de lui, il s'avisa que s'il ne voulait pas mourir, il devait arrêter d'épiloguer sur ce thème. Peu importaient à présent la science et le calcul des probabilités : la théorie n'était bonne que pour ceux qui, confortablement installés à leur bureau, analysent les actes des autres sans jamais livrer une bataille réelle. Sans plus hésiter, certain que c'était là l'unique solution du problème, Bacon tira, et tira encore, en tâchant de se laisser guider par ses réflexes, jusqu'à ce qu'un silence prolongé se fût installé dans l'air froid des montagnes de Bavière. Tout se passait trop vite. Il entendit au loin la voix martiale de Pash, celle d'un autre de ses compagnons, et émergea enfin du fourré derrière lequel il s'était tapi. Il fit quelques pas : non loin de là, on pouvait voir les corps ensanglantés de deux soldats allemands. Insensible à ces affrontements, un crépuscule magnifique annonçait le déclin du jour.

Pash s'approcha des deux soldats pour voir s'ils respiraient encore. Ils étaient morts. Bacon le rejoignit quelques instants plus tard. Il n'avait plus vu de cadavre depuis le décès de son père, bien des années auparavant. Il sentit la nausée le gagner, mais il se retint de vomir en présence de Pash, imperturbable.

« Allons-y, lieutenant, dit celui-ci comme s'il lisait dans sa pensée. Il n'y a pas de temps à perdre. La nuit va bientôt tomber. »

Ils enjambèrent les cadavres comme si ce n'étaient que des rats encombrant le passage. Le silence était devenu pesant, détestable.

« Et les autres, mon colonel ? s'enquit-il.

— Ils doivent avoir fui, mais il faut rester sur nos gardes. »

Comment savoir si l'une de ses balles n'avait pas ôté la vie à l'un de ces soldats ? Mais cela avait-il la moindre importance ? S'il avait tué, on lui décernerait sans doute une médaille. Il se détestait tellement, à ce moment-là, qu'il ne put faire autrement que de déverser cette haine sur ses victimes. Il s'efforça de réveiller en lui le souvenir du visage de Goudsmit pleurant devant les ruines de sa maison de La Haye. Ces Allemands méritaient ce qui leur arrivait. Largement. Les dix hommes de Pash se dispersèrent, aussitôt entrés dans le hameau, pour assurer leur position. Bacon rappela au colonel que la villa de Heisenberg était encore à quelques kilomètres de là, sur le bord de la rivière.

« Ne désespérez pas, lieutenant, répondit Pash. Chaque chose en son temps. » Sur ces mots, il partit à la recherche des francs-tireurs qui pouvaient encore être embusqués dans les maisons.

Peu après, deux officiers allemands sans armes, sortis on ne savait d'où, se présentèrent devant le colonel, et Bacon traduisit ce qu'ils dirent.

« Il y a tout un bataillon, pas très loin d'ici, expliqua-t-il. Ils veulent se rendre. »

Pash n'hésita pas un instant :

« Dites-leur de se présenter ici demain matin, lieutenant.

— Mais, mon colonel…

— Obéissez. »

Bacon s'empressa de traduire et permit aux officiers de se retirer.

« Qu'aurais-je pu faire d'autre, lieutenant ? demanda Pash. Leur dire que nous ne sommes que dix alors qu'ils sont peut-être une centaine ? Il ne fallait pas leur donner l'occasion de se rendre compte que nous sommes en position d'infériorité. »

Pour la première fois, Bacon admira cet homme rude et couvert de sueur qui tirait toujours son épingle du jeu, d'après ce qu'il avait pu observer.

« Maintenant, occupons-nous de l'autre salopard »,

lança Pash. Pour il ne savait quelle obscure raison, Bacon se sentit atteint par l'insulte adressée à l'une des idoles de sa jeunesse, à un homme qui avait reçu le prix Nobel.

Pendant la nuit, la patrouille s'efforça de réparer le pont qui rejoignait la grand-route. A six heures du matin, le commando entrait à Urfeld, suivi quelques heures plus tard par un bataillon de l'infanterie du secteur de Kochel. Quand ils arrivèrent enfin à la villa de Heisenberg, le lendemain matin, le physicien était assis sur une chaise et regardait le miroir étale du lac. Son visage n'exprimait ni colère ni ressentiment, mais un calme apparent qui troubla Bacon. L'homme était grand et mince, avec un visage qui aurait pu être celui d'un enfant, et ses cheveux blonds très germaniques lui donnaient un air d'innocence gênant. Heisenberg avait la dignité des héros vaincus. Bacon ne devait jamais oublier ni son apparence d'adolescent impavide et serein ni ses yeux bleus comme deux petits éclats du miroir du lac.

« Désirez-vous entrer, messieurs ? » demanda Heisenberg quand Pash et Bacon se furent présentés.

Elisabeth, son épouse, était restée à l'intérieur de la villa ; elle était très svelte, les traits marqués par la peur et par le jeûne, comme ceux de ses six jeunes enfants. Après un échange de politesses réduit à sa plus simple expression, Pash déclara à Heisenberg qu'il l'arrêtait au nom de l'armée des États-Unis. Le physicien ne cacha nullement sa surprise — il croyait qu'il ne serait pas inquiété avant que les Alliés eussent pris le contrôle de toute la région — mais il ne dit rien.

On entendait, au loin, quelques coups de feu. Pash se dit qu'il pouvait s'agir des francs-tireurs ou des soldats du bataillon venu se rendre la veille. L'heure n'était pas aux civilités : Pash demanda à Heisenberg d'aller au plus vite prendre quelques affaires personnelles et à Bacon de conduire le prisonnier dans un véhicule blindé. Il avait l'ordre de ne courir aucun risque et d'emmener au plus tôt le prisonnier à Kochel.

Après ce voyage en voiture blindée, Bacon ne devait plus jamais se trouver seul à seul avec Heisenberg, mais ces quelques heures lui suffirent pour se faire une idée de l'homme et de son opinion sur ce qui s'était produit au cours des années précédentes. Pendant le trajet, assis en face de lui, il guetta l'occasion de lui adresser la parole, sans pouvoir trouver une entrée en matière. Comment lui dire qu'il était physicien lui aussi, qu'il s'intéressait à ses travaux depuis des années, qu'il l'admirait profondément ? Il lui semblait que, dans la situation présente, tout commentaire serait déplacé. Ils parcouraient la campagne bavaroise dévastée, la patrie de Heisenberg vaincue, et il n'avait d'autre idée que parler science ! Presque honteux, il tâchait d'éviter son regard — de ne pas se refléter dans le miroir bleu de ses yeux. De longues minutes passèrent ainsi, avant que Heisenberg ne se décide enfin à prendre la parole :

« Avez-vous eu beaucoup de mal à me trouver ? demanda-t-il en anglais d'une belle voix vibrante, qui masquait à peine une certaine hauteur.

— Beaucoup de mal, oui, répondit Bacon en allemand.

— Ah ! s'exclama Heisenberg, surpris, mais sans manifester plus d'émotion. Vous avez appris l'allemand à l'armée ? »

Le véhicule fit une légère embardée.

« Non, monsieur. A l'université de Princeton.

— Princeton, répéta Heisenberg. Dans quel domaine ? »

Bacon préféra ne pas lui dire la vérité.

« En économie. » C'était la première chose qui lui était venue à l'esprit.

Quelques instants plus tard, Heisenberg reprenait la parole :

« C'est une belle ville, Princeton… J'y suis allé deux fois… Pour des réunions scientifiques, vous savez…

— Et la dernière fois, c'était quand ?

— En 1939, peu avant le début de la guerre. » Il s'interrompit brusquement, comme s'il réfléchissait à ce qui s'était passé entre-temps. « Six ans à peine, et il semble que c'était il y a une éternité, n'avez-vous pas cette impression ? J'ai été bien des fois tenté de m'installer dans ce pays, savez-vous ? »

Bacon ne voulait pas se montrer grossier, mais il lui semblait que c'étaient là des paroles déplacées ; après un instant de réflexion, il se risqua à demander :

« Et pourquoi ne l'avez-vous pas fait ? »

Heisenberg retomba dans le silence. Il lissa ses cheveux, puis croisa les doigts ; il avait des mains de femme, blanches et lisses.

« On peut boire une bière n'importe où dans le monde, expliqua-t-il. Il y a de bonnes et de mauvaises bières, des brunes et des blondes, certaines au goût de malt, il y a même des bières acides, bref, on les compte par centaines. Pourtant, on peut préférer celle que l'on fait en Bavière. Et, même si la bière bavaroise devient mauvaise, pire que la bière belge ou hollandaise, on doit essayer de l'améliorer. Et si les politiciens gâtent les affaires, il faut tâcher de résister d'une manière ou d'une autre, de faire son possible pour que chaque jour soit meilleur que le précédent. Comprenez-vous ?

— J'en ai l'impression. »

En fait, Bacon ne comprenait pas. Il pouvait admettre que l'on soit nationaliste, que l'on aime sa patrie, qu'on ne fasse qu'un avec elle et que l'on se refuse à l'abandonner aux heures les plus sombres, mais il ne pouvait admettre que l'on travaille pour un gouvernement dirigé par des criminels sans s'opposer à eux, que l'on puisse mettre ses connaissances et capacités au service du mal, oui, du mal, insista

Bacon pour lui-même, sans même s'inquiéter de la moralité de ses propres actes. Bien qu'il l'admirât, il n'éprouvait que de la répugnance pour la tranquillité bornée avec laquelle Heisenberg s'était écrasé devant Hitler. Le souvenir des parents de Goudsmit barrait la route à toute commisération.

Le silence revint à l'arrière du blindé. Heisenberg regardait le sol comme s'il y cherchait une pièce de monnaie ou, peut-être, une excuse. Le principe d'incertitude qu'il avait conçu tenait à présent dans l'impossibilité de savoir s'il avait rempli son devoir moral ou s'il était purement et simplement coupable.

Le lendemain, Heisenberg et Bacon se présentèrent à la base avancée méridionale de la mission *Alsos,* à Heidelberg. La vieille ville universitaire, l'une des plus prestigieuses du monde, présentait à présent un aspect macabre. Bacon trouvait quelque chose d'agressif aux reflets du Neckar et même au célèbre château au sommet de l'une des hauteurs dominant la ville. Dans le fond, les forêts sombres avaient un air triste et menaçant. Bacon était plus que jamais persuadé que le monde est en réalité sans qualité, que sa beauté ou sa laideur dépend seulement de l'état d'âme de l'observateur.

A leur arrivée à la base, ils furent accueillis par Goudsmit, qui s'adressa à Heisenberg — dont l'air imperturbable ressemblait fort à de l'orgueil ou à de l'impertinence — avec la plus froide des politesses. Puis, ayant remercié Bacon pour le travail accompli, Goudsmit invita Heisenberg à le suivre à l'intérieur de la base, où il l'interrogea pendant plusieurs heures. Ils ne s'étaient plus vus depuis leur entretien à l'université de Ann Arbor, dans le Michigan, au cours du dernier voyage de Heisenberg, avant le début des hostilités. Ce n'était pas seulement ce laps de temps — construction fallacieuse de l'esprit — qui les séparait, mais l'abîme moral entre la victime et le bourreau, l'accusé et son juge, l'ami qui s'est senti trahi et celui qui se reconnaît probablement comme traître. Bacon n'assista pas à l'entrevue mais, en fin de journée, pendant le repas, Goudsmit ne put s'empêcher de parler du prisonnier.

« Je l'ai invité à travailler aux États-Unis avec nous, dit-il, sarcastique. Lors de sa visite à Ann Arbor, je lui avais fait la même offre. Et savez-vous, lieutenant, ce qu'il m'a répondu ?

— Non, monsieur.

— Avec cet air supérieur que prennent volontiers les Allemands, il s'est contenté de me dire : "Je ne veux pas y aller. L'Allemagne a besoin de moi." » Goudsmit porta la main à son front et ferma les yeux. « "L'Allemagne a besoin de moi !" Pouvez-vous en croire vos oreilles ? »

Le soir même, Goudsmit remettait les dix détenus — Bagge, Diebner, Gerlach, Hahn, Hartek, Korsching, Von Laue, Von Weizsäcker, Wirtz et Heisenberg — aux autorités militaires des États-Unis. La mission *Alsos* était terminée. Les captifs furent envoyés au camp de prisonniers Dustbin, près de Versalles.

Dès lors, Bacon n'eut plus aucun contact avec ces savants, mais, par la suite, le physicien écossais R.V. Jones, qui avait été professeur de philosophie à Aberdeen et chef des services secrets de l'état-major de l'aviation britannique, lui apprit qu'ils avaient été transférés quelques mois plus tard à Farm Hall, dans une résidence du MI6, non loin de Godmanchester. Ce fut là qu'ils demeurèrent jusqu'à la fin de l'année 1945, là qu'ils apprirent par la presse britannique et les émissions radiophoniques de la BBC qu'une bombe atomique avait été larguée sur Hiroshima, le 6 août. Les Alliés les avaient dépassés. Pour eux, ce fut une défaite plus cuisante que la capitulation. Goudsmit écrivit à Bacon que lorsque Walter Gerlach, le chef du projet atomique allemand, apprit la nouvelle, il s'enferma dans sa chambre comme un général vaincu et pleura pendant toute la nuit. Ce que Bacon ne savait pas, c'est que pendant l'internement des dix physiciens allemands à Farm Hall, R.V. Jones avait enregistré leurs conversations privées grâce à une série de microphones dissimulés dans les cloisons avant leur arrivée.

En réponse à la demande que lui adressa Bacon, Goudsmit lui révéla l'existence de « l'Opération Epsilon » et lui fit parvenir une partie des informations recueillies par le tribunal militaire nord-américain à Nuremberg. Bacon y trouva des fragments codés d'enregistrements provenant de Farm Hall. Goudsmit pensait qu'il pourrait y découvrir une piste concernant Klingsor.

Avec aux lèvres un sourire à peine esquissé, Bacon se livra à la tâche agréable de restituer, à partir de listes de cinq lettres incompréhensibles, les propos qu'avaient tenus Werner Heisenberg et ses compagnons de captivité. Il aurait bien aimé disposer de l'ensemble de leurs conversations — celles qui avaient suivi l'annonce du succès du bombardement nord-américain devaient être tout particulièrement intéressantes —, mais Goudsmit ne lui avait soumis que les phrases qui pouvaient, selon son estimation, se rapporter à Klingsor. La plupart étaient de Walter Gerlach, le dernier directeur du département de physique du Reichsforschungsrat — Conseil de la recherche scientifique du Reich — et de Kurt Diebner, membre du parti nazi, quelques rares autres de Heisenberg ou de Hahn. Les fonctions de Gerlach et de Diebner, comme le constata Bacon, consistaient moins à régler les détails techniques des recherches conduites par les scientifiques allemands qu'à gérer les relations administratives entre le Conseil et les équipes chargées de mettre en œuvre les programmes secrets entrepris sur ordre de Hitler. A la première lecture de la transcription, Bacon fut un peu déçu. Klingsor, le conseiller scientifique de Hitler, n'était pas une seule fois mentionné explicitement. Avec un peu moins d'enthousiasme, Bacon relut plus attentivement le texte depuis le début :

[6 août 1945, quelques heures après la confirmation à la BBC du bombardement nucléaire d'Hiroshima.]

HAHN : Si les Nord-Américains ont une bombe à l'uranium, vous êtes tous des scientifiques de deuxième ordre.

WIRTZ : Ce n'était pas les connaissances scientifiques qui laissaient à désirer, mais l'organisation de la recherche scientifique. La politique a ruiné la science, en Allemagne.

GERLACH : Nous n'avons fait qu'obéir aux ordres. Nous étions tributaires d'un projet plus vaste, qui ne dépendait pas de nous.

WIRTZ : Des projets, et encore des projets… Si nous avions pu nous en tenir à un seul programme, depuis le début… Pourquoi n'avons-nous pas réussi ? Voilà la question.

GERLACH : Ce que nous faisions n'était qu'un projet parmi tant d'autres. Il ne nous a jamais fourni les moyens de lui donner l'importance qu'il méritait.

BAGGE : Qu'y avait-il de plus important ?

GERLACH : Pour lui, il y avait sans doute des affaires prioritaires. Des folies qui n'ont jamais pu voir le jour. Des rêves qui nous ont tout juste laissé les moyens de réaliser une recherche à petite échelle… Il consacrait toutes les ressources du Reichsforschungsrat à des fumisteries extrascientifiques… Et il en allait de même pour la Ahnenerbe…

[10 août 1945.]

HEISENBERG : Nos calculs étaient justes. Y compris celui de la masse critique que nous estimions nécessaire pour produire la réaction en chaîne.

DIEBNER : Que vous manquait-il, dans ce cas ?

GERLACH : La décision de produire de l'uranium en quantité industrielle. Au Conseil de recherche scientifique, personne n'a cru que nous pourrions obtenir à temps une bombe opérationnelle. Nous avons dû aller frapper à toutes les portes ; on nous a renvoyés de Himmler à Speer, de Bormann à Göring, avant de nous donner les moyens de poursuivre nos travaux. Il y a toujours eu d'autres priorités. Il n'a jamais fait cas de nous.

DIEBNER : Notre objectif ultime était beaucoup plus modeste : construction d'une pile atomique et possibilité de créer une réaction en chaîne autosuffisante. C'était tout.

GERLACH : Je vous le répète : Il n'a jamais voulu nous accorder les crédits suffisants. Il investissait tout dans d'autres domaines de recherche.

Les autres pages n'étaient pas plus explicites. Lamentations, remords, accusations mutuelles et impressions d'échec ambiguës ; rien de plus. En lisant ces lignes, la seule chose qui retint l'attention de Bacon, ce fut la plainte réitérée de Gerlach : bien des moyens importants qui auraient pu être investis dans la recherche atomique allaient à d'autres projets « secrets ». Mais qui attribuait ces crédits ? Qui était ce « il » sur qui pleuvaient tant de reproches ? Bacon se sentait plein d'appréhension. Pouvait-il être assuré de l'existence de Klingsor à partir de ces quelques allusions ? N'était-ce pas plutôt un moyen de justifier son enquête, de se créer un devoir, de tabler sur du vent ? Ne valait-il pas mieux renoncer et déclarer que Klingsor n'était qu'un nom, qu'un exécutant parmi tant d'autres ?

Univers parallèles

Nuremberg, le 2 novembre 1946
EXP. : Lt. Francis P. Bacon
DEST. : Pr. John von Neumann

Cher professeur,

Je ne sais par où commencer. Notre dernier contact remonte à si longtemps que j'ai trop de choses à vous dire, il me semble. Notre époque a été plus riche en événements que nous n'en pouvons digérer, comme l'a dit (peut-être pas exactement en ces termes) Winston Churchill. Le jeu de la guerre, pour reprendre votre expression, est beaucoup plus lassant et inhumain — pour ne pas revenir aux lieux communs — que n'importe lequel d'entre nous aurait pu le supposer... Enfin, je ne vais pas vous faire sourire en vous parlant de ce que vous connaissez mieux que moi. Tout ce que je puis ajouter, à cet égard, c'est que la solution d'un pareil jeu semble bien être, même s'il nous en coûte, d'abandonner la partie.

Je suis à présent lancé dans un autre jeu, beaucoup moins dangereux mais, par là même, peut-être plus ardu. Qui aurait pu dire que j'allais devenir soldat, que dis-je, détective chargé de dépister quelques hommes, et non pas physicien en quête d'abstractions ? Dans une certaine mesure, vous êtes responsable de cette mutation, et c'est pourquoi j'ose faire appel à vous. Merci de me permettre de vous expliquer ce qui m'arrive sans me claquer la porte au nez. Je suis donc engagé dans un jeu dont, pour mon malheur, je ne connais même pas le nom, ni les règles, et moins encore ce que l'on peut y gagner ou y perdre. N'y aurait-il pas là matière à une catégorie nouvelle, dans votre typologie ? Il s'agirait de jeux dans lesquels les joueurs s'affrontent sans connaître l'enjeu final. Et si c'était une punition ? Voilà qui bousculerait la logique que vous avez mis tant d'années à élaborer. J'exagère peut-être. Je suis un impatient, vous le savez mieux que tout autre. Je ne tiens, dans une avalanche d'inconnues, qu'un petit bout du fil d'Ariane, que je m'obstine à suivre dans les ténèbres de l'Allemagne actuelle. Il s'agit cependant d'une mission secrète, et je suis supposé n'en rien dire à personne, mais je prends tout de même le risque de vous en parler.

J'en viens donc à l'origine, du problème : *Klingsor.* Ce nom vous dit-il quelque chose ? J'ignore encore si c'est là un casse-tête vain ou, au contraire, un point de départ pouvant conduire à quelque chose de très important. Tout ce que je puis vous dire, c'est qu'il s'agirait d'un homme-clé, d'un scientifique allemand qui, aux dires de certains, aurait joué un rôle de première grandeur. Ce serait une sorte d'espion, de cinquième colonne de Hitler dans la communauté scientifique allemande. S'agirait-il plutôt de l'un de ces bruits sans fondement qui courent sur le compte du Führer ? J'en doute. Quoi qu'il en soit, les services secrets de l'armée m'ont chargé de tirer l'affaire au clair. Bon, j'en viens au fait. Vous vous doutez bien que je vais vous demander quelque chose, sinon, je ne m'attarderais pas à vous conter des boniments. J'aimerais que vous m'indiquiez comment m'y prendre. Malgré mes travaux préparatoires, je ne sais par où commencer. J'attends avec impatience votre réponse.

Princeton, N.J., le 9 novembre 1946
EXP. : Pr. John von Neumann
DEST. : Lt. Francis P. Bacon

Mon cher Bacon,

J'ai été heureux de recevoir de vos nouvelles, et surtout de vous savoir en vie. Raison suffisante, il me semble. Je n'avais plus entendu parler de vous depuis notre dernière rencontre à Londres. Il y a un siècle ! Quelle époque que la nôtre ! Il semble que le temps ait forcé l'allure pour donner raison à nos hommes de science. Bien entendu, je ne voudrais pas paraître insensible : je sais que les tragédies qui se sont produites sont incommensurables, que ce sont peut-être les plus grandes de toute l'histoire de l'humanité, mais je suis certain que nous n'avions pas le choix. Il semble que nous n'en ayons pas fini avec la guerre ; le pire, c'est que l'une n'est pas encore terminée que déjà une autre commence : contre les Russes, à présent. Ils pourraient se révéler plus redoutables que les nazis, je vous l'assure. J'ai vécu en Hongrie sous un gouvernement rouge, et c'était pire que l'enfer, mon garçon. Nous allons donc devoir, mon cher ami, recourir une nouvelle fois à notre théorie des jeux pour gagner la guerre contre Staline…

Mon cher Bacon, j'aimerais bien, moi aussi, vous raconter des tas de choses sur le travail que nous avons effectué au Nouveau-Mexique pendant ces derniers mois de guerre, mais je suis épuisé et, inutile de vous le dire, il nous est interdit d'y faire la moindre allusion. Je réponds donc à votre question. Bonnes nouvelles, mon garçon ! La chance est sans doute de notre côté. J'ai remué ciel et terre, à cause de vous ! Mais il me semble que ce n'était pas peine perdue. J'ai pris langue avec quelques amis de Washington, de Londres, et même avec des proches de Patton et d'Eisenhower… sans aucun résultat, dans un premier temps, comme je m'y attendais. Silence total. J'ai insisté. « Désolé, Johnny, me disait-on partout, personne n'a la moindre idée de ce que peut signifier ce nom, Klingsor. » Alors, je revenais à la charge. « Tu nous fatigues, toi et ton Klingsor ! » Mais j'étais décidé à ne pas les laisser en paix jusqu'à ce qu'ils eussent trouvé quelque chose.

Je suis conseiller à la Sûreté nationale, voyez-vous ? Tous les jours, je les rappelais et tous les jours je me heurtais au même silence, aux mêmes rebuffades… La bureaucratie est partout pareille. Un bureaucrate ne répondra jamais à votre première requête, c'est une de leurs règles de conduite. Il faut qu'ils demandent l'autorisation à leurs supérieurs hiérarchiques, et ceux-ci à leurs chefs, et ces chefs au Président ou au secrétaire d'État ou au ministre de la Défense. Si l'on veut venir à bout de cette vermine, il suffit de prendre patience… Comme je l'avais prévu, une porte a fini par s'ouvrir.

Je ne voudrais pas vous donner de faux espoirs. Il ne s'agit de rien de bien important, seulement d'une indication qui pourrait vous être utile. Mais c'est mieux que rien. Si l'on veut faire de grandes choses, il faut commencer par les plus petites. Suivre la piste des particules élémentaires, mon garçon, parce que c'est d'elles qu'est constitué l'univers. Prenez note de cette histoire : en 1944, un groupe d'officiers de l'armée allemande a décidé d'attenter à la vie de Hitler. Leur intention était de l'assassiner, de déclencher un coup d'État, et de chasser les nazis du gouvernement. Ils avaient l'espoir, en agissant ainsi, de signer un accord de paix dans de meilleures conditions. Ils se faisaient bien des illusions ! N'empêche ; ils tenaient à leur projet et, en juillet, ils ont placé une bombe dans le quartier général où se trouvait le Führer. Malheureusement, quelque chose a foiré. Hitler en est sorti indemne et le soulèvement a été maté avec une cruauté sans précédent par Himmler et les SS, spécialistes en la matière. Jusqu'ici, je ne vous raconte rien de nouveau, encore que cet épisode soit pour ainsi dire passé inaperçu, à l'époque. Le complot impliquait des gros bonnets de l'armée, de la diplomatie et des civils non moins importants. Himmler ordonna d'arrêter, d'accuser de conspiration et d'exécuter tous ceux qui avaient un lien quelconque, même lointain, avec les conjurés. Des centaines de personnes furent appréhendées entre le mois d'août et le mois de décembre. La plupart d'entre elles furent fusillées ou envoyées dans des camps de concentration.

Nous en arrivons à ce qui vous intéresse. Parmi les détenus figurait un mathématicien, ami d'un officier de la Wehrmacht qui avait participé au complot. Comme tant d'autres, il fut jugé pour haute trahison par un tribunal de Berlin, cependant, pour on ne sait quelle raison, il ne fut pas condamné à mort, mais transféré d'une prison à une autre jusqu'à ce qu'une de nos patrouilles le libère, quelques jours avant la fin de la guerre… Il n'y aurait rien de si surprenant dans l'histoire de cet homme, sans deux coïncidences qui semblent jouer en notre faveur. La première, c'est qu'au moment où il fut interrogé par un officier nord-américain sur les raisons de sa détention, il répondit que tout avait été la faute de Klingsor. L'officier lui dit qu'il ne voyait pas à qui il faisait allusion, et notre homme se borna alors à lui raconter sa participation à l'attentat de juillet 1944… La seconde est bien plus étonnante. Je l'ai connu. Eh oui, mon cher Bacon : le mathématicien dont je vous parle était de mes amis, avant la guerre. Il s'appelle Gustav Links.

C'est un homme modeste, mais d'une intelligence éblouissante. Je l'ai connu à Berlin alors que j'étais l'élève de Hilbert à Göttingen, en 1927, je crois bien. Il n'était guère plus âgé que moi, mais il se distinguait déjà dans les congrès de mathématiques. Je me souviens qu'il était obsédé par le problème du continu de Cantor. Diplômé de l'université de Leipzig, il a fait ses études de doctorat à Berlin. Nous sommes restés en contact jusqu'en 1936, à peu près. Ensuite, je n'ai plus eu de nouvelles de lui.

Qu'en dites-vous ? Par bonheur, il est toujours vivant et je peux dire qu'il jouit de la meilleure réputation possible. C'est notre homme. Où pouvez-vous le rencontrer à présent ? Là où sont tous les scientifiques allemands qui n'ont pas eu le malheur de rester dans la zone d'occupation soviétique : à Göttingen. Vous n'aurez aucun mal à mettre la main sur lui. Je vous souhaite bonne chance dans votre nouveau jeu, mon cher Bacon, et tout ce que je vous demande, c'est de me tenir au courant de vos découvertes.

Nuremberg, le 28 novembre 1946
EXP. : Lt. Francis P. Bacon
DEST. : Pr. Gustav Links

Monsieur,

Physicien de l'université de Princeton, je m'appelle Francis P. Bacon et j'effectue en Allemagne un travail de recherche pour l'armée des États-Unis. Un ami commun, le professeur John von Neumann, m'a dit que vous pourriez peut-être m'aider. Si cela vous convient, je pourrais venir vous voir à Göttingen. Je vous serais infiniment reconnaissant de bien vouloir me prêter votre concours.

En quoi pouvais-je être utile à un physicien qui, de surcroît, claironnait ainsi qu'il faisait partie de l'armée des États-Unis ? Que voulait-il de moi et, avant tout, pourquoi Von Neumann croyait-il que je pourrais lui venir en aide ? Mon calvaire n'allait-il jamais prendre fin ?

Après la libération de 1945, je n'avais plus guère de chances de revenir à une vie à peu près normale. L'Allemagne était entièrement dévastée et les Alliés se partageaient ses dépouilles selon les accords des conférences de Yalta et de Téhéran. Contrairement aux physiciens qui avaient travaillé sur le projet atomique, j'étais un simple mathématicien et jamais je n'avais participé directement aux diverses phases du programme élaboré par Heisenberg. C'est ce qui m'a évité de courir le sort des autres membres de l'*Uranverein.* Je n'ai jamais été inclus dans le butin de guerre, ni conduit à Paris ni, ensuite, à Farm Hall. Mon destin a été plus humble : après avoir contrôlé mon identité et s'être assuré de mon opposition aux nazis, les Nord-Américains m'ont rendu ma liberté. Quelques mois à peine après la fin de la guerre, j'ai pu me rendre à Göttingen, en emportant mes maigres possessions — de toute manière, depuis la mort de Marianne, les biens matériels n'avaient plus aucune importance pour moi — et j'ai trouvé refuge dans cette sombre ville universitaire incluse dans la zone d'occupation britannique.

Alors que les Français, les Nord-Américains rancuniers à l'excès et les Russes s'empressaient d'accaparer la recherche scientifique allemande pour servir leurs propres fins, les Anglais se montrèrent plus compréhensifs. Leur tradition libérale les portait à croire que seule une autonomie relative des territoires placés sous leur contrôle pourrait garantir la paix et la stabilité de l'Europe dans l'avenir. Mus par cette conviction, ils avaient décidé de faire de Göttingen le nouveau foyer de la science en Allemagne ; cette ville n'avait qu'un inconvénient : elle était trop proche de la zone soviétique, à quelques kilomètres de la frontière.

J'arrivai à Göttingen découragé. Plus rien ne m'intéressait. Je n'avais plus aucun désir. Je n'étais plus rien. Une seule pensée m'obnubilait : la vanité de mon passé. Nombres, formules, théorèmes, axiomes m'apparaissaient comme autant de sottises qui m'avaient confiné, en pleine tourmente, dans un silence complice. En 1946, être un scientifique allemand, c'était être moins qu'un insecte. Qui aurait voulu se charger de ces scories d'un monde détruit ? Qui pouvait avoir besoin d'une pauvre créature qui, au lieu d'empiler des briques, réfléchissait sur leur forme, analysait leurs dimensions et expliquait les lois qui faisaient d'elles des solides ? Je ne me sentais pas seulement inutile, mais superflu. Si, comme devait le dire plus tard un philosophe, la littérature était devenue vaine après Auschwitz, c'était parce que, après

Auschwitz, toute forme de bonheur était vaine. Et si la poésie était vaine, que dire des mathématiques ? Qui pouvait s'intéresser à Cantor ou au problème du continu quand des millions d'êtres humains avaient été exterminés ? Quel visage pouvais-je me composer, quand je marchais dans les rues ?

Je m'installai dans l'un des immeubles en partie détruits des environs de la ville — j'avais pour voisins des familles entières entassées dans des pièces dévastées —, sans savoir que faire. Fin février arrivèrent Werner Heisenberg et Otto Hahn, à qui l'on venait d'attribuer le prix Nobel de physique pour sa découverte de la fusion nucléaire. Tous deux avaient l'aval des Britanniques — qui avaient eux-mêmes l'aval des Nord-Américains — pour réorganiser à l'Institut Kaiser Wilhelm, l'un un laboratoire de chimie, l'autre un laboratoire de physique, ce qui conférait un peu de prestige à la ville, sans toutefois me tirer de ma léthargie. Ma volonté était alors réduite à néant. Je me conduisais comme un automate, j'acceptai la chaire de mathématiques que me confiait l'université, seulement parce que j'y voyais le moyen le plus simple de gagner ma vie sans peine. Mais je n'étais pas disposé à entreprendre la moindre recherche ou à participer aux activités universitaires.

Pendant ce temps, les Alliés mettaient rapidement en œuvre leur politique de *dénazification* de la vie publique dans le pays. Tous les citoyens allemands furent obligés de remplir des formulaires dans lesquels on leur demandait s'ils avaient été attachés à des associations, des groupes rattachés d'une manière ou d'une autre au parti nazi. Ceux qui donnaient une réponse affirmative devaient comparaître devant les tribunaux militaires. Ceux qui déclaraient avoir adhéré à ce parti ou à toute autre organisation affiliée ne pouvaient exercer aucune fonction publique. En Allemagne, les universités ont toujours dépendu de l'administration centrale, et de nombreux enseignants avaient dû s'inscrire au parti national-socialiste pour ne pas perdre leur poste. C'est ainsi que des centaines de scientifiques de valeur se virent interdire le chemin de l'université et que les assistants et les professeurs des échelons inférieurs, mais qui n'avaient jamais été inscrits au parti nazi, obtenaient des postes auxquels, en d'autres circonstances, ils n'auraient pu accéder.

Diverses personnes connaissaient mon opposition au régime nazi et purent témoigner en ma faveur quand je fus convoqué et interrogé. Grâce à ce *Persilscheine* — comme on disait alors, en parlant de ces lessives, de cette marque de détergent dont le slogan publicitaire était alors qu'il lavait plus blanc — je fus nommé en octobre 1946 professeur *Extraordinarius* en logique mathématique à la vénérable université Georgia Augusta de Göttingen.

Quand je reçus la lettre du lieutenant Bacon, j'y vis une sorte de signe de la Providence. Tout d'abord, je m'étais efforcé de ne pas y attacher trop d'importance. Je préférais me dire qu'il devait s'agir de l'un de ces interrogatoires de routine qui étaient alors notre pain quotidien. Pourtant, le nom de Von Neumann m'assurait qu'il ne pouvait en être ainsi. Ce vieux Johnny ne se serait pas souvenu de moi seulement pour permettre à une nouvelle recrue de remplir un formulaire : ces quelques lignes devaient bel et bien receler quelque chose de plus important. La question, alors, se posait : avais-je envie de m'en mêler, de renouer avec les douleurs, l'angoisse sans fin qui avaient enfin vu leur terme, après douze ans de menace hitlérienne ? Ne valait-il pas mieux oublier, après tout ? C'était ce que tout le monde faisait autour de moi, comme s'il était formellement défendu d'évoquer le seul nom de l'enfer.

Selon Aristote, l'agent est cause de ce qui est fait, ce qui produit le changement de ce qui est changé.

Puis-je alors accuser Von Neumann de tout ce qui s'est produit depuis parce qu'il a eu l'idée saugrenue de donner mon nom à ce Bacon ? Ou, pis encore, le rendre responsable de tout à cause d'une lettre, peut-être écrite à la hâte, sans plus amples considérations, et ensuite envoyée à l'un de ses étudiants ? Le vieux Von Neumann, grand expert du hasard, en devenait alors le premier instrument.

Le lieutenant Francis P. Bacon se présenta à la porte de mon bureau où le froid régnait sans partage en uniforme de l'armée nord-américaine, ce qui s'imposa aussitôt à moi comme un manque de courtoisie, voire une tentative d'intimidation. Je crois que je vais maintenant prendre la liberté de le décrire par le menu, ou du moins tel qu'il s'est alors imposé à moi, à Göttingen. Grand, sans l'être trop, il avait toujours une expression tendue, une sorte de rictus, comme s'il avait conscience de paraître emprunté dans son uniforme. Son dos était légèrement voûté, ses membres un peu trop longs — quand il me tendit la main, les poignets de sa chemise remontèrent jusqu'à la moitié de son avant-bras — mais on ne pouvait dire qu'il était laid, dans l'ensemble. Son regard intelligent, qui ne parvenait pas à se fixer bien longtemps sur quoi que ce soit — j'en étais venu à me dire qu'il cherchait à graver dans sa mémoire tout ce qu'il y avait dans mon bureau pour le coucher dans son rapport — semblait pourvu d'une vivacité qui lui faisait par ailleurs défaut, car ses mouvements étaient plutôt gauches. Je lui donnai un peu plus de trente ans (avec une marge d'erreur de plus ou moins deux ans, estimation qui se révéla juste), c'est-à-dire une quinzaine d'années de moins que moi.

Il respirait encore l'orgueil des jeunes scientifiques persuadés qu'ils vont faire de grandes découvertes, et cette gentillesse suspecte des gens qui se croient supérieurs aux autres mais sont assez malins et cyniques pour vouloir le cacher. Ses mouvements nerveux finirent par m'agacer, même si je me disais que ma passivité apparente pouvait lui faire le même effet. Il s'était sans doute rasé dans le train, car son menton et son cou étaient semés de petites cicatrices grenat. Un tic au sourcil gauche dévoilait un tempérament obsessionnel et des boutons d'acné s'attardaient sur son épiderme aux pores dilatés, alors que ses lèvres sèches et presque dures, qui semblaient dessinées avec une négligence délibérée, lui donnaient un sensualité agressive à laquelle, supposai-je, les femmes ne devaient pas rester indifférentes. Son nez droit et son front ample et imperturbable étaient décidément hollywoodiens dans le pire sens du terme. Cet ensemble de détails me poussa à le définir alors d'un trait : « Voilà un type capable de trucider son prochain, mais qui ne le fera jamais, de peur de se sentir coupable. »

De prime abord, je sus que sous ce regard sincère et altier se cachait un garçon craintif et introverti, ce qui m'inquiéta bien davantage que si je m'étais trouvé en présence de l'un des rudes soldats auxquels nous avions affaire tous les jours. Peut-être ne s'en rendait-il pas compte, mais sa faiblesse profonde lui donnait une volonté et une force qui auraient pu intimider tout homme moins apathique que moi. Il se présenta de façon formelle, comme si sa visite ne m'avait pas été annoncée, et je l'invitai à s'asseoir. Il posa ses deux mains à plat sur mon bureau et alla droit au but :

« Avez-vous appartenu au parti nazi ? »

Il était évident qu'il connaissait d'avance la réponse :

« Non.

— Avez-vous été affilié à une quelconque organisation dépendant du parti nazi ?

— J'ai répondu mille fois à ces questions. De plus, vous avez lu mon dossier, dis-je, pour me défendre.

Non, je n'ai jamais appartenu à aucune de ces organisations.

— Dans ce cas, pourquoi êtes-vous resté en Allemagne ?

— C'est ma patrie. N'auriez-vous pas fait de même ?

— Je l'ignore. Pas dans les conditions que faisait régner Hitler. »

Il m'écoutait avec un certain détachement, comme s'il s'agissait là d'une simple formalité bureaucratique dont il voulait se débarrasser au plus vite.

« Vous simplifiez trop les choses. Peut-être ne devrais-je pas vous parler ainsi, mais je suis las de devoir convaincre les autres. Au commencement, les choses n'étaient pas aussi évidentes qu'elles le sont aujourd'hui. En 1933, Hitler ne portait pas sur la figure d'affiche annonçant en gros caractères : "Je suis un assassin" ou "Je vais déclencher la Seconde Guerre mondiale" ou "J'ai l'intention de faire massacrer des millions de personnes"... Ça n'a jamais été aussi simple.

— Mais vous connaissiez ses projets, vous saviez qu'il voulait réarmer le pays, et son antisémitisme était le cheval de bataille de sa campagne... N'essayez pas de me faire croire que vous ne le saviez pas...

— Vous pouvez croire ou ne pas croire ce qui vous plaît, lieutenant. Je n'essaie de défendre personne ; pas même ma petite personne.

— Très bien. » Il eut l'air d'un enfant, en disant cela. Von Neumann m'avait envoyé un enfant ! « Pourquoi, dans ce cas, ne vous êtes-vous jamais opposé ouvertement à Hitler ?

— Ouvertement ? » Malgré moi, un sourire malicieux me vint aux lèvres. « Si je m'étais opposé à lui ouvertement, vous seriez en train d'interroger un autre mathématicien, mais certes pas moi. Dans l'Allemagne de Hitler, toute opposition ouverte, comme vous dites, était punie de mort.

— Et vous avez pourtant été condamné et incarcéré.

— Mettons les choses au point sans plus attendre, lui dis-je. Vous vous êtes amplement informé sur mon compte avant de venir me trouver. Allez-vous me poser encore une fois toutes les questions dont vous connaissez déjà les réponses ?

— Je n'avais pas l'intention…

— Oui, j'ai été arrêté avant la fin de la guerre, à la suite du coup d'État manqué du 20 juillet 1944. Des dizaines de mes amis dont le seul tort a été de condamner en comité réduit la brutalité de Hitler ont eu une destinée moins heureuse et ne sont plus là pour la raconter. Toutes les personnes qui m'étaient chères sont mortes. Que voulez-vous de plus, lieutenant ? Auriez-vous l'intention d'exiger de tous les Allemands encore en vie qu'ils demandent publiquement pardon pour les erreurs commises par Hitler ? Vous mélangez tout. Vous ne voyez pas que rien n'est homogène. Et que Hitler a fait autant de victimes dans ce pays qu'en Pologne ou en Russie.

— Désolé. Je sais que c'est un sujet délicat.

— Délicat ? »

La conversation devenait de plus en plus tendue. Je refusais de me laisser intimider, et il fallait lui apprendre les règles du jeu avant d'aller plus loin. Sinon, rien ne serait possible. Je tâchai d'adoucir le ton :

« A quoi pourrais-je vous être utile, lieutenant ?

— Le professeur Von Neumann m'a dit que vous étiez de ses amis.

— C'est exact, mentis-je. Encore qu'il y ait bien longtemps que je ne l'ai plus vu.

— Quelle était votre spécialité ? » Pour la première

fois, je sentis que le soldat de l'armée d'occupation pouvait cacher un scientifique.

« La théorie des nombres. C'était du moins ce que je faisais avant, fis-je en soulignant le dernier mot.

— Le professeur Von Neumann m'a dit que vous vous intéressiez tout particulièrement aux travaux de Cantor, ajouta-t-il.

— J'en sais encore quelque chose », admis-je, irrité comme toujours de devoir parler sciences avec des militaires, qu'ils appartinssent à la hiérarchie nazie ou aux érudits officiels de l'armée d'occupation. « Je n'ai jamais pu me déprendre entièrement de la passion que m'inspire l'infini.

— L'infini ? »

Je hochai la tête en me demandant pourquoi il prenait cet air étonné, comme si je venais de lui annoncer que seule m'intéressait la structure osseuse des babouins.

« Vous y voyez un inconvénient ?

— Non, au contraire, répliqua-t-il en s'efforçant de paraître aimable. Cela me paraît très intéressant. » Son allemand n'était pas exécrable, seulement un peu guindé.

Je me calai dans le fauteuil, pris un stylo et me mis à gribouiller sur une feuille de papier.

« Je serais ravi de découvrir quelque jour ce que vous faites.

— C'est bien aimable à vous, lieutenant, mais je suppose que vous n'êtes pas venu à Göttingen pour ça.

— Bien sûr que non. » Il avait emprunté aux acteurs en vogue l'art de se faire attendre, de ménager avant de parler des pauses aussi longues qu'agaçantes. « Comme je vous l'ai dit dans ma lettre, je viens solliciter votre aide.

— A quoi pourrait bien vous être utile un mathématicien comme moi ?

— Je ne suis pas venu consulter le mathématicien…

— Et qui, alors ? Le prisonnier de guerre ?

— L'homme qui connaît bien le monde scientifique actuel, précisa-t-il d'une voix qu'il tâcha de rendre ferme et tranchante. Je suis venu ici seulement pour vous écouter.

— Que voulez-vous de moi ?

— Que vous me parliez de votre passé, des progrès de la science en Allemagne…

— Je ne vous comprends pas, attaquai-je. Sincèrement, lieutenant, je ne vois pas pourquoi vous avez besoin qu'un savant allemand vous fasse des confidences pour obtenir ce que voulez. Votre pays peut faire tout ce qui lui chante en Allemagne. Je ne me plains pas, c'est la réalité et il faut l'admettre. Avec votre uniforme et votre laissez-passer, vous pouvez consulter toutes les archives de Göttingen et de Munich. Pourquoi vous adressez-vous à moi ?

— Croyez bien que si je pouvais me passer de votre aide, je ne serais pas venu vous prier de me l'accorder. Et je dis bien : vous en prier. Ce n'est ni un ordre ni une obligation. Je suis venu vers vous en ami, en collègue. Il me faut quelqu'un de confiance, voilà tout. »

Je sentis le sang me monter au visage.

« Auriez-vous le front de me demander d'être pour vous un donneur, lieutenant ?

— Loin de moi cette pensée ! s'exclama-t-il, sincèrement scandalisé. Rien de plus étranger à mes intentions. Il ne s'agit pas de porter tort à qui que ce soit. Mon seul but, c'est que la vérité se fasse jour. Je ne cherche que la vérité. »

Je ne puis nier que j'étais intrigué. Malgré son arrogance, il me semblait reconnaître dans les yeux du lieutenant Bacon un éclat qui m'attirait. Il y avait en lui un peu de moi-même, ou, du moins, de ce que j'avais pu être dans le passé : le brio, l'enthousiasme de ma jeunesse que je n'éprouvais plus. D'une certaine manière, le fier lieutenant Bacon était mon *Doppelgänger,* mon âme sœur ; si j'étais né en Amérique et quinze ans plus tard, je me serais trouvé dans une situation proche de la sienne. Si je refusais de l'aider, il poursuivrait son objectif, la tâche qu'il s'était assignée.

« Je crains de n'avoir pas été suffisamment clair, reprit-il. Je vous prie de m'en excuser. Si nous reprenions tout depuis le début ? »

Sa franchise un peu ingénue me plut. Je l'encourageai intérieurement.

« L'essentiel, c'est que la confiance règne entre nous, dit-il. Je suppose que ce ne sera pas facile. Nos pays ont trop longtemps été ennemis.

— Vous ne m'avez pas encore dit ce que je gagnerais à vous aider, si j'y consentais. »

Il me regarda dans les yeux, cherchant à deviner mes intentions, et répondit :

« Vous avez été victime du pouvoir nazi. Et il me semble que, dans le fond, vous désirez autant collaborer avec moi que moi avec vous. Bref, je vous offre la possibilité d'agir pour le mieux. D'agir. La guerre est finie, mais cela ne veut pas dire que tous les crimes doivent rester impunis, enfouis. Je ne parle pas de celui que les nazis ont commis contre l'humanité. Ni de ceux qu'ils ont commis contre des scientifiques de votre entourage. Je ne vous demande pas de vous engager dans une mission dangereuse ou compromettante, mais de devenir mon guide sur certains terrains du passé nazi que je ne connais pas encore. C'est une occasion de pouvoir faire quelque chose pour vous-même et vos amis morts. »

Je me plongeai dans la réflexion.

« Je trouve tout naturel que vous vous défiiez de moi, poursuivit-il. Dans votre position, je ferais de même. Ce que je vous demande, c'est une période d'essai, pour voir si nous pourrons travailler ensemble.

— D'accord », répondis-je enfin.

Bacon s'éclaircit la gorge. Il adorait visiblement les effets théâtraux, le suspense, les romans policiers. Je devinais un peu à qui j'avais affaire.

« Très bien, fit-il en prenant un air grave. Avez-vous jamais entendu parler d'un scientifique de haut niveau, expert du Conseil de recherche scientifique du Reich, connu sous le nom de code de Klingsor ? »

Je demeurai perplexe.

« Je n'en ai jamais entendu parler.

— Apparemment, nul ne connaissait son existence, en Allemagne, remarqua Bacon avec une ironie que je fis semblant de ne pas percevoir. Toutefois, nous avons des raisons de croire qu'il s'agissait d'un proche de Hitler… »

C'était donc ça.

« Et pourquoi est-ce si important ?

— Ne me demandez pas de répondre immédiatement à cette question, monsieur Links. » Il se leva et se mit à faire les cent pas dans la pièce, pour bien montrer qu'il était maître de la situation. « Il faudrait que vous m'aidiez à débrouiller l'écheveau de la bureaucratie nazie afin que nous trouvions quelque chose qui nous permettrait de découvrir qui pouvait bien être ce Klingsor. » Il fit une autre de ses poses cinématographiques. « C'est pourquoi je vous demande encore une fois si vous n'auriez pas entendu parler de lui. »

Il m'avait deviné. Et, le pire, c'était qu'il le savait. Mais je n'allais pas le laisser me percer à jour aussi facilement. Klingsor. Depuis combien de temps n'avais-je pas entendu prononcer ce nom ? Un moment, j'avais cru que nul n'en parlerait jamais plus, que son ombre se dissiperait dans la nuit de l'histoire comme un fantôme, une créature du passé, un spectre agonisant. Et, brusquement, quelqu'un me rappelait son existence. Comment l'avait-il découverte ? Nuremberg ! Nuremberg, bien sûr ! C'était de là qu'il m'avait expédié sa lettre. Quelqu'un avait parlé, quelqu'un avait livré le secret. Que devais-je faire ? Tout dire à Bacon ? Le guider, comme il me le demandait, sur le chemin qui pouvait le conduire à Klingsor ? Étais-je l'un de ceux qui se laissent submerger par la haine, par l'absurdité, par la vengeance ? Très bien, ce serait comme il le voudrait.

« Klingsor, dis-je. Bien sûr que j'ai entendu parler de Klingsor.

— Pourquoi l'avoir nié, tout à l'heure ?

— Je n'étais pas sûr de vouloir me mêler…

— Vous l'êtes, à présent ?

— Je crois que oui.

— Bien. Je vous écoute.

— Klingsor est un sujet bien délicat à aborder à l'heure actuelle, lieutenant. Nous entrons dans une nouvelle ère de paix et de réconciliation, c'est du moins ce que l'on prétend. Je dois vous dire qu'exhumer Klingsor ferait resurgir des affaires qui vont déranger bien des gens. Nos maîtres actuels estiment qu'il faut permettre aux blessures de cicatriser, construire l'Europe, en faire un bastion contre les rouges ; nos anciens ennemis sont maintenant les vôtres… Comprenez-moi. La bombe, par exemple. Nul ne désire que les Russes s'en emparent, n'est-ce pas ?

— Klingsor avait quelque chose à voir avec la bombe ?

— Klingsor avait quelque chose à voir avec *tout*. C'est là la difficulté et le risque de votre entreprise. Il était mêlé à trop d'affaires, militaires et scientifiques, pour que quiconque veuille rendre ses activités publiques. » Bacon ne cachait pas son étonnement. « Les choses se passaient ainsi, lieutenant : Klingsor octroyait les crédits pour les recherches dans tout le Reich. Nul ne le connaissait, mais on supposait que c'était un scientifique de premier ordre, qui, dans l'ombre, occupant une position qui n'avait apparemment rien à voir avec la politique et les partis, a servi de conseiller pendant toute la durée de la guerre. Tous autant que nous étions, je parle des scientifiques, nous cherchions à savoir de qui il s'agissait. Son activité ne date pas d'hier, lieutenant. Nous avons tout d'abord cru qu'il ne s'agissait que d'une rumeur. Quand quelque chose tournait mal ou fonctionnait à merveille, quand un projet était approuvé ou refusé par le Conseil de recherche scientifique du Reich, on disait que c'était sous l'influence favorable ou défavorable de Klingsor. Il était le démiurge de tous les mouvements occultes dont nous n'apercevions que les remous, un mélange de conseiller et d'espion qui contrôlait une masse d'informations vertigineuse. Un homme qui était tout-puissant dans sa sphère et qui n'avait de comptes à rendre qu'à Hitler… »

Bacon était secoué au point de ne pouvoir rien dire de cohérent : on lui révélait l'emplacement d'une mine d'or, on lui donnait une raison d'aller de l'avant.

« Continuez, monsieur Links…

— Klingsor était si puissant que d'aucuns en sont venus à se dire que c'était une fable, qu'il ne pouvait rien exister de semblable. Des hypothèses estimées plus vraisemblables ont vu le jour : c'était un leurre conçu par Gödel pour mieux assurer son contrôle sur la recherche scientifique ; le nom de Klingsor couvrait en fait des dizaines de personnes ; ce n'était qu'une invention des sociétés secrètes qui prospéraient dans le Reich ; on disait même que Klingsor n'était autre que Hitler… Les rumeurs allaient bon train, lieutenant, alors qu'il devenait de plus en plus dangereux d'aborder le sujet. L'incertitude était une véritable torture. Voulez-vous que je vous dise quelle était mon idée ?

— S'il vous plaît.

— Contrairement à beaucoup de mes collègues, je crois que Klingsor existait bel et bien… Pourquoi ? A cause de sa façon d'agir, des traces qu'il laissait quand il intervenait, de certaines coïncidences qui se manifestaient dans le monde scientifique… Ces trop nombreux indices m'ont empêché d'admettre que Klingsor n'était qu'une invention née de notre crainte… J'irai jusqu'à dire que tout ce qu'il faisait portait sa marque… Hélas, je n'ai aucun moyen de le prouver. » Je m'interrompis avant d'ajouter : « Voilà pourquoi j'hésitais à vous dire la vérité. Je ne puis vous fournir le moindre argument décisif qui prouverait que mon hypothèse est la bonne, et je ne voudrais pas être accusé de vous avoir indiqué une fausse piste. »

Bacon, qui se contentait de m'écouter depuis quelques instants, se trouvait dans un état proche de l'extase. Il était couvert de sueur.

« Êtes-vous en train de me dire que toute la recherche scientifique du Reich était placée sous le contrôle de Klingsor ?

— C'est cela.

— Et pourquoi n'y a-t-il aucune preuve de son existence ? Pourquoi ce silence général ?

— Dieu ou le diable laissent-ils des traces évidentes de leur influence sur les hommes, lieutenant ? répondis-je. Il est certain que vous n'allez trouver aucun document signé par Klingsor, aucun rapport sur ses activités, aucun mémorandum adressé à son bureau. Et moins encore un dossier avec sa photo. Mais cela ne voudra *pas dire qu'il* n'a jamais existé ni qu'il n'existe plus. Je crois, au contraire, que cette invisibilité est l'une des preuves de sa présence parmi nous. A cause de la nature de ses activités, il lui fallait effacer soigneusement ses traces, c'est évident. Mais les faits sont là, lieutenant. Si vous les étudiez attentivement, vous pourrez les interpréter et, dès lors, arriver jusqu'à lui.

— Je vous avoue que vous me surprenez. Je ne sais plus que penser.

— Prenez-le calmement, lieutenant. Réfléchissez, et revenez me voir pour me dire si vous croyez que je suis cinglé ou si vous m'accordez quelque crédibilité.

— Je ne sais pas…

— Tout ce que je vous demande, c'est de ne pas en référer à vos chefs. Vous m'avez dit que l'important, c'était que la confiance règne entre nous. Si je ne vous ai pas d'emblée fait part de mes soupçons, c'est parce que je craignais d'avoir affaire à quelqu'un qui n'aurait pas votre capacité de comprendre la situation. Si l'affaire s'ébruite, nous le perdrons… Et je pourrai tracer un trait sur mon avenir d'homme de science en Allemagne.

— Mais comment pouvez-vous être certain qu'il vit encore et qu'il n'a pas pris la fuite ?

— Je n'en suis pas certain, dis-je calmement, je le suppose.

— Comment me lancer dans cette enquête sur une simple supposition ?

— La décision vous appartient. Je suis prêt à passer avec vous tout le temps qu'il faudra et à vous dire ce que je sais pour découvrir la véritable identité de Klingsor. Je n'y mets qu'une condition.

— Que votre nom n'apparaisse pas dans mes rapports.

— C'est cela.

— Je ne puis faire une chose pareille.

— Dans ce cas, je ne suis pas disposé à vous aider. Je n'ai déjà eu que trop de problèmes. C'est une question de confiance, lieutenant. C'est vous qui l'avez voulu. »

Bacon garda le silence quelques instants, visiblement inquiet.

« D'accord. Vous serez mon guide, dit-il en tâchant de contenir son enthousiasme. Mon Virgile. »

J'aimais bien sa comparaison. Nous commencions à nous entendre.

La quête du Graal

« Savez-vous qui était Klingsor ? » Je sentis, en posant cette question en apparence banale, que le lieutenant Bacon n'en saisissait pas le sens.

« Si je le savais, je ne vous l'aurais pas demandé.

— Vous ne m'avez pas compris, lieutenant. Je vous demande si vous savez qui est Klingsor, à l'origine, dans les légendes...

— Un de ces héros des opéras de Wagner que Hitler admirait tant, je suppose. »

De toute évidence, la mythologie n'était pas son fort.

« Navré de vous décevoir, il ne s'agit pas d'un héros mais d'un méchant. C'est un des personnages du *Parzival* de Wolfram von Eschenbach, dont Wagner, il est vrai, s'est inspiré pour composer son opéra.

— Qui enchantait sans doute Hitler...

— Je suis surpris de vous entendre adopter ces lieux communs, lui dis-je. Le Führer adorait sans doute la musique de Wagner, mais *Parsifal* n'était pas son opéra préféré... Comme Nietzsche, il le trouvait trop chrétien.

— C'est bon, Links. » C'était la première fois qu'il m'appelait familièrement par mon nom. « Racontez-moi l'histoire de ce Klingsor. Je vous écoute.

— L'action se passe, comment pourrait-il en aller

autrement, dans les temps immémoriaux, dans un endroit magique de la terre, en lequel certains ont cru reconnaître la Sicile, d'autres — comme on l'a fait pour le roi Arthur et ses chevaliers — l'Angleterre, d'autres encore la Forêt-Noire. Premier acte. Nous sommes dans un bois proche du château de Montsalvat…

— Le Mont du Salut, traduisit Bacon, et je fis à peine cas de cette connaissance banale.

— C'est là que se réunissent les membres d'un ordre à la fois militaire et religieux, les chevaliers du Graal. Le Graal, selon la légende, est la coupe dans laquelle le Christ a bu pendant la Cène, et dans laquelle a été recueilli le sang qui a coulé de sa poitrine quand il a été blessé par la lance d'un soldat romain auquel on a donné le nom de Longin. Les chevaliers ont pour mission sacrée de garder le Graal et de perpétuer le rite qui lui est consacré. Dans l'œuvre d'Eschenbach, le Graal n'a aucun lien avec le sang du Christ, mais Wagner a préféré se fonder sur la tradition chrétienne : ce qui était un rite d'origine païenne pour le poète épique est devenu pour Wagner une sorte d'eucharistie.

— Un peu obscur, mais poursuivons.

— Quand le rideau se lève, nous sommes au bord d'un ruisseau. Gurnemanz, le plus vieux des chevaliers, prie, à genoux. Par l'un de ces artifices du mélodrame que certains trouvent intolérables, le vieil homme évoque tout haut l'histoire du roi Amfortas. Nous apprenons ainsi que ce dernier a un ennemi, qui est en quelque sorte son double obscur…

— Klingsor.

— Oui, Klingsor. Ils représentent les forces opposées et s'affrontent depuis des années sans que l'un puisse triompher de l'autre, jusqu'à ce que, après bien des péripéties, le démon trouve le moyen de vaincre Amfortas, en l'incitant au péché…

— Une femme.

— Votre perspicacité m'épate, lieutenant, répondis-je, lassé de ses interruptions. L'instrument du mal est en effet une femme d'une beauté irrésistible. Dans le jardin enchanté de Klingsor, proche du palais de Kolot Embolot, la jeune fleur de l'enfer séduit Amfortas. Troublé par sa beauté, celui-ci accepte de prêter à la donzelle la lance sacrée de Longin. Aussitôt, elle le trahit et remet l'arme à Klingsor, qui frappe son ancien maître. Depuis ce jour funeste, le roi est en proie à une lente agonie, il perd son sang par une blessure qui ne peut se refermer. Comme il se doit, elle ne pourra guérir…

— Que grâce à l'intervention d'un jeune homme pur de corps et d'esprit…

— Wagner, moins généreux, se contente de le qualifier d'innocent, terme qui désigne généralement l'idiot du village. C'est alors que prend fin le récit de Gurnemanz. Au même instant, un cygne s'abat à ses pieds : la blancheur de son plumage a été souillée par une flèche qui lui traverse le cœur. Un jeune chasseur apparaît et réclame sa proie…

— Parsifal.

— Gurnemanz lui reproche d'avoir tué le cygne : dans les environs de Montsalvat, même les animaux sont sacrés. La voix du vieux chevalier attire Kundry, qui vit à Montsalvat depuis que Titurel, le père d'Amfortas, l'a trouvée dans une clairière de la forêt. Elle est la messagère du Graal et apporte de la lointaine Arabie le baume qui guérira le blessé. Elle demande grâce pour le jeune chasseur, qui ignorait qu'abattre les animaux sauvages était interdit. Le vieil homme veut connaître le nom du chasseur, mais celui-ci est incapable de répondre ; tout ce qu'il sait, c'est qu'il a été élevé par sa mère, Herzeleide. Comprenant qu'il n'est qu'innocence, Gurnemanz se dit que le jeune homme est peut-être l'envoyé de la providence qu'il a si longtemps attendu, et il l'invite à la *Liebesmahl,* la fête de l'amour que l'on va célébrer au château. A Montsalvat, tout est prêt pour la cérémonie. Les chevaliers du Graal, Kundry et Parsifal entourent l'autel sur lequel repose le calice. A l'instigation de Titurel, Amfortas, moribond, découvre le Graal pour que s'opère le miracle de la rédemption. Tous se réjouissent de la magnificence de l'instant, sauf le misérable roi, qui ne peut que se lamenter sur sa blessure et sa faute. Devant les souffrances d'Amfortas, le jeune Parsifal n'éprouve aucune pitié ; il lui semble, au contraire, que le roi mérite la douleur qui l'accable. Gurnemanz perd tout espoir et ordonne à Parsifal de se retirer. Fin du premier acte.

— Dieu merci. » Bacon en rajoutait. « Nous ferions mieux d'aller boire une vraie coupe avant d'entendre le deuxième. »

Sur ces mots, Bacon insista pour que je l'accompagne dans une auberge douteuse, non loin de l'université, où l'on ne trouvait que des soldats américains en permission. Le petit local avait un charme vieillot. Derrière un comptoir en bois vermoulu s'agitaient un vieux barman et une jeune serveuse assez attrayante, malgré ses cheveux mal coupés. Je me dis que ce devait être la grande attraction de l'endroit. Bacon alla lui dire bonjour, lui fit un clin d'œil et demanda deux bourbons. La jeune femme se montra particulièrement aimable avec lui et il ne la quittait pas des yeux. « Elle s'appelle Eva, me souffla-t-il à l'oreille. Comme la maîtresse de Hitler. »

Nous accrochâmes nos manteaux à une patère et nous allâmes nous jucher sur des tabourets au comptoir. La chaleur du poêle était bien agréable.

« A-t-elle la beauté irrésistible de Kundry ? demanda Bacon, ironique.

— Avec une autre coiffure... »

Le bourbon semblait le troubler tout autant que les femmes.

« Parlez-moi de Parsifal et de Kundry, je vous écoute. » Son regard se détournait de moi et allait se fixer sur la poitrine de la serveuse. « Vous disiez que Klingsor était une sorte de démon ?

— Une incarnation du mal ou de la perfection, tout dépend du point de vue. Le château de Kolot Embolot s'élevait sur une colline dominant une vallée enchantée. Dans la partie du monde sur laquelle régnait Klingsor, tout n'était qu'apparences, et la beauté un leurre sous lequel se cachait la mort. C'était la raison pour laquelle, selon la légende, Klingsor s'était émasculé de ses propres mains... Un démon, certes, mais un démon impuissant, stérile...

— Une de ces tentations qui furent étalées sous les yeux du Christ dans le désert, remarqua distraitement le lieutenant en demandant deux autres bourbons.

— Klingsor, comme le démon, promet mais ne donne rien. Il prétend apporter l'amour et la vérité, mais c'est faux : il est de marbre, son âme est difforme et vide. Perché dans son château, il passe son temps à se contempler dans un énorme miroir... C'est un Narcisse qui n'aime que lui-même, mais d'un amour de mari jaloux, qui veille à son image. Sans doute le reflet dans le miroir est-il aussi mensonger que celui qui s'y reflète. » Je vidai mon verre d'un trait. « C'est une sorte de Méphistophélès, d'esprit rebelle, d'enfant monstrueux du chaos. »

Eva s'approcha de Bacon, pour réclamer l'addition, supposai-je.

« Et Parsifal est son contraire.

— Non, répondis-je sèchement. Le véritable rival de Klingsor, c'est Amfortas, le moribond. C'est lui le noyau de la tragédie, l'homme qui se meurt de ne pouvoir mourir. Parsifal est seulement le héros chargé de rompre l'équilibre entre le bien et le mal. Souvenez-vous : il n'y a dans l'univers que deux endroits magiques, les alentours de Montsalvat, défendus par les chevaliers du Graal, et ceux du palais de Kolot Embolot. Parsifal est celui qui interrompt la partie où il n'y a jamais ni gagnant ni perdant.

— Vous aimez jouer aux échecs ? s'enquit Bacon en posant un instant son regard sur moi.

— Il y a bien longtemps que je n'y joue plus.

— Nous pourrions faire une partie, un de ces jours, qu'en dites-vous ? J'adorais ce jeu, quand j'étais petit.

— Oui, d'accord, répondis-je, et je passai à autre chose : Parsifal, c'est l'innocence. Il ne représente pas le bien, comme Amfortas meurtri, mais l'ignorance. Parsifal est serein parce qu'il ne sait pas qui il est. Gamuret, son père, est tombé au combat ; sa mère, Herzeleide (dont le nom veut dire "peine de cœur") ne lui a pas appris à distinguer le bien du mal. C'est un nouvel Adam, presque un barbare, qui ignore tout de la lutte primordiale qui se déroule dans le monde. Et c'est justement à cause de cela qu'il peut changer le destin… »

LIVRE DEUXIÈME

Lois de la mécanique criminelle

Loi I

Tout crime a été commis par un criminel

L'origine de ce précepte est très ancienne, bien que sa formulation moderne dérive de toute évidence des *Lois de la mécanique* de Newton. Car, qu'est-ce qu'un crime, sinon une mécanique mise en branle par quelqu'un, une action qui se déroule dans un espace et un temps déterminés, un processus par lequel un corps entre en mouvement tandis qu'un autre corps retourne, peut-être pour toujours, à l'immobilité ?

Voyons ce que dit sir Isaac : « Tout corps persévère dans l'état de repos ou de mouvement linéaire uniforme, à moins que quelque force n'agisse sur lui et ne le contraigne à changer d'état. » N'est-ce pas là une définition parfaite de l'assassinat, du viol, des massacres ? Newton aurait fait un criminologiste distingué. Les êtres humains obéissent au mouvement que leur ont imprimé l'éducation, les mœurs et le tempérament jusqu'à ce qu'une force extérieure les replonge dans l'inertie. Tout changement d'état est induit par une forme de violence. On préfère généralement suivre le chemin que l'on s'est tracé, et seule une violence exercée par autrui sur le corps ou sur l'esprit peut nous bouleverser, nous faire perdre la raison, nous détruire. Quand Caïn a frappé Abel, ce que certains considèrent comme le premier acte fondateur de notre civilisation, qui serait l'homicide, il a bousculé l'ordre établi, bouleversé la création ; on voudrait même qu'il ait ainsi décidé de son avenir et du nôtre, et l'on va jusqu'à prétendre que s'il n'avait pas bousculé ce tabou, nous vivrions encore dans les cavernes en redoutant de ne pouvoir en rester là.

Newton ajoute : « Les changements qui arrivent dans le mouvement sont proportionnels à la force motrice, et se font dans la direction dans laquelle cette force a été imprimée » et encore : « L'action est toujours égale et opposée à la réaction, c'est-à-dire que les actions des deux corps l'un sur l'autre sont toujours égales et qu'elles s'exercent dans des directions opposées. » Voilà une définition aussi impeccable que puissante. Un vrai trait de génie. Elle n'illustre pas seulement le mouvement, mais toutes les batailles qui se livrent dans l'univers. Chaque fois qu'un être humain prend une décision, il s'efforce de dépasser ses limites ou d'imposer sa volonté à un autre, que ce soit pour le séduire, pour le convaincre ou pour l'assassiner ; ce faisant, il obéit aux lois de la mécanique traditionnelle.

Dès lors, la démonstration de la *Première loi de la mécanique criminelle* devient un jeu d'enfant : tous les crimes ont été commis par quelqu'un qui, défiant l'inertie, s'est jeté, emporté par son énergie, sur l'un de ses semblables. La découverte d'un cadavre sanglant, d'une femme maltraitée ou d'une chambre à gaz implique obligatoirement lutte entre volontés opposées, actions et réactions d'une violence saisissante.

Corollaire I

Quel était le crime de Klingsor que le lieutenant Bacon et moi-même essayions d'élucider ? Telle est la première question que le jeune physicien aurait dû se poser. Pour découvrir un criminel, il faut d'abord savoir quel crime il est supposé avoir commis. Or, le lieutenant Bacon s'était aveuglément lancé à la poursuite de quelqu'un comme un messager de malheur tombé du ciel sans même avoir une idée claire de ce qu'il cherchait. C'était digne d'un ingénu ou d'un sot. Qu'avait donc fait Klingsor ? Pourquoi éveillait-il autant d'intérêt ? Pourquoi devait-il être châtié ? Quel était son crime ?

Loi II

Tout crime est un autoportrait du criminel

Celui qui est capable d'assassiner, de voler ou de trahir n'aura de cesse de se justifier et de fixer, dans ce but, son critère de vérité au regard de ses actes. En exerçant sa violence sur autrui, il impose sa volonté et ses conditions. Inutile de rappeler la formule qui accompagne ce précepte : l'histoire est écrite par les vainqueurs de la même manière que le criminel affirme son innocence.

Pour le criminel, tuer ou violer, ce n'est pas seulement infliger un dommage physique, exercer une action qui bouleverse un autre être humain, c'est aussi vouloir masquer les faits. Rien de plus loquace qu'une victime, moins par ce qu'elle peut déclarer que par ce que révèlent ses blessures ou ses cicatrices. Un cadavre, une blessure, l'échec d'autrui, sont les mots, les signes par lesquels le criminel exprime sa vision du monde. Tous les criminels sont obsédés par le bilan de leurs actes, plus encore que ceux qui les pourchassent ou cherchent à les punir. Mais leur vérité détournée, partielle, est différente de celle de leurs poursuivants ; elle n'obéit pas à la même logique. Quand on assassine quelqu'un, ou des millions de personnes, comme dans le cas que nous considérons, on essaie de se décharger de sa faute en donnant une version des faits qui l'excuse ou de s'y soustraire en rejoignant l'anonymat du silence. Mais ce silence même est la vérité de l'assassin. Le véritable détective, comme le véritable scientifique, doit attentivement se pencher sur les faits s'il ne veut pas se laisser induire en erreur : il doit pouvoir découvrir les indices qui dévoilent et démontrent l'intention du criminel.

COROLLAIRE II

Était-il possible de deviner Klingsor dans ses œuvres, de se faire une idée de son importance, de sa puissance ? L'univers que nous présente un criminel en fuite est un échiquier ; étudier ce qu'il a produit, c'est arriver au milieu d'une partie d'échecs, devoir en retracer le début et supputer les résultats probables. Comment remonter jusqu'à Klingsor ? Par ses actes, si les preuves de son existence n'y suffisaient pas. Par l'influence qu'il avait exercée sur les autres, par les traces qu'il avait laissées en chemin, par sa vision du monde, imprimée sur le visage de ses victimes.

Loi III

Tout criminel a un mobile

Peut-être ce précepte devrait-il être nuancé : seuls les grands, les véritables criminels, sont prêts à défendre leurs actes jusqu'aux ultimes conséquences. Machiavel était l'un d'eux, et sans doute pas le pire d'entre eux : la fin justifie les moyens ou, autrement dit, un crime n'est pas un crime, mais un acte de justice révolutionnaire, de redistribution des richesses, de bonté, de légitime défense, de philanthropie... C'est au nom des idées les plus absurdes, les plus incompréhensibles que les crimes sont commis : race, religion, parti, frontière.

Le véritable criminel se considère comme un virtuose, et il en est un, en quelque sorte. Robespierre, Hitler ou Lénine sont les meilleurs exemples de criminels purs, parmi lesquels il ne faut pas manquer de mentionner Truman, Mahomet et quelques papes. Ces criminels n'agissent jamais par méchanceté, par perversité ou par légèreté, mais, paradoxalement, par devoir. Leur tâche n'est ni simple ni amusante ; s'ils la mènent à son terme, c'est parce qu'elle est la grande mission de leur vie. De nos jours, il nous est difficile de croire que Hitler ou Staline étaient certains d'agir pour le mieux, qu'ils n'étaient pas des brutes perverses qui jouissaient de la souffrance des autres (du moins, pas toujours), mais tout simplement des individus qui se prenaient pour les sauveurs de l'humanité. Mais il est indubitable que pour les nazis comme pour les Soviétiques, ce qu'ils faisaient n'était pas un crime. Ces hommes en sont arrivés à un renversement des valeurs tel que la vertu et le bien, tout ce vers quoi tend l'être humain, ont été réduits à ce que nous considérons comme des aberrations. Conduit jusqu'à ce point, le processus cesse d'être égoïste et fait du criminel une sorte d'ascète, si bien que l'on reconnaît dans ses œuvres le puritanisme abject du mal.

Corollaire III

Klingsor était-il l'un de ces criminels véritables ? Croyait-il comme Hitler, son maître, que sa tâche était destinée à sauver l'humanité ? Était-il l'un de ces mystiques du désespoir qui arboraient l'uniforme noir et les insignes des SS et étaient prêts à exécuter les missions les plus ingrates pour servir une fin suprême ? Était-il l'un de ces grands hommes défenseurs de la foi, un esclave du devoir ?

Formulons autrement ces questions : Dieu a-t-il besoin d'un motif pour accomplir ses œuvres ? Question intéressante, qui a fait les délices de subtils docteurs au Moyen Age. Dieu a-t-il des raisons d'être bon ? L'est-il dans quelque but ? La réponse des théologiens est négative. Dieu est la bonté même et n'a besoin d'aucune raison pour accorder sa grâce. S'il en allait autrement, il se rabaisserait, deviendrait pragmatique et humain, trop humain…

De même, le démon est-il perfide pour quelque raison ? Ce problème est encore plus ardu. Le diable trame-t-il ses maléfices gratuitement ou poursuit-il un but ? Les théories, sur ce point, divergent. D'aucuns affirment qu'il cherche en effet à bouleverser l'ordre de la création, à semer le désordre, à entraîner l'univers dans le chaos… Il serait le maître de l'entropie, comme nous dirions *aujourd'hui.* Et pourquoi agirait-il ainsi, pourquoi tiendrait-il à nous précipiter dans la destruction ? La réponse est simple : pour prouver qu'il est plus fort que son adversaire. D'autres démonologues pensent pourtant le contraire : Satan est maléfique sans aucune raison… Car, s'il avait des raisons de l'être, nous devrions admettre qu'il n'est pas absolument mauvais, que dans son désir de dominer l'univers il y a encore quelque chose de logique, de compréhensible, et qu'il y aurait par conséquent une raison de lui pardonner son orgueil au moment du jugement dernier. En revanche, si nous admettons que le mal ne repose sur rien, nous sommes certains de nous trouver en présence de l'horreur absolue : le non-sens. Lucifer, l'ange déchu, n'est pas seulement maître de l'enfer, mais aussi du hasard. Hitler et Staline étaient d'évidence des incarnations de la première théorie : des démons inférieurs. Ils agissaient dans un but défini, ils croyaient bien faire et, pis encore, ils sont morts avec cette conviction. D'un point de vue théologique, c'est à peine si l'on peut les qualifier d'hérétiques. En allait-il de même en ce qui concernait Klingsor ?

Max Planck, ou de la foi

Göttingen, décembre 1946.

Si l'importance de la mission confiée à Bacon avait dû être évaluée d'après le type de bureau que lui avaient attribué les autorités de la Commission quadripartite, on aurait pu croire que, dans la liste des opérations prioritaires, elle appartenait à la dernière catégorie. L'immeuble dans lequel il se trouvait, épargné par les bombardements comme si les Alliés ne s'étaient pas donné la peine de détruire un édifice prêt à s'écrouler de lui-même, avait abrité une imprimerie avant la guerre et ensuite, à la surprise des pilotes nord-américains, un dépôt de munitions.

« Comparé à ce que j'ai obtenu comme logement, me dit Bacon en guise de bonjour, cet endroit est un palais. »

Je ris et m'assis sur un banc en bois devant son bureau. Pour couronner le tout, les ouvriers spécialisés de l'armée n'avaient pas réussi à réparer le système de chauffage, et il y régnait un froid polaire.

« Du nouveau, lieutenant ? lui demandai-je avec tact tout en grelottant.

— J'ai bien peur que non. Tout est trop vague, monsieur Links. » Bacon paraissait très agité, et il avait les yeux cernés. « Il y a trop d'affaires en jeu, trop d'indications, trop d'endroits par où commencer. Et c'est un drôle de problème, parce que l'équipe de la "mission Klingsor" est réduite à vous et à moi.

— Vos chefs considèrent-ils que cette enquête est sans importance ?

— Ils ne savent pas encore si elle en vaut la peine. Tant qu'ils n'auront pas obtenu un résultat probant, ils ne lâcheront pas un dollar de plus. » Le lieutenant frappa du poing sur la table. « Il y a des centaines d'archives, de rapports, de personnes impliquées… Pendant la mission *Alsos,* nous étions près d'une vingtaine pour éplucher toute l'information disponible sur la science et les scientifiques allemands, ce qui nous a pris plus de trois ans. Il y a des milliers de pages à consulter et à relire… »

Je m'éclaircis la gorge.

« Il me semble que vous devriez plutôt vous réjouir d'avoir autant de points de départ. »

Je ne pouvais arrêter de me frotter les mains pour essayer de me réchauffer un peu.

« On m'a promis que le chauffage serait réparé d'ici deux ou trois jours, fit Bacon, en guise d'excuse. Mais les autres membres du personnel qui travaillent dans l'immeuble m'ont raconté qu'on leur servait le même discours depuis octobre. Enfin… Je devine à votre regard que vous avez arrêté notre plan de bataille, monsieur Links…

— Et vous devinez juste, lieutenant : Klingsor a existé et il a été quelqu'un d'essentiel pour Hitler. Ce sont là les deux postulats de notre recherche. Toutes les hypothèses et les théories que nous allons élaborer à partir d'aujourd'hui reposeront sur ces deux axiomes. Je ne vais pas vous apprendre que la meilleure façon d'évaluer l'exactitude d'une affirmation, c'est de la supposer exacte : si elle ne l'est pas, les contradictions ne tardent pas à apparaître…

— Allons-y pour la démonstration par l'absurde.

— Comme dans toute recherche qui se respecte, nous allons commencer par énoncer le problème et ébaucher une théorie. Ou plusieurs, s'il le faut. Ce qui revient à dire, dans notre cas, qu'il faut trouver quelques suspects. » Ce travail de détective commençait à m'enthousiasmer. « Il faut dresser une liste de suspects possibles, examiner leur passé et leur comportement pendant toute la durée du Troisième Reich. Ce travail accompli, nous pourrons alors, par éliminations successives, identifier notre homme et réunir des preuves contre lui. J'ai imaginé une couverture parfaite : vous devriez vous présenter comme un officier nord-américain chargé d'écrire une histoire de la science nazie. Nous pourrons ainsi rencontrer les suspects sans essuyer un refus de collaborer.

— Je suppose que vous avez déjà choisi le premier candidat.

— J'ai eu une bien meilleure idée, lieutenant, déclarai-je sans masquer mon contentement, car il fallait démontrer que mes spéculations n'étaient pas que du vent. Dans tout procès classique, l'accusé est considéré innocent aussi longtemps que le contraire n'a pas été prouvé, mais nous, nous devons partir du principe opposé. Tous sont coupables aussi longtemps que nous n'avons pas démontré leur innocence. » Le lieutenant ouvrit des yeux comme des soucoupes. « Comprenons-nous bien : je ne vous propose rien d'illégal. En définitive, nous ne sommes pas des juges mais de simples enquêteurs. Nous n'allons causer de tort à personne.

— Devons-nous les considérer tous comme suspects ?

— A une exception près. » Je tirai l'as de ma manche : « Il y en a un qui connaît mieux que quiconque l'histoire de la science en Allemagne, ses grandes figures, ses progrès, ses grandeurs et ses tragédies, parce qu'il est l'un de ses fondateurs les plus respectés. Il est au-delà du bien et du mal. C'est un homme universellement admiré, d'une moralité exemplaire. Je crois qu'il pourra nous éclairer, et nous servir de pierre de touche. C'est un vieil homme usé, mais je suis sûr qu'il nous viendra en aide…

— Einstein mis à part, je ne vois qu'une seule personne correspondant au profil que vous venez d'ébaucher : Max Planck. Quel âge peut-il bien avoir ? Près de cent ans ?

— N'exagérez pas, lieutenant. Quatre-vingt-huit.

— Et vous croyez qu'il pourra nous être utile ?

— Peut-être. Cependant, je vous préviens, c'est un homme qui a beaucoup souffert, ces dernières années. L'un de ses fils est mort au front. Un autre a été assassiné pour avoir participé à l'attentat du 20 juillet… et, pour finir, sa maison, à Berlin, a été détruite de fond en comble par les bombes…

— Je sais.

— Maintenant, il habite ici, à Göttingen. Il est malade et, comme il le dit lui-même, il n'a plus aucune raison de vivre.

— Et par conséquent, si je vous suis bien, il n'a plus rien à perdre. Mettons-nous à l'œuvre, monsieur Links. Je ferai passer un ordre pour entrer en contact avec lui.

— Gardez-vous-en bien, lieutenant. Il nous faut aller le trouver, en hommes de science. En disciples. D'une certaine manière, nous les scientifiques, nous sommes tous un peu ses enfants, ne croyez-vous pas ? Nous lui devons un certain respect. Je vous suggère autre chose. Donnez-moi deux jours pour obtenir qu'il nous reçoive. Si j'y parviens, alors vous pourrez entrer en scène. »

Je le retrouvai le lendemain dans son bureau, où rien n'avait changé, hormis le dossier à la couverture marron contenant le rapport sur Planck, qui était posé sur la table et que Bacon me lut à haute voix :

RAPPORT 322-F
PLANCK, MAX
ALSOS
17.06.45

Max Planck est né le 18 avril 1858 à Kiel, Holstein, dans une famille d'avocats et de théologiens. Bien qu'il ait fait ses études à l'université de Munich, presque toute sa carrière s'est déroulée à Berlin, à l'université Friedrich Wilhelm, où il a été nommé professeur titulaire dès 1889. En 1912, il est invité à occuper l'un des deux sièges de secrétaire permanent de l'Académie des sciences de Prusse. En 1913, il est nommé recteur de l'université de Berlin. A la fin de la Première Guerre mondiale, on lui confie la direction de la Fondation de soutien pour la science allemande, chargée de subventionner la plupart des projets scientifiques nationaux. En 1930, il devient président de la Société Kaiser Wilhelm. Il obtient le prix Nobel de physique en 1918, pour ses travaux sur le rayonnement du « corps noir » déjà étudié par Wilhelm Wien*.

Après de longs mois d'efforts, Planck a trouvé la solution du problème, exprimée en une formule capable d'expliquer le phénomène pour chacune de ses puissances : il venait de découvrir une constante fondamentale de la physique, un principe naturel jusqu'alors ignoré. Sans le vouloir, il bousculait les normes de la mécanique statistique classique et ouvrait la voie à une physique nouvelle. Grâce à la « Constante de Planck » (notée *h*), il a été démontré que l'énergie ne se distribue pas en quantités aléatoires, mais en nombres constants qui sont des multiples entiers de *h*. Planck a appelé ces « grains d'énergie » des *quanta*.

« C'est vous qui avez rédigé ce rapport ? demandai-je à Bacon.

— Franchement, je ne m'en souviens pas, mais, d'après le style, ça m'étonnerait, répondit Bacon après avoir légèrement sursauté. Je sais qu'il n'est pas très précis, mais l'OSS nous a demandé de les écrire de manière à ce que même les militaires puissent les comprendre.

— On dirait une petite encyclopédie de la science allemande pour béotiens, plaisantai-je. Vous pourrez un jour vous lancer dans l'article de vulgarisation... Cet astérisque que vous m'avez signalé, il renvoie à une autre entrée ? »

Bacon s'était senti offensé par ce commentaire.

« Non seulement nous rédigeons une encyclopédie pour béotiens, comme vous dites, avec des fiches sur tous les scientifiques importants de notre époque, mais aussi un petit dictionnaire scientifique de poche... on a beau faire, un moment vient où l'on ne peut faire comprendre à un général la différence entre un électron et un positron...

— Je vous en prie, lieutenant, continuez.

En politique, Planck n'a jamais apprécié la démocratie. Il a été de ces scientifiques qui ont signé une lettre ouverte de soutien au Kaiser pendant la Première Guerre mondiale. Plus tard, sans jamais se déclarer favorable à la démocratie, il s'est montré disposé à collaborer avec la république de Weimar (parmi les physiciens allemands, Einstein* est le seul à l'avoir ouvertement défendue).

Quand les nazis ont pris le pouvoir, Planck a dû affronter le même dilemme : devait-il s'opposer activement au nouveau gouvernement ? Pour lui, comme pour la plupart de ses collègues, la seule chose qui importait, c'était la science. Et la science ne devait pas se mêler de politique ; son seul devoir était de mener à bien les recherches, quel que fût le régime en vigueur dans le pays. C'est ainsi qu'il n'a jamais douté de devoir rester en Allemagne, malgré les excès toujours plus évidents des nazis.

En 1933, en tant que président en exercice de l'Académie des sciences de Prusse, il a dû demander à Einstein, qui se trouvait alors aux États-Unis, de présenter sa démission, pour éviter de plus graves conflits avec les nazis. Einstein a obtempéré, mais cette mesure n'a pas paru suffisante à Bernhard Rust, le nouveau ministre de l'Éducation du Reich, qui considérait Einstein comme un symbole du pouvoir juif. Sur les instances de Rust, le secrétaire de l'Académie de Berlin, Ernest Heymann, déclarait alors que, loin de regretter la démission d'Einstein, il s'en réjouissait.

Planck et les autres membres de l'Académie, réunis pour discuter de l'événement, se sont bornés à approuver rétrospectivement la déclaration de Heymann, même si Max von Laue*, un vieil ami d'Einstein, lui aussi, a insisté pour que soit inscrit en toutes lettres sur le compte rendu qu'aucun membre de la communauté scientifique de l'Académie de Berlin n'avait été consulté à ce sujet. Planck a exprimé son vif regret que l'activité politique d'Einstein eût entraîné cette mesure, et, plus tard, il l'a remercié pour sa contribution aux travaux de l'Académie et a même déclaré que ses recherches ne pouvaient être comparées qu'à celles de Newton et de Kepler.

Pendant toute la durée du Troisième Reich, Planck n'a eu d'autre ressource que de transiger avec les nazis pour conserver une certaine indépendance. Cependant, le Führer et ses ministres étaient toujours plus déterminés à prendre le contrôle de la recherche scientifique allemande. Planck a pu s'entretenir avec Hitler, mais son intervention n'a conduit à aucun résultat effectif. En usant de son influence, il a tâché d'éviter que de nombreux scientifiques juifs perdent leurs postes après la promulgation de la Loi de réforme de la fonction publique, mais sans obtenir grand-chose. L'influence de Planck à l'Académie de Berlin n'a pas tardé à décroître, surtout quand sont venus s'y joindre de nouveaux membres dépendants du régime, tels que les mathématiciens Ludwig Bieberbach* et Theodor Vahlen*. En 1938, Vahlen a été élu président de l'Académie de Berlin sous la pression directe du ministère. A cette date, Planck avait déjà quatre-vingts ans.

« Je n'en peux plus, ce bureau est une véritable chambre froide ! m'exclamai-je. Il faut y installer un brasero. Pour aller à l'essentiel, j'ai une bonne surprise pour vous, lieutenant. Grâce aux bons offices de Max von Laue, Planck a accepté de nous accorder un bref entretien. Vendredi, à midi. »

Je lui serrai la main, descendis l'escalier aussi vite que je pus, et m'éloignai tout aussi vite, en regardant les stalactites de glace qui pendaient au-dessus des fenêtres. La journée était grise, le froid vif, et je ne désirais plus qu'une chose : un grand verre de vin chaud.

Il était à peine sept heures du soir mais il faisait déjà nuit et un brouillard épais couvrait la ville. Les réverbères donnaient une allure fantomatique aux rues presque désertes que Bacon devait emprunter pour rejoindre l'immeuble dans lequel on lui avait attribué un appartement. Contrairement aux autres soirs — où il se rendait à son bar favori pour flirter avec Eva, la serveuse, pendant une heure ou deux, jusqu'à ce que la fatigue eût eu raison de lui ou qu'Eva l'eût invité à passer la nuit avec elle —, il rentra directement, avec une envie pressante de dormir.

Bacon grimpa en pestant l'escalier sordide de l'immeuble, en plus piteux état que l'ancienne imprimerie où se trouvait son bureau : les bombardements l'avaient endommagé et, malgré tout, des dizaines de familles s'entassaient dans les pièces encore à peu près habitables. Chaque fois qu'il montait ces marches déglinguées entre des murs sombres envahis de moisissure, il avait l'impression qu'un étau lui serrait les tempes, comme s'il était aventuré sur le chemin de l'enfer.

Distrait, il cherchait les clés de son appartement quand il bouscula violemment une jeune femme qui portait un enfant. Plongé dans ses pensées, il ne les avait même pas aperçus.

« Pardonnez-moi. Je vous ai fait mal ? » Ce fut tout ce qu'il trouva à dire, en rattrapant la jeune femme par le bras.

« Ce n'est rien, répondit-elle. Il ne s'est pas réveillé…

— Laissez-moi vous aider », insista Bacon, et il l'accompagna jusqu'à l'autre bout du couloir, devant l'entrée de l'appartement où elle vivait.

La jeune femme ouvrit la porte non sans peine, et pénétra rapidement dans la pièce pour aller coucher l'enfant dans son berceau. Bacon resta figé sur le seuil, à l'observer comme s'il voyait pour la première fois une mère s'occupant de son enfant.

« Merci », lui dit-elle, et elle ajouta, après un bref silence : « Je m'appelle Irene.

— Frank », fit-il en lui serrant la main, troublé.

Elle le regarda dans les yeux.

« Il faut que j'y aille, si je ne veux pas que Johann se réveille », dit encore Irene avant de fermer la porte.

Parler avec Max Planck, c'était s'adresser à une ombre du XIXe siècle. Son visage parcheminé, parsemé de rides, de stigmates de sagesse, de douleur, de sérénité et de colère, évoquait quelque relique ou une souche d'arbre où se devinent les cercles concentriques de l'âge. Ses bajoues et les poches gonflées sous les yeux étaient les seuls vestiges d'une ère qui ne se refusait à disparaître que grâce à la volonté de fer de cet homme. Plus que la haine du présent, son expression trahissait une profonde déception, face au monde dont le spectacle s'imposait encore à lui. Formé à la glorieuse époque de Guillaume Ier, parvenu à l'âge d'homme pendant la Grande Guerre et au grand âge pendant le Troisième Reich, Planck paraissait incarner l'esprit de l'Allemagne, plusieurs fois abattu et qui renaît de ses cendres. Même si ses membres grêles et son corps déformé l'empêchaient maintenant de sortir, on devinait encore dans ses manières austères et son regard calculateur l'âpre volonté qui avait toujours été la sienne. Dans ses petites pupilles inquiétantes se cachait le mépris que lui inspirait le monde hasardeux et monstrueux à la conception duquel il avait largement contribué.

Contrairement à toutes les prédictions, Planck vivait encore, avait survécu à ses enfants, en fait, à des millions d'Allemands morts pendant les deux guerres mondiales et dans les camps de concentration. Ferme et solide malgré les déceptions et l'amertume, les pénuries et la solitude, il était l'un des piliers, des fondements sur lesquels comptaient ses compatriotes pour envisager l'avenir. En 1946, il ne hantait plus ce monde que comme un souvenir de l'autre Allemagne, l'Allemagne raisonnable et scientifique qui avait coexisté avec celle, féroce et terrible, qui avait fini par prévaloir et s'était annihilée elle-même.

Pourquoi persévérait-il aussi obstinément ? Pourquoi demeurait-il ainsi attaché à la terre ? Quelle volonté insane le réveillait chaque matin alors que l'univers avait sombré dans le chaos et qu'il ne lui restait pas la moindre espérance ? Pourquoi n'avait-il pas été enseveli sous les décombres de sa maison bombardée par les Alliés, à Berlin ? De quoi était donc fait le cœur de Planck, sous son enveloppe de chair dévastée ? Si on le lui avait demandé, peut-être aurait-il répondu par une évidence : puisqu'il avait refusé de quitter son pays pendant la guerre, pourquoi l'aurait-il fait à présent, alors qu'il n'en restait presque rien qui tînt encore debout ? Et comment pourrait-il abandonner ceux qui avaient besoin de lui en un pareil moment ? Pour les jeunes scientifiques, son obstination à vivre pouvait être exemplaire.

A Göttingen, Planck était considéré comme une

sorte de phénix. Aussi longtemps qu'il restait en vie, on pouvait garder l'espoir de reconstruire la grande machine malmenée de la science allemande. Malgré sa douleur, ou peut-être justement à cause d'elle, Planck existait encore, immuable, étranger au désastre de son corps, à l'effritement de sa mémoire. Sous le masque funèbre qu'était devenu son visage, il y avait encore une force capable d'insuffler du courage aux hommes avilis, vaincus, coupables. Si quelqu'un avait assez d'envergure morale pour montrer que la raison humaine ne conduit pas fatalement à l'abîme, c'était bien lui. Par sa seule présence, son humble silence, il alimentait la foi en la raison. Il était le capitaine qui avait coulé sur son navire avec encore assez de force pour aider à le renflouer.

« Je vous remercie d'avoir accepté de nous recevoir », dis-je.

Assis dans un grand fauteuil sous quelques couvertures, comme un enfant grelottant de fièvre, Planck demeurait absent, replié sur lui-même.

« Parlez plus fort, il est un peu dur d'oreille », nous prévint la gouvernante qui veillait sur lui à toute heure. C'était une grande et forte femme aux longues tresses blondes, une servante comme il n'en existe que dans les contes.

Nous prîmes place sur deux chaises que nous avions apportées de la salle à manger. L'appartement dénonçait une sorte de confort d'emprunt, comme si on l'avait décoré pour rappeler à Planck sa maison berlinoise. A côté de la petite pièce dans laquelle nous nous tenions se trouvait le bureau, mais il était évident que Planck ne devait plus y mettre les pieds. Une grande table d'acajou l'encombrait, pareille à un catafalque disposé pour une veillée funèbre ; la surface était nette, tout y était bien rangé et n'offrait pas la moindre trace d'une quelconque activité récente. Au-dessus d'un secrétaire s'agglutinaient les portraits de famille, parmi lesquels devait se trouver celui du fils de Planck qui avait été assassiné. D'épais rideaux en lin, aux fenêtres, n'empêchaient pas la lumière de passer mais l'atténuaient pour ne pas fatiguer la vue usée du physicien.

« J'espère que notre présence ne vous indispose pas trop », dit Bacon à son tour.

Planck eut une toux pénible. Il portait un costume noir et une cravate, bien qu'il ne sortît plus de chez lui. Nous recevoir en robe de chambre eût été indigne d'un homme distingué, et, malgré son air décrépit, il était rasé de près, si bien que sa moustache, d'un blanc de neige, avait l'air d'un oisillon posé sur ses lèvres.

« Il y a bien longtemps que je n'ai pas reçu de visite. Il me semble que nous nous sommes déjà rencontrés, n'est-ce pas ? me demanda-t-il d'une voix à peine audible.

— Oui, monsieur. Gustav Links, mathématicien.

— Oui, oui. » Il s'interrompit, essaya de se souvenir de notre dernière rencontre, mais s'avoua vaincu et poursuivit, d'une voix ferme et nette : « Que puis-je pour vous, messieurs ? Que désirez-vous, du café ? Je crois que nous avons du café, n'est-ce pas, Adelaide ?

— Oui, monsieur.

— Merci. » Frank était manifestement nerveux, avec son carnet à la main et son crayon qu'il serrait comme s'il s'apprêtait à casser une noix.

Adelaide nous laissa seuls. Bacon se présenta. D'une voix qui n'était pas encore très assurée, il raconta à Planck qu'il était physicien diplômé de l'université de Princeton, lui parla d'Einstein et de Von Neumann et ajouta qu'il était très ému de pouvoir faire sa connaissance.

« Je ne voudrais pas me montrer soupçonneux, messieurs », repartit Planck, qui toussa une nouvelle fois avant d'achever sa phrase : « Mais je suppose que cette visite n'est pas de simple courtoisie.

— Monsieur Bacon prépare une monographie sur la science allemande de ces dernières années, déclarai-je, et je crois que vous pourriez peut-être l'aider à éclaircir certains points.

— J'aimerais que nous parlions d'une affaire dont vous savez peut-être quelque chose, monsieur Planck », bredouilla Bacon.

Un long silence suivit. Nous nous demandions si le physicien nous avait entendus.

« Il y a belle lurette que je ne sais plus rien de rien, fit Planck en riant, avant d'être secoué par un éternuement. Comme Socrate… Mais, dites-moi, que voulez-vous savoir ?

— Bien que mon travail ne soit pas scientifique à proprement parler, j'essaie néanmoins de le conduire selon les principes de la science… » Sur ces mots, Bacon me tendit le carnet et le crayon, en me faisant signe de bien vouloir me charger de prendre des notes. « Je me considère, avant tout, comme un chercheur… Et en me voyant devant vous, ici, en Allemagne, je me rends compte que je ne puis que formuler des hypothèses, les mettre à l'épreuve, évaluer mes résultats, élaborer des théories… Certes, il ne s'agit pas de physique mais, comment dire ? de théories sur les personnes, sur la vérité de certains faits ; toutefois, je ne m'écarte pas pour autant des règles de la recherche scientifique… »

« Quel galimatias ! » me dis-je. Ce n'était pas pour rien que Bacon redoutait de se trouver face à face avec Planck : il connaissait bien sa propension à s'abandonner aux divagations philosophiques. J'étais sur le point d'intervenir, de présenter quelque excuse, quand je me rendis compte que, contrairement à ma prévision, Planck écoutait Bacon avec intérêt.

« Je crois vous comprendre, lui dit-il en jouant avec

la couverture à carreaux qui couvrait ses genoux. La science est comparable à la religion. J'espère que je ne vous scandalise pas. L'une comme l'autre cherchent quelque chose avec assez d'acharnement pour convaincre les croyants de leur valeur. Mais j'ai bien peur que les Églises soient incapables d'offrir aux hommes les assises spirituelles qu'ils cherchent. Voilà pourquoi ils prennent d'autres directions. Le grand handicap qui empêche la religion de s'attirer les cœurs, c'est que son appel exige que l'on soit croyant, que l'on ait la foi, ajouta Planck, avec un sourire. Au milieu du scepticisme général qui nous entoure, un tel appel reste sans réponse.

— Considérez-vous la science comme un succédané de la religion ?

— Pas pour un sceptique, car la science exige elle aussi que l'on ait la foi. Tous ceux qui ont accompli avec sérieux un travail scientifique savent qu'au-dessus de la porte de la science est inscrit : *Ayez la foi, vous qui entrez.* Un scientifique ne peut se passer d'elle. Quand on considère les résultats d'une expérience, il faut pouvoir se faire une image de la loi que l'on cherche, puis la concrétiser en une hypothèse… »

J'étais perdu ; je ne savais ni où il voulait en venir ni où désirait le conduire Bacon, quand ce dernier s'enquit :

« Voulez-vous dire qu'une hypothèse est une sorte d'acte de foi ?

— C'est bien cela, répondit Planck, le regard étincelant, comme si ce qu'il disait lui donnait une vie nouvelle. En elle-même, la capacité de raisonner ne conduit nulle part, car du chaos ne peut surgir l'ordre sans l'intervention des possibilités créatrices de l'esprit, qui permettent de construire un ensemble cohérent par un processus d'élimination et de sélection systématique. Et, sans cesse, le fondement imaginaire sur lequel on essaie d'édifier cet ordre s'effondre, et on doit en concevoir un autre… Cette capacité de vision et la conviction d'aboutir sont indispensables…

— Ainsi, je dois me fier à mes intuitions ? » Bacon semblait perplexe. « Dans ce processus d'expérimentation et de rectification, dois-je faire prévaloir ma conviction ?

— La science est incapable de dévoiler seule le mystère ultime de la nature. Parce que nous faisons partie de la nature, et donc du mystère que nous essayons de percer. » Planck s'éclaircit la gorge et reprit aussitôt : « La musique, l'art sont aussi, dans une certaine mesure, des tentatives de comprendre ou du moins d'exprimer ce mystère. A mon avis, quand nous progressons dans l'une ou l'autre de ces formes de recherche, nous nous mettons en harmonie avec la nature. Et c'est là l'un des grands services que la science peut nous rendre. »

Bacon réfléchit quelques instants avant de reprendre à son tour la parole. Apparemment, il évaluait les conséquences possibles des explications de Planck. Pendant ce temps, je prenais des notes.

« La nature ne cessera jamais de nous surprendre, dit-il enfin. La science nous aide à la comprendre, mais ce n'est pas toujours suffisant. Toujours quelque chose nous échappe…

— Eh oui, affirma Planck, implacable. Nous ne cessons d'affronter l'irrationnel. Sans cela, nous ne pourrions avoir la foi. Et, sans la foi, la vie deviendrait un fardeau insupportable. Nous n'aurions ni musique, ni art, ni capacité d'étonnement. Et nous n'aurions pas de *science non plus*, et pas seulement parce qu'elle perdrait son principal attrait, pour ceux qui la pratiquent, c'est-à-dire la recherche de l'inconnu, mais aussi parce qu'elle serait privée de sa

pierre de touche : la perception de la vie comme réalité extérieure à nous, que nous donne la conscience.

— Les mystères sont là pour être découverts. Pour donner sens à notre existence…

— Comme disait mon vieil ami Einstein, nul ne pourrait être un scientifique s'il ne savait que le monde existe réellement, mais cette connaissance ne nous vient d'aucun type de raisonnement. C'est une perception directe et, par conséquent, de nature semblable à la foi. C'est une conviction métaphysique…

— Je vais essayer de m'expliquer, fit Bacon. Je crois qu'il y a quelque chose dans notre monde qui doit être éclairci, un mystère qui doit être percé. Est-ce suffisant ?

— Oui, si les seules règles de la méthode vous satisfont. Si vous croyez que quelque chose de par le monde doit être élucidé, employez votre foi à y parvenir. Vous pouvez vous tromper et ne rien trouver, mais ce ne sera pas la première fois qu'une pareille chose arrive à un homme de science. Si vous croyez encore que le mystère demeure, recommencez, avec d'autres prémisses… Vous trouverez, à la longue. Toutes les grandes découvertes n'ont pas été faites autrement. »

Planck semblait épuisé mais satisfait. Peut-être désirait-il simplement que quelqu'un arrêtât de le plaindre et lui posât des problèmes vraiment intéressants.

« Maintenant, dites-moi, reprit-il. En quoi placez-vous votre foi ? Que cherchez-vous ? »

Bacon pâlit, comme si révéler le motif de notre visite rabaissait le niveau de la discussion théorique qui venait d'avoir lieu. Il me regarda, pour chercher mon soutien. Je me bornai à hocher la tête.

« Klingsor. »

Il y eut un silence pesant, incommensurable. Nous en étions arrivés où nous voulions, et je n'aurais jamais cru que Franck pût poser la question aussi abruptement.

« Je ne comprends pas.

— Savez-vous qui était ou qui est l'homme que l'on appelait Klingsor ? » Notre interlocuteur demeura silencieux. « C'est là le pivot de mes doutes, monsieur Planck. Je crois que sous ce nom se cache un mystère, quelque chose d'important que je dois dévoiler. Et je pense que vous pouvez m'y aider. »

Planck était livide. Un crise de toux rompit le fil de la conversation.

« Adelaide ! cria-t-il. Mon médicament, s'il vous plaît. »

La gouvernante apparut avec un petit flacon et une cuiller dans laquelle elle versa quelques gouttes et qu'elle introduisit dans la bouche de Planck. Avant de quitter la pièce, elle nous adressa un regard de reproche.

« Désolé, je ne vais pas très bien, ces jours-ci, dit Planck en toussant. Je crains qu'il ne faille remettre la suite de cette discussion à plus tard. Vous voudrez bien m'excuser.

— Répondez-moi, je vous en prie. Savez-vous qui est Klingsor ? »

Planck demeura un moment pensif.

« Prenez la chose calmement, monsieur Planck, intervins-je.

— Vous avez dit là un nom terrible, monsieur, souffla Planck d'une voix sinistre, qui semblait monter du fond d'une tombe. Si ce n'est pas absolument indispensable, je préférerais ne pas parler de lui… »

Et voilà ! Le vieux Planck confirmait mes soupçons…

« C'est très important », insista le lieutenant.

Sur le visage de Planck apparut une grimace de douleur.

« Vous me rappelez des souvenirs trop pénibles. Et, dans le fond, je me demande si ça en vaut la peine...

— Pourquoi tout le monde refuse-t-il d'en parler, monsieur Planck ?

— J'ai tâché de le faire comprendre au lieutenant, fis-je. Je lui ai raconté qu'il ne s'agissait que d'une rumeur... mais il a tenu à venir vous voir pour que vous lui confirmiez... »

Planck m'adressa un regard insondable.

« Si le professeur... Links... vous a dit ce qu'il savait, pourquoi avez-vous besoin de moi ?

— J'applique votre méthode scientifique. J'ai besoin que vous me confirmiez...

— Que je vous confirme quoi ?

— Que Klingsor a existé ou existe bien... »

Planck, après un nouveau silence, répondit :

« Que voulez-vous que je vous confirme, mon ami ? Pouvez-vous me prouver son existence ? Puis-je être certain que vous êtes bien dans cette pièce, devant moi, en train de m'importuner en me posant toutes ces questions ? Ne serais-je pas trop vieux et harcelé par un délire sénile ? Mes sens ne me tromperaient-ils pas ?

— Monsieur...

— Comment pourrais-je démontrer l'existence de quelqu'un ?

— Mais vous avez dit tout à l'heure...

— Tout à l'heure ! Tout à l'heure ! » Deux grosses veines gonflaient sur le front parcheminé du vieil homme, sortes de fleuves en crue sur le point de déborder. « N'avez-vous pas compris ce que je vous ai dit ? La foi, mon ami ! La foi est la seule chose qui puisse nous permettre de croire en l'existence d'un autre être humain...

— Cela équivaut-il à une réponse affirmative ?

— Je ne suis pas un oracle, je n'avance pas de certitudes. Si vous êtes convaincu de votre hypothèse, allez-y ! Ce n'est pas moi qui prendrai la peine de vous en dissuader. »

C'était maintenant Bacon qui ne comprenait pas ce que disait Planck, un Planck trop vieux, trop épuisé… Peut-être avait-il raison, peut-être n'aurait-il pas dû se lancer dans cette discussion.

« Je vais poser la question autrement : croyez-vous qu'il ait existé ?

— Ce que je crois n'a pas la moindre importance. Ce qui importe, c'est ce que vous croyez, vous. Qu'en pensez-vous ?

— Je suppose que oui. Oui.

— Alors, pas d'hésitation : cherchez-le. »

Les paroles ambiguës du vieil homme sonnèrent à nos oreilles comme un ordre. Bacon commençait à se sentir inquiet.

« Dites-moi, professeur, avez-vous une idée de qui il pourrait s'agir ? Pourriez-vous nous aider à le découvrir d'une façon ou d'une autre ? Tout ce que vous pourrez nous révéler nous sera très utile. Même si ce ne sont que des suppositions, que des soupçons…

— Voilà justement ce qui me paraît terrible, messieurs. J'ai mes idées, à ce sujet. Mais quels ne seraient pas mes problèmes de conscience, si je me trompais ? Une trahison de ma pauvre mémoire pourrait faire accuser un brave homme, un scientifique sans tache… Je ne puis courir ce risque. Pas à mon âge, messieurs.

— Je ne vous demande pas d'accuser qui que ce soit, mais d'éclairer notre lanterne dans cette obscurité profonde. Je ne vous demande pas de nous livrer un nom, mais de nous indiquer une piste que nous pourrions suivre.

— S'il a vraiment existé — il était évident que le vieil homme se refusait à donner un nom —, ce devait être un scientifique de premier ordre… Quelqu'un qui n'ignorait rien de la mécanique quantique, de la théorie de la relativité, des particules subatomiques, de la fission nucléaire…

— Que voulez-vous dire, professeur ?

— C'était l'un de nous, gémit Planck. Il nous connaissait à la perfection. Il vivait près de nous… Et il nous a tous trompés. »

La voix de Planck se brisa soudain, comme s'il comprenait qu'il en avait trop dit. Il se tortilla, sans pouvoir se défaire de l'oppression qui pesait sur sa poitrine. Adelaide arriva en courant et lui présenta un verre d'eau. Le vieil homme eut bien du mal à boire.

« Je vais vous demander de partir, dit-elle. Le professeur ne se sent pas bien. Messieurs, je vous en prie… »

Bacon se leva aussitôt, mais ne put s'empêcher d'insister :

« Qui était-ce, monsieur Planck ? Dites-nous son nom.

— Ça va mieux, dit Planck, pour s'excuser. Personne ne connaissait son nom. Personne ne l'a pris sur le fait. Ça peut être n'importe qui. N'importe lequel d'entre nous…

— Messieurs », fit Adelaide, sur un ton pressant.

Bacon et moi nous dirigeâmes vers la porte.

« Vous ne pouvez rien nous dire de plus ?

— Vous êtes physicien, non ? Étudiez les méthodes de vos contemporains ! Klingsor est aussi évasif que les atomes… » La voix de Planck montait des cavernes de sa poitrine. « Étudiez ceux qui vous ont précédés ! C'est le meilleur conseil que je puisse vous donner. Et gardez la foi, mon ami, elle seule pourra vous sauver… »

Les paroles de Planck résonnaient encore à nos oreilles quand nous eûmes quitté la maison. Cette confession n'avait fait que confirmer nos soupçons, mais elle eut un impact beaucoup plus profond dans l'esprit de Bacon. Il venait de s'aviser que Klingsor n'était pas une invention, mais une réalité tangible et dangereuse.

Par la suite, Bacon devait se demander ce qui l'avait tellement attiré dans cette femme à peine entrevue, la veille de son entretien avec Planck. Pour il ne savait quelle raison, il ne pouvait se l'ôter de la tête, et, de la même manière que l'on obéit à un caprice, que l'on joue à pile ou face ou que l'on prend une décision plutôt qu'une autre, il avait désiré la connaître de plus près.

La nuit était tombée et la ville ressemblait à une étendue d'eau sombre et déserte. Il marchait au hasard, revenait sur ses pas, comme pour effacer le temps, trouver l'issue du labyrinthe qui se dessinait entre Klingsor, Planck et cette jeune femme. Et puis, Noël approchait et, bien qu'il eût cessé de croire en Dieu, oublié la foi à laquelle le physicien avait voulu le ramener, il éprouvait une sorte de besoin de renouvellement.

Une neige fine se mit à tomber sur Göttingen, et Bacon se sentit pour une fois comblé par l'accord entre le ciel et son état d'âme. Il leva le col de son manteau pour se protéger du vent froid, et il la vit. S'il avait pris un autre chemin, s'il s'était rendu à son bureau au lieu d'errer sous ce ciel d'hiver, s'il avait marché un peu plus lentement ou un peu plus vite, s'il n'avait pas accepté de venir en Europe, fait ses études à Princeton et choisi la physique… il ne l'aurait pas rencontrée, à cet endroit, à cet instant-là. Il lui sembla que toutes les décisions qu'il avait jamais prises convergeaient vers elle.

La rue était étroite et sombre, mais Bacon reconnut dans la silhouette élancée d'Irene une forme depuis toujours familière. Dans sa robe à fleurs et son manteau râpé, elle regardait tomber la neige, indifférente au froid ou aux atteintes du désespoir. Elle regardait le ciel et Frank crut voir dans ses yeux une infime pluie d'étoiles... Le vent glacé ne semblait pas plus l'inquiéter que si elle avait été une statue habituée aux intempéries et à l'indifférence des passants. Les bras croisés, elle grelottait à peine. Tout à coup, elle fouilla ses poches et en tira une cigarette chiffonnée et cassée, la glissa entre ses lèvres gercées par le froid et essaya de gratter une allumette. Dans un autre contexte, on aurait pu croire qu'elle était en train d'enfiler une aiguille. Elle ne s'intéressait plus au ciel et était tout entière à ce geste, comme si sa vie en dépendait. Ses mains délicates essayaient de protéger la flamme, mais, aussitôt qu'elle avait craqué une allumette, celle-ci s'éteignait.

Bacon vit enfin une petite lueur résister avec ténacité au souffle du vent. Irene sourit. Dans l'éclat fugitif de couleurs qui allaient du bleu au jaune pâle en passant par le rouge et l'orange, elle avait rencontré sa destinée. Bacon découvrit une expression de satisfaction qui évoquait de nombreuses années de pénurie, d'innombrables heures passées à veiller sur Johann malade ou effrayé, une infinité de jours aussi gris que celui qui venait de s'écouler et de nuits d'indicible solitude... En cet instant miraculeux, où la matière se changeait en énergie, toute une vie humble et digne parut se condenser. Bacon eut le sentiment que tout comme la flamme de l'allumette exigeait l'abri de ces mains douces, le corps de cette femme réclamait sa protection. Quelle douleur, combien de larmes et de peines ne devaient-elles pas nicher dans la poitrine d'Irene ? Le geste insensé de vouloir protéger le feu au cœur de ce grand froid n'était-il pas l'image même de la volonté humaine, volonté acharnée de survivre, de durer — celle-là même qu'il avait découverte en Planck —, de triompher de l'adversité et de créer un univers à partir de rien ? Bacon s'approcha d'elle en silence, afin d'éviter de lui faire peur, ainsi qu'il se serait approché d'un oiseau aux ailes brisées, qui se traîne : il ne voulait pas qu'elle lui échappe. Il n'eut aucun mal à dissimuler sa présence dans les ténèbres ; il pouvait presque sentir la peau fraîche et lisse de la jeune femme, son haleine aussi grisante qu'un vin vieux. Elle lui paraissait maintenant plus belle et moins vulnérable.

« Que regardez-vous ? » lui demanda-t-elle en guise de bonsoir.

Ses yeux. Tels qu'il les avait vus la nuit précédente et cependant transfigurés, changés en braises plus ardentes que toute flamme imaginable. Voilà pourquoi elle avait allumé une cigarette : elle avait la nostalgie de son origine ignée.

« Vous, répondit-il. Puis-je me permettre de vous demander ce que vous faites ici, au milieu de la rue, par ce froid ?

— Eh bien, c'est chose faite. Vous m'avez regardée. » Il y avait dans sa voix un soupçon d'insolence, de la colère contenue contre quelque chose qui la troublait.

« Ne voulez-vous pas me répondre ?

— Je vous attendais.

— Moi ? »

Irene rit. Elle le taquinait. Puis elle tira une bouffée de sa cigarette, qui semblait prête à se défaire entre ses doigts.

« Vous avez si froid que ça ? demanda-t-elle.

— Je gèle.

— Alors, une tasse de thé vous fera du bien. »

Ils s'engouffrèrent dans l'immeuble et montèrent le long escalier.

« Ne faites pas de bruit, le prévint-elle en entrant. Johann dort. »

Bacon eut l'impression que l'appartement était plus grand que dans son souvenir de la veille et bien plus confortable que le sien. Cependant, le plafond très haut tout comme la partie supérieure des murs étaient couverts d'images fantaisistes que l'humidité et la moisissure avaient dessinées au fil des ans. Le milieu de la pièce était occupé par une longue table ; à côté se trouvait une armoire qui arrivait presque jusqu'au plafond, et, dans le fond, un lavabo et un réchaud qui faisaient office de cuisine. Deux portes conduisaient l'une au cabinet de toilette l'autre à la chambre où dormait l'enfant.

« Johann ne me laisse guère de moments de repos », dit Irene en mettant à chauffer de l'eau dans une vieille casserole sur le réchaud. Puis elle alla prendre dans l'armoire un sachet de thé et le plongea dans le récipient.

Maintenant, Bacon n'avait plus l'impression qu'elle était un oiseau blessé mais une sorte d'écureuil amassant des tas d'objets inutiles. Les pleurs de Johann se firent alors entendre.

« Je l'ai réveillé.

— Non, il a seulement faim, expliqua Irene. Il a toujours faim. »

Elle passa dans l'autre pièce et en revint avec l'enfant dans les bras. Elle fit chauffer un peu de lait et donna rapidement à téter au petit.

« Pourriez-vous voir si le thé est prêt ? »

Bacon, un peu troublé, hocha la tête. Il servit la boisson dans deux tasses et les posa sur la table.

« Quel âge a-t-il ? demanda Bacon, pour rompre le silence qui s'éternisait.

— On voit bien que vous ne connaissez rien aux enfants, fit-elle en riant. Il a deux ans. »

Bacon éprouvait un répulsion profonde pour les enfants en bas âge ; leurs petits membres lui semblaient plus monstrueux que miraculeux. Une fois satisfait, Johann fit un rot et s'endormit paisiblement dans les bras de sa mère. Irène se leva pour aller le coucher dans la petite pièce.

« Que faisiez-vous, avant la guerre, je veux dire ? demanda-t-elle quand elle revint, en prenant une gorgée de thé. Il est imbuvable, n'est-ce pas ?

— Ça va, répondit Bacon.

— Alors ?

— J'étudiais la physique.

— La physique ? Les yeux d'Irene étincelèrent un instant. Je n'ai jamais connu de scientifique. C'est pour ça qu'on vous a envoyé à Göttingen ?

— Je suppose. Et vous, d'où êtes-vous ?

— J'ai toujours vécu à Berlin, bien que je sois née à Dresde. Vous y êtes allé ?

— Malheureusement pas.

— Heureusement, plutôt, fit-elle sans trace de sarcasme. Parce que Dresde n'existe plus, vous savez ? Les bombardements n'ont pas laissé une seule pierre debout. Et maintenant, il y a les Russes.

— Tout ça est épouvantable, répondit Bacon, en guise d'excuse.

— C'était la plus belle ville d'Allemagne. Le Zwinger, vous avez dû en entendre parler. Un palais magnifique, et l'Opéra, et la cathédrale… Mais je suppose que nous l'avons mérité. Nous n'étions pas assez bons pour posséder une chose pareille.

— Et vous ? demanda Bacon pour changer de sujet.

— Moi ?

— Que faisiez-vous ?

— Avant la guerre ? Rien de si important. » Il n'y avait aucune nostalgie dans sa voix. « J'étais institutrice. Et maintenant, figurez-vous, je travaille dans une usine…

— Et le père de Johann ?

— Je préfère ne pas en parler. Je vous raconterai ça une autre fois. Voulez-vous encore un peu de thé ?

— Non, merci. Je dois m'en aller. Il faut que je me lève tôt, demain.

— Merci de m'avoir tenu compagnie », dit-elle en lui tendant la main.

« Auriez-vous eu une nouvelle idée, monsieur Links ? »

Ce fut avec ces mots que Bacon m'accueillit quand nous nous retrouvâmes pour analyser ce que Planck nous avait dit.

« J'ai réfléchi à l'une des phrases de Planck : "Klingsor était aussi évasif que les atomes", lui répondis-je. Je ne crois pas qu'il s'agissait là d'une simple boutade*. Je crois plutôt que c'est une sorte de piste...

— Quelle est votre idée ?

— Souvenez-vous de ce qu'il nous a dit. L'idée qu'il existe des particules élémentaires constitutives de toute chose est aussi vieille que la civilisation. Elle remonte, pour le moins, à la Grèce ancienne. Toutefois, il y a seulement quelques années que les physiciens ont pu prouver leur existence. Le modèle nucléaire de Rutherford date seulement du début du XXe siècle !

— Où voulez-vous en venir ?

— Planck a voulu nous mettre sur la voie, lieutenant. Nous encourager à poursuivre ! Pour le moment, Klingsor n'est qu'un nom, pour nous, mais c'est à nous qu'il revient de prouver son existence et d'en faire un être de chair et de sang, à l'instar de ce que Thompson, Rutherford et Bohr ont fait avec l'atome... Je ne sais si l'on peut généraliser ainsi, mais je sais que la méthode a porté ses fruits, naguère...

— Un plan, fit Bacon, enthousiasmé. Ce qu'il faut faire, c'est établir un plan dont Klingsor sera le centre. Comme dans le modèle nucléaire de Rutherford. Oui. Je comprends, maintenant... Très bien. Réfléchissons : quelles sont les particules que nous devons étudier ?

Quelles sont les voies que nous devons suivre pour arriver à ce but évasif qui s'appelle Klingsor ?

— Les physiciens et les mathématiciens allemands, et leurs travaux. Il faudrait ébaucher un schéma qui les relie entre eux, qui mette en évidence leurs activités, qui éclaire leurs intérêts communs et révèle leurs relations avec le pouvoir nazi.

— D'accord. Au travail ! », s'exclama Bacon.

Je réfléchis pendant un petit moment.

« Et si nous commencions par le plus évident, fis-je, sachant que j'allais éveiller son intérêt. Je pense à un physicien de première importance, un prix Nobel, qui a soutenu Hitler dès le commencement, alors que ce n'était encore qu'un pauvre conspirateur autrichien emprisonné à Munich : Johannes Stark.

— Ce serait, comme vous le dites, évident, trop évident… Le plus farouche ennemi d'Einstein et de Heisenberg ?

— Réfléchissez : un homme puissant de l'Allemagne nazie, un antisémite acharné, un membre du parti national-socialiste depuis les années 20.

— C'est le premier individu que l'on soupçonnerait. Ne vous semble-t-il pas que c'est là une raison suffisante de l'écarter ?

— Comme ça, sans même essayer ? lui reprochai-je. Quel genre de scientifique êtes-vous pour refuser de mener à bien une expérience parce que les conclusions vous semblent évidentes ? Allez-vous vous contenter d'une "expérience de pensée" ? Si Stark est innocent, il sera facile de nous en rendre compte. Vous m'avez demandé par qui commencer, et je vous ai donné une réponse logique. Lieutenant, je crois que vous ne m'avez pas encore compris. Je ne suggère pas que Stark soit nécessairement Klingsor ; mais je suis absolument sûr que quelqu'un comme Stark a dû avoir un lien quelconque avec Klingsor… Ses activités, le fait qu'il était un proche de Hitler, sa position privilégiée dans le monde scientifique du Reich, tout permet de supposer que leurs chemins ont dû se croiser non pas une fois mais bien souvent... Peut-être Stark est-il un point de départ qui, à la longue, nous conduira à Klingsor. Considérez-le comme une hypothèse de travail. »

Bacon demeura pensif pendant quelques minutes qui me parurent interminables. Refusait-il de suivre mes intuitions ? N'était-il pas venu me chercher pour que je le conseille, pour que je lui indique la voie à suivre ?

« Je vais demander son dossier », déclara-t-il enfin.

Alors que les derniers rayons du soleil tentaient vainement de percer le brouillard, Bacon s'attaquait à la seule tâche qui lui importait pour le moment, à part retrouver Klingsor : franchir les murs vétustes qui le séparaient d'Irene. Il courut vers elle comme si chaque minute supplémentaire de séparation était une éternité. Le souffle coupé, il dut attendre un instant pour reprendre haleine avant d'oser frapper à sa porte. Irene lui ouvrit, vêtue d'une sorte de casaque noire, un châle sur les épaules. Elle ne parut même pas surprise.

« Entrez, dit-elle sur un ton en lequel Bacon crut percevoir un certain enthousiasme. Vous prendrez bien un peu de thé ?

— Volontiers. »

C'est ainsi que Bacon commença à acquérir ces habitudes qui ne manquent jamais de créer un lien entre les êtres : il ôta son manteau, fit le tour de l'appartement, s'approcha d'Irene, plongea son regard dans ses yeux bruns, ses cheveux blonds, qu'elle venait de laver. Il huma le parfum qui émanait de son corps. Elle lui tendit la tasse de thé et ils s'assirent très près l'un de l'autre.

« Et Johann ?

— Ce soir, il est chez sa grand-mère. »

Bacon sourit.

« Peut-être pourrions-nous aller faire un tour, proposa-t-elle timidement. Je n'ai pas souvent de soirées libres.

— Allons-y ! » s'exclama Bacon en reprenant son manteau.

Elle courut se donner un coup de peigne et, comme une enfant à laquelle on a promis une visite au parc d'attraction, elle se pendit au bras du lieutenant. La nuit était tombée mais la soirée n'était pas trop froide. La neige souillée s'empilait au bord des trottoirs, sorte d'excroissance maligne de la ville, et pesait encore sur le feuillage des arbres, au-dessus desquels le ciel, où se devinait un fin croissant de lune, se déployait, haut et majestueux.

« Il est mort à la guerre.

— Pardon ?

— Le père de Johann, expliqua Irene.

— Oh, pardon. »

Dans les yeux d'Irene, il y avait un éclat nouveau, une force juvénile qui rendait difficile d'admettre qu'elle fût mère d'un enfant. Ils se rendirent dans une petite taverne.

« Ne vous inquiétez pas, fit-elle. Quand c'est arrivé, nous étions déjà très loin l'un de l'autre. Ça ne veut pas dire que je ne déplore pas sa mort, mais il ne me manque pas… »

Ils s'assirent dans le fond de la salle. Il faisait une chaleur vive et agréable.

« Oui, fit Bacon, parfois la routine met fin à l'amour.

— Que voulez-vous dire ?

— Je crois que l'amour s'éteint quand nous savons d'avance comment l'autre va se conduire avec nous, quand nous sommes sûrs de son amour, dans le présent et l'avenir…

— Ce que vous dites est terrible », remarqua Irene avant de commander deux verres de vin chaud.

« Il se peut que je m'exprime mal, improvisa Bacon. Ce que je voulais dire c'est que, quand on connaît quelqu'un, on finit tôt ou tard par deviner ses réactions. Mon idée n'est pas que l'amour est obligatoirement lassant, mais qu'il est inévitablement prévisible… L'amour est une longue recherche et, pourtant, quand nous arrivons à nos fins, il se révèle plutôt décevant. Quand on désire désespérément quelque chose, le pire qui puisse nous arriver, c'est de l'obtenir rapidement… »

Irene eut une expression choquée.

« Je ne crois pas que l'amour soit une course de chevaux, jeta-t-elle, et la jeune femme taciturne devint brusquement éloquente. Et si l'amour consistait à transformer un moment d'ennui insignifiant en un débordement de vie ?

— J'ai l'impression que nous disons à peu près la même chose, mais de deux points de vue opposés, répondit Frank en prenant une gorgée de vin. Si j'aime une femme, je veux qu'elle soit chaque jour différente.

— En voilà un problème, ironisa-t-elle. Ce qu'il vous faut, dans ce cas, c'est une actrice ou une illusionniste. Ou, mieux encore, une schizophrène.

— Ne vous moquez pas de moi…

— Navrée de vous dire ça, mais je crois que vous n'avez jamais vraiment aimé personne. » Les joues de la jeune femme se couvrirent d'un rouge vif, rayonnant. « Ce que vous désirez, c'est que chaque femme soit pour vous un harem. C'est impossible. Quand on aime quelqu'un, on ne veut pas qu'il change. Ou alors, on veut changer avec lui. »

L'alcool commençait à monter à la tête de Bacon ; il était ravi d'entendre cette femme le contredire avec autant d'énergie. Sans même être sûr de ce qu'il allait dire, seulement pour susciter à nouveau cette véhémence, il était prêt à défendre son idée jusqu'au bout.

« J'aime bien votre image du harem, mais je crois que vous m'avez mal compris. Je ne désire pas une nouvelle femme chaque nuit, mais une Schéhérazade capable d'inventer chaque fois une histoire nouvelle. *Les Mille et Une Nuits* est une métaphore parfaite. Quand Schéhérazade ne peut plus rien inventer d'original, ne peut plus concevoir d'interprétation nouvelle de son amour pour le sultan, celui-ci n'a d'autre choix que la remettre au bourreau. Il ne s'agit pas là de cruauté, mais d'une règle du jeu qu'ils ont admise d'un commun accord. Une règle du jeu de l'amour. La morale de l'histoire est la suivante : quand il n'y a plus de moyen nouveau de faire revivre l'amour, mieux vaut qu'il meure.

— Vous êtes insupportablement machiste.

— Vous faites erreur : ce que je dis vaut aussi bien pour les femmes que pour les hommes. » Bacon tâchait d'adapter ses attitudes à celles d'Irene, qu'il regardait fixement dans les yeux, comme s'il eût voulu s'y perdre. « Le sultan et Schéhérazade échangent sans arrêt leurs rôles.

— Et si l'on n'a pas l'imagination requise pour le satisfaire ? » En dépit de son humilité apparente, Bacon découvrit dans cette question une arrogance menaçante.

« Il n'est pas question d'imagination, mais de volonté. Je ne demande pas à ma compagne qu'elle me raconte des romans ni qu'elle m'écrive des poèmes, mais qu'elle accepte la pluralité qu'il y a en chacun de nous et la porte à ses ultimes conséquences. Il ne s'agit pas de feindre ou de jouer, mais de renouveler quotidiennement l'amour. Une pincée d'incertitude ne fait de mal à personne, Irene. »

C'était la première fois qu'il l'appelait par son prénom. Il sentit la douceur qu'il pouvait y avoir à le faire.

« Il me semble que vous n'avez tout simplement pas le courage de reconnaître que vous désirez de nombreuses femmes, fit Irene, cherchant visiblement à l'acculer. Il n'y a aucun mal à ça. Peut-être ne cherchez-vous pas l'amour mais la diversité.

— Je suis blessé que vous puissiez m'attribuer une intention pareille. Je parlais bien d'amour… Je ne désire pas des corps ou des tempéraments différents, je ne suis pas une sorte de Don Juan monogame ; ce dont je ne veux pas, et que je ne suis pas prêt à accepter, c'est une femme qui m'aime ou déclare m'aimer mais qui, étant aimée, ne veut plus broncher. Je ne peux souffrir ceux qui se contentent de ce qu'ils ont, ou, plus exactement, des amoureux qui croient avoir trouvé l'amour et sont disposés à en jouir comme s'il était éternel. On doit toujours vouloir davantage…

— Comment pouvez-vous être sûr que ce besoin incessant de nouveauté ne conduit pas au désamour, à se rendre compte qu'en fait, on n'aime pas, ou que l'on aime quelqu'un d'autre ? »

Bacon réfléchit un instant.

« Je crois qu'il vaut la peine d'en courir le risque. C'est douloureux, mais parfois l'amour meurt, s'éteint justement parce que les amants n'ont pas été capables de chercher plus loin, au-delà de ce qu'ils ont eu. Ce n'est que quand on a eu quelque chose, quand on l'a possédé, quand on en a été maître, que l'on peut le perdre.

— Mais c'est épouvantable ! s'écria Irene. Qui peut dire, dès lors, que la personne qui nous aime n'est pas en train de nous tromper ou que nous ne trompons pas celle que nous croyons aimer ?

— Personne ! lança Bacon comme un cri. C'est là le plus important. Nous nous fions à l'autre et, plus encore, à notre propre intuition. Tout le mystère est dans la confiance. Et la confiance est-elle autre chose que la possibilité de croire en l'autre, sans avoir la certitude qu'il nous dit la vérité ? De toute façon, c'est ce qui se produit toujours. Il faut être réaliste, Irene : on ne peut jamais être totalement sûr des autres. Jamais.

— Ça me paraît horrible. C'est comme si l'amour était un jeu entre deux adversaires où chacun tâche de tirer parti de l'autre.

— La définition est parfaite, sauf que l'amour est un jeu dans lequel, au bout du compte, il n'y a ni vainqueur ni vaincu. La seule chose qui puisse se produire, c'est que l'un des partenaires décide de se retirer du jeu, et alors, tout s'achève.

— Et comment savoir si l'autre est toujours décidé à continuer ?

— Ce n'est pas difficile, Irene. Ce ne sont pas les signes qui manquent, il y en a des centaines qui ne demandent qu'à être interprétés ; des actes dont nous n'avons à reconnaître que la charge affective. » Bacon prit une serviette en papier et la porta à ses lèvres. « Une lettre d'amour, une conversation, un flirt, un rendez-vous, une vengeance, une crise de jalousie : chacun de ces faits ne diffère en rien d'une pièce déplacée sur un échiquier. L'un dit : “Je t'aime”, l'autre : “Moi, pas.” Et il en va ainsi jusqu'à ce que nous finissions par être sûr de ce que l'autre, dans toutes ces combinaisons, vaste ensemble de sensations que par facilité nous appelons amour, éprouve réellement pour nous. Les amants heureux ne sont que de bons interprètes, pourvus de l'expérience nécessaire pour déchiffrer les messages codés que leur envoient les autres.

— Je vois que vous tenez à considérer l'amour comme une aptitude. Moi, j'ai toujours cru qu'il s'agissait de quelque chose de spontané…

— Votre idéalisme n'est pas incompatible avec ma

théorie, répliqua Bacon avec courtoisie. Mais il n'a rien à voir, Irene, avec la stratégie que nous adoptons pour aimer. Pour prouver notre amour. Pour pouvoir aimer, nous plaindre de l'amour, en vouloir davantage, nous en défaire, le retrouver. »

Bacon sentait que, pour cette fois, il avait gagné la partie. Mais il ne pouvait laisser Irene les mains vides. Avant de la quitter, devant la porte de son appartement, il l'embrassa pendant quelques minutes qui lui parurent des siècles.

Les causes du désespoir

Berlin, mai 1937.

C'était un chaud après-midi de dimanche comme tant d'autres, et nous étions allés nous promener du côté du Wannsee. Nous marchions sur les bords du lac et, plongés dans un silence qui n'était plus complice depuis bien des mois, nous contemplions les reflets fugitifs des arbres sur l'onde. Marianne m'en voulait parce que je lui avais interdit d'aller voir Natalia depuis que Heinrich nous avait annoncé qu'il allait s'engager dans l'armée, et elle ne laissait pas passer une occasion de me le reprocher.

« C'est une amie de toujours et je ne peux pas imaginer ma vie sans elle. »

Je me bornais généralement à lui dire que je le regrettais, rien de plus.

« Son mari était pour moi un ami de toujours, mais les circonstances actuelles m'interdisent d'avoir avec lui le moindre contact. C'est sa faute, pas la mienne. »

Marianne refusait d'entendre raison, si bien que nous revenions sur le sujet à chacune de nos discussions.

« Je me suis marié avec toi, lui répliquais-je, fâché, pas avec eux. »

Pour se venger, elle ne me permettait même pas de

l'étreindre, la nuit. Son irritation hantait même ses rêves, pendant lesquels elle ne cessait de répéter le nom de son amie, comme en une sorte de conjuration. Ce n'était pas là notre seul motif de querelle, bien entendu, mais il devint vite le plus récurrent.

Le soleil faisait perler la sueur au front de Marianne, de petites gouttes glissaient sur ses joues et sa nuque. Elle était toujours aussi belle, mais je ne le remarquais plus. Elle portait une robe blanche ajustée et une petite toque mauve. Je regardais son reflet dans l'eau, que la surface de l'étang me renvoyait changé en monstre flou et insolent, comme le portrait de Dorian Gray.

« J'ai pris une décision, Gustav.

— Quoi donc ?

— Tu le sais très bien.

— Je te l'ai interdit.

— C'est mon amie, pas la tienne.

— La femme de mon ennemi, et du tien, par conséquent. »

Nous avions fait encore quelques pas.

« Rentrons.

— Oui, il vaut mieux. »

Nous nous étions engagés dans la Bismarckstrasse, pour regagner Berlin. Le silence entre nous était aussi pesant que si nous nous étions trouvés dans un mausolée. Nous avions fait halte devant la tombe de Heinrich von Kleist. Un autre Heinrich ; ce prénom ajoutait au poids du silence : en 1811, après quelques tentatives manquées, après avoir chanté la mort dans ses œuvres dramatiques et ses récits, Kleist avait mis fin à ses jours aux côtés de sa bien-aimée, emportée par un mal incurable et à laquelle il avait promis de la suivre dans la mort.

« Puisque tu ne me permets pas d'aller la voir, je l'ai invitée à venir prendre le thé. »

Tout à coup, je n'avais plus envie de m'opposer à

sa volonté. Les refus systématiques exigent une énergie qui commençait à me faire défaut.

« Fais ce que tu veux.

— C'est déjà fait », dit-elle, mais je savais qu'elle était aussi surprise que moi.

« Ça m'est égal. Tu ne m'obéis jamais.

— Jamais.

— Jamais. »

Depuis combien de temps n'avais-je plus vu Natalia ? Et Heini ? Près de deux ans. En définitive, l'idée de la trouver chez moi, en compagnie de ma femme, n'avait rien de désagréable.

« Je lui ai donné rendez-vous demain à cinq heures, si tu préfères quitter la maison…

— C'est aussi ma maison, non ? J'ai bien le droit d'y être quand ça me chante.

— Je préfère te prévenir, au cas où sa présence t'incommoderait.

— Ce qui m'incommode, c'est que l'on prenne le parti d'un nazi, Marianne. Ça ne te fait rien ? Il nous a tous trahis.

— Je ne sais qui a trahi qui, Gustav.

— Que veux-tu dire ?

— Il arrive que certains nazis soient moins pervers que leurs détracteurs.

— Ne dis pas de bêtises.

— En traitant tes amis comme tu le fais, tu deviens pire qu'un nazi.

— Il n'y a rien de pire qu'un nazi, Marianne.

— Bien sûr que si, Gustav. Je te l'assure. »

Johannes Stark, ou de l'infamie

Göttingen, janvier 1947.

Une nouvelle fois, le lieutenant Bacon se mit à lire à haute voix :

RAPPORT 650-F
STARK, JOHANNES
ALSOS
11.07.44

Considéré comme le prototype du scientifique nazi. Il a été l'un des principaux instigateurs de la *Deutsche Physik,* conçue pour combattre la « science dégénérée » que mettaient en œuvre Einstein* et les autres scientifiques juifs. Il obtient son premier poste de professeur à l'université d'Aachen en 1909. C'est alors qu'il affronte sans ménagement Arnold Sommerfeld*, professeur titulaire à l'université de Munich, l'un des défenseurs de la théorie quantique. Le conflit entre les deux hommes s'aggrave quand la chaire de physique de l'université de Göttingen, que Stark convoitait depuis longtemps, est attribuée au physicien hollandais Pieter Debye*, élève de Sommerfeld. Furieux, Stark déclare qu'il s'agit là d'une conspiration montée par le « cercle juif et prosémite » sous la conduite du « gestionnaire en chef » Arnold Sommerfeld.

En 1917, Stark, alors professeur à la petite université de Greifswald, apprend la défaite allemande, ce qui exacerbe son nationalisme. C'est ainsi qu'il en vient à accepter les suggestions de son entourage et à entreprendre une campagne contre les socialistes qui gagnent du terrain dans la vie politique locale.

En 1919, il reçoit le prix Nobel, pour sa découverte de « l'effet Stark » — la séparation des raies spectrales sous l'influence du champ électrique —, et il est appelé à travailler à l'université de Würzburg, en Bavière. En avril de la même année, il fonde l'Association professionnelle allemande des physiciens universitaires, qui tente de s'opposer à la Société allemande de physique, plus libérale, dirigée par les physiciens de Berlin, théoriciens cosmopolites qui, déclare-t-il, pratiquent une politique discriminatoire à l'égard de ceux qui travaillent dans les universités de province. Les efforts déployés par Stark en vue de rassembler ses collègues sous son égide ne sont pas couronnés de succès : la Société allemande de physique élit comme nouveau président un des anciens membres du groupe de Stark, Wilhelm Wien*, et l'Association est bientôt dissoute.

Avant Stark, un autre grand physicien allemand, le prix Nobel de physique Philipp Lenard*, professeur titulaire à Heidelberg, s'était dressé contre la « science juive ». En 1933, Lenard publiait un manifeste dans lequel il prônait le développement d'une physique plus « aryenne », en accusant les scientifiques allemands de trahir leur héritage racial.

Bacon avait cessé de lire pour ajouter :

« En 1920 s'était réuni au siège de la philharmonie de Berlin le Congrès de l'assemblée des scientifiques allemands pour la préservation de la science pure. Le “Club Antirelativité”, comme l'a appelé Einstein. Dès lors, les critiques lancées contre lui n'ont cessé de s'exacerber.

— En fait, cette association n'a jamais existé, répliquai-je. C'était une invention de l'un des ennemis d'Einstein parmi les plus virulents, Paul Weyland, qui ne cherchait qu'à se faire connaître. Mais elle a cependant suffi à déchaîner de nombreux scientifiques jusqu'alors indifférents à la politique. Einstein a assisté à cette réunion du Congrès et, peu après, sa "Réponse au Club Antirelativité" a été publiée dans le *Berliner Tageblatt.* Le scandale a été retentissant.

— Détestaient-ils Einstein seulement parce qu'il était juif, ou à cause de sa théorie ? me demanda Bacon.

— Je crois qu'au départ son judaïsme n'entrait guère en ligne de compte, lieutenant. Le danger, c'était son opinion politique. Contrairement à la plupart des membres de la communauté scientifique allemande, qui avaient soutenu le Kaiser et ses généraux pendant la Grande Guerre, Einstein avait obtenu la nationalité suisse et brandi le drapeau pacifiste, ce qui suffisait à faire de lui un traître. Puis, il est devenu l'un des rares défenseurs de la république de Weimar, à cause de son amitié pour Walter Rathenau, Juif lui aussi, alors ministre des Affaires étrangères. L'image publique d'Einstein était trop gênante. Non content de bouleverser le monde scientifique, il apportait son soutien au régime républicain chaotique qui avait accepté la défaite de l'Allemagne. Cela le rendait doublement détestable, aux yeux de bien des gens. La haine contre lui a grandi aussi vite que sa renommée mondiale... Il est bientôt devenu un symbole de l'internationalisme qui blessait si profondément les nationalistes allemands. A ce moment-là, nous pensions tous qu'il ne fallait pas mêler la politique et la science, se salir les mains en les plongeant dans la réalité.

— Comme le faisait Einstein, remarqua Bacon en se carrant sur son siège.

— Ses détracteurs essayaient de démontrer avec des arguments rationnels que la relativité était un attrape-nigaud. Dans leurs articles, ils s'efforçaient de se montrer dignes de foi… Ils ne voulaient évidemment pas se ridiculiser. Les premiers temps, on n'y trouvait pas trace du moindre argument antisémite. Les milieux scientifiques allemands étaient très rigoureux, ne l'oubliez pas. C'est alors que les défenseurs d'Einstein ont dit que si on l'attaquait, c'était parce qu'il était juif. Ils ont été les premiers à parler d'antisémitisme et à faire d'une discussion scientifique une affaire raciale…

— Je vois : c'est vous qui êtes accusés d'avoir mêlé la politique à la science, de vous fonder sur des jugements qui ne sont pas strictement scientifiques et de faire des déclarations publiques dans ce sens. Einstein a dû vous paraître un monstre.

— Il sapait toutes les règles de l'étiquette que les physiciens allemands suivaient depuis des générations. Planck lui-même était scandalisé. Les génies sont toujours un peu des enfants terribles, mais Einstein allait trop loin… Au lieu de garder ses opinions pour lui, il les répandait partout comme s'il était un membre du Reichstag.

— A Princeton, j'ai toujours eu l'impression qu'il détestait la politique.

— Peut-être se conduisait-il ainsi en Amérique, mais pas ici, dis-je. En Allemagne, il s'y est toujours intéressé et n'a jamais hésité à faire part de ses opinions aux journalistes.

— Ses photos, ses déclarations dans la presse. La une du *New York Times.* L'enthousiasme délirant du public pour la relativité… Je vois. » Bacon souriait à cette soudaine plongée dans son passé.

« Lenard n'a pas assisté aux conférences de Berlin, précisai-je, mais ça n'a pas empêché Einstein de le citer nommément dans sa riposte. Lenard en a été profondément indigné. Il a attaqué Einstein parce qu'il se considérait comme sa victime.

— Quelle victime !

— Peut-être ne l'était-il pas, mais il se comportait comme s'il l'était. Tout, alors, incitait à de semblables comportements ; le désordre secouait l'Allemagne en tous sens : révoltes, assassinats, pillages. Nous aspirions tous à un peu de paix et de stabilité, alors que les positions d'Einstein semblaient favoriser la division et le chaos. Si je ne me trompe pas, Rathenau, l'ami d'Einstein, a été assassiné en 1921. Lenard a refusé que l'on mette le drapeau en berne à l'Institut de Heidelberg. Une foule furieuse s'est déchaînée contre lui et l'a tourné en ridicule. Il était comme fou.

— Bon, revenons à Stark », dit Bacon, et il se remit à lire :

> En 1921, l'un des étudiants les plus proches de Stark, Ludwig Glaser*, présenta sa thèse de doctorat sur les propriétés optiques de la porcelaine. Glaser éditait une revue sur certains aspects techniques de la physique et possédait un laboratoire. L'année précédente, il avait participé à des conférences contre la relativité qui s'étaient tenues à Berlin. Le jury considéra que le sujet étudié par Glaser ne constituait pas un nouvel apport à la physique. Certains se moquèrent même de lui en l'appelant « le docteur en porcelaine » et dénigrèrent ses travaux mais, en fait, c'était là de la rancune manifeste contre lui, de la part des défenseurs d'Einstein. Cet incident amena Stark à présenter sa démission et à quitter l'université de Würzburg, car il voyait une conspiration dans la disqualification de Glaser.
>
> Stark employa l'argent de son prix Nobel à monter quelques industries et il essaya de se faire nommer directeur de l'Institut impérial de physique et technique, mais, une nouvelle fois, les défenseurs de la relativité dédaignèrent sa candidature. Stark était maintenant non seulement furieux mais aigri, et il se considéra bientôt comme exclu du monde académique dont il avait voulu être le chef de file. De surcroît, Einstein

recevait le prix Nobel en 1921, ce qui grandissait encore sa célébrité mondiale.

La même année, Stark publiait *La Crise contemporaine de la physique allemande,* ouvrage dans lequel il dénonçait le dogmatisme et le formalisme excessif de la théorie de la relativité et de la physique quantique. Pour lui, la science d'Einstein n'était qu'une spéculation mathématique sans contenu réel. Il affirmait encore que les défenseurs d'Einstein réagissaient en bloc comme s'ils luttaient pour un idéal politique, au lieu de permettre la critique ouverte de leurs principes. Stark critiquait tout particulièrement la forme qu'avait prise la diffusion de la théorie de la relativité : la prétendue « révolution » de la physique entreprise par Einstein et acclamée dans les milieux extrascientifiques et les conférences à l'étranger n'était qu'une forme de propagande politique.

La bataille qui se livrait à propos de la relativité commença dès lors à changer de caractère. Si les détracteurs de la théorie avaient en principe tâché de s'en tenir à la rigueur scientifique tandis que leurs adversaires faisaient appel à des arguments politiques, les attaques personnelles contre Einstein et les opinions antisémites devinrent monnaie courante. En 1922, Lenard et Stark, qui s'étaient liés d'amitié, prirent ensemble la défense de la *Deutsche Physik,* dont l'objectif était d'éliminer de la science allemande les apports « juifs », c'est-à-dire le dogmatisme, l'abstraction mathématique et le manque d'utilité, en faveur d'une science « aryenne » centrée sur les résultats pratiques plus que sur les divagations métaphysiques. Bientôt vinrent s'ajouter à ce noyau dur que formaient Lenard et Stark de nombreux physiciens ultraconservateurs, antisémites et nationalistes pour lesquels les défenseurs de la relativité n'étaient que des ennemis qui cherchaient à les évincer du monde académique.

Dès 1923, Lenard et Stark se rapprochèrent de Hitler. Pendant le putsch de la brasserie Sternecker, ils furent les premiers scientifiques à soutenir publiquement Hitler, et ils restèrent en contact avec lui pendant les deux années qu'il passa en prison. Même si Stark ne s'affilia officiellement au parti national-socialiste qu'en 1930, il commença à œuvrer en sa faveur aussitôt que Hitler quitta la prison de Landsberg en 1924. Cette prise de position lui valut plus tard le titre de « Combattant de la première heure », et, aussitôt que Hitler fut nommé chancelier, il exerça ouvertement son influence sur la politique scientifique du Reich.

« La colère, fis-je. Voyez-vous comment la colère peut faire d'un scientifique comme tant d'autres, d'un homme de science respecté, d'un prix Nobel, un défenseur de criminels ? N'est-ce pas là la réponse à la question que vous me posiez l'autre jour ? La colère et l'envie. Que la théorie de la relativité fût juste ou fausse, était-ce si important, après tout ? J'en doute. Il y avait une guerre en cours et, comme dans toutes les guerres, les belligérants étaient prêts à faire l'impossible pour battre leurs adversaires : menaces, trahisons, assassinats, Stark et Lenard étaient prêts à tout pour se venger d'Einstein.

— Voulez-vous dire que la vérité et la science ne comptaient plus ?

— Je veux dire que, dans une période de troubles, la vérité passe après bien d'autres considérations, précisai-je. Si l'on avait pu s'en tenir aux preuves, l'affaire eût été plus simple, ne croyez-vous pas ? Il aurait suffi de démontrer scientifiquement qu'Einstein avait raison et les autres tort, ou vice versa. Mais la science, alors, n'était plus claire et nette. Les uns croyaient une chose, les autres le contraire. Et l'on s'en tenait là. Les uns apportaient des preuves, les autres les rejetaient en disant qu'elles avaient été faussées et n'étaient pas concluantes. Tout était politique, lieutenant. La physique n'avait pour ainsi dire rien à y voir.

— Alors, si Hitler avait gagné la guerre, la relativité n'existerait pas…

— Ou elle aurait été réinventée par un homme fidèle au régime en vigueur. C'est comme ça, aussi douloureux que ça paraisse. Une idée n'est bonne que si l'on a le pouvoir d'affirmer qu'elle l'est. Quand on l'a imposée aux autres, les preuves expérimentales ne tardent pas à apparaître… La science avait atteint le degré d'ambiguïté suffisant pour permettre à chacun de l'interpréter à sa guise. C'est sans doute pour ça qu'Einstein se montrait aussi réservé sur la théorie quantique : si une mesure ne reflète pas tout à fait fidèlement une théorie, c'est une sorte de demi-mensonge… Et nul ne sait, alors, ce qui peut arriver, ajoutai-je sur un ton grave. Lui seul était suffisamment averti pour s'aviser qu'il avait jeté les bases de son échec. Einstein détestait le hasard, parce qu'il savait que dans un monde où tout est véritablement relatif, sinon relativiste, le pouvoir aurait pu parvenir à démontrer qu'il était dans l'erreur. En bon cynique de l'école athénienne attaché aux paradoxes, il savait que, si tout est relatif, la relativité elle-même l'est aussi… »

Frank avait encore dans la bouche la saveur aigre-douce de la salive d'Irene. Ils se disaient au revoir, avec cette vague anxiété que font naître les espérances insatisfaites, quand elle tendit son visage vers le sien, en attendant qu'il réagît à ce premier mouvement. Bacon hésita un instant — il y avait trop longtemps qu'il n'avait pas éprouvé l'émotion de se trouver ainsi devant une femme — et il se décida enfin à l'embrasser avec la prudence que l'on met à caresser pour la première fois un molosse. Ce fut un contact bref et sec, mais cependant suffisant pour qu'il se sentît définitivement lié à Irene.

Dès lors, sa vie quotidienne suivit un modèle établi avec une précision mathématique. Il se rendait au bureau le matin, étudiait les archives et les rapports, établissait des fiches et des comptes rendus, s'entretenait de temps à autre avec ses chefs ou faisait un tour parmi les vieilles presses qui encombraient encore l'immeuble comme des squelettes d'animaux préhistoriques. Puis, il allait déjeuner, toujours seul, et il retournait au bureau vers trois heures de l'après-midi. J'arrivais à quatre heures, nous prenions le thé et, de cinq à sept, nous parlions de Klingsor. Quand nous nous quittions, Frank filait en vitesse avec l'espoir de pouvoir passer une heure ou deux en compagnie d'Irene.

Elle lui offrait chaque jour une tasse de thé, ils sortaient parfois prendre un verre, ils revenaient dans la petite salle de séjour de la jeune femme, où ils s'installaient dans un fauteuil et conversaient longuement. Un jour sur deux, la mère d'Irene gardait Johann.

« Parle-moi de toi, lui demanda-t-elle un soir où ils étaient seuls.

— J'ai bien peur ne n'avoir rien d'intéressant à dire.

— Tu es trop secret.

— Je suis seulement échaudé. Mais quand quelqu'un m'intéresse vraiment, je suis transparent.

— Et je t'intéresse ?

— Si ce n'était pas le cas, je ne viendrais pas te voir tous les jours, ne crois-tu pas ?

— Que fuis-tu, dis-moi ?

— Je ne fuis rien, je cherche. Je suis un enquêteur. Naguère, je courais après des résultats scientifiques, maintenant, je traque des hommes, mais ça revient à peu près au même. » La voix de Bacon exprimait malgré lui le regret.

« On dirait que ça ne te plaît guère.

— Je ne me plains pas.

— Préférerais-tu travailler en laboratoire ?

— En fait, je ne l'ai jamais fait, répliqua-t-il en

riant. Je sais, pour la plupart des gens, un scientifique, c'est quelqu'un qui manipule des substances, qui les verse dans des cornues ou des ballons, à l'image des alchimistes du Moyen Age. Mais, tu sais, dans l'endroit où je travaillais avant de m'engager dans l'armée, il n'y avait guère que des crayons et des cahiers. C'étaient nos seuls instruments.

— Et que faisiez-vous ?

— On réfléchissait, dit Frank, sans la moindre vantardise. Ou, du moins, on essayait. Peux-tu me donner encore un peu de thé, s'il te plaît ?

— Je ne me vois guère en train de faire ça. Réfléchir toute la sainte journée. Mon Dieu, je crois que je ne pourrais pas le supporter... Je finirais par devenir folle.

— Je n'ai pas pu le supporter, moi non plus. Et tu as raison, à la fin, on perd la boule. C'est pour ça qu'il y a tant de scientifiques qui sont dans les nuages, renfermés et solitaires, comme Einstein. Mais tous ne sont pas comme ça, évidemment.

— Tu l'as connu ?

— Je l'ai rencontré une ou deux fois, dit Bacon, faisant un demi-mensonge. Il est moins négligé de sa personne qu'on ne le dit.

— Un métier qui vous oblige à réfléchir sans arrêt, répéta Irene machinalement. Pour moi, ce serait une véritable torture.

— Une torture, tu l'as dit.

— Et sur quoi devais-tu réfléchir comme ça ?

— Sur les particules atomiques : électrons, neutrons, protons...

— Ce qui ne te laissait pas le temps de penser un peu à toi.

— Je ne comprends pas.

— Tu ne t'intéressais qu'aux atomes, et toi, dans tout ça ?

— Je gravitais autour de la physique comme un

électron. Attiré et repoussé par l'énergie des femmes, ajouta-t-il en riant. Ma mère, ma fiancée et ma maîtresse. Ça t'étonne ?

— Je n'aurais pas cru que tu sois aussi misogyne.

— Je ne le suis pas. Je décrivais seulement un phénomène. Les femmes sont comme les étoiles : elles brillent, éblouissent, et elles exercent une attraction plus puissante que la force de gravité qui s'appelle la séduction. Les hommes, eux, sont de petits astéroïdes : ils tournent autour des étoiles, leur rendent hommage, font leurs quatre volontés, mais on sait bien que si le champ magnétique des femmes n'était pas aussi puissant, ils s'en échapperaient à la première occasion. Et sais-tu pourquoi ? Pour se précipiter dans le champ d'attraction d'une autre étoile…

— C'est pathétique. Je pense exactement le contraire. Les femmes sont des forces qui n'ont d'autre choix que de résister à l'attraction que les hommes prétendent exercer sur elles. »

Bacon fut fasciné par l'idée qu'elle pouvait être plus âgée que lui. Il s'approcha d'elle pour l'embrasser. Irene le prit dans ses bras comme si elle était réellement sa mère. Elle lui caressa les cheveux, les joues, lui donna deux baisers sur le front, ainsi qu'elle l'aurait fait avec Johann. Puis, se prenant au jeu, elle lui chanta une berceuse, sourit aux mimiques de Frank et finit par lui faire goûter la saveur de ses seins.

« J'ai une bonne nouvelle », dis-je à Bacon, tout content de moi, mais je m'aperçus qu'il avait l'esprit ailleurs, loin de ce monde. Klingsor, à ce moment-là, n'était plus son intérêt prioritaire.

« Avez-vous jamais été amoureux, Gustav ? »

La question me surprit ; elle était incongrue et, de plus, en quoi cela le regardait-il ?

« Je suppose que nous l'avons tous été un jour ou l'autre, fis-je et je voulus passer à autre chose.

— L'amour, Gustav. On nous éduque en nous faisant croire que c'est la chose la plus importante qui soit au monde. Depuis le Nouveau Testament, nous avons un Dieu qui nous aime, et on nous répète : “Aimez-vous les uns les autres”, puis on nous gave de romans et de poèmes, de feuilletons radiophoniques et de films sentimentaux. Où que notre regard se porte, nous découvrons des amoureux. Ne trouvez-vous pas ça surprenant ? L'union de deux êtres est le motif fondamental de notre culture.

— Sottises, répliquai-je. Vous venez de le dire : on nous a éduqués afin que nous pensions ainsi, même si nous savons qu'en fait ce n'est qu'un mensonge. L'amour est un leurre. Nous finissons tous par nous en rendre compte.

— Parlez-vous par expérience ?

— Cette expérience, nous l'avons tous faite, lieutenant. Nous sommes tous tombés amoureux, nous nous sommes tous rendu compte que l'on nous avait fourvoyés, et presque toujours trop tard pour que nous n'ayons pas à nous en repentir.

— C'était aussi mon idée, Gustav. Surtout depuis le début de la guerre.

— Mais plus maintenant ?

— Je ne sais pas. Parfois, j'aimerais croire que l'amour est important. Il s'agit de quelque chose de si irrationnel, de si équivoque, qui n'existe que parce que nous nous obstinons à croire en lui.

— Comme la religion.

— Comme la religion. Ou comme la science.

— Êtes-vous amoureux, lieutenant ?

— C'est moi qui vous l'ai demandé le premier.

— D'accord. Que voulez-vous savoir ?

— Comment s'appelait-elle ?

— Qui ?

— La femme donc vous étiez amoureux. Ou les femmes, le cas échéant.

— Ma femme s'appelait Marianne, répondis-je.
— Et vous étiez amoureux d'elle ?
— Je l'aimais.
— Ce n'est pas ce que je vous ai demandé.
— C'était ma femme.
— Il devait y avoir quelqu'un d'autre…
— Non, personne d'autre.
— Je ne sais pourquoi, je sens que vous êtes gêné, Gustav. Que s'est-il passé avec Marianne ?
— Elle est morte à la fin de la guerre.
— Je regrette, fit Bacon, honteux de lui-même. Je n'avais pas l'intention…
— Ne vous inquiétez pas, je m'en suis tiré. Maintenant, dites-moi, êtes-vous amoureux ?
— Je ne sais pas encore.
— Comment s'appelle-t-elle ?
— Irene, s'exclama Bacon, ravi.
— Méfiez-vous, fis-je. Allemande ?
— De Dresde.
— Plus dangereux encore. Prenez garde. L'amour n'est qu'un appât qu'elles lancent pour nous enchaîner à leur volonté.
— Je sais, admit Bacon, avec un petit rire. S'il n'en allait pas ainsi, le jeu n'en vaudrait pas la chandelle. Et tout jeu comporte des risques. A celui de l'amour, qui tombe amoureux le premier part perdant.
— Puis-je vous demander comment vous avez fait sa connaissance, Frank ?
— C'est ma voisine.
— Votre voisine, répétai-je. Vous venez à peine de la rencontrer et vous vous demandez déjà si vous l'aimez ?
— Laissons tomber. Dites-moi plutôt cette bonne nouvelle, Gustav. J'ai hâte de savoir.
— Max von Laue nous recevra aujourd'hui même pour discuter avec nous du cas Stark. »

Quelques heures plus tard, nous nous trouvions en présence du vieux physicien.

« Quand Hitler a été nommé chancelier, Stark et Lenard ne se tenaient plus de joie, attaqua Von Laue. Il semblait que leur heure était enfin venue. Dans une lettre de félicitations qu'il a envoyée au nouveau ministre de l'Intérieur nazi, Wilhelm Frick, Stark a déclaré que Lenard et lui étaient prêts à se mettre immédiatement au service du Reich. Lenard a même eu un entretien particulier avec Hitler. »

Max von Laue était un homme de haute taille, pointilleux, qui semblait taillé dans du granit. Il avait un regard dur dont la froideur était à peine atténuée par l'harmonie de ses traits austères. Sa moustache, ses sourcils et ses cheveux étaient d'un blond cendré majestueux : il était indéniable qu'il appartenait à la vieille noblesse germanique. Toutefois, Von Laue avait été un oiseau rare parmi les physiciens allemands de sa génération : jamais il n'avait sympathisé avec les nazis, et il était l'un des rares scientifiques à s'être ouvertement opposé à eux, en allant aussi loin qu'il le pouvait sans mettre sa vie en péril. Il avait obtenu le prix Nobel en 1914, au moment où éclatait la Grande Guerre. C'était un ami de Planck, qui avait été très proche de Einstein. Bien qu'il n'eût pas participé au projet atomique allemand, il avait été arrêté avec ses collègues par les membres de la mission *Alsos* et transféré à Farm Hall en tant que « prisonnier de Sa Majesté » — ce qu'il n'avait jamais pu comprendre —, et Bacon n'avait pas eu l'occasion de le rencontrer. Puis, comme la plupart des scientifiques allemands qui vivaient dans la zone d'occupation anglaise, il avait été dirigé sur Göttingen, nouveau centre de la science allemande.

« Tous les postes importants sont entrés dans la ligne de mire de ces vautours, poursuivit-il ; ceux de l'Institut impérial de physique et technique, de la Fondation de soutien pour la science allemande, de la Société Kaiser Wilhelm. Pendant la réunion inaugurale de l'Association professionnelle allemande des physiciens universitaires à Würzburg, en 1933, Stark s'est conduit en petit Führer, comme s'il avait l'intention de s'ériger en dictateur des physiciens. Son intention était de contrôler toutes les publications scientifiques du Reich.

— Comme Goebbels le faisait avec la presse, dis-je.

— Il voulait nous faire payer l'isolement dans lequel nous l'avions tenu à l'époque de la république de Weimar. Stark n'arrêtait pas de nous garantir la liberté de recherche, mais, dans les faits, il en allait tout autrement. Je n'ai pu m'empêcher de me lever pour lui dire ma pensée : "Ce que vous nous demandez, c'est de juger la théorie de la relativité avec la même sévérité que l'Église catholique a montrée en condamnant Galilée qui défendait la théorie héliocentrique de Copernic, ai-je lancé, mais, comme l'a dit le physicien italien : *eppur si muove !*"...

— Il a dû sortir de ses gonds, fit Bacon.

— Je me moquais bien de m'en faire un ennemi, ajouta Von Laue avec emportement. Tout le monde savait que nous étions à couteaux tirés, lui et moi ; la dignité m'imposait de lui jeter la vérité à la figure.

— Et comment a-t-il réagi ?

— Comme toujours : il a déclaré que j'étais un défenseur des Juifs. De toute manière, ma protestation n'a pas servi à grand-chose. Stark a obtenu ce qu'il voulait en 1933, quand il a été nommé directeur de l'Institut impérial de physique et technique, poste qu'il visait depuis toujours et que Hitler s'est chargé de lui faire obtenir. Stark n'a pas tardé à transformer l'Institut en un modèle réduit du parti nazi. Les scientifiques qui travaillaient sous ses ordres étaient subordonnés à une hiérarchie très particulière et devaient répondre de leurs actes comme des soldats qui n'ont pas à discuter les ordres. Il avait des projets de mégalomane visant à faire de l'Institut le pôle de la recherche scientifique allemande, chargé de contrôler le développement économique du Reich et même l'organisation de la Défense nationale. Seul le manque de moyens l'a empêché d'arriver à ses fins. Les ministres de l'Éducation et de la Défense n'ont pas tardé à mettre ses objectifs en doute et ont refusé de lui accorder les moyens qu'il réclamait.

— Alors, peu à peu, il a perdu son ascendant ?

— On a fini par se rendre compte que tout ce que Stark voulait voir grandir, c'était lui-même ; et cela, le régime nazi ne l'admettait pas... Les hommes politiques luttaient entre eux et ne pouvaient permettre à quiconque d'obtenir autant de pouvoir. Peu après, on a cherché à le faire élire membre de l'Académie des sciences de Prusse...

— Et vous vous y êtes fermement opposé, fis-je.

— Je me suis dit que ce serait une catastrophe, si un homme tel que lui était élu à l'Académie, admit Von Laue, inflexible. Il chercherait à la convertir en un fief nazi, comme il l'avait fait à l'Institut impérial. Mais Stark avait des ennemis plus puissants que moi, si bien que sa candidature a été rejetée.

— Vous l'aviez vaincu, lança Bacon.

— Disons que le climat qui régnait alors à l'Académie a permis de lui en interdire l'entrée. Mais Stark ne s'est pas laissé abattre aussi facilement. En 1934, il a essayé de se donner une importance mondiale en écrivant un long article pour la revue anglaise *Nature,* dans lequel il exposait les politiques scientifiques du Reich. Ses arguments n'étaient qu'un amalgame grossier d'infamies et de mensonges. Il insistait sur le fait que le nouveau régime encourageait la liberté de recherche que la république de Weimar avait tenté de limiter…

— Et dans lequel il se gardait bien d'attaquer les Juifs, je suppose…

— Bien entendu. Stark se bornait à servir l'excuse consacrée : Hitler ne persécutait pas les scientifiques juifs, il réformait seulement le service public afin de le rendre plus efficace. Si les scientifiques juifs étaient écartés, c'était parce que leurs compétences n'étaient pas suffisantes pour les postes qu'ils occupaient. Aux lettres furibondes adressées à la rédaction de *Nature,* Stark ne répondit que par de nouveaux mensonges ou des insultes. Mais il n'hésita pas à citer nommément les "défenseurs de la juiverie scientifique", les professeurs Planck et Sommerfeld et, bien entendu, je fus inclus dans le lot.

— Comment avez-vous réagi à ces attaques ?

— Comme d'habitude, en montrant qu'elles n'étaient pas fondées. Alors, il a cherché une nouvelle riposte. Il a essayé, avec l'appui d'un personnage important du ministère de la Propagande, de réunir les signatures de douze prix Nobel aryens en faveur du Führer. La plupart de ceux qu'il a sollicités s'y sont refusés.

— Ne redoutiez-vous pas les représailles ?

— La politique ne doit pas être mêlée à la science. C'était notre seule ligne de défense. Stark a dû reconnaître son échec devant Goebbels.

— De toute manière, Stark a été nommé directeur de la Fondation allemande pour la recherche scientifique, nouveau nom donné à l'ex-Fondation de soutien pour la science allemande, dis-je en m'efforçant d'orienter la conversation vers un objectif précis.

— Bernhard Rust, le ministre de l'Éducation, avait remercié l'ancien directeur, Schmidt-Ott, pour le remplacer par Stark, sur ordre exprès de Hitler. Savez-vous quelle a été la première mesure qu'a prise Stark en tant que président de la Fondation ? Distraire la plus grande partie des subventions jusqu'alors accordées à la recherche théorique au profit des programmes liés aux objectifs militaires.

— J'ai là un article de Lenard, paru dans le *Völkische Beobachter*, le journal du parti nazi, dans lequel il se réjouit de la nomination de Stark, intervins-je, et j'en lus un passage : "Einstein a donné l'exemple le plus flagrant de l'influence pernicieuse des Juifs sur les sciences naturelles. Les théoriciens œuvrant dans les secteurs concernés auraient dû surveiller plus étroitement ce phénomène. C'est maintenant à Hitler de s'en charger. Le danger est à présent écarté ; les éléments indésirables ont quitté de leur plein gré les universités et même le pays." » Puis, sur un ton moins solennel, j'ajoutai : « Peu après a commencé la compétition pour le poste de directeur de l'université de Munich, que le départ d'Arnold Sommerfeld allait laisser vacant.

— Sommerfeld détestait Stark presque autant que moi. Quand il a annoncé en 1934 qu'il allait prendre sa retraite, le candidat qui s'imposait comme remplaçant était Heisenberg, l'un de ses étudiants les plus brillants, qui venait d'obtenir le prix Nobel. Mais, quand il a appris qu'Arnold allait se retirer, Stark a montré qu'il était prêt à tout pour barrer la route à Heisenberg, dont il a fait son bouc émissaire.

— Mais pourquoi s'est-il acharné justement contre lui ? demanda Bacon.

— Malgré sa notoriété naissante, Heisenberg était encore jeune et, de plus, il n'occupait aucune position importante dans le milieu académique. C'était un professeur de Leipzig parmi tant d'autres. La cible parfaite.

— J'étais à Leipzig à cette époque, dis-je. Je me souviens du climat oppressant qu'y ont créé les nazis.

Si je ne me trompe, c'est dans un article du *Schwarze Korps* que Stark a traité Heisenberg de "Juif blanc".

— L'article n'était pas de Stark, mais de l'un de ses épigones, un certain Willi Menzel, qui étudiait la physique, corrigea Von Laue. Mais c'était comme si Stark l'avait signé lui-même. Heisenberg, Juif ! Il fallait avoir beaucoup d'imagination ou plutôt de perversité pour déclarer une chose pareille. J'espère que vous n'interprétez pas cela de travers, je veux simplement dire que Heisenberg était en quelque sorte le prototype du physicien allemand ; je ne parle ni de sa religion ni de sa race, mais de sa manière d'aborder les problèmes de physique. Comme Stark ne pouvait ni prétendre que c'était un physicien médiocre, ni semer le doute sur son origine aryenne, tout ce qu'il a trouvé à lui reprocher, c'était de pratiquer, comme la plupart d'entre nous, une "science juive".

— Quels ont été les effets de cette attaque ?

— Stark était un serpent. A ce moment-là, il se sentait plus puissant que jamais. En 1935 avait paru l'ouvrage de Lenard sur la *Deutsche Physik.* Lenard y soutenait que toutes les productions humaines, dont la science, dépendaient de la race, que les Juifs avaient leur physique particulière, fondamentalement différente de la physique allemande, aryenne ou nordique, comme il l'appelait. En quoi consistait cette différence ? C'était là le hic. En fait, il se bornait à déclarer que la science juive était ce que lui et ses collègues appelaient ainsi. Et c'était tout. Il n'avançait aucun argument rationnel. Le comble, c'est que cette année-là, l'Institut de physique de l'université de Heidelberg était appelé Institut Philipp Lenard, et que, pendant la cérémonie qui s'ensuivit, Stark, qui était l'un des orateurs, décocha de nouvelles flèches empoisonnées. Son verdict ne laissait pas place au doute : la relativité d'Einstein, la mécanique ondulatoire de Schrödinger et le formalisme matriciel de Heisenberg, tout cela, c'était de la science juive. L'article publié par Menzel reprenait ces déclarations mot à mot.

— Heisenberg a essayé de se défendre… remarqua Bacon.

— Il n'avait pas le choix. Il a donc envoyé une lettre de protestation au *Völkische Beobachter*, l'organe du parti nazi. Alors, Stark, incapable de se contenir, y a répondu lui-même, et l'a accusé de corrompre la jeunesse allemande en défendant la science juive. Pour lui et pour tous ceux qui, comme Alfons Bühl ou Rudolf Tomaschek, soutenaient la *Deutsche Physik*, la relativité et la théorie quantique n'étaient que des formules inintelligibles, de pures "acrobaties mentales".

— Qu'a fait Heisenberg, à ce moment-là ?

— Je n'ai jamais connu personne qui aimait son pays autant que lui, dit Von Laue sans nul sentimentalisme. Il n'allait tout de même pas quitter l'Allemagne pour la seule raison que Stark l'injuriait ainsi. Il a préféré se battre, avec les moyens que lui laissait le régime, pour défendre sa réputation. La bataille a été longue et difficile. Heisenberg en est sorti profondément usé.

— Mais, en définitive, vainqueur, fis-je.

— Ce fut une victoire à la Pyrrhus, monsieur Links. Oui, il a obtenu des autorités nazies l'arrêt des attaques de Stark et même la permission de lui répondre dans un nouvel article publié par le *Völkische Beobachter*, mais il n'a jamais obtenu de chaire à Munich. Stark et Lenard sont responsables de cette injustice et de la plupart des maux qui ont frappé la science allemande au cours de ces années-là.

— Pensez-vous que le pouvoir qu'ils exerçaient leur permettait d'avoir la haute main sur la vie scientifique de l'Allemagne entière ? demanda Bacon.

— L'Allemagne était alors un réseau d'autorités diverses qui avaient les mêmes fonctions et rivalisaient entre elles. Bien entendu, l'influence de Stark et de Lenard à l'Institut impérial de physique et technique, à la Fondation pour la recherche, à l'Institut de Heidelberg et dans les diverses chaires qui en dépendaient était très importante, mais elle était contrecarrée par celles d'autres autorités nazies liées à la recherche scientifique : le ministère de l'Éducation de Rust, les SS de Himmler, le ministère de l'Intérieur de Frick et le Conseil de recherche scientifique de Göring, pour ne rien dire des efforts déployés par des physiciens indépendants comme moi.

— Cependant, diriez-vous que Stark était le physicien le plus proche du pouvoir nazi ? Hitler le considérait-il comme son conseiller scientifique personnel ?

— Sans doute.

— Et ce, malgré l'opposition qui grandissait contre lui ?

— Oui, malgré cette opposition. C'était le physicien le plus puissant d'Allemagne. »

Après cette conversation avec Von Laue, je ne revis Bacon que le lendemain. Sa mauvaise humeur ne présageait rien de bon. Il affichait un air de supériorité qui m'impatienta.

« En dépit des déclarations de Von Laue, Stark ne peut être Klingsor, me lança-t-il d'emblée comme s'il m'adressait un reproche. Souvenez-vous des paroles de Planck : *c'était l'un d'entre nous*. La plus grande partie de la communauté scientifique a toujours pensé que la *Deutsche Physik* n'était qu'une création bâtarde, une manœuvre politique, une ruse, une mesquinerie.

— Mais Von Laue nous a assuré que Stark était l'homme de science le plus important d'Allemagne, répondis-je en me faisant brusquement l'avocat du diable. Hitler le protégeait.

— Peut-être n'était-il pas aussi important que ça,

suggéra Bacon, soupçonneux. Il nous faut tenir compte d'un nouvel élément. Je ne sais si vous êtes au courant, mais, peu avant le début de la guerre, Stark est passé en jugement pour être exclu du parti nazi. »

Bacon sortit quelques instants de son bureau et y revint en compagnie d'un jeune officier qui portait un dossier épais.

« Je me suis avisé par hasard que le sergent Johnson s'était donné la peine de compiler les archives sur le parti national-socialiste qui ont été utilisées pendant le procès de Nuremberg. » Bacon s'interrompit avant de s'adresser au jeune soldat : « Sergent, je vous présente le professeur Gustav Links.

— Enchanté », dit Johnson d'une voix flûtée d'enfant. Il ne devait pas avoir plus de vingt ans. Son visage lisse et luisant était encore constellé de boutons et son attitude indiquait qu'il n'était pas habitué à avoir affaire à des civils.

« Asseyez-vous, sergent, lui dit Bacon en s'installant lui-même de l'autre côté de la table. Lisez-nous votre rapport, je vous en prie. »

Johnson s'éclaircit la gorge, ce qui n'améliora guère son élocution. Il s'exprimait avec peine, bien qu'il fût loin d'avoir l'air d'un imbécile. Il n'arrêtait pas de jeter des regards sur la feuille dactylographiée qui tremblait entre ses mains, et j'avais l'impression qu'il allait nous lire un livret d'opéra.

« L'affaire a éclaté à cause d'un certain Endrös, commença-t-il. Un type malhonnête, ne différant guère de tous ces "petits Führer" qui, dès 1933, avaient acquis des positions importantes en Allemagne. Il était lié à Karl Sollinger, un escroc proche d'Adolf Wagner, le chef du parti nazi, ou *Gauleiter,* de Traunstein, région dans laquelle résidait Stark. Le physicien se prenait pour le porte-parole des habitants du coin, si bien qu'il n'a pas hésité à s'attaquer à Sollinger et à Wagner, pour leurs manquements à la morale et aux règlements du parti, qui ternissaient l'image du mouvement. Mais Wagner n'était pas disposé à se laisser tourner en dérision, et il a à son tour accusé Stark d'avoir trahi le parti.

— Reprenez donc haleine, sergent, lui dis-je, pour le détendre un peu.

— Vous rendez-vous compte, professeur ? intervint Bacon. Stark se croyait tout-puissant, se prenait pour un envoyé spécial du Führer et, tout à coup, un petit chef de parti régional le mettait sur la sellette.

— Hitler ne se souciait guère des querelles entre ses subordonnés, dis-je, sur la défensive. Mais cela ne voulait pas dire que Stark perdait de son importance dans le monde scientifique…

— Sans doute, fit Bacon, mais il vous reste à entendre quelques informations importantes. Poursuivez, Johnson.

— Pour finir, l'affaire fut arbitrée par le tribunal du parti à Berlin, et ce fut une sorte de match nul entre Stark et Wagner, mais il en résulta pour Stark de graves conséquences : un conflit acharné et interminable avec la Ahnenerbe, le département de recherche scientifique secrète SS, lui coûta sa place au Fonds de la recherche du Reich.

— Comme s'il n'avait pas assez d'ennuis, Stark se heurtait maintenant à Himmler, expliqua Bacon. Et le résultat fut un désastre.

— La Ahnenerbe avait la priorité absolue dans le Reich, conclut Johnson. Pour tout le département, Stark devait impérativement démissionner. Quand Himmler eut exposé publiquement l'un des projets les plus désastreux approuvés par l'administration de Stark, celui-ci fut placé au pied du mur : renoncer à la présidence du Fonds, s'il voulait conserver la direction de l'Institut impérial de physique et technique. Il était devenu évident qu'il perdait de son importance.

Dans les nombreuses lettres qu'il écrivit alors à Philipp Lenard, Stark n'arrêtait pas de se plaindre. Il reconnaissait s'être engagé dans un conflit stérile et interminable avec la bureaucratie nazie et avoir dû plier devant elle.

— Merci, sergent, vos informations nous ont été très utiles.

— A vos ordres, mon lieutenant. »

Johnson lui adressa un salut martial et s'empressa de quitter la pièce.

« Très bien, Frank. Vous m'avez convaincu, reconnus-je. Qu'allons-nous faire à présent ?

— C'est justement ce que je voulais vous demander, dit Bacon d'un ton amer. Nous nous trouvons encore une fois dans une impasse.

— Nous pourrions avoir un entretien avec Stark… suggérai-je.

— Cela ne nous mènera nulle part.

— C'est aussi mon avis.

— Alors ?

— Voulez-vous que je vous dise ce que j'en pense ?

— C'est bien ça, monsieur Links, je vous pose une nouvelle fois la question : qu'allons-nous faire à présent ?

— Il se peut que Stark ne soit pas Klingsor, puisque vous le dites ; dans ce cas, ne nous plaignons pas, mais réjouissons-nous.

— Expliquez-vous.

— Je vous l'ai déjà dit : nous n'étions pas sûrs qu'il fût notre homme, mais nous savons depuis le début que, par la nature même de son travail, il y a obligatoirement eu un lien entre lui et Klingsor ; or, si ce dernier n'était pas l'un des scientifiques qui défendaient la *Deutsche Physik,* il devait faire partie de la bande adverse dont le sergent nous a parlé. La conséquence logique des résultats obtenus est donc…

— Que Klingsor était l'un des ennemis de Stark, lança Bacon.

— C'est ce que je crois.

— Votre hypothèse est effrayante.

— Mais nous ne pouvons la négliger, lieutenant.

— Et à qui pensez-vous, monsieur Links ?

— Réfléchissez, Frank, fis-je pour contenir son impatience. Qui a été le plus grand ennemi de Stark, pendant toutes ces années ?

— Heisenberg ?

— Vous l'avez dit. »

« Tu m'aimes ? »

Depuis combien de temps une femme n'avait-elle pas exigé de Frank une réponse à cette question ? Combien d'années y avait-il que son mariage avec Elizabeth était tombé à l'eau ? Depuis quand n'avait-il plus reçu de nouvelles de Vivien ? Contrairement à ce qui s'était produit avec Elizabeth, sa liaison avec Irene prenait un tour des plus naturels, sans pression aucune. Et, c'était là le plus important, contrairement à ce qui s'était passé avec Vivien, cette union avec Irene reposait tout autant sur les propos qu'ils pouvaient échanger que sur l'ardeur de leurs étreintes. Irene était intelligente et vive d'esprit, elle s'intéressait à ce qu'il faisait, aux progrès de son enquête, aux nouvelles pistes qu'il suivait. Peu à peu, elle devenait pour lui une sorte de confidente, une amie en même temps qu'une maîtresse — ce qui n'avait pu se produire avec Elizabeth et moins encore avec Vivien — et il attendait chaque jour avec impatience le moment où il la retrouvait.

Irene avait jusqu'alors évité de harceler Frank en l'obligeant à parler de lui-même, et ce n'est qu'après s'être assurée raisonnablement de ses sentiments qu'elle s'était risquée à poser cette question. Pour elle, il n'était pas seulement une consolation et un soutien, quelqu'un à qui elle pouvait se confier dans les moments de détresse où la solitude devenait accablante : Bacon était aussi la promesse d'une vie nouvelle, d'une vie meilleure, exempte des privations endurées jusqu'alors. Elle ne pouvait plus garder le silence et étouffer ses doutes au nom d'une commodité qui lui était devenue indispensable. Il fallait bien oser parler, à un moment ou à un autre, et le plus tôt était encore le mieux. Elle n'avait pas l'intention de s'accrocher à Frank, de le harceler comme tant de femmes allemandes le faisaient avec les soldats nord-américains à cette époque ; elle désirait seulement savoir ce qu'il éprouvait pour elle.

« Tu m'aimes ? » demanda-t-elle encore une fois.

Il prit appui sur son coude, se redressa sur l'oreiller pour gagner du temps, redoutant de répondre parce que, dans le fond, il n'en savait rien.

« Parle sans crainte, je t'en prie, insista-t-elle en lui caressant les cheveux ; si tu ne m'aimais pas, j'aimerais le savoir, c'est tout…

— Je crois que oui… fit-il en se forçant un peu. Pardonne-moi, tout ça est arrivé si vite… Je n'ai jamais rien éprouvé de tel avec personne, c'est vrai, c'est la première fois que je me sens suffisamment en confiance pour pouvoir parler sans crainte, sans entraves… Tu ne peux savoir à quel point je t'en suis reconnaissant…

— Ce n'est pas ta reconnaissance que je désire, mais ton amour. Tu as dit que tu crois que tu m'aimes, mais ça ne me suffit pas. Tu dois bien savoir si tu m'aimes ou pas. Je veux une réponse franche, c'est tout, Frank. Il faut que je sache ce qui m'attend… De toute manière, je resterai avec toi aussi longtemps que tu le voudras… Tu m'aimes, Frank ? »

L'aimait-il ? Comment le savoir ? Quand on est amoureux, on s'en rend vite compte : c'est une sensation aussi évidente qu'une migraine, une indigestion… une maladie, une fièvre qui s'empare de notre corps. Mais aimer ? Aimer ressemble davantage à la foi, à un leurre, qu'à une conviction.

— Oui, répondit Bacon sur le ton le plus convaincu qu'il put adopter, et il serra Irene dans ses bras…

— Redis-le.

— Je t'aime, Irene. »

Il l'embrassa sur le front, le nez, les paupières, la chevaucha, la prit en laissant son esprit vaguer au gré des balancements du lit. Les caresses de Bacon étaient pareilles à des bâillons, des moyens subtils de réclamer le silence, de prier Irene de se taire. Mais, aussitôt que le calme fut revenu, elle réattaqua :

« Tu en es sûr ? »

Seigneur, quelle torture ! Combien de fois allait-il falloir qu'il le lui dise ? Frank, lassé, tenta de se défaire de son malaise et répondit une nouvelle fois avec fermeté, comme s'il énonçait une vérité évidente :

« Oui, je t'aime. Je t'aime…

— Alors, je veux que tu me promettes quelque chose. »

Irene plongea son regard dans celui de Frank. Il avait l'impression qu'elle le perçait à jour, qu'elle le foudroyait, telle une déesse irritée.

« Encore ?

— Oui, si tu m'aimes vraiment, fit-elle en le saisissant par les épaules et en appuyant son front contre le sien, il faut me promettre une chose, Frank. Une seule.

— Je t'écoute.

— C'est quelque chose de très important. » Il sentit les ongles d'Irene s'enfoncer dans sa chair.

« D'accord. »

La jeune femme demeura un instant silencieuse, à peser la sincérité de son amant.

« Promets-moi que tu auras toujours confiance en moi.

— C'est tout ? s'enquit-il avec un sourire. Je commençais à m'inquiéter…

— Promets-le-moi, Frank, je t'en prie.

— Je te le promets. Ça va ?

— Il faut que tu saches que je t'aime, murmura Irene, les larmes aux yeux. Je ne te le dis pas pour te retenir ou pour que tu m'aimes, mais parce que c'est vrai. Je voulais que tu le saches.

— Moi aussi, je t'aime, je te l'ai dit…

— Tu croiras toujours à mon amour ?

— Toujours. »

Alors, ce fut elle qui le chevaucha. Elle promena tout doucement ses mains sur le visage de Frank, sur son cou, puis elle écrasa sa bouche contre la sienne, lui mordit la lèvre inférieure, en une sorte de pacte sanglant. Frank sentit les seins d'Irene caresser son torse, le pubis d'Irene se presser violemment sur son bas-ventre, en une sorte de rituel d'adoration, d'une sensualité intense évoquant les anciens cultes germaniques. Jamais encore il n'avait connu une dévotion, une tendresse, une ardeur semblables. Il n'était pas surpris mais extasié, et il s'abandonna entièrement au désir de sa maîtresse, comme privé de volonté propre, comme s'il était prêt à mourir dans ses bras. Elle était le seul moteur de l'univers, l'incarnation même du mouvement, l'harmonie des sphères… Attentive et violente, elle s'emparait de ses fantasmes, investissait la moindre parcelle de son corps, faisait surgir plaisir et douleur des zones les plus insoupçonnées, changeait son amant en désir pur, en énergie libérée…

« Je t'aime », parvint à dire Frank en plein envoûtement.

C'était la première fois de sa vie qu'il le disait sincèrement.

« Vous pouvez vous épargner la peine de chercher son dossier, dis-je à Bacon avec aplomb. Je suis certain de pouvoir vous en dire plus, à son sujet, que tout ce que vous pourrez trouver dans cette chemise.

— Pendant combien de temps avez-vous été l'assistant de Heisenberg ?

— Je n'ai jamais été son assistant ! Je suis un mathématicien, ne l'oubliez pas ; j'ai collaboré avec lui, mais je n'ai jamais été sous ses ordres.

— Je ne voulais pas vous offenser…

— Nous avons travaillé ensemble sur le projet atomique de 1940 à 1944…

— Quand vous avez été arrêté.

— C'est cela. Mais notre relation est beaucoup plus ancienne. Je peux dire que nous nous sommes connus dès l'enfance. Je suis né à Munich en 1905 (le 21 mars, pour être plus précis et pour vous rappeler le jour de mon anniversaire), et Heisenberg en 1901, à Würzburg, mais sa famille vivait à Munich depuis bien longtemps. La différence d'âge, entre nous, n'était que d'un peu plus de trois ans. Il aurait pu être mon frère aîné, lieutenant !

— Vous étiez amis ?

— Je ne pourrais l'affirmer. Deux ou trois ans de différence, pendant l'enfance, c'est toute une vie, fis-je en riant et en tâchant de prendre un air angélique. Nous nous connaissions, bien sûr, la ville n'était pas si grande, mais je le considérais alors avec admiration, comme l'un de mes héros…

— Vous exagérez…

— Non, pas du tout ! m'exclamai-je avec le plus grand sérieux. Le petit Werner était un enfant modèle. Beau, intelligent, studieux, bon musicien, capable d'exercer son ascendant sur les autres, issu d'une bonne famille du Nord, comment ne l'aurais-je pas admiré, lieutenant ? Son père était professeur de grec, et l'un des rares experts en art byzantin que nous avions en Allemagne.

— Un florilège de perfections…

— Moquez-vous de moi si ça vous chante, cela n'y changera rien. Interrogez n'importe qui : nul ne vous dira du mal de lui. Au contraire, il a encore la même apparence de perfection que jadis. Le grand Werner, toujours diligent, toujours judicieux, incapable de la moindre vilenie ! La vertu et la modération incarnées…

— Pourquoi avez-vous dit : apparence ? » Bacon faisait enfin preuve de perspicacité. « N'était-il pas aussi parfait qu'on le disait ?

— Ai-je dit ça ? Bon sang, lieutenant, je ne m'en suis pas rendu compte… Enfin, ce qui est dit est dit. Mais je ne voudrais pas que vous me compreniez mal. Werner est un étrange personnage. Constatez-le par vous-même. L'avez-vous vu ici, à Göttingen ?

— Non, ici, non… répondit-il, brusquement inquiet.

— Vous m'accorderez alors qu'il paraît avoir bu à la fontaine de Jouvence. Son apparence n'a jamais changé, d'aussi loin que je me souvienne. Toujours la même blondeur, les mêmes traits délicats, la même peau de collégien… Un enfant, lieutenant. Un enfant prodige de sa cinquième à sa cinquantième année. » J'étais moi-même surpris par la précision de ma description. « Mais, intérieurement, il est tout le contraire : adulte, mûr, responsable et austère depuis qu'il a appris à parler… Constatez-le par vous-même, Frank, si vous ne me croyez pas : un vieillard dans un corps de jeune rapace…

— Voulez-vous dire qu'il n'a jamais été inquiet, espiègle ou menteur comme les autres enfants ?

— Exactement. Jamais. Ou, si j'ose me permettre cette remarque, peut-être assez malin pour être tout cela sans que nul ne s'en doute, ou pour toujours se débrouiller de faire retomber la faute sur les autres…

— Avez-vous d'autres souvenirs de cette période ?

— Il y a eu un moment où nous avons été très proches, lieutenant. Vous savez : la fin de la Grande Guerre, la crise économique, la honte et l'indignation après la défaite, les maniestations des communistes dans les rues. Comme moi, il a bien fallu qu'il réagisse aux malheurs qui nous accablaient. A la fin de la guerre, il devait avoir dix-huit ans… Un âge difficile. C'était un étudiant de physique brillant et un passionné de philosophie. Si bien que, en sus de réfléchir aux difficultés de l'heure, Werner consacrait le reste de son temps à une activité qui lui permettait de fuir l'oppression de la civilisation, que nous détestions tous, à cette époque, et de se plonger dans les traditions germaniques anciennes, de canaliser sa révolte d'adolescent et d'exercer ses capacités de commandement : le mouvement de jeunesse.

— C'était une sorte de scoutisme, n'est-ce pas ?

— Une sorte, comme vous dites. » Tout à coup, je me fis l'effet d'un anthropologue qui aurait parlé d'une ère disparue, d'un temps dont il ne restait plus aucun vestige. « N'empêche que j'ai toujours senti en Werner quelque chose qui clochait. Sous tant de perfection, il y avait un vide, une timidité étouffante et voilée, une impossibilité de s'ouvrir aux autres. Je sais que ça n'a rien d'exceptionnel dans le tempérament germanique, mais, en Werner, tout cela était poussé à l'extrême. Pour aussi jovial qu'il pût paraître, il y avait toujours dans son regard et dans ses propos une touche de mélancolie…

— Et à quoi l'attribuiez-vous ?

— Je ne suis pas psychologue, lieutenant. Je vous parle seulement de ce que j'ai pu observer, pas de ce que j'imagine. Pourtant, je vais me risquer à vous soumettre une théorie, pour ne pas vous contrarier : je suppose qu'un esprit comme celui de Werner n'a jamais pu s'habituer à la décomposition dans laquelle nous avons dû vivre. Comme bon nombre d'entre nous, il avait la nostalgie des temps médiévaux, de l'immobilité, de la sérénité et du stoïcisme des anciens bardes. En un mot, il haïssait le désordre contemporain. Tout ce qui interrompait ses activités lui paraissait méprisable. Il n'a jamais su s'adapter à notre monde.

— Avez-vous jamais échangé quelques idées à ce sujet ?

— Quand nous étions adolescents ? Non. Pour lui, je n'étais qu'un des "petits", un élève auquel il fallait tout apprendre, certainement pas quelqu'un avec qui il pouvait débattre les questions importantes. » J'eus une moue dépréciative. « De toute manière, en 1922, Heisenberg est allé à Göttingen pour y poursuivre ses études sous la direction de Max Born, pendant qu'Arnold Sommerfeld, qui avait été son mentor à Munich, faisait sa tournée aux États-Unis, en tant que professeur invité. Je ne le voyais que lorsqu'il revenait à Munich pour faire une visite à sa famille ou une excursion avec son groupe. Autant vous dire que, même quand il s'attaquait aux problèmes les plus ardus de la physique, Heisenberg rongeait son frein en attendant le moment de partir escalader les sommets avec les garçons du *Wandervogel.* C'était pour lui une nécessité vitale, la seule manière satisfaisante de gouverner une société réduite, un petit monde de bonheur…

— Un physicien qui est toujours un scout, quelqu'un qui refuse de grandir, un nostalgique du passé, de l'enfance, de l'innocence, de la sécurité…

— N'oubliez pas que l'image idyllique que nous nous faisons des enfants n'est pas toujours juste.

— Bien entendu. Les enfants aussi peuvent être cruels…

— Plus cruels que n'importe quel adulte. Beaucoup plus cruels.

— Je sais que je vais m'écarter du sujet, avec ce commentaire, dit Frank, s'excusant à l'avance ; peut-être n'est-ce qu'un cliché, qu'une généralisation injustifiée…

— Je vous en prie, lieutenant.

— Ce goût de l'uniforme, de la hiérarchie, du passé germanique, ce besoin d'avoir un guide, un leader…

— Je vois où vous voulez en venir, lieutenant ; aux similitudes entre ce mouvement de jeunesse et, disons, l'organisation des SS ou de la Gestapo ?

— Oui.

— Je ne pense pas vous décevoir en vous disant que vous n'êtes pas le premier à faire ce rapprochement. C'est exact, lieutenant, en Allemagne, les conditions propices au développement d'un mouvement comme celui qu'a déclenché Hitler existaient depuis longtemps… Même s'il nous en coûte, il faut bien reconnaître qu'il ne s'agissait pas d'une aberration mais d'une conséquence extrême de notre vision du monde… J'ai travaillé avec Heisenberg, lieutenant, et je puis vous assurer que sous le jeune idéaliste se cachait un tempérament de fer, ombrageux et tyrannique, d'une volonté inébranlable… C'était un véritable meneur d'hommes, un Führer en puissance…

— Mais il n'a jamais sympathisé avec les nazis, insista Bacon. Ils lui ont même fait bien des difficultés…

— Vous avez lu ça dans votre rapport ?

— Il s'est toujours opposé aux fidèles de la *Deutsche Physik*… Von Laue nous a bien dit que Heisenberg était un émule d'Einstein et de Bohr, un ennemi naturel des nationalistes… Stark ne l'a-t-il pas traité de "Juif blanc" ?

— Sans doute. Stark a violemment attaqué Heisenberg dans plusieurs articles… Et Heisenberg s'est âprement défendu, mais dites-moi, quel a été le vainqueur, au demeurant ? Notre ami Werner, comme par hasard.

— Voulez-vous dire que Heisenberg… ?

— Pas si vite, lieutenant, fis-je pour clore le chapitre ; nous n'en étions qu'en 1922, et ne laissons pas de lacunes, si nous ne voulons pas être forcés de reconsidérer notre hypothèse. Les attaques de Stark, je vous le rappelle, n'ont eu lieu que dix ans plus tard… Nous devons examiner la période précédente si nous voulons comprendre ce qui s'est passé ensuite. »

Frank hocha la tête, vexé. Mais ma remarque amena l'effet prévu : un soupçon alla se loger dans la tête de Bacon et ne devait pas cesser de le harceler, comme un virus… Il fallait le préparer de manière à ce que, le moment venu, il découvre de lui-même la vérité.

« En 1922, Göttingen était l'une des principales capitales scientifiques du monde. A l'Institut de mathématiques travaillaient des chercheurs de grande envergure, comme Richard Courant, David Hilbert et Edmund Landau, les piliers de ma spécialité et, dans celui de physique, quelques-uns des grands noms de la vôtre : Pohl, Frank, Born…

— Mais vous n'avez pas fait vos études à Göttingen, si je me souviens bien…

— Je n'ai pas eu cette chance, lieutenant. » C'était maintenant lui qui se montrait ironique. « Göttingen était la Mecque des mathématiciens, mais les élus étaient peu nombreux, et je n'en faisais pas partie, hélas. C'est ainsi que je pris une autre direction que Werner, celle de Leipzig… »

Il avait réussi à me mettre mal à l'aise.

« L'année 1923 fut tout aussi capitale, lieutenant : dans l'une de ses déclarations à l'emporte-pièce, Max Born soutint qu'il fallait reformuler la physique dans sa totalité. Ce fut comme s'il avait lâché une bombe incendiaire sur le Reichstag. Quelques semaines plus tard, Heisenberg faisait un saut à Munich pour y présenter son *Examen rigorosum* sous la direction de Sommerfeld, qui revenait d'Amérique. Le 23 juillet (je m'en souviens parce que j'ai assisté à sa soutenance de thèse), Werner obtient la qualification III, qui équivaut à un *cum laude,* malgré l'opposition de son professeur de physique expérimentale, Willy Wien, qui était un vieil ennemi de Sommerfeld. Sans même célébrer ce succès, peu avant le coup d'État de Hitler à Munich, Heisenberg repartit aussitôt à Göttingen… Il y resta jusqu'en 1924, quand Niels Bohr l'invita à Copenhague, vers la fin de l'année, et ils devinrent les meilleurs alliés du monde. Bohr fit de Heisenberg son général en chef. Depuis leur base à l'Institut de physique théorique de Copenhague, ils livrèrent la grande bataille qui devait faire d'eux les piliers de la physique nouvelle… »

« Raconte-moi… » Sa voix était une eau pure. « J'y tiens. Je tiens à toi.

— Je ne vais pas t'ennuyer avec ça, Irene », répondit-il avant de lui mordiller l'oreille.

Elle frissonna, avant de s'abandonner à nouveau au plaisir inaccoutumé que lui donnait Bacon, et elle revint à la charge :

« Je t'en prie, Frank, gémit-elle. Si tu ne me parles pas de ton travail, je vais avoir l'impression que nous ne partageons que des instants et non pas toute notre vie…

— C'est un secret, en principe, répondit-il, hésitant.

— Parle-moi de ton ami le mathématicien… insista-t-elle en lui caressant légèrement et comme distraitement le ventre, le pénis.

— Links ? demanda Bacon, frissonnant à son tour. Il est extravagant, c'est indéniable, mais pas plus que la plupart des scientifiques que j'ai pu connaître. Si je te parlais de Von Neumann, mon mentor, ou de Kurt Gödel… Princeton n'est qu'une panoplie de manies, d'obsessions, de névroses. De quoi rendre fou un psychanalyste… Oui, comme ça, encore, encore… »

Irene, au contraire, s'arrêta.

« Tu l'aimes bien ?

— Je crois que oui, répondit Frank aussitôt, en espérant qu'Irene allait se remettre à le caresser. Malgré ses excentricités, c'est un type intelligent…

— Ses excentricités ?

— Petite curieuse ! s'exclama Frank, de nouveau attentif au plaisir que lui donnait sa maîtresse. Je ne sais comment le décrire… Il me semble simplement que… Je ne sais pas, je ne parviens pas à le comprendre… Je crois qu'il détient un secret qu'il n'ose pas révéler…

— Et tu as tout de même confiance en lui ?

— Ne t'inquiète pas, répliqua Frank, impatient. Je ne crois pas que ce soit lié à notre travail, mais plutôt à quelque chose qui lui est arrivé dans le passé.

— Peut-être une histoire d'amour qui s'est mal terminée, fit-elle, ironique.

— Il n'a rien voulu me dire, à ce sujet. Il est très réservé, en ce qui concerne sa vie privée. Nous bavardons parfois pendant des heures, mais, en définitive, c'est toujours moi qui lui raconte ceci ou cela.

— Parle-moi de ce que vous faites, demanda encore Irene en jouant avec le sexe de son amant. Que cherchez-vous, exactement ?

— Un scientifique. Quelqu'un qui était très proche de Hitler et qui a réussi à garder l'anonymat, sous un dehors de respectabilité, lui confia Frank, haletant. Oui ! Comme ça, Irene ! On t'a déjà dit que tu as des mains divines ? » Il l'embrassa longuement sur la bouche.

« C'est un physicien comme toi ?

— C'est ce que nous croyons. Tout ce que nous savons de lui, c'est son nom de code, Klingsor. En as-tu entendu parler ?

— Non.

— C'était un démon de la mythologie germanique… Irene ! Je t'adore ! Il apparaît dans un opéra de Wagner… *Parsifal*… »

Elle interrompit une nouvelle fois ses caresses. Irene distillait le plaisir comme s'il s'était agi d'une drogue dangereuse.

« Encore, je t'en prie, implora Bacon, subjugué.

— Continue…

— Comme tu veux. » Et elle se remit à le caresser. « Si nous ne nous trompons pas, c'était Klingsor qui décidait du financement de toutes les recherches scientifiques mises en œuvre dans le Reich, y compris le projet atomique, les expériences effectuées sur les prisonniers, et tout le reste… Oh, oui ! Encore ! Malheureusement, nous ne savons pas grand-chose de plus. Je t'avais prévenue que tu serais déçue. Links est un peu mon guide, dans cette affaire… Oh ! Oui !

— Lui ? »

Oui, moi. Qui d'autre ?

« Oui, lui, gémit Frank, d'une voix brisée. Il connaît mieux que personne l'histoire de la science de ce pays. Il a été le collaborateur de Heisenberg, tu sais ? Il m'a indiqué des pistes inestimables… Sans son aide, je n'aurais pas fait un pas. » Le lieutenant tenait enfin un discours sensé. « Le découvrir a été une sorte de miracle… Peut-être est-il un peu morose et obsessionnel, mais, sans lui, je n'aurais rien trouvé. Nous avançons lentement mais… sûrement. Ah, Irene ! Suivre de son point de vue les progrès de la physique de ce siècle, c'est un peu suivre le fil d'une vaste conspiration… Tous les grands physiciens apparaissent brusquement comme des criminels en puissance… N'importe lequel d'entre eux pourrait être Klingsor.

— Qui soupçonnez-vous, pour le moment ?
— J'ai moi-même du mal à y croire, bien que nos recherches nous orientent vers lui… Heisenberg. »
Frank était sur le point d'atteindre à cet état de conscience que certains appellent une illumination, d'autres une extase religieuse, d'autres encore, non sans vulgarité, un orgasme, quand Irene s'immobilisa soudain.
« Irene, mais qu'est-ce qui t'arrive ?
— Je réfléchis.
— Tu réfléchis ?
— Oui, reconnut-elle. C'est une histoire passionnante, Frank. Tu crois que je pourrais t'aider ?
— M'aider à quoi faire ?
— A éclaircir le mystère…
— Je ne vois pas comment.
— Fais-moi confiance, le pria-t-elle, câline. L'intuition féminine… Laisse-moi te seconder, Frank. A partir de maintenant, tu me feras part de tes découvertes, d'accord ? Je pourrais te donner des idées…
— Je pensais que tout ça ne t'intéresserait pas…
— Au contraire, Frank, ça me passionne !
— Moi, il n'y a que toi qui me passionnes ! s'écria Bacon incapable de se contenir.
— Merci », souffla-t-elle et, au lieu de se servir de ses mains, elle glissa lentement son visage le long du corps de son amant, jusqu'à ce que, enfin disposée à aller jusqu'au bout de son ouvrage, ses lèvres fussent entrées en contact avec la verge impatiente de son amant.

Le jeu de la guerre

Berlin, septembre 1939.

Dans *Mein Kampf,* Hitler avait écrit : « L'Allemagne doit être une puissance mondiale, ou il n'y aura pas d'Allemagne », et il était prêt à mettre en œuvre son message philosophique. *Tertius non datur,* il n'y avait pas de troisième possibilité : la suprématie ou la ruine, ce qui, en 1939, impliquait immanquablement le début des hostilités. Même si son objectif premier a toujours été l'anéantissement de l'Union soviétique — et des Juifs en même temps —, au cours du deuxième semestre de l'année 1939, le Führer décida, ainsi qu'il l'avait annoncé, de déployer ses grandes stratégies. Le 20 août, il envoya un télégramme à son homologue soviétique pour lui demander de faire bon accueil à son brillant ministre des Affaires étrangères, le très singulier Joachim von Ribbentrop. Staline donna aussitôt son accord. Pour Hitler, ce n'était pas qu'une victoire diplomatique, mais aussi la manœuvre qui allait lui permettre de mener à bien son projet de rendre l'Allemagne maîtresse de l'Europe. Son plan était simple : envahir et partager la Pologne avec l'URSS, sous le regard attentif et stupéfait de la Grande-Bretagne et de la France. Cet objectif atteint, il n'allait pas hésiter à se retourner contre son allié et à écraser Staline. Une fois la victoire obtenue à l'Est, il pourrait s'attaquer à l'Occident.

Le 23 août, Ribbentrop et le ministre des Affaires extérieures de l'Union soviétique, Molotov, annoncèrent la signature du pacte germano-soviétique de non-agression et d'assistance mutuelle. La France et l'Angleterre se sentirent trahies. Mais les communistes, qui s'opposaient depuis des années au fascisme, furent encore plus surpris par cette nouvelle. Staline les plongeait dans l'embarras et les incitait même à coopérer avec l'ennemi.

Une semaine plus tard, le 1er septembre, les troupes de Hitler entraient en Pologne avec le consentement de l'Union soviétique qui, de son côté, s'empressa de s'emparer de la partie du pays qui lui avait été attribuée selon le protocole secret du pacte. Comme le Führer l'avait espéré, les Français et les Britanniques se contentèrent d'une déclaration de guerre formelle, et, en une quinzaine de jours, la Pologne devint un pays occupé qui perdit jusqu'à son nom : rayé de la carte, il ne fut plus désigné par les autorités nazies que sous la vague dénomination de « Gouvernement général ».

A la conquête rapide de la Pologne succéda une autre « guerre-éclair », ou *Blitzkrieg,* non moins couronnée de succès : l'annexion au Reich du Danemark et de la Norvège. Après une période de calme tendu, que les Français appelèrent avec un sens de l'humour préoccupant la *drôle de guerre**, Hitler lança l'attaque contre la France le 10 mai 1940. Une percée audacieuse de chars blindés à travers les Ardennes sous le commandement du général Hans Guderian permit de réaliser en quelques semaines ce qui aurait pu prendre des années : la prise de Paris. Six semaines à peine après le début de la campagne, le 22 juin, la France signait l'armistice dans le même wagon du train de Compiègne — remis en état pour cette occasion — où l'Allemagne avait signé sa capitulation en 1919. La vengeance de Hitler était consommée.

Dès le début des hostilités, Heinrich avait été mobilisé, et, après l'invasion de la Pologne, avait rempli divers postes dans les régions occupées, puis était entré dans Paris avec les troupes victorieuses. Pendant près d'un an, il n'obtint que de rares permissions pour aller voir sa femme à Berlin. Excepté ces brèves périodes pendant lesquelles, bien entendu, je refusai de le voir, il demeura loin de son foyer, laissant Natalia en proie au désarroi et au chagrin.

Or, malgré les allures de femme forte qu'elle se donnait, Natalia était fragile et se considérait un peu comme une Gretel muette et solitaire abandonnée même par son fidèle Hänsel. Comme il fallait s'y attendre, elle ne put bientôt plus se passer de Marianne et trouva dès lors refuge chez nous, qui étions apparemment devenus son seul soutien. Je tâchais de la rassurer, d'apaiser ses craintes, mais elle finissait toujours en larmes dans les bras de mon épouse.

Qui aurait pu imaginer que de ces moments de confiance, d'abandon, de soutien amical allait germer une passion sans nom ? Qui aurait deviné que sous ces larmes, ces étreintes, ces caresses et ces témoignages d'affection se cachaient des sentiments inavouables et que les larmes de Natalia naissaient tout autant de cette torture secrète que du chagrin provoqué par l'absence de son mari ?

Je ne l'aurais moi-même jamais deviné. En dépit des joyeuses virées de notre jeunesse pendant lesquelles les contacts sensuels entre nous quatre frisaient l'indécence, nous étions depuis bien longtemps devenus des adultes sérieux, conscients de leurs responsabilités, honnêtes, respectueux des règles de la courtoisie et du mode de vie que la société hitlérienne s'était chargée de nous imposer. Moi qui n'étais plus alors amoureux fou de Marianne, je me considérais comme un mari fidèle : qui aurait pu me reprocher quelques escapades nocturnes sans conséquence ? D'où avaient donc pu sortir les émotions déchirantes qui s'emparèrent de nous au début de la guerre ? Comment nos sentiments avaient-ils pu changer, s'éteindre ou se corrompre au point de nous inciter à abandonner sans la moindre honte nos façons d'être et à vivre chaque jour comme s'il devait être sans lendemain ? La guerre et la menace d'une mort prochaine avaient-elles pu nous dépouiller si complètement de nos attaches, de nos convictions, de nos peurs ?

Je ne saurais décrire exactement comment tout cela a commencé. Même à présent, le souvenir de ces heures est encore cuisant, aussi douloureux qu'une blessure qui ne se cicatrise pas ; les années ont beau passer, elle est toujours à vif, elle saigne encore… Si nous n'y avions pas attaché autant d'importance, ou si nous avions mieux su faire semblant, ou si nous avions été plus forts, plus fermes, peut-être tout cela ne se serait-il pas produit… Mais il n'en est pas allé ainsi. Tous trois, Marianne, Natalia et moi, nous avons succombé au désir, construit notre propre monde, régi par nos propres lois et nos propres compromis, en marge de la réalité de la guerre. Nous avons tôt fait d'ignorer ce qu'en pensaient les autres — et ce qui est plus grave, ce que nous en pensions nous-mêmes —, prêts comme nous l'étions à n'obéir qu'à nos penchants. Bien vite, nous n'avons plus été des êtres sociaux, distingués et policés, mais des forces en conflit, des énergies déchaînées et incompréhensibles lâchées sur un territoire vierge et inconnu. Nous obéissions alors aux caprices de nos instincts, à notre désir désespéré de survivre, à notre angoisse et à nos sensations primordiales, insoucieux des normes et des conventions. Nous nous laissions emporter par l'élan de nos âmes et par ce que nous croyions être l'amour, l'amour véritable.

Tout a commencé un soir de juin 1940 semblable à tant d'autres, un soir de chaleur sèche dépourvu de charme. Natalia et Marianne, dans la bibliothèque, parlaient de ce qui était alors notre quotidien : la guerre, la peur, la mort... Pendant ce temps, dans mon bureau, je peinais sur certains calculs qui me résistaient depuis quelques jours. Brusquement, je perçus le silence pesant qui m'environnait ; tout bruit avait disparu, englouti dans une sorte de calme fantomatique. J'avais l'impression que l'on aurait pu entendre une plume tomber, et je me sentais mal à l'aise, accablé par la chaleur et intrigué par ce calme inhabituel.

Sans troubler le silence régnant, je me dirigeai vers la bibliothèque, curieux de savoir ce que pouvaient bien faire ma femme et notre amie. J'arrivai discrètement devant la porte, je l'entrouvris sans bruit et, tel est pris qui croyait prendre, toute la surprise fut pour moi. Je crus tout d'abord que Natalia, une fois encore, se répandait en larmes, et que Marianne la caressait pour la consoler, mais je dus bientôt me rendre à l'évidence : elles étaient couchées côte à côte sur le divan, leurs mains enlacées et leurs lèvres jointes.

Je n'avais pas la berlue : les mouvements de leurs bouches, de leurs langues et leurs souffles courts m'en donnèrent la preuve. La vérité pure et nue que rien ne m'avait laissé pressentir me coupait le souffle. Je me sentis pétrifié. Que devais-je faire ? Prétendre n'avoir rien vu et me retirer discrètement ? Révéler ma présence et provoquer une gêne aux conséquences imprévisibles ? De plus, je me sentis aussitôt très excité, dans mon rôle de *voyeur** involontaire. C'était plus fort que moi. Mon corps réagissait sans me demander mon avis, un peu comme les leurs, sans doute. Je sentis une complicité secrète s'établir entre elles et moi, une sorte de lien plus puissant que l'amour ou la fraternité ou la culpabilité que j'avais jusqu'alors connus... Intimidé, troublé, je m'esquivai avant qu'elles n'eussent remarqué ma présence. Un peu plus tard, Natalia vint comme tous les autres soirs me dire au revoir, mais je ne pus m'empêcher de la regarder comme je ne l'avais encore jamais fait, comme si mon imagination avait tout à coup pris le mors aux dents, balayant l'image de la jeune fille que je cultivais encore pour m'imposer celle d'une femme mûre maîtresse de ses actes et de ses passions, d'une rebelle hardie et superbe.

« Je suis heureux que nous puissions faire quelque chose pour elle, dis-je à Marianne sans une ombre d'ironie. Elle peut au moins être sûre de toujours pouvoir compter sur nous. »

A ce moment-là, je savais déjà que notre vie ne serait plus jamais ce qu'elle avait pu être.

Werner Heisenberg, ou de la tristesse

Göttingen, février 1947.

Il y avait au moins deux ans que Bacon ne l'avait pas vu, mais il lui semblait que des siècles s'étaient écoulés depuis lors. Un univers séparait le clair matin où les membres de la mission *Alsos* avaient trouvé Heisenberg dans sa villa des environs d'Urfeld puis procédé à son arrestation et cet autre matin, plus froid, où le lieutenant Bacon frappa à la porte de son bureau, dans le nouvel Institut de physique de Göttingen qui avait remplacé l'Institut Kaiser Wilhelm et pris le nom de Max Planck. Bacon se demandait si Heisenberg reconnaîtrait en lui le soldat qui l'avait accompagné dans un véhicule blindé à la fin de la guerre ; il éprouvait même une vague honte, venue du sentiment de l'avoir outragé, alors, en le séparant de sa famille comme s'il n'était qu'un simple prisonnier de guerre et en le surveillant tandis qu'il parcourait avec lui une partie de l'Europe dévastée. Peut-être est-ce pour cette raison que Bacon se garda bien de me dire qu'il avait obtenu un rendez-vous avec le physicien.

Peut-être m'étais-je trop avancé en disant à Bacon que Heisenberg semblait avoir bu à la fontaine de Jouvence, parce que, cette fois, le physicien lui parut profondément marqué par les ravages du temps. Les cheveux de Heisenberg étaient encore d'un blond tirant sur le blanc, mais son visage était celui des enfants malades qui vieillissent du jour au lendemain. Les pénuries de la guerre, la défaite et le fait que les Alliés avaient mené à bien le projet atomique avant lui l'avaient profondément atteint. Depuis la fin de la guerre, quelque chose était mort en lui — la confiance, le sentiment d'être l'élu des dieux — et si, avant la guerre, il faisait déjà figure d'introverti et de taciturne, à présent, il était presque impossible de lui arracher la moindre confidence, le moindre propos spontané, ou d'approcher même de loin son intimité. Il était poli, même courtois, sec et direct, mais en rien affable. Son amabilité n'était qu'une obligation à laquelle il ne pouvait se soustraire, produit d'une éducation altière, plus que désir de complaire à son interlocuteur... Ses yeux bleus, qu'il entrouvrait à peine, étaient devenus le reflet même de la tristesse ; ils demeuraient éteints, rétifs, et celaient à grand-peine les déserts de mélancolie de son cœur. S'il avait été quelqu'un de moins austère, de moins rigoureux ou de moins inspiré, il aurait sombré depuis longtemps dans le désespoir et l'apathie. Seule sa volonté de fer, tellement germanique, l'attachait à son poste, à son travail pour l'avenir de l'Allemagne, auquel il se consacrait avec la même obstination aveugle qu'il avait pu mettre à œuvrer pour Hitler. Heisenberg reçut donc Bacon sans enthousiasme, pour faire son devoir, et sans nul apparat. Aucun des deux ne fit la moindre allusion à leur première rencontre.

« Vous avez fait vos études à Princeton.

— A l'université, tout d'abord, puis à l'Institut des hautes études, confirma Bacon.

— Un endroit merveilleux », dit Heisenberg avec une certaine nostalgie.

Il avait laissé passer l'occasion de travailler aux États-Unis, loin de Hitler et de la guerre ; de nombreux amis émigrés lui avaient fait des offres, s'étaient montrés aussi convaincants que possible, mais, en définitive, il s'était dérobé : il devait rester en Allemagne, dans sa patrie. Il n'était pas un déserteur et, en fait, il n'avait rien à craindre.

« Quel privilège, d'avoir pu côtoyer Einstein, Gödel, Pauli…

— Pauli, je ne l'ai pas rencontré, reconnut Bacon. Il est arrivé à Princeton après mon engagement dans l'armée… Mais les autres, oui. C'est vrai que c'est un grand privilège. Je travaillais sous la direction de Von Neumann… »

Heisenberg ne fit aucun commentaire, comme si la seule mention de ces hommes le réduisait au silence et que n'importe quelle déclaration pouvait jouer contre lui.

« Je ne voudrais pas trop vous importuner, monsieur. Comme je vous l'ai dit, je suis physicien, mais c'est plutôt en historiographe que je suis venu vous poser quelques questions. Je prépare une monographie sur la science en Allemagne au cours des vingt dernières années. » L'euphémisme était des plus malhabiles ; il aurait mieux fait de parler ouvertement et de dire : sous le régime nazi. « Et je puis difficilement, poursuivit-il, traiter ce sujet sans avoir recours à vous…

— Je suis à vos ordres, monsieur Bacon. Vous savez que je suis très occupé, mais je trouverai toujours un moment pour répondre à vos questions.

— Je vous remercie. Ce n'est pas pour moi tâche facile. J'ai toujours admiré vos travaux et jamais je n'aurais cru vous rencontrer un jour en semblables circonstances.

— Ne vous tourmentez pas. Aucun d'entre nous n'aurait pu le prévoir.

— Je tiens à ce que vous sachiez que j'apprécie infiniment votre compréhension, monsieur. » Bacon en rajoutait beaucoup trop. « Si vous le voulez bien, j'aimerais que nous parlions du professeur Stark…

— J'ai déjà dit tout ce que je savais à son sujet, je regrette… » Il y avait dans la formulation de Heisenberg un soupçon de mépris. « Lors de son procès, j'ai servi de témoin, vous n'avez qu'à lire les minutes, si c'est là ce qui vous intéresse…

— Je l'ai fait, monsieur. Et je vous assure que je n'ai pas l'intention de vous faire perdre votre temps, mais il est nécessaire que nous en parlions de vive voix, et c'est pour cela que je me suis permis de vous déranger.

— Est-ce vraiment nécessaire ?

— J'ai bien peur que oui. »

Heisenberg se renversa sur son siège et pressa ses paumes l'une contre l'autre. Combien de fois allait-il devoir répéter la même histoire ? Combien de fois avait-il dû parler de son conflit avec Stark ?

« Posez vos questions et je tâcherai d'y répondre du mieux que je le pourrai.

— Très bien. » Bacon tira de ses poches un stylo et un carnet qu'il feuilleta pendant quelques instants, avant de demander : « Quand avez-vous commencé à vous opposer à Stark ?

— Vous devriez plutôt dire : quand Stark a-t-il lancé ses attaques contre moi.

— C'est cela.

— J'y ai longuement réfléchi. Tout d'abord, j'ai cru qu'il s'agissait d'attaques personnelles. Mais elles ont été trop nombreuses, et trop acharnées, à une époque où encourir la condamnation de Stark pouvait entraîner les difficultés les plus graves, dit Heisenberg sur un ton qui se voulait sec et dépassionné. Une accusation comme celle qu'il a lancée contre moi, publiée par un journal nazi, équivalait à une relégation à vie… Toutes les portes se sont fermées devant moi, ma sécurité et celle de ma famille ont été menacées.

— Mais ce n'est plus ce que vous croyez à présent.

— A présent, je crois que la colère de Stark était dirigée contre tous ceux qui ne pensaient pas comme lui. En fait, après avoir obtenu le prix Nobel, il est devenu un physicien de deuxième ordre. A la suite de cette reconnaissance mondiale, sa carrière n'a plus été qu'une succession d'échecs... Alors, il a adhéré au parti nazi et soutenu Hitler... Comme tous les nazis, il haïssait ceux qui, à ses yeux, pouvaient porter tort à l'Allemagne... Et qui méritait sa haine ? Pour Stark, c'était très clair : tous les physiciens attachés à la nouvelle science, à la théorie quantique, c'est-à-dire à tout ce qu'il était désormais incapable de comprendre, les domaines de recherche où il n'avait plus aucun espoir de briller...

— Pensez-vous que c'était une simple question de ressentiment ?

— De rancune. Et d'amertume. Mais il y avait aussi une question de fond. Une approche de la physique qui ne cadrait plus avec la nôtre, je pense à celle adoptée par Planck, Einstein et ceux qui leur ont emboîté le pas... Pour lui, ce n'étaient que des abstractions mathématiques qui ne reflétaient pas la nature du monde... En vérité, il ne possédait pas les connaissances suffisantes pour pouvoir la comprendre.

— C'était un scientifique médiocre ?

— Non, c'était un être vil. » Heisenberg fut apparemment inquiet d'avoir lancé cette affirmation. « Son prix Nobel a prouvé qu'il était compétent. Mais, malheureusement pour lui, il avait deux handicaps : son égoïsme et sa mesquinerie... Dans son désir de relancer ce qu'il appelait la physique expérimentale ou pragmatique, il n'a pas hésité à jeter l'opprobre sur ceux qui, comme moi, s'attachaient à faire progresser la physique théorique qui, à ses yeux, n'était que dogmatique... Et il y avait encore, bien sûr, son antisémitisme. C'est ce qui l'a poussé à concevoir la *Deutsche Physik,* qui a eu tant de conséquences néfastes.

— En juillet 1937 a paru dans *Das Schwarze Korps* un article sans signature, dans lequel on vous insultait en vous traitant de "Juif blanc", et par la suite, Stark en a signé d'autres, sous les titres : "La science a commis des erreurs politiques", ou "Les Juifs blancs et la science" ou encore : "L'esprit pragmatique et le dogmatisme en physique", ce dernier publié dans la revue anglaise *Nature.* Quels effets ont-ils produits sur votre carrière, monsieur ?

— J'étais alors titulaire d'une chaire à l'université de Leipzig, mais mon intention d'occuper le poste que mon maître, Arnold Sommerfeld, laissait vacant à l'université de Munich n'était un secret pour personne… L'attaque de Stark m'a purement et simplement éliminé de la compétition. Il a fini par obtenir ce qu'il voulait : le poste a été attribué à Wilhelm Müller, l'un des adeptes de la *Deutsche Physik.* Et puis, songez à la tension dans laquelle j'ai vécu dès lors, au discrédit qui a pesé sur moi, aux menaces… Les SS ont lancé une enquête dirigée contre moi… Ç'a été un enfer, monsieur Bacon.

— Et qu'avez-vous fait ?

— La seule chose que je pouvais faire. Résister. Démontrer le bien-fondé de mes arguments. Laver mon nom de ces taches.

— Finalement, on vous a rendu justice.

— Pour une fois, oui.

— Grâce à l'appui de Himmler, qui est intervenu en votre faveur…

— Grâce au fait que, pour une fois dans l'histoire, un membre du gouvernement s'est avisé qu'une injustice avait été commise… »

Bacon se rendit compte qu'il était temps de passer

à un autre sujet. Il ne voulait pas heurter trop tôt Heisenberg.

« Au cours des procès de dénazification qui ont suivi la guerre, Stark a proclamé qu'il devait être innocenté. Pourtant, le tribunal de Traunstein l'a condamné à quatre ans de travaux forcés. Stark a fait appel et a comparu devant un tribunal de Munich, pour y répondre de trois charges relevées contre lui : premièrement, ses activités politiques dans la région de Traunstein, deuxièmement, le soutien qu'il avait apporté à Hitler et aux nazis en 1933, et, troisièmement, son rôle en tant que président de la Fondation pour la recherche et en tant que directeur de l'Institut impérial de physique et technique. La cour d'appel a écarté les deux premières accusations pour défaut de preuves, et seule la troisième charge a été retenue contre lui, celle concernant son rôle dans la politique de recherche scientifique. C'est alors que, comme vous l'avez dit, vous avez comparu comme témoin. Pouvez-vous me dire ce que vous avez déclaré, monsieur ?

— Ne m'avez-vous pas dit que vous aviez lu les minutes du procès ? fit Heisenberg avec une grimace de dégoût. Enfin, n'importe. Je vais le répéter encore une fois. On m'a interrogé sur deux points : pour déterminer, un, si la différence entre physique dogmatique et physique théorique telle qu'elle avait été énoncée et défendue par Stark avait un fondement antisémite et, deux, si Stark avait joué un rôle prépondérant dans la condamnation de la théorie de la relativité pendant le Troisième Reich. Au nom de la vérité et sous serment, j'ai répondu qu'à mon avis Stark n'était pas un antisémite forcené mais un homme ébloui par le pouvoir. »

Bacon consulta ses notes.

« Je lis ici que le tribunal a également demandé à Einstein de se prononcer. Lui aussi a admis que Stark était paranoïaque et opportuniste, mais qu'il n'était pas véritablement antisémite. »

Heisenberg garda le silence. Il n'avait aucun commentaire à faire.

« Pourquoi ? insista Bacon, incrédule. Pourquoi Einstein et vous l'avez-vous défendu ?

— Stark était l'un des rares scientifiques qui avaient toujours soutenu Hitler, répondit Heisenberg. Ses fautes étaient évidentes…

— Et c'est pour cette raison que vous avez déclaré que Stark et Lenard étaient les seuls responsables de la création de la *Deutsche Physik,* et, par conséquent, les détracteurs permanents de la théorie de la relativité.

— C'est exact.

— Paradoxalement, la cour d'appel de Munich a déclaré qu'elle n'était pas compétente pour juger d'un débat scientifique et elle a commué la peine de Stark à une amende de mille marks…

— Tout cela est bien connu.

— Le professeur Stark est libre, s'estime innocent et soutient même qu'il a toujours défendu la science contre les immixtions de la bureaucratie nazie, et celles des SS tout particulièrement. Il se prend pour une sorte de héros…

— Il a toujours été mégalomane et s'est toujours considéré comme une victime.

— Une victime de qui ?

— Des Juifs, tout d'abord, puis des nazis qu'il n'a jamais cessé de défendre. Que voulez-vous que je vous dise ? Heureusement, à présent, la vérité s'impose…

— Ce qui revient à dire que les nazis lui ont tourné le dos.

— Oui, si vous voulez.

— Et pour quelle raison ? demanda Bacon en

jouant l'ingénu. A-t-il fait quelque chose qui leur a déplu ? S'est-il opposé à leur politique ?

— Je crois qu'après l'avoir toléré pendant quelques années, les autorités du parti se sont avisées que Stark n'était pas un scientifique très compétent.

— Que voulez-vous dire ?

— Que c'était un faiseur. Que la *Deutsche Physik* n'était qu'un étalage de rhétorique.

— Et les nazis voulaient des résultats.

— Bien entendu.

— Ils ont donc estimé que Stark ne leur était d'aucune utilité, et ils l'ont tout simplement oublié. »

Heisenberg hocha la tête en signe d'assentiment.

« Alors, ils se sont adressés à vous, aux "émules d'Einstein" pour le remplacer.

— Il n'y a qu'une science véritable, monsieur Bacon. A la longue, n'importe qui aurait fini par se rendre compte que c'était nous, et pas lui, qui étions dans le vrai.

— Son échec a été scientifique, non pas idéologique.

— Exactement.

— Je vous remercie de m'avoir reçu, monsieur, dit Bacon. j'espère ne pas vous avoir trop importuné.

— Non, non, absolument pas. Mais reconnaissez tout de même que la science, aujourd'hui, a des tâches plus importantes à remplir... De toute manière, je reste à votre disposition... »

Les vagues, aussi hautes que des tours, se fracassaient contre les roches, semblables à des divisions d'eau qui tentaient d'abattre les murailles du littoral, millions de molécules, centaines de millions d'atomes montant, sans faire de quartier, à l'assaut de ces barrières qui, malgré la violence du vent et de la tempête, semblaient résister à leurs assauts. L'océan n'est que ténèbres qui s'étendent jusqu'au bout du monde ;

au-dessus, un ciel grisaillé, enflé, palpitant, contemple les batailles innombrables qui se livrent au bas des falaises. Rien d'étonnant à ce que l'on ait associé les voix de la mer aux chants des sirènes : en s'engouffrant dans les cavernes et en frappant les promontoires, en tombant en piqué sur les arêtes vives des caps qui semblent avoir été tranchés par les géants, le vent se répand en hurlements presque humains.

Les côtes de la Basse-Saxe s'étendent bien au-delà de l'aire où court, véloce, la tempête. L'île tremble comme une arche malmenée, malgré sa large assise sur la plaque continentale ; son éternelle ennemie, la mer, repart inlassablement à l'attaque, sape ce coin de terre isolé et sauvage. Une déchirure de lumière plombée et rasante — tout juste un filet, un fin profil modelé par les quanta — éclaire la brume et en fait surgir des silhouettes de navires naufragés, de spectres errants, de monstres sanguinaires et de pirates à la dérive... alors, l'île ressemble au ventre d'un énorme et paisible cétacé, bien vivant, lui, qui défie les éléments et se repaît en silence de plancton et d'algues.

La tempête s'apaise peu à peu, ravalée par les courants marins, et l'univers entreprend son difficultueux retour au calme. Les adversaires ombrageux, la mer et la terre, retournent à leurs plans de bataille, une fois obtenue la trêve pendant laquelle on soigne les blessés. Un dieu bienveillant semble vouloir fêter le nouvel accord, car les nuages épais se déchirent et déploient les rutilances d'un coucher de soleil qui se coulent entre les pins de l'île et font d'elle, pour les navires qui croisent au large, un incendie inouï au sein des eaux. Un pâle soleil moribond se couche dans les bras cristallins du soir.

Un regard plus attentif permet de découvrir la silhouette d'un homme immobile au sommet d'un rocher, pareil à un gardien du ciel. Peut-être est-ce un homme jeune couvert d'une gabardine qui se tient là, seul, pour pouvoir témoigner du miracle advenu, un observateur qui assiste, impassible, à l'affrontement sans merci et à la trêve des armes survenus en quelques heures. Ce n'est que le début de l'été, mais les météores pleuvent sur l'île avec une singulière violence. Le jeune homme joint fortement ses doigts gourds, et n'importe qui dirait, en le voyant, qu'il s'apprête à prier. En fait, beaucoup plus modeste, il se contente de souffler dessus, produisant ainsi un petit nuage de vapeur qui ne tarde pas à se dissiper. Au loin, le soleil a disparu — et qui pourrait affirmer qu'il réapparaîtra jamais ? — mais, comme pour récompenser sa longue patience, de chétives lucioles parsèment le gouffre noir de la nuit. Aux yeux du jeune homme, elles sont innombrables, languissantes et dans l'expectative de quelque mystère. Qui pourrait nier qu'elles soient faites de la même matière que nous, qu'au centre de chaque étoile les électrons dansent au rythme de la musique des sphères et que la véritable harmonie de l'empyrée réside dans les transmutations qui s'opèrent au cœur de ces creusets errants ?

Un sourire énigmatique se dessine sur le visage du jeune guetteur, dont les traits d'enfant ne peuvent appartenir qu'à Werner Heisenberg, le *Wunderkind* de Munich. C'est le dernier jour qu'il passe sur l'île, et, malgré la mélancolie qui le gagne, il éprouve la satisfaction du devoir accompli. Il peut lui aussi chanter victoire, après avoir terrassé des démons aussi puissants que les anges errants des profondeurs qui l'environnent. A l'intérieur de sa tête — métaphore plutôt fâcheuse — une mutation s'est produite, semblable à celle qui s'est opérée sous ses yeux quelques instants plus tôt. Un astre est mort et, à sa place, des centaines d'autres astres plus petits mais tout aussi somptueux sont nés à une vie nouvelle. Pendant dix jours, Heisenberg a affronté son plus terrible ennemi, celui qu'il rencontre chaque fois qu'il se regarde dans un miroir : l'impatience. Pendant ces dix jours, comme le faisaient les ermites de jadis, il s'est tenu à l'écart des tentations du siècle. Si saint Siméon le Stylite a constaté que l'univers tout entier pouvait tenir au sommet d'une colonne et si saint Jérôme a préféré la compagnie d'un lion à celle des hommes, c'est parce qu'ils savaient que les grandes révélations n'adviennent que dans la solitude recueillie des déserts. Cette retraite dans une île minuscule de la mer du Nord, à des centaines de kilomètres de ses pairs, a été pour Heisenberg, c'est-à-dire pour quelqu'un capable de percer les mystères sublimes de la physique, une grotte et un paradis.

Jamais il n'oserait appeler ce qu'il vient de vivre une illumination, mais, dans le fond de son âme, il sait que c'est là le mot juste. L'origine de la révélation a été la lumière dure de l'île. Il lui est enfin possible de poser les dernières pièces du puzzle que constitue l'univers : elles s'emboîtent parfaitement les unes dans les autres, ce qui demeurait irrésolu s'est évanoui, semble n'avoir jamais existé, comme s'il ne s'était agi que d'une simple erreur de perspective, d'une fausse appréciation des lois naturelles. Quoi de plus bouleversant que l'instant où l'on comprend ?

Pendant ces journées de travail frénétique, les idées l'ont assailli en tourbillons ou comme une maladie foudroyante qui aurait fait de lui une machine à accoucher les pensées. Il n'a pu dormir un seul instant ni arrêter de réfléchir, de décomposer et de recomposer l'univers, de se battre avec les raies spectrales des éléments, aussi anodines qu'extravagantes, de recourir aux mille et un modèles mathématiques possibles jusqu'à obtenir une configuration cohérente et précise du cosmos. Enfin, au moment où il se sentait sur le point de défaillir, dans une chemise imprégnée d'une sueur vieille de quelques jours, les cheveux ébouriffés, le menton envahi par la barbe, il s'est avisé qu'il avait réussi. Il était à bout de nerfs, mais il avait obtenu ce qu'il voulait...

Maintenant, Heisenberg rit aux éclats, comme il ne le fera jamais plus en présence de quiconque. Il se tord de rire, comme un benêt, en comprenant enfin le sens de sa quête, en s'avisant que, sans le vouloir, il a découvert le trésor qu'il cherchait depuis son enfance... La plupart des scientifiques n'y verront sans doute qu'un palliatif mathématique, un éclair de génie ou une formule que l'on peut toujours améliorer, mais lui est certain qu'il s'agit là de quelque chose de beaucoup plus important... De la perfection.

Il reprend sans hâte le chemin de l'auberge, qui se trouve à la pointe méridionale de l'île. Il n'est plus pressé. Ce n'est que le lendemain, quand il retournera à la civilisation, qu'il éprouvera le besoin urgent d'annoncer sa découverte. Un prophète n'est rien sans auditoire. Avant de regagner Copenhague, Göttingen ou Munich, il va s'arrêter à Hambourg, pour tâcher de convaincre Pauli, faire de lui le premier de ses émules, le prophète du formalisme matriciel... En attendant, il va passer une dernière nuit à Helgoland, une ultime nuit de veille, dans sa petite chambre, à l'abri du vent de la nuit, sain et sauf.

« Je l'ai fait sous le coup d'une inspiration, Gustav », disait Bacon, en essayant encore une fois de se faire pardonner son impolitesse, tandis que, de mon côté, je jouais mon rôle de l'ami offensé. « Je viens de vous le dire : la première fois que je l'ai rencontré, ç'a été pour l'arrêter, sans échanger un traître mot avec lui, en le tenant à distance et en gardant un silence accusateur... J'ai éprouvé le besoin de le voir seul à seul, de me faire pardonner, en quelque sorte, le comportement que j'avais alors adopté...

— Vous n'avez pas à vous excuser, lieutenant, il me semble, lui dis-je avec le plus grand sérieux. C'est chose faite, de toute façon. Puis-je savoir de quoi il a été question ?

— Je n'ai pas voulu l'alarmer en lui faisant part de nos soupçons.

— Alors, vous avez parlé de la pluie et du beau temps ? De la physique ?

— De Stark, répondit Frank, ignorant ma provocation.

— Je suppose qu'il vous aura servi une fois encore sa petite chanson : Stark, Lenard et compagnie, les défenseurs de la *Deutsche Physik,* ont été les seuls scientifiques allemands à collaborer ouvertement avec Hitler… Et nous, tous les autres, nous nous sommes contentés de faire notre travail, en nous gardant de toute implication politique.

— Je sens de la contrariété dans votre voix, Gustav. Auriez-vous une autre version des faits à me proposer ?

— Il me semble que la vérité est décidément plus volatile que le mensonge.

— Considérez-vous toujours Heisenberg comme un ami ?

— Je ne lui parle plus depuis mon arrestation, si vous voulez tout savoir. Du moins, pas comme je le faisais avant.

— Puis-je vous demander pourquoi ?

— Je vous répondrai par une comparaison mathématique, fis-je en esquissant un sourire. Quand deux droites se sont croisées à angle droit, elles ne se rencontrent plus, aussi loin qu'on les prolonge…

— A moins que l'espace dans lequel elles s'inscrivent ne soit une sphère, Gustav, précisa Bacon, non sans ironie.

— Peut-être ma parabole n'était-elle pas la mieux choisie, admis-je. Mais même dans ce cas, vous en avez saisi le sens.

— Et lui, de son côté, n'a pas cherché à vous voir ?

— Werner ? Faire une chose pareille ? Vous n'y songez pas. Le passé lui pèse tant qu'il fait tout ce qu'il peut pour s'en garder.

— Pourquoi tenir un discours aussi ambigu ?

— Ce n'est pas mon discours qui est ambigu, lieutenant, mais les faits. Le comportement des uns et des autres. Faites la lumière sur celui du vertueux Heisenberg pendant la guerre, et vous saurez à quoi tiennent mes soupçons.

— Pourquoi ne pas parler ouvertement, monsieur Links ? Nous nous sommes promis que la confiance régnerait entre nous. »

Je m'éclaircis la gorge. Je n'avais pas l'intention de répondre à sa question.

« Werner vous a-t-il raconté comment l'affaire s'était terminée ? demandai-je au bout d'un moment.

— Oui, je lui ai posé la question, et il a reconnu avoir reçu l'appui de Himmler. Il a ajouté, *grosso modo,* que c'était l'un des rares cas où un individu avili s'était montré juste... »

Je ne dis rien. Je voulais que l'importance de cette déclaration s'imposât d'elle-même, sans que j'eusse à la souligner d'un commentaire sarcastique.

« Répondez-moi franchement, Gustav, dit alors Frank sur un ton qui se voulait plus amical qu'impérieux. Pensez-vous que Heisenberg ait quelque chose à cacher ?

— Frank, fis-je en pesant soigneusement mes mots, nous avons tous quelque chose à cacher, même vous. Ou moi. Un secret, une erreur commise dans notre passé, une faute que nous tâchons d'expier en silence, un méfait que nous préférons ensevelir dans l'oubli... Werner ? Ma foi, sincèrement, je crois qu'il cache beaucoup de choses...

— Dites-moi lesquelles, alors ! Il vaut mieux que je sache...

— C'est à lui qu'il faut le demander, Frank, fis-je, l'interrompant. Moi, je ne peux plus le voir…

— Gustav, je vous en prie…

— Je vous ai dit tout ce que je sais, lieutenant, répondis-je, abruptement. Il est temps que je m'en aille. J'ai autre chose à faire. Je ne peux passer ma vie à courir après des fantômes… Vous m'excuserez… »

« Je n'arrive pas à le comprendre, Irene. » Frank était couché sur le ventre, nu, au milieu du lit ; Irene assise sur les fesses de son amant, lui massait la nuque et les épaules, de ses mains fines et calleuses.

« Links ne me plaît pas, je te l'ai dit, fit-elle.

— Il est vexé que je sois allé voir Heisenberg sans le prévenir. Comme si j'avais besoin de sa permission ! »

Elle promenait maintenant ses doigts sur le cou de Frank, en une sorte de caresse brusque.

« Que t'a-t-il dit ?

— Il a insinué que Heisenberg avait des choses à cacher.

— C'était pour te dérouter. Il t'en veut de l'avoir laissé à l'écart.

— Non. Si tu avais vu sa tête à ce moment-là, tu aurais compris qu'il disait la vérité. Je suppose qu'il s'est passé quelque chose entre lui et Heisenberg. Peut-être au moment où Links a été envoyé en prison.

— Tu veux dire que Heisenberg l'aurait trahi d'une manière ou d'une autre ?

— C'est bien possible. Goudsmit, mon ancien chef, pensait lui aussi que sous ses dehors d'honnête homme et de sage, Heisenberg était en fait quelqu'un de timoré et de mesquin, incapable de tenir tête aux nazis…

— Crois-tu vraiment qu'il peut être Klingsor ?

— Je ne sais pas, Irene.

— Pourquoi ne pas interroger quelqu'un d'autre, à son sujet ? Je veux dire un autre physicien, qui pourrait te parler de lui et de ses rapports avec les nazis ?

— A qui penses-tu, exactement ? demanda Bacon, surpris.

— Ne m'as-tu pas dit qu'un autre physicien avait découvert en même temps que Heisenberg la physique quantique ?

— Oui. Schrödinger. Il a été, à une époque, le principal adversaire de Heisenberg et de Bohr… Il y a eu entre eux une sorte de compétition, pour établir quelle était la théorie la meilleure… Heisenberg avait découvert à Helgoland le formalisme matriciel, et, à peine quelques semaines plus tard, Schrödinger découvrait à Arosa la mécanique ondulatoire… Ils se sont livré une sorte de guerre à outrance, qui a eu une conclusion inattendue. Au moment où la polémique était la plus virulente, Schrödinger, en véritable Salomon de la science, a démontré que les deux théories étaient équivalentes, bien que formulées différemment… Du jour au lendemain, le combat est apparemment arrivé à son terme. Bien qu'il ne fût pas juif, Schrödinger a été en butte à des attaques nazies peu avant la guerre et, par la suite, il a eu toutes les peines du monde à s'exiler à Dublin, où il a fondé un Institut de recherche semblable à celui de Princeton…

— Et il est encore là ? » Irene, en posant cette question, eut un sourire malicieux, tout en poussant Bacon à se retourner sur le dos.

Elle le regarda alors avec la plus grande détermination, avant de se laisser prendre.

« Dis-moi ce que tu as dans la tête, fit-il.

— Je ne connais pas Dublin. »

« Où ? demandai-je à Bacon, tandis que je sentais la panique me gagner.

— A Dublin, vous dis-je.

— C'est de la folie, répétai-je.

— C'est aussi mon avis, Gustav, mais essayons tout de même. Ça en vaut peut-être la peine.

— Vous croyez que Schrödinger a quelque chose d'intéressant à nous apprendre ? Vous ne le connaissez même pas…

— Je n'en sais rien, mais je verrai bien. » Bacon était amoureux de la manière la plus flagrante, la plus extrême, la plus aveugle. Il n'en ajouta pas moins : « Voulez-vous venir avec nous ?

— Nous ?

— Irene et moi…

— Lieutenant, je ne voudrais pas jouer les trouble-fête… Il s'agit d'une mission officielle, je ne crois pas qu'il serait bien vu que vous vous rendiez à Dublin en compagnie de quelqu'un qui ne participe pas directement à votre enquête…

— J'attends votre réponse, Gustav, fit-il, en me coupant la parole. Voulez-vous nous accompagner ?

— S'il le faut absolument…

— Au cas où vous auriez mieux à faire ici, je ne vous le reprocherais pas, fit-il, et je perçus la menace dans sa voix.

— Non ! m'exclamai-je, cédant du terrain. J'irai avec vous.

— Très bien. Je vais m'occuper des préparatifs. »

Les dangers de l'observation

Berlin, juillet 1940.

L'un des problèmes les plus extravagants qu'entraîne l'application de la théorie quantique est le nouveau rapport qui s'établit entre le scientifique qui observe la réalité et la réalité ainsi observée. Pour la physique traditionnelle, ce problème ne s'est jamais posé : d'un côté de la barrière, il y a le monde et tous ses mystères, de l'autre, le physicien attentif qui s'efforce de les dévoiler, et pas la moindre raison, dans ces conditions, pour que l'affaire tourne mal. Tant que notre devoir consiste à mesurer, calculer, prévoir, corriger, le rôle de l'objet de notre étude, le monde, demeure fondamentalement passif : permettre les mesures, les calculs, les prévisions et les corrections. Et tout va pour le mieux dans le meilleur des mondes.

Dès 1925, ce modèle a périclité. Les découvertes liées à la théorie quantique ont forcé les scientifiques à reformuler les méthodes d'observation et de mesure qui semblaient jusqu'alors satisfaisantes. Pour la physique nouvelle, le rapport entre l'observateur et l'objet observé échappait au principe d'indépendance de la mécanique newtonienne. Le physicien ne se bornait plus à examiner le monde subatomique, parce que l'on découvrait que, en mesurant l'objet, on agissait sur l'objet mesuré. En d'autres termes, quand un scientifique étudiait la réalité, celle-ci changeait et devenait, une fois étudiée, très différente. D'aucuns en furent épouvantés. Le scientifique n'était plus innocent : sa vision, son approche altéraient l'ordre de l'univers.

Deux ou trois fois par semaine, je subissais la même torture. Natalia et Marianne se retrouvaient dans la bibliothèque, indifférentes à ma présence, pour échanger des secrets à voix basse et se livrer à des plaisirs dont j'étais exclu. J'avais tout d'abord cru que ce qui s'était produit le jour où je les avais surprises n'était qu'un écart innocent, résultat de l'angoisse de Natalia et de la compassion de Marianne, un accident dans l'amitié qui les unissait depuis si longtemps. Parfois, en temps de guerre, les gens sont plongés dans la confusion des sentiments, ne savent plus très bien ce qu'ils font ni comment réagir face à l'adversité... Mais je m'étais bientôt avisé de mon erreur. J'avais beau éviter de les épier, je ne pouvais m'empêcher, tout en travaillant dans mon bureau, de penser à ce qu'elles pouvaient être en train de faire pendant ce temps. Deux ou trois fois, je fis irruption dans la bibliothèque, sous prétexte de consulter un ouvrage, mais, chaque fois, je les trouvais assises sur le canapé à quelques centimètres l'une de l'autre. Elles n'interrompaient pas leur bavardage, comme si elles ne m'avaient pas vu, si bien que j'évitais de leur faire sentir que je savais. Toutefois, en tâchant de ne penser qu'à mes calculs, à mes formules, j'imaginais ce qu'elles devaient faire, seules, à quelques mètres de moi.

Il m'arriva même de sortir de mon bureau sur la pointe des pieds, de me diriger discrètement vers la bibliothèque et de me tapir derrière la porte pour écouter leur conversation — se disaient-elles des mots d'amour ? — ou surprendre leur silence coupable. Mais rien ne vint étayer mes soupçons. Elles parlaient à voix basse, sans doute, mais cela ne suffisait pas à faire d'elles des coupables… Quelle attitude allais-je adopter ? Je tâchais de me comporter avec Marianne comme je l'avais toujours fait, mais je ne pourrais pas affirmer que j'y parvenais. Nous vivions une époque tempétueuse — les victoires de nos armées se succédaient sur tous les fronts — et c'est peut-être pour cette raison qu'elle ne remarquait pas mes sautes d'humeur. Comment lui dire que mes inquiétudes, mes insomnies, n'étaient pas dues à la guerre ? Que Hitler et ses discours glorieux n'avaient plus d'importance pour moi ? J'étais devenu incapable d'aligner quatre chiffres.

Ce qui se produisit ensuite fut le résultat d'une idée qui germa dans mon esprit, et je suis responsable des conséquences qui en découlèrent. Marianne suggéra un soir que nous prissions quelques jours de repos loin de Berlin. J'étais tellement inquiet que, lorsqu'elle fit cette proposition, je n'y prêtai guère attention et la repoussai immédiatement. Mais, quelques heures plus tard, elle s'imposa à moi comme le meilleur des prétextes.

« Marianne, lui dis-je de but en blanc sans cacher mon enthousiasme, tu as eu une idée excellente. Il faut nous éloigner un peu de tout ça…

— Tu penses à ce voyage ?

— Bien entendu. Nous devrions aller dans une station thermale ou quelque autre coin tranquille.

— Je suis contente que tu sois revenu sur ta décision, fit-elle, ravie de mon bel enthousiasme. Ça nous fera beaucoup de bien. »

Je laissai passer quelques secondes, et, comme si l'idée venait de me traverser l'esprit, je lâchai les mots qui devaient décider de mon sort :

« Pourquoi n'inviterais-tu pas Natalia ? Heini doit

encore passer quelques semaines au front, et j'ai remarqué que Natalia ne va pas bien du tout. Je ne voudrais pas la laisser seule ici.

— Gustav…

— Je suis sûr qu'elle acceptera, nous sommes un peu comme des parents, pour elle. Non, plus exactement, nous sommes sa famille, m'exclamai-je avec la plus grande détermination. Appelle-la, et voyons un peu ce qu'elle en dit.

— Je ne sais pas si c'est une bonne idée, Gustav. J'ai pensé que tu voulais vraiment t'isoler… Que nous serions seuls, toi et moi.

— Ce serait très égoïste, il me semble, de ne pas l'emmener avec nous. En fait, si elle n'accepte pas, nous ne ferons pas ce voyage. C'est ta meilleure amie, et, en dépit de mon désaccord avec Heini, je me suis attaché à elle, moi aussi. Alors, ne discutons pas.

— Très bien… »

Ainsi que je l'espérais, Marianne n'eut aucun mal à convaincre son amie de faire ce voyage avec nous ; Natalia écrirait à Heinrich pour le prévenir et se tiendrait prête à partir quand nous estimerions pouvoir quitter Berlin sans risque. Je préparai ce voyage avec un soin d'amant trahi qui organise son suicide. J'obtins de mes supérieurs hiérarchiques un congé, j'envoyai une lettre pour réserver nos chambres dans une station thermale en Bavière, après m'être assuré que j'y trouverais réunis tous les éléments favorables à mon projet.

Nous partîmes début juillet. Contrairement à ce que Marianne avait d'emblée redouté, je fis tout ce que je pus pour créer entre nous un climat de camaraderie cordiale, qui chassa toute ombre de tension. Les contrariétés et la suspicion auraient tout gâché, aussi m'efforçai-je d'éviter ces inconvénients. Je crois bien que j'y réussis, parce que ni Marianne ni Natalia ne devinèrent le véritable but de ce séjour en Bavière.

Quitter Berlin fut une sorte de plongée dans le passé, où nous renouâmes avec nos escapades de jeunesse, sans même que l'ombre redoutable de Heinrich vînt se mettre en travers de notre route, pour je ne sais quelle raison — peut-être nous étions-nous habitués à son absence. Nous ne manquions pas de l'évoquer, bien sûr, et, dans mon désir de détendre l'atmosphère, j'allai même jusqu'à tenir quelques propos flatteurs sur son compte, afin que Natalia lui en fît part.

La station thermale était un lieu de repos de toute beauté, au décor décadent *fin de siècle**, surchargé d'ornements qui devaient quelque chose au *Jugendstil.* Pour le reste, comme je l'avais supposé, à cette époque de l'année et à cause de la guerre, l'hôtel était pour ainsi dire désert. C'était l'endroit rêvé pour s'isoler du monde, ou plutôt pour vivre dans un univers parallèle. Nos chambres, vastes et claires, donnaient sur un petit jardin et, comme je pus m'en assurer, communiquaient entre elles par une porte qui, fort heureusement, ne fermait pas à clé.

Nous passâmes le premier jour en discussions animées entrecoupées de courtes promenades dans les environs. Les montagnes enneigées, au loin, étaient pareilles à des murailles d'un château fort gigantesque où nous aurions trouvé refuge. Le froid nous obligeait à retourner rapidement devant la cheminée du salon, où nous finîmes même par faire une partie de cartes avec un couple âgé — les seuls autres clients de l'hôtel — qui renforça l'impression d'intemporalité à laquelle nous nous abandonnions. Par bonheur, la cuisine du restaurant était succulente. Notre contact avec le reste du monde était réduit à un vieux poste de radio que le gérant de l'hôtel allumait le soir pour entendre les communiqués de guerre.

Entre les rires et les plaisanteries qui ponctuaient nos bavardages, j'essayais de capter un signe de connivence entre les deux femmes, un regard complice, une caresse furtive, mais, une nouvelle fois, je ne pus rien surprendre. Je ne me laissai pas abattre pour autant. L'après-midi du troisième jour fut décisif. Le froid était un peu moins vif, et, sans avoir demandé à mes compagnes quelles étaient leurs intentions, je leur annonçai que j'allais faire une longue promenade. Ainsi que je l'avais prévu, elles refusèrent de m'accompagner — elles n'aimaient pas sortir après déjeuner — et dirent qu'elles allaient faire la sieste. Le moment que j'avais attendu était venu.

« Je reviendrai dans deux heures », dis-je en mettant mes vêtements les plus chauds pour leur montrer que je comptais passer un long moment dehors.

Bien évidemment, je ne m'éloignai guère que d'une centaine de mètres. Quand je me fus assuré que personne ne m'observait, je retournai à l'hôtel et entrai dans la chambre inoccupée contiguë à celle de Natalia. Les deux amies ne tardèrent pas à revenir du salon. Se doutaient-elles que je leur tendais un piège ? Les petits rires que j'entendis alors m'apprirent qu'il n'en était rien. Elles entrèrent ensemble dans la pièce voisine, parlèrent un moment de tout et de rien, puis un silence éloquent s'établit. Je ne m'étais pas trompé ! J'attendis quelques minutes, puis j'entrouvris la porte qui me séparait d'elles. Le plus merveilleux, le plus troublant des spectacles qu'il m'ait jamais été donné de voir s'offrit à moi.

Marianne déshabillait tout doucement Natalia. Toutes deux me tournaient le dos, ma femme debout, celle de mon ami assise sur le lit. Tandis qu'elle lui retirait ses vêtements, Marianne bécotait la chevelure de sa compagne, la caressait ; ses lèvres brillantes de salive couraient le long du cou pâle de Natalia, et celle-ci guidait les mains de ma femme et les couvrait de baisers. Puis, elles intervertirent leurs rôles, et Natalia entreprit de déshabiller Marianne — en fait, elles ne se dévêtirent pas entièrement, comme si elles redoutaient que je revinsse plus tôt que prévu. Puis, elles se laissèrent tomber sur le lit en riant et se tordirent sous les baisers et les caresses comme des chiots se roulant dans la neige.

Je suis incapable de décrire les sensations qui s'emparèrent alors de moi, mélange confus de rage, d'excitation, de jalousie et de tendresse… c'est tout ce que je puis en dire. J'avais tout fait pour préparer cette scène, en réalisateur ou en chef de laboratoire, et je n'avais pas à me plaindre des résultats. Une chose était certaine : je n'allais pas les interrompre, lacérer l'incroyable tableau qui s'offrait à ma vue. Pendant le reste de la semaine, je fis tout mon possible pour que le miracle pût se reproduire chaque après-midi. Et, chaque fois, je me sentais à la fois plus étonné et plus heureux d'avoir provoqué une semblable réaction. Le simple fait de contempler le dos nu de Natalia, sa chevelure rousse flottante et ébouriffée, sa peau luisante de sueur et ses mains plaquées contre les seins de ma femme suffisait à me plonger dans un état proche de l'extase. Comment ne pas être transporté d'admiration par le spectacle qu'elles m'offraient ? Comment ne pas glorifier leur conjonction hasardeuse, l'accouplement singulier à la réalisation duquel j'avais largement contribué ? Mais comment ne pas me sentir en même temps le plus misérable des hommes, trompé et consentant, doublement trahi, *voyeur** prétentieux, masochiste ?

Je ne pense pas me leurrer en affirmant que nous sommes rentrés à Berlin métamorphosés. Aucun de nous trois n'était le même qu'au moment où nous avions quitté la ville, une semaine auparavant. Peut-être avaient-elles déjà couché ensemble, avant ce voyage, mais je suis certain que jamais elles se s'étaient senties aussi libres de se livrer à leur érotisme que pendant ce séjour en Bavière. Pour moi, les épier pendant tous ces après-midi m'avait transformé tout aussi profondément : sans savoir ce que j'allais faire par la suite, j'étais certain que ce serait quelque chose de déterminant, qui changerait non seulement ma façon de voir le monde mais aussi tout le reste de ma vie. Et je ne me trompais pas.

Erwin Schrödinger, ou du désir

Dublin, mars 1947.

Tout ce que put obtenir Bacon, ce fut un vol sur un avion disproportionné qui allait nous amener de Hambourg à Dublin, escales sur son chemin de retour aux États-Unis. C'était un affreux mastodonte crasseux, mais dans un état irréprochable, comme nous l'assura l'équipage, car son nombre d'heures de vol pendant la guerre était des plus réduits.

« Mais alors, à quoi bon ? demandai-je, vous ne savez plus que faire de tels engins ?

— Au contraire », dit en riant le jeune membre de l'équipage à qui je m'étais adressé, et dont le visage couvert de boutons d'acné ressemblait à un terrain miné. « C'est qu'avant chaque mission, il y a toujours eu un pépin à la dernière minute. »

Après ce commentaire rassurant, je ne tardai pas à avoir les nerfs en pelote et à me répéter que jamais je n'aurais dû entreprendre ce voyage. J'avais l'estomac retourné quand le lieutenant Bacon se présenta enfin, en compagnie d'Irene. Je ne vais pas pouvoir la décrire physiquement : dès le premier instant, ses manières et sa vulgarité m'empêchèrent de la regarder, même les rares fois où nous échangeâmes quelques mots. Tout ce que je puis en dire, c'est qu'elle sentait l'eau de Cologne de la pire qualité — un cadeau de Frank, peut-être — et que son accent me semblait moins allemand que slave.

« Professeur Links, permettez-moi de vous présenter Irene, me dit Bacon, tout faraud.

— *Enchanté**, lançai-je de mauvaise grâce.

— Voici le professeur Links, dont je t'ai souvent parlé. C'est le cerveau de notre mission. »

Elle me regarda de la tête aux pieds, comme elle devait examiner les carpes au marché.

« Comment ça va ? » fit-elle entre ses dents, en me tendant la main, que je fus contraint de serrer.

Une fois dans l'avion — dont l'intérieur, dépourvu de sièges, avec seulement quelques banquettes plaquées contre les cloisons et plongé dans une pénombre assez incommodante, ressemblait plutôt à un souk — j'essayai de m'installer le plus loin possible de l'heureux couple, mais l'équipage, obstiné, insista pour que nous nous serrions les uns contre les autres, en rang d'oignons. Irene, nous témoignant une déférence absurde, s'assit entre Bacon et moi.

« Combien de temps le vol va-t-il durer ? » demandai-je, angoissé, alors qu'en vérité j'aurais voulu dire : « Combien de temps vais-je devoir supporter cette femme à mes côtés ? »

« Environ quatre heures », me répondit le boutonneux.

Je me retins aussi de le prier de me donner un somnifère. Dieu merci, je m'étais muni des *Pensées* de Pascal, et je pourrais au moins me plonger dans cette œuvre pendant toute la durée du vol… si la nausée me le permettait.

« J'ai cru comprendre que vous aviez un petit garçon, dis-je à la jeune femme pour lui donner le change, cacher l'hostilité que j'éprouvais à son égard.

— Oui, Johann, répondit-elle avec une fierté mal

feinte. J'ai dû le confier à sa grand-mère… *Mon petit chéri va bien me manquer…* »

Par bonheur, Pascal m'attendait.

Les moteurs, une fois mis en marche, produisirent un vacarme insupportable, et nous commençâmes à nous déplacer. J'étais plus mort que vif.

« Vous avez le mal de l'air ? me demanda-t-elle.

— Ça peut aller. »

Tout au long des heures de ce voyage interminable, Frank et elle échangèrent des mots tendres, les mains entrelacées, comme un couple de nouveaux mariés montant au paradis de leur lune de miel. Quand je levais les yeux de mon livre, ils m'offraient le spectacle navrant de deux êtres accrochés l'un à l'autre par la langue, et dont les mains allaient fouiller réciproquement les parties les plus intimes de leurs corps. Était-ce cela, l'amour, pour eux ? Une kyrielle de pelotages en altitude ?

Nous arrivâmes à Dublin vers huit heures du soir. Nous fûmes accueillis par un délégué de l'Institut, qui nous conduisit à un petit hôtel où l'on nous avait réservé deux chambres. Hélas, la mienne était juste à côté de celle de Bacon et d'Irene, et, bien entendu, la mince cloison entre les deux pièces ne m'épargnait ni les cris ni les gémissements d'Irene et me forçait à jouer les pornographes. Toutes mes tentatives de trouver le sommeil furent mises en échec par les fausses notes et les couacs d'une orchestration lamentable du plaisir — comment Frank ne se rendait-il pas compte que tout cela n'était que feinte ? — et, dans mon demi-sommeil, ne cessait de m'apparaître la grimace qu'Irene devait faire au moment du plaisir suprême. Inutile de préciser, je crois, que le lendemain, quand nous fûmes en présence de Schrödinger, j'eus toutes les peines du monde à suivre la conversation, changé en zombie comme je l'étais, pâle comme un mort.

Viennois de pure souche, Schrödinger, né en 1887, avait treize ans de plus que Heisenberg et était pour ainsi dire son contraire : affable, coureur de jupons, dandy et *bon vivant**, il avait une philosophie de la vie qui semblait fondée sur la valse de Strauss *Aimer, boire et chanter*. Si Heisenberg était une sorte de stoïcien de la physique, Schrödinger, lui, en était l'hédoniste. Leurs carrières avaient pris des directions opposées ; alors que Schrödinger, à ses débuts, n'avait même pas accordé un regard à la théorie quantique, Heisenberg avait pris son départ avec elle ; de même, alors que le Viennois n'était encore qu'un modeste professeur à l'université de Zurich quand il avait publié ses premières théories importantes, Heisenberg était déjà un enfant prodige, gâté et protégé par les grandes figures de la physique dès son adolescence ; à vingt-cinq ans, il était célèbre, alors que Schrödinger, lui, en avait déjà trente-sept quand il le devint.

Au début de l'année 1934, Schrödinger avait été invité à l'Institut de Princeton, mais Bacon n'avait pu assister qu'à une seule de ses conférences. Bien qu'il fût un professeur clair et précis, Schrödinger étalait volontiers ses incartades : on savait, par exemple, qu'il ne se déplaçait pas sans sa femme, Anny, et sa maîtresse, Hilde March — épouse de l'un de ses ex-étudiants —, et que pendant toute la durée de son voyage aux États-Unis, il n'avait pas cessé de se plaindre du mode de vie américain. A Princeton, il logeait au Graduate College, un vieil édifice pareil à ceux d'Oxford, pourvu d'une salle commune et d'un grand réfectoire aux allures médiévales. C'est là que Bacon avait essayé de le rencontrer une nouvelle fois, mais le professeur, indisposé — quelqu'un affirma qu'il avait trouvé le repas détestable —, s'était empressé de regagner l'Angleterre. Une fois arrivé, commentant son voyage en Amérique, il déclarait qu'il était impossible de vivre dans un pays où le meilleur vin était de la *piquette.*

Malgré *tout, Bacon se souvenait de Schrödinger* comme de l'un des meilleurs conférenciers *qu'il avait* jamais pu entendre, très différent de tous les scientifiques formalistes auxquels il était habitué. C'est pourquoi il avait regretté que Schrödinger eût refusé les invitations de s'installer aux États-Unis que lui avaient faites l'université et l'Institut des hautes études de Princeton. Par la suite, il n'avait plus entendu parler de lui. Schrödinger était resté à Oxford jusqu'en 1936, année où il avait eu la mauvaise inspiration d'accepter le poste que lui proposait l'université de Graz et de se rendre en Autriche. Quand sa patrie fut annexée au Reich en 1938, Graz fut l'une des villes qui accueillirent avec le plus grand enthousiasme les troupes nazies. Alors, Schrödinger — accompagné de son extravagante famille — se lança dans une pénible odyssée terrestre qui ne prit fin que le jour où il put s'embarquer pour la Grande-Bretagne.

Encouragé par Eamon de Valera, le *Taoiseach* d'Irlande, sorte de Premier ministre, Schrödinger avait accepté de participer à la fondation, à Dublin, d'un Institut des hautes études conçu sur le modèle de celui de Princeton, dont il devait prendre la direction scientifique. Schrödinger arriva à Dublin le 7 octobre 1939, évitant de justesse d'être précipité dans le conflit armé, deux mois seulement après que le *Dail,* le parlement, eut approuvé la création de l'Institut, malgré les protestations de l'opposition, qui voyait dans cette décision, prise à un moment particulièrement difficile pour l'Europe entière, une manœuvre égocentrique de Valera. Schrödinger jouit alors d'une paix que peu de ses collègues purent connaître au cours des années suivantes. Malgré les pénuries et les alertes permanentes, l'Irlande se maintint à l'écart du conflit, si bien que le physicien, en pleine maturité, put se consacrer à l'étude approfondie de la littérature védique, écrire des articles sur la physique et la philosophie, mener sa singulière vie de famille — aux deux femmes d'âge mûr était venue s'ajouter Ruth, la fille qu'il avait eue avec Hilde, et sur laquelle Anny veillait comme une seconde mère — et envisager de nouvelles conquêtes amoureuses.

Au premier acte du célèbre opéra de Mozart, Leporello, le valet de Don Giovanni, chante et conte les triomphes de son maître :

Madamina, il catalogo è questo,
delle donne ch'amo il padron mio.
Un catalogo egli è che ho fatt'io.
Osservate, leggete con me.

Combien de femmes Erwin réussit-il à séduire ? Vais-je être aussi habile que Leporello pour dresser le catalogue véritable de ses exploits ? Un bout d'homme maigrelet, avec d'énormes lunettes rondes qui lui couvraient la moitié du visage érigé en *latin lover* de la science ! Il fallait le voir pour le croire. Erwin ne sut jamais ce qui le passionnait le plus, des femmes ou de la physique. Dans toutes les villes où il vécut un temps, et il y en eut beaucoup : Vienne, Zurich, Berlin, Oxford, Graz et Dublin, pour ne rien dire de celles où il ne fut que de passage, il laissa un semis de conquêtes qui pourraient faire les délices d'un écrivain de romans érotiques. C'était un séducteur déguisé en érudit, un satyre aux manières de gentilhomme, un obsédé priapique qui se cachait sous une apparence anodine. En le voyant, on ne manquait pas de se demander comment il trouvait le temps d'avoir autant d'aventures avec autant de femmes, comment il pouvait bien s'y prendre pour les rendre folles de lui, et quel caprice de l'âme lui permettait de tomber amoureux de chacune de ses conquêtes. J'ai employé sciemment le terme *amoureux* : Erwin aurait pu jurer sur la Bible qu'il avait aimé tendrement sinon toutes, du moins la plupart de celles avec lesquelles il avait eu des rapports charnels. Avancer le chiffre de deux par mois me paraît raisonnable. Mais il y en eut parfois trois, et même quatre, voire six… Son cœur semblait émettre une énergie inépuisable, qui permettait de croire au fameux mouvement perpétuel, et il était toujours prêt à allonger la liste des maîtresses possibles.

Voyons un peu ce qu'elles furent. Son premier amour portait le nom prédestiné de Félicie, mais dut pourtant être le seul bonheur qui lui fut jamais refusé à la surface de la terre. Au début de sa carrière, à Vienne, Erwin fut réduit à merci par les charmes de cette jeune fille réservée et noble. Sa passion pour elle était telle qu'il en vint à dire que, s'il le fallait, il abandonnerait la physique pour obtenir ses faveurs. Malheureusement pour lui (et heureusement pour la science), les parents de la jeune femme ne l'entendirent pas de cette oreille. En grand sentimental inspiré par le romantisme, Erwin lutta de toutes ses forces pour triompher de l'adversité qui l'excluait du milieu social auquel appartenait sa bien-aimée. Alors, comme dans tout roman rose, notre héros fit de sa défaite une tragédie universelle.

Au dépit succéda la vengeance. A la fin d'une longue semaine pendant laquelle il fit son deuil de cette grande passion, Erwin décida de consacrer la plus grande partie de son temps à l'exploration de l'âme des femmes. Dames et servantes, vierges et prostituées, grassouillettes et planches à pain, dès l'instant où elles portaient jupon, elles devenaient les candidates idéales pour l'étude statistique du genre féminin à laquelle il se livra. De cette époque ne nous sont parvenus que deux noms dûment confirmés : Lotte et Irene (drôle de coïncidence, n'est-ce pas ?).

En 1920, peu après la fin de la Grande Guerre, alors qu'il avait trente-deux ans, Erwin sembla prêt à se ranger et épousa une femme qui n'était ni jeune ni belle, et, aux dires de certains, pas davantage aimable ni intelligente : Anne-Marie Bertel, qu'il n'appela jamais autrement qu'Anny. On se demandera alors pourquoi il se maria avec elle. Mieux vaut dire tout de suite que la réponse risque fort de ne pas plaire : pour avoir plus de chances avec les autres femmes… Mais Anny démontra qu'elle était plus maligne que l'on aurait pu s'y attendre : quand elle eut découvert ce qui faisait le plaisir de son époux, elle décida de ne pas le tourmenter.

Il est vrai qu'Erwin n'était pas un modèle de discrétion. Conquérir une femme ne lui suffisait pas, il prenait encore plaisir à l'adorer (ou à la harceler) en public, au vu et au su de tout le monde. Bientôt, ses travaux de séduction furent connus de tous, dans le cercle d'amis que le couple fréquentait à Zurich. Imitant son mari, Anny ne tarda pas à jeter par-dessus les moulins le bonnet suspect de la fidélité conjugale et tomba amoureuse, de son côté, de l'un des collègues d'Erwin. Tout d'abord, celui-ci essaya de ne pas attacher trop d'importance à l'*affaire** — ce n'était là qu'une banale illustration du trop vieil adage « œil pour œil… » —, mais, à la longue, il prit la mouche et, en 1924, se mit à agiter la menace du divorce. Ni l'un ni l'autre ne pouvait prévoir qu'un miracle allait s'accomplir en 1925.

Pour se reposer des querelles continuelles avec sa femme, Erwin décida d'aller passer Noël dans l'un de ses coins favoris, le Val d'Arosa, en Suisse. Dès les premiers moments, ce voyage prit un caractère particulier : au lieu de louer la dépendance de la villa du docteur Otto Herwig comme il le faisait d'habitude, il préféra un petit chalet niché en pleine montagne, loin de tout. C'est là qu'il eut, quelques semaines

après que Heisenberg eut fait sa découverte à Helgoland, l'illumination qui allait révolutionner la science de son époque. Entre les sapins couverts de neige, sous un ciel clair, chauffé par le feu de la cheminée et les meilleurs vins, dont il était abondamment pourvu, Erwin comprit brusquement quelle était sa mission sur terre. Pendant quelques minutes d'extase, le moyen d'assembler le puzzle embrouillé de la science lui fut à son tour révélé. Planck, Einstein et Bohr s'étaient chargés de briser en mille morceaux l'image de la physique classique. C'était à lui qu'il était donné de les rassembler.

Erwin n'était pas aussi secret que Heisenberg — sa Némésis —, et nous savons que dans son cas, en ces instants de créativité si particuliers, il n'était pas seul. Toutefois, il avait des maîtresses en si grand nombre qu'il est impossible d'identifier avec certitude celle qui se trouvait alors avec lui à Arosa. Quand on le lui demandait, par la suite, il se contentait de répondre qu'il était en effet, à ce moment-là, en compagnie d'une femme d'une beauté impressionnante dont il préférait taire le nom, et que s'il avait eu cette idée géniale, c'était grâce à elle — au plaisir inouï qu'elle lui avait fait connaître. Il déclara que la mécanique ondulatoire était née de l'imagination érotique. Ce qui suivit est mieux connu : Erwin écrivit quelques-uns des articles les plus importants de son époque et devint du jour au lendemain une célébrité. Une célébrité surveillée de près. Une lutte féroce se fit alors jour entre ses émules et les défenseurs du formalisme matriciel de Heisenberg… Erwin obtint en tout cas de sa découverte un avantage supplémentaire : sa notoriété élargit plus encore l'éventail de ses conquêtes.

Quelques mois à peine après sa retraite à Arosa, Anny — avec laquelle il s'était déjà réconcilié — eut l'idée hardie de lui présenter deux jumelles de treize ans, Itha et Roswita Jünger, pour qu'il leur donnât des leçons de mathématiques et de physique. Inutile de dire qu'Erwin tomba doublement amoureux, même s'il finit par choisir l'une des jumelles pour en faire sa nouvelle muse : ce fut Ithi. Dès ce moment, il n'eut de cesse de lui faire la cour. C'est peut-être là l'aspect le moins connu de sa personnalité, mais il est indéniable qu'à ses heures, Erwin pouvait être un poète non dépourvu de talent — ou plutôt un séducteur dont les mots n'étaient qu'une arme de plus dans les joutes amoureuses. C'est autour d'Ithi que gravita bientôt son œuvre lyrique, ce fut pour elle qu'il écrivit ces lignes :

Sur les traces du professeur Schnitzler,
armé de l'algèbre et de la règle de trois,
je faisais courir Ithi à perdre haleine :
la pauvre enfant faillit en mourir.
De ce qui fut à Zurich, je pourrais dire
bien des choses, mais je ne m'y risquerai pas.

Erwin reculait devant les mots, mais pas devant les actes. Ithi n'était âgée que de seize ans, et l'homme mûr qu'était le physicien avait déjà essayé par tous les moyens de coucher avec elle, mais elle s'était toujours refusée à lui. Les difficultés de l'entreprise stimulaient Erwin. Il ne s'avoua pas vaincu et, pendant un voyage à Salzbourg, où Ithi vivait chez ses parents, il s'introduisit subrepticement une nuit dans la chambre de sa muse. Il put boire pendant quelques minutes à la source de vie du corps svelte de la jeune fille, mais, il eut beau insister, il n'obtint pas la fleur convoitée. A l'occasion d'un anniversaire de la jeune fille, Erwin lui envoya un autre poème, dont le sens saute aux yeux sans que l'on ait besoin de recourir à la psychanalyse :

La première fois où tes draps s'ouvrirent,
les carillons de ton sang redoublèrent d'allégresse.
Le roi des sots agita son sceptre
et t'ordonna de goûter à tous les plaisirs.

L'histoire pourrait sembler drôle, si ce n'est picaresque, mais, comme la plupart des histoires, elle finit mal pour Ithi. Pendant sept ans, elle fut l'impossible objet du désir d'Erwin. Toutefois, à la fin de l'année 1932, au cours d'un voyage que la jeune fille fit à Berlin, où le professeur était seul, Anny ayant dû s'absenter subitement, Ithi se rendit enfin à son maître. Il y avait eu sept ans de tentatives vaines, d'attente docile, d'espoirs fous… Et voilà qu'Ithi, pareille à une agnelle s'offrant au sacrifice, se livrait à la mécanique ondulatoire d'Erwin sans savoir que celui-ci était déjà amoureux d'une autre femme, Hilde March. Quelques semaines plus tard, son malheur redoublait : elle était enceinte. La jeune fille craintive décida de se confier à un médecin, afin qu'il effaçât la trace de son déshonneur. Mais la tragédie n'était pas encore terminée : l'intervention fut un échec, et Ithi, la jeune muse, fut métamorphosée en une loque stérile… ce qui ne l'empêcha nullement de garder à Erwin toute sa tendresse…

A combien en sommes-nous ? Peu importe ! Erwin était de nouveau amoureux. Hilde devait être une maîtresse à laquelle il resterait toujours plus ou moins fidèle, et il allait même donner son nom à l'enfant qu'il aurait avec elle, Ruth, contrairement à ce qui s'était produit avec Ithi. Il passa donc d'Ithi à Hilde, puis de Hilde à Hansi, une amie d'enfance d'Anny venue leur faire une visite à Berlin, en 1931. Est-il utile de poursuivre ? Bien sûr que oui ! Après son arrivée à Dublin, Erwin se déchaîna, sans perdre un instant. Bien qu'il vécût en compagnie d'Anny et de

Hilde, il découvrit bientôt les charmes de Sheila May, une actrice alors en vogue. Pour elle, il écrivit d'innombrables poèmes, dont on publia un recueil.

Sheila fut-elle le grand amour de sa vie ? Don Juan peut-il avoir un grand amour ? Il aime toutes les femmes. Ou aucune. C'est sa nature. Mais, à la différence du malheureux gentilhomme de Séville, la licence d'Erwin n'était pas châtiée par un invité de pierre et il n'était pas davantage précipité dans les flammes de l'enfer par le courroux vengeur d'un Commandeur jaloux. Il ne faut pas oublier qu'Erwin était un fin observateur de la réalité, et que ses appétits n'échappaient pas à cette finesse soigneusement cultivée. Il étudiait avec attention son propre comportement, afin d'en dépister les motifs. Pour lui, faire l'amour à une femme était bien autre chose qu'un simple divertissement, beaucoup plus qu'un jeu ou un défi. C'était la possibilité sublime de communier avec la nature, de sonder les mystères de l'univers, de connaître ces moments d'extase et d'inspiration qui le rapprochaient de son créateur. Il écrivit à Sheila : « J'ai vu la gloire de Dieu et de tous ses anges quand tes lèvres tremblantes (mais peut-être était-ce moi qui tremblais) se sont entrouvertes pour me dire que tu m'aimais… » et, à une autre occasion : « Il n'est rien de plus doux, en ce monde, que de faire l'amour. Il faut le faire tous les jours. Et personne n'aime s'y prendre seul. Toi, tu m'as donné bien davantage, plus, mille fois plus qu'aucune autre : ton amour simple, franc, clair et net. Il n'y a pas eu en lui, une seule seconde, un jeu vain, et il n'y en aura jamais. »

Quand le lieutenant Bacon, Irene et moi arrivâmes à l'Institut des hautes études de Dublin, Erwin nous présenta son nouvel amour : une jeune fille pâle qui était fonctionnaire. Elle avait vingt-sept ans, et lui soixante.

Dès notre première rencontre avec le professeur Schrödinger, nous nous étions rendu compte que nous n'aurions pu tomber à un plus mauvais moment. Je n'ai jamais été bon juge en matière de beauté masculine, mais je puis pourtant affirmer que, sans être beau, Erwin avait toujours eu l'air distingué et un peu figé de tous les Viennois ; or, ce jour-là, il avait une mine épouvantable, à effrayer un mort.

Bien que sa découverte de la mécanique ondulatoire eût joué un rôle essentiel dans le développement de la physique quantique — et l'enterrement des principes de Newton —, la pensée d'Erwin était sœur de celles de Planck et d'Einstein. Dans le fond, il était resté un Viennois aristocratique et réactionnaire, et, après la révolution dont il avait été l'un des instigateurs, il s'était replié sur les terrains plus sûrs de la physique traditionnelle. Depuis le début de la guerre, confiné dans son bureau, à l'Institut des hautes études, il était devenu l'un des nouveaux alliés d'Einstein et l'adversaire de ceux qui soutenaient que le hasard est un facteur intrinsèque des lois de la physique. En tant que tel, il n'avait plus qu'un seul but : trouver une théorie capable d'expliquer la nature de l'univers et valable pour l'ensemble des forces en action : l'électromagnétisme, la gravité et la physique nucléaire.

Depuis quelques mois, Schrödinger et Einstein échangeaient une correspondance abondante sur la théorie unifiée. Bien que moins enthousiaste que son collègue, Einstein était toujours désireux d'établir un lien cohérent entre la gravité et l'électromagnétisme.

Le 27 janvier, Erwin écrivait à Einstein pour lui dire qu'il avait enfin trouvé un moyen de venir à bout des difficultés qui se présentaient : « Je peux aujourd'hui t'annoncer que j'ai fait un pas décisif. Peut-être vas-tu râler terriblement, parce que tu m'as dit il y a quelque temps que tu n'approuvais pas ma méthode, mais je sais que tu finiras par être d'accord avec moi. » Erwin était si bien convaincu de la validité de ses résultats qu'oubliant les objections d'Einstein, il les présenta aussitôt, dès la première réunion de l'Académie royale d'Irlande. Et, pour faire bonne mesure, il l'annonça également à la presse irlandaise en ces termes : « J'ai l'honneur de présenter aujourd'hui la pierre angulaire de la théorie unifiée des champs, solution d'un problème maintenant vieux de trente ans, c'est-à-dire celui de la généralisation consistante de la grande théorie d'Einstein de 1915. »

Le lendemain, l'*Irish Times* et les autres journaux de l'île publiaient en première page les déclarations d'Erwin. L'un des journalistes lui demanda s'il était absolument sûr de sa théorie, ce à quoi Erwin répliqua : « C'est la généralisation que nous cherchions. Maintenant, la théorie d'Einstein n'est plus qu'un cas particulier… Je crois que j'ai raison. Si je me suis trompé, je me serai couvert de ridicule. » Sans le vouloir, Erwin venait de sceller son destin en prononçant ces mots.

Quand la nouvelle de sa découverte franchit l'Atlantique et arriva aux oreilles d'Einstein, celui-ci donna libre cours à sa colère. Indigné, il écrivit un article pour le *New York Times,* dans lequel il soutenait que la théorie de Schrödinger n'était tout au plus qu'un petit pas en avant : « Le lecteur a l'impression que toutes les cinq minutes il y a une révolution dans les sciences, à l'image de ces coups d'État qui secouent les petites républiques instables. En fait, la science théorique est un processus de développement auquel viennent s'ajouter les apports des meilleurs cerveaux des générations successives par un effort inlassable afin d'aboutir peu à peu à un concept plus approfondi des lois de la nature. Le journalisme digne de ce nom devrait rendre justice à cet aspect du travail scientifique. »

Ce fut un broc d'eau froide jeté sur le tempérament ardent de Schrödinger. Toutes les agences de presse internationales reprirent les propos d'Einstein en même temps que ceux d'Erwin : « Si je me suis trompé, je me serai couvert de ridicule. » Quand Erwin lut les journaux, il tomba dans une dépression profonde. Le 2 février 1947, à peine un mois avant notre arrivée à Dublin, Einstein lui envoya une dernière lettre à ce sujet, dans laquelle il lui disait sèchement que, s'il faisait un nouveau pas en avant, il n'hésite pas à lui en faire part.

« L'affaire Einstein », comme Erwin ne tarda pas à l'appeler, ne fit pas partie des sujets que nous abordâmes au cours de notre entretien. Cependant, la douleur et la honte encore logées dans le regard de Schrödinger rappelaient son aventure désastreuse. Ainsi que nous pûmes nous en rendre compte, il devint plus modeste.

« Je vous remercie d'avoir accepté de nous recevoir », dit Bacon, incapable de trouver une formule plus originale pour amorcer l'entretien.

J'étais encore incapable de comprendre comment le lieutenant avait pu avoir le mauvais goût d'introduire Irene dans le bureau de Schrödinger au lieu de lui demander d'aller faire quelques courses.

« Mais c'est un plaisir, répondit Erwin d'une voix assez posée. Il y a bien longtemps que nous ne nous étions plus vus, Links. Toujours aussi obsédé par Cantor et l'infini ?

— Obsédé, c'est beaucoup dire ; mais enfin, oui. »

Ce fut là toute l'attention que le vieil Erwin voulut bien m'accorder, avant de la reporter sur les jambes de notre compagne…

« Comment vous appelez-vous, mademoiselle ?

— Irene, fit Irene, charmeuse.

— Vous savez choisir, mon cher garçon. L'univers est bien trop ennuyeux, sans une femme avec laquelle le partager, ne pensez-vous pas ? »

Frank rougit, mais le principal effet de la remarque de notre Don Juan fut de rendre Irene encore plus insupportablement vaine.

« Ainsi que je vous l'ai dit dans ma lettre, monsieur Schrödinger, bredouilla Bacon, je prépare un travail sur la science en Allemagne pendant le Troisième Reich… Et vous êtes l'une des plus grandes figures de cette époque…

— Pourquoi ne pas nous dire quelques mots sur les débuts de la mécanique ondulatoire, Erwin ? ajoutai-je, tâchant de me montrer moins formel. Si nous commencions par cette *annus mirabilis* que fut 1925 ?

— Oui, l'année de toutes les merveilles, fit Erwin, en hochant la tête avec un air nostalgique. Jusqu'à ce moment-là, le monde de la science, et le monde en général, je tiens à le préciser, étaient tributaires d'un chaos dont on ne voyait pas la fin. Nous savions tous que les vieilles normes de la physique étaient devenues caduques, mais personne ne parvenait à en établir de nouvelles. Les tentatives faites dans ce sens, ici et là, se comptaient par dizaines, petits progrès, grands reculs, mais rien de valable qui pût remplacer la clarté et l'efficacité des principes de Newton. » Erwin adressait son discours à Irene, qui ne devait pas y comprendre grand-chose. « Chacun avait sa petite idée, mais les fondements sûrs étaient rares ; les quanta de Planck, la relativité d'Einstein, le modèle nucléaire de Bohr, l'effet Zeeman et le problème des raies spectrales… Le tout dans le désordre. Le puzzle ne pourrait être reconstruit qu'à partir du moment où quelqu'un aurait réussi à ébaucher une théorie quantique capable de décrire intégralement le comportement de l'atome…

— Que voulez-vous dire exactement, monsieur ? »

Étais-je en train de rêver ou était-ce bien Irene qui venait de prendre la parole ?

« Ce sont des termes techniques, fis-je. Il serait trop compliqué…

— Mais non, Gustav. Mademoiselle a bien le droit de comprendre notre conversation, il me semble, me reprocha Erwin.

— Je ne voulais pas vous interrompre, dit-elle, encouragée par le silence complice de Bacon.

— Je vais essayer de vous donner une explication claire. »

Combien d'heures allions-nous perdre parce que Erwin avait envie de se montrer galant ? Bacon n'allait-il pas, une bonne fois, mettre fin à ces sottises ?

« Comme vos amis s'en souviennent sans doute, reprit Erwin en prenant son ton de conférencier, le premier à avoir eu une illumination à ce sujet fut Louis de Broglie. C'est à lui que nous devons l'idée géniale que la matière pouvait être étudiée comme on le faisait pour les rayons de lumière, c'est-à-dire au moyen d'un système semblable à celui dont on se servait en optométrie pour tailler les lentilles.

— Jusqu'alors, intervins-je pour ne pas demeurer en reste, le mouvement des particules était analysé selon les lois de la mécanique classique de Newton.

— Cette simple idée suffit à chambouler la science pendant les vingt années qui suivirent, fit Erwin, reprenant le contrôle du débat. Vous vous demandez sans doute pourquoi, mademoiselle. Je vais vous le dire : parce que, sans l'avoir voulu, Broglie avait trouvé la clé qui nous manquait pour pouvoir étudier les atomes ! Imaginez un instant, ma chère Irene, la situation : il y a partout des physiciens qui se cassent la tête pour découvrir une méthode capable de faire avancer la physique nouvelle, et un aristocrate français, Broglie, apparaît tout à coup et déclare que la pièce qui nous manquait était là, sous notre nez, mais que nous ne l'avions pas vue parce que nous n'employions pas la bonne méthode.

— C'est alors que voient le jour, presque en même temps, la théorie de Heisenberg et la vôtre, intervint Bacon.

— C'est cela.

— Pourriez-vous nous parler des idées de Heisenberg ?

— Le plus gros problème que posaient les spéculations de Heisenberg était le langage mathématique qu'il utilisait, incompréhensible même pour la plupart des physiciens. Werner était un enfant prodige, gâté par tous les grands scientifiques, comme Bohr, Sommerfeld et Born, mais, en fait, il a semé la pagaille, plus qu'il n'a clarifié les choses. » Schrödinger garda quelques instants le silence, après cette disqualification peu subtile de son adversaire. Puis, il se reprit : « Ne me comprenez pas mal, je vous en prie. La découverte de Heisenberg était géniale : au lieu d'étudier directement les diverses positions des électrons, il a découvert une méthode qui permettait de prévoir par raisonnement, c'est-à-dire grâce à un calcul des probabilités, les positions que pouvait occuper chaque électron. L'idée, je le répète, était extraordinaire. La difficulté de l'affaire, c'était de la mettre en pratique. Pour tenter d'y parvenir, Heisenberg a eu recours à une théorie mathématique très compliquée, élaborée par Kronecker à la fin du XIXe siècle…

— Le grand ennemi de Cantor, fis-je sans pouvoir m'en empêcher.

— Résumons : Heisenberg avait fait un grand pas en avant, mais rares étaient ceux qui pouvaient le comprendre. » Erwin leva ses deux mains, s'avisant qu'en dépit de tous ses efforts, il allait devoir employer des termes que notre douce Irene n'avait jamais entendus de sa vie. « Et plus tard, même après que le flegmatique Paul Dirac eut révisé ses conclusions, il ne put aboutir à de meilleurs résultats…

— C'est alors que vous intervenez.

— Je ne voudrais pas paraître frivole, mais oui, j'ai réussi à éclaircir un peu l'affaire.

— Sans même savoir ce que faisaient Heisenberg et Dirac au même moment…

— Non. Je n'en avais pas la moindre idée. C'est une histoire que j'ai bien dû raconter un millier de fois. Ils travaillaient tous en équipe, à Göttingen, à Cambridge, à Copenhague, échangeaient leurs idées et s'écrivaient de longues lettres… Moi, au contraire, j'étais pour ainsi dire isolé, à Zurich. » Erwin s'interrompit, heureux de pouvoir raconter, pour la énième fois, l'histoire de la découverte qui l'avait rendu célèbre. « En 1925, pour Noël, j'ai décidé de prendre un peu de repos, et je me suis rendu seul à la station d'Arosa, un petit village de montagne. C'est un endroit magnifique, Irene. Demandez à votre ami de vous y emmener. Là, dans la neige, la solitude, mes pensées se sont éclaircies… J'avais lu les ouvrages de Louis de Broglie, je savais qu'Einstein en pensait le plus grand bien, et je me suis dit que ce serait un bon point de départ… Mon idée était simple : considérer à la lumière de la théorie quantique la mécanique ondulatoire formulée par le Français. Vous allez me demander, mademoiselle, quel fut mon mérite. Je vous l'ai dit : recomposer le puzzle.

— Et mettre tout le monde au travail, je suppose, fit Irene.

— Une amie de ce temps-là, une jeune fille à laquelle je donnais des cours de mathématiques, m'a dit quelque chose de semblable : "En te lançant dans cette étude, tu ne te doutais même pas que tant de choses sensées allaient en découler." Oui, ç'a été une véritable bombe. Mais le travail fut assez ardu. Au cours de l'année 1926, j'ai publié six articles sur le sujet, et j'ai fini par attirer l'attention des mandarins : Planck, Einstein et compagnie… Ils m'ont tous invité à donner des conférences et à expliquer ma découverte.

— Un succès beaucoup plus rapide que celui de Heisenberg, fis-je remarquer.

— Je vous l'ai dit : ses travaux mathématiques étaient trop compliqués.

— Mais il se considérait comme le véritable découvreur de la mécanique quantique…

— C'est une question de nuances, se défendit Erwin. L'important, c'était que les physiciens pussent enfin disposer d'une méthode adéquate pour étudier l'atome, et cette méthode, c'était la mienne, à cause de sa simplicité mathématique… Quand il est devenu évident que mon système était beaucoup plus clair que celui de Heisenberg, les physiciens se sont aussitôt mis à l'utiliser. Même Pauli, qui était un ami de Heisenberg, a admiré la simplicité de ma formule… Hélas, tous n'ont pas fait preuve d'autant d'honnêteté intellectuelle, ajouta Erwin. C'eût été trop beau. Encouragés par Bohr et Heisenberg, ils ont mis en doute qu'un Viennois dont on n'avait jamais entendu parler eût vu assez juste pour faire capoter leurs projets…

— Quelle a été exactement l'opinion de Heisenberg, monsieur Schrödinger ?

— Il m'a battu froid. Il a écrit que la mécanique ondulatoire était, certes, “remarquablement intéressante”, mais qu'en ultime analyse elle n'apportait rien qu'il n'eût déjà fait.

— Les arguments de Heisenberg étaient-ils pertinents ou s'agissait-il plutôt d'une forme de jalousie ? me risquai-je à demander.

— Je n'aime pas dire du mal de qui que ce soit. Toutefois, j'estime que son esprit de compétition n'était pas étranger à son jugement, loin de là… Souvenez-vous qu'à cette époque, il se prenait pour le détenteur des seules bonnes clés de la physique moderne.

— Mais vos points de vue étaient-ils véritablement aussi divergents ?

— A ce moment-là, oui. Alors que Heisenberg et Bohr, forts de leur positivisme, insistaient sur le fait qu'il était impossible de visualiser les mouvements des particules, je croyais le contraire : ma théorie permettrait en quelque sorte de voir ce qui se passait au cœur de l'atome…

— C'est paradoxal, intervint Bacon. Pendant des années, les physiciens s'étaient plaints de ne pas disposer d'un instrument capable de décrire le comportement des atomes, et, tout à coup, on ne leur proposait pas une mais deux théories, apparemment opposées…

— Vous l'avez dit : apparemment ! s'exclama Erwin, qui prenait d'évidence beaucoup de plaisir à parler ainsi de lui-même. En mai 1926, j'ai publié un autre article, dans lequel je démontrais qu'en dépit du fait qu'il s'agissait de deux instruments de formes différentes, ils étaient en définitive équivalents ! Les défenseurs de Heisenberg ont pris cette opinion pour une offense ; ils se sont déchaînés contre moi comme si je les avais insultés… Je n'avais fait que trouver une solution indépendante de leur système, mais il était démontré qu'avec le mien, on pouvait faire la même chose qu'avec le leur, et sans autant se compliquer la vie… Si les deux théories avaient la même fonction, et que l'une d'elles était plus efficace, pourquoi s'encombrer de l'autre ? »

Bacon consulta ses notes, et lut à haute voix :

« Heisenberg a alors déclaré à Pauli : “Plus je réfléchis aux aspects physiques de la théorie de Schrödinger, plus je les trouve repoussants”, et, à une autre occasion, sauf votre respect : “C'est de la merde.” »

Erwin éclata de rire.

« C'était la guerre, entre Heisenberg, Bohr, Jordan et leur formalisme matriciel d'une part, et moi et ma mécanique ondulatoire de l'autre… Si les deux théories se valaient plus ou moins, une partie n'allait pas prêter le flanc aux attaques de l'autre. Ce qui était en jeu n'était pas négligeable, puisqu'il s'agissait de la dignité de chacun. Tout le petit monde scientifique avait les yeux rivés sur notre combat, parce que de son issue dépendait l'orientation de la physique quantique des années à venir…

— S'agissait-il d'une lutte pour le pouvoir ? demanda Irene.

— Si vous voulez la qualifier ainsi, mademoiselle, je ne vous contredirai pas.

— D'aucuns ont déclaré que le conflit était seulement dû à la jalousie, à l'ambition et à la prétention de Heisenberg, ajoutai-je.

— Oui, je l'ai entendu dire.

— Et que s'est-il passé ensuite ? insista Irene. Qui a gagné ?

— Les choses se sont tassées, insensiblement ; les physiciens se servaient de mon système pour effectuer leurs recherches, mais déclaraient publiquement qu'ils étaient d'accord avec Heisenberg, répondit Erwin, souriant encore.

— Alors a eu lieu l'affrontement direct avec lui…

— Si l'on peut dire. En juillet 1926, Sommerfeld m'a invité à exposer mes idées au *Kolloquium* qu'il avait organisé à l'université de Munich. J'ai accepté bien volontiers. A la fin de mon intervention, un grand jeune homme blond s'est levé de son siège et m'a interpellé pour me demander si je pensais que ma théorie pouvait être valable pour l'ensemble des grands problèmes de la physique. Il s'agissait bien entendu de Heisenberg qui, comme par hasard, était venu faire un petit séjour à Munich. Je n'ai même pas eu le temps de lui répondre. Willy Wien, le modérateur, lui a lancé d'une voix tonnante dont je me souviens encore : "Jeune homme, le professeur Schrödinger répondra sans doute à ces questions quand il le jugera opportun. Comprenez une bonne fois que nous sommes las de ces sottises de sauts quantiques." Furieux, Heisenberg a quitté la salle et, comme un enfant grondé qui court se plaindre à son frère aîné, il a écrit à Bohr pour lui raconter ce qui s'était passé.

— Et comment Bohr a-t-il réagi ?

— Comme il le faisait toujours, répondit Erwin avec une mimique indéchiffrable. Il m'a envoyé une lettre pour m'inviter, ou plutôt m'ordonner d'aller le voir à Copenhague.

— Et vous avez accepté ?

— Que pouvais-je faire d'autre, chère Irene ? répondit Erwin sur un ton plaintif. Ce fut l'une des plus pénibles expériences de ma vie. Bohr est quelqu'un d'enchanteur, pour qui ne le voit pas tous les jours. Une fois qu'il a enfourché une idée, il est impossible de l'arrêter. Il m'a reçu chez lui et m'a mis au pain et à l'eau, comme si j'étais son prisonnier, jusqu'à ce que j'eusse répondu à toutes ses questions, et la liste était longue. Quand je n'étais pas d'accord avec lui, il devenait une véritable bête sanguinaire qui ne me laissait même pas reprendre haleine.

— Ça a vraiment été aussi terrible que ça ? demanda Irene.

— Je vous jure, mademoiselle, que je ne souhaite pas à mon pire ennemi d'avoir à subir une telle épreuve. J'ai dit à Bohr ce que je pensais. Il n'a cessé de s'opposer à mon point de vue. Il a fini par m'exaspérer, et je me suis écrié qu'il me faisait regretter de m'être intéressé à la mécanique quantique. Alors, il s'est un peu calmé et a déclaré, conciliant : "Nous, en revanche, nous vous sommes très reconnaissants de l'avoir fait. La mécanique ondulatoire, par sa clarté, sa simplicité, est un progrès considérable..." et ainsi de suite...

— Avez-vous abouti à un accord ?

— Nous avons discuté jour et nuit sans avancer d'un pouce, répondit Erwin, avec lassitude. A la fin, Bohr a réussi à me rendre fou. Je suis tombé brusquement malade, et sans les attentions de la compatissante Margrethe, j'aurais voulu mourir sur l'heure. J'avais une fièvre de cheval et bien du mal à rester conscient, ce qui n'a pas empêché Bohr de venir s'asseoir à mon chevet pour me martyriser encore un peu : "Mais enfin, Schrödinger, il faut tout de même que je comprenne..." ; ces mots me donnent encore le frisson... Une véritable torture. Je ne savais même plus si je partageais son point de vue ou si, au contraire, je demeurais fidèle au mien. Quand on parlait avec lui, tout devenait si nébuleux, si philosophique, qu'il n'y avait plus moyen de comprendre quoi que ce soit...

— Très bien, m'exclamai-je tout en applaudissant bien fort. Je crois que notre cher professeur Schrödinger ne mérite pas de revivre plus longtemps son amère expérience avec Bohr. Si nous allions dîner en remettant la suite de cet entretien à demain ?

— C'est la chose la plus sensée que vous ayez dite aujourd'hui, Links. » Ayant ainsi approuvé ma proposition, il s'adressa à Irene : « C'est que j'ai moi aussi quelques questions à vous poser... Il ne faut pas que notre jeune amie pense que je ne m'intéresse qu'à la physique, n'est-ce pas ? »

Erwin se leva et tendit la main à Irene.

« Suivez-moi, messieurs, fit-il encore en prenant la jeune femme par le bras. L'Institut vous offre un petit repas... Par ici, je vous prie... »

Après une nouvelle nuit atrocement pénible où je dus subir les gémissements, les roucoulements et les petits cris d'Irene et de Bacon, nous nous acheminâmes une nouvelle fois vers le bureau de Schrödinger, le lendemain matin, pour y reprendre notre entretien où nous l'avions laissé. L'atmosphère était plus détendue, sans doute à cause des premiers contacts de la veille. Irene se montra moins impertinente, fit moins de simagrées et alla même jusqu'à nous épargner sa fausse simplicité. Erwin, de son côté, avait dû se dire qu'elle ne serait pas sa prochaine conquête, Frank ayant nettement fait sentir qu'il n'entendait pas que l'on marchât sur ses plates-bandes, si bien que tout alla plus facilement.

« D'après ce que vous nous avez dit hier, vos relations avec Heisenberg ont toujours été très tendues…

— Nous étions rivaux, en compétition pour le même prix, monsieur Bacon, opina Erwin négligemment. Son attitude me paraît normale, jusqu'à un certain point. Comme vous devez le savoir, un physicien peut consacrer des années, parmi les plus fécondes de sa vie, à une seule tâche, avec l'espoir de la mener à bien, sans que rien ni personne ne puisse lui garantir quelque sorte de réussite que ce soit. Il y avait bien longtemps que Heisenberg s'attaquait aux mêmes problèmes, et il croyait avoir trouvé une solution. Comment aurait-il pu accepter de bon gré que quelqu'un vienne brusquement lui dire qu'il s'était trompé ou, pis encore, qu'il existait un meilleur moyen de procéder ? J'admets qu'il ne s'agissait pas d'une attaque contre ma personne, mais d'une réaction compréhensible due à sa frustration…

— Vous avez tous deux reçu le prix Nobel la même année…

— Pas exactement. En 1932, le prix n'avait pas été attribué, de sorte qu'en 1933, on attribua à la fois celui de l'année précédente et celui de l'année en cours. Pour je ne sais quelle raison, l'Académie suédoise décida que Heisenberg devait recevoir le prix de 1932, et Paul Dirac et moi celui de 1933… Une sorte de jugement de Salomon, il me semble bien…

— Pourriez-vous nous dire ce que vous pensez du professeur Heisenberg à l'heure actuelle ?

— Quelle question ! Il est sans aucun doute l'un des plus grands physiciens de ce siècle… Un homme brillant, astucieux, rigoureux…

— Ambitieux, ajoutai-je.

— Qui ne l'est pas, dans notre milieu, Links ?

— Mais dites-moi, intervint Bacon, jusqu'où pourrait-il aller pour arriver à ses fins ? »

Erwin demeura un petit moment silencieux, souriant dans sa barbe.

« Je serais tenté de vous dire que c'était une sorte de Faust, capable de vendre son âme en échange de…

— La gloire ? L'immortalité ?

— Non. La connaissance. Heisenberg ne m'a jamais paru mesquin. Il ne poursuivait pas des fins méprisables. Bien au contraire. Sa vanité était due au fait que, dès le début de sa carrière, alors qu'il était très jeune, il a su qu'il faisait partie des élus, de ces rares êtres humains auxquels le Ciel concède les dons qui permettent de révéler les mystères de la création… Oui, je suppose qu'il aurait été capable de tout pour cerner, de plus près que n'importe qui d'autre au monde, la *vérité*.

— De tout, avez-vous dit ? » soulignai-je.

Schrödinger ignora ma question.

« Heisenberg était tourmenté par l'incertitude… Il était parfaitement conscient de ses aptitudes particulières, trop conscient même, dirai-je, et c'est pourquoi il était si douloureusement angoissé par l'avenir… Son désir de faire progresser la mécanique quantique et d'obtenir le monopole de la vérité en dépit des théories comme la mienne me fait penser aux tentatives insensées de ces hommes qui cherchent désespérément à donner un sens au monde. Je sais que cela peut paraître paradoxal, mais lui qui a si méticuleusement sondé l'incertitude, l'impossibilité de tout connaître d'un système quelconque, avait plus que tout autre besoin de certitudes…

— Croyez-vous, professeur, que, pour Heisenberg, l'incertitude introduite par la mécanique quantique était une sorte d'exaltation du libre arbitre ? » Voilà que mon Bacon se piquait de philosopher.

« C'était l'idée de l'un de ses collègues, Pascual Jordan, qui, pendant de nombreuses années, a indéniablement été un admirateur fervent des nazis… Jordan pensait que, la nature étant indéterminée, c'était à l'homme de combler les vides qu'elle laisse. Comment ? Par l'exercice de sa volonté. C'est une idée très ancienne, et, j'en ai peur, un peu tyrannique : comme l'univers n'est pas clair, la vérité est du côté du plus fort… C'est à celui qui détient le pouvoir, à l'homme pourvu d'une volonté de fer, qu'il revient de décider de ce qui est bon ou mauvais, juste ou faux…

— Voyons un peu si je vous suis bien, professeur, dit Bacon à mi-voix. L'idée est que le libre arbitre a son origine dans le hasard de l'univers quantique et relativiste…

— C'est ce qu'ils croyaient. Que les effets de notre volonté sont le complément du cosmos.

— Il me semble que vous ne partagez pas ce point de vue…

— Bien sûr que non ! s'exclama Erwin avec conviction. Cette opinion me paraît d'une irresponsabilité morale inadmissible. Je ne suis pas bon ou méchant parce que les événements se produisent par hasard ; au contraire, mes décisions dépendent de tout un ensemble de motivations diverses, des plus mesquines aux plus sublimes, ce qui, vous me l'accorderez, n'a presque rien à voir avec les décisions prises dans une conjoncture aléatoire. S'il est indéniable que dans la mécanique quantique certains aspects de l'univers demeurent indéterminés, on y réalise en même temps des calculs de probabilité qui, tout aussi indéniablement, ne reposent pas sur le hasard.

— Qu'en concluez-vous, alors ?

— Il me semble que le résulat le plus important de la controverse, c'est encore la réconciliation du libre arbitre et du déterminisme physique. Après bien des fausses routes, nous nous sommes enfin rendu compte qu'il n'est pas adéquat de faire reposer l'éthique sur le hasard tel que nous le concevons en physique. » Erwin pontifiait, pour mieux affirmer son néodéterminisme. « En un mot, la physique quantique n'a rien à voir avec le libre arbitre.

— Dans ce cas, la physique n'a rien à voir non plus avec l'aspect moral de nos actes.

— L'approche scientifique du monde n'a rien à nous dire sur notre destinée ultime et ne veut rien savoir de Dieu. Il ne manquerait plus que ça ! D'où venons-nous et où allons-nous ? La science est incapable de répondre à ces questions ! Des hommes tels que Jordan ou Heisenberg croyaient, au contraire, que la physique quantique démontrait qu'il nous était impossible de connaître la réalité… Dès lors, seule la volonté pouvait permettre de régler notre conduite. Cette idée me semble aberrante et je crois qu'elle conduit à des actes aberrants…

— Dans un monde indéterminé, où n'existent ni le bien en soi ni le mal en soi, les camps de concentration et la bombe atomique pouvaient être considérés comme normaux, dit Irene.

— Si l'on porte leur point de vue à ses ultimes conséquences, il en est en effet ainsi, chère Irene…

— Vous avez été l'un des rares grands physiciens

à n'avoir pas participé, même de loin, aux projets de construction de bombes atomiques, ni d'un côté ni de l'autre, dit Bacon.

— On ne me l'a pas demandé et, si on l'avait fait, j'aurais refusé.

— Pourquoi d'aussi nombreux scientifiques ont-ils participé volontairement, aux États-Unis et en Allemagne, à des travaux de cette nature ?

— Le défi était colossal, répondit Erwin.

— Voulez-vous dire par là qu'il s'agissait de vanité ?

— J'en suis certain. Tout physicien aurait été enchanté de démontrer que ses théories pouvaient avoir des applications pratiques. Les scientifiques, et tout particulièrement les théoriciens de la physique, sont, mes chers amis, pervers de nature. Nous passons notre vie à spéculer et à faire des calculs, si bien que toute application de l'une de nos théories nous fascine.

— Et que faites-vous des considérations éthiques et religieuses ?

— Étant donné que l'univers est relativiste, je ne veux pas parler de la relativité d'Einstein mais de celle de Protagoras, et indéterminé, un physicien doit s'efforcer de s'en détacher. Il prétend mener à bien son travail indépendamment de toute considération extrascientifique, ce qui suffit à lui donner bonne conscience… Pour quelqu'un qui adopte cette attitude, le champignon radioactif d'une explosion atomique n'est rien de plus qu'une preuve qu'il a eu raison.

— C'est tout ?

— C'est tout. Pourquoi tant d'hommes ont-ils si volontiers participé à la réalisation de ces projets atomiques, à votre avis ? Par nationalisme ? Ce n'était pas leur souci premier, même s'il ne faut pas en ignorer l'importance. Non, avant tout, ils l'ont fait par orgueil ! *Vanitas vanitatum,* professeur Bacon. Les physiciens menaient leur petite guerre, loin des armées. Chacun voulait être le premier à produire la bombe atomique : réussir, c'était mettre aussitôt les autres chercheurs en échec. Les conséquences de l'explosion leur importaient peu : ce qui comptait, c'était de tourner les autres en ridicule. Et c'est bien ce qui s'est passé. Heureusement, et j'en demande pardon au professeur Links, l'équipe de Heisenberg a perdu…

— Je ne puis croire, fit Irene, dans son rôle de championne de la morale, qu'ils aient pu ne pas s'inquiéter des vies qui allaient être détruites et ne songer qu'à leur carrière, qu'à démontrer qu'ils étaient supérieurs à leurs rivaux… Je trouve cette mentalité encore plus répugnante que celle de Hitler…

— Nous, les scientifiques, nous n'avons jamais été des agneaux, dit Erwin avec un certain cynisme. Je regrette de vous décevoir, mais vous ne fréquentez pas les meilleures créatures du monde.

— Des millions de personnes mortes à seule fin de prouver une théorie… »

Je me sentais de plus en plus mal à l'aise, mais je n'y pouvais rien. Schrödinger me provoquait.

« Pour eux, c'était comme un jeu, insista Erwin, à peine différent d'une partie d'échecs ou de poker. D'un point de vue mathématique, du moins, ce n'était pas plus brillant que ça, comme vous le savez très bien, Links. L'objectif était de battre l'équipe adverse, c'était tout ce qui comptait.

— Voilà pourquoi, à la fin de la guerre, Heisenberg s'est montré tellement déconfit, dit Bacon, pensant tout haut. Non pas à cause de la défaite de l'Allemagne, qu'il avait acceptée depuis des mois, mais quand il a appris que les physiciens qui se trouvaient du côté des Alliés avaient réussi ce qui pour lui n'était encore qu'une possibilité… Et c'est aussi pour cela que Gerlach, qui dirigeait le projet allemand, a pleuré quand il a su ce qui s'était produit à Hiroshima…

— C'est dégoûtant, s'indigna Irene, d'une voix geignarde de corbeau. Il pleurait sur son orgueil blessé, indifférent aux victimes…

— Je vous rappelle tout de même, mademoiselle, que rien de tout cela n'aurait été possible sans la participation des militaires et de l'État. Aussi misérable que puisse être un physicien, il ne concevra d'armes que si ces gens-là l'y obligent. Le plus redoutable ennemi de l'homme, c'est l'État, n'importe quel État. L'abcès du fascisme a été crevé, mais l'idée demeure, elle vit encore de nos jours en ceux qui l'ont implacablement combattue… Je tremble à l'idée que nous puissions aller aussi loin. En fait, nous sommes déjà allés trop loin… »

Un avion minable de l'armée nous ramena à Hambourg, réduits à l'état de lourdes marchandises en piteux état au terme d'un vol épouvantable, qui ne fut que soubresauts et trous d'air. De là, nous prîmes un train direct pour Göttingen, dont les couloirs surchauffés servirent de décor à une scène pénible entre cette femme et moi.

« Ne le trouvez-vous pas brillant ? dis-je en parlant d'Erwin.

— Un esprit très alerte, sans doute, répondit Bacon.

— Moi, il me semble pathétique, jeta Irene, contrariée, seulement pour me vexer.

— Désolé de vous contredire, Irene, répliquai-je, mais je crois que vous vous trompez. Non, je ne cherche pas à vous offenser, mais à vous faire part de mon point de vue. Pour vous dire le fond de ma pensée, je crois que le professeur Schrödinger se borne à démontrer par l'absurde ses théories…

— Expliquez-vous, Gustav, me demanda Bacon.

— C'est très simple, commençai-je. Vous ne devez

pas avoir oublié le fameux exemple du *Chat de Schrödinger,* comme l'appellent les scientifiques…

— Le professeur nous a raconté cette histoire pendant le repas, rappela Frank à Irene, qui n'y avait sans doute rien compris.

— Si l'on se laisse entraîner par la force de ce paradoxe, on peut dire que chaque fois que l'on mesure un phénomène quantique, l'univers se subdivise selon le nombre de choix possibles…

— Qu'est-ce que cela a à voir avec la vie sentimentale du professeur Schrödinger ? fit Irene, agressive.

— C'est évident. En théorie quantique, chacune de nos décisions nous conduit à choisir un certain chemin, bien que dans le fond nous sachions qu'une partie de nous-même, le je qui est un autre, si vous préférez, prend, dans son univers à lui, une direction différente… Or, qu'est-ce que l'amour, sinon le plus important des choix ? Chaque fois que quelqu'un décide d'aimer une femme, il n'opte en fait que pour une seule possibilité et fait une croix sur toutes les autres… n'est-ce pas une perspective épouvantable ? Chaque fois que nous faisons un choix, nous renonçons à des centaines de vies différentes… Aimer telle personne signifie ne pas en aimer beaucoup d'autres…

— Je crois que l'idée que les femmes se font de l'amour ne ressemble en rien à ce que vous en dites, déclara Irene, en me coupant la parole.

— Mais bien sûr que oui, mademoiselle. Je ne dis là rien de nouveau. Vous avez choisi ce brave garçon, dis-je en désignant Bacon, et, ce faisant, vous avez éliminé la possibilité d'en aimer d'autres, le professeur Schrödinger, par exemple, ou moi…

— Encore heureux…

— Nous y voilà ! m'exclamai-je, indifférent à son ironie. Vous apportez de l'eau à mon moulin. Choisir équivaut à renoncer à des centaines de mondes possibles… S'il nous arrive de tomber sur un chat mort, il n'y a pas moyen de revenir en arrière dans le temps, ce que nous observons nous condamne à demeurer dans le monde où la pauvre bête est morte. Pour l'amour, il en va de même. "Et si j'avais…" se dit-on alors. C'est frustrant.

— Je crois que chacun doit être responsable de ses décisions.

— Ma chère Irene, j'admire votre abnégation, mais nous ne voyons pas tous les choses de la même façon, dis-je en riant. Les êtres humains sont faillibles… Peut-être pas vous, mais la plupart d'entre nous se trompent, au moins une fois dans leur vie ; ensuite, nous nous repentons de nos actes. C'est alors que retentissent les paroles magiques : "Et si j'avais…" Je crois que le professeur Schrödinger est l'un de ces pauvres hommes qui auraient aimé vivre mille existences différentes. Erwin a voulu combiner plusieurs vies en une seule, c'est pour cela qu'il peut avoir en même temps une femme, une maîtresse, vivre avec les deux, aimer de nombreuses autres femmes en même temps, et qu'il considère que le bonheur absolu ne peut se trouver que dans la diversité des expériences.

— Je ne crois pas qu'il les aime toutes, comme il le prétend, déclara Irene.

— Moi, je le crois. Ou plutôt, je pense qu'il croit les aimer, et c'est suffisant.

— Ou l'on aime ou l'on n'aime pas, Gustav…

— Vous vous trompez, Irene. Encore une fois : dans un monde où il n'y a aucune certitude absolue, même l'amour ne nous sauve pas du doute. Disons que nous considérons comme hautement probable que notre amour soit réel. C'est tout ce à quoi nous pouvons aspirer. Ainsi, notre Erwin aime ou croit aimer, ce qui revient au même, plusieurs femmes à la fois, en essayant d'échapper à l'esclavage des choix…

Pourquoi se limiter à un seul univers alors qu'il y en a tant ? Pourquoi se limiter à une seule femme alors qu'il y en a des multitudes ? Fort de cette conviction, il se lance dans plusieurs vies simultanées… Erwin n'est ni un Don Juan ni un Casanova ; il ne court pas après les jeunes filles pour établir un record, pour collectionner les trophées ou pour les tromper… Non, au contraire, il tâche de ne pas limiter son amour, ses possibilités… Vivre avec une femme, une maîtresse et sa fille en même temps ? Je crois que ce n'est ni simple ni amusant. Erwin ne le fait pas pour se donner du bon temps, mais, comme je vous l'ai dit, pour ne pas se repentir d'avoir choisi seulement Anny, ou seulement Hilde, ou seulement la jeune fille de la radio… Ainsi, il les garde toutes !

— Vous êtes aussi monstrueux que lui ! » cracha Irene, hors d'elle. Bacon, entre-temps, avait gardé le silence, essayant de la calmer sans y parvenir. « Vous vous servez de la science pour justifier votre immaturité… Que faire pour éviter les doutes et le repentir qu'implique chaque choix ? Ne pas choisir ! C'est la pire des couardises que j'aie pu connaître ! Pour moi, la valeur de la liberté est dans le risque que l'on court… Bien sûr qu'il est possible que les choses tournent mal, mais, même ainsi, prendre le risque aura valu la peine… C'est ce qui nous rend authentiquement humains, Gustav. Schrödinger et vous avez emprunté la voie de la facilité, qui consiste à prendre tous les chemins possibles… Vous voulez toujours gagner… Mais je crois que, au bout du compte, vous êtes toujours perdants… Le seul avantage d'être vaincu, de se tromper, c'est la possibilité d'essayer une nouvelle fois…

— Allons-nous bientôt arriver à Göttingen ? » m'enquis-je en guise de conclusion.

L'attraction des corps

Berlin, décembre 1940.

Aurions-nous pu continuer ainsi tous les trois, Marianne, Natalia et moi, persévérer dans nos états respectifs, mus par l'inertie qui nous animait, elles s'aimant en secret et moi les épiant en silence, caché derrière les portes, comme un scientifique circonspect et timoré qui réalise son expérience à distance, à l'abri d'un monde macroscopique commode ? Peut-être que si j'avais été moins curieux, moins intéressé par de nouvelles expériences aurions-nous pu sortir indemnes de cette plongée dans le chaos… Alors, je me pose une nouvelle fois la question : pourquoi nous sommes-nous précipités dans une avalanche provoquée par une infime boule de neige ? Et, une fois lancés, qui aurait pu nous arrêter ?

Près de six mois avaient passé depuis que nous étions revenus de notre voyage en Bavière, et la situation était restée inchangée, chacun de nous s'accoutumant au rôle qu'il devait tenir dans notre petit jeu dangereux. Marianne était toujours une épouse distante et une maîtresse fougueuse ; Natalia languissait après Heinrich et cherchait une consolation dans les bras de son amie, et je me contentais de prendre plaisir au spectacle de leurs étreintes…

Tout changea à partir de Noël 1940, au moment où Hitler lançait l'opération Barberousse, qui devait se traduire par l'invasion de la Russie l'été suivant. Comme d'habitude, nous avions invité Natalia à se joindre à nous pour le réveillon, car l'évolution du conflit armé n'avait pas permis à Heini d'obtenir une permission pour passer les fêtes en famille. Il nous envoya de Paris une longue lettre que Natalia nous lut à haute voix, les larmes aux yeux. Il ne se bornait pas à nous adresser ses vœux et à nous exprimer ses regrets de n'être pas des nôtres, mais il me demandait explicitement de revenir sur ma décision parce que les chances de nous réconcilier nous étaient peut-être comptées. Je ne sais si ce fut à cause de la combinaison du moment de l'année, du ton amer de sa lettre, de la voix brisée de Natalia et des larmes de Marianne, mais je ne pus m'empêcher de dire tout haut que je lui pardonnais, qu'il me manquait autant qu'à elles et que, aussitôt que je le reverrais, je ferais tout pour renouer les liens de l'amitié. Ce brusque changement de position créa entre nous trois un climat particulier : nous formions à nouveau une famille.

En m'entendant parler ainsi, Marianne se précipita dans mes bras. Natalia ne tarda pas à faire de même : elle m'enlaça, m'embrassa, puis elle enlaça et embrassa Marianne avec la même ardeur et la même tendresse. Quand nous reprîmes nos esprits, nous étions tous trois exaltés, pleins d'un bonheur et d'un enthousiasme que nous n'avions pas partagés depuis longtemps. Nous étions enfin délivrés de toute tension, du fardeau d'angoisse qui pesait sur nos épaules, libres pour un soir, entièrement libres… Nous partagions une impression de fragilité et de délicatesse qui nous rapprochait comme jamais : soudain, nous n'étions plus trois êtres distincts, mais un seul esprit en trois corps… Plus que jamais, nous avions besoin les uns des autres ; la nuit froide, d'un noir profond, collée contre les fenêtres, nous rappelait la précarité de notre condition… Il était bien improbable que nous puissions, l'année suivante, nous retrouver ainsi, en une telle communion de sentiments. Dans le tourbillon de la guerre et son cortège de peurs, nous n'étions plus que de petits animaux craintifs, livrés à la puissance irrésistible de nos appétits.

Qui fit le premier pas ? Ce fut peut-être moi… Oui, c'est moi qui ai déclenché cet enchaînement de malheurs à partir de ce qui, à cet instant-là, ne ressemblait qu'à une douce impression de tendresse et d'amour… J'embrassai Marianne sur la bouche, longuement, comme je ne l'avais plus fait depuis longtemps, tout en tenant les délicates mains de Natalia dans les miennes… Quand je repris conscience de mes actes, c'étaient les lèvres de Natalia qui étaient tout près des miennes, et elles se joignirent, nos langues se mêlèrent, se tordirent sous l'effet de l'excitation qui rayonnait de nos chairs, et déjà Marianne la dévêtait. Il y eut un miracle (que je considère à présent comme une malédiction) qui fondit nos trois corps en un seul ; en cette nuit de Noël, couverts de sueur, tremblants d'excitation, nous luttions avec nos vêtements pour nous en débarrasser plus vite, comme des esclaves enfin libérés de leurs chaînes. Nous roulâmes sur le sol, semblables à des bêtes qui se disputent une proie, nous étreignant, nous caressant, nous griffant, nous mordant et nous aimant sans fin, sans contrainte, jusqu'à l'épuisement… Nous avions perdu nos personnalités, nous étions devenus un être multiple, gouverné seulement par le désir et l'instinct. Un moment, peu importa à qui appartenaient telle partie du corps, tel regard, tel sexe, telle peau, nous partagions tout, indifféremment, transportés, convaincus qu'il n'y avait pas de barrière entre ceux qui s'aimaient ainsi. « Tu aimeras ton prochain comme toi-même » avait dit celui dont nous fêtions ce soir-là l'anniversaire, et nous portâmes sa formule aux ultimes conséquences. Nous ne péchions pas, nous ne pouvions pécher, tout au contraire, nous étions possédés par la grâce pour une fois dans notre vie, aussi innocents que des enfants…

Nous nous précipitâmes dans la chambre, nus, et nous nous démenâmes entre les draps comme dans un filet de pêche où nous aurions été pris par l'opération du Saint-Esprit. Jamais encore je n'avais contemplé autant de beautés réunies en un même instant ; il n'y avait pas un pôle masculin autour duquel gravitaient deux femmes extatiques, mais un réseau asexué qui se dévorait lui-même, fasciné par sa propre beauté, et dont le moindre détail était une œuvre d'art : deux seins magnifiques glissaient doucement sur deux autres seins tout aussi beaux, ma langue passait du ventre de l'une au dos de l'autre, leurs baisers couraient de mes épaules aux pieds de l'une d'elles, mon sexe entrait et sortait de deux vulves qui n'étaient à la fois ni tout à fait pareilles ni tout à fait différentes, nos mains s'entrelaçaient en un tissage serré, nos voix se répondaient, consolatrices, éclatantes, gémissantes, tendres et violentes, indiscernables… L'univers naissait avec nous, il nous appartenait. Nos étreintes furent les forces primordiales en expansion, nos murmures le Verbe et notre repos partagé celui du septième jour.

A la tempête succéda le calme, nous restâmes étendus, inertes, comme des naufragés à la dérive sur le radeau de fortune du couvre-lit, attendant l'arrivée des secours, trop épuisés pour appeler à l'aide… Si ce n'était pas de l'amour, quel autre nom donner à ce qui nous unissait, alors que, absorbés, avides et perplexes, nous contemplions le plafonnier comme nous eussions tendu tout notre être vers notre bonne étoile… Irai-je jusqu'à dire que nous priions ? C'était une prière presque muette, nos lèvres remuaient à peine, nous déglutissions une salive au goût de vin doux, implorant le pardon de Dieu, de Heinrich, des hommes, et nous demandions aussi de pouvoir revivre cette extase une fois encore, et une autre, et une autre, jusqu'à notre perdition définitive, à l'infini.

Le paradoxe du menteur

Göttingen, avril 1947.

Prisonniers d'un silence suspect, le lieutenant Bacon, Irene et moi arrivâmes à la gare de Göttingen vers dix-neuf heures, un vendredi soir. Bacon fit signe à un taxi et envoya Irene chercher chez sa mère le petit Johann.

« La semaine a été dure, Gustav. Allez vous reposer, fit-il. Nous nous verrons lundi prochain.

— A lundi », lançai-je en prenant congé de lui, encore en proie à la gêne profonde qu'avait entraînée ma querelle avec Irene.

Bacon consulta d'un regard l'horloge de la gare et décida de rentrer chez lui à pied. Après toutes ces heures passées en compagnie, il avait envie de se plonger dans l'anonymat agréable des rues de Göttingen. Le soir, la ville changeait de visage, elle était comme neuve, on s'y sentait plus libre, sans les meurtrissures et les accablements du jour. L'immeuble où il vivait avait une allure de baleine endormie. La lumière des réverbères n'arrivait même pas à en éclairer l'entrée. Bacon entra dans son appartement avec des précautions de bestiole qui cherche à éviter les pièges des chasseurs à l'affût. Il était minuit. Il allait prendre un bain, et peut-être irait-il un peu plus tard rejoindre Irene. Il alluma la lampe de chevet et s'apprêta à se déshabiller. Alors qu'il ôtait son pantalon, il remarqua une enveloppe blanche glissée sous sa porte. Au premier moment, il crut qu'il devait s'agir d'un contrordre envoyé par ses chefs, mais on ne procédait pas ainsi, d'habitude. Intrigué, il se dépêcha de l'ouvrir, et trouva à l'intérieur une autre enveloppe, plus petite. Impatient, il en déchira le bord et en tira un bristol sur lequel il découvrit une écriture élégante, aux gros caractères, dont la seule particularité étaient les boucles pas tout à fait fermées. Le message était le suivant :

> Cher professeur Bacon,
>
> Bien que vous n'ayez pas demandé à me voir, je sais que tôt ou tard nous nous rencontrerons. C'est pourquoi je préfère prendre l'initiative. Pour quelle raison ? Pour vous prévenir, cher ami. Vous vous êtes aventuré sur un terrain que vous ne connaissez pas. Moi, à mon heure, j'ai fait de même, et j'ai fini par perdre. C'est pour cela que je vous dis : Attention ! *Tous les physiciens sont des menteurs.*
>
> Professeur JOHANNES STARK.

Bacon sentit un frisson lui parcourir l'échine. Il aurait bien voulu croire qu'il s'agissait d'une plaisanterie. Comment Stark avait-il découvert son adresse ? Pourquoi lui écrivait-il en ces termes nettement inquiétants ? Cherchait-il à le détourner de son but ? Ou, au contraire, voulait-il vraiment le mettre en garde ? Ou l'intimider ? Il se coucha sur le lit où il resta quelques minutes sans faire le moindre mouvement. Puis, il se leva et suivit la seule idée qui lui était venue à l'esprit, et qui était aussi la pire de toutes celles qu'il eût pu avoir : il alla consulter Irene. Il la trouva ensommeillée et de mauvaise humeur, très probablement fâchée qu'il ne fût pas venu plus tôt. Elle tenait dans ses bras son enfant, qui ne dormait pas encore.

« Qu'est-ce qui t'arrive ? lui demanda-t-elle. On dirait que tu veux arracher cette pauvre serrure. »

Bacon entra dans la pièce sans même prêter attention à sa récrimination.

« N'as-tu pas aperçu quelqu'un devant ma porte ?

— Non, je suis rentrée chez moi aussitôt arrivée, répondit-elle. Pourquoi ? »

Bacon lui tendit le message.

« Qu'est-ce que ça veut dire ?

— Je l'ai trouvé sous ma porte. »

Elle le lut rapidement.

« C'est curieux. Pourquoi t'envoyer ça ?

— Je n'en sais rien. Ce qui est clair, c'est qu'il sait ce que je fais.

— C'est ridicule.

— Moi, ça me paraît plutôt pervers. »

Irene s'empressa d'aller mettre Johann au lit, puis, peut-être emportée par son élan maternel, elle embrassa très fort Frank, comme si elle voulait le protéger d'une menace inconnue.

Plus tard, Bacon était assis dans un fauteuil, chez moi. Je consultai ma montre : il était quatre heures du matin.

« Ça ne pouvait pas attendre à demain ? » Il faisait froid et mon pyjama ne me protégeait guère. « Voulez-vous du café ?

— Oui, merci.

— Dites-moi, lieutenant, qu'est-il arrivé ? »

Il me remit le message qu'il avait déjà montré à Irene.

« Le vieux Stark vous a envoyé ça ? » demandai-je, aussi stupéfait que lui.

Nous passâmes à la cuisine, et, tandis que je préparais du café, Bacon me raconta ce qui s'était produit.

« Nous savions depuis longtemps que c'est un lunatique, fis-je, nerveux, et voilà qu'il s'immisce maintenant dans notre jeu… Qu'est-ce que cela veut dire ? Que cherche-t-il à obtenir ?

— A nous faire savoir qu'il est au courant de nos recherches, et qu'il ne s'en inquiète pas. Et peut-être aussi…

— Quoi donc ? m'enquis-je aussitôt.

— Il est évident qu'il s'agit d'un défi. Relisez-le.

— “Attention ! *Tous les physiciens sont des menteurs*”, lus-je à haute voix.

— Il fixe les règles de la confrontation, comme s'il s'agissait d'une partie d'échecs ou de poker. Mais pourquoi agit-il ainsi ? Pourquoi nous provoque-t-il ? N'aurait-il pas été, de sa part, plus prudent de se taire, comme il l'a fait jusqu'à présent ?

— Sans doute Stark pense-t-il que nous le soupçonnons, et c'est là une façon de se défendre. Il a préféré prendre les devants.

— C'est absurde, souffla Bacon. Il ne doit plus avoir toute sa tête…

— C'est possible, mais nous ne devons pas en tenir compte. Je ne vois pas d'autre possibilité que d'aller de l'avant.

— Et que devons-nous faire ?

— Ce que nous avons fait jusqu'à présent. Poursuivre notre tâche.

— Et son avertissement ?

— Peut-être cherche-t-il seulement à gagner du temps.

— Il se joue de nous !

— Du calme, Bacon. » Je posai ma main sur son épaule et lui tendis une tasse de café. « Chassons-le de notre esprit et refusons de jouer son jeu.

— Il est trop tard, à présent, insista-t-il. Nous n'avons que deux possibilités : jouer ou refuser la partie. Si nous décidons de ne pas jouer, Klingsor gagne.

— D'accord, d'accord ! fis-je en prenant une gorgée de café et en me brûlant les lèvres. Jouons, alors. Maintenant, dites-moi, lieutenant, quel est pour vous le sens du message de Stark ?

— Franchement, je ne sais pas.

— Veut-il nous suggérer que les témoignages que nous avons recueillis sont faux ? Que quelqu'un a menti ?

— Je suppose que c'est à cela qu'il fait allusion. Seulement, en nous le disant, au lieu de nous aider, il nous gêne. Comment pouvons-nous savoir qui a menti ? Y avez-vous songé ? Ce qu'il a fait, c'est semer le doute. Il laisse entendre que nous sommes sur la bonne voie et, en même temps, que quelqu'un nous a induits en erreur…

— Je vous l'ai dit : c'est là l'hydre maligne de l'incertitude.

— Le pire, c'est qu'il a réussi son coup, fit Bacon en frappant du plat de la main sur la table. Maintenant, moins que jamais nous ne pouvons nous fier à qui que ce soit. » Il s'interrompit, puis, sans me laisser le temps de prendre la parole, il ramassa ses affaires et m'ordonna : « Je vous attends à mon bureau, monsieur Links. Je crois qu'il y a quelqu'un qui pourrait nous aider, dans cette affaire. »

Bien que ce fût samedi, l'immeuble vétuste dans lequel se trouvait le bureau de Bacon n'était pas tout à fait désert : quelques soldats portaient des caisses, et une demi-douzaine de civils assis à leur table de travail remplissaient des formulaires ou épluchaient la correspondance. J'arrivai peu après neuf heures. Nous passâmes toute la matinée devant un transmetteur, à chiffrer un long message que Bacon se chargea de rédiger attentivement. Dans l'après-midi, nous reçûmes la réponse que nous attendions. Quand elle fut déchiffrée, j'appris que notre interlocuteur, de l'autre côte de l'océan, n'était autre que John von Neumann.

EXP : John von Neumann
DEST : Lt Francis Bacon

Mon cher Frank,

Câble reçu. Problème intéressant, mon garçon. On dirait un film policier. Un physicien qui aime les jeux. Très ingénieux. Je crois que j'aimerais bien prendre le thé avec Stark un de ces jours. Il est sans doute affolé mais, au moins, il a le sens de l'humour.

L'énigme qu'il vous propose est courte mais substantielle. Je suis étonné que des scientifiques aussi compétents que vous n'aient pas reconnu la référence à laquelle il fait appel. Peut-être vous a-t-elle paru trop évidente. Il s'agit tout simplement d'une paraphrase du célèbre paradoxe d'Épiménide. Un sophiste qui aimait beaucoup se moquer de ses collègues, bonne habitude que nous ne devrions pas perdre. Fort de sa sagesse et de sa probité, ce brave homme, né en Crète, dit un jour :

Tous les Crétois sont des menteurs.

Je crois qu'il n'est pas nécessaire que je récapitule tous les conflits logiques que soulève une semblable déclaration. Peut-être notre brave Stark est-il aussi futé et aussi sincère qu'Épiménide ou notre ami commun Kurt Gödel. Je vous souhaite bonne chance. Il me semble qu'il va vous en falloir. Tenez-moi au courant.

« Comment ne m'en suis-je pas rendu compte ? me lamentai-je.

— Je ne l'ai pas reconnu moi non plus. Quel idiot ! C'est le point de départ du théorème de Gödel ! » Bacon paraissait sincèrement honteux, alors que c'était moi, en tant que mathématicien, qui aurais dû me sentir terriblement humilié. « Enfin, l'important, c'est que nous ayons fait un pas en avant.

— *Tous les physiciens sont des menteurs* est une phrase aussi anodine que *Tous les Crétois sont des menteurs,* tant que ce n'est pas un physicien qui parle dans le premier cas et un Crétois dans le second.

— Et c'est un physicien qui parle et qui nous dit que tous les physiciens sont des menteurs.

— Eh oui, acquiescai-je. C'est comme si je vous disais *Je mens* ou plutôt *Cette phrase est un mensonge.* Si c'est vrai, alors la phrase est fausse. Et si c'est faux, la phrase paraît vraie ; mais si elle est vraie, alors c'est faux, et ainsi de suite, *ad infinitum...* Un paradoxe récurrent typique.

— Qui nous conduit, comme Von Neumann nous l'a justement rappelé, au théorème de Gödel... Vous rendez-vous compte, Gustav ? Nous voilà revenus à l'incertitude. Il s'agissait l'autre jour de celle qui dérive de la physique quantique et, aujourd'hui, de celle qui est au cœur des mathématiques. Comme le dit Gödel, même dans le système le plus parfait existera toujours au moins une proposition qui ne pourra être vérifiée selon les lois de ce système... Elle n'est ni vraie ni fausse, elle est indécidable.

— Comme le chat de Schrödinger qui est à la fois vivant et mort...

— C'est trop de coïncidences, ne croyez-vous pas ? ajouta Bacon. A Princeton, j'ai connu Gödel. En fait, je pourrais dire que d'une certaine manière, il est la cause de ma présence ici, maintenant... C'est une longue histoire...

— Il y a bien d'autres messages, dans ce message.

— Tout cela revient au même : l'impossibilité de connaître la vérité.

— Il compte nous décourager, ajoutai-je, mal à l'aise. Il nous dit : si dans les sciences, en physique et en mathématique, il n'est pas possible d'arriver à une certitude absolue, pourquoi nous acharnons-nous à en chercher une ? A quoi bon nous montrer aussi obstinés ? Et il répète : la vérité est aussi ambiguë qu'une proposition indécidable, aussi fuyante qu'un électron, aussi incertaine qu'un paradoxe…

— *Ainsi, vous ne trouverez pas Klingsor.* »

Je gardai quelques instants le silence, évaluant diverses possibilités. Enfin, il me sembla entrevoir une issue.

« J'ai une idée, lieutenant, dis-je. Peut-être ce message ne fait-il que confirmer les soupçons que nous avions… Stark était l'adversaire de tous les scientifiques avec lesquels nous nous sommes entretenus jusqu'à présent. Tous étaient ligués contre lui et le sont peut-être encore…

— Où voulez-vous en venir ?

— Rappelez-vous le message : *Tous les physiciens sont des menteurs.* Stark voudrait nous faire douter de tous ceux auxquels nous nous sommes adressés… Et savez-vous pourquoi, Frank ? fis-je avec enthousiasme. Si nous admettons l'hypothèse selon laquelle Klingsor était en réalité l'un des ennemis de Stark, tous les physiciens ont menti pour tenir son identité secrète comme ils l'avaient fait auparavant… Et si tous mentaient pour couvrir un des leurs ? Heisenberg, par exemple ?

— Ce serait de la folie, il me semble, de soupçonner Heisenberg parce que quelqu'un comme Stark nous le suggère.

— La difficulté est là, lieutenant. Stark savait que nous n'allions pas le croire, c'est pourquoi il n'a pas essayé de nous convaincre. Il nous défie de le démentir. Il ne s'agit pas d'une accusation, mais, comme vous l'avez dit, d'une provocation. Si nous pouvons démontrer que l'un de ceux que nous avons interrogés a menti pour protéger Heisenberg, nous serons sur la bonne piste…

— Ce qui signifie qu'il nous faudra mêler à cette affaire toute la communauté scientifique de ce pays. »

Bacon était secoué, mais je pus lire dans ses yeux qu'il commençait à s'intéresser à mon idée. « Ce serait comme dévoiler une conspiration…

— Et si c'était le cas ? fis-je, tentateur. Stark est un individu méprisable, sans doute, mais, pour une fois, il dit peut-être la vérité. Nous nous montrerions tout à fait illogiques si nous écartions cette hypothèse pour la seule raison qu'elle nous est fournie par un être abject. Et si les autres étaient plus abjects que lui ? Je ne suis pas le seul à soupçonner Heisenberg, lieutenant. » Et je glissai alors ma provocation la plus sibylline. « Tout le monde sait que Bohr lui-même a fini par le renier.

— Bohr ?

— Eh oui, lieutenant. Je ne sais pour quel motif, mais il a dû être réellement grave. Pourquoi n'interrogeriez-vous pas Werner à ce sujet ? »

Frank demeura coi. Il paraissait immergé dans un océan personnel, hors d'atteinte.

« A quoi penses-tu ? » lui demanda Bacon en l'observant ; couchée sur le lit dans l'obscurité, Irene était absorbée, taciturne.

Son corps évoquait un poisson rejeté sur la grève, résigné à être calciné par le soleil de midi. Frank caressa ses cuisses ouvertes, mais elle se débattit comme si elle cherchait à se défaire de l'hameçon.

« Je n'aime pas ça, Frank. Je crois que Heisenberg n'a rien à voir avec cette affaire, dit-elle enfin en se redressant sur l'oreiller, découvrant ainsi ses petits seins rosis par les morsures.

— On dirait que tu te fais plus de souci que moi, murmura-t-il en posant de nouveau la tête sur le ventre d'Irene.

— Je ne comprends pas comment tu peux prendre ça à la légère », fit-elle, fâchée, en écartant la tête de son amant comme s'il s'était agi d'une poire blette.

« Il y a quatre mois que tu travailles sur cette affaire et tu n'as encore rien obtenu de concret, tu ne t'en rends pas compte ? Ton Gustav te mène par le bout du nez, se joue de toi. Aucune piste !

— C'est la teneur du message, fit Bacon, se redressant à son tour et essayant en vain de l'embrasser.

— Le message ! Parlons-en ! se moqua-t-elle. Comme si vous pouviez lui accorder la moindre valeur. Ce message, ce n'est rien du tout, Frank. Il ne prouve pas que Heisenberg soit coupable… Tu te fais des illusions. »

Le lieutenant commençait à en avoir assez. A sa place, je l'aurais déjà laissée tomber, ou je lui aurais au moins interdit de se mêler de mes affaires. Mais le pauvre Bacon était un pleutre.

« Ça suffit, Irene ! s'exclama-t-il. Voilà maintenant que tu en fais une affaire personnelle. Je sais que tu n'as pas confiance en Gustav, mais, sans lui, je n'aurais rien obtenu.

— Mais tu n'as rien obtenu, Frank…

— C'est ce que tu crois. Moi, au contraire, je pense que nous avons fait des progrès considérables…

— Lesquels ?

— J'ai déjà interrogé Planck, Von Laue, Schrödinger… Même si Heisenberg n'est pas notre homme, il se peut que bientôt il nous conduise jusqu'à lui…

— Je te le répète, Frank, dit Irene en se levant et en s'habillant, tu n'as pas la moindre preuve. Ce ne sont que des élucubrations…

— Je ne vois pas pourquoi tu te fâches, se plaignit-il. Où vas-tu ?

— Je m'inquiète que tu perdes ton temps, c'est tout, dit-elle. Il faut que je me prépare… Il est près de sept heures du matin…

— Irene, je t'en prie, j'ai bien assez de problèmes comme ça sans qu'il me faille encore encaisser une dispute avec toi. »

Elle préféra ne pas répondre. La colère déformait son visage, à l'expression déjà suspecte. Bacon dut bien se résoudre à s'habiller.

Le soleil de la mi-journée avait un éclat blanc qui le faisait ressembler à une énorme goutte de lait au milieu du ciel. Comme d'habitude, Bacon arriva exactement à l'heure — son tempérament obsessionnel finissait par m'agacer — et Heisenberg ne se fit pas attendre lui non plus. Il se sentait maintenant mal à l'aise en présence de ce Nord-Américain ingénu et entêté. Le prétexte était le même que la fois précédente : la prétendue monographie sur la science en Allemagne.

« J'espère ne pas trop vous tourmenter avec cette question, dit Bacon pour commencer, mais puis-je vous demander pourquoi vous avez accepté de travailler sur le projet atomique allemand ? Étiez-vous conscient des conséquences qu'il aurait pu entraîner si Hitler avait disposé d'une arme comme la bombe atomique ?

— J'ai seulement fait mon travail de scientifique, monsieur Bacon. » La voix de Heisenberg était glaciale. « J'ai accepté de travailler sur le projet atomique allemand parce que je n'avais pas le choix... Dans ma position, je pouvais être utile non seulement à ma patrie, mais encore au reste du monde...

— Pouvez-vous éclaircir ce que vous venez de dire ?

— Les progrès accomplis dans les recherches qui devaient conduire à la bombe atomique dépendaient de moi, précisa-t-il, persuasif. Et je n'aurais jamais permis qu'une arme de cette puissance fût employée contre l'humanité... »

Heisenberg s'était brusquement interrompu.

« Voulez-vous dire que vous étiez prêt à empêcher votre propre projet d'aboutir ?

— Je dis que je n'aurais pas permis qu'une telle arme fût utilisée, monsieur Bacon, c'est tout.

— Même si cela avait constitué une trahison envers votre pays ?

— Jamais je ne trahirai ma patrie, monsieur. » Heisenberg semblait être sur le point d'éclater. « Mais je n'aurais pas non plus laissé des millions d'innocents périr par ma faute. Vous, en revanche, à Hiroshima et Nagasaki… »

Heisenberg accusait à son tour, et, en un sens, il avait raison.

« Soyons réalistes, monsieur Bacon, reprit-il. En définitive, je n'ai aucun mort sur la conscience. Néanmoins, et pour toutes les raisons que vous pouvez juger bonnes, par patriotisme, ou pour éviter de pires maux — qui suis-je, pour les juger ? —, des centaines de mes collègues l'ont fait, en Amérique… Pourquoi continuer à me harceler, alors ?

— J'en suis désolé, monsieur.

— Combien de physiciens et de mathématiciens de premier ordre ont-ils participé au projet atomique des Alliés ? La liste est longue. Einstein lui-même a été l'un des premiers défenseurs de la bombe… Bohr s'en est mêlé, lui aussi… Et c'est lui qui maintenant m'adresse des reproches. »

Heisenberg se rendit brusquement compte qu'il s'était laissé emporter et qu'il en avait peut-être trop dit. Il se tut, recouvrant sa froideur de marbre, et contint sa colère en affichant un sourire forcé.

« Bohr ? » s'enquit Bacon innocemment, du moins en apparence.

Heisenberg hésita.

« Lui et beaucoup d'autres…

— Êtes-vous toujours aussi proches l'un de l'autre ? insista le lieutenant, impitoyable. Je vous ai toujours considérés un peu comme des frères…

— Peut-être en est-il toujours ainsi, dit Heisenberg

tout bas, de manière énigmatique. Je n'ai jamais cessé de l'admirer…

— Mais vous ne vous écrivez plus…

— Non.

— Depuis quand ? Depuis le début de la guerre ?

— A peu près… Depuis la dernière fois où je l'ai vu à Copenhague… »

Bacon savait qu'il était maintenant au cœur de l'affaire.

« Puis-je vous demander ce qui s'est passé à ce moment-là, monsieur ?

— Je préfère ne pas en parler, rugit Heisenberg, hérissé. C'est une affaire personnelle qui n'a rien à voir avec votre monographie.

— Il me semble naturel que Bohr se soit senti blessé, poursuivit Bacon sans tenir compte des objections de son interlocuteur. Le Danemark avait été envahi… Peut-être s'est-il senti offensé par votre attitude.

— Oui, c'est possible.

— Quand êtes-vous allé à Copenhague, la dernière fois ?

— En 1941.

— Vous êtes-vous rendu à l'Institut, comme au bon vieux temps ?

— Non. J'ai été invité par l'Institut allemand de la ville, pour y donner quelques conférences. J'ai cru contribuer ainsi au rapprochement des scientifiques danois et des scientifiques allemands, mais il est devenu évident que je me trompais.

— Et vous en avez profité pour aller voir Bohr.

— Bien entendu.

— De quoi avez-vous parlé ?

— De la guerre, monsieur Bacon. Et de physique, bien évidemment. Ce fut une très brève rencontre.

— Et, depuis, il n'y a plus eu aucun contact entre vous.

— C'est malheureusement vrai. » Les doigts de Heisenberg pianotaient maintenant sur le bureau. « En avons-nous fini ?

— Oui, monsieur. Pour aujourd'hui, répondit Bacon en redoutant que ces paroles ne parussent sarcastiques.

— J'espère vous avoir été utile », dit Werner en prenant congé.

Ses mains tremblaient.

La question à laquelle tous les scientifiques allemands durent répondre à la fin de la guerre — et qu'ils durent comme moi se poser à eux-mêmes aussitôt que commença leur collaboration au projet atomique — était toujours la même : Pourquoi ?

Avez-vous collaboré au programme scientifique allemand centré sur la conception d'armes nouvelles ? *Oui.*

Saviez-vous que votre travail pouvait conduire à la création d'une bombe ? *Oui.*

Étiez-vous conscient de l'utilisation qu'un régime tel que le régime nazi pouvait faire d'une pareille arme ? *Oui.*

Mais vous dites que vous avez toujours été opposé à la politique nazie et que vous ne vous êtes jamais affilié au parti national-socialiste ? *Oui.*

Alors, pourquoi avez-vous travaillé à ce projet ? La réponse, on l'imaginera aisément, n'était pas aussi simple. Moi, dans ma position de victime de ce même régime, je n'eus pas trop à me casser la tête pour trouver une réponse convaincante — mon incarcération constituait une preuve suffisante de ma repentance —, mais d'autres, comme Heisenberg, s'efforcèrent de présenter une justification plus élaborée. « On m'a donné l'ordre d'y travailler », répéta-t-il à satiété quand, à la fin de la guerre et longtemps encore, par la suite, on lui demanda de rendre compte de ses activités. « Le slogan officiel du gouvernement était : *La physique doit servir la guerre.* Nous, nous avions détourné la formule, pour en faire : *La guerre doit servir la physique.* »

Combien de tournures, d'expressions heureuses comme celle-là n'avons-nous pas pu inventer pour nous décharger de l'énorme responsabilité qui pesait sur nous ? Sans doute notre seul mérite, notre véritable disculpation, furent-ils l'échec de notre programme. En définitive, à la fin de la guerre, l'équipe que dirigeait Heisenberg n'avait même pas réussi à obtenir une réaction en chaîne ni à réaliser un véritable réacteur, ni, *a fortiori,* à charger une bombe qui pût produire une explosion atomique. Ils avaient essayé et, par bonheur, échoué. Mais, que se serait-il produit s'ils avaient réussi ? Si Hitler avait décimé des millions de gens innocents à Londres ou à Birmingham, comme les Américains l'avaient fait à Hiroshima et à Nagasaki ? Le jugement de l'Histoire aurait-il été aussi bénin pour Heisenberg ?

Il se défendait encore comme il le pouvait. A ce moment-là, les circonstances historiques avaient acquis, disait-on, un caractère exceptionnel, et il était allemand. Désirer la victoire de son pays et non pas sa destruction était bien naturel et compréhensible, et n'avait-il pas fait son devoir en participant à la défense de sa patrie ? L'accusation déclara que dans une guerre traditionnelle, tel aurait effectivement été son devoir, mais pas dans cette guerre-là : Hitler n'était pas un homme d'État qui voulait le bien de son peuple, mais un criminel. Cela n'avait-il pas été mis en évidence, de la manière la plus flagrante, au procès de Nuremberg ? Nul n'a l'obligation d'obéir à un criminel, et encore moins un scientifique…

Alors, pourquoi avait-il accepté de travailler au projet atomique ?

Heisenberg crut avoir trouvé une excuse plus subtile : il pensait que la guerre allait lui servir à faire progresser la recherche à laquelle il consacrait tous ses efforts. Il savait dès le commencement que la construction d'une bombe était hors de sa portée, du moins tant que durerait le conflit... Tout ce qu'il voulait, c'était mener son travail à bien, mais jamais il n'avait eu l'intention de remettre aux nazis une arme de destruction massive... Le problème de la fission — et de l'application pratique de l'énergie que libérait le processus — était pour lui un sujet d'étude, un défi scientifique et technique, et rien de plus. Bien sûr qu'il voulait égaler les chercheurs qui travaillaient pour les Alliés (pourquoi ne leur demandait-on pas, à eux, ce qu'ils avaient ressenti en apprenant que leurs travaux s'étaient soldés par des millions de morts ?), ce n'était pas condamnable, on pouvait même dire qu'il s'agissait d'une émulation légitime, mais, insista-t-il, jamais il n'aurait permis un génocide comme celui qui avait eu lieu au Japon...

Était-il vraiment de bonne foi ? Les accusations du tribunal étaient-elles sincères ou ses accusateurs se sentaient-ils eux-mêmes coupables — et donc prêts à passer l'éponge sans faire trop de difficultés — parce que leurs scientifiques avaient construit la bombe et que cette bombe avait été utilisée ? Les juges n'étaient-ils pas aussi coupables que les accusés ? Heisenberg trouva un ultime argument pour se défendre, l'argument décisif : si lui et ses collaborateurs avaient refusé de travailler sur ce projet, d'autres, moins scrupuleux, moins soucieux de leur éthique personnelle, l'auraient fait (pensait-il à Stark et à ses collègues ?) et, alors, qui sait ce qui se serait produit ? Qu'il eût été là pour contrôler, voire retarder l'aboutissement des recherches, au besoin, n'avait-ce pas été, en définitive, un moindre mal ?

Mais devions-nous croire à la véracité de ses déclarations ? Pouvions-nous faire confiance à un personnage tel que lui ? Non, bien sûr que non, lieutenant. C'était hors de question.

« Alors, qu'est-ce que cela a donné ? »

L'allure indécise du lieutenant Bacon ne me fournissait aucun indice sur le résultat de son dernier entretien avec Heisenberg. Je brûlais de curiosité, mais tâchais de feindre l'indifférence. Frank se retrancha derrière son bureau et, quand la discussion fut engagée, m'adressa un regard scrutateur, guettant mes réactions.

« Eh bien ? insistai-je.

— Je suis fâché de devoir le reconnaître, avoua-t-il, mais il me semble qu'une fois encore vous aviez raison...

— A quoi faites-vous allusion, lieutenant ? m'exclamai-je, surpris.

— A l'attitude de Heisenberg. Je supposais qu'il s'impatienterait aussitôt que j'aborderais le thème de la bombe, mais il ne l'a fait que lorsque nous avons parlé de Bohr. Il semble qu'il y ait eu une rupture entre eux, après la visite que notre ami a faite à son ancien maître à Copenhague, en pleine guerre...

— Je vous l'avais dit ! lançai-je.

— Vous me paraissez tout à coup bien secoué à l'idée que Heisenberg soit notre homme, Gustav, remarqua-t-il, provocateur. Je ne comprends toujours pas quelle était votre relation avec lui.

— Nous étions des collègues, lieutenant, affirmai-je avec aplomb. Mais nous n'avons jamais travaillé dans les mêmes bureaux. Au cours des recherches sur le projet atomique, je n'ai dû le voir que deux ou trois fois... Nous étions divisés en équipes, pour éviter les fuites, vous savez, détournement d'informations classées...

— Admettons, me concéda-t-il en m'interrompant. En tout cas, une chose est sûre : nous devons découvrir ce qui s'est passé entre Heisenberg et Bohr à Copenhague. Si nous ne sommes pas dans l'erreur, c'était sans doute quelque chose de plus que la tension qui règne entre un membre d'un pays occupé et quelqu'un qui fait partie des envahisseurs...

— C'est juste, lieutenant. Bohr et Heisenberg étaient comme père et fils. Leur lien était plus étroit que tous ceux qui unissaient les autres physiciens, à ce moment-là... Si leur mésentente a été aussi grave, c'était sans doute pour une raison diantrement importante.

— Assez de spéculations, Gustav, je vous en prie. » Le ton du lieutenant devenait emphatique, et je savais que c'était à cause de l'influence qu'Irene exerçait sur lui. « Tenons-nous-en aux faits, voulez-vous ?

— Bien...

— Il n'y a pas d'autre solution, conclut-il. Il va falloir que j'interroge Bohr.

— A Copenhague ?

— Que vous imaginez-vous, Gustav ? » Je concevais parfaitement qu'il fût impatient, mais je ne lui pardonnais pas son agressivité immotivée. « Je me rendrai là-bas dans quelques jours...

— Nous avons à peine le temps de faire nos préparatifs...

— Je regrette, m'interrompit-il, mais, cette fois, je crois que vous me serez plus utile en restant ici, à Göttingen... »

Comment ? Je n'en revenais pas : il avait trouvé grâce à moi la piste qu'il cherchait, et il m'interdisait de poursuivre l'entreprise pour faire plaisir à sa concubine, tout simplement ! C'était intolérable.

« Je ne vous comprends pas, Frank, murmurai-je.

— Navré, Gustav, fit-il en prenant aussitôt un ton conciliant. Franchement, je préfère voir Bohr seul à seul. De plus, je vous ai déjà pris trop de votre temps, et je ne voudrais pas que par ma faute vous négligiez vos occupations…

— N'avez-vous plus confiance en moi ? lui demandai-je sans ambages.

— Vous n'y êtes pas, répondit-il avec une amabilité feinte. C'est que la situation devient de plus en plus délicate… Il y a toujours plus de personnages importants qui sont mêlés à tout ça. Il faut que je redouble de précautions, Gustav. Comprenez-moi bien, je vous en prie. Il n'y a rien là de personnel. Vous savez parfaitement que, sans votre aide, je ne serais pas arrivé où nous en sommes.

— Comme vous voulez, lieutenant. »

Sur ce, nous nous trouvâmes plongés quelques instants dans un silence pesant, à tâcher de percer nos véritables intentions. Je finis tout de même par poser la question qui me tarabustait :

« Irene vous accompagnera ? m'enquis-je de mon ton le plus mesuré.

— Je n'en sais encore rien, répondit Bacon, mentant aussi mal que d'habitude. C'est possible, mais il y a des complications…

— Je vois.

— Vous ne m'en voudrez pas, n'est-ce pas, Gustav ?

— Bien sûr que non, lieutenant.

— Je m'en réjouis, acheva-t-il. J'espère pouvoir rapporter de meilleures nouvelles à mon retour. Entretemps, continuez à réfléchir à l'affaire. Dans cette mission, chacune de vos intuitions a été déterminante. »

Elle ne m'avait jamais plu. Depuis le commencement, je savais qu'il y avait quelque chose de torve, de sournois, d'obséquieux, dans tout ce qu'elle faisait, dans ses opinions, dans sa façon de surveiller Bacon. Ses grands yeux bruns, ses allures boudeuses, sa réticence et son hostilité vis-à-vis de ceux qui n'étaient pas là pour lui complaire suffisaient à m'empêcher d'avoir confiance en elle. Seul le respect que je devais au lieutenant, qui était pour moi un ami, m'avait incité, plus souvent que je ne l'aurais voulu, à garder mes pensées pour moi, à cultiver un silence complaisant et fourbe afin d'éviter un affrontement qui, au milieu de notre enquête, n'aurait été utile à personne, sauf à Klingsor. Maintenant, plus que jamais, je devais redoubler de précautions avec Irene ; comme je l'ai dit, il y avait quelque chose de ténébreux, d'opaque, dans la personnalité de cette soi-disant mère célibataire, de ce parangon de tendresse et de charme qui éblouissait si bien le lieutenant, et je ne pouvais permettre qu'elle envoyât par-dessus bord plusieurs mois de travail.

Deux éléments avaient de prime abord attiré mon attention : la facilité avec laquelle cette femme s'était mêlée de la mission de Bacon et le fait que, depuis qu'ils se connaissaient, il ne l'avait jamais vue pendant le jour, mais toujours la nuit, quand elle regagnait son foyer, sans jamais s'inquiéter de la vie qu'elle pouvait mener aux heures où ils n'étaient pas ensemble. Peut-être allais-je trop loin, à cause de l'hostilité que nous éprouvions l'un pour l'autre, mais il valait mieux, pour le bien de tous, que je m'assure de ses intentions. Je ne disposais que de quelques jours avant leur départ pour le Danemark, il me fallait donc agir rapidement.

Un matin, au lieu de me rendre à l'Institut, ou d'aller assister aux réunions des délégués de la Commission quadripartite qui se tenaient dans l'immeuble où se trouvait le bureau du lieutenant, je me levai plus tôt que d'habitude et allai me poster à proximité du logement de Bacon et d'Irene. Le soleil ne daignait pas se montrer, il faisait un temps gris et étouffant. A huit heures du matin, je pus voir le lieutenant sortir de l'édifice et partir de son pas pressé et nerveux en direction du bureau. Il ne me restait plus qu'à attendre Irene. J'avais décidé de la suivre, où qu'elle se rendît, de ne pas la lâcher d'une semelle.

L'attente fut longue et lassante. Enfin, vers dix heures, elle sortit, portant son fils dans ses bras, pour aller le confier à sa mère (c'était du moins ce qu'elle disait à Bacon). Apparemment, elle ne remarqua pas ma présence, bien qu'elle se retournât fréquemment avec une nervosité et une brusquerie qui lui donnaient une allure ridicule. Je ne fus même pas surpris de constater qu'elle ne se montrait pas particulièrement tendre avec l'enfant, comme s'il n'était qu'un paquet qu'elle devait transporter d'un endroit à un autre. Elle ne l'embrassa, ne le caressa pas une seule fois, et, après avoir longé deux ou trois blocs d'habitations, elle se borna à le remettre dans des bras anonymes qui apparurent sur le pas d'une porte cochère. Irene ne franchit pas le seuil et, sans même donner un baiser à son fils — si c'était vraiment son fils —, repartit très rapidement dans la direction opposée.

Je la suivis, en prenant garde de ne pas me faire repérer. A dix heures et quart, Irene arriva devant le portail de l'usine où elle prétendait travailler et entra rapidement comme si elle redoutait d'avoir à essuyer les reproches de son chef. Apparemment, je n'allais rien découvrir aujourd'hui. Je me décidai pourtant à rester aux aguets jusqu'à l'heure du déjeuner. Je n'allais pas me rendre à l'Institut, et Bacon n'avait pas demandé à me voir ce jour-là.

Enfin, à une heure dix de l'après-midi, Irene sortit de l'usine ; sa démarche, toujours aussi rapide et aussi ridicule, donnait l'impression qu'elle était aiguillonnée par une inquiétude permanente. Je supposai qu'elle allait chercher Johann ou déjeuner quelque part, mais je me rendis bientôt compte que ses pas l'entraînaient loin du centre de la ville. A une heure et demie, Irene entra dans une petite église de quartier. Caché derrière un pilier, je la vis aborder un grand type dégingandé, en civil, à qui elle remit une enveloppe. Et je pus bientôt constater que cette scène se répétait tous les trois jours. *Eurêka !* Je ne m'étais pas trompé. Cet homme devait être son contact.

Les dimensions de l'affect

Berlin, avril 1941.

Après la mémorable nuit de Noël 1940 au cours de laquelle Marianne, Natalia et moi avions créé notre société secrète, nous ne nous revîmes, tous les trois, qu'au bout de quelques semaines. Ce qui s'était produit était assez embarrassant pour nous tenir éloignés les uns des autres, et quand enfin nous prîmes conscience de ce que nous avions fait, nous étions trop confus pour en parler. La dernière chose dont je me souvienne de cette nuit-là, c'est que Natalia se rhabilla et nous quitta en nous embrassant sur les joues, sans dire un mot.

La situation entre Marianne et moi fut moins simple. Nous, nous n'avions pas à nous rhabiller en vitesse, nous étions chez nous, et nous ne pouvions nous abriter derrière l'illusion que cette nuit avait été comme toutes les autres. Après avoir passé, à tour de rôle, un long moment dans la salle de bains et contemplé notre visage dans le miroir pour vérifier si nous étions toujours les mêmes, nous avions mis nos vêtements de nuit et nous nous étions couchés. Nous n'avions pu trouver le sommeil ni l'un ni l'autre, mais nous étions restés tous deux obstinément silencieux.

Plus que réfléchir à mes actes et à leurs conséquences, je tentais de deviner ce qu'allaient être les réactions de Marianne et de Natalia, ce que chacune d'elles avait pu ressentir, pourquoi elles s'étaient livrées, au lieu de s'y refuser, au déchaînement d'émotions que j'avais provoqué. Était-ce une expérience unique, qu'il convenait d'occulter soigneusement, ou le début d'une vie nouvelle ? Je ne me sentais pas coupable et je pensais qu'il en allait de même pour Marianne ; Natalia était peut-être la seule à être tourmentée par les remords. Après tout, Marianne et moi étions mari et femme, un couple un peu excentrique, mais des époux tout de même, et que nous eussions pu prendre le risque de partager nos fantasmes sexuels et l'objet de nos désirs était une preuve de la confiance qui régnait entre nous. De ce point de vue, Natalia était, de nous trois, la seule à avoir commis le péché d'adultère.

Ce fait, quand il me frappa, me mit mal à l'aise. Il éveilla en moi une crainte vive, une impression d'angoisse qui entretinrent mon insomnie. A quoi étaient-elles dues ? Il me fallut bientôt le reconnaître : à l'inquiétude de ne plus avoir à subir — et il me semble que le terme est juste — une expérience semblable à celle que je venais de vivre. Ce que j'avais fait avec Marianne et Natalia m'avait fasciné ; c'était une curieuse combinaison d'exaltation, d'excitation, de douleur, de plaisir, de joie et de culpabilité… un philtre puissant dont le pouvoir quasi tellurique s'était incrusté dans ma peau, dans mes os, dans mon sexe… Et si Natalia ne voulait plus rien savoir de nous ? Si Marianne préférait me tenir à l'écart de son amie ? Je ne pouvais admettre ni une chose ni l'autre, car je resterais alors incomplet, vide, stérile… Seule la construction lente et laborieuse d'un monde pour nous trois — où nos corps, nos désirs, nos abandons et nos frustrations pourraient se confondre — me rendrait l'existence supportable. Deux heures ne s'étaient pas encore écoulées depuis notre premier contact sexuel que j'éprouvais déjà le désir impétueux de le renouveler.

Le lendemain matin, Marianne se leva avant moi. Je résolus de la suivre aussitôt et j'entrai dans la salle de bains au moment où, déjà nue, elle s'apprêtait à prendre une douche.

« Que veux-tu ? me demanda-t-elle avec une certaine agressivité.

— Toi », lui répondis-je.

Et, sans perdre une seconde, je me jetai sur elle, encore excité par le souvenir des effusions de la veille. Je couvris son corps de tendres baisers, m'agenouillai à ses pieds comme un esclave, et mes lèvres se posèrent sur son sexe ; je devais rendre hommage à ce corps que j'avais pu répudier, la remercier pour le cadeau qu'elle m'avait fait en partageant avec moi son amour secret. Marianne se laissa faire, dans un silence entrecoupé de gémissements à peine perceptibles, avant de se précipiter entre mes bras en pleurant et en me demandant pardon.

« Je n'ai rien à te pardonner.

— Tu le sais depuis longtemps ?

— Ma foi… Peu importe.

— Je te promets…

— Ne promets rien, Marianne. Nous sommes tous trois responsables et nous devons assumer nos actes. »

Mes paroles la rassurèrent un peu, mais ne purent la délivrer de la léthargie rampante qui l'obnubila pendant les jours suivants.

« Que se passe-t-il, mon amour ? » lui demandais-je, et elle se contentait de m'embrasser et de bredouiller une excuse qui ne tenait pas debout : une migraine subite, ou un vague mal au ventre…

Au bout d'un moment, je compris sa réaction : Marianne était dans le même état que moi, mais ni l'un ni l'autre n'avions le courage de le reconnaître.

Natalia lui manquait, voilà tout. Après la nuit d'amour du réveillon de Noël, ses contacts avec elle s'étaient réduits à quelques brefs et insipides appels téléphoniques sporadiques, qui n'avaient fait que creuser l'abîme qui séparait les deux amies. Quand je fus certain que Marianne et moi désirions la même chose, je décidai de prendre l'initiative.

Un après-midi du début de mars, je me présentai à l'improviste chez Heinrich — qui était toujours à Paris, bien que de nombreuses troupes eussent été déplacées sur le front de l'Est — avec l'intention de dire quelques mots à Natalia. Ce fut elle qui m'ouvrit la porte ; elle ne parut pas étonnée de me voir.

« Entre, Gustav, me dit-elle d'un voix tendre.

— Merci, Natalia, lui répondis-je, et nous passâmes au salon.

— Comment va Marianne ?

— Pas très bien. A franchement parler, elle ne va pas bien du tout…

— Qu'a-t-elle ?

— Je crois que tu le sais. La même chose que ce que j'ai, que ce que tu as…

— Gustav…

— Je ne dirai rien, si ça te gêne, mais nous ne pouvons continuer à nous le cacher… Nier nos sentiments, c'est de l'hypocrisie. Personne ne nous y a forcés, Natalia ; à ce moment-là, nous avons obéi à notre désir et à notre amour…

— Je préfère ne pas parler de ça, Gustav, je t'en prie. » Et la voix de Natalia se brisa.

« Je voulais simplement que tu saches ce que nous éprouvons… Tu n'es pas seule, Natalia… Nous partageons tous les trois le même tourment… »

Elle prit l'une de mes mains dans les siennes, la serra très fort, pour m'avouer ce qu'elle était incapable de dire tout haut.

« Il vaut mieux que tu t'en ailles, Gustav, dit-elle

un instant plus tard, à voix basse, sur le ton du repentir, avec la plus subtile douceur.

— Tu as ta place entre nous, Natalia, ne l'oublie pas… »

Quelques semaines passèrent avant qu'elle ne se décide à venir nous voir. Un soir venteux d'avril, nous entendîmes quelqu'un frapper à notre porte. Marianne comprit aussi bien que moi de qui il s'agissait. Natalia était plus belle que jamais, vêtue d'une robe rouge qui faisait ressortir le galbe de ses seins et s'accordait parfaitement avec la couleur de ses cheveux bouclés… Une ombrelle pendait à son bras et deux émeraudes à ses oreilles. Son cou très blanc, découvert, était d'une beauté cruelle… La regarder était presque douloureux.

Marianne l'accueillit en l'enlaçant, et leur étreinte sororale dura une éternité. Entre-temps, mon attention fut attirée par les pressions imperceptibles que les mains délicates de Natalia exerçaient sur le dos de ma femme… et ces caresses savantes furent pour moi un préambule suffisant. Je m'approchai de ce corps bicéphale, j'en baisai l'une après l'autre les bouches, enivré par le mélange de nos souffles…

Dès ce soir-là, et toutes les fois où nous fûmes réunis par la suite, nous accomplîmes le rituel secret auquel nous nous livrâmes alors : notre désir et notre amour — je puis à présent le dire non sans fierté — étaient tels que nous devînmes inséparables, que chaque fois que nous nous retrouvions, nous éprouvions le même besoin impérieux de nous embrasser, de nous caresser, de nous faire jouir comme jamais encore nous n'avions joui. La passion dominait notre vie avec une intensité dont nous ne nous serions jamais crus capables ; bientôt, tandis que nos armées défiaient le monde, et alors que Heinrich se sentait de plus en plus isolé, de plus en plus seul, nous nous enfermâmes dans notre univers privé, dans notre paradis, notre utopie… Nous partagions tout, chacun de nous appartenait corps et âme aux deux autres, et il en fut ainsi jusqu'au jour où tout fut fini. En plein tourbillon, nous ne contrôlions plus nos actes, réfléchir nous eût condamnés d'avance. Nous nous abandonnions à nos instincts, sans jamais en parler, en nous imaginant, comme nous l'avions fait dès le commencement, que nos ardeurs ne différaient guère de celles du commun des mortels. Mais, à partir du moment où nos étreintes devinrent insensiblement routinières, où l'impossibilité d'échapper à la monotonie se trouva confirmée, je finis par découvrir la vraie nature de mes sensations. Je perdais la raison.

Niels Bohr, ou de la volonté

Copenhague, mai 1947.

Le bâtiment était une énorme construction en pierre de trois étages, avec une façade couverte de stuc gris et coiffée d'un toit rougeâtre. Des lierres aux petites feuilles grimpaient sur les murs comme s'ils désiraient aller jeter un coup d'œil à l'intérieur. Le linteau de la porte principale de style néoclassique portait l'inscription : INSTITUT DE PHYSIQUE THÉORIQUE, 1920.

Le jour de l'inauguration, Bohr avait contemplé l'ouvrage en pierre et en ciment comme s'il s'agissait d'une métaphore de la science qu'il aimait tant. Enchanté, il se souvint aussitôt de la première fois où il s'était mêlé à la vie politique de son pays : cela s'était passé en 1916, et, à cette époque-là, Bohr n'était encore qu'un étudiant en physique qui promettait. Le roi Christian X, un homme rude aux allures militaires, lui avait accordé une audience. Bohr attendait, inquiet, le moment où le monarque s'approcherait de lui, en se demandant quel accueil le roi allait lui réserver. Quand celui-ci lui serra enfin la main, il le fit en lui adressant ces paroles : « Je suis très heureux de rencontrer enfin notre grand joueur de football. » Bohr n'en crut pas ses oreilles et ne put s'empêcher de détromper le monarque : « Que Votre

Majesté me pardonne, mais elle doit me confondre avec mon frère. » Les courtisans qui entouraient le jeune homme eurent un mouvement de réprobation. Nul ne devait contredire le roi pendant une audience publique. Bohr, confus, essaya de rattraper son impair : « Il est vrai, Votre Majesté, que je joue moi aussi au football, mais c'est mon frère qui était un grand footballeur. » Le roi Christian, irrité, dit seulement : « L'audience est levée. »

C'étaient les premiers jours de mars 1921, mais le temps glacial faisait grelotter la foule assemblée devant la porte du 15, rue Blegdamsvej, dans un quartier d'immeubles imposants et de jardins, proche des grands hôpitaux de Copenhague. Aux côtés de Niels et de sa femme Margrethe — qui avait été l'un des principaux soutiens de son projet — se tenaient le recteur de l'université et diverses personnalités du gouvernement et de l'académie. Après un bref discours officiel, Bohr dit encore quelques mots qui n'étaient pas destinés au maigre public danois qui l'entourait, mais à la postérité. Parmi les objectifs de la nouvelle institution figurait en bonne place, précisa-t-il, celui « de permettre à un plus grand nombre de jeunes gens de prendre connaissance des résultats et de la méthodologie de la recherche scientifique… Grâce à la contribution de ces jeunes gens, concluait-il, un sang nouveau et des idées nouvelles viendront constamment enrichir notre travail. »

Mais l'Institut de physique théorique ne fut pas, et de loin, l'asile d'un savant et de ses émules, pas davantage la grotte d'un ermite, ni la cellule de saint Jérôme ni la colonne de saint Siméon le Stylite. Bohr n'avait pas fondé un centre de recherche : ce n'était qu'une façade. Ce qu'il avait érigé, en fait, c'était un château fort, une forteresse, un dispositif de défense : l'état-major d'où il commandait, tel un général chargé de décorations, à des centaines de soldats qui luttaient en son nom en faveur des théories élaborées à Copenhague. Général Bohr, présent ! Présentez, armes ! Heisenberg ? Présent ! Pauli ? Présent, mon général ! Schrödinger ! Désolé, mon général mais, à ce jour, il ne s'est pas encore présenté. Allez me le chercher immédiatement ! Lui aussi devait monter la garde devant l'autel dressé sur la terre des Vikings.

Pendant vingt ans, de ce 4 mars 1921 jusqu'au jour où les nazis réquisitionnèrent les locaux de l'Institut en 1943, Bohr fut le grand maître, l'autorité spirituelle de la physique quantique, et, surtout, le seul homme capable de tempérer les frictions entre ses disciples. En véritable chef de guerre, Bohr envoyait des centaines de dépêches de toutes parts, organisait des conférences et des séminaires, s'entretenait avec les grands scientifiques du monde entier, rassemblait les volontés, regroupait les forces et excommuniait ses ennemis qui, de toute façon, étaient fort peu nombreux. Un humaniste ? Un esprit désintéressé, un arbitre de la science de son temps, la conscience morale du siècle ?... Oui, il était tout cela, et même encore davantage.

« Pourriez-vous me parler, monsieur Bohr, de l'époque où vous avez travaillé avec Heisenberg ? » demanda Bacon.

Il y avait à peine quelques heures que le lieutenant, accompagné d'Irene qui ne le lâchait plus, était arrivé en ville ; désireux d'interroger Bohr sans tarder, il s'était empressé de se rendre à l'Institut. Le grand physicien avait accepté de le recevoir de bon gré, ravi à l'idée de pouvoir évoquer les années de gloire de la physique quantique, l'âge d'or qui avait précédé la guerre et la victoire des nazis.

Bohr avait un lourd visage de bouledogue ou plutôt de dogue. Ses larges joues flasques plissaient autour de son nez comme si elles s'apprêtaient à l'avaler et permettaient à peine à son pâle sourire de retenir des deux côtés, comme un étai, les masses de chair. Ses petits yeux, en revanche, rayonnaient d'une pétulance juvénile. Il en allait de même de son esprit : son tempérament obsessionnel de névrosé — quel grand scientifique ne l'est pas ? — ne laissait pas de s'inquiéter des moindres détails, de vouloir atteindre à la clarté et à la simplicité, qualités dont ce même esprit était malheureusement et naturellement dépourvu. Chaque fois qu'il prenait la parole, on avait l'impression qu'une bataille se livrait sous son crâne et que ses assertions étaient le produit d'une éruption montée péniblement des profondeurs de son cerveau. Il n'en demeurait pas moins indubitable que Bohr était un génie.

« C'était en 1927, répondit-il en caressant son énorme double menton. Le conflit entre la mécanique ondulatoire de Schrödinger et le formalisme matriciel de Heisenberg n'est alors pas encore résolu, bien que l'on soit arrivé à une solution de compromis qui égalise la validité des deux théories. L'atmosphère est tendue : nous savons tous que nous sommes à la veille de faire un pas décisif dans la connaissance de la modélisation atomique, et nous désirons tous être les premiers à y parvenir…

— C'est à la fois une collaboration et une lutte, intervint Bacon.

— Je dirai plutôt que c'est un jeu, cher ami, fit Bohr, amusé.

— C'est alors, en 1927, que Heisenberg publie son article sur l'indétermination…

— J'étais à ce moment-là en voyage en Norvège, et j'ai été profondément consterné par la lettre qu'il m'a envoyée pour me parler de cette affaire…

— Heisenberg affirmait qu'il était impossible d'obtenir à la fois la mesure de la vitesse et celle du mouvement d'un électron », s'empressa de dire

Bacon, comme un élève qui redoute d'être surpris en flagrant délit d'ignorance par son maître.

Bohr, visiblement troublé, poussa un soupir. Assis dans son fauteuil préféré, il demeurait fidèle au curieux mélange qui le caractérisait : à la fois posé et inquiet. Bacon, de son côté, avait peine à contrôler sa nervosité. Des dizaines de physiciens et autres savants étaient venus s'entretenir avec Bohr dans cette même salle de l'Institut de physique théorique de Copenhague, ils avaient échangé des idées avec lui pendant des heures, et analysé tous les grands problèmes de leur temps. Combien de fois n'avait-il pas rêvé de se trouver dans la position qui était à présent la sienne ? Toutefois, et c'était fort paradoxal, maintenant qu'il était entré dans le sanctuaire, il n'était pas considéré comme un pair ou comme un disciple par le maître, mais comme une sorte de reporter, un obscur historiographe de la science, un simple témoin de cette grandeur. Tout au fond de lui-même, la déception s'imposait : le sort lui avait conféré le rare privilège de pouvoir s'entretenir avec le pape de la physique, mais seulement dans une position dérisoire.

« Cette affirmation de Heisenberg entraînait des conséquences perturbatrices, s'exclama Bohr. Comme il le disait lui-même : « La mécanique quantique invalide définitivement la loi de la causalité. » Sans remords, il rayait d'un trait de plume trois siècles d'histoire de la science…

— C'est ce qui vous a fait vous défier du principe d'incertitude de Heisenberg…

— Quand je suis revenu de Norvège, il m'a soumis son article, préalablement corrigé par Pauli, et je l'ai lu avec le plus vif intérêt. Je dois reconnaître qu'il m'a tout d'abord semblé brillant, mais je n'ai pu, après coup, éviter de me sentir un peu déçu. » Les sourcils énormes de Bohr, qui ressemblaient un peu à de gros vers, parurent glisser d'un côté à l'autre de son front. « Malgré ses conclusions apparemment bien fondées, j'ai cru y déceler certaines erreurs techniques…

— Et Heisenberg en a été vexé.

— C'est tout naturel, admit-il. Nous en avons discuté pendant quelques semaines, et je peux vous dire que, parfois, le ton montait. Ce ne fut pas facile, je vous l'assure. Mais, à ce moment-là, au moins, nous parvenions encore à nous entendre. Peu après, il m'a envoyé une lettre dans laquelle il m'exprimait ses regrets de s'être montré discourtois… Bien entendu, je n'y ai pas attaché d'importance. La science naît du chaos et des conflits, mon ami, pas de la tranquillité et de la paix…

— Par la suite, vous vous êtes éloignés l'un de l'autre, remarqua Bacon, lançant l'appât.

— Le séjour de Heisenberg à Copenhague est arrivé à sa fin, et il est parti à Leipzig, où on lui avait confié une chaire. Il est normal que notre rapprochement en ait souffert…

— Mais vous n'avez jamais plus été aussi proches que dans le passé…

— Malheureusement. » Bohr avait l'air de le regretter sincèrement, comme si Bacon le forçait à parler d'un fils prodigue qui n'aurait jamais accepté de faire amende honorable. « Mais le contact avec lui a été pour moi profondément stimulant. Sans son principe d'incertitude et sans les discussions qui ont suivi, pendant ces années-là, je n'aurais jamais pu formuler le principe de complémentarité. Ce que je désirais avant tout, c'était trouver une explication globale de la physique quantique. Une vision d'ensemble qui permettrait de dépasser les résultats isolés que nous avions obtenus jusqu'alors.

— Une sorte de philosophie…

— Une explication, oui, fit Bohr, après un effort pour trouver le mot juste. Pendant plusieurs mois, je ne me suis occupé de rien d'autre, j'en ai même perdu le sommeil. Il fallait que je trouve une issue, une justification rationnelle de tous nos efforts. Je crois bien n'avoir jamais eu autant de peine à rédiger un article pour définir ma position. J'avais l'impression d'écrire pour confesser une faute…

— Et cependant, vous avez réussi.

— Avec bien de la peine. Même ma chère Margrethe a beaucoup souffert, à ce moment-là. Je lui communiquais mon angoisse. Mais enfin, j'y suis arrivé. C'est la communication que j'ai faite au congrès de Côme, en septembre 1927, qui commémorait le centenaire de la mort d'Alessandro Volta. Je me souviens encore à quel point j'étais nerveux : ce fut une sorte d'épreuve du feu. Tous les physiciens importants du monde étaient présents, sauf Einstein, qui avait refusé de mettre le pied dans l'Italie de Mussolini. L'impatience générale était éprouvante. J'ai dit là quelque chose qui pouvait paraître troublant, voire contradictoire, mais j'étais pourtant sûr qu'il n'y avait rien d'autre à faire : "Notre interprétation des résultats expérimentaux repose essentiellement sur des concepts classiques."

— Je suppose que cette déclaration a dû paraître surprenante, surtout de la part d'un défenseur acharné de la nouvelle physique.

— Je vous l'ai dit : je n'ai pu faire autrement. En physique classique, on établit la validité d'une théorie en la comparant aux résultats expérimentaux obtenus à l'aide de balances, de thermomètres, de voltmètres, de télescopes… Or, je me suis tout à coup avisé que les théories dérivées de la physique quantique étaient toujours validées à l'aide d'appareils sans doute plus précis, mais substantiellement identiques, qui devaient être pris pour ce qu'ils étaient : des objets soumis aux lois de la physique classique.

— Mais ne pourrait-on pas considérer aussi les

appareils de mesure, le télescope, par exemple, comme des objets également soumis à celles de la mécanique quantique ?

— Oui, on le pourrait, admit Bohr. Mais alors, il faudrait écarter les descriptions limitées que l'on obtient à partir de la mécanique classique. La difficulté se présente quand nous devons, pour reprendre votre exemple, déterminer les propriétés quantiques du télescope. Pour ce faire, nous avons besoin d'un autre appareil, qui fera réapparaître les mesures classiques. Est-ce clair ? La succession devient interminable, à moins qu'à un moment ou à un autre, nous ne soyons prêts à admettre une mesure classique… L'idée de l'observation devient alors tellement arbitraire qu'elle dépend du nombre d'objets que nous considérons comme faisant partie du système observé. » Le vieil homme croisa les mains avec un air solennel, satisfait d'énoncer ce compromis apparent entre le passé et l'avenir. « Il n'y a d'autre solution que d'accepter l'idée que la physique classique et la physique quantique sont complémentaires…

— Façon de résoudre le problème qui, d'une certaine manière, n'a pas réussi à convaincre bien des gens, Einstein, entre autres…

— Après la conférence de Côme, j'ai présenté une nouvelle fois ma communication au congrès de Solvay, en octobre de la même année. Einstein était présent, à cette occasion, et, pendant ces quatre jours, je crois bien n'avoir pas fait autre chose que discuter avec lui. L'attitude d'Einstein vis-à-vis de la physique quantique a toujours été très ambiguë : bien qu'il eût largement contribué à sa création et suivi de près son évolution, il n'était pas convaincu que le formalisme matriciel de Heisenberg et la mécanique ondulatoire de Schrödinger pouvaient suffire à venir à bout de toutes nos difficultés. Il restait trop attaché à la clarté de la physique classique pour admettre les défis conceptuels de l'ère nouvelle. En 1926, il écrivit à Max Born, qui venait de donner de la théorie de Schrödinger une interprétation statistique, la célèbre lettre dans laquelle il lui en faisait reproche en ces termes : "La théorie quantique est certes impressionnante, mais une voix en moi me dit que la vérité n'est pas là. La théorie fonctionne, mais elle a bien de la peine à nous rapprocher du Vieux. Je suis convaincu que Lui ne joue pas aux dés."

— Est-ce là la position qu'Einstein adopta à Solvay ?

— Pendant la lecture des communications, il n'a rien dit, comme s'il n'en avait que faire, mais, pendant les discussions informelles qui eurent lieu dans le salon de l'hôtel, il a rugi comme un tigre, dit Bohr. Heisenberg et Pauli ont fait la sourde oreille, aussi est-ce moi qui ai dû répondre à ses objections. En fait, je ne parvenais pas à saisir son point de vue. Il ne faisait qu'alléguer les "expériences de pensée" qui démontreraient que nous avions tort, mais sans nous opposer aucune théorie de remplacement…

— Comme je vous l'ai dit, l'interrompit Bacon, j'ai eu le privilège de connaître Einstein à Princeton. Je me souviens encore de la tempête provoquée par l'article qu'il écrivit avec Podolsky et Rosen contre la mécanique quantique, et qui fut publié en 1937, le *Paradoxe EPR*…

— Une affaire pénible, reconnut Bohr. Dès 1927, Einstein a considéré qu'il ne faisait plus de doute que la mécanique quantique était une théorie incomplète… Il en est venu à nous accuser de dogmatisme mais, en définitive, c'était plutôt lui qui l'exerçait, à sa manière… Le *Paradoxe EPR* n'est que l'ultime conséquence de son manque de confiance… » Bohr parut soudain gêné. « Je ne sais pas, je crois que le hasard, implicite dans notre système, l'indisposait trop… Cependant, en dépit de toutes ses critiques et du scepticisme de bien d'autres, qui préférèrent garder le silence, le grand succès du congrès de Solvay a tout de même été que nos idées sur la mécanique quantique ont fini par prendre le pas sur les théories rivales…

— “Nos idées”, monsieur ? » osa demander Bacon.

Bohr eut un instant d'hésitation.

« Celles de Heisenberg, de Pauli et les miennes, répondit-il enfin. C'était là l'*esprit de Copenhague*… Nous trois contre le reste du monde, cher ami. Rien que nous trois. »

Qu'est-ce que l'électron ? Les physiciens le considèrent avant tout comme un criminel, un individu pervers et astucieux qui, après avoir commis d'innombrables et épouvantables délits, se volatilise. C'est sans doute un malin, car tous les efforts déployés pour le localiser sont mis en échec par ses stratégies de fuite : avec une maîtrise de trapéziste, il est capable de sauter d'un endroit à un autre sans que l'on puisse s'en rendre compte ; il tire impunément sur ses ennemis lorsqu'ils tentent de l'approcher ; il a toujours des alibis à opposer aux enquêteurs, on en est même venu à supposer qu'il n'opère pas seul, mais avec une importante bande d'agresseurs semblables à lui, et les plus optimistes pensent qu'ils ont affaire à un cas de personnalité multiple. En effet, il ne se comporte pas comme le ferait un individu seul, mais semble plutôt vouloir combler tout un essaim de désirs et d'appétits, une nuée d'émotions violentes qui, autour de leur cible, investissent tout l'espace dont ils peuvent disposer…

Il y a relativement peu de temps, les enquêteurs — les physiciens — disposaient d'un manuel bien conçu de toutes les tactiques de chasse au délinquant, œuvre d'un criminologiste du XVIIIe siècle appelé

Newton, et, pendant des décennies, l'ouvrage s'était révélé des plus utiles pour découvrir et punir les malfaiteurs. Malheureusement, l'électron est un criminel plus astucieux que ses prédécesseurs et les méthodes jusqu'alors employées n'ont servi à rien quand on s'est lancé à sa poursuite. Comparés à lui, les anciens brigands n'étaient que des angelots ; contrairement à eux, l'électron n'est pas seulement insaisissable, il enfreint encore toutes les lois connues.

Dans cette situation désolante, la mécanique quantique s'est imposée comme une tentative désespérée de la police d'actualiser ses moyens de détection des suspects. Ces nouvelles tactiques, mises au point par un ou deux vieux détectives circonspects, visent à découvrir où peut bien se cacher l'électron. Ce qui différencie l'ancienne méthode de la nouvelle, c'est que la première essayait de localiser le criminel à partir de l'endroit où il avait commis son dernier vol ou son dernier viol, alors que celle fondée sur la mécanique quantique tentait de déterminer statistiquement les endroits où pouvait aller se terrer l'électron, une fois ses méfaits accomplis. Ne perdons pas de vue qu'il s'agit d'une entité dont les pouvoirs sont quasi magiques : il peut, théoriquement, être doué d'ubiquité, et ce n'est qu'en le coinçant au fond d'une impasse obscure que l'on peut fugitivement deviner son identité réelle…

Quoi qu'il en soit, n'oublions pas non plus que l'électron est toujours prêt à brouiller les pistes : il révèle sa position sans dévoiler sa destination, ou vice versa, afin de mieux nous confondre. Il est malin, certes, et il est aussi génial. En dépit de tous nos efforts, nous sommes à peine capables de comprendre quelles sont véritablement ses *intentions* ; il nous induit en erreur sans raison apparente, nous lance sur de fausses pistes, et, au bout du compte, nous n'avons qu'une idée des plus vagues de ce qu'il cache sous ses masques. Au moment où nous croyons l'avoir enfin à notre merci, il se dissipe en fumée, comme s'il n'avait jamais existé. Son intelligence rare prétend nous démontrer qu'il est capable de commettre le crime parfait. « Vous ne m'attraperez jamais », semble-t-il nous dire, en s'éclipsant après avoir commis ses crimes.

Comment appréhender un semblable gaillard ? Comment l'identifier ? Comment percer ses intentions occultes ? Comment prévoir où il va se rendre, prêt à nous tourner en dérision une nouvelle fois ? Comment arrêter son mouvement perpétuel ? Je ne pense pas exagérer en disant que l'un des noms de l'électron aurait fort bien pu être Klingsor.

« Alors, comment ça s'est passé ? »

C'était, bien entendu, Irene qui posait cette question, elle qui avait insisté au-delà de toute mesure pour que Bacon l'emmenât avec lui à Copenhague, mais qui n'avait pu le convaincre de la laisser participer à son premier entretien avec Bohr. Le lieutenant lui avait dit qu'il comptait aborder à cette occasion certaines questions techniques, mais il avait dû, en contrepartie, lui promettre de lui présenter un peu plus tard le grand physicien. Elle s'était fâchée et, pour la première fois, Frank n'avait pas cédé à ses manœuvres de chantage.

« Cette mission m'a appris beaucoup plus de choses sur ma profession que toutes les années que j'ai passées à l'université de Princeton, lui répondit Frank après avoir poussé un soupir. Comme je m'y attendais, nous nous enfonçons dans l'histoire de la physique quantique au point que je finis par croire à cette fameuse monographie. » Il enleva sa veste, prit Irene par les épaules, l'embrassa sur la bouche et le cou. « Bien sûr, je n'ai pas laissé passer l'occasion de lui poser quelques questions sur Heisenberg...

— Et que t'a-t-il dit ? demanda-t-elle, insistante, en répondant à ses baisers.

— Que leur amitié s'était attiédie avant le voyage de Heisenberg à Copenhague en 1941.

— Quand je te le disais ! s'exclama-t-elle avec une voix de harpie. Je ne crois pas un mot de toute cette histoire que Links t'a servie… Ce ne sont que des spéculations…

— Je n'en suis pas sûr, fit Bacon, sur la défensive. J'ai eu l'impression, une fois de plus, que Heisenberg n'est pas l'homme tranquille et serein qu'il paraît être… Chaque fois que j'entends une nouvelle anecdote sur son compte, elle confirme son orgueil et son besoin de reconnaissance démesurés.

— Ce qui ne fait pas de lui un criminel…

— Non, Irene, bien entendu, mais je me demande tout de même pourquoi tu le défends à ce point…

— Heisenberg m'est tout à fait indifférent, dit-elle en déboutonnant la chemise de Frank. Toi seul m'intéresses… Encore une fois, je crois que Links te conduit dans une impasse, c'est tout…

— Pourquoi ferait-il une chose pareille ? » demanda Bacon, faisant enfin preuve de raison.

Irene fut incapable de lui donner une explication convaincante.

« Je n'en sais rien.

— Reconnais-le : c'est un préjugé, de ta part.

— Non, c'est une intuition. Crois-moi, Frank, je suis de plus en plus convaincue qu'il te mène en bateau.

— C'est absurde, se défendit-il. Irene, je t'en prie… C'est un simple mathématicien, il a passé la fin de la guerre en prison et a failli être fusillé… Pourquoi ferait-il une chose pareille ?

— Tout ce que je te dis, Frank, fit-elle en le regardant dans les yeux, c'est que cette enquête ne mène nulle part. Quelque chose t'échappe. Je ne sais pas encore quoi, exactement, mais quand tu le découvriras, tu verras que j'avais raison… »

Sur ces mots, aussi bien l'un que l'autre préférèrent garder le silence, prêts à se donner du plaisir pendant tout le reste de l'après-midi.

Le lendemain, les Bohr invitèrent à déjeuner Bacon et sa « fiancée ». Margrethe, la femme du physicien, était une légende vivante : tous les hommes qui étaient venus faire une visite au couple à l'Institut de Copenhague se souvenaient d'elle, avec admiration et affection, comme d'une mère sévère qui aurait été chargée de les protéger des attaques soudaines de son mari. Elle était grande, discrète, avait un sourire subtil, et son expression habituellement dure ne tardait jamais à se dissiper. Après un repas plantureux, au cours duquel nul ne se risqua à interrompre la péroraison de Bohr sur la guerre froide, le désarmement et le danger nucléaire, le couple ne manqua pas à ses habitudes : le physicien proposa à ses invités une promenade et Margrethe déclara qu'elle préférait rester à la maison, mais Irene, faisant fi de toutes les règles de la courtoisie, insista pour accompagner les deux hommes.

En ce milieu du mois de mai, Copenhague était calme et, malgré le froid, un soleil éclatant ne tarda pas à colorer le large front de Bohr. Ils traversèrent le vaste quartier hospitalier qui entourait l'Institut, puis le Sortedams Sø en passant par la Fredengade, et arrivèrent ainsi dans les grands espaces boisés du jardin botanique, où se trouvaient le musée national, le musée de paléontologie et le petit lac Østre. Avec le souci de bienséance qui le caractérisait, Bohr s'entretint tout d'abord avec Irene, lui posa tout un tas de questions sur ses impressions, évoqua pour elle l'histoire de la ville et lui en révéla les charmes secrets. Ce fut elle qui finit pas l'interrompre avec sa rudesse caractéristique…

« Comment était-ce, à l'époque de l'occupation allemande ? » lui demanda-t-elle sans même le regarder, faisant sursauter Bacon.

« Terrible, *madame* *, lui répondit Bohr poliment. Vous êtes allemande et je ne voudrais pas vous offenser. Avant la guerre, les relations entre nos deux pays n'auraient pu être meilleures. Quelques-uns de mes meilleurs amis sont allemands… Fort heureusement, ces moments pénibles sont loin…

— Quand avez-vous quitté le Danemark ?

— En 1943. Avant cela, la situation n'était pas brillante, mais nous pouvions au moins travailler, et les nazis nous accordaient une certaine autonomie. Mais quand la fortune leur a tourné le dos sur le front de l'Est, ils se sont conduits de la pire manière dans tous les pays occupés. J'ai du sang juif, savez-vous, du côté de ma mère… Je ne voulais pas partir, mais mes amis m'ont convaincu que ma vie était en danger, que je pourrais mieux servir ma patrie à l'étranger… Le 29 septembre, je n'oublierai jamais cette date, Margrethe, mon frère Harald, son fils Ole et moi, nous nous sommes embarqués, avec bien d'autres personnes, sur un petit bateau qui nous a conduits clandestinement sur la côte suédoise. De là, je suis parti pour l'Angleterre et, plus tard, pour les États-Unis… » Bohr semblait considérer le sujet comme clos.

« Que s'est-il passé à l'Institut pendant votre absence ? demanda alors Bacon.

— Quand ils ont appris mon départ, les nazis ont arrêté deux de mes assistants, Jørgen Bøggild et Holger Olsen, et un détachement a occupé les locaux, dit Bohr en soupirant. Le recteur de l'université a émis une protestation, qui n'a pas eu le moindre effet. Alors, avec le soutien des professeurs Møller et Jacobsen, il a demandé à Heisenberg d'intervenir, d'essayer de faire quelque chose…

— Et il l'a fait ?

— Werner est arrivé à Copenhague en janvier 1944. Pendant l'Occupation, les Allemands avaient donné le choix au personnel de l'Institut : collaborer aux projets de guerre nazis ou accepter que le cyclotron et de nombreux autres appareils fussent expédiés en Allemagne… Après s'être entretenu avec Møller et avoir examiné les installations, Heisenberg est allé discuter avec les responsables de la Gestapo et les a convaincus que le plus profitable, pour l'Allemagne, serait de laisser l'Institut fonctionner comme par le passé…

— Et il a réussi ?…

— A ce moment-là, oui, reconnut Bohr. Le jour même, le recteur était informé que l'Institut était rendu à l'université sans conditions…

— Geste admirable de la part de Heisenberg, dit Irene.

— C'est possible, répondit Bohr, sèchement.

— Quand l'avez-vous vu pour la dernière fois ? s'enquit Bacon.

— Heisenberg ?

— Oui…

— … Quelques années plus tôt, en 1941.

— Et comment vous êtes-vous entendus, alors ? »

Bohr demeura silencieux, comme s'il n'avait pas entendu. Il était évident que tous deux l'assaillaient de trop de questions sur des sujets qu'il aurait préféré oublier.

« J'admirais toujours son travail.

— Et votre amitié, si ancienne ?

— Elle est morte, j'en ai peur…

— Pourquoi ?

— Pourquoi ?

— Qu'est-ce qui vous a éloignés l'un de l'autre ? insista Bacon. La politique ? La guerre ? »

Bohr remua sa lourde tête d'un côté à l'autre, se lamentant encore sur ce malheureux accident.

« Un peu de tout ça, sans doute...

— Les questions que je vous pose sur cet épisode vous embarrassent-elles, monsieur Bohr ? demanda Bacon qui marchait à côté de lui et surveillait ses mouvements lents du coin de l'œil.

— Je n'ai pas grand-chose à en dire, avoua Bohr. Quand Werner est venu me voir, l'issue de la guerre était encore incertaine... l'Allemagne dominait la moitié de l'Europe, elle avait vaincu la France, et l'avance de ses troupes en Russie était très rapide... C'était avant le siège de Stalingrad... Que pouvais-je éprouver, en sa présence ? Werner était malgré tout un patriote, et je savais que, d'une certaine manière, il était fier des succès de Hitler, même s'il condamnait les nazis... Nous n'avions tout simplement rien à nous dire. Du moins, à ce moment-là...

— Mais Heisenberg a insisté pour vous voir, n'est-ce pas ? » Bacon cherchait à le pousser dans ses derniers retranchements. « Vous vous êtes tout d'abord opposé à cette rencontre ; il vous a presque forcé à le recevoir... Pourquoi était-ce aussi important pour lui ?

— Parce qu'il se sentait coupable, peut-être, mentit Bohr. Je n'en ai jamais rien su. Nous avons parlé pendant un petit moment en faisant quelques pas, comme vous et moi aujourd'hui, et, par la suite, nous n'avons plus eu aucun contact, jusqu'à la fin de la guerre...

— Pourriez-vous me dire de quoi vous avez parlé, à cette occasion, monsieur Bohr ? » C'était Irene qui, avec une ingénuité apparente, essayait de le convaincre de raconter cette dernière rencontre.

« Franchement, je ne m'en souviens pas, dit Bohr, prenant la tangente. Tant d'années ont passé, depuis…

— Ce devait être quelque chose d'important, sinon, il n'aurait pas insisté comme il l'a fait.

— Je vous l'ai dit, les circonstances étaient particulièrement épineuses, répondit Bohr, gémissant presque. Il s'était chargé du projet atomique allemand, m'entendez-vous ? De la construction d'une bombe pour les nazis… Je ne pouvais me confier à lui comme je le faisais avant…

— Avez-vous parlé de la bombe ?

— Nous avons abordé le sujet, mais je n'ai jamais compris ce qu'il voulait, exactement. » Bohr s'était arrêté devant un frêne. « Pardonnez-moi, mais je ne suis plus ce que j'étais, je me sens un peu fatigué. Si vous n'y voyez pas d'inconvénient, je préférerais rentrer à l'Institut. »

Ils firent demi-tour, dans un silence pesant que nul n'osait rompre. Les rues de Copenhague paraissaient tout à coup désertes et menaçantes, comme très lointaines.

« Monsieur Bohr, réussit péniblement à dire Bacon, croyez-vous que Heisenberg était prêt à construire une bombe pour Hitler ? »

La réponse se fit attendre.

« Maintenant, je pense que non.

— Et en 1941 ?

— Alors, je n'étais pas sûr. Comment aurais-je pu l'être ? Je ne comprenais pas pourquoi il était venu me voir… Je ne savais pas, vous dis-je, et je ne sais toujours pas s'il désirait se faire pardonner à l'avance, ou me convaincre de collaborer avec lui, ou s'il avait d'autres intentions, plus obscures… Tout cela a été un malentendu. Un malentendu colossal que nous n'avons jamais pu et que nous ne pourrons peut-être jamais éclaircir… »

C'est une promenade assez semblable à celle que nous venons de décrire, mais qui avait eu lieu six ans plus tôt. Six années qui, à présent, paraissent des siècles, comme si tout cela s'était passé à l'âge des ténèbres, dans une ère sans loi ni mesure, placée sous le signe du feu et de la terreur. Est-il possible d'imaginer la rencontre entre ces deux hommes, le vieux maître, citoyen d'un pays occupé, et son jeune apprenti qui, bon gré mal gré, appartient à la fameuse race des seigneurs, au camp des vainqueurs ? D'imaginer leur long dialogue ? Ils s'affrontent, se découvrent, en décousent et, pour finir, se taisent. Et leur silence va s'éterniser, se loger à jamais en eux, entre eux, comme la déchirure d'une balle ou une autre cicatrice qui ne s'efface point…

Il y a des mois que Heisenberg guette la possibilité de pouvoir se rendre à Copenhague et d'y retrouver Bohr, mais les autorités, prévenues contre lui par les attaques insidieuses de Johannes Stark et des autres champions de la *Deutsche Physik,* lui ont déjà refusé l'autorisation à plusieurs reprises. Enfin, grâce au soutien d'un autre physicien qui est alors son ami le plus proche, Carl Friedrich von Weizsäcker, l'un de ses collaborateurs pour le projet atomique et le fils du sous-secrétaire aux Affaires étrangères du Reich, il obtient ce qu'il désirait si vivement. Weizsäcker père a la haute main sur divers organismes dépendant du gouvernement, entre autres l'Institut scientifique allemand, dont l'une des fonctions est de promouvoir les échanges culturels avec les pays occupés ou alliés. A la demande de son fils, il intervient, et l'Institut invite Heisenberg à participer à une réunion organisée par l'administration de Copenhague. Heisenberg déclare qu'il compte y parler de la fission nucléaire, choix qui paraît bien hasardeux, à ce moment-là.

Le 14 septembre 1941, Heisenberg prend à Berlin

le train de nuit pour Copenhague, où il arrive le lendemain matin. Sa conférence à l'Institut est prévue dans la matinée du vendredi, ce qui lui laisse quatre jours pour obtenir un entretien en privé avec Bohr. Tout au long de la semaine, Heisenberg se rend à l'Institut à diverses reprises, il y déjeune même avec Margrethe et quelques-uns de ses assistants, en veillant à ne parler de la guerre que de la façon la plus vague, mais la situation générale n'est guère propice à l'esquive, et tout commentaire de sa part peut blesser profondément ses hôtes ; c'est du moins l'excuse que Heisenberg donnera par la suite. Dans une discussion avec le physicien danois Møller, il commet la maladresse de dire que, pour le bien de l'humanité, il serait préférable que l'Allemagne gagnât la guerre.

« Je ne puis que déplorer que ma patrie ait dû envahir des pays tels que le Danemark, la Norvège, la Hollande et la Belgique, déclare-t-il ; mais, en revanche, pour les pays de l'Europe de l'Est, c'est un bien qui va leur faire faire des progrès considérables, étant donné qu'ils me semblent de toute évidence incapables de se gouverner eux-mêmes.

— Pour autant que je puisse en juger, réplique Møller, indigné, c'est l'Allemagne qui est incapable de se gouverner elle-même. »

Cet échange d'opinions un peu vif arrive aux oreilles de Bohr et de Margrethe, qui se montre encore plus indignée que son mari et déclare qu'elle ne recevra plus Heisenberg sous son toit. Bohr en est très affecté et ne sait plus que faire : malgré tout, il a plaisir à s'entretenir seul à seul avec son ami de vieille date, aux côtés duquel il s'est si souvent battu, naguère encore. Recourant à la minutie qui le caractérise, Bohr décide de se servir d'un curieux système, pour déterminer l'attitude qu'il adoptera vis-à-vis de Heisenberg : il notera les arguments en sa faveur et ceux qui l'accablent dans un carnet, et il les relira de temps en temps, à tête reposée. C'est bientôt chose faite et, rasséréné, il se dit que son amitié pour Heisenberg l'emporte sur tout le reste, puis, malgré la décision de sa femme, il l'invite à dîner chez lui. Pour tranquilliser Margrethe, il lui promet qu'ils ne parleront que science, en évitant toute allusion à la politique.

La soirée se déroule dans un climat de tension, bien que sans incidents. Margrethe est aimable et froide, et Heisenberg éprouve un choc chaque fois qu'il surprend une expression sévère ou une moue de désapprobation qu'elle ne peut celer. A la fin du repas, contenant à grand-peine son impatience, Heisenberg demande à son ancien maître s'il n'aurait pas envie d'aller faire une promenade, comme dans le passé. Bohr, plus nerveux encore, accepte.

Le vent froid de la Baltique fouette les arbres de la ville, la plonge dans une désolation accrue par les uniformes nazis qui se montrent de toutes parts, maîtres des rues, pareils à des oiseaux de mauvais augure. Bohr et Heisenberg se dirigent vers les allées désolées du Fælledpark, proche de l'Institut. Tous deux sont sur leurs gardes et circonspects ; il semblerait que ce n'est pas seulement leur amitié qui est en jeu, mais aussi le destin du monde. Chaque mot doit être pesé avec soin, chacun de leurs propos rester suffisamment neutre pour ne pas aviver la défiance. On dirait presque qu'ils parlent un langage codé. Malgré lui, Heisenberg ne peut dire clairement ce qu'il pense ; la nature des propositions qu'il a à faire l'en empêche. Bohr, de son côté, ne paraît pas disposé à se prêter au jeu ; en dépit de l'affection qui le lie à Werner, il nourrit trop de soupçons à son égard, et plus encore quand il se souvient d'avoir affaire au porte-parole de l'équipe qui travaille sur le projet atomique de Hitler.

La promenade, dans ces conditions, est gagnée par le froid et l'âpreté de la soirée d'automne. Toute dérive peut être interprétée comme une trahison, toute erreur comme un piège, toute hésitation comme une insulte, l'essence même du langage semble les empêcher de communiquer et chaque mot, chaque syllabe, être un nouvel obstacle susceptible de barrer la route aux éclaircissements, à la bonne volonté, au discernement. Autant la physique peut être simple et universelle, autant les relations humaines, au contraire, peuvent être ardues…

Heisenberg fonde ses espoirs sur la vieille amitié qui les unit, aveugle aux réticences qu'affiche son ancien maître. Pour lui — qui a encore des allures et des manières d'adolescent —, l'essentiel est de bénéficier de la confiance de Bohr, confiance qui est morte depuis longtemps, même s'il refuse de l'admettre… Le Danois, en revanche, ne peut se soustraire à la suspicion : pour quelle raison Heisenberg a-t-il insisté ainsi pour le voir seul à seul ? A cette question s'en ajoutent bien d'autres, qu'il se pose depuis quelques années déjà : pourquoi Werner a-t-il décidé de rester en Allemagne, en dépit des méfaits du pouvoir hitlérien ? Plus encore, pourquoi a-t-il accepté de travailler à un projet scientifique visant la construction d'une arme de destruction massive ?

Heisenberg se lance dans son discours de la pire des manières possibles : comme il l'a fait en discutant avec Møller, il justifie l'invasion de la Pologne en affirmant que Hitler s'est conduit plus honorablement, en cette occasion, que ne l'ont fait, en d'autres circonstances, la France, et même le Danemark. Bohr ne peut en croire ses oreilles. Werner déclare ensuite que, pour l'avenir de l'Europe, la férule de Hitler est infiniment préférable à celle de Staline… C'en est trop. Les yeux de Bohr se dessillent. Outré, il refuse d'approfondir la discussion dont il sait qu'elle conduira inévitablement à une rupture définitive avec son ancien disciple… Mais Heisenberg insiste. Tout ce qu'il a dit jusqu'à présent n'est que l'entrée en matière d'une proposition plus directe. Il est venu à Copenhague, il n'a déjoué la Gestapo et n'a participé à la conférence organisée par l'Institut scientifique allemand que pour en arriver à la question qu'il ose à peine poser à Bohr à voix basse, et qu'il ne poserait à nul autre :

« En tant que physiciens, avons-nous moralement le droit de travailler au développement de l'énergie atomique ? »

La question de Heisenberg laisse Bohr de glace. Il n'est pas seulement irrité ; à présent, il a peur.

« Pensez-vous que l'énergie atomique puisse être utilisée avant la fin de guerre ? demande-t-il à son tour, sans masquer son étonnement.

— J'en suis certain », répond Heisenberg.

Songe-t-il à une bombe ou seulement à un réacteur ? A l'utilisation pacifique de l'énergie nucléaire ou à une arme terrifiante ? Et parle-t-il du programme atomique allemand sur lequel il travaille ou des efforts réalisés dans le même sens par les Alliés, et dont Bohr a probablement entendu parler ? Heisenberg poursuit :

« Nous, les physiciens, nous devrions faire preuve de plus de responsabilité, à l'heure où il nous faut prendre une décision relative à l'utilisation de l'énergie atomique… »

Silence.

« Il faudrait que ce soient les physiciens qui contrôlent le développement de l'énergie atomique dans le monde entier… »

Silence.

« Les physiciens ont désormais un pouvoir que n'égaleront jamais les hommes politiques. Nous sommes les seuls à posséder les connaissances nécessaires à l'utilisation de l'énergie atomique… »

Silence.

« Si nous le voulions, nous pourrions à présent imposer notre volonté aux hommes politiques. Ensemble, nous pourrions décider de l'utilisation de l'énergie atomique, nous et nous seuls, les physiciens… »

Cette fois, ce n'est pas seulement le silence qui lui répond. Le visage de Bohr semble congestionné, ses yeux sont deux gouffres noirs, prêts à engloutir tout ce qu'ils voient. Jamais Bohr ne s'est senti aussi indigné, aussi impatienté, aussi déçu, aussi malheureux… Il fait demi-tour et s'éloigne sans même adresser un regard à Werner. Il fait comme s'il n'avait pas entendu, comme si ce dialogue n'avait jamais eu lieu, comme s'il n'avait jamais eu un ami appelé Heisenberg. Celui-ci, de son côté, reste seul au milieu de l'allée du Fælledpark, stupéfait et accablé devant l'ampleur de son échec. Le vent lui fouette le visage, tandis que la silhouette de son maître s'éloigne dans les allées du jardin, aussi terrifiante et lointaine qu'une figure de cauchemar, pareille à un navire qui se perd à jamais dans l'obscurité sans borne de la nuit océane.

« Qu'en penses-tu ? » demanda Irene à Frank, comme si celui-ci pouvait lui présenter une hypothèse rationnelle sur la discussion qu'avaient eue les deux grands physiciens cinq années auparavant. « Quelles étaient, à ton avis, les véritables intentions de Heisenberg ?

— Difficile de le savoir. La scène est trop floue… Apparemment, il est resté dans le vague, s'attendant à ce que Bohr le comprenne à demi-mot, ce qui n'a pas été le cas…

— Ou, au contraire, Bohr l'a parfaitement compris, et c'est pour cela qu'il a coupé les ponts… Quelle est ton interprétation ?

— Voyons, fit Bacon, en construisant mentalement un schéma représentant les versions possibles des faits. Considérons d'abord que Heisenberg ait agi de son propre chef, d'accord ? Il y a alors deux possibilités : *a)* Heisenberg sait que Bohr est en rapport avec les scientifiques qui travaillent pour les Alliés à la construction d'une bombe atomique, et il essaie de le charger de les dissuader de poursuivre leurs efforts, afin d'éviter que l'Allemagne ne soit détruite par l'une de ces armes, et *b)* Heisenberg suggère à Bohr de passer une sorte d'accord avec les physiciens du monde entier pour empêcher l'utilisation militaire de l'énergie atomique...

— Les deux choses me paraissent trop simplistes, estima Irene. Comment Heisenberg aurait-il pu croire que les physiciens travaillant pour les Alliés renonceraient au programme atomique tout simplement parce que Bohr le leur aurait demandé ?

— N'oublie pas qu'il était responsable du projet nucléaire allemand. Si cette hypothèse était la bonne, il aurait proposé à Bohr d'arrêter les recherches de son côté si les Alliés promettaient de faire de même du leur...

— Crois-tu qu'il aurait accepté de trahir sa patrie sur de telles bases ?

— Ça ne me paraît pas si absurde. Heisenberg pouvait se justifier en se disant qu'il agissait pour le bien de l'Allemagne... Pour lui, il ne devait rien y avoir de pire que d'imaginer son pays dévasté par une explosion nucléaire...

— N'importe. Ça me paraît difficile à admettre. Même s'il avait eu le pouvoir de suspendre ou de ralentir les recherches liées à la bombe, il n'était pas le seul responsable. Des militaires, des fonctionnaires, des SS étaient mêlés au projet. Comment les arrêter tous ?

— Je ne sais pas, admit Frank. Peut-être savait-il

que, sans lui, nul autre n'était capable de faire progresser certaines recherches et que s'il sabotait son propre travail personne ne s'en rendrait compte…

— Mais il y a encore quelque chose de plus boiteux, dans cette hypothèse. Imaginons qu'il ait vraiment proposé à Bohr une sorte de trêve entre les scientifiques impliqués… Avec les meilleures intentions du monde et tout ce que tu voudras. Très bien. Mais comment pouvait-il être sûr que Bohr allait le croire ? Et, surtout, que Bohr allait réellement convaincre les Alliés d'arrêter leurs recherches ? Et si Bohr lui promettait de le faire et le trahissait ensuite ?

— Il devait avoir confiance en lui. C'était son maître et son ami. Il s'était rendu à Copenhague rien que pour le voir. Il fallait bien prendre le risque…

— Ça ne tient pas debout.

— Admettons. Considérons maintenant l'autre possibilité : Heisenberg n'est pas venu voir Bohr de son propre chef…

— Tu veux dire que c'était un espion de Hitler ? Que celui-ci lui avait ordonné d'aller faire une visite à Bohr pour lui tendre un piège ?

— On ne peut écarter cette possibilité *a priori*, remarqua Frank sans enthousiasme. S'il en était ainsi, Heisenberg n'avait pas grand-chose à perdre…

— Son amitié avec Bohr.

— Si c'était un espion de Hitler, s'il était Klingsor, ça ne devait lui faire ni chaud ni froid. Le moindre doute semé dans l'esprit de Bohr était autant de gagné… La plus légère hésitation dans le camp des Alliés donnait un avantage au projet allemand…

— C'est épouvantable, fit Irene, sourcils froncés.

— Klingsor aurait été capable de faire ça, et bien davantage…

— Nous ne savons pas encore si Heisenberg est Klingsor. »

Bacon demeura alors aussi silencieux que s'il avait été seul au monde. Il semblait comme possédé, prisonnier de ses pensées.

« Toute cette histoire me rappelle un schéma que j'ai analysé avec Von Neumann, un de mes maîtres, il y a des années, s'exclama-t-il en bondissant soudain de son siège. C'est le même mécanisme. Laisse-moi t'expliquer... » Il saisit une feuille de papier et un crayon, et se mit à dessiner pour Irene un tableau semblable à ceux de Von Neumann :

	Collaborer	*Trahir*
Collaborer	Heisenberg est de bonne foi, il convainc Bohr, et les deux programmes nucléaires s'arrêtent.	Heisenberg croit avoir convaincu Bohr, il arrête les recherches, mais Bohr ne fait rien et les Alliés progressent.
Trahir	Heisenberg a toujours eu l'intention de poursuivre les recherches, mais convainc Bohr d'interrompre celles des Alliés.	Heisenberg fait croire à Bohr qu'il sabotera le projet allemand, Bohr dit qu'il arrêtera le projet des Alliés, mais ils n'en font rien.

« Tu me suis ? » Frank était tellement excité qu'il criait presque. « Pour Heisenberg, c'était en œuvrant en collaboration qu'ils pouvaient tirer l'un et l'autre le meilleur profit, mais aucun des deux ne pouvait être sûr de l'autre... ils auraient sans cesse été menacés d'une trahison possible... Voyons un peu ce que ça donne, si nous attribuons une valeur numérique à chacune des décisions :

	Collaborer	*Trahir*
Collaborer	2,2	1,3
Trahir	3,1	0,0

« Pour Heisenberg, reprit Frank, poursuivant son raisonnement, le meilleur des choix est celui de la case supérieure gauche : arrêter les deux projets atomiques… et le pire, c'est la case supérieure droite : il arrête le projet atomique et les Alliés ne le font pas. S'il trahit Bohr, case inférieure gauche, l'Allemagne obtient le meilleur résultat. Enfin, case inférieure droite, l'Allemagne et les Alliés poursuivent leurs recherches comme ils l'ont fait jusqu'alors, et c'est une compétition contre la montre où gagnera celui qui aura le premier fabriqué la bombe…

— Je comprends bien ton schéma, Frank, mais je ne vois pas où tu veux en venir.

— C'est très étrange ; on dirait que ce jeu me poursuit…

— Pour moi, ce n'est pas un jeu.

— Et pourtant, c'en est un, Irene, crois-moi ! cria-t-il d'une voix aiguë. Tout colle parfaitement ! C'est tellement clair que je ne peux y croire…

— De quoi parles-tu ?

— Et c'est toi qui me l'as fait comprendre, Irene ! s'exclama encore Bacon, avec un rire nerveux.

— Que t'ai-je fait comprendre, Frank ? Tu me fais peur…

— Il me met à l'épreuve, piailla-t-il, très agité. Il veut que je reconstitue le puzzle, non pas pour me permettre de découvrir la vérité, mais pour le plaisir de jouer avec moi… Son véritable adversaire, c'est moi… C'est d'une intelligence diabolique…

— Il, il ? Mais qui, il ?

— Klingsor, bien sûr ! Klingsor ! » Bacon semblait

avoir subitement perdu la raison. « Heisenberg était-il un espion de Hitler ? Ou, au contraire, l'un de ses pires ennemis ? Était-il prêt à trahir sa patrie ou son ancien maître ? A-t-il menti à Bohr ou aux autorités nazies ? Ou ment-il à présent, quand il se repent ? Ou a-t-il toujours dit la vérité ? » Il dut s'interrompre, à bout de souffle. « Est-il possible de connaître la vérité, Irene ? Non, bien sûr que non. Nous ne l'atteindrons jamais ! La vérité n'existe pas. Tout cela n'est qu'un jeu, Irene, il faut que tu le comprennes. Un jeu auquel on ne joue pas pour découvrir la vérité, mais pour battre l'adversaire…

— Battre l'adversaire ? Quel adversaire ?

— Mais moi, dit-il plus calmement. Moi. »

Ils firent l'amour avec la lenteur de ceux qui se sentent submergés par le monde et tentent de trouver refuge dans l'intemporalité des sentiments. Bacon cherchait à faire durer le plaisir, comme si toute interruption allait le soustraire au rêve et le ramener à une réalité à laquelle il ne voulait pas retourner. Irene, en revanche, étrangère aux faiblesses de Frank, se laissait aimer, mais, cette fois, c'était elle qui avait l'esprit ailleurs, errant sur les terres impures de la raison. Tandis que Frank lui murmurait des obscénités et la pénétrait avec une violence feinte, elle ne cessait de réfléchir à l'affaire et en découvrait seule l'issue, ce que Bacon n'aurait jamais dû permettre.

« Frank, arrête, fit-elle d'un ton suppliant en le poussant sur le côté. Je crois que je le tiens.

— De qui veux-tu parler ?

— De Klingsor ! s'écria-t-elle, transfigurée. *Tous les physiciens sont des menteurs.* Le message de Stark. Tu t'en souviens ?

— Bien sûr. Et alors ?

— Alors, j'y ai réfléchi, et je crois que la clé de l'affaire est là, Frank… *Tous* sont des menteurs. Comment avons-nous pu ne pas comprendre ?

— Comprendre quoi ?

— Heisenberg ment. Bohr ment. Schrödinger ment. Toi aussi, il faut bien que tu mentes. Et même Stark ment. Sais-tu pourquoi ? Parce que vous êtes tous *physiciens !* » Sur ce, elle éclata de rire.

Frank se leva du lit, stupéfait.

« Je ne comprends toujours pas, Irene.

— Si je suis physicien et que je dis : “Tous les physiciens sont des menteurs”, un problème de logique se pose, expliqua-t-elle au lieutenant, tout entière à son illumination, comme si c'était elle l'experte. C'est toi qui me l'as appris. Dans ce cas, il est impossible de savoir si l'on ment ou pas. Mais seulement dans ce cas. Seulement si *je suis* physicien. »

Irene tâchait de faire comprendre sa théorie insolite et absurde à son amant sidéré.

« Mais sais-tu comment sortir du paradoxe, comment l'éliminer ?

— Je t'écoute.

— C'est si simple que je me demande comment nous avons fait pour ne pas nous en apercevoir plus tôt. » Son arrogance était insupportable. « La contradiction n'existe que si celui qui dit cette phrase est un physicien. Comprends-tu ? » Les embûches qu'elle semait rendaient sa voix chevrotante. « Je crois que Stark t'a envoyé ce message pour que tu l'interprètes à rebours. C'est-à-dire que celui que tu dois découvrir n'est pas un physicien… Parce que tu es un physicien, et Stark aussi, et que, dans ce cas, on ne peut pas affirmer que vous soyez menteurs. Cette proposition est… comment as-tu dit, déjà ?

— Indécidable.

— Voilà.

— Et alors ?

— Celui qui ment, Frank, n'est pas un physicien, c'est quelqu'un d'autre.

— Mais il faut tout de même que ce soit quelqu'un

qui, bien que n'étant pas physicien, connaisse la théorie quantique, la relativité, les rudiments de la fission nucléaire, la bombe…

— Et combien y a-t-il de personnes qui correspondent à ce profil ?

— Je ne sais pas. Peut-être un chimiste comme Hahn, ou un ingénieur…

— As-tu interrogé Hahn ? Ou un ingénieur important ? Évidemment pas ! Il faut que ce soit quelqu'un qui est proche de toi…

— Un mathématicien ?

— C'est ça ! rugit Irene. Links ! Je crois que c'est lui qui est derrière tout ça, Frank. C'est tellement évident… En fait, nous ne pouvons savoir si tous les physiciens avec lesquels tu t'es entretenu t'ont dit la vérité ou s'ils t'ont menti. Tout ce qu'ils disent demeure inscrit dans le paradoxe, devient contradictoire… En revanche, les histoires de Links peuvent être vraies ou fausses, mais sans soulever de problème de logique… C'est la solution de l'énigme. »

Bacon resta quelques instants pensif. Malgré ses réticences, le venin instillé par Irene avait commencé à circuler dans son sang. C'était mon ami, mais elle avait réussi à lui transmettre le virus du doute.

« Mais pourquoi Links ferait-il une chose pareille ? Ça ne tient pas debout.

— Je savais que tu me poserais cette question, Frank, aussi ai-je essayé de la découvrir, cette raison. C'est lui-même qui a fini par me la révéler. Dis-moi, pourquoi es-tu venu à Copenhague ?

— Pour interroger Bohr sur ses rapports avec Heisenberg.

— Et avant, pourquoi as-tu interrogé Planck, Von Laue, Schrödinger, eux et seulement eux, et dans cet ordre ?

— Parce que les choses se sont présentées ainsi.

— Regarde un peu plus loin que le bout de ton

nez, Frank, fit-elle, convertie en démon dont les propos fallacieux tissaient maintenant autour du pauvre garçon les rets de l'envoûtement. Depuis le commencement, Links n'a cessé de te guider par la main, afin que tu croies que Heisenberg est Klingsor… Telle a toujours été son intention… Ne le vois-tu pas ? Considère tous les pas que tu as faits : il ne s'agit pas d'une enquête normale… Tu n'as cessé de suivre le chemin qu'il t'a tracé… Il t'a manipulé pour que tu trouves enfin ce qu'il désire… Tu m'as dit toi-même que tout cela ressemblait à un jeu mathématique. Et que tout ce que voulait ton adversaire, c'était te battre. Eh bien, ton adversaire, c'est Links…

— Mais pourquoi accuser Heisenberg ?

— Une affaire personnelle. Un vieux compte à régler. Heisenberg n'était sans doute pas un ange. Son attitude envers les nazis a toujours été ambiguë. Peut-être Heisenberg n'a-t-il pas levé le petit doigt quand la police a arrêté Links après la conspiration contre Hitler et Links n'a jamais pu le lui pardonner. Mais cela ne fait pas pour autant de Heisenberg un Klingsor. C'est Links qui veut nous le faire croire !

— Tu as peut-être raison, hélas ! dit, Frank. Je lui ai trop fait confiance, sans chercher de preuves, sans considérer d'autres interprétations possibles des faits… » Il se sentait dérouté, blessé et déçu. « Peut-être l'heure de reconsidérer nos résultats est-elle venue…

— Que devons-nous faire, alors ?

— Prendre congé de Bohr et regagner au plus vite Göttingen, conclut Bacon. C'est là que sont Gustav et Heisenberg, les deux seules personnes qui peuvent nous conduire à la vérité. »

Réaction en chaîne

Berlin, mars 1942.

Quand me suis-je rendu compte de ce qui m'arrivait ? Ai-je été conscient du moment où le désastre s'est annoncé ? Je n'en sais rien. Je n'en sais encore rien à présent, plus de quarante ans plus tard, et, bien sûr, je n'en ai pas su davantage alors. Car, à ce moment-là, j'étais devenu une créature aveugle et sourde, qui ne se fiait qu'à son intuition. Toutefois, même si tout se liguait contre moi, même si je frôlais dangereusement la folie et si ce n'était pas seulement mon univers qui s'effondrait, mais le monde entier, je pus compter sur une certitude profonde qui me sauvait de toute menace, me faisait recouvrer mon calme, mon courage, et me rédimait : mon amour pour Natalia.

J'admets que la formule puisse paraître insensée et vaine, mais je ne vois aucune raison de mentir ni de me justifier. Mon amour pour elle était vrai, c'est sans doute le seul véritable amour de ma vie. C'était la seule certitude sur laquelle je pouvais m'appuyer, et, si elle ne faisait pas de moi un homme meilleur, au moins me rendait-elle une humanité que je croyais avoir perdue… Elle m'avait toujours plu. Je l'avais toujours désirée, depuis cette année lointaine où Heini me l'avait présentée comme sa fiancée, depuis l'instant où j'avais reçu un choc en découvrant pour la première fois ses yeux gris pâle, son regard franc. A présent, après bien des détours, je comprends que cette émotion première, que cette étincelle de reconnaissance n'avaient rien de mensonger : le véritable mensonge, c'était tout le reste de mon existence, l'amour d'emprunt que je portais à Marianne, à mon travail, à la science. Seule Natalia importait pour moi. J'étais prêt à tout pour la garder à mes côtés. A tout...

Bientôt, notre *ménage à trois** cessa d'être une perversion subtilement tolérée pour devenir une torture à laquelle je me soumettais uniquement pour me rapprocher de Natalia. Au commencement, nous nous retrouvions tous trois deux fois par semaine ; peu à peu, je réussis à espacer ces rituels qui étaient pour moi toujours plus accablants. Car je m'étais avisé que j'étais jaloux, oui, jaloux, quand Marianne caressait ou embrassait ou séduisait Natalia, dont le corps ne devait être rien qu'à moi. C'était épouvantable : un mari et une femme amoureux de la même personne, luttant entre eux pour la conquérir, pour lui complaire, pour se l'arracher. Bien entendu, nos sentiments demeuraient voilés, étouffés, secrets, mais ils n'en étaient pas moins violents. Chaque fois que nous nous dévêtions, tous les trois, nous nous transformions en bêtes féroces, en brindilles emportées par le courant, par l'inertie, en atomes prêts à se scinder, à exploser à la moindre provocation.

Un soir, je ne pus y résister. Au lieu d'attendre la visite de Natalia, je me rendis chez elle. Elle me reçut avec un sourire gêné, qui révélait une nervosité due à la compréhension de ce qui se produisait et à la culpabilité.

« C'est toi que j'aime, lui dis-je, toi seule. »

Elle m'embrassa fougueusement et me laissa lui arracher ses vêtements, violenter son corps et son âme et la porter jusqu'au lit qu'elle avait partagé avec Heinrich. Natalia fut du vif-argent : j'avais beau l'agripper, l'enlacer avec force, tenter de l'enchaîner à moi par des mots doux, vulgaires et terribles, elle s'esquivait avec prestesse et subtilité, sa chair, sa peau, fuyaient comme du mercure, et elle n'était plus qu'un prolongement lumineux de mon désir, une diaprure, une hallucination. Néanmoins, elle finit par accepter l'évidence.

« Moi aussi, je t'aime », sanglota-t-elle au creux de mon épaule.

C'était si inespéré que je ne pouvais le croire, que je ne pouvais admettre que ce fût bien réel, qu'elle sût parfaitement ce qu'elle faisait, que ce fût bien là sa voix, tranchante comme une épée, aussi impitoyable que notre trahison. C'était incroyable, et pourtant, je la croyais, je n'aurais pu supporter qu'elle me reniât, et j'étais trop désarmé en sa présence pour pouvoir penser qu'il ne s'agissait que d'une délicatesse vaine, d'un effet de la confusion ou du doute.

« Et Marianne ?

— Et Heinrich ? » dis-je, impavide et cruel.

Dès lors, nous n'évoquâmes plus nos attaches, comme si l'univers se renouvelait pour nous. Même si je commençai aussitôt à mener une triple vie et à tromper plus de gens que je ne l'avais encore jamais fait, une fois sûr de mon amour pour elle, je fus sauvé : je n'existais qu'avec elle et que pour elle ; tout le reste — le mariage, l'amitié, les mathématiques, la guerre — n'était que mirages, obligations malheureuses qui n'avaient rien à voir avec moi. Que pouvais-je faire ? Que pouvions-nous faire, Natalia et moi, au sein du chaos de ces années-là ? Fuir ? Existait-il un refuge possible pour nous, un quelconque espoir, une seule chance ? Non, de toute évidence : notre condamnation ne faisait aucun doute ; notre séparation et notre exécution n'étaient que certitudes remises au lendemain, qui nous attendaient sans que nous puissions rien faire. Je n'ai pourtant jamais été aussi heureux qu'à ce moment-là.

Le principe d'incertitude

Göttingen, juin 1947.

Qui dit la vérité ? Qui ment ? M'aimes-tu ou me trompes-tu ? Tiendras-tu ta promesse ou la trahiras-tu ? Me sauveras-tu, Seigneur, ou me laisseras-tu périr sur la croix ? Suis-je coupable ou innocent ? Je sais, je sais. Il est arrivé au *principe d'incertitude* la même chose qu'à la théorie d'Einstein : des milliers de gens qui ne connaissent rien à la physique, encouragés par des centaines de journalistes qui en savent encore moins, croient avoir compris le sens profond de l'expression, même si la seule combinaison d'une inconnue et d'un nombre — pour ne rien dire d'une lettre grecque carrément déplacée — leur donne mal à la tête. Alors, micro et stylo en main, ils se donnent pour devoir de *vulgariser* le produit de la science. Bientôt, la photo d'Einstein paraît à la une du *New York Times,* le monde entier s'intéresse au fait qu'il ne met pas de chaussettes et a les cheveux en bataille. Et il ne manque jamais un idiot pour déclarer, fier de ses connaissances : « Tout est relatif. »

Heisenberg n'eut pas un sort meilleur. Son principe d'incertitude ne concernait en réalité que l'évanescent monde subatomique, et non pas les amours particulières, les promesses rompues ou les trahisons en perspective. A l'origine, Werner désirait seulement expliciter une caractéristique assez exceptionnelle de la physique quantique. Tandis que des physiciens tels que Schrödinger et Einstein s'acharnaient à défendre la règle traditionnelle selon laquelle un électron devait pouvoir être visualisé, Heisenberg démontrait qu'il était impossible de mesurer à la fois le mouvement et la vitesse d'un électron, et que cette impossibilité ne tenait ni à une erreur ni à un défaut des instruments disponibles, mais était une conséquence inévitable des lois de la physique.

Voici l'explication qu'il en donna par écrit : « En théorie, pour observer directement un électron, il faudrait construire un microscope très puissant, de haute résolution, mais il faudrait aussi éclairer l'électron avec une lumière de très faible longueur d'onde. Or, malheureusement, les quanta de lumière ainsi émis suffiraient à modifier le comportement de l'électron que nous essayons d'observer… C'est ainsi que, plus nous déterminerons avec exactitude sa position, plus imprécise sera la mesure de sa vitesse au même moment, et vice versa. Cette relation est également valable pour tous les autres couples de variables conjuguées, comme l'énergie et le temps. Et ce n'est pas tout : la limite de précision susmentionnée, qui a été imposée par la nature, a comme autre conséquence importante qu'en un certain sens, elle invalide les lois de la causalité. »

C'était aussi simple que ça. Ou aussi compliqué. Et c'était la preuve ultime que la science avait cessé d'être le moyen infaillible de connaître l'univers, pour aller occuper une place plus modeste : celle de pouvoir donner une vision partielle, réduite, du cosmos. Ce qui, pour couronner le tout, conduisait, comme l'affirmait Heisenberg, à la conclusion déconcertante que la causalité de la physique classique perdait aussi de son importance. L'article dans lequel figurait le principe d'indétermination parut dans le *Zeitschrift für Physik* du 22 mars 1927, alors que Heisenberg était l'assistant de Bohr à Copenhague, sous un titre un peu lourdaud : « Sur le contenu observable de la cinématique et de la mécanique quantique. » Toutefois, moins d'une quinzaine de jours plus tard, Heisenberg publiait un long essai issu du précédent dans une revue non scientifique ; il est donc en partie responsable du sens qui a pu être donné à ses propos par des amateurs.

Que le lecteur me pardonne de faire appel à cette détestable vulgarisation, mais je ne puis m'empêcher de penser que le lieutenant Bacon et moi avons, à ce moment-là, été victimes de quelque chose qui ressemble fort au principe d'incertitude ainsi entendu. Peu importait, dans le fond, que les atomes eussent peu de chose à voir avec notre enquête ; Klingsor nous plongeait dans le doute le plus profond : étions-nous sur la bonne voie ? S'agissait-il d'un piège ou d'une simple erreur ? De toute manière, les questions devinrent dès lors toujours plus pressantes et désespérantes. Pouvions-nous faire confiance aux autres ? Irene était-elle une maîtresse dévouée et Bacon un ami fidèle ? Pouvais-je encore croire à l'ingénuité, à la maladresse du lieutenant ? Était-il prudent, de sa part, de continuer à suivre les pistes que je lui indiquais ? Étais-je en train de le manipuler à mon avantage, comme le soutenait Irene ? Ou était-ce elle qui le manipulait ? Qui se jouait de qui ? Qui trahissait qui ? Et pourquoi ? Étions-nous, d'une manière ou d'une autre, des pièces sur l'échiquier de Klingsor ? Ou Klingsor n'était-il qu'une abstraction de nos esprits, un reflet aberrant de nos incertitudes, une façon de combler le vide qui nous hantait ?

Il était impossible de le savoir. Faire confiance à quelqu'un, c'était perdre aussitôt la confiance de quelqu'un d'autre ; obtenir un résultat, c'était être infailliblement conduit à une erreur de jugement qui se manifestait comme un symptôme déroutant. Nous nous contredisions tous et, en même temps, nous prétendions dire la vérité, une vérité qui, de toute évidence, n'existait pas. Klingsor nous battait avec les armes de son choix et nous, pauvres mortels, nous pouvions à peine nous défendre, dans la vaste solitude du monde.

J'avais hâte que Bacon revînt de Copenhague pour lui révéler ce qu'était véritablement Irene. Je ne pouvais savoir, alors, qu'il était trop tard. Quel imbécile j'ai été ! J'aurais dû agir avant leur départ, frapper le premier, attaquer Irene par surprise ; il aurait alors été possible de la vaincre ; mais l'accablement, la négligence ou le hasard m'ont induit en erreur. Combien n'allais-je pas regretter plus tard cette légère faute, cette hésitation ! Plus de quarante ans ont passé, depuis, et la rage et l'angoisse font encore brusquement gonfler mes veines et battre le sang à mes tempes. Hélas ! Je ne puis rien changer au passé ; le temps va de l'avant — maudite entropie ! — et je ne puis que regretter mon erreur…

Je savais que Frank et Irene devaient être de retour à Göttingen le dimanche soir, et que je n'aurais pas la possibilité d'aller les voir à ce moment-là sans éveiller les soupçons de la jeune espionne. Tout ce que je pouvais faire, c'était attendre qu'il m'appelât, comme il le faisait chaque fois que nous nous séparions, et lui demander un entretien seul à seul, pour lui faire part de ce que j'avais appris. Le dimanche fut un siècle de silence, j'attendis en vain son appel. Bacon s'était détaché de moi. Je passai la soirée dans mon lit, affligé d'un violent mal de tête, en lequel j'ai reconnu, depuis, le présage de la catastrophe.

Comme tous les lundis, j'entrai dans le bureau de Bacon à dix heures du matin. Il ne paraissait pas troublé, ou du moins donnait-il bien le change, et il me serra la main comme d'habitude. Je ne pouvais deviner qu'en dépit de sa défiance à mon égard, ou à cause d'elle, il avait décidé de ne rien laisser paraître, pour ne pas éveiller mes soupçons. Nous ne le savions pas encore, mais nous étions engagés dans une nouvelle partie — une de plus, parmi toutes celles qui étaient en cours —, qui se jouait entre lui et moi, cette fois, et dont le vainqueur serait celui qui cacherait le mieux son inquiétude.

« Je crois bien n'avoir été surpris par personne comme par le vieux Bohr, me dit-il en guise de bonjour. Contrairement aux autres, il n'a pas l'air d'un homme de génie ou, du moins, de quelqu'un qui a conscience d'en être un et se sait capable de réussir tout ce qu'il entreprend depuis le berceau, mais d'un individu qui, à force de volonté et de patience, a su dépasser ses limites.

— Et que vous a-t-il dit ?

— Bohr ?

— Oui… »

Bacon n'était tout de même pas assez fin pour accueillir d'un front serein une question directe.

« Vous aviez raison, comme toujours, Gustav, admit-il à contrecœur, améliorant son jeu. Ils ont rompu toute relation à partir du dernier voyage de Heisenberg à Copenhague. Cependant, la raison de cette rupture m'échappe encore. Il est extrêmement difficile d'interroger Bohr ; on dirait qu'il s'obstine à oublier les questions qu'on lui pose…

— Mais il y a cependant quelque chose de suspect, n'est-ce pas ?

— Il me semble bien, répondit-il, sarcastique. Les propos de Heisenberg ont mis Bohr hors de lui, mais je ne suis pas certain *qu'il ait* cherché à le tromper, Gustav. Si Heisenberg était un agent de Hitler, il faut admettre que sa mission a été un échec complet… Supposons un moment qu'il en soit allé ainsi. Werner se rend à Copenhague sur l'ordre de Hitler. Après maintes tentatives, il se trouve enfin seul à seul avec Bohr. Que fait-il ? Nous ne le savons pas exactement, mais nous connaissons le résultat de la rencontre. Au lieu de collaborer avec Heisenberg, ou de le croire, ou d'accepter la proposition que celui-ci lui a faite, le Danois décide de ne plus accorder sa confiance à son poulain.

— Peut-être Heisenberg a-t-il commis une erreur...

— Livrons-nous à un petit exercice, Gustav. Analysons seulement le pire des cas... Imaginons que Heisenberg, en tant que responsable scientifique du projet atomique allemand, ait essayé de convaincre Bohr d'arrêter toutes les recherches liées à l'armement, et supposons qu'il l'ait fait sur ordre de Hitler... Heisenberg est prêt à trahir son maître pour arrêter le programme nucléaire des Alliés. Très bien. Maintenant, dites-moi, Gustav, qu'a donc obtenu Heisenberg, en définitive ?

— Je vous ai dit qu'il avait dû commettre une erreur...

— Une erreur de calcul de la part de Klingsor ? J'en doute. » Bacon adoptait un ton de plus en plus tranchant. « Voulez-vous savoir quelles ont été les conséquences de cet entretien ? Je vais vous le dire : au lieu d'essayer d'arrêter les scientifiques qui travaillaient pour les Alliés, Bohr les a encouragés à poursuivre leurs efforts... En 1943, il a fui en Suisse, puis en Angleterre, puis aux États-Unis. Et savez-vous ce qu'il s'est empressé d'y faire dès son arrivée ? Il est allé trouver ceux qui travaillaient sur le projet atomique et a fait tout ce qu'il pouvait pour accélérer la construction de la bombe... Exactement le contraire de ce que voulait Heisenberg ou Hitler ! M'avez-vous compris ?

— Un échec absolu, dus-je reconnaître.

— Exact, dit Bacon, souriant enfin. Notre théorie

s'effondre comme un château de cartes. Je crois que cette donnée suffit à écarter Heisenberg comme conseiller possible de Hitler...

— Que sa stratégie ait échoué avec Bohr n'implique pas qu'il soit innocent de toutes les autres...

— Bien sûr que non, fit-il, péremptoire ; mais cela a suffi pour faire naître en moi de graves doutes sur le cours de notre recherche, Gustav... »

En un instant, je compris tout : Irene l'avait gagné à sa cause. J'étais sur le point de perdre la partie !

« Il se peut que mes déductions aient été hâtives, Frank, fis-je d'une voix quasi suppliante.

— C'est trop peu dire.

— Frank, je vous en prie... Oublions un instant Klingsor... Ce que j'ai à vous annoncer est beaucoup plus grave, beaucoup plus douloureux. » Je jouais ma dernière carte. « Je sais que ce n'est pas le meilleur moment pour vous en parler, parce que vous doutez maintenant de moi, mais il faut que vous le sachiez... » J'avais du mal à trouver les mots justes. « J'espère que vous me pardonnerez, mais je n'ai pas le choix.

— Allez droit au fait, Gustav, aboya Bacon, ne se contenant plus. Je commence à en avoir assez de vos circonlocutions...

— Il s'agit d'Irene.

— Alors, il n'y a rien à dire ! Je vous remercie de vous soucier de ma personne, mais je n'ai pas besoin de vos conseils...

— Non, Frank, fis-je, tâchant de me monter aussi aimable et contrit que je le pouvais. C'est quelque chose de plus délicat... Peut-être n'allez-vous pas me croire et penserez-vous que j'invente une histoire pour noyer le poisson, mais ce n'est pas le cas. Je vous le jure. Ce que je vais vous raconter est la vérité et rien que la vérité...

— La vérité ?

— Accordez-moi le bénéfice du doute. Cette fois, il ne s'agit pas d'une spéculation, mais de quelque chose que j'ai vu de mes yeux… d'un fait.

— Dites une bonne fois ce que vous avez à dire, Gustav !

— Il y a quelques jours, avant que vous ne partiez pour Copenhague, j'ai aperçu Irene de loin, par hasard… Elle semblait tellement pressée que, je ne sais pourquoi, j'ai décidé de la suivre… »

Bacon se leva de son siège, écumant de rage.

« Pour qui vous prenez-vous ? hurla-t-il, pour Dieu ?

— Frank, je vous en prie, calmez-vous…

— Vous n'avez aucun droit de vous mêler de ma vie privée ! »

Je crus qu'il allait me frapper, mais il se retint aussitôt. Il était trop curieux de savoir ce que j'avais bien pu découvrir.

« Désolé, m'excusai-je, tremblant. Je ne voulais pas m'en mêler, j'ai suivi une intuition, voilà tout…

— Je me moque bien de ce que vous avez pu voir, Gustav. Pour être franc, je n'ai plus confiance en vous.

— Laissez-moi seulement terminer, je vous en prie. Vous ferez ensuite ce que bon vous semblera, dis-je, sur la défensive. Je l'ai suivie dans une église. Là, elle a rejoint un homme et lui a remis une enveloppe. Elle fait ça tous les trois jours.

— Et alors ? jeta-t-il, mais sa voix tremblait.

— Inutile de nous leurrer, Frank. Nous savons très bien ce que cela signifie. Je n'ignore pas que vous l'aimez, et c'est pourquoi j'ai tant de mal à vous en parler… Frank, elle te trompe depuis toujours. » C'était la première fois que je le tutoyais. « N'as-tu jamais trouvé suspect qu'elle s'intéresse autant à ton travail, aux progrès de nos recherches ? Ne te laisse pas aveugler par tes sentiments, rappelle-toi quel a été son comportement depuis qu'elle te connaît… Tu ne sais rien d'elle. Elle sait tout de toi. Elle t'espionne depuis le début de votre relation, Frank… »

Son visage se décomposa, frappé par un éclair de douleur.

« Je crois qu'elle travaille pour les Russes.

— Je ne peux pas vous croire, Gustav. Je crois que c'est vous qui essayez de me détourner de mon objectif, pas elle…

— Fais-la suivre par un de tes hommes de confiance, Frank, suggérai-je, sûr de moi. Tu découvriras la même chose que moi.

— Je dois vous demander de quitter ce bureau, me dit-il. Notre collaboration est terminée.

— Comme vous voudrez, lieutenant Bacon, dis-je calmement en me levant. A vous de voir… »

La nuit était le ventre d'un animal qui l'aurait avalé, un endroit inhospitalier et fatal qui, en le happant, l'avait dépouillé de ses certitudes. Il n'y avait pas d'étoiles, seulement un vide où la nouvelle lune laissait un léger halo d'espérance.

Il marchait sans but depuis des heures, pour retarder le retour à son domicile et la rencontre redoutée avec Irene. Pendant tout ce temps, il avait été incapable de mettre de l'ordre dans ses pensées, comme si on lui avait ravi sa capacité de raisonner. Il avait beau s'y efforcer, se remémorer tous les moments qu'il avait passés avec elle, il ne parvenait pas à déterminer si elle avait fait semblant de l'aimer ou si elle était réellement attachée à lui. Au cours des mois précédents, sa vie privée s'était trouvée réduite aux contacts nocturnes avec elle, à leurs longues conversations et aux emportements de la passion, mais, en dehors de cela, il devait bien l'admettre, Irene était une inconnue. Il avait été le spectateur de son amour maternel, de l'attention avec laquelle elle s'occupait du petit Johann, et cela lui avait suffi, pour croire en elle. Le plus grave, c'était encore qu'il l'aimait. Ces mots, c'était la première fois qu'il les disait, et qu'il frémissait en s'entendant les dire, depuis l'époque lointaine de sa liaison avec Vivien, et voilà qu'il se rendait maintenant compte que cet amour n'avait peut-être été qu'une duperie, un plan diabolique dirigé contre lui. Il ne pouvait le croire, il ne pouvait admettre de s'être laissé berner à ce point. Et pourtant…

Pourtant, l'inquiétude le dévorait vif. Après avoir vécu avec Irene pendant des mois, avoir chaque jour contemplé son corps, baisé son ventre, caressé sa nuque, humé l'odeur de ses cheveux, léché ses sucs, dormi sur son giron et pris sa douche avec elle, il n'était pas capable de savoir si elle lui avait dit la vérité ! C'était insupportable, insupportable de ne pouvoir se fier à celle qu'il aimait, pis encore, de douter du seul être pour lequel il aurait renoncé à tout, à la science, à son travail, à ses certitudes, à sa vie.

Incapable de subir plus longtemps cette attente, il décida de l'affronter, monta les marches de l'escalier comme s'il montait à l'échafaud et, passant devant la porte de son appartement sans même s'arrêter, il alla directement frapper à celle d'Irene. Comme chaque soir, elle l'attendait, mais il y avait en elle, ce jour-là, une certaine impatience. Elle comprit qu'il savait en remarquant l'air accablé de son amant, ses lèvres pincées et l'expression d'angoisse, de colère et d'impuissance mêlées qui assombrissait son visage. Elle pouvait parfois jouer les ingénues, mais elle n'était pas une imbécile. Il était inutile de lui poser la moindre question. Elle devait passer à la deuxième partie du plan dont on lui avait confié l'exécution. Ses premières paroles furent donc :

« Pardonne-moi, Frank. »

Elle essaya de l'embrasser, mais en vain. Bacon la repoussa.

« Comment as-tu pu faire ça ?

— Pardon, je n'avais pas le choix…

— Qui te paie, pour ces informations ? »

Les larmes coururent sur le visage d'Irene comme des marques d'infamie.

« Frank ! gémit-elle. Je t'en prie…

— Pour qui travailles-tu ?

— Je t'en supplie…

— Pour les Russes ? »

Irene acquiesça d'un mouvement de tête.

« Pourquoi ?

— Pourquoi ? répéta-t-elle en veillant à ne pas afficher une faiblesse trop grande. Oh ! C'est tellement affreux…

— Tu m'as trompé, dès le premier jour.

— Il le fallait. Il fallait que tu tombes amoureux de moi…

— Eh bien, tu as réussi !

— Tout a changé tellement vite, tout a commencé à tourner mal, Frank… Tu es devenu important pour moi, mais je ne pouvais éviter de collaborer avec eux… Ils veulent Klingsor, à tout prix…

— Tu m'as trahi… Tu m'as vendu.

— Non, Frank, non. » Son jeu ne s'améliorait guère. « Il se peut que ça ait commencé comme ça, entre nous, mais je ne pouvais pas prévoir que j'allais tomber amoureuse de toi… C'est vrai, je te le jure ! Chaque jour, j'en souffrais, je voulais tout t'avouer, mais j'avais trop peur de toi… J'aurais dû le faire, avant que tu ne me découvres… Je t'aime.

— Et tu penses que je vais te croire, à présent, Irene ?

— C'est la vérité, Frank.

— J'ai entendu ça tant de fois, dit Bacon, de

marbre. J'aimerais que ce soit vrai, Irene, oui, j'aimerais ça plus que tout au monde. Mais il est trop tard. »

Bacon fit demi-tour.

« Adieu, Irene. »

Les variables occultes

Berlin, juillet 1943.

Vers le milieu de l'année 1943, Heinrich m'écrivit pour me dire qu'il désirait me rencontrer. Marianne fut plus alarmée que moi en l'apprenant et, pendant toute la semaine qui suivit, nous fûmes tous les trois — car Natalia était elle aussi très inquiète — les proies de l'insomnie. Nous essayions de deviner ce que cachait cette visite, dont Heini n'avait même pas parlé à sa femme, et nous redoutions le pire. Je l'accueillis en le serrant dans mes bras, avec toute l'émotion du coupable. Il avait un visage hâve et émacié, couvert de rides qui me surprirent. Il me remercia d'avoir accepté de le recevoir et, après avoir échangé quelques politesses avec Marianne, me demanda aussitôt si nous ne pourrions pas aller discuter seul à seul dans la bibliothèque.

« Que se passe-t-il, Heini ? lui demandai-je en lui servant du porto. Pourquoi tant de mystère ? Depuis des mois, Natalia t'a à peine entrevu, nous sommes sans nouvelles de toi, et voilà que, tout à coup, tu apparais comme un bolide. »

Heini avala d'un trait le porto pour se donner du courage et se mit à parler d'une voix à peine audible.

« Gustav, je vous remercie pour tout ce que vous

avez fait pour elle, dit-il, mais ce n'est pas pour cette raison que je suis venu te voir. Après tant de malentendus, tu ne peux savoir à quel point je suis heureux que nous puissions de nouveau parler à cœur ouvert…

— Jamais nous n'avons cessé d'être amis, toi et moi, affirmai-je en mentant aussi bien que je le pouvais.

— Je sais, me dit-il en posant sa main sur mon épaule. C'est pourquoi je suis venu. Tu as toujours été un modèle pour moi, tu sais ? Tu t'es toujours maintenu fermement sur tes positions, pour te consacrer à ce que tu aimes : la science.

— Je voudrais bien que ce fût vrai…

— Et moi, j'aimerais m'en tenir là, pour ne pas paraître flatteur, m'interrompit-il. Ce que j'ai à te dire est très délicat. Je ne suis qu'une sorte de porte-parole… Oui, je sais que c'est surprenant ; j'agis au nom de l'amitié, mais aussi en tant que messager de…

— De qui, Werner ?

— De bien des gens, Gustav, de nombreuses personnes qui, comme toi, ont rejeté tout ceci d'emblée…

— Je ne te comprends pas, Heini. Je crois qu'il vaudrait mieux que nous en restions là…

— Attends, Gustav, je t'en prie, fit-il en me prenant par le bras, tout en m'implorant du regard de l'écouter.

— Bon, comme tu voudras.

— Nous sommes plus nombreux que tu ne peux l'imaginer. Il y a longtemps que nous faisons des projets, mais peu de temps que nous nous sentons assez forts pour tenter de les réaliser… Je sais que tu ne dois pas me comprendre, mais reconnais que tu ne m'as jamais permis de m'expliquer… Les premiers temps, Hitler m'a ébloui, comme il en a ébloui tant d'autres, je l'admets ; mais je n'ai pas tardé à me rendre compte de ce qu'il en était réellement… Aussitôt que la guerre a commencé… Tu ne peux savoir de combien d'atrocités j'ai été témoin, tout au long de ces dernières années, Gustav. Si je ne t'en ai pas parlé plus tôt, c'est que je ne voulais pas t'exposer au danger.

— Je t'avais prévenu…

— Oui, et je n'ai pas voulu t'entendre. Pardonne-moi. Pardonne cet aveuglement. » Il but un autre verre de vin. « Mais j'ai changé, c'est ce qui importe. Je te le répète : nous sommes nombreux, parmi les civils et les militaires, à ne pas vouloir permettre que cette horreur dure plus longtemps…

— Il est un peu tard pour se décider à agir, ne trouves-tu pas ?

— Tu as raison, mais il n'est peut-être pas trop tard. Nous devons essayer, Gustav. Je leur ai parlé de toi… L'idée qu'un scientifique les soutienne les intéresse beaucoup. Ton aide nous serait très précieuse. »

J'étais étonné que Heini pût me parler aussi facilement, avec tant d'innocence, d'une affaire aussi dangereuse. Et si c'était un piège ? S'il avait découvert que nous le trompions et s'il cherchait maintenant à se venger de la pire des manières ?

« Je regrette, Heini, mais je ne puis accepter, lui dis-je, tout à mes pensées. C'est trop risqué, et c'est trop tard… Pardonne-moi.

— Gustav ! s'exclama-t-il sur un ton implorant. Tu ne peux nous abandonner ainsi. Tu sais que nous faisons ce qui doit être fait… Écoute, voilà ce que je te propose : accompagne-moi à une réunion. Si tu es d'accord avec notre projet, en avant ! Sinon, nous ferons comme si nous ne t'avions rien dit…

— D'accord, Heini, dis-je enfin. Je vais y réfléchir.

— Merci, Gustav. » Sur ces mots, il se leva et m'étreignit. « Je savais, mon ami, que tu finirais par faire ce que j'attendais de toi. »

La malédiction de Kundry

Göttingen, juin 1947.

Quand j'arrivai chez lui, je le trouvai effondré devant son bureau, le visage dévasté par le manque de sommeil. Les cernes, le teint terreux, les lèvres sèches et la grimace qui déformait ses traits révélaient que les doutes semés en lui la veille avaient grandi et prospéré au point de devenir d'épaisses forêts ténébreuses.

« Que faites-vous ici ? me lança-t-il avec une violence mal contenue. Je vous ai dit que je ne voulais plus vous voir… »

Je ne tins pas compte de ses paroles et m'assis tranquillement en face de lui comme je l'avais fait tant de fois.

« Mes soupçons ont donc été confirmés ?

— Allez au diable, Links !

— Frank, je me considère toujours comme votre ami, dis-je d'un ton posé, je m'inquiète de votre sort et du résultat de notre enquête…

— Eh bien, pas moi ! Que l'enquête et Klingsor aillent au diable !

— Frank, insistai-je, il ne faut pas parler comme vous le faites. Je comprends que vous soyez malheureux, il n'y a rien de pire que de se savoir trahi par quelqu'un en qui nous avions placé notre confiance…

— Vous en parlez savamment, je crois.

— Nous devons continuer, lui dis-je, ignorant son ironie. Je crois que nous sommes sur la bonne voie… »

Bacon ne daignait pas me regarder. Il portait toute son attention sur ses mains, comme si les secrets de l'univers y étaient logés.

« Oui, je vais continuer, dit-il, je n'ai pas le choix. Mais sans votre aide, Gustav…

— Mon Dieu, Frank, vous n'allez tout de même pas me rejeter comme ça parce que je vous ai révélé les véritables intentions d'Irene. Vous me faites penser au triste sort de ces messagers qui, parce qu'ils apportaient une mauvaise nouvelle, étaient exécutés sur-le-champ…

— Épargnez-moi ces boniments, Gustav ! » Le regard de Bacon se riva au mien, aussi perçant que s'il voulait sonder mon âme. « Je n'ai plus confiance en vous, plus confiance en personne. Je ne sais même pas si tout ce que j'ai fait ces derniers mois a été du temps perdu ou si je me suis rapproché de la vérité. Et si je n'en sais rien, c'est en grande partie votre faute.

— Ma faute ?

— Gustav, cette conversation ne nous mènera nulle part, déclara-t-il avec une fermeté mal feinte. Je vous remercie de m'avoir aidé, mais notre collaboration est terminée. Maintenant, laissez-moi seul.

— Mais, Frank… murmurai-je, sincèrement peiné.

— Il n'y a rien à ajouter, monsieur Links. Au revoir.

— Ce n'est pas juste, insistai-je. Vous êtes encore sous l'influence de cette femme. Vous vous êtes assuré qu'elle vous a menti, et vous ne pouvez pourtant pas vous défaire de ses insinuations…

— Cela ne vous regarde pas, monsieur Links.

— Très bien. Je vais m'en aller, opinai-je, mal à l'aise. Cependant, laissez-moi auparavant vous raconter une histoire. Vous souvenez-vous que, au début de l'enquête, je vous ai résumé le premier acte du *Parsifal* de Wagner ?

— Oui, je m'en souviens, répondit le lieutenant avec froideur.

— Je vais vous quitter. Mais après vous avoir raconté le deuxième acte. Il le faut.

— Je n'ai aucune envie de vous écouter en ce moment, monsieur Links.

— Comme je vous l'avais dit alors, à la fin du premier acte, Parsifal a assisté au festin des chevaliers du Graal dans le château de Montsalvat. Là, le héros a été témoin des souffrances d'Amfortas, qui a perdu la grâce divine. Face à cette douleur, Parsifal n'a exprimé aucune compassion… Il s'estime trop droit, trop vertueux, trop rigoureux, et croit que les souffrances d'Amfortas sont le juste châtiment de ses péchés…

— Gustav, je ne suis pas d'humeur à vous entendre. Laissez-moi tranquille.

— Au début du deuxième acte, Parsifal a quitté le château de Montsalvat et il se dirige vers le sud, droit vers le palais de Klingsor. » En me rappelant cette aventure, je me sentais transporté par une émotion extraordinaire. « Et savez-vous pourquoi il prend cette direction ? Pour se mettre à l'épreuve, cher ami. Parsifal veut savoir qui est le plus fort. Ce qu'il désire pourrait être interprété comme une preuve d'orgueil, si ce n'était en même temps l'expression de sa pureté d'esprit : il cherche à se soumettre à la même tentation qui a terrassé Amfortas… Imaginez la scène : Parsifal avance sur les chemins enchantés de Kolot Embolot, et savez-vous ce qu'il y cherche ? La femme d'une « irrésistible beauté » qui a séduit Amfortas. Il la désire, Frank, il la désire plus que tout au monde. Mais il la désire afin d'être capable de la repousser, de prouver qu'il est plus fort que le roi… Il s'agit d'une sorte d'ordalie, d'un combat mystérieux avec le passé. Klingsor, alors, décide de lui accorder ce qu'il brigue. Parfois, il n'y a rien de plus terrible que d'obtenir ce que l'on désire profondément, n'est-il pas vrai ? Dans la partie qui commence entre eux, le démon est prêt à relever le défi que Parsifal lui a lancé en pénétrant dans ses domaines…

— Je sais où vous voulez en venir, Gustav ; alors, finissons-en une bonne fois…

— Non, vous ne le savez pas, Frank. Vous ne pouvez pas le savoir, le contredis-je, et je poursuivis : car c'est là que nous prenons notre envol transcendantal, cosmogonique. Nous avons, côté cour, le jeune Parsifal et, côté jardin, le vieux Klingsor. Tout d'abord, le Seigneur de la Montagne envoie à Parsifal une légion de belles jeunes filles aux fraîcheurs de source, de subtiles jouvencelles à peine sorties de l'enfance et nues comme au premier jour, qui se pendent aux bras de notre jeune héros, essaient de l'embrasser, de le caresser, en lui promettant des jouissances inouïes… Parmi elles, son avenir est assuré : il n'a qu'à céder à leurs tentations pour jouir des plaisirs de l'éternité… Toutefois, Parsifal résiste. Et savez-vous pourquoi ? Il ne dédaigne pas les nymphes parce qu'il est un homme fort, puissant ; il ne les éloigne pas de lui sans avoir admiré leurs seins blancs et tendres qui pointent à peine parce qu'il se domine parfaitement ; non ! Pour lui, cette épreuve est facile, la plus bénigne du monde ! Pour lui, toutes ces jeunes filles n'existent même pas. Comment est-ce possible ? Rien de plus simple : Parsifal ne désire qu'une femme, que les étreintes enivrantes de la séductrice d'Amfortas. Elle seule existe. C'est la seule vérité possible, Frank ! Et il est prêt à l'atteindre en dépit de toutes les manifestations de l'adversité, à tout prix…

— C'est une très belle histoire, Gustav, mais je suis fatigué… Je ne suis pas Parsifal, je ne suis même pas sûr que notre Klingsor soit un démon, ni même qu'il existe…

— Vous n'avez rien compris, Frank, rien ! m'écriai-je, exalté. Klingsor sait quels sont les désirs de son adversaire, et, comme je vous l'ai dit, il accepte le défi. Ce que Parsifal n'imagine même pas, c'est que la femme qu'il recherche avec tant d'ardeur, l'instrument de Klingsor, n'est autre que Kundry, l'étrange jeune fille qu'il a rencontrée à Montsalvat… C'est elle, la traîtresse. Bientôt, ils sont en présence l'un de l'autre dans un jardin ombreux, le *locus amoenus* des romans de chevalerie, et ils se regardent fixement… Parsifal a peine à en croire ses yeux. Kundry lui paraît maintenant plus belle que jamais ; son corps, nu comme la vérité, l'éblouit ; elle est debout, pareille à la Vénus de Botticelli, prête à s'offrir, à se livrer à jamais au héros… Parsifal s'avise, horrifié, fébrile, qu'il ne va pas pouvoir résister, qu'il va succomber comme l'a fait Amfortas, que Kundry est tout ce qu'il désire au monde, plus que le salut, plus que Dieu.

« Alors, un miracle se produit. Pour séduire Parsifal, Kundry s'adresse à lui, attendrie, elle l'appelle par son nom, que le jeune homme entend pour la première fois, depuis la disparition de sa mère ; Kundry lui raconte la douloureuse mort de Herzeleide… Au lieu de le séduire en déployant les grâces de son corps, Kundry recourt à la parole. Parsifal comprend qu'il est amoureux d'elle et qu'il ne pourra résister à ses désirs… Kundry s'approche de lui et l'embrasse. Lui, comme je l'ai dit, n'a pas assez de volonté pour la repousser… Mais ce baiser va se retourner contre Klingsor et son royaume de ténèbres : ce baiser n'appartient pas au désir, à la luxure, à la lubricité, mais, hélas*, à la compassion… Car une image est venue s'imposer à l'esprit du héros : celle d'Amfortas et de sa blessure.

« Kundry se sent dédaignée ; elle raconte alors à Parsifal qu'elle a un jour rencontré Dieu, mais que, en apprenant son martyre, elle s'est moquée de lui… Depuis, pour être délivrée de ce rire, elle doit obliger les autres à pécher… Parsifal, que le blasphème indigne, s'éloigne d'elle. Kundry, furieuse, maudit Parsifal : tous les chemins du monde se fermeront désormais devant lui. Du haut de Kolot Embolot, Klingsor confirme la sentence. Mais il est trop tard. D'une manière imprévue, due au hasard, Parsifal a vaincu. Ce qui suit confirme cette victoire : Klingsor descend dans le jardin et affronte le jeune homme… Le résultat ne fait aucun doute, Klingsor est battu d'avance : il brandit son arme, la lance de Longin, et essaie de percer le flanc de son adversaire, mais la lance épargne le corps de notre héros de la compassion. Parsifal n'a qu'à se signer, simple formalité, pour que le château colossal de Klingsor, son royaume d'apparences et d'ombres, de lois et de prédictions impitoyables, s'écroulent entièrement… Quelques secondes suffisent pour qu'il ne reste rien de ce prodige séculaire… C'est une sorte d'apocalypse, Frank, la disparition d'une ère, la fin tragique d'une époque… Parsifal se tourne vers Kundry et lui dit : "Tu sais où me trouver." Sur ces paroles énigmatiques, le rideau tombe. »

LIVRE TROISIÈME

Lois de la mécanique de la trahison

LOI I

Tous les hommes sont faibles

Pourquoi tous les hommes sont-ils faibles ? Pour la simple raison qu'ils ne connaissent pas l'avenir. Nous vivons dans un présent éternel, obsédés par le besoin de démêler nos lendemains. Nous sommes tous de pauvres hères piochant dans l'incertain. Et que faisons-nous pour nous cacher notre faiblesse ? Nous inventons, nous imaginons, nous créons. Nous nous raccrochons à l'idée que nous avons été précipités au sein d'un océan d'incertitudes dans le but, soigneusement conçu par un esprit pervers, d'éclaircir pour le moins quelques-uns de ces doutes. Nous fondant sur ces prémisses, nous nous conduisons comme des détectives lancés à la recherche d'un malfaiteur qui se cache quelque part. Nous considérons la réalité comme un crime, et, enthousiasmés par cette métaphore policière, nous tâchons de résoudre l'énigme, de découvrir l'image occulte de ce puzzle de centaines de millions de pièces. Le scientifique et l'astrologue, le chaman et le médecin, l'espion et le parieur, l'amant et l'homme politique ne sont que des variantes à peine déguisées du même modèle.

COROLLAIRE I

Dans la confusion ambiante, il se trouve toujours quelqu'un qui profite de l'aveuglement des autres pour étouffer ses propres terreurs, s'élever au-dessus d'eux et, se donnant pour un grand héros, tenter de s'imposer comme maître d'une vérité suprême. Convaincu de la valeur de ses principes, il tâche d'œuvrer pour le bien de son peuple, de sa race, de ses amis, de sa famille, de ceux qu'il aime, en imposant sa conviction aux incertains. Toute vérité proclamée est un acte de violence, une simulation, une tromperie. Comment un faible devient-il un fort ? Ce n'est pas compliqué : celui qui peut faire croire aux autres qu'il prévoit l'avenir mieux qu'eux, chétives créatures, peut les dominer. Son influence, bien entendu, n'est qu'illusion ; comme l'a dit Max Weber, le pouvoir n'est rien d'autre que la capacité de prévoir, le plus précisément possible, ce que les autres vont faire.

Hitler était un visionnaire, quelqu'un capable de diriger ses semblables grâce à un don divin ou diabolique qui lui permettait de voir plus loin que les autres ; face à un pareil homme, il n'y a que deux possibilités : fuir ou se taire. Pour lui, l'avenir était aussi évident que le présent. Quels ouragans de jalousie ne déchaîna-t-il pas ! Alors que les autres étaient à peine capables d'imaginer ce qui allait se produire au cours des semaines, des mois suivants, tout au plus pendant les deux ou trois années à venir, lui prétendait voir les millénaires s'étaler sous ses yeux. Comment la plupart des hommes auraient-ils pu ne pas détester leur faiblesse et adorer sa vérité ?

Loi II

Tous les hommes sont des menteurs

Si, en accord avec le théorème de Gödel, toute formulation axiomatique de théorie des nombres inclut des énoncés indécidables ; si, en accord avec la relativité d'Einstein, il n'existe pas de temps ni d'espace absolus ; si, en accord avec la physique quantique, la science ne peut fournir que des données vagues et hasardeuses sur le cosmos ; si, en accord avec le principe d'incertitude, la causalité ne peut permettre de prévoir l'avenir avec certitude, et si les individus ne disposent que de vérités personnelles, alors, nous tous qui sommes issus de ces mêmes combinaisons atomiques, nous sommes faits d'incertitude, nous sommes le résultat d'un paradoxe et d'une impossibilité. Nos convictions, par conséquent, sont nécessairement des demi-vérités. Toute affirmation équivaut à une tromperie ou à une démonstration de force, à un mensonge, ce qui revient à dire que nous ne devrions même pas nous fier à nous-mêmes.

Corollaire II

Pour autant que nous nous efforcions de nous débarrasser de ce défaut intolérable, notre nature même nous en empêche. Le mensonge est logé dans nos esprits et dans nos cœurs comme un parasite dans le corps de sa victime. Nous mentons pour les raisons les plus incontrôlées : obtenir des faveurs, nous défendre des agressions, nous protéger ou nous faire connaître, pour frapper nos ennemis ou sauver ceux que nous aimons. Et parfois, nous mentons seulement par habitude, parce que, plongés dans le vide cosmique, nous ne savons même pas ce que nous sommes ; parce que la vérité n'est qu'un leurre ; parce que nous ne connaissons rien d'autre que le mensonge… Si je ne sais pas que je mens, comment les autres pourraient-ils le savoir ?

LOI III

Tous les hommes sont des traîtres

Seul peut trahir celui qui détient au moins une certitude, une vérité nécessaire et indispensable qu'il va se charger d'anéantir. Son destin est tragique et cruel ; il s'attaque à son propre système, lutte contre lui-même, s'oppose aux principes en lesquels il croit. Je serais tenté de porter cette considération à l'extrême : le seul véritable traître est celui qui en arrive à s'autodétruire, ce qu'Oscar Wilde a exprimé autrement : les hommes ne tuent que ce qu'ils aiment. C'est juste. Dans le vaste royaume des ténèbres, c'est là l'un des rares modèles qui se répètent, une des rares règles qui n'admettent pas d'exceptions.

COROLLAIRE III

Les amoureux sont parfois les prophètes les plus pervers, les héros les plus tristes, les illuminés les plus aveugles. Ils peuvent défendre leur amour comme s'il était la seule vérité admissible, la seule chose qui importe dans l'univers, la religion suprême et, en son nom, asservir les autres avec la même puissance, la même violence qu'exercent les dictateurs et les bourreaux, tout en croyant que leur vérité les sauve. Il en est même dont le dogme est tel qu'il les autorise à corrompre, détruire, brimer, manipuler et décider du sort de leur prochain.

En Amérique, le lieutenant Francis P. Bacon avait menti aux deux seuls êtres qui comptaient pour lui : Vivien et Elizabeth ; pendant ce temps, je faisais de même avec Heinrich, Marianne et Natalia… et l'un comme l'autre, nous avons encore menti et trahi par la suite, plus ou moins conscients de ce que nous faisions, accumulant ainsi les fautes. En tout cas, l'amour suffisait à nous rédimer, et nous ne nous rendions pas compte que tous les absolus — et l'amour est le plus grand d'entre eux — engendrent des traîtres.

Dialogue I : sur les oublis de l'Histoire

Leipzig, 5 novembre 1989.

« Puis-je allumer la lampe ?

— Bien sûr, me répond-il. Comment vous sentez-vous aujourd'hui ? »

Comment pourrais-je me sentir ? On m'a posé tant de fois cette question au cours de ces dernières années qu'elle n'a plus pour moi aucun sens. Comment différencier les jours, quand on vit dans l'éternité ? Comment apprécier les dissemblances, les changements d'humeur, l'accentuation des douleurs, la perte de mémoire, les progrès de la surdité, quand les jours sont tous pareils, quand rien ne distingue un instant d'un autre, quand le temps a été annihilé ? Cependant, ce petit nouveau m'est sympathique. A la différence de ceux qui sont venus me voir avant lui — pour me harceler de questions, de conseils, de recettes, ou m'accabler de tout le poids de leur indifférence —, Ulrich est attentif et tout plein de cet optimisme qui ne peut appartenir qu'à un médecin sans expérience voué à l'échec. On lui a confié mon cas il y a seulement quelques jours, mais je n'ai pas l'impression qu'il veuille être, comme tant d'autres, un receleur ou un pillard émérite de mes souvenirs, mais plutôt quelqu'un qui, je ne sais pourquoi, m'écoute avec un intérêt véritable. Peut-être est-ce dû aux temps qui courent ; aujourd'hui, plus personne ne semble porter le moindre intérêt au passé, et moins encore désirer préserver des secrets vieux de quelques décennies.

Ulrich est un garçon correct et courtois qui, sans que je le lui ai demandé, m'appelle « Monsieur » avec un mélange de crainte et de respect. Parfois, il me raconte ce qui se passe hors de cet endroit, dans ce territoire inexploré et sauvage qu'est devenu pour moi le reste du monde. Il me lit même les journaux, avec une émotion que je n'arrive pas à partager. Il semble que le nouveau dirigeant de l'Union soviétique, l'une des nombreuses réincarnations du vieux Staline, soit prêt à lâcher ses colonies, y compris le petit bout d'Allemagne sur lequel nous nous trouvons. « Une nouvelle époque a commencé », dit mon visiteur nocturne, mais je puis à peine ébaucher un sourire sarcastique, dans lequel il lit sans doute de la satisfaction ou peut-être, qui sait, l'expression d'un désir de vengeance.

J'appuie sur l'interrupteur et les murs de la chambre semblent aussitôt éclairés par mille soleils, par une explosion atomique. Jamais encore ils ne m'avaient paru si blancs, en dépit des taches de moisissure et des toiles d'araignées ; jamais encore ils ne s'étaient montrés aussi disposés à me faire oublier qu'ils m'emprisonnent.

« Et vous, docteur, comment vous sentez-vous ? lui demandé-je à mon tour, sur le même ton.

— Très bien, merci, monsieur Links, me répondil, et il y a de la sympathie dans sa voix. Avez-vous toujours cette douleur intercostale ? »

Douleur. Je ne sais même plus ce que ce mot veut dire.

« Puis-je vous poser une question ? dit-il alors, en s'asseyant au pied de mon lit. Qui êtes-vous ? »

Ne le sait-il donc pas ? La mémoire de ces gens

flanche insensiblement, il est vrai, mais jamais je n'aurais cru qu'ils en viendraient à engager du personnel ignorant tout de ce qui s'est passé ici au cours de ces dernières années.

« Gustav Links, mathématicien de l'université de Leipzig, dis-je avec fierté. C'est du moins ce qui figure sur mon dossier. Ne l'avez-vous pas lu ? »

Un sourire découvre les dents d'Ulrich, jaunies par la nicotine.

« Non, ce n'est pas ce que je voulais dire. Je sais comment vous vous appelez. Je sais aussi que vous avez passé ici plus de quarante ans, fait-il avec un geste d'excuse.

— Que voulez-vous savoir, alors ? lui demandé-je, en me redressant un peu sur l'oreiller.

— La vérité.

— La vérité ! J'ai entendu tant de fois cette rengaine ! La vérité ! Comme si elle servait à quoi que ce soit !

— Je voudrais seulement mieux vous connaître. Savoir qui vous êtes.

— Toutes les réponses que je puis vous faire doivent être inscrites dans le dossier. Mais peut-être avez-vous déjà brûlé les archives ?

— J'aimerais que nous puissions parler en toute confiance. J'aimerais être votre ami. Racontez-moi… »

Connaître ma vie pourrait-il être utile à quelqu'un ? Je ne crois pas, en tout cas, que cela puisse me servir à quoi que ce soit. Mais, je ne sais pourquoi, les yeux célestes d'Ulrich m'inspirent confiance. Je ne sais pourquoi — peut-être est-ce seulement le fruit du hasard, ou parce que le ton de sa voix me rappelle le lieutenant Francis P. Bacon —, j'accepte. De toute manière, je n'ai plus rien à perdre.

« C'est une longue histoire, lui dis-je. Êtes-vous prêt à l'entendre ?

— C'est pour cela que je suis ici, monsieur.
— Quel âge avez-vous, docteur ?
— Vingt-neuf ans.
— Avez-vous déjà entendu parler de l'attentat contre Hitler du 20 juillet 1944 ? » Inutile qu'il ouvre la bouche. Non, de toute évidence.

La conspiration

1

Il est à l'hôpital, une lumière aveuglante se fiche dans ses yeux. Le patient se réveille péniblement, comme s'il revenait d'entre les morts, et non pas du néant de l'anesthésie. Devant lui se trouve Ferdinand Sauerbruch, le chirurgien qui lui a sauvé la vie et qui l'observe avec l'indifférence voilée de ceux qui voient la mort tous les jours. Le colonel Claus Schenk von Stauffenberg a maintenant les yeux ouverts et il essaie de fixer son regard sur le visage du médecin. Peu à peu, il revient à lui, se rend compte qu'il ne peut remuer le bras gauche et qu'une douleur aiguë le traverse de part en part ; il se sent comme un papillon fixé sur une planchette par une épingle.

« Quand pourrais-je me lever ? demande-t-il sur le ton de quelqu'un qui refuse de s'en laisser conter.

— Ça dépend, répond Sauerbruch, prudent. Sur le reste du corps, vous n'avez que de légères blessures, mais pour pouvoir récupérer la mobilité des deux bras et de la main gauche, une longue rééducation s'impose. » Il ne s'exprimerait pas autrement s'il parlait de la réparation d'un tank ou d'un pistolet. « Il nous faudra vous opérer encore deux fois.

— Combien de temps ?

— Je ne sais pas. Quelques mois, un an peut-être… »

Stauffenberg fait l'effort de se redresser, pour adopter une position suffisamment digne, afin de donner plus d'autorité à ses paroles. Il regarde le médecin dans les yeux, comme s'il avait affaire à un adversaire, à un ennemi, et, en serrant les dents, pour mieux surmonter la douleur qui le cloue au lit, il répond :

« Je ne dispose pas d'autant de temps. J'ai d'importantes choses à faire. »

2

« Je n'ai plus aucun doute, messieurs. » La voix du général Beck est aussi insistante que le vent qui se heurte aux montagnes et qui, à la longue, finit par les éroder. « Notre seule chance est de nous débarrasser de lui. »

Nul ne prononce le nom du Führer — en dépit de leur intention secrète, sa figure inspire une sorte de terreur révérencielle — mais chacun sait bien à qui l'ancien chef d'état-major de la Wehrmacht fait allusion.

« Il n'y a pas d'autre solution. » C'est maintenant un autre général qui a pris la parole, Friedrich Olbricht, chef du quartier général de la Wehrmacht à Berlin. « C'est notre seule issue.

— Nous avons besoin, d'urgence, de quelqu'un qui prenne le risque de le faire », conclut Beck, en évitant soigneusement d'employer le mot « assassin ».

3

Le 10 août 1943 se tient une nouvelle réunion, en *petit comité**, chez le général Olbricht. Le général Henning von Tresckow, chef des unités de réserve d'élite du Führer, arrive exactement à l'heure prévue, et après de brefs échanges de politesse, auxquels les conspirateurs demeurent très attachés, l'hôte et ses invités se rendent dans la bibliothèque. C'est là que les attend un jeune homme blond et de belle prestance, qui se lève et adresse un salut martial au dernier arrivé. Olbricht s'approche de lui et, abandonnant la rigidité militaire, pose une main sur son épaule.

« Général, dit-il à Tresckow avec un sourire nerveux, permettez-moi de vous présenter le colonel Claus Schenk von Stauffenberg. C'est notre homme. »

En dépit de sa jeunesse et du fait que, comme la plupart des jeunes officiers, il ait tout d'abord soutenu Hitler, Stauffenberg est, dans tous les sens du terme, un oiseau rare dans l'armée. Pendant son adolescence, il a fait partie des émules enthousiastes du poète Stefan George — à la veillée funèbre duquel il a assisté, en 1933 —, et, bien qu'il n'ait pas été l'un de ses plus proches disciples, il n'a pas échappé à son influence, qui s'est imprimée profondément, durablement en lui. Ce n'est pas en vain que *L'Antéchrist,* l'un des poèmes les plus sombres, les plus tragiques de George, est son livre de chevet. C'est à cette œuvre qu'il puise la force nécessaire pour accomplir ce qu'il a résolu de faire.

Il ne fait aucun doute que c'est bien là l'homme dont on a besoin. En 1942, quand l'un de ses compagnons lui a demandé comment il pensait que l'on pourrait changer la politique gouvernementale de Hitler, Stauffenberg s'est contenté de répondre d'une voix claire et sincère : « En l'assassinant. »

4

« Nous devons encore une fois revoir attentivement le plan. »

Maintenant, la réunion a lieu dans un appartement de Grünewald. Claus von Stauffenberg et Henning von Tresckow sont assis face à face, comme des égaux, conscients du fait que l'histoire de l'Allemagne — et, dans une certaine mesure, l'histoire du monde, pour ne rien dire de leurs histoires personnelles — va défiler devant leurs yeux. Il y a encore avec eux le capitaine Heinrich von Lütz, qui fait partie de la conjuration depuis le début. Ils ont sous les yeux un ensemble de notes chiffrées et deux plans ; mais tous trois savent qu'au-delà des signes et des lettres, des nombres et des espacements se cache le plan du coup d'État contre Hitler minutieusement établi par le général Olbricht.

« Nous ne pouvons nous permettre une seule erreur, insiste Stauffenberg ; s'il nous faut passer des journées entières à cette table, nous le ferons.

— Vous avez raison, colonel, opine Tresckow, qui trouve un peu gênant que son subordonné ait pris la tête des opérations. Revoyons-le.

— Le général Olbricht a établi sa stratégie en se fondant sur un programme plus ancien, dit Lütz. L'idée générale est de suivre, à la suite de l'attentat, un plan d'urgence élaboré par la Wehrmacht en cas de “troubles internes”.

— Je ne sais pas si j'ai bien compris, capitaine, dit Stauffenberg. Voulez-vous dire que nous allons suivre un plan qui a été établi par Hitler pour faire face à une conspiration ?

— Cela peut sembler paradoxal, admet Heinrich, mais c'est ainsi. Les autorités militaires ont convaincu Hitler qu'il était nécessaire de mettre au point une procédure d'urgence, au cas où les travailleurs étrangers qui se trouvent dans le Reich, poussés par les communistes, organiseraient un soulèvement.

— Très bien, poursuivez, opine Tresckow.

— Le nom de code du plan est opération Walkyrie, explique Heinrich. S'il se produit un soulèvement des travailleurs étrangers ou une autre forme de révolte dans le pays, tous les réservistes seront aussitôt appelés sous les drapeaux.

— Voulez-vous parler des soldats libérés du contingent, des jeunes qui n'ont pas encore été mobilisés et des anciens combattants ? demande Stauffenberg.

— J'en ai peur.

— Est-ce là l'armée dont nous allons disposer ? reprend Stauffenberg, insistant. Une bande d'amateurs ?

— En concevant l'opération Walkyrie, le général Olbricht la destinait secrètement, dès le départ, à un coup d'État, précise Tresckow. On n'a jamais véritablement considéré qu'elle pouvait être lancée contre les travailleurs communistes rebelles, ce n'était là qu'un prétexte pour obtenir l'autorisation du haut commandement de l'armée.

— Le général Olbricht a divisé l'organisation de l'opération en deux parties, continue Heinrich ; la première, Walkyrie I, est centrée sur les directives de formation des nouvelles unités, la seconde, Walkyrie II, sur la préparation de ces unités au combat. »

Les trois militaires poussent un soupir à l'unisson. L'avenir, leur avenir, repose sur des « unités de réserve ». Ils se disent qu'il faudrait un miracle pour qu'elles puissent se rendre maîtresses de la situation, en luttant contre des troupes bien armées et bien entraînées.

« L'un des détails les plus curieux de l'opération Walkyrie, c'est une clause établie par Olbricht selon laquelle, dans le cas où Hitler serait victime d'un attentat fomenté par une bande de terroristes, un message émis par le Führer lui-même devrait être diffusé sur les ondes, poursuivit Heinrich, souriant à l'idée plutôt téméraire d'Olbricht.

— Drôlement ingénieux, en effet, dit Stauffenberg, ironique.

— A ce signal, reprit Heinrich, les unités de l'opération Walkyrie devront investir les ministères, les sièges du parti nazi, les stations de radio, chaque central téléphonique et télégraphique et les camps de concentration. Les SS devront être désarmés, et ceux qui refuseraient de collaborer être fusillés sur-le-champ.

— Voilà le gros mensonge qui doit courir de bouche à oreille dans les rangs du commandement de l'armée, explique Tresckow. L'important, en ce qui nous concerne, sera de faire croire à tout le monde que le coup a été monté par des agents étrangers et que, après la mort de Hitler, Himmler et les autres sommités du parti ont voulu trahir le pays. Si nous réussissons à garder le contrôle de la situation pendant quelques heures, nous pouvons réussir.

— Il serait prudent, suggère Stauffenberg, de convaincre l'opinion publique que c'est nous qui sommes loyaux, fidèles au Reich et au parti nazi… au moins pendant quelque temps, afin de ne pas éveiller la méfiance et d'éviter les désertions.

— C'est une excellente idée, reconnaît Tresckow. Peut-être devrions-nous même faire les premières déclarations officielles dans les sièges du parti…

— Mais cela va nous aliéner la confiance des Alliés, remarque Heinrich.

— Peut-être, dit Stauffenberg, méditatif ; c'est toutefois un risque moins grand que d'éveiller la méfiance dans le pays. Quand nous contrôlerons la situation, nous pourrons alors négocier ouvertement avec eux. »

Tous trois demeurent un moment silencieux et songent aux difficultés qui peuvent mettre le projet en échec. C'est Heinrich qui, peu après, reprend la parole :

« Comme je l'ai suggéré tout à l'heure, le grand inconvénient de l'opération Walkyrie, c'est que, d'après les dispositions en vigueur, ce n'est pas sur l'ordre du général Olbricht qu'elle peut être déclenchée, mais sur celui de Hitler et de lui seul.

— Quelle absurdité, lance Stauffenberg ; le Führer est le seul qui puisse annoncer sa propre mort…

— C'est là une précaution typique de Hitler, lance Tresckow, sarcastique.

— Il existe cependant une exception à la règle, dit Heinrich. En cas d'extrême urgence, le général Friedrich Fromm, chef des unités de réserve, est autorisé à déclencher l'opération.

— Malheureusement, malgré tous les efforts que nous avons déployés pour le gagner à notre cause, Fromm ne s'est pas prononcé clairement en notre faveur, ajoute Tresckow. S'il refusait de donner l'ordre, il ne nous resterait d'autre possibilité que de passer outre, de laisser faire Olbricht, au risque de voir se rompre la chaîne du commandement…

— Cela fait trop d'incertitudes, murmure Stauffenberg, trop de facteurs incontrôlables. Mais nous n'avons pas le choix ; il n'est plus temps d'ergoter.

— Eh bien, dans ce cas, allons-y », dit Tresckow en se levant, sans regarder dans les yeux ses subordonnés, de crainte d'y lire la peur ou l'indécision.

Le sort en est jeté.

5

En janvier 1944, toutes les nouvelles que reçoivent les conspirateurs sont mauvaises. Tout d'abord, les autorités nazies annoncent le démantèlement du Cercle Solf, Cercle qui s'est constitué autour de la personne de Hana Solf, veuve de l'ex-ambassadeur du Reich à Tokyo, afin de sauver le plus grand nombre possible de Juifs. Comme si ce n'était pas suffisant, l'un des soutiens les plus importants de l'entreprise, l'amiral Wilhelm Canaris, chef de la *Abwehr,* le service de renseignements de l'armée, est arrêté sur ordre du *Reichsführer-SS* Heinrich Himmler et conduit à la prison de Lauerstein. Les SS prennent officiellement la direction de l'ex-*Abwehr* et entrent en possession de ses dossiers secrets.

Le 6 juin 1944, les Alliés débarquent en Normandie, et quelques semaines plus tard, l'Armée rouge perce les lignes allemandes du front de l'Est, tenu par les troupes d'élite de la Wehrmacht, entre Minsk et la Bérésina. La fin de la guerre s'annonce plus proche que jamais.

Malgré tout, les conspirateurs sont chaque jour plus convaincus que l'affaire doit être entreprise. Même si les Alliés refusent de négocier la paix avec eux, ainsi qu'ils l'ont annoncé à la conférence de Casablanca, il faut démontrer au monde que le peuple allemand est capable de s'opposer à la tyrannie et à la barbarie, que Hitler n'est pas l'Allemagne, mais ce qu'il y a de pire en elle. Peut-être s'agit-il d'un geste sentimental, quasi symbolique, mais ces hommes sont certains qu'il vaut d'être tenté. C'est la seule chose qui puisse les sauver de l'infamie.

Tresckow écrit à Stauffenberg dans l'une de ses

lettres : « L'assassinat doit être exécuté *coûte que coûte**. Même s'il échoue, nous devons faire à Berlin ce que nous avons prévu. L'aspect pratique ne nous intéresse plus ; tout ce qui compte, à présent, c'est que le mouvement de résistance allemand existe aux yeux du monde et dans l'histoire. Comparé à cela, le reste n'a plus d'importance. »

6

Le 1er juillet 1944, Stauffenberg est nommé chef d'état-major du général Friedrich Fromm, responsable des unités de réserve. Il s'agit de l'une des étapes les plus importantes de sa carrière, et sa position va favoriser l'exécution du coup d'État et de l'opération Walkyrie. Cependant, les conspirateurs — et la plupart des Allemands — n'ont pas le cœur à la fête. Le temps agit contre eux ; chaque jour, chaque heure, chaque seconde ajoute à leurs blessures ; l'Allemagne sue le sang comme jamais.

Stauffenberg a l'intime conviction que Fromm connaît ses véritables intentions et semble décidé à le laisser faire sans se compromettre. En l'acceptant dans son équipe, le vieux général cherche à regagner un peu du prestige qu'il a perdu aux yeux du Führer, et il y parvient, puisque, en lisant l'un des rapports établis par Stauffenberg, Hitler s'exclame : « Enfin ! Un officier doté d'imagination et d'intelligence ! »

Néanmoins, toutes les tentatives que fait Stauffenberg pour rallier Fromm à sa cause se heurtent à un mur de suspicion et de silence. N'importe ; fort de la nouvelle position qu'il occupe, il est plus persuadé que jamais que c'est à lui qu'il revient de poser la bombe dans la Tanière du Loup, le quartier général de Hitler à Rastenburg.

7

Après avoir maintes fois pris langue avec lui, les conspirateurs réussissent à persuader le général Erich Fellgiebel, officier en chef de la Wehrmacht chargé des communications, de participer au coup d'État.

« Nous pouvons réussir, explique Fellgiebel. Quand l'explosion l'aura anéanti — lui non plus n'ose pas prononcer le nom du Führer —, je me chargerai d'intercepter tout signal d'alarme provenant de la Tanière du Loup.

— Très bien, s'exclame Heinrich, encouragé.

— Mais, messieurs, je dois vous prévenir que nous n'aurons pas beaucoup de temps, précise Fellgiebel. Si je puis, du centre de communications de Rastenburg, intercepter les signaux émis, il faut prévoir que les SS, la Gestapo et le ministère des Affaires étrangères ont leurs propres centres. De plus, il faudra veiller à ne pas interrompre complètement les communications avec le front, ce qui pourrait éveiller les soupçons, et enfin, nous assurer que les ordres concernant l'opération Walkyrie parviendront à leurs destinataires avant que quelqu'un d'autre ait pu les joindre.

— Conclusion, général ? demande Stauffenberg.

— Conclusion, nous ne disposerons guère que d'une heure ou deux pour prendre le contrôle de la situation. Après, messieurs, ce sera trop tard. »

8

Le 15 juillet arrive. C'est le grand jour. Bien que Stauffenberg essaie de se comporter comme d'habitude, il se rend compte, horrifié, qu'il n'y parvient pas. Sa démarche est vacillante, chaque fois que quelqu'un l'appelle ou lui adresse un salut, il sent son cœur bondir, et le sourire lamentable qu'il affiche évoque à l'avance les condoléances. Cependant, nul ne semble remarquer ses terreurs ; pour une fois, son infirmité lui est utile. Un homme qui a perdu la main droite et les doigts de la main gauche et qui traîne visiblement la jambe éveille rarement les soupçons.

Dans sa sacoche, en plus de quelques papiers, de deux livres et d'un exemplaire de *L'Antéchrist* de Stefan George, Stauffenberg a rangé deux charges d'explosif, reliées entre elles par un câble. Le détonateur, placé à côté de la poignée, ressort à peine sous le feutre gris qui tapisse l'intérieur de la sacoche. Au cours de la semaine, Stauffenberg s'est consciencieusement préparé à appuyer sur le bouton.

La Tanière du Loup, au quartier général de Rastenburg, le fait penser à une énorme souricière, à un piège dans lequel il est entré sans savoir s'il en ressortira vivant. Bientôt, tous les visages qui l'entourent lui paraissent semblables : ils expriment la même menace, la même méfiance, le même soupçon. Il ne continue pas moins à avancer, sachant bien qu'il ne peut revenir en arrière. Auprès de lui, il y a son chef, le général Fromm, et l'un de ses subordonnés, le capitaine Karl Klausing.

Quelques pas plus loin, il croise Erich Fellgiebel, qui s'arrête un instant pour lui dire quelques mots. Fromm et Klausing continuent d'avancer.

« Ce n'est pas pour aujourd'hui, lui souffle Fellgiebel.

— Comment ? s'écrie Stauffenberg, alarmé.

— Le *Reichsführer SS* n'assistera pas à la réunion.

— Peu importe, déclare Stauffenberg, désespéré. Nous n'aurons pas une nouvelle chance.

— Nous étions convenus que l'attentat n'aurait pas lieu en cas d'absence de Himmler, lui rappelle Fellgiebel. Trop de généraux refuseront de collaborer si le *Reichsführer* est encore en vie.

— Olbricht est prêt à déclencher l'opération Walkyrie aujourd'hui !

— Nous allons le prévenir qu'il faut la remettre à plus tard, colonel, conclut Fellgiebel. Nous ne pouvons faire autrement. »

9

Après d'interminables discussions, on fixe une nouvelle date pour l'attentat : le 20 juillet. Les jours qui précèdent ne sont que préparatifs de dernière minute, craintes étouffées, alertes et réunions intempestives. Stauffenberg a avisé les conspirateurs qu'il a ce jour-là un rendez-vous au quartier général de Hitler, et qu'il ne peut laisser passer cette occasion.

Le 19, Stauffenberg a un entretien avec le général Wagner, responsable du quartier général de Zossen. Après une longue conversation, le général promet à Stauffenberg qu'il enverra un avion le chercher à Rastenburg après l'attentat pour le conduire sain et sauf à Berlin. Bien que nombreux soient ceux qui doutent encore, tout est fin prêt. Il ne reste plus qu'à prier.

20 juillet — 10 h 00. Stauffenberg arrive à l'aéroport de Rastenburg accompagné de son assistant, Werner von Haeften et du général Helmuth Stieff. Le colonel se dirige aussitôt vers la Zone d'accès limité II, portant une sacoche dans laquelle il n'y a que les papiers dont il va avoir besoin lors de la réunion des officiers qui doit avoir lieu un peu plus tard. C'est dans la sacoche que porte Werner von Haeften, identique à celle de son chef, que se trouvent les deux charges explosives prêtes à être activées ; à un moment ou à un autre, avant que ne commence la réunion à laquelle doit participer le Führer, ils feront l'échange.

Tandis que Stauffenberg se dirige vers la Zone II, Haeften et Stieff l'attendent au quartier général du haut commandement de l'armée.

11 h 00. Stauffenberg rejoint le général Walther Buhle et tous deux, après avoir échangé quelques mots, se rendent à une réunion avec le général Wilhelm Keitel, responsable du haut commandement de la Wehrmacht, qui doit se tenir dans la Zone d'accès limité I, le bunker de Hitler. Là, Stauffenberg apprend que Benito Mussolini, qui vient d'être déposé par le Conseil suprême fasciste, est arrivé à Rastenburg et rencontrera Hitler à midi.

Après la réunion avec Keitel, Stauffenberg demande à l'aide de camp du général, le major Ernest John von Freyend, où il pourrait se rafraîchir et changer de chemise. Freyend lui indique où se trouvent les toilettes de la Zone I. En s'y rendant, Stauffenberg croise Haeften et ils échangent leurs *sacoches.* Une fois dans les toilettes, le colonel doit régler la minuterie de l'engin et activer le détonateur.

C'est presque chose faite quand le sergent Werner

Vogel pousse brusquement la porte. Stauffenberg a tout juste le temps de ranger la sacoche avec l'aide de Haeften.

« Le major Von Freyend m'a demandé de venir vous chercher, explique le sergent. Vous avez un appel urgent du général Fellgiebel. »

Stauffenberg le remercie et lui emboîte le pas. A cause de cette interruption, il n'a pu armer que l'une des charges. Il se rassure en se disant qu'elle sera suffisante pour en finir avec Hitler.

12 h 00. Stauffenberg se rend aussi vite que possible, en compagnie du major Von Freyend, au bunker du haut commandement, où l'attend le général Walther Buhle. Deux fois, Von Freyend s'offre de l'aider à porter la sacoche ; Stauffenberg lui oppose un refus poli.

Puis, en compagnie de Buhle, Stauffenberg se dirige vers la Zone I, où se trouve le Führer. Avant d'entrer, il demande à Von Freyend s'il ne pourrait pas être placé près du Führer, pour ne rien perdre de ce qui se dira pendant la conférence. Quand Stauffenberg et Buhle pénètrent dans la salle, la réunion a déjà commencé. Debout, le général Adolf Heusinger donne des nouvelles du front de l'Est. Keitel dit à Hitler que Stauffenberg a été convoqué pour présenter un rapport un peu plus tard. Le Führer, distant, l'air sévère, avec un geste qui peut aussi bien marquer la défiance que la fraternité, serre rapidement la main du jeune colonel.

Malgré son désir de s'asseoir près du Führer, Stauffenberg doit se contenter d'un siège placé à un coin de la table. Von Freyend, qui a enfin obtenu l'assentiment de Stauffenberg, prend la sacoche et la place entre le général Heusinger et son assistant, le colonel Brandt.

Quelques minutes plus tard, Stauffenberg se lève, bredouille une excuse inintelligible et, faisant comme s'il avait oublié quelque chose d'important, quitte la salle. Il parcourt en sens inverse le chemin qu'il avait pris, sort du bunker et rejoint, dans la salle des communications, Haeften et Fellgiebel.

Une explosion violente fait vibrer les murs de la pièce pendant quelques secondes. C'est fait. Il est 12 h 40.

11

12 h 45. C'est maintenant que se pose la grande difficulté : comment savoir si Hitler est bien mort ? Stauffenberg et Fellgiebel se regardent, feignant une surprise bien compréhensible.

« Qu'était-ce donc ? » demande le colonel.

L'un des hommes qui se trouvent dans la salle des communications répond tranquillement :

« Quelqu'un doit avoir tiré un coup de canon ou marché sur une mine. »

Une épaisse fumée rousse s'élève derrière les casemates. Stauffenberg imagine des tronçons de bois, de métal, de corps humains éparpillés çà et là, les visages blêmes des hommes auprès desquels il se trouvait encore il y a quelques minutes à peine, le sang qui se répand forme des mares, des étangs infernaux. Un cri : « Un médecin ! Un médecin, vite ! » le tire de ses cauchemars et le ramène à la réalité.

Stauffenberg n'a plus aucun doute et ordonne à Haeften d'aller chercher le chauffeur. Quelques minutes plus tard, il est assis dans la voiture qui prend la direction de l'aéroport. Peu avant de quitter le camp, il a pu voir des gens porter en toute hâte à l'infirmerie un corps humain couvert de la gabardine de Hitler. Ils ont réussi. Avant que la sentinelle de garde à l'entrée du camp ait pris l'initiative de ne laisser sortir personne, elle n'hésite pas un instant, en reconnaissant Stauffenberg, à lever la barrière.

13 h 00. Stauffenberg et Haeften prennent l'avion pour Berlin que leur a envoyé le général Wagner. Ils ignorent encore tout du tour qu'ont pris les événements.

Entre-temps, Fellgiebel a pu interrompre comme il l'avait prévu les communications entre le quartier général de Rastenburg et le reste du pays. Nul ne doute des intentions du général : mieux vaut tenir le fait secret jusqu'à ce que l'on ait reçu un ordre exprès du Führer ou d'une autre des autorités nazies. Quelques minutes plus tard, Fellgiebel apprend l'issue désastreuse du complot : la bombe a bien explosé mais, contre toute attente, Hitler est vivant ; si la déflagration a détruit la salle de conférences, ses effets ont été amortis par l'épaisseur de la table en chêne massif. Quelques officiers et le Führer lui-même sont légèrement blessés, quelques autres brûlés, mais il n'y a aucune perte à déplorer.

Horrifié, Fellgiebel essaie de joindre par téléphone le quartier général des conspirateurs qui se trouve Bendlerstrasse, à Berlin, en se demandant comment il va pouvoir leur annoncer la nouvelle. Le code dont il dispose ne lui offre aucune possibilité de dire que, bien que la bombe ait explosé, l'objectif n'a pas été atteint. Quand enfin il parvient à joindre le général Fritz Thiele, chargé des communications avec la Bendlerstrasse et membre actif de la conspiration, il ne trouve rien de mieux que de lui déclarer explicitement que Hitler est vivant, et l'impatience et la fatalité le poussent à ajouter que le coup d'État doit se poursuivre.

14 h 00. A Rastenburg, on se demande qui peut être l'auteur de l'attentat, et les soupçons ne tardent pas à se porter sur Stauffenberg. En effet, si l'on a tout d'abord cru qu'il devait s'agir d'une tentative désespérée des travailleurs du camp, le sergent Arthur Adam a bientôt révélé qu'il avait vu le colonel Stauffenberg quitter le camp peu après l'explosion. Martin Bormann, l'un des hommes les plus proches du Führer, a confirmé le fait.

Aussitôt, Himmler appelle, à Berlin, le chef de la Sûreté générale du Reich, Ernest Kaltenbrunner, et le chef de la police, Bernd Wehner, auxquels il ordonne de le rejoindre immédiatement à Rastenburg, pour entreprendre les recherches.

15 h 00. Un ordre du *Reichsführer-SS* annule celui du général Fellgiebel qui isolait le camp de Rastenburg ; Hitler, pendant ce temps, fait pleuvoir les consignes, afin de reprendre au plus vite la situation en main. Il a l'intention de s'adresser en personne par la voie des ondes au peuple allemand, pour l'informer de son état de santé et, surtout, pour éviter que la conspiration ne gagne en ampleur. A peu près au même moment, Stauffenberg et Haeften atterrissent à Tempelhof, l'aéroport de Berlin.

Au quartier général de la Bendlerstrasse, le général Olbricht prend la décision de lancer enfin l'opération Walkyrie. Auprès de lui se trouve un autre conspirateur de la première heure, Albrecht Ritter Mertz von Quirnheim, qui l'encourage. Quelques minutes plus tard, de l'aéroport, Haeften téléphone pour leur annoncer que l'attentat est un succès, que Hitler est mort et qu'il vient d'arriver à Berlin en compagnie de Stauffenberg.

12

16 h 00. Sur l'ordre d'Olbricht, Mertz von Quirnheim se rend auprès des officiers du haut commandement de la Wehrmacht. Il leur apprend que Hitler est mort, que le général Ludwig Beck va être nommé chef du gouvernement et que le maréchal Witzleben assumera la fonction de commandant en chef de la Wehrmacht. Il ordonne aussi le lancement immédiat de l'opération Walkyrie II dans toutes les régions militaires, les écoles de l'armée et au commandement général de la ville.

Pendant ce temps, Olbricht se rend au bureau du général Fromm.

« Le Führer a été assassiné lors d'un attentat au quartier général de Rastenburg, lui annonce-t-il sans circonlocutions. J'ai ici les documents nécessaires pour mettre en route l'opération Walkyrie. Je vous prie de les signer. »

Fromm a l'air d'un spectre. Il sent sa tension chuter vertigineusement, et c'est miracle s'il ne perd pas connaissance.

« Vous êtes fou, dit-il à Olbricht.

— Non, mon général, c'est vrai, insiste l'autre. Signez, je vous en prie. »

Fromm demande à Olbricht de lui accorder un instant, passe dans la pièce voisine et téléphone au général Keitel à Rastenburg.

« En effet, lui répond celui-ci, le Führer a été victime d'un attentat, mais, grâce à Dieu, il est sain et sauf. Dites-moi, général Fromm, ajoute Keitel sur un ton froid et tranchant, auriez-vous une idée de l'endroit où pourrait se trouver actuellement votre chef d'état-major, le colonel Stauffenberg ?

— Il n'est pas encore revenu de Rastenburg », dit Fromm, et, sans autre forme de procès, il raccroche en disant dans sa barbe : « Maintenant, je comprends tout. »

Il regagne aussitôt son bureau, où Olbricht l'attend.

« Je regrette, général, lui dit-il avec un certain sarcasme, le Führer est vivant. Je ne peux signer ce papier. »

Quelques minutes plus tard, le Führer ajoute une charge de plus à toutes celles qu'assume déjà Himmler ; il le nomme chef des unités de réserve, en remplacement du général Fromm.

Le quartier général de la Bendlerstrasse est plongé dans le chaos. Nul ne sait exactement que croire ni ce qu'il convient de faire. Toujours sur ordre d'Olbricht, le capitaine Karl Klausing prend le contrôle des installations. En principe, ce dernier n'a pour l'aider que quatre jeunes officiers. La mission suivante de Klausing est de s'emparer du centre de communications et de s'adresser aux commandants qui sont au courant du complot.

Un peu plus tard, il ordonne à l'opérateur radio de transmettre à toutes les unités le message suivant : « Le Führer Adolf Hitler est mort ! Le Führer Adolf Hitler est mort ! Un groupe de traîtres, chefs du parti nazi, a tenté de profiter de la situation en attaquant l'arrière-garde de nos unités de combat, afin de s'emparer du pouvoir ! C'est pourquoi le gouvernement du Reich a décrété la loi martiale, afin de maintenir l'ordre. »

« Mais, mon capitaine, remarque l'opérateur radio, ce message n'est pas chiffré comme d'habitude. Désirez-vous que nous le fassions ? »

Klausing a un instant d'hésitation, se demande ce qu'il vaut mieux faire.

« Oui, oui », dit-il enfin.

Dès cet instant, les quatre spécialistes du chiffre que compte le quartier général de la Blenderstrasse vont se consacrer au message qui annonce la mort du Führer ; ils mettront quatre heures à venir à bout de leur tâche.

Quelques minutes plus tard, Klausing regagne le centre de communications pour envoyer d'urgence un autre message : tous les *Gauleiter,* les hauts dirigeants du parti national-socialiste, les officiers SS et les responsables de la propagande nazie doivent être arrêtés, dans tout le Reich. « Il faut que le peuple sache que nous n'avons pas l'intention de recourir aux méthodes arbitraires des anciens dirigeants », précise le communiqué.

13

16 h 30. Stauffenberg arrive enfin au quartier général de la Bendlerstrasse. Il y est accueilli par Olbricht, qui lui apprend ce qui s'est passé et qu'en dépit du refus de Fromm, présent à ses côtés, l'opération Walkyrie a été lancée. Stauffenberg et Olbricht sollicitent une fois de plus la collaboration de Fromm.

« Le Führer est mort, explique Stauffenberg, j'ai vu de mes yeux son cadavre.

— C'est sans doute l'œuvre de l'un de ses proches, murmure Fromm, avec une ingénuité feinte.

— C'est la mienne », rétorque Stauffenberg.

Fromm agite les bras, comme si par ce geste il allait recouvrer un peu de son autorité face à ses subordonnés.

« Eh bien, sachez que je viens de téléphoner au général Keitel, crie-t-il, étouffant presque de rage, et il m'a affirmé que le Führer s'en est tiré sain et sauf.

— C'est un mensonge », répond calmement Stauffenberg.

La colère de Fromm augmente à chaque seconde, talonnée de près par la peur. Il sait bien que sa position n'a plus rien d'enviable.

« Général Olbricht, colonel Stauffenberg, vous êtes en état d'arrestation.

— Général Fromm, dit ce dernier, d'une voix posée et ferme, je crois que vous n'avez pas compris qui commande ici, à présent. Ce n'est plus vous, mais nous qui décidons désormais s'il est bon d'arrêter quelqu'un.

— Vous désobéissez à un ordre formel, général ! » rugit Fromm sans que nul ne s'en inquiète.

Puis, comme un gamin, il se jette sur son subalterne. Quelques officiers doivent intervenir pour les séparer et désarmer Fromm.

« Dans de telles conditions, fait celui-ci, à bout de souffle, je me considère relevé de ma charge. » Et il ajoute, dans un silence tendu : « Puis-je vous demander une dernière faveur ?

— Je vous en prie, mon général.

— Je voudrais une bouteille de cognac… »

Sur un signe d'Olbricht, on lui en apporte une, et le général est conduit sous bonne garde dans le bureau de son assistant.

17 h 00. Autour de la table de travail d'Olbricht est réuni le gouvernement provisoire du Reich, présidé par le général Ludwig Beck. Une des premières mesures qu'il prend est de nommer le général Erich Hoepner au poste qu'occupait encore Fromm quelques minutes auparavant. Hoepner demande que sa nomination soit couchée en bonne et due forme, et, ensuite, quand il occupe officiellement la place de son prédécesseur, il va s'en excuser auprès de lui. Fromm, qui est déjà plus qu'à moitié ivre, lui répond :

« Je regrette, Hoepner. Je ne peux accepter ça. A mon avis, le Führer est vivant, et vous êtes en train de commettre une erreur qui vous sera fatale. »

17 h 30. Dans toutes les garnisons du Reich arrivent des messages contradictoires dans le désordre : ceux émanant du quartier général de la Bendlerstrasse et les contrordres lancés par celui de Rastenburg.

Suivant strictement le plan de l'opération Walkyrie, le général Paul von Hase, commandant en chef de Berlin, convoque les directeurs de l'école navale, de l'école d'application de l'artillerie et le commandant de la garde mobile à son quartier général, au 1 Unter den Linden. Il donne alors des instructions en vue de prendre le contrôle de la ville.

Quelques minutes plus tard, les troupes fidèles aux conspirateurs s'emparent du ministère de la Propagande et encerclent la maison de Joseph Goebbels, un des rares hauts dirigeants nazis qui demeurent à Berlin. Dans les faubourgs de la ville, le plan se déroule comme prévu, et diverses formations militaires s'emparent des stations de radio, des sièges du parti nazi et des SS sans rencontrer de résistance. C'est le seul moment de la journée où les conspirateurs semblent dominer la situation.

17 h 42. En dépit de toutes les tentatives que font les conspirateurs pour l'intercepter, un message est transmis par radio à tout le Reich, depuis le quartier général de Rastenburg. Il informe le public de l'attentat qui a eu lieu, précise qu'il y a eu trois blessés graves : les officiers Schmundt et Brandt, et un sténographe. Le communiqué s'achève en ces termes : « Heureusement, le Führer n'a été que légèrement blessé, et s'est remis immédiatement au travail. »

19 h 00. Après avoir suivi l'ordre de son supérieur hiérarchique immédiat, le général Paul von Hase, d'encercler la maison de Goebbels, Otto Remer, commandant du corps de garde, décide de changer de camp. Quand il pénètre dans la maison, le ministre de la Propagande est sur le point d'être arrêté. Avec l'habileté qui le caractérise, Goebbels s'avise qu'il a un allié en la personne de ce petit homme contrefait.

« Le Führer est vivant, lui dit-il.

— Ce n'est pas ce que l'on m'a annoncé.

— Voulez-vous lui parler ? » demande Goebbels, insidieux.

Remer ne répond pas, mais laisse le ministre empoigner le combiné et composer le numéro du quartier général de Rastenburg. Après l'échange de politesses de rigueur, Goebbels tend l'appareil à celui qui est venu l'arrêter.

« Vous avez dès à présent pleins pouvoirs pour en finir avec cette conspiration. » Remer a peine à y croire : c'est la voix du Führer.

Il présente ses excuses à Goebbels, lui rend la liberté et se met à ses ordres.

14

20 h 00. Pour de nombreux conspirateurs, il est évident que la cause est perdue. Des nouvelles arrivent, on apprend que des officiers félons refusent d'obéir aux ordres et de suivre les directives émanant de la Bendlerstrasse. Le cas de Remer n'est qu'un exemple parmi bien d'autres.

Dans le bureau d'Olbricht se réunissent les conspirateurs les plus tenaces ou plutôt ceux qui savent que leurs jours sont comptés ; outre Stauffenberg, Beck, Mertz et Haeften, il y a là le comte Ulrich Schwerin von Schwanenfeld et le comte Peter Yorck von Wartenburg… Ils donnent des ordres, répondent aux appels, se désespèrent, se fâchent, crient et chuchotent et, en définitive, attendent un miracle. Un miracle qui ne vient pas.

Enfin, le maréchal Witzleben arrive au quartier général de la Bendlerstrasse. Il est considéré comme le nouveau chef de la Wehrmacht, mais on ne l'a pas vu de toute la journée. Il vient d'apprendre ce qui s'est produit, et il est hors de lui. Ses yeux flamboient de colère.

« Quel désastre ! s'exclame-t-il au moment où Beck et Stauffenberg viennent l'accueillir, et il se rend aussitôt dans le bureau de Fromm.

— Des difficultés se sont présentées dès les premiers moments, maréchal, tente d'expliquer Beck, pour le calmer.

— Je ne suis pas aveugle ! lance Witzleben, de toute évidence inflexible. Vous auriez dû le prévoir ! » Sur cette exclamation, il brise son bâton sur le bureau de Fromm. « Une succession d'erreurs ! Voilà tout ce que vous avez obtenu ! »

Bien que tous sachent qu'il a raison, aucun n'apprécie le ton sur lequel le maréchal s'adresse à eux, celui d'un père qui gronde son fils alors que celui-ci a dégringolé l'escalier. Ce n'est vraiment pas ce dont ils ont besoin en un pareil moment.

« Mais, maréchal... », fait Stauffenberg, sans même pouvoir terminer sa phrase.

Les tentatives que font les conspirateurs pour ramener le maréchal à la raison échouent l'une après l'autre. Bientôt, Beck et lui haussent le ton, refusent de s'entendre ; c'est à qui criera le plus fort.

Witzleben part en claquant la porte et regagne le quartier général de Zossen.

Quand le général Wagner arrive, il ne donne qu'un seul ordre : « Rentrons chez nous. »

21 h 00. Avec l'aide de Bertram, le général Fromm emprunte la sortie dérobée du bureau dans lequel on l'a enfermé. Il saisit un téléphone et, sans que personne ne l'en empêche, il appelle divers officiers pour annuler les ordres donnés par les conspirateurs.

Au même moment, ceux-ci apprennent que le bataillon de réserve de la ville a trahi. Aussitôt, des dizaines d'officiers de haut rang abandonnent leur position. Tous ceux qui ont été arrêtés sur ordre du gouvernement provisoire sont remis en liberté, sortent de prison sans que nul ne les inquiète.

22 h 00. Quelques officiers appartenant à l'équipe d'Olbricht, mais auxquels on s'est bien gardé de parler du coup d'État, pénètrent dans le bureau de leur chef armés de pistolets et de grenades.

« Général, lui disent-ils, êtes-vous pour ou contre Hitler ? »

Olbricht ne répond pas.

« Nous exigeons de parler au général Fromm, déclarent-ils alors.

— Vous le trouverez dans son bureau », leur dit Olbricht, à présent sans conviction. Tout nouvel effort lui paraît vain.

Quand Stauffenberg entre dans le bureau d'Olbricht, il trouve les officiers en train d'arrêter ce dernier. Aussitôt, tout n'est plus que cris, courses, échanges de coups de feu. L'un des jeunes officiers est blessé par Stauffenberg, qui se replie dans le bureau de Mertz. Un filet de sang coule dans son dos.

15

23 h 00. Le quartier général de la Bendlerstrasse est maintenant tenu par les troupes fidèles à Fromm et au Führer. On fouille soigneusement tous les bureaux, toutes les pièces.

« Êtes-vous pour ou contre le Führer ? » Telle est la question que l'on pose à tous ceux que l'on y trouve. Selon la promptitude que l'on met ou que l'on ne met pas à répondre, on est intégré à la troupe ou arrêté.

Quelques minutes plus tard, le général Fromm est maître de la situation. De nombreux officiers et des soldats l'entourent. Il leur désigne les chefs de file de la conspiration, Stauffenberg, Olbricht, Stieff, Mertz, Haeften, Hoepner et Beck, auxquels il s'adresse en ces termes :

« Messieurs, c'est à mon tour de vous traiter comme vous m'avez traité cet après-midi. Je vous prie de me remettre vos armes.

— Permettez-moi de conserver la mienne pour en faire un usage qui ne regarde que moi, parvient à dire Beck.

— Si vous devez le faire, faites-le immédiatement ! » répond Fromm sans broncher.

Le général Beck pointe l'arme sur sa tempe, et, avec toute la dignité qui lui vient de son passé glorieux, il s'adresse à la postérité :

« J'évoque à présent d'autres temps…

— Contentez-vous de le faire ! » lance Fromm, lui coupant la parole, hostile à tout sentimentalisme.

Après un instant de silence, Beck appuie sur la détente. Il est seulement blessé au front.

« Désarmez-le ! » ordonne Fromm à ses sbires.

Beck se défend, tire sur lui-même à plusieurs reprises, sans parvenir à se donner la mort. Les soldats finissent par lui arracher le pistolet.

« Portez-le dans une autre pièce, crie Fromm, exaspéré. Quant à vous, ajoute-t-il en s'adressant aux autres conspirateurs, vous avez quelques minutes pour faire votre dernière déclaration ou écrire un mot. »

Les conspirateurs restent silencieux. Que pourraient-ils dire, à présent ? Seul Hoepner finit par prendre la parole.

« Mon général, dit-il d'un ton suppliant, je vous jure que je n'étais au courant de rien. J'ai seulement obéi aux ordres de mes supérieurs… »

Fromm ne l'écoute même pas.

« Puis-je écrire quelques mots ? demande le général Olbricht, qui a parfaitement gardé son calme.

— Allez à la table ovale, lui répond Fromm, subitement conciliant, là où vous vous asseyiez habituellement en face de moi. »

Un officier entre dans la pièce, porteur d'un message urgent pour le général Fromm. Le *Reichsführer-SS* Himmler se dirige sur Berlin. Le temps presse.

« Le corps de garde est-il arrivé ? demande le messager.

— Il est dans la cour, lui répond un autre officier.

— Messieurs, dit Fromm, élevant la voix pour prendre un ton solennel qu'il ne trouve pas, je crains que le temps ne nous soit compté », et il poursuit, avec une gravité empruntée, choquante : « Au nom du Führer, j'ai convoqué une cour martiale qui a prononcé l'arrêt suivant : le général Olbricht, le colonel Mertz, le colonel dont je ne veux pas dire le nom et le lieutenant-colonel Haeften sont condamnés à mort.

— Je suis seul responsable de ce qui s'est passé, dit Stauffenberg, tentant de sauver ses compagnons. Les autres n'ont fait que leur devoir en bons soldats… »

Un officier ayant refusé de s'en charger, c'est un sergent qui doit traîner le corps du général Beck agonisant dans une pièce voisine et lui tirer une balle dans la nuque.

16

00 h 00. Dix hommes s'alignent dans la cour, formant le peloton d'exécution. Derrière eux, une demi-douzaine de véhicules de l'armée allument leurs phares pour éclairer les condamnés. Le premier à être passé par les armes est Olbricht, puis vient le tour de Stauffenberg, mais, au moment où les soldats font feu, Haeften s'élance et son corps arrête les balles. On ne met que quelques instants à retirer son cadavre. Stauffenberg est alors exécuté.

« Vive la glorieuse Allemagne ! » crie-t-il avant de tomber.

Le dernier à mourir est Mertz von Quirnheim. Après l'exécution, Fromm envoie un message radiodiffusé à ses supérieurs : « Échec du putsch, généraux félons supprimés. Tous les meneurs sont morts. » Sur les instructions de Fromm, les cadavres des conspirateurs, y compris celui de Beck, sont ensevelis dans un endroit secret, au cimetière Saint-Matthieu.

Le lendemain matin, le *Reichsführer-SS* Heinrich Himmler ordonne qu'ils soient exhumés, incinérés et que leurs cendres soient dispersées.

Dialogue II : sur les lois du hasard

Leipzig, 6 novembre 1989.

Me sera-t-il vraiment donné d'assister à la fin d'un siècle qui s'achève exactement comme il a commencé, au couronnement de ces années d'épreuves stériles, de ce vaste simulacre dans lequel nous avons grandi, de cette absurde succession de tentatives avortées, à la fin de cette immense erreur connue sous le nom de XXe siècle ?

Pendant des années, je n'ai fait qu'étudier le comportement tortueux et fuyant des nombres afin de comprendre le fonctionnement de l'infini. J'ai marché sur les traces de Zénon et de Cantor, d'Aristote et de Dedekind, j'ai noirci des centaines de pages d'équations absurdes, pareilles aux caractères d'une langue morte et oubliée, j'ai passé des heures et des heures plongé dans une méditation proche de l'extase religieuse… Telles ont été mes années d'études, d'enseignement, de recherche. Et j'ai pourtant appris beaucoup plus de choses pendant ces quarante-deux ans d'internement, au cours desquels je n'ai pas formé un seul chiffre, imaginé *un seul* ensemble. Enfermé dans cette pièce, ma vie est devenue infinie, c'est-à-dire trop vaste pour être embrassée par la pensée et compréhensible. Je suis un mort en vie, une sorte de

Lazare qui ne serait ressuscité que pour pouvoir mourir encore, *ad infinitum.*

« Ne trouvez-vous pas l'histoire que je vous ai racontée hier fascinante ? » dis-je à Ulrich.

Son visage n'affiche presque aucune émotion, comme s'il ne pouvait croire ce que je lui ai dit.

« Oui, fascinante », répète-t-il, et je me demande si c'est pour me faire plaisir ou s'il le pense réellement.

« Et qui se souvient cependant, aujourd'hui, du comte Stauffenberg ? Ou du général Beck ? Ou de Heinrich von Lütz ? Personne. Et savez-vous pourquoi, docteur ? Parce que leur mouvement a été un échec ? Non. L'histoire les a oubliés parce qu'ils ont été vaincus par un régime qui lui aussi a été vaincu. Doublement perdants, nul n'allait se soucier de les revendiquer. N'empêche que l'histoire de la conspiration du 20 juillet est l'une des plus belles que l'on puisse raconter…

— Pourquoi ? » Si je ne trouvais pas Ulrich aussi sympathique, j'aurais du mal à lui pardonner cette question.

« C'est très simple : parce que l'histoire n'est qu'un grand échec. » La surprise que je lis dans ses yeux m'amuse presque. « Ne comprenez-vous pas ? Analysez mon récit ; vous constaterez qu'une succession de légères erreurs a entraîné l'échec, c'est-à-dire empêché l'histoire de notre époque d'être différente… Un groupe de moins de vingt personnes a failli changer la vie de millions d'êtres. Et, à cause d'une négligence, d'une vicissitude que faute de mieux nous appelons hasard, cela n'a pu se produire…

— Mais ça se passe toujours comme ça… »

Son ingénuité devient pénible ; j'ai l'impression de devoir expliquer la physique quantique à un petit bonhomme de six ans.

« Non, pas toujours, dis-je en adoptant un ton sévère. Prenez donc garde aux détails, à la délicate machinerie mise en mouvement pour faire échouer le complot. Ou songez à ce mystère : il y avait deux charges explosives dans la sacoche du comte Stauffenberg, mais il n'a pu en activer qu'une seule. Vous rappelez-vous pourquoi ? Parce que, à un certain moment, il a reçu un appel intempestif du général Fellgiebel, un autre des conspirateurs. C'est pour cela que Stauffenberg se dépêche et n'amorce qu'une seule charge. Un appel téléphonique, docteur ! Et si Fellgiebel ne l'avait pas interrompu ? Ou s'il l'avait fait quelques secondes plus tard ? Alors, la puissance explosive des deux charges aurait été multipliée et, sans nul doute, tous ceux qui se trouvaient dans la salle de conférence avec Hitler seraient morts à l'instant… Un simple appel ! »

Pour la première fois, son visage exprime un certain assentiment.

« Ce fut la première manifestation du hasard, dis-je, poursuivant ma leçon. Mais il y en eut d'autres. Et si Von Freyend, au lieu de poser la sacoche de Stauffenberg sous la table, l'avait placée à côté du Führer ? Ou encore, admettons que les choses se soient passées comme je l'ai dit, et voyons un peu la suite. Stauffenberg quitte la salle, puis le quartier général, et s'apprête à monter dans l'avion qui le conduira à Berlin. Pendant ce temps, Fellgiebel, chargé des communications à Rastenburg, apprend la douloureuse vérité : la bombe a explosé, mais le Führer est en vie. Que fait-il, alors ? Il appelle la base des conjurés à Berlin et, qui sait pour quelle raison, déclare que Hitler est vivant, mais que le coup d'État doit se poursuivre. Deux propositions qui s'excluent mutuellement. Voilà créées les conditions de chaos et d'incertitude qui seront portées à leur comble dans le désastre final. Et s'il s'était contenté de dire qu'il ne fallait pas suspendre l'opération, et rien de plus ? Ou si, au contraire, il avait dit que le Führer était vivant et qu'il fallait tout arrêter ?

— Je comprends ce que vous voulez dire, fait Ulrich, condescendant. Mais dites-moi, avez-vous participé à la conspiration ?

— Même si je n'étais pas présent ce jour-là, lorsque ces événements se sont produits, oui, j'en faisais partie. » Ma voix est si claire que j'ai l'air de n'avoir aucune honte de quoi que ce soit. « J'étais, je suis, un simple homme de science. Je leur ai apporté mon soutien, je ne pouvais rien faire de plus… Celui qui m'a invité à me joindre à la conspiration était l'ami le plus proche que j'avais alors, Heinrich von Lütz. Il aurait eu un rôle beaucoup plus important à jouer ce 20 juillet, sans une autre intervention du hasard : quelques jours auparavant, il a été transféré, détaché de l'équipe du général Olbricht et placé sous le commandement du général Stülpnagel, à Paris…

— Et quand avez-vous été arrêtés, votre ami et vous ?

— Que voulez-vous dire ?

— Quand vous a-t-on arrêté ? demande le médecin en faisant sa tête de bon garçon incapable de tendre un piège.

— Aussitôt après le 20 juillet, Himmler a lancé une rafle sans précédent. Des milliers de personnes innocentes ont été conduites en prison. Dès le lendemain, Fellgiebel et Witzleben tombaient dans le filet, et ensuite, toute une bande, Popitz, Canaris, Oster, Kleit-Schmerzin, Hjlamar Schacht… Le général Wagner, comme bien d'autres, a préféré le suicide… Schlabrendorff, Trott zu Stolz et Klausing ont fini par se rendre… Tous ont subi d'épouvantables tortures. Hitler a dit : “Je veux qu'ils soient tous pendus et taillés en pièces comme des animaux de boucherie” et Himmler s'est empressé de lui donner satisfaction…

Heinrich a été capturé les premiers jours d'août, et moi, quelques semaines plus tard.

— Pensez-vous qu'il vous ait dénoncé ?

— J'ai refusé de le croire, dis-je, tout à coup accablé de tristesse. Mais les tortures étaient terribles... Il était très résistant... C'est sans doute quelqu'un d'autre. Quelqu'un qui a estimé qu'il serait plus en sécurité si je n'étais plus de ce monde. Quelqu'un qui a préféré que l'on ne puisse pas établir de lien entre lui et les autres conspirateurs...

— Soupçonnez-vous plus particulièrement quelqu'un ?

— Oui. Je vous l'ai dit, et je vous le répète depuis le jour maudit où je suis arrivé ici. Heisenberg. Werner Heisenberg. »

La Bombe

1

En 1934, le physicien italien Enrico Fermi émet l'hypothèse qu'il y aurait, après l'uranium — dernier élément connu du tableau de classification périodique —, de nouveaux métaux, que l'on pourrait obtenir en bombardant cet élément avec des neutrons libres. Dès lors, dans les laboratoires de l'Institut Kaiser Wilhelm, à Berlin, le chimiste Otto Hahn et son assistante, la physicienne Lise Meitner, réalisent à cette fin de nombreuses expériences. Meitner est juive, mais réussit à survivre aux purges hitlériennes grâce à sa citoyenneté autrichienne ; toutefois, après l'*Anschluss,* elle doit fuir et se réfugie en Suisse. Hahn engage alors un nouvel assistant, Fritz Strassmann, avec lequel il mène à bien les expériences que son ancienne collaboratrice et lui ont conçues.

En automne 1938, Hahn découvre en analysant les résultats du bombardement de l'uranium qu'une grande quantité de radioactivité se précipite dans le baryum qu'il utilise comme catalyseur… Quand Hahn décrit son expérience à Niels Bohr, celui-ci estime qu'un pareil résultat est impossible. Désespéré, Hahn s'adresse alors à Lise Meitner, réfugiée maintenant à

Stockholm, pour lui demander son avis. Avec l'aide de son neveu, Otto Frisch, lui aussi physicien, Meitner aboutit à la conclusion que Hahn a en effet raison : quand il est bombardé par les neutrons, le noyau de l'uranium se divise, formant un atome de baryum et d'autres éléments — comme une goutte d'eau qui se partage en deux, pour reprendre la métaphore de Bohr — tandis qu'une partie du poids restant se transforme en énergie, selon la formule de Einstein $e = mc^2$. Le jour du Nouvel An 1939, Frisch se rend à Copenhague pour présenter ces résultats à Bohr. Celui-ci est stupéfait : « Quels imbéciles nous avons été ! s'exclame-t-il. Nous l'avions sous notre nez pendant tout ce temps ! C'est exactement comme il fallait que ce soit ! » Hahn et Meitner viennent de découvrir la fission atomique : c'est le début d'une nouvelle ère.

Quelques jours plus tard, Bohr part aux États-Unis, où il passera quelques mois. Invité par diverses universités pour donner des conférences, il avait eu l'intention de s'entretenir avec Einstein en passant par Princeton, afin de relancer sa polémique sur la physique quantique, mais la découverte de Hahn change l'objectif de son voyage. Bohr est impatient de la faire connaître, bien qu'il ait promis à Hahn de n'en rien faire avant que celui-ci n'ait publié ses résultats. Le 6 janvier paraît enfin l'article de Hahn sur la fission, dans *Die Naturwissenschaften.* Dès lors, Bohr se sent libre d'aborder le sujet dans tous les endroits où il est invité. La fission provoque une véritable précipitation dans le monde entier ; bientôt on refait partout — aux États-Unis, à Copenhague, à Paris, à Berlin, à Moscou, à Munich et à Leningrad — l'expérience de Hahn et Strassmann.

Pourquoi un tel intérêt, une telle activité ? Tout physicien compétent ne peut manquer de répondre à cette question : on sait depuis des décennies que l'univers est formé de petites particules de matière unies par une sorte de liant auquel on a donné le nom d'énergie. Un peu plus tard, Einstein prouve que les deux choses ne sont que deux états du même composant essentiel. Alors, pour la première fois, l'être humain est capable d'observer la transformation de la matière en énergie, cette énergie fulgurante qui se dégage de la fission des atomes d'uranium… Mais le plus troublant est encore la possibilité d'utiliser cette énergie en provoquant des réactions en chaîne, en construisant des réacteurs nucléaires et aussi, hélas, en produisant des armes nanties d'une capacité de destruction inouïe…

Cette dernière possibilité épouvante aussitôt Hahn, au point qu'il envisage de mettre fin à ses jours. Au cours d'une réunion avec quelques amis de l'Institut Kaiser Wilhelm, il propose que toutes les réserves d'uranium que possède l'Allemagne soient jetées à la mer, pour empêcher la construction d'un engin de destruction massive. Ses craintes sont encore avivées quand l'un de ses collaborateurs lui apprend que le Reich, après l'invasion de la Tchécoslovaquie, s'est approprié les riches mines d'uranium de Joachimsthal, les plus importantes du monde… Le scénario de l'apocalypse est prêt.

2

Depuis que Bohr a fait connaître les résultats de la fission aux États-Unis, de nombreux scientifiques se mobilisent pour démontrer que la production de bombes est possible, afin de convaincre le gouvernement de lancer un grand projet de recherche atomique et de pouvoir battre de vitesse les Allemands. Parmi ces scientifiques se détachent divers physiciens qui ont fui l'Europe dominée par Hitler : Edward Teller — qui a obtenu son doctorat en même temps que Heisenberg —, Leo Szilard et Eugene Wigner. Ces derniers parviennent peu à peu à convaincre les physiciens les plus importants du pays — Fermi, Bethe, Von Neumann, Oppenheimer et, bien entendu, Einstein — de mener une campagne intensive en faveur d'un programme atomique à grande échelle. Dans une lettre du 2 août 1939, écrite à la demande de Wigner, Einstein s'adresse ainsi au président Roosevelt :

> Au cours des quatre derniers mois, il est devenu probable que l'on puisse obtenir une réaction en chaîne avec une grande quantité d'uranium, à partir de laquelle de grandes quantités d'énergie et de nouveaux éléments semblables au radium seront produits. Il est à présent pratiquement certain que cela peut être réalisé dans l'avenir immédiat. Ce nouveau phénomène peut même conduire à la construction de bombes.
>
> En tenant compte de cette circonstance, peut-être jugerez-vous préférable de maintenir un certain contact permanent entre votre administration et le groupe de physiciens qui travaillent sur les réactions en chaîne aux États-Unis.
>
> J'ai entendu dire que l'Allemagne a interdit la vente de l'uranium des mines de Tchécoslovaquie qui sont tombées entre ses mains. Que l'on ait agi avec une telle rapidité est peut-être l'effet de l'influence qu'exerce le fils du sous-secrétaire allemand des Affaires étrangères, qui a été attaché à l'Institut Kaiser Wilhelm de Berlin, où quelques-unes des expériences nord-américaines réalisées sur l'uranium ont été reproduites.

Roosevelt remercie Einstein de lui avoir écrit, et lui promet de convoquer des représentants de l'armée de terre et de la marine afin de mettre le projet à l'étude, mais il faudra attendre octobre 1941 pour que le Président donne son plein accord et que le Projet

Manhattan soit mis en œuvre. De toute manière, les règles du jeu étaient établies, de même que l'objectif ultime des concurrents : la création de l'arme destructrice la plus puissante de l'Histoire. Qui gagnerait la course gagnerait infailliblement la guerre.

3

Au début de l'année 1939, le directeur du Conseil de recherche scientifique du Reich, Abraham Esau, reçoit les premiers rapports établis par les scientifiques allemands sur la possibilité d'utiliser la découverte de Hahn à des fins guerrières. En même temps, à Hambourg, les physiciens Paul Harteck et Wilhelm Groth présentent le projet à Erich Schumann, directeur du Bureau de recherche sur les armes, qui n'hésite pas à former aussitôt une équipe chargée des expériences, à laquelle viennent rapidement se joindre Kurt Diebner et son assistant, Erich Bagge.

Peu après le début de la guerre, Bagge suggère aux physiciens réunis autour du projet *Uranverein,* Cercle de l'uranium, d'inviter à leurs réunions son ancien professeur de Leipzig, le célèbre Werner Heisenberg. C'est ainsi que le 26 septembre 1939, Heisenberg, Otto Hahn et Carl Friedrich von Weizsäcker participent à la deuxième réunion de l'*Uranverein,* qui se tient au Bureau des armements de la Hardenbergstrasse, en face de l'École polytechnique de Berlin.

A peine trois mois après cette réunion, Heisenberg remet à l'*Uranverein* le premier de ses travaux théoriques sur l'uranium, intitulé : « Les possibilités d'obtenir techniquement de l'énergie à partir de la fission de l'uranium » ; il y récapitule tout d'abord les rares contributions disponibles sur le sujet, puis il présente et analyse la découverte faite par son élève Siegfried Flügge : l'uranium commun est formé de deux isotopes, l'uranium 238 et l'uranium 235, et confirme que seul ce dernier, beaucoup plus rare, peut permettre de déclencher une réaction en chaîne. Enfin, il pose l'un des plus grands problèmes de la théorie atomique — que l'équipe allemande ne parviendra pas à résoudre —, celui de la « masse critique » nécessaire pour obtenir une réaction en chaîne.

Grâce à ce texte de Heisenberg, à la fin de l'année 1939, l'Allemagne est le seul pays au monde qui dispose des fondements indispensables pour commencer à travailler sérieusement sur un projet atomique, alors qu'aux États-Unis et en Grande-Bretagne, le gouvernement s'y intéresse à peine.

Fin 1940, le Bureau des armements décide de centraliser toutes les recherches allemandes en cours sur l'uranium, et prend à cette fin deux mesures : il évince Abraham Esau et place à la tête de l'Institut Kaiser Wilhelm de Berlin Erich Schumann et Kurt Diebner, afin de renforcer le pouvoir de décision. Malgré la rivalité qui les oppose, Heisenberg participe aux recherches dans deux centres coordonnés par Diebner : l'Institut Kaiser Wilhelm de Berlin et l'Institut de physique de Leipzig, qu'il dirige lui-même depuis des années.

4

En 1942, le cours de la guerre change radicalement. Les défaites allemandes sur le front de l'Est minent l'économie du Reich et le Führer n'a d'autre recours que de réorganiser la structure de son gouvernement. L'une de ses premières décisions consiste à nommer l'architecte Albert Speer — responsable de l'embellissement de Berlin — ministre de l'Armement. Au milieu de la cour des miracles qu'est alors le cabinet de Hitler, Speer ne fait pas seulement figure de seule personne normale — il est intelligent, grand et bel homme — mais il est aussi l'un des plus astucieux collaborateurs de Hitler.

Heisenberg a alors été lavé de tout soupçon, politiquement réhabilité après les dures années de lutte contre Stark et la meute de la *Deutsche Physik,* et les autorités scientifiques du Reich lui accordent officiellement leur appui. Puis, comme Himmler le lui a promis quelques mois auparavant, il reçoit deux appels de Berlin : il est désormais directeur de chaire et du département de physique de l'Institut Kaiser Wilhelm, où il prend la succession du Hollandais Peter Debye, qui a refusé de participer à l'effort de guerre nazi. En juin, Heisenberg signe le contrat qui fait de lui le responsable de l'Institut et le directeur scientifique du projet atomique.

Il n'occupe pas depuis longtemps son nouveau poste à Berlin quand Speer fait appel à lui. Le ministre a très vite été attiré par la possibilité de construire une arme capable de changer à elle seule le cours de la guerre. Pendant leur entretien, Heisenberg se plaint amèrement du peu d'importance que l'on a jusqu'alors accordé à la recherche nucléaire.

« Aux États-Unis, un pareil projet aurait aussitôt éveillé l'intérêt du gouvernement », dit-il pour aiguillonner Speer.

L'architecte semble le suivre et lui demande de lui donner plus de précisions sur l'énergie atomique et les possibilités qu'elle peut offrir à l'art militaire. Avec la patience qu'il a toujours déployée dans les séminaires, Heisenberg explique au ministre les grandes lignes de la fission, des réacteurs et des réactions en chaîne.

« Très bien, s'exclame Speer, enthousiaste. Au travail. Que vous faut-il, pour poursuivre votre projet ?

— Les fonds nécessaires à la construction d'un cyclotron, pour traiter l'uranium…

— Permettez-moi de vous poser une question directe, dit tout à coup le premier architecte du Reich. Êtes-vous sûr que les recherches sur l'énergie atomique puissent conduire à la construction d'une bombe ?

— J'en suis sûr, répond Heisenberg, en toute bonne foi, avant de nuancer sa réponse : Mais je crains fort qu'elle ne soit pas prête avant la fin de cette guerre.

— Et pensez-vous que les Américains puissent y arriver avant nous ? insiste Speer, non sans quelque alarme.

— J'en doute, répond Heisenberg avec assurance. Ils doivent se heurter aux mêmes difficultés que nous. Bien qu'il soit théoriquement possible de construire une bombe en quelque mois, techniquement, ce n'est pas aussi simple. Il va nous falloir quelques années pour venir à bout des inconvénients matériels.

— Mais alors, à quoi bon accorder la priorité à ces recherches ?

— Parce que, à la longue, celui qui maîtrisera l'énergie atomique dominera le monde », déclare Heisenberg.

A la suite de cette discussion, Speer classe le projet atomique dans la catégorie *Kriegswichtig* (Important pour la guerre), la dernière des quatre sur l'échelon des priorités militaires, mais il accorde cependant les moyens suffisants pour que l'on puisse le poursuivre.

5

Le Danemark a été envahi « pacifiquement » par les nazis en 1940 ; pour occuper ce pays, les Allemands n'ont même pas dû se battre, il leur a suffi d'en violer les frontières et d'y établir une sorte de protectorat qui, les premiers temps, a tâché de ne pas bousculer la vie politique danoise. Nul ne semble se soucier, par exemple, que Niels Bohr, dont la mère est juive, y dirige l'Institut de physique théorique, et celui-ci, malgré son dépit et les offres que lui font les universités de Grande-Bretagne et des États-Unis, préfère demeurer dans son pays aussi longtemps qu'il le pourra.

En automne 1942, moins d'un an après le malheureux voyage de Heisenberg à Copenhague, la situation change radicalement. Le roi quitte le pays et Hitler décide d'annexer le Danemark. Le gouverneur civil est remplacé par un homme des SS, le docteur Werner Best et, du jour au lendemain, les Danois sont traités brutalement, ce qui provoque la colère de la population et la formation d'unités de résistants qui sabotent le travail des autorités allemandes. Best, furieux de voir grandir la rébellion, instaure la loi martiale et planifie l'élimination de tous les Juifs danois. Le 1er octobre 1943, on procède à une rafle générale.

A la mi-septembre, Bohr a reçu une lettre chiffrée provenant de sources diplomatiques suisses, par laquelle on l'informe que l'arrestation des Juifs est imminente. Pour la première fois depuis le début de l'Occupation, la situation de Bohr au Danemark est devenue dangereuse. Il n'a pas beaucoup de temps pour agir. Le jour même où il reçoit la lettre, Bohr entre en contact avec les membres de la résistance, qui acceptent aussitôt de l'aider et lui offrent une possibilité de s'enfuir. Le 29 septembre, Bohr et son épouse quittent discrètement leur maison, se rendent à pied jusqu'au Musickby, le quartier des musiciens de Sydhavn. Là, les Bohr rejoignent douze autres personnes et tentent de franchir l'Øresund et de passer en Suède. Parmi les fuyards se trouvent son frère

Harald, son neveu Ole, et Edvard Heidberg, architecte célèbre et militant communiste.

Aux environs de dix heures du soir, le petit groupe arrive sur la plage où les attend un bateau de pêche. Une heure plus tard, les quatorze passagers montent à bord d'un cargo qui les conduit de nuit jusqu'à la baie de Limhamm, où ils débarquent le 30 septembre aux premières heures du matin avant de gagner Malmø. Le même jour, Bohr prend le train pour Stockholm, où il est reçu et hébergé par son ancien assistant Otto Hahn et Lise Meitner. Assurer la sécurité de Bohr et de sa famille n'est pas une mince affaire ; quelques officiers, des policiers et des soldats se relaient pour lui garantir une protection constante.

Après s'être entretenu avec le roi Gustave V, le prince héritier et diverses autorités suédoises afin de leur demander de tout mettre en œuvre pour protéger les Juifs danois, Bohr part le 6 octobre à l'aube pour la Grande-Bretagne à bord d'un Mosquito non armé envoyé par le gouvernement de Sa Majesté. Le lendemain, à Londres, il est reçu par les services secrets et le professeur Chadwick, l'un de ses vieux amis anglais. Bien que cette rencontre soit tenue secrète, le *New York Times* du 9 octobre annonce la nouvelle suivante :

UN SCIENTIFIQUE ARRIVE À LONDRES

Le Dr Bohr détient une nouvelle découverte atomique

LONDRES, 8 oct. (AP). Le docteur Niels Bohr, scientifique danois réfugié qui a reçu le prix Nobel pour ses recherches atomiques, est arrivé à Londres, venant de Suède, porteur de ce qu'un Danois de Stockholm considère comme les plans d'un nouveau projet lié aux explosions atomiques. Ces plans sont, dit-on, de la plus grande importance pour l'effort de guerre allié.

A Londres, Bohr rencontre sir John Anderson, chancelier de l'Échiquier, physicien et chimiste qui, sur ordre exprès de Winston Churchill, a été nommé responsable du projet atomique britannique. A la surprise de Bohr, le chancelier le met au courant des derniers progrès du projet atomique allié.

« Après les lettres que de nombreux scientifiques — Einstein, entre autres — ont envoyées au président Roosevelt, celui-ci a enfin pris, le 9 octobre 1941, la décision d'autoriser la construction d'une bombe atomique d'après le projet conçu par Enrico Fermi à Chicago.

— Je n'imaginais pas que l'intérêt pour l'énergie atomique pouvait être si grand aux États-Unis, dit Bohr, surpris et inquiet.

— Il faut que je vous dise, monsieur Bohr, que nous avons nous aussi notre propre projet atomique, poursuit Anderson sans pouvoir éviter de se montrer fier de son œuvre ; son nom de code est Tubes de Fusion et il est dirigé par messieurs Frisch et Peierls, que vous avez connus à l'époque où ils étaient des élèves de Heisenberg. »

Bohr n'imagine guère l'ampleur qu'a pris au cours de ces derniers mois l'effort de recherche allié ; même s'il se doutait que les scientifiques britanniques et nord-américains devaient travailler sur un tel projet, il a de la peine à admettre qu'ils aient pu faire autant de progrès en quelques mois.

« Dès 1941, poursuit Anderson, imperturbable, notre comité scientifique a commencé à travailler en collaboration avec le comité américain et, depuis cet été, une équipe commune prépare un mémoire très précis sur la quantité d'uranium 235 nécessaire à la construction d'une bombe. En juillet 1942, j'ai pris la liberté d'adresser une communication à notre Premier ministre dans laquelle je lui proposais d'unir nos efforts de recherche nucléaire à ceux des Américains, de manière que la bombe soit construite conjointement par nos deux pays aux États-Unis. » Anderson ne le dit pas ouvertement, mais il est clair que le projet n'a pas dû enthousiasmer Churchill. « Le 19 août 1943, au cours d'une conférence qui s'est tenue au Québec, Roosevelt et Churchill ont signé un accord de coopération entre les États-Unis et le Royaume-Uni concernant les Tubes de Fusion. »

Comme si toutes ces informations n'avaient pas suffi à mettre Bohr sur des charbons ardents, Anderson lui fait encore part du plus grand succès jusqu'alors obtenu par les chercheurs travaillant sur le programme : le 2 décembre 1942, à l'université de Chicago, l'équipe dirigée par Enrico Fermi a obtenu la première réaction en chaîne avérée. Voilà qui dépasse toutes ses attentes.

« On a aussitôt construit des piles semblables à celle de Chicago dans divers coins des États-Unis, afin de découvrir plus vite le meilleur moyen d'aboutir à une explosion atomique.

— Étonnant, étonnant. » C'est tout ce que Bohr trouve à dire.

« Cette année, ajoute encore Anderson, les expériences liées au projet ont été regroupées dans un nouveau laboratoire secret construit dans le désert du Nouveau-Mexique. Le directeur est une de vos anciennes connaissances : Oppenheimer. »

La semaine n'est pas terminée que Bohr reçoit une lettre du gouvernement britannique l'invitant à se joindre, en tant que conseiller scientifique, au projet Tubes de Fusion. A peine quelques jours plus tard, le général Leslie Groves, responsable militaire du projet Manhattan, l'invite à se joindre à son équipe de conseillers. Pour ne blesser personne, Bohr répond aux deux lettres en proposant que l'on décide de sa nomination d'un commun accord ; la Grande-Bretagne et les États-Unis acceptent.

Bohr et son fils Åage arrivent aux États-Unis le 6 décembre, où ils changent de nom par mesure de sécurité ; ils sont désormais appelés Nicholas et James Baker et s'ils ne deviennent pas, pendant leur séjour, des résidents permanents du Laboratoire national de Los Alamos, ils y effectuent de nombreuses et longues visites.

Peu après, on fait à Los Alamos une découverte décisive : bien que l'on sache que le ^{235}U peut être utilisé comme combustible pour une bombe nucléaire, on démontre que l'élément suivant sur le tableau de classification périodique, appelé plutonium, l'un des « transuraniens » dont Hahn et Fermi avaient prédit l'apparition, est facilement fissible, et que l'un de ses isotopes, le ^{240}Pu, l'est spontanément, sans qu'il faille auparavant le bombarder de neutrons. Les directeurs du projet n'hésitent pas un instant : en plus de la bombe fabriquée avec le ^{235}U, on va en construire une autre chargée de ^{240}Pu.

6

La situation de Heisenberg en Allemagne est très différente de celle de Bohr. En novembre 1942, il a été invité par le ministre des Finances de Prusse, Johannes Popitz, à entrer au fameux Cercle des mercredis, un groupe de discussion prestigieux fondé depuis quelques décennies, et dont les membres se réunissent, le jour de la semaine dont il a pris le nom, pour débattre des progrès de la science et d'autres sujets plus terre à terre.

Chaque semaine, les réunions du Cercle ont lieu chez l'un ou l'autre de ses membres et, selon un rituel soigneusement établi, l'hôte du jour doit offrir un petit repas et y aller d'un petit discours sur un sujet de son choix et de sa spécialité. Parmi les membres les plus distingués du Cercle — ils sont vingt-huit en tout —, on peut citer les professeurs Eduard Spranger, Wolfgang Schadewaldt et Jens Jessen, ainsi que l'ambassadeur Ulrich von Hasen, le médecin Ferdinand von Sauerbruch et le général Ludwig Beck. Inutile de rappeler que quelques-uns d'entre eux vont jouer un rôle essentiel dans la conspiration du 20 juillet 1944 contre le Führer.

Les membres du Cercle partagent à peu près les même idéaux politiques : nationalisme exacerbé, rectitude morale dans toute considération pratique, haine étouffée des nazis. Lorsqu'ils se rencontrent, ils n'arrêtent pas de se plaindre des excès du *Schimpanski,* surnom qu'ils ont donné à Hitler.

Au cours de l'après-midi du 5 juillet 1944, Adolf von Reichswein, l'un des conspirateurs appartenant au Cercle Solf, se présente à l'improviste au bureau de Heisenberg, qu'il a déjà rencontré maintes fois, car il est lié à Ludwig Beck, Ferdinand von Sauerbruch et d'autres membres du Cercle des mercredis. Sans préambule, Reichswein demande à Heisenberg de se joindre au complot organisé contre Hitler. Le physicien, avec son habileté naturelle à se tirer de toute situation embarrassante, lui souhaite bonne chance, mais refuse poliment de s'en mêler. Il ne supporte pas la violence, déclare-t-il. Quelques jours plus tard, Reichswein est arrêté par la Gestapo, avec quelques autres membres du Cercle Solf.

Le soir du 12 juillet 1944 a lieu ce qui va être la dernière réunion du Cercle des mercredis. Par hasard, c'est à Heisenberg de recevoir. Afin de rendre la veillée plus agréable, il a préféré l'organiser dans les locaux de l'Institut Kaiser Wilhelm, à Harnack Haus, où il est alors logé. Pour ses invités, le physicien a préparé une conférence sur deux sujets distincts mais intrinsèquement liés : il parlera tout d'abord de la structure des étoiles et expliquera ensuite, avec un soin exquis, le processus de fusion nucléaire qui s'y développe, pour examiner enfin la possibilité d'en reproduire artificiellement le mécanisme.

Parmi les dix membres du Cercle présents ce soir-là se trouvent au moins quatre hommes dont les esprits peuvent difficilement être captivés par les lois du firmament : Jens Jessen, Guido Beck, frère du général, Ferdinand von Sauerbruch et Ludwig Diels. Tous quatre seront, quelques jours plus tard, parmi les premiers conspirateurs à être exécutés.

7

Le 19 juillet, Heisenberg quitte précipitamment Berlin dans l'intention d'aller voir sa famille, qui l'attend avec impatience à Urfeld. C'est là qu'il apprend le lendemain, à la radio, que l'attentat contre le Führer a échoué.

A partir du 21 juillet, les arrestations en masse se succèdent. Himmler veut extirper jusqu'à la racine l'esprit subversif qui ose souffler sur le Reich. Des milliers de personnes sont arrêtées tout simplement parce qu'elles ont un lien de parenté lointain avec les conjurés ou parce qu'elles ont un jour fait leur connaissance. Presque tous les membres du Cercle des mercredis sont appréhendés, interrogés, torturés, conduits dans des camps de concentration ou fusillés. Tous sauf Heisenberg, qui jouit de la protection de Himmler, de Speer et de Göring, et dont la loyauté envers le Reich ne fait aucun doute.

8

Tandis que Hitler et ses hommes de main se réjouissent des jugements expéditifs qui les débarrassent à jamais des conspirateurs, et plus encore du spectacle des exécutions, soigneusement filmées pour le plaisir particulier du Führer, Heisenberg se concentre sur son travail afin d'oublier les malheurs de l'heure, car ce travail consiste justement à préparer un réacteur nucléaire qui n'a d'autre utilité, au bout du compte, que de renforcer le pouvoir de celui qui vient de faire exécuter bon nombre de ses plus proches amis, Hitler.

A partir de 1942, l'influence de Heisenberg sur la politique de recherche nucléaire ne cessera de grandir, et si bien qu'un an plus tard, au cours de l'été 1943, il parvient à convaincre Speer d'évincer Abraham Esau de son poste de directeur du département de physique à l'Institut Kaiser Wilhelm ainsi que de sa fonction de plénipotentiaire du Reich pour l'énergie atomique, et de le remplacer par Walter Gerlach, un spécialiste munichois de physique expérimentale qui partage les points de vue de Heisenberg. Par la suite, après une conférence sur le projet atomique prononcée à l'Académie des sciences aéronautiques, dont il est membre, il obtient que ce projet soit classé « Urgent », de manière que le financement en demeure assuré même dans les conditions les plus difficiles.

9

Comme Heisenberg est maintenant l'autorité suprême et incontestée du projet atomique et par conséquent celui qui décide de la politique de recherche scientifique à suivre pour tout le Reich, il est interloqué, choqué, quand Kurt Diebner, qui travaille au laboratoire expérimental de Gottow sous les auspices de l'Institut impérial de physique et technique, obtient de meilleurs résultats que les siens dans la course à la réaction en chaîne. S'écartant des paramètres établis par Heisenberg, Diebner a eu l'idée de construire une pile atomique à l'intérieur de laquelle, au lieu des lames d'oxyde d'uranium conventionnelles, il a placé de petits cubes de cette même matière, plongés dans de l'eau lourde. Lors du premier essai, Diebner a obtenu une proportion de neutrons produits dépassant de 36 % celle des neutrons absorbés, moyenne bien supérieure à celle atteinte par Heisenberg. Au deuxième essai, réalisé vers le milieu de l'année 1943, Diebner a multiplié cet indice, et l'a porté à 110 %, se rapprochant toujours plus de la réaction en chaîne, dont il est cependant encore loin. Alors qu'il progresse ainsi sur la bonne voie, un bombardement allié détruit l'usine Degussa, chargée de fabriquer les cubes d'uranium qu'il utilise pour ses essais, ce qui met un terme à ses expériences.

Au milieu de l'année 1944, les difficultés toujours plus grandes qu'entraîne la guerre et surtout les bombardements alliés rendent les expériences atomiques allemandes extrêmement précaires et risquées, et les autorités nazies décident de concentrer les grands travaux dans un bunker secret, à Berlin ; l'ouvrage a été conçu pour pouvoir résister aux pilonnages, ses installations intérieures offrent une protection contre les radiations et il est enfermé dans des blocs de béton de plus de deux mètres d'épaisseur. Ce bunker abrite un vaste laboratoire, un atelier, des pompes d'alimentation en eau et en air, des réserves d'eau lourde et divers appareils électroniques facilitant la manipulation des éléments radioactifs : c'est un Los Alamos en miniature.

Dans ces nouvelles installations sont regroupées l'équipe de Heisenberg, une partie de celle dirigée par Walter Bothe, qui travaillait jusqu'alors à Heidelberg, et celle de Karl Wirtz, qui se trouvait déjà à Berlin. Toutefois, jusqu'à la fin de l'année 1943, les bombardements incessants empêchent le programme de progresser, le bunker résiste à tout, mais il n'en va pas de même pour l'alimentation en électricité et les logements des scientifiques.

A l'automne, sur les conseils de Gerlach, Heisenberg transfère un tiers de son équipe dans un petit village de la Forêt-Noire, Hechingen. Ce groupe, dont les membres faisaient partie du personnel de l'Institut Kaiser Wilhelm, s'installe dans les locaux d'une usine textile désaffectée. En décembre, Wirtz et Heisenberg réalisent une expérience avec des plaques d'oxyde d'uranium, mais en employant pour la première fois comme modérateur non plus de l'eau lourde mais du graphite, ce qu'ont fait les Nord-Américains, et ils atteignent un taux de multiplication de neutrons de 206 %. Ils sont pourtant encore loin de la réaction en chaîne qu'ils cherchent désespérément à obtenir.

Trois mois avant la fin de la guerre, en janvier 1945, Wirtz décide de faire une ultime tentative dans les installations de Kaiser Wilhelm ; c'est son expérience la plus ambitieuse : il s'agit d'une pile formée de centaines de barres d'uranium suspendues sur des tiges d'aluminium dans un cylindre rempli d'une tonne et demie d'eau lourde, tout ce que possédait l'Institut. Le cylindre est revêtu d'une couche de graphite pur, et a été descendu dans la cuve remplie d'eau du refuge antiaérien. Au moment où l'expérience va être réalisée, Gerlach survient et donne l'ordre de démanteler tout le matériel : les forces de l'Armée rouge approchent rapidement de Berlin, et le pire qui pourrait se produire, ce serait que les Soviétiques puissent s'emparer des spécialistes de la recherche nucléaire.

Aussitôt, Gerlach, Diebner et Wirtz partent pour Hechingen, où les attend Heisenberg.

10

En février 1945, deux mois seulement avant le suicide de Hitler et la capitulation de l'Allemagne, ces mêmes scientifiques essaient encore de mettre en marche le réacteur. Transférés dans le petit village de Haigerloch, non loin de Hechingen, ils s'empressent de construire un nouveau réacteur dans une petite grotte, l'*Atomkeller,* préalablement aménagée en laboratoire. Sur ordre de Göring, Speer, Himmler et Bormann, Gerlach et son équipe installent leurs instruments dans l'espoir d'obtenir un réacteur fonctionnel avant l'hécatombe finale, probablement dans l'intention de se servir des résultats de l'expérience pour obtenir une capitulation sous condition.

Cette tentative des scientifiques allemands est une descente aux enfers paradoxale, ou, autrement dit, un retour aux origines de l'humanité. Il y a quelques milliers d'années, au lieu de s'acharner à obtenir une explosion atomique, l'homme se serait borné à dessiner des bisons et des biches sur le plafond d'une caverne, tout en veillant sur cette autre source d'énergie, le feu, avec le même soin jaloux et le même respect que l'équipe porte à présent au réacteur.

« Oui, songe Heisenberg, nous sommes une sorte de tribu condamnée, les derniers habitants de cette terre, soucieux, comme les hommes préhistoriques, de gloire et d'immortalité ; sinon, pourquoi ferions-nous l'essai d'une pile atomique pendant les dernières heures d'une guerre que nous savons perdue depuis des mois ? Pourquoi cet ultime effort, ce péché d'orgueil tardif, sinon pour pouvoir nous dire que sur ce terrain au moins nous avons battu nos ennemis ? C'est notre chant du cygne, notre dernier sursaut, avant de devoir accepter, résignés, la mort de notre civilisation. »

« Expérience de la série B-8 », entend-il. C'est Wirtz qui, comme un sorcier, invoque les ombres pour assurer la survie de la tribu.

Face à eux se trouve la large cuve en métal, pareille à un chaudron magique, et ils sont les hermétistes qui s'apprêtent à y introduire les panacées selon la recette transmise par les grands ancêtres. Mais, au lieu de crapauds ou d'ailes de chauves-souris — aucun ingrédient plus noble ne lui vient à l'esprit —, il s'agit à présent d'éléments aux noms non moins étranges : oxyde d'uranium, eau lourde. Un instant, Wirtz et Heisenberg s'interrompent, attentifs à leurs sensations, aux expressions et aux attitudes de leurs assistants. Tous ressentent la même chose : la nervosité du joueur qui abat sa dernière carte, et met tout en jeu, sa demeure, sa famille, dans l'espoir de se refaire.

Avec des délicatesses de prêtre manipulant les saintes espèces, ils soulèvent le couvercle de graphite du réacteur, prêts à contempler les merveilles qui vont s'y produire. Dans le saint des saints, des centaines de petits ex-voto — cubes d'un matériau étrange appelé uranium — se balancent comme des médailles de première communion, pendus à de fines chaînes d'aluminium. Puis, ils versent l'eau lourde dans l'énorme calice, et d'aucuns pensent : « Ceci est mon sang, le sang de la nouvelle alliance. »

Il est là, le Graal que Heisenberg a cherché pendant des années, le résultat de toute une vie de recherche ! Comment ne s'en est-il pas avisé plus tôt ? C'est évident, l'énorme réacteur, l'uranium, l'eau lourde, voilà l'élixir sacré qui aurait pu faire de lui un homme plus sage, plus fort, plus talentueux. Dans l'*Atomkeller,* cellule enfouie au sein de la terre, va se dérouler le rite qu'il imagine depuis son enfance, l'acte symbolique dont il a toujours rêvé depuis le temps où il était *Pfadfinder,* dans le mouvement de jeunesse, l'exploit que tout chevalier errant comme lui s'est donné à accomplir. Sa geste est héroïque, le rapproche des idoles de sa jeunesse, du jeune homme qui vainquit Klingsor et fut béni par la grâce du créateur.

« Allons-y », murmure-t-il.

Le silence qui règne dans la salle est absolu, seulement comparable à celui des fidèles qui attendent un miracle, des chevaliers du Graal réunis au château de Montsalvat. Tous observent le calice dans un esprit de contrition, tous prient, tous cherchent leur salut... Peu à peu, l'eau lourde commence à imprégner les atomes d'uranium, à les titiller, à les activer, à leur communiquer le souffle de vie, en les incitant à s'apparier, à se diviser, à exploser, à s'élancer les uns contre les autres, à bondir, à rebondir et à se multiplier... à vivre. La réaction commence tout doucement à se produire. Oui, il advient, il advient, le miracle qu'ils attendent ! Le salut ! Wirtz s'avise brusquement qu'ils n'ont prévu aucune mesure de sécurité, au cas où la réaction en chaîne se produirait ; l'émotion et la fureur du désespoir leur ont fait oublier l'évidence : prendre les précautions indispensables, et, même s'ils ne veulent pas le reconnaître, ils sont prêts à donner leur vie, pourvu que l'expérience réussisse et leur accorde l'immortalité.

Wirtz se dirige vers Heisenberg et lui dit qu'ils n'ont qu'une seule barre de cadmium — élément qui absorbe rapidement les neutrons — et que, le cas échéant, il n'est pas sûr qu'elle suffira à arrêter la réaction en chaîne. Heisenberg s'en inquiète un instant, mais il n'y songe bientôt plus : il est bien trop absorbé dans son calcul de la multiplication exponentielle de l'énergie… Oui, elle se produit, encore, Seigneur, encore un peu…

Le processus s'interrompt brusquement. Est-ce tout ? Est-il permis aux chevaliers du Graal de pleurer ? Heisenberg revoit ses calculs. Sa voix a une intonation catastrophique, funèbre.

« 670 % », annonce-t-il simplement, et il n'ajoute pas un mot.

« La plus importante multiplication jamais atteinte », remarque Wirtz.

La plus importante, oui, mais à quoi bon ? C'est un échec, un nouvel échec, impardonnable. Le dernier.

« Il faudrait 50 % d'uranium et d'eau lourde de plus pour atteindre la masse critique, dit tout bas Heisenberg.

— Peut-être pourrons-nous obtenir les réserves de matériel qui sont restées dans le laboratoire de Diebner à Stadtilm.

— Oui, peut-être. »

Mais tous deux savent qu'il s'agit là d'un faux espoir. Les troupes nord-américaines sont déjà en Thuringe. Il sera impossible d'arriver à Stadtilm. Le 8 avril, on apprend que Diebner a dû abandonner son laboratoire. Le temps manque. Tout manque. Heisenberg donne l'ordre de préparer la fuite. Lui-même part rejoindre sa famille, à Urfeld. C'est là qu'il sera arrêté par le commandant Pash, de la mission nord-américaine *Alsos,* le 3 mai.

Quatre jours plus tard, le 7 mai, le général Jodl, chef des opérations du haut commandement, et l'amiral Hans-Georg von Friedeburg, commandant de la défense sous-marine, signent à Reims la capitulation inconditionnelle de l'Allemagne.

11

Le 16 juillet 1945, à Trinity, au Nouveau-Mexique, non loin de Los Alamos, on déclenche pour la première fois dans l'histoire l'explosion nucléaire d'un prototype chargé de plutonium. Moins d'un mois plus tard, le 6 août, un gigantesque champignon radioactif s'élève au-dessus des décombres de la ville japonaise de Hiroshima. C'est là la preuve que la bombe chargée d'uranium 235 est opérationnelle. Trois jours plus tard, le 9 août, la preuve est faite que la bombe chargée de plutonium l'est également : elle anéantit Nagasaki.

A Farm Hall, en Écosse, les scientifiques nazis spécialistes de la recherche nucléaire sont profondément accablés par ces nouvelles. Mais combien d'entre eux pleurent sur les morts ?

Dialogue III : sur les secrets du destin

Leipzig, 7 novembre 1989.

« Cela ne fait-il pas trop de questions irrésolues, docteur ? Je ne comprends pas pourquoi l'on s'est acharné à défendre un homme qui, jusqu'à la dernière minute, s'est efforcé de construire une bombe atomique pour Hitler, dis-je. Et si, au lieu d'échouer, l'équipe de Heisenberg avait atteint son but ? Si les Allemands avaient disposé d'une bombe atomique au cours des premiers mois de 1945, que se serait-il passé alors, dans le monde ?

— Mais il n'en a pas été ainsi.

— En tout cas, insisté-je, ce n'est pas la seule faute que l'on ait à lui reprocher. Si vous voulez que je vous dise le fond de ma pensée, je crois que c'est Heisenberg qui a dénoncé la plupart de ses compagnons du Cercle des mercredis impliqués dans l'attentat contre Hitler. Il est le seul d'entre eux à en être sorti indemne… »

Ulrich est aujourd'hui encore assis sur le bord de mon lit, à ma droite. Derrière les verres de ses lunettes, ses prunelles ont un éclat particulier. Il a en main l'un de ces petits carnets sur lesquels sont inscrits les noms des médicaments que l'on administre aux patients, et, pendant que je parle, il ne cesse de prendre des notes.

« Mais quelles preuves avez-vous, à l'appui de semblables accusations ? Pour quelles raisons aurait-il agi ainsi ?

— Ce que je vous ai dit n'est-il pas suffisamment clair, docteur ? Heisenberg était beaucoup plus proche des autorités nazies qu'on ne le pense. Et je vais vous dire pourquoi. Pendant des années, il a été la cible de moqueries et, surtout, de la colère de dizaines de scientifiques et de fonctionnaires du parti nazi qui le considéraient, ce sont là les propres paroles de Stark, comme un "Juif blanc" et, à partir de 1942, du jour au lendemain, il devient un loyal serviteur du Führer.

— Peut-être ses recherches sont-elles devenues plus utiles à Hitler que celles de ses rivaux, suggère Ulrich.

— C'est très intelligent, ce que vous dites, répliqué-je, ironique. Vous pourriez tout de même me croire, quand je vous dis qu'en 1939 Heisenberg était l'un des hommes les plus détestés de tout le Reich, considéré comme une sorte d'espion travaillant pour les Juifs… Et, en 1944, alors que des dizaines de conspirateurs de ses amis sont arrêtés et fusillés, personne ne lui crée le moindre ennui. N'oubliez pas que, quelques jours auparavant, il avait invité à dîner quelques-uns des principaux conspirateurs… Après l'attentat, Himmler organise une chasse à l'homme ininterrompue, au cours de laquelle des dizaines de personnes vont mourir, dont la seule faute est d'avoir des liens de parenté avec les conjurés… Et nul ne songe à inquiéter le professeur Heisenberg… Ne trouvez-vous pas cela étrange ? J'ai été arrêté et condamné. Seul un hasard favorable m'a permis d'échapper à la mort, et quelle mort… Et lui, pendant ce temps, a été couvert de tous les honneurs par les nazis et, plus tard, par les Britanniques… On lui a tout pardonné, comme si être un génie équivalait obligatoirement à être innocent.

— C'est étrange, oui, me répond-il, puis il ajoute avec désinvolture : Mais le fait qu'il ait été innocenté ne le rend pas pour autant responsable du destin qui a été le vôtre, monsieur Links.

— Épargnez-moi ce discours, je vous en prie, lui dis-je, fâché. Ce que je vous ai raconté ne vous paraît-il pas suffisamment explicite ? Heisenberg ne s'est jamais soucié du sort de ses amis, tout ce qu'il voulait, c'était nourrir son orgueil, prouver qu'il était le meilleur et, grâce à ses découvertes, négocier avec les Alliés pour obtenir un traitement de faveur… Il n'a jamais pensé qu'à lui. Heisenberg s'est toujours montré incapable de venir en aide à qui que ce soit…

— De l'omission à l'action, il y a une certaine différence, remarque le médecin, c'est cela qui me fait parfois douter de votre bonne foi.

— Ah, c'est comme ça ? » Je suis hors de moi. « Eh bien, moi, je ne comprends pas pourquoi vous vous acharnez à le disculper.

— Voyons si je vous ai bien compris, dit Ulrich qui, en dépit de sa jeunesse, n'échappe pas aux travers de sa profession. Pour vous, c'est bien Heisenberg le responsable de votre malheur ?

— Je n'en sais rien, dis-je, plongé un instant dans la confusion. Ce dont je suis sûr, c'est qu'il est le principal maillon d'une chaîne, d'une succession d'événements qui ne peuvent s'expliquer que par l'existence d'une conspiration. Oui, d'événements qui se sont enchaînés pour aboutir à ma défaite. Des actions perpétrées contre moi, et qui ont toutes un dénominateur commun, dont le nom est Klingsor. »

La connaissance occulte

1

Klingsor. Jusqu'à quel point puis-je charger ce nom de la responsabilité de tout ce qui m'est arrivé ? Ses deux syllabes cacheraient-elles une malédiction, un sortilège ? Pourquoi est-ce à moi d'y revenir sans cesse, de devoir interminablement évoquer Klingsor ? Bon. Il me faut bien l'accepter. Donner les preuves que j'ai de son existence. Dire tout ce que je sais de lui.

2

En 1946, au cours du procès de Nuremberg, où les SS comparaissent au banc des accusés, un homme appelé Wolfram von Sievers, président de la Société de sauvegarde du patrimoine allemand et chef de l'un des bureaux de la Ahnenerbe, le centre de recherche scientifique secrète SS, mentionne pour la première fois en public le nom de Klingsor.

1. Interrogé par l'accusation, Von Sievers déclare que, suite à un accord signé avec le *Reichsführer*

Heinrich Himmler, les SS étaient chargés de lui fournir des crânes « judéo-bolcheviques » pour permettre à son laboratoire d'effectuer des recherches génétiques.

2. Quand on lui demande expressément s'il sait comment les SS se procuraient ces crânes, Von Sievers répond qu'il s'agissait de crânes de prisonniers de guerre du front de l'Est assassinés à cette fin.

3. A la demande instante des juges, Von Sievers parle de phrénologie et du développement physique des races anciennes. Il évoque les Toltèques et l'Atlantide, la supériorité aryenne et des noms de lieux magiques tels que l'Agartha et le Shambalah. Puis il dit que son travail se résumait à démontrer l'infériorité biologique des Sémites par l'étude de leur développement physiologique. Son idée, explique-t-il, reposait sur l'eugénisme : il fallait trouver le moyen d'éradiquer ces défauts.

4. Interrogé sur les sources de financement de ses expériences, Von Sievers répond que les SS lui procuraient ces moyens, qui provenaient du Conseil de recherche scientifique du Reich, présidé par le *Reichsmarschall* Hermann Göring.

5. Pour finir, Von Sievers ajoute que tous les projets « spéciaux » devaient recevoir l'aval du conseiller scientifique du Führer, dont le nom de code était Klingsor. Par la suite, il niera avoir prononcé ces paroles.

3

Qui était Von Sievers ? Voilà une question pertinente. En fait, un membre parmi tant d'autres de la Ahnenerbe, le bureau de recherche scientifique SS et aussi, ce qui est peut-être plus important, un membre discret du Thule Bund, loge à laquelle appartenaient aussi, pour ne citer que quelques noms, Alfred Rosenberg, Heinrich Himmler et Hitler lui-même.

Qu'était le Thule Bund ? Selon les anciennes chroniques, Thule était une île de l'Atlantique Nord qui, avant sa disparition, aurait été peuplée par des surhommes, ancêtres des Germains. Le Thule Bund, créé par le comte Rudolf von Sebottendorf, était un rameau de l'Ordre des Germains, une de ces loges secrètes ultranationalistes qui, apparues depuis plus d'un siècle en Allemagne — leurs membres avaient lutté contre Napoléon au début du XIXe siècle —, s'étaient maintenues sous les règnes de Guillaume Ier et de Guillaume II. Von Sebottendorf était en fait Rudolf Glauer, un aventurier allemand émigré en Turquie en 1901, qui, grâce au laxisme des lois turques, avait pu être adopté par le comte Sebottendorf.

Cette société secrète qui s'adonnait à la recherche des véritables origines des Allemands et, plus largement, de la race aryenne, et dont le siège se trouvait à Munich, où nous vivions, Heisenberg et moi, était constituée de quarante membres permanents, seuls habilités à prendre des décisions. Les deux plus éminents d'entre eux, au début du siècle, furent Dietrich Eckart et Klaus Haushofer. On racontait que les adeptes pratiquaient la magie noire et autres rituels démoniaques, mais qu'ils se vouaient essentiellement à l'étude — et à l'exaltation — des origines spirituelles des peuples germaniques avant la christianisation.

Fin 1918, alors que l'Allemagne connaissait l'une des crises les plus graves de son histoire, peu avant la fin de la Grande Guerre, le Thule Bund remit une forte somme d'argent à deux hommes, Anton Drexler, ancien serrurier qui travaillait dans les chemins de fer, et Karl Harrer, qui avait jusqu'alors été journaliste sportif, et les chargea de fonder un nouveau parti politique dont l'objectif était le rétablissement du Reich. Le 5 janvier 1919 était officiellement constitué le parti ouvrier allemand (DAP) qui, à l'origine, combinait deux orientations politiques, l'une socialiste, l'autre fortement nationaliste. Selon les principes posés par ses organisateurs, ce parti devait être une organisation sans classes, dirigée uniquement par des Allemands.

Invité par Dietrich Eckart, qui était l'un des rares amis qu'il avait à Munich, Adolf Hitler assista à l'une des premières réunions publiques du DAP, qui se tint à la brasserie Sternecker. A ce moment-là, le DAP ne comptait guère que quarante membres, comme le Thule Bund originel. Lorsque Hitler y adhéra, ils étaient près de cent cinquante.

Eckart avait traduit le *Peer Gynt* d'Ibsen et il devint bientôt le premier poète du national-socialisme. Dans l'une de ses œuvres, il annonce l'avènement d'un sauveur de la nation — en lequel on reconnaîtra ensuite Hitler — et, dans une autre, il employa pour la première fois le slogan : « Debout, Allemagne ! », qui devait être plus tard l'un des cris de guerre nazis. Un autre membre du Thule Bund, Autrichien comme Hitler, Guido von List, aurait été le premier à arborer une svastika comme symbole de purification, croix qui devint, on le sait, l'emblème officiel du parti nazi.

Le 24 février 1920, le DAP devenait officiellement le parti national-socialiste allemand, et des centaines de chômeurs allaient grossir ses rangs. En juillet 1921, Hitler en prenait la direction. Le 29 juillet, le *Völkische Beobachter* l'appelait pour la première fois : « Notre Führer. »

Au cours de ces quelques mois, d'autres personnalités qui devaient bientôt jouer un rôle important se joignirent au parti national-socialiste : Alfred Rosenberg, futur philosophe officiel des nazis ; Erwin von Scheubner Richter, ami intime de Hitler à cette époque ; Rudolf Walter Richard Hess, étudiant en sciences politiques à l'université de Munich et disciple bien-aimé de Karl Haushofer, l'expert en géopolitique du Thule Bund, et Ernst Röhm, qui allait former les troupes d'assaut du parti, les SA — *Sturmabteilung*. Peu après, en 1922, Hitler fera la connaissance d'autres personnalités, qui lui resteront fidèles jusqu'au bout : Hermann Göring, chef de l'escadrille Richthofen qui s'est rendu célèbre pendant la Grande Guerre, décoré de l'ordre du Mérite pour ses exploits héroïques, et le docteur Joseph Goebbels.

En 1923, Eckart devient l'un des premiers martyrs du nazisme : à ce moment-là, les rouges, sous la conduite d'un Juif, Kurt Eisner, avaient tenté d'établir à Munich une république gouvernée par un Conseil d'État selon le modèle soviétique, déchaînant une vague de terreur et de violence dans toute la Bavière. Eckart dirigeait un des nombreux groupes paramilitaires qui se disputaient le contrôle de la ville. Après plusieurs tentatives infructueuses, son bataillon réussit enfin à assassiner Eisner lors d'une escarmouche dans une rue de Munich. Mais Eckart ne put jouir longtemps de son triomphe : en décembre de la même année, il mourut gazé au cours d'un affrontement avec la police. On dit que ses dernières paroles furent : « Suivez Hitler ! Il saura mener la danse, même si c'est moi qui en ai écrit la musique ! Ne me pleurez pas : mon importance dans l'Histoire sera plus grande que celle de tout autre Allemand ! »

4

Quand Hitler parvint enfin au pouvoir, il ordonna que fût créé, dans le gigantesque appareil de la Sûreté d'État que dirigeait Himmler, dont les forces sont plus connues sous l'abréviation SS, un centre de recherches secrètes chargé de mener à bien trois tâches essentielles : analyse des races et des génotypes humains selon les postulats de Rosenberg ; développement de la géopolitique raciste de Haushofer et étude scientifique de la *Welteislehre* (doctrine de la glace éternelle) de Hörbiger et Wessell.

Ce laboratoire des SS, pour lequel furent engagés des dizaines de biologistes, de pathologistes, d'historiens, de sociologues, de psychiatres et de physiciens, était connu sous le nom d'Ahnenerbe, et placé sous la responsabilité du *Reichsführer-SS*. Des centaines d'expériences y furent réalisées — la plupart sur des êtres humains — tout au long de la guerre. Ce furent presque autant d'échecs, du moins à ce que l'on prétend…

Les subventions étaient attribuées, on le sait, par le Conseil de recherche scientifique du Reich (RFR), qui fut dirigé pendant des années par le physicien Johannes Stark, puis, une fois celui-ci limogé, par le ministre de l'Éducation Bernhard Rust et, plus tard, par le *Reichsmarschall* Hermann Göring. Tout au long de la guerre, les conflits entre les autorités du Conseil et l'Ahnenerbe se succédèrent. Stark, bien que compromis avec les nazis, était un physicien de premier ordre, un prix Nobel, et il considérait que les projets de l'Ahnenerbe n'étaient ni prioritaires ni techniquement fiables. On peut considérer sa démission comme une conséquence de son « défaut d'appréciation » des besoins économiques des SS.

Par la suite, les administrations de Rust et de Göring se heurtèrent au même problème, qui fut résolu par une sorte de compromis vers la fin de la guerre : avec le consentement de Göring, le *Reichsführer-SS* finit par nommer un scientifique conseiller général du RFR. Aux termes de l'accord signé par les deux hommes, ce conseiller devait décider des subventions à accorder aux nouveaux projets présentés au Conseil. La probité morale et idéologique et le prestige de la personne choisie suffisaient à rendre ses décisions sans appel. Après bien des discussions, Göring et Himmler finirent par tomber d'accord sur la personnalité qui devait occuper cette position privilégiée. Pour assurer le bon fonctionnement du mécanisme, le nom de ce scientifique demeurerait secret. C'est ainsi que, compte tenu du pouvoir et de l'importance qui lui étaient conférés, les membres du Conseil eux-mêmes en vinrent à ne plus l'appeler que par son nom de code, Klingsor.

Dialogue IV : sur la mort de la vérité

Leipzig, 8 novembre 1989.

Un physicien, c'est-à-dire un homme pur, voué à dévoiler les mystères de l'univers, un être détaché du monde et absorbé par la pureté de ses théories, et qui prend part à l'extermination de millions d'hommes et de femmes… Telle est l'image de Klingsor — des innombrables Klingsors qu'il y a eu sur terre — et cette image est aussi terrifiante, par la contradiction brutale qu'elle impose, qu'une anomalie, une erreur génétique, une aberration imprévue…

Pour moi, en revanche, le rapprochement entre science et crime me paraît normal. Permettez-moi de m'expliquer : par définition, la science ignore les limites de l'éthique et de la morale. Ce n'est qu'un système de signes qui permet de connaître le monde et d'agir sur lui. Pour les physiciens, pour tous les physiciens — et pour les mathématiciens, les biologistes, les économistes —, la mort d'un homme, d'une femme, n'est qu'un phénomène parmi les milliers d'autres qui se produisent chaque jour dans l'univers.

« Oui, Klingsor. » Je redis ce nom avec crainte, avec respect, avec lassitude. « C'est à cause de lui que je suis ici, docteur. Et pouvez-vous me dire qui, hormis Heisenberg, pourrait se cacher sous ce nom ? Il est né, comme moi, à Munich, où le Thule Bund et le parti nazi ont pris leur essor, et, en dépit de son hostilité première à l'égard du national-socialisme, en grande partie provoquée par la haine que lui vouait Stark, il a fini par devenir le protégé de Himmler et de Göring, qui, comme je vous l'ai dit, l'ont comblé de privilèges et ont fait de lui le chef suprême du projet atomique… Tout concorde, docteur… »

Bien qu'il essaie de se montrer aussi aimable avec moi que d'habitude, je ne peux m'empêcher de remarquer sur le visage d'Ulrich un certain rictus. Tous les psychiatres sont affligés de la même déformation professionnelle : aussitôt que quelqu'un prononce le mot conspiration, ils s'empressent de consulter leurs carnets de notes et les descriptions vaines de la paranoïa. Je répète donc à Ulrich, pour lui faire entrer dans la tête ma dénonciation :

« C'est à cause de Klingsor que je suis ici.

— Et comment s'y est-il pris ? demande-t-il non sans une certaine complaisance.

— C'est une histoire dont le souvenir est très douloureux, docteur… Provoquée par un malentendu encore plus terrible… »

Je tâche de me redresser un peu, mais je parviens à peine à tendre le cou pendant quelques secondes.

« Je vous écoute.

— J'ai été marié, savez-vous ? Avec une femme merveilleuse, Marianne. Je l'ai connue grâce à Heinrich, qui était marié, lui, avec l'amie de Marianne, Natalia… Mais ça n'a pas été aussi simple, docteur… Vous devez bien savoir, n'est-ce pas, que les histoires de famille ne sont jamais simples ? »

J'ai de la peine à remuer la langue, elle est blessée par les quelques chicots qui me restent, mais enfin, je parviens tant bien que mal à lui faire faire à peu près ce que je veux ; toutefois, ma voix ressemble à une sorte de miaulement ; elle est comme éreintée, condamnée.

« Klingsor me l'a arrachée…

— Qui ? Votre femme ?

— Non, Natalia… »

La trahison

1

La première chose que je dois vous dire, la plus importante — peut-être pas pour vous, mais c'est pour moi tout ce que j'aie jamais connu de véritablement transcendant —, c'est que je l'aimais. Je l'aimais plus que tout au monde. Plus que moi-même, plus que ma patrie. Plus que Dieu. Plus que la science. Plus que la vérité. Et, par conséquent, plus que mes amis.

J'aurais fait n'importe quoi pour vivre avec elle. N'importe quoi. Et je ne le regrette pas. C'est la seule chose dont je n'ai pas à me repentir.

2

« Que se passe-t-il ? » C'est Marianne qui, ce matin-là, alors que je suis sur le point de quitter la maison pour me rendre à une réunion de travail avec Heisenberg, à l'Institut Kaiser Wilhelm, me pose cette question.

Il y a des mois qu'un changement s'est opéré dans son caractère. Ce n'est pas qu'elle se doute que je la trompe avec Natalia, mais à présent que Heinrich est de nouveau près de nous, elle se sent coupable. Son teint est devenu jaunâtre et elle a perdu près de huit kilos. Ses yeux sont cernés, comme si elle manquait de sommeil, et il est vrai qu'elle a du mal à dormir.

« Mais de quoi parles-tu ? » Je n'ai pas la moindre envie de me lancer dans une discussion. J'avale les dernières gouttes de café et je m'apprête à sortir.

« De toutes ces réunions », dit-elle sur un ton accusateur, puis elle s'interrompt et ajoute : « De Heinrich. »

Nous y voilà. En fait, ce n'est pas nos discussions qui l'inquiètent, mais le fait que le mari de notre maîtresse passe autant d'heures auprès de moi, aux petits soins, reconnaissant, sans avoir la moindre idée des ébats secrets auxquels son épouse, Marianne et moi avons pu nous livrer, pendant des mois, à mon domicile. Bien que je n'aie aucun droit de lui reprocher quoi que ce soit, cette mesquinerie que je découvre en elle me fait la mépriser plus encore. Quand on est un pécheur impénitent, ce que l'on tolère le moins, c'est encore de devoir supporter la faiblesse ou la culpabilité de l'autre.

« Mieux vaut que tu n'en saches rien. » Je lui fais intentionnellement cette réponse ambiguë, pour la tourmenter davantage.

« Je suis inquiète, insiste-t-elle.

— Nous le sommes tous, Marianne, dis-je. Nous sommes en guerre, bombardés deux fois par jour, et nous pouvons nous estimer heureux d'être encore en vie…

— Tu sais bien à quoi je pense, réplique-t-elle, exaspérée. C'est toi qui m'inquiètes, et lui aussi… »

Je commence à en avoir assez. Que s'imagine-t-elle ? Que ravi de voir renouée mon amitié avec Heinrich, je vais tout avouer à l'ami retrouvé, lui apprendre que tous ceux qu'il aime se sont ligués pour le tromper ?

« Ne t'inquiète pas, ma relation avec Heinrich est strictement professionnelle.

— Professionnelle ? » Elle a raison, ce n'est pas le mot que j'aurais dû employer, bien sûr, je me suis mal exprimé.

« Courtoise, ajouté-je, mais nous n'échangeons pas de confidences. Quand nous nous voyons, c'est avec des amis, jamais seul à seul, et nous avons d'autres choses à nous dire.

— Lesquelles, Gustav ?

— Mieux vaut que tu ne le saches pas, Marianne, dis-je en m'en allant. Pour ton bien, mieux vaut que tu n'en saches rien. »

3

J'ai toujours du mal à me rappeler comment je m'y prenais, à ce moment-là, pour voir Natalia. Depuis qu'il avait été rattaché à l'état-major du général Olbricht, Heini s'était réinstallé dans sa maison de Berlin, et si ses charges professionnelles lui prenaient la plus grande partie de son temps, il essayait de passer le reste auprès de sa femme, qui lui paraissait lointaine, et il en souffrait. Natalia ne pouvait faire autrement que de répondre à son affection, elle était l'épouse d'un militaire, pleine d'abnégation, éternelle Pénélope qui attend le retour d'Ulysse, chaque fois qu'il revient d'une expédition.

« Il faut que je te voie, lui disais-je, oubliant toute décence, la prudence, les précautions les plus élémentaires. Il faut que je te voie aujourd'hui.

— Mais, Gustav… »

Natalia protestait mais, en fin de compte, elle acceptait le plus souvent. Je quittais le travail à n'importe quel moment, sous prétexte de me rendre à un rendez-vous secret — c'était là l'un des rares avantages de ma position — et je courais la rejoindre chez elle. Peu m'importaient les risques ; inconsciemment — comme elle me le fit un jour remarquer —, je voulais révéler ce qui se passait.

C'étaient alors de brèves minutes de gloire, auxquelles succédaient, pour l'un et pour l'autre, des heures et parfois des journées entières d'angoisse et de tourments. Il me fallait toujours plus : le parfum de sa peau, le goût de sa salive, la force de ses caresses... Comparée à elle, ma femme n'était plus que le souvenir douloureux d'un paradis perdu.

« Quand pourrons-nous nous revoir, tous les trois, comme avant ? » me disait parfois Marianne, dans un accès de sincérité.

Puis, elle se pelotonnait contre ma poitrine — et je ne savais comment faire pour l'en déloger —, elle pleurait en silence et me demandait enfin pardon.

« Je n'ai rien à te pardonner », lui répétais-je ; c'était l'évidence même, mais qu'elle interprétait comme une preuve de ma force de caractère. « Je suis aussi coupable que toi.

— Peut-être est-ce mieux ainsi, remarquait-elle, un peu plus tard, apaisée ; faire comme si rien ne s'était passé, comme si tout n'avait été qu'une invention malsaine, une sorte de rêve irréalisable, ne crois-tu pas ? » J'acquiesçais. « De toute manière, les choses ont repris leur cours normal : Natalia et Heinrich d'un côté, toi et moi d'un autre... »

Nous savions tous deux que c'était là un terrible mensonge, mais nous faisions tout ce que nous pouvions pour ne pas nous détromper, comme si nous avions décidé de nous plier aux règles de la société hypocrite dans laquelle nous avions grandi et que nous avions essayé de défier.

« Oui, disais-je, débitant encore un mensonge. Oui, c'est mieux ainsi. » Et c'était un double mensonge.

4

« Et s'ils s'en apercevaient, un de ces jours ? » Natalia tremblait en disant ces mots.

« Qui ? demandais-je avec un certain cynisme.

— L'un des deux », répondait-elle en posant un baiser sur mon cou.

Je détestais parler ainsi de notre liaison, et nous n'avions pour ainsi dire pas d'autre sujet de conversation.

« Si Marianne l'apprenait, ce ne serait pas si grave, répondais-je, me montrant inutilement cruel.

— Pourquoi ?

— Elle n'aurait pas le courage de le crier sur les toits. Et, au pire, je crois qu'il ne serait pas difficile de lui clouer le bec. Il suffirait de l'inviter à se joindre à nous…

— Tu es infect ! s'écriait Natalia, écœurée, en s'écartant de moi.

— Suis-je le seul à l'être ? Le vrai danger, ce serait que Heinrich découvre notre liaison, et tu le sais très bien.

— Oui, se lamentait-elle. Je le sais très bien. C'est pourquoi il ne doit jamais l'apprendre, Gustav, jamais. »

Je savais, en fait, que Natalia avait raison, mais j'avais du mal à admettre que mon rôle fût ainsi tracé à l'avance. Je voulais ne pas être découvert et éviter que Heini ne nous surprît — surtout pendant l'un des moments où sa femme et moi étions nus, enlacés, dans son lit —, mais je ne pouvais pas non plus éviter de me sentir blessé à l'idée que Natalia ne fût pas mienne, seulement mienne : j'avais d'abord dû la partager avec Marianne et, maintenant, avec Heini. Je n'en pouvais plus.

« Tu m'aimes ? demandais-je alors à Natalia, sans pouvoir m'en empêcher, malgré le chantage et la faiblesse que cette question impliquait.

— Si je ne t'aimais pas, je ne serais pas dans tes bras, ici, se contentait-elle de répondre abruptement. Il vaut mieux que tu t'en ailles, maintenant. »

5

Nous étions dans les premiers mois de l'année 1944, et ces mois passaient, aussi vite que douloureusement, me rappelant à chaque instant que la guerre était perdue, ou, pour mieux dire, que tous les conflits dans lesquels je me trouvais impliqué — la course à la bombe, ma liaison avec Natalia, l'attentant contre Hitler — semblaient irrémédiablement voués à l'échec.

« Mais que faites-vous ? Que faites-vous, Heinrich et toi, dans ces réunions ? osait maintenant me demander Natalia, comme Marianne l'avait fait avant elle.

— Nous participons à un projet d'étude. » Avec elle, mentir était beaucoup plus difficile. « Nous étudions divers problèmes. Chaque soir, l'un des invités expose ses idées, nous l'écoutons et nous lui donnons notre avis. » Je fabulais.

» Dis-moi la vérité, Gustav, me demandait Natalia, avec l'insistance tendre des amants. Je t'en prie.

— Je te l'ai dit, insistais-je. Nous parlons d'affaires diverses, voilà tout.

— De tuer Hitler, par exemple ? »

Le sarcasme de Natalia fut une douche froide.

« Si Heinrich t'en a parlé, il a agi comme un imbécile ! m'écriai-je, sans me rendre compte que je venais de me trahir ; ne redis jamais plus cette bêtise, Natalia…

— Il ne m'a rien dit, Gustav.

— C'est encore pire ! » m'exclamai-je, scandalisé.

Elle se mit à pleurer. Je la serrai très fort dans mes bras, mais elle fut inconsolable. Elle se rendait compte que les deux hommes qu'elle avait aimés dans sa vie étaient en danger. Un danger certain, imminent, et plus grand que celui que l'on court dans une bataille ou pendant un bombardement.

« Pardonne-moi, fis-je, essayant de la consoler. Ce n'est pas ce que je voulais dire…

— C'est bien, Gustav, dit-elle en essuyant ses larmes du dos de sa main. En fait, je devrais être fière… » Sa voix se brisa. « C'est seulement que… »

Elle fut incapable d'achever sa phrase, et se remit à pleurer.

« Je te comprends, prétendis-je.

— Pardonne-moi. » Elle s'interrompit et ajouta : « Et c'est prévu pour quand ?

— Mieux vaut que nous n'en parlions plus, je t'en prie.

— Je voulais simplement savoir combien de temps… » Elle laissa sa phrase inachevée, s'avisant de l'erreur qu'elle était sur le point de commettre. « N'y pense plus, Gustav, je préfère ne pas le savoir. »

6

Ce fut peut-être à cause de la crainte ou du doute, d'une répugnance subite ou d'une indifférence insidieuse, mais, quoi qu'il en soit, à partir du mois de mars 1944, je cessai d'assister aux réunions rituelles des conspirateurs. Je m'étais éloigné d'eux, prenant mes distances comme lorsque l'amour meurt ou que l'on perd tout enthousiasme pour une cause dont on sait qu'elle est perdue d'avance.

Je ne veux pas dire que je me désintéressais des préparatifs du coup d'État : j'avais donné ma parole, et je n'allais pas me dédire, mais j'évitais autant que possible leurs interminables soirées et, au lieu d'écouter pour la énième fois les arguments qui, au nom du civisme, de la morale, soutenaient les attaques contre Hitler, au lieu de me mêler aux discussions enfiévrées sur le type d'explosif qu'il fallait employer ou le meilleur moyen de déclencher l'opération Walkyrie — ce sur quoi, il est vrai, je n'avais rien à dire d'important —, je préférais chercher refuge dans les bras de Natalia, même quand ce n'était que pour quelques minutes.

« Je ne pourrai pas assister à la réunion d'aujourd'hui, disais-je à Heinrich. J'ai beaucoup de travail à faire et, si je ne le rends pas à temps, ils vont commencer à se demander ce que je fabrique ces jours-ci…

— Je comprends, répondait-il simplement. Ne t'inquiète pas, je te tiendrai au courant des décisions qui seront prises.

— Merci, Heini. A la semaine prochaine. »

Pendant qu'il m'excusait auprès de ses amis, je me glissais entre ses draps. Cette trahison odieuse me fournissait le meilleur des alibis : à Marianne, je disais simplement que je me trouvais avec Heinrich, et je pouvais être sûr que, pendant au moins deux heures, mon ami ne serait pas chez lui. L'occasion n'aurait pu être plus favorable, et je ne la laissais pas passer, malgré les reproches que ma conscience s'obstinait à m'adresser. Je bénissais Stauffenberg, et Olbricht et Tresckow qui me permettaient de passer quelques heures auprès de la femme que j'aimais.

7

« Pourquoi n'essaies-tu pas ? me demanda Heini.

— Heisenberg est un faible. Il ne remuera pas le petit doigt pour nous aider. Tout ce qu'il veut, c'est qu'on le laisse tranquille.

— Je crois que tu es trop dur envers lui. J'ai entendu dire que c'était quelqu'un de sensé. Et, d'après ce que je sais, les SS l'ont harcelé.

— C'est vrai, mais c'est bien loin, Heini. Johannes Stark et tous les malades de la *Deutsche Physik,* les fanatiques du parti nazi lui ont causé de graves ennuis, il y a quelques années. Mais à présent, ce n'est plus pareil. A la suite d'un procès interminable, Heisenberg a été réhabilité ; sans cela, ils n'auraient pas pu le nommer directeur de l'Institut Kaiser Wilhelm et professeur à l'université. Tu ne lis donc pas les journaux ? Il n'arrête pas de donner des conférences un peu partout, dans les pays alliés et occupés, au Danemark, en Hongrie, en Hollande, comme s'il était la voix de la culture allemande... »

Dans mon esprit défilaient les images, les photographies du génie allemand en compagnie de ses collègues étrangers, de Møller à Copenhague, après la réquisition de l'Institut de Bohr, ou de Kramers à Leyde, après que les nazis eurent fermé l'université et emprisonné des centaines d'étudiants qui protestaient contre la déportation des Juifs.

« Non, insistai-je, je doute fort qu'il accepte de se joindre à nous.

— Pourtant, le général Beck, qui le rencontre au Cercle des mercredis, dit qu'il l'a entendu parler du *Schimpanski* dans les termes les plus sévères. » Je me contentai d'afficher une mimique d'incrédulité. « Tu travailles avec lui, tu pourrais au moins essayer.

— D'accord, acceptai-je à contrecœur. J'essaierai. »

8

« Marianne m'a appelée ce matin, me dit soudain Natalia.

— Et que voulait-elle ? lançai-je sans cacher ma colère, comme si ma femme ne pouvait jamais que mal faire.

— Que j'aille la voir, chez vous.

— Marianne doit se dire que son tour est venu. » Il y avait du mépris dans ma voix.

Natalia se leva et me répondit calmement, en se rhabillant :

« Elle m'a demandé de vous faire une visite cet après-midi. Elle a dit qu'elle essaierait de te convaincre d'oublier ton travail pendant quelques heures. Elle veut que nous nous réunissions tous les trois encore une fois. Pour nous dire adieu. Elle était terriblement bouleversée, Gustav. Je crois qu'elle a besoin de nous.

— Elle a besoin de toi. »

Je ne pouvais y croire : Marianne agissait dans mon dos. Était-elle vraiment disposée à m'en parler, ou allait-elle dire à Natalia que je n'avais pas pu quitter le bureau de manière à rester seule avec elle ?

« Et que lui as-tu répondu ?

— Que je ne savais pas si j'allais pouvoir venir. Que Heinrich arrive parfois à la maison à des heures inhabituelles et que, dans ce cas, je préférerais rester auprès de lui.

— Et comment l'a-t-elle pris ?

— Mal, il me semble. » Natalia était de toute évidence désespérée ; malgré sa volonté, elle n'avait plus la force d'endurer davantage de tensions, de nouveaux risques. « C'est mon amie, Gustav, elle me manque…

— Elle t'aime, dis-je, en colère.

— Je le sais.

— Et toi, tu ne l'aimes pas.

— Pas de la même manière.

— Mais tu m'aimes, moi, n'est-ce pas ? »

9

Le débarquement allié en Normandie nous frappa comme une malédiction lancée contre nous depuis longtemps. C'était le début de la fin. Quelques semaines plus tard, nous savions que la supériorité numérique des Britanniques, des Nord-Américains et des Français qui venaient grossir leurs rangs était écrasante. Nous savions tous — ministres, généraux, soldats, femmes et enfants — que la déroute était imminente. Si certains ne le croyaient pas, c'était parce qu'ils faisaient encore aveuglément confiance à Hitler… « Le Führer ne permettra pas que l'Allemagne sombre ; il finira par renverser le cours des choses et gagner la guerre. » Comment ? « Avec l'un de ses *Wunderwaffen* », répondaient les plus crédules. « Avec une bombe capable de détruire une ville entière… » S'ils avaient su dans quel état se trouvait la *Wunderwaffe !* S'ils avaient su qu'il n'y avait plus aucun espoir de construire un réacteur, et encore moins une bombe…

J'essayai plusieurs fois d'entrer en contact avec Heisenberg, prêt à m'entretenir seul à seul avec lui, mais toujours un empêchement de dernière minute m'obligeait à remettre la rencontre à plus tard. Je n'étais pas de ses amis — je doutais qu'il pût en avoir un —, et nous nous étions bornés à échanger une ou deux fois des propos sans importance, si bien que l'aborder devenait une affaire plus compliquée que si nous ne nous connaissions pas du tout.

« Pourriez-vous m'accorder quelques instants ?

— Mais bien sûr, Links. Qu'avez-vous à me dire ?

— Je préférerais vous parler seul à seul, si vous le voulez bien.

— Je vous attends à midi dans mon bureau, me répondit-il, avec un air soupçonneux.

— Je vous remercie. »

A midi, je fus exact au rendez-vous.

« Nous avons beaucoup d'amis communs, monsieur Heisenberg, commençai-je en m'asseyant en face de lui, avec l'impression d'être un étudiant sur le point de passer un examen oral ; le général Beck, le docteur Sauerbruch, M. Popitz… »

J'espérais, en citant ces noms, établir une certaine complicité entre nous. Mais Heisenberg ne l'entendit pas ainsi ou passa outre.

« Oui, je les connais, dit-il seulement.

— Je suis, pour ainsi dire, venu vous trouver en leur nom…

— Ce sont eux qui vous ont demandé de venir me voir ?

— Pas exactement, monsieur Heisenberg, fis-je, incapable de trouver une entrée en matière.

— Alors ?

— Je vais essayer d'être plus clair. Vous détestez les nazis tout autant que nous… »

Les mains de Heisenberg, dont les mouvements exprimaient habituellement la maîtrise de soi et le calme intérieur, se crispèrent comme si elles avaient reçu une décharge électrique. Il était évident qu'il n'était pas disposé à parler de ce sujet avec quelqu'un qui ne lui inspirait pas la moindre confiance.

« Je regrette, monsieur Links, me dit-il d'un ton sévère, je ne comprends pas ce que vous voulez de moi, et je préférerais que nous en restions là.

— Il faut bien faire quelque chose pour notre patrie, insistai-je. C'est peut-être notre dernière chance. Nous comptons sur vous…

— Je ne sais de quoi vous voulez parler, monsieur Links, dit-il d'un ton tranchant. Je ferai comme si vous n'étiez jamais venu me trouver. Vous êtes un mathématicien compétent et je suis content que vous soyez mon collaborateur, mais je préfère me tenir à l'écart de la politique. Nous sommes des scientifiques. La seule chose qui doit compter pour nous, c'est la science ; l'avenir de la science dans notre pays. Si nous œuvrons pour elle, nous rendrons à notre patrie un service beaucoup plus grand qu'en nous lançant dans je ne sais quelle autre activité. Maintenant, vous m'excuserez, mais je dois retourner au laboratoire. »

Ce fut tout. Quelques jours plus tard, Adolf von Reichswein fit une nouvelle tentative. Lui, au moins, était l'un de ses amis du Cercle des mercredis. Si, à cette occasion, ils abordèrent le sujet avec une certaine franchise, Von Reichswein ne réussit pas mieux que moi. Heisenberg lui dit qu'il apportait son soutien moral à la conspiration, mais qu'il ne voulait pas tremper dans la violence, qu'il était un scientifique, etc.

Peu après, comme je l'ai dit, Von Reichswein était arrêté par la Gestapo.

10

« Gustav ? appela Marianne. Tu as un petit moment, s'il te plaît ?

— Que veux-tu ?

— Ce matin, j'ai appelé Natalia.

— Ah, oui ? Et pourquoi ?

— Je lui ai dit que nous voulions la voir. Qu'elle vienne nous rejoindre un de ces après-midi. Ce serait une sorte d'adieu. Tu pourrais demander une permission spéciale, ou quelque chose comme ça...

— Ou quelque chose comme ça, répétai-je.

— Qu'en dis-tu ?

— Voilà que tu te mêles d'organiser ma vie, à présent, la tançai-je, de disposer de mon temps ?

— J'ai pensé que tu serais d'accord...

— Et que t'a-t-elle dit ?

— Qu'elle allait y réfléchir. Heinrich...

— Justement, Heinrich ! criai-je. Ne te rends-tu pas compte que tu la mets en danger ? Que tu l'obliges à prendre des risques inutiles ? Maintenant, Heini est avec elle, à Berlin. Ils dorment toutes les nuits ensemble. Ils sont mari et femme. Ne veux-tu pas le comprendre ?

— J'ai cru...

— Quelle égoïste tu es ! lui lançai-je sans la moindre pitié et sans remords. Et tu dis que tu es sa meilleure amie, que tu l'aimes ?... Si tu l'aimais vraiment, tu la laisserais tranquille...

— Je regrette, Gustav ; je n'avais pas l'intention... » Une fois encore, ses maudites larmes roulaient sur ses joues.

11

Au cours de la matinée, Heinrich vint me trouver à mon bureau. Jamais encore il ne l'avait fait. Quand je le vis arriver, quand j'aperçus son expression, alors qu'il était debout en uniforme dans le vestibule, je crus que tout était fini. Il nous avait découverts et venait me régler mon compte. Peut-être Natalia, dans un moment d'épanchement sentimental malheureux, lui avait-elle tout avoué. Son image, qui se découpait à contre-jour, m'évoqua celle d'un bourreau venu chercher sa victime ; je fus sur le point de prier, de m'emparer d'une arme.

« Que t'arrive-t-il ? me demanda-t-il en guise de bonjour. Tu es pâle comme un mort. Que s'est-il passé ?

— Rien, rien, dis-je d'une voix rauque. Pourquoi es-tu venu ici ?

— Il fallait que je te parle ; juste un instant, Gustav. C'est urgent.

— Très bien. Allons dans un endroit sûr. »

Je le conduisis dans l'un des laboratoires de l'Institut proches de l'endroit où travaillaient Heisenberg et son équipe.

« Eh bien ?

— Comme on ne t'a pas vu à la réunion, hier, j'ai dû venir te le dire. C'est décidé.

— Quand ?

— Le 15 juillet.

— Si vite ?

— Stauffenberg trouve que c'est trop tard.

— Et toi ?

— J'attendrai avec Olbricht les nouvelles qui nous parviendront de la Tanière du Loup, dit-il calmement comme s'il s'agissait d'une question de routine ; puis, nous déclencherons l'opération Walkyrie. Tiens-toi prêt.

— Ne t'inquiète pas pour moi, je le serai. »

12

J'eus l'impression, quand il me donna cette date, d'être un condamné à mort auquel on vient d'annoncer l'heure de son exécution. Même si le coup réussissait — ce dont je doutais comme tant d'autres conspirateurs qui n'osaient cependant pas le dire tout haut — il mettrait obligatoirement fin au mode de vie qui avait jusqu'alors été le mien et, plus que probablement, à ma liaison avec Natalia. Voilà pourquoi je me sentais pareil à un condamné : il me restait encore deux jours, plus que deux jours de bonheur à ses côtés…

Nos rencontres du 13 et du 14 juillet furent éprouvantes ; je m'efforçais de ne rien laisser paraître de mes inquiétudes, mais Natalia était trop fine pour ne pas deviner le danger, la menace. Elle ne me posait aucune question, sachant que je n'y aurais pas répondu, et feignait, comme moi, une tranquillité que nous ne ressentions ni l'un ni l'autre. C'était à peine si nous nous adressions la parole ; il y avait entre nous une barrière, une froideur inévitable. Nous nous embrassions gauchement, nos baisers tenant plus de l'obligation que du plaisir, et nous retournions nous asseoir à nos places, séparés l'un de l'autre, seuls l'un et l'autre, voyageurs que le hasard a placés dans le même compartiment d'un train qui, nous le savions tous les deux, était sur le point de dérailler.

13

Le 15, Marianne se rendit compte, elle aussi, que quelque chose de grave se passait, et ce, dès le moment où je me levai. Mais, une fois de plus, je m'efforçai de la tenir à l'écart de mes soucis. Chacune de ses questions, chacune de ses prières était pour moi, depuis longtemps, une sorte d'invasion de mon intimité, une irruption indésirable et cruelle au sein de mon angoisse.

« Ne t'inquiète pas, lui dis-je en la quittant. Nous nous verrons ce soir.

— Vas-tu aller à l'une de ces réunions ?

— Ne m'attends pas, Marianne, ajoutai-je encore avant de sortir. Essaie de dormir. »

Il était prévu que je ne quitterais pas le bureau de toute la matinée, jusqu'à ce que l'on m'eût fait signe, et je devais alors prendre le contrôle des installations de l'Institut Kaiser Wilhelm, avec ou sans le consentement de Heisenberg. L'attentat devait avoir lieu à midi. Si tout se passait bien, le coup d'État devait se généraliser à partir d'une heure ou de deux heures de l'après-midi.

A trois heures, rien ne s'était encore produit. Aucun message, aucun signal, aucun avis. Je commençais à m'impatienter. Enfin, vers trois heures et demie, je pris le risque d'appeler le bureau du général Olbricht. Ce fut Heinrich qui décrocha.

« Impossible, se borna-t-il à dire, avec une nette déception dans la voix. Ce sera pour un autre jour », et il raccrocha.

Je me sentis au désespoir. La pire des choses qui puisse arriver à quelqu'un, c'est de voir augmenter l'incertitude qui le dévore. Sans trop réfléchir, je me précipitai chez Natalia. Elle m'accueillit en s'écriant :

« Es-tu fou ? Que fais-tu ici à cette heure ? Heini peut arriver d'un moment à l'autre…

— Non, lui dis-je. Je viens de lui téléphoner. Il restera sûrement à son bureau tout l'après-midi. »

De mauvaise grâce, elle me laissa entrer.

« Vas-tu enfin me dire ce qui se passe ? Un malheur est arrivé ?

— Non. Du moins, pas encore.

— Dieu merci ! » s'exclama-t-elle, et elle se laissa tomber dans l'un des fauteuils du salon.

Je m'approchai d'elle et je posai de tendres baisers sur son front, ses paupières baissées, ses sourcils, les commissures de ses lèvres… Brusquement, elle se mit à pleurer. Jamais encore je ne l'avais vue si inconsolable, si faible.

« Ça va ? lui demandai-je en m'agenouillant à côté d'elle sur le tapis.

— Non, répondit-elle, non, ça ne va pas, Gustav. Je suis enceinte. »

Elle me l'annonça abruptement, sans le moindre détour. C'était une confidence triste et douloureuse. En toute autre circonstance, je lui aurais demandé qui était le père. Mais tout était clair. Il y avait des années que nous le savions tous les deux : j'étais stérile. Natalia portait l'enfant de mon ami, de son mari, de mon rival.

« Depuis quand le sais-tu ?

— Une semaine, enfin, un peu plus…

— Et pourquoi me le dis-tu maintenant, Natalia ?

— Je suis désolée.

— Tu es désolée ?

— Oui.

— Mais alors, tu… » Je préférai me taire. Me torturer davantage n'avait aucun sens. La situation était claire.

Je la détestais, je la détestais et je l'aimais. Je respectais Heini et, en même temps, je saisissais la moindre occasion de le tromper. Je voulais vivre auprès de Natalia et je voulais me suicider. J'aurais pu faire mille choses, à ce moment-là, prendre mille autres décisions, mais, sans m'en rendre compte, mû par l'autocompassion et l'amertume, par ma loyauté et par la force de mes sentiments, je choisis le pire : je pris Natalia dans mes bras, tendrement, comme si c'était une petite enfant, une enfant blessée, et je la portai dans sa chambre. Je la dévêtis délicatement, avec la même tendresse que j'avais toujours eue pour elle, embrassant chaque partie de son corps à mesure que je les découvrais, je l'enveloppai de tout mon amour, entêté à lui démontrer que, malgré tout, je l'aimais encore.

14

On fixa une nouvelle date pour l'attentat : le 20 juillet. Il n'y aurait cette fois ni remise au lendemain ni nouvelle chance. Le général Keitel avait vivement reproché à Olbricht d'avoir failli déclencher pour rien l'opération Walkyrie, et toute nouvelle boulette risquait d'entraîner aussitôt la suspicion généralisée et le désastre définitif.

Le soir du 18 juillet, je ne résistai pas à la tentation d'aller assister à la dernière réunion des conspirateurs, chez Stauffenberg, Tristanstrasse, mais c'est à peine si je participai aux discussions et aux ultimes préparatifs. L'atmosphère de cette soirée fut sombre, presque funèbre, même si, de temps à autre, une phrase brillante, une saillie ou une remarque intelligentes allégèrent un peu la tension et animèrent les conspirateurs.

Pendant que le colonel et ses invités examinaient les derniers détails du plan, Heinrich insista pour me conduire dans une pièce voisine, car il voulait me parler seul à seul.

« J'ai une nouvelle extraordinaire à t'annoncer, me dit-il. Je vais être père, Gustav…

— Toutes mes félicitations, dis-je, feignant la sincérité en lui serrant la main avec force.

— Ça ne te rend pas heureux ?

— Oui, bien sûr, mais je ne m'y attendais pas, ajoutai-je en tâchant de me montrer aussi courtois que possible. En un pareil moment, avec tout ce qui se passe…

— Le général Olbricht a décidé de m'envoyer à Paris dès demain, m'annonça-t-il encore.

— Tu ne seras pas là quand… ?

— Non. Il pense que je suis celui qui fera le mieux l'affaire pour servir de contact avec le général Stülpnagel, poursuivit-il d'une voix sans nuances, monocorde, sèche.

— C'est dommage.

— C'est peut-être mieux ainsi. »

Heinrich repartait. Natalia serait de nouveau seule, aurait de nouveau besoin de moi. Ses paroles me rendirent une lueur d'espoir.

« Je vous ai vus. »

Tout d'abord, je ne compris pas de quoi il parlait. Ces quelques mots semblaient sortir du plus profond de sa poitrine, comme s'ils ne me concernaient nullement, comme s'ils lui étaient échappés.

« Que dis-tu ?

— Je vous ai vus, Gustav, dit Heinrich. Toi et Natalia. L'après-midi où le premier attentat a échoué.

— Je ne comprends pas, Heini, ce doit être une erreur, dis-je bêtement. » Je tremblais.

« Il y a longtemps que je m'en doutais, reprit-il comme s'il ne m'avait pas entendu. Puis, il y a eu le coup de fil de Marianne, et il a bien fallu que je m'en assure…

— De Marianne ? m'exclamai-je en sursautant.

— Elle était très inquiète pour toi. Elle m'a dit qu'elle t'avait trouvé particulièrement nerveux. Elle avait essayé de te joindre à l'Institut, mais tu n'y étais pas. Pour moi, ç'a été le signal décisif, Gustav. Dès l'instant où j'ai pris le chemin de la maison, je savais ce que j'allais y trouver, et je ne me suis pas trompé.

— C'est un malentendu, Heinrich, fis-je seulement pour gagner du temps.

— Maintenant, ça n'a plus d'importance, Gustav. »

Les paroles de Heini me blessaient profondément.

« En d'autres circonstances, je t'aurais démoli, mon ami. Tout ce que je te demande, c'est, au cas où tu survivrais et moi pas, que tu veilles sur elle, sur elle et sur mon enfant, entendu ?

— Heini, par pitié…

— Tu me le jures ? » Ce n'était pas une supplique, c'était un ordre.

« Je te le jure. »

Il ne me serra pas la main, ne m'adressa même pas un dernier regard. Le lendemain, il prenait le train pour Paris.

15

Je ne vais pas raconter à nouveau la journée fatidique du 20 juillet. Tout ce que je puis ajouter, c'est que, comme la fois précédente, je restai à l'Institut à attendre les nouvelles. Ce furent, de nouveau, de longues heures d'angoisse et, de nouveau, rien ne semblait vouloir se passer. Avait-on, une fois encore, remis l'affaire à plus tard, commis une erreur ? Ne sachant plus que faire, je finis par appeler le bureau du général Olbricht, Bendlerstrasse, et un officier que je ne connaissais pas me dit que Hitler était mort dans un attentat. Que devais-je faire, à présent ? Heisenberg n'était pas à l'Institut, il était allé voir sa famille à Berlin.

Pris de panique, au lieu de m'emparer de l'Institut au nom des conjurés, je courus me réfugier chez Natalia. Il fallait que je lui parle, elle était tout ce qui comptait pour moi. Plus rien n'avait d'importance à mes yeux, je le répète, ni Hitler, ni ma patrie, ni la conspiration, ni Marianne, ni Heinrich… plus rien, à part elle.

« Sais-tu ce qui se passe ? me demanda-t-elle dès

qu'elle m'aperçut et, cette fois, elle m'ouvrit aussitôt la porte.

— Évidemment, mais il fallait que je te voie.

— Heini m'a parlé avant de s'en aller.

— Alors, tu sais ? »

Natalia opina, d'un air douloureux.

« Et que penses-tu faire ?

— Il n'y a qu'une seule chose à faire, Gustav. Je dois rester dans mon foyer.

— Que veux-tu dire par là ?

— Retourne dans le tien, me suggéra-t-elle. Marianne a plus besoin de toi que moi.

— Natalia, tu ne parles pas sérieusement…

— Je n'ai jamais parlé aussi sérieusement de ma vie, Gustav, murmura-t-elle. Je t'aime, tu le sais, mais, pour une fois, nous devons agir pour le mieux. Va-t'en, je t'en prie.

— Pour toujours, veux-tu dire ?

— Oui, Gustav. Pour toujours. »

16

Je sortis de chez Heinrich furieux, et plus encore que furieux, détruit. Je n'étais plus capable de réfléchir, l'univers — mon univers — s'était effondré et je n'avais rien pu tenter pour l'en empêcher. Je ne peux même pas me rappeler ce que j'ai fait au cours des heures suivantes. Quand j'entendis finalement annoncer à la radio que le coup d'État avait échoué et que le Führer était en parfaite santé, je ne fus même pas surpris : ce jour-là était destiné à entrer dans l'Histoire comme le jour de tous les échecs : il ne fut que stupides illusions, occasions manquées, duperies.

Car, dès ce moment-là, repentants ou impénitents,

nous étions tous des traîtres. Moi, j'en étais un depuis longtemps.

« Mon Dieu ! s'exclama Marianne, que va-t-il advenir de nous, à présent ? »

En apprenant l'affreuse conclusion de la révolte, la mort de Stauffenberg, d'Olbricht, de Beck et de quelques autres de nos compagnons au cours de la soirée, en entendant Himmler annoncer des arrestations en masse, je ne pus faire autrement que tout lui raconter ; cette fois, estimai-je, il était de mon devoir de tout lui dire, ou presque.

« Pourquoi ne m'en as-tu pas parlé plus tôt, Gustav ? dit-elle d'un ton maternel. Je comprends maintenant pourquoi tu étais si distant, ces jours-ci. J'aurais compris, mon amour. Tu sais que je suis à tes côtés.

— Et pourquoi ? fis-je avec une grossièreté impardonnable. Maintenant que je te l'ai dit, il ne te reste plus qu'à prier pour nous !

— Et Heinrich ? me demanda-t-elle, quelques minutes après.

— Pour lui, je ne sais pas, il faudra guetter les nouvelles.

— Puis-je appeler Natalia ? demanda-t-elle encore, comme je l'espérais.

— Oui, répondis-je. Dis-lui que si elle a besoin de quoi que ce soit, elle peut compter sur nous. Et dis-lui aussi de nous tenir au courant. »

Ensuite, ce fut moi qui me mis à prier.

17

La suite, je l'ai déjà racontée maintes fois. Début août, le général Stülpnagel et divers membres de son équipe — dont Heinrich — furent arrêtés et soumis, comme des centaines d'autres conspirateurs, à d'effroyables tortures qui allongèrent la liste déjà impressionnante des coupables.

Malgré nos tourments et les regards égarés que nous échangions, car nous avions peur pour Heinrich et pour nous, nous aurions pu, Marianne, Natalia et moi, jouir pendant quelques jours d'une courte trêve, seuls, tous les trois, et retrouver ce que nous avions perdu ; mais, pendant ces douloureuses journées, c'est à peine si nous nous vîmes. Marianne et moi allions et venions dans l'appartement, pareils à des égarés, à des spectres, des êtres qui ne se reconnaissent même pas, ne sont qu'absence. Natalia, de son côté, restait bouclée chez elle. Chacun de nous ruminait son désespoir, et je constatai, horrifié, qu'à l'heure fatale, personne au monde ne peut nous soustraire à la douleur.

18

Quinze jours seulement après l'échec du coup d'État, les *Gauleiter* du Reich et le *Reichsführer-SS* Heinrich Himmler, que Hitler avait chargés personnellement de l'arrestation et du jugement des conspirateurs, se réunissaient à Posen.

Ces hommes, piliers de l'administration nazie en Allemagne, avaient été rassemblés pour que Himmler pût leur communiquer toutes les informations dont il disposait sur la conspiration et le châtiment des traîtres. L'objectif de son exposé était double : porter aux nues le hasard qui avait sauvé Hitler et menacer tous ceux qui auraient un jour l'intention de s'opposer à sa politique. Himmler s'adressa donc aux *Gauleiter* en ces termes :

« Ce crime épouvantable doit être jugé selon la loi des anciens peuples germaniques. Sa nature est si répugnante que ceux qui l'ont commis doivent être punis avec la même rigueur que les tribus teutoniques réservaient à leurs traîtres. C'est le seul moyen de purifier notre peuple et de châtier ces brutes comme elles doivent l'être, et c'est pourquoi, en pareil cas, poursuivit-il avec sa froideur habituelle, nous prendrons désormais en considération non seulement la responsabilité individuelle, mais encore celle du clan, selon les pratiques de nos ancêtres. Il suffit de lire les vieilles sagas teutoniques pour constater que lorsque leurs juges considéraient qu'une famille avait commis une faute ou s'était mise hors la loi, ou quand il y avait une branche corrompue dans un rameau familial, c'est toute la famille qui devait être condamnée… Voici comment ils raisonnaient, dit Himmler en adoptant une intonation qui se voulait celle d'un chevalier du Moyen Age : *Cet homme a commis un crime de trahison ; son sang est impur ; il y a en lui du sang de traîtres ; et cette traîtrise doit être extirpée…* Et, pour que le sang du groupe fût purifié, il fallait extirper le sang maudit de tout le clan des traîtres, jusqu'à la racine, jusqu'au dernier de ses membres. C'est pourquoi il nous faut extirper le sang de la famille du comte Stauffenberg et des autres conspirateurs de la même manière, jusqu'au dernier de leurs membres… »

Après l'exécution de Stauffenberg et le procès de son frère Berthold, les autorités nazies mirent à exécution les menaces de Himmler et arrêtèrent toute la famille : un troisième frère, diplomate à Athènes, qui ignorait tout de la conspiration ; les femmes et les enfants (dont l'un n'avait que trois ans) des trois frères, et jusqu'à l'un de leurs oncles âgé de quatre-vingt-cinq ans. Après avoir fait main basse sur tous les biens de la famille, les nazis envoyèrent la comtesse Stauffenberg et sa mère au camp de Ravensbrück, pendant que leurs enfants étaient enfermés dans un orphelinat où on leur donna le nom de Meister. Des atrocités semblables furent commises sur les familles de Tresckow, d'Oster, de Trott, de Goerdeler, de Schwerin, de Kleist, de Haeften, de Popitz et de nombreux autres.

Quelle sorte d'homme pouvait imaginer un pareil châtiment ? Une vengeance portée à de telles extrémités ?

19

J'ai vu Natalia pour la dernière fois peu après l'arrestation de Heinrich. Elle refusait de me parler au téléphone, m'avait clairement exprimé son refus de me voir, et avait bien recommandé à sa servante de ne pas me laisser entrer. Elle demeura sourde à mes prières, et moi, conscient de la souffrance qu'elle devait endurer, je pris, dans un premier temps, la décision de respecter son désir. Je comptais sur sa faiblesse qui, un de ces jours, lui ferait chercher refuge entre mes bras, consolation que moi seul pouvais lui apporter.

Mais, un soir, je ne pus en endurer davantage, je me rendis chez elle et, avant qu'elle n'eût pu refuser de me recevoir, je forçai sa porte. Natalia, entendant du bruit, descendit en chemise de nuit, couleur miel. J'aperçus son visage impavide, figé, en haut de l'escalier. Elle ressemblait à une statue ancienne menaçant ruine. La douceur de son regard avait disparu, il n'y avait plus dans ses yeux qu'un vide obscur que je me sentis incapable de combler. Je compris aussitôt que je l'avais perdue.

« Va-t'en, Gustav, je t'en prie, dit-elle d'une voix à peine audible.

— Je comprends ce que tu ressens, lui dis-je.

— La douleur, répondit-elle, sur un ton mourant qui n'admettait pas de contradiction. C'est tout ce qui me reste. Tout ce que tu m'as laissé. Je ne veux pas que qui que ce soit m'en prive. Et toi moins que quiconque. Je ne veux plus te voir, Gustav. Va-t'en.

— Je t'aime, Natalia, criai-je, sachant pourtant que je ne m'adressais plus qu'à son ombre. Pardonne-moi, je t'en supplie. »

Le 17 août, un groupe d'hommes de la Gestapo pénétra de force chez Heinrich, comme je l'avais fait peu auparavant, et arrêta Natalia, sans aucune miséricorde. Comme son mari, qu'elle défendit jusqu'au bout, elle fut exécutée quelques semaines plus tard.

Marianne ne put résister à la destruction de son univers. D'une manière ou d'une autre, nous l'avions tous abandonnée. A la fin de la guerre, j'appris qu'elle avait elle-même mis fin à ses souffrances. Moi seul ai survécu. Moi seul.

Dialogue V : sur les privilèges de la folie

Leipzig, 9 novembre 1989.

Ce matin, Ulrich est venu m'apporter de bonnes nouvelles. Il m'a dit que l'on avait reconsidéré mon cas — encore une fois — et que, si tout se passait bien, peut-être pourrait-on bientôt me donner l'autorisation de sortir, c'est-à-dire me rendre la liberté. La liberté, au bout de quatre décennies d'internement — quarante-deux ans passés à entendre autour de moi les cris interminables des pervers, des maniaques, des psychopathes qui sont ma compagnie quotidienne depuis lors. La liberté, enfin. Me sera-t-il vraiment donné d'assister à la fin d'un siècle qui s'achève exactement comme il a commencé, au couronnement de ces années d'épreuves stériles, de ce vaste simulacre dans lequel nous avons grandi, de cette absurde succession de tentatives avortées, à la fin de cette immense erreur connue sous le nom de XXe siècle ?

Tout homme de science — et, malgré tout, j'en suis toujours un — sait qu'aucune théorie n'est absolument certaine, aucune loi absolue, aucune norme épargnée par les bouleversements des siècles. Si Newton n'a pas échappé aux critiques, aux révisions et aux persiflages ; si les théories d'Einstein et compagnie ne vont pas tarder à aller grossir la liste des brillantes erreurs, des équivoques étonnantes et des métaphores aussi belles que fausses ; si la science n'est pas autre chose qu'un ensemble de propositions incertaines qu'il faut reconsidérer à chaque instant, comment pourrions-nous être, mon époque et moi, autre chose que confusion, malentendus, mémoire mensongère ? J'ai été tour à tour héroïque, criminel, et même fou ; ce sont là trop de transformations dans l'espace anonyme d'une vie. Et j'ai appris par expérience qu'il en va de même pour tous, que rien, que nul n'y échappe, des plus grands hommes aux plus vils, des idées les plus nobles aux plus honteux mensonges de notre temps.

Maintenant que tous entonnent en chœur l'hymne à la fin des temps, pour la purification de l'humanité et pour que s'arrête enfin l'horreur — Hitler s'est suicidé il y a plus de quarante ans et, ces derniers jours, l'Union soviétique a fait de même —, je ne puis m'empêcher de croire que l'allégresse générale qui règne ne durera pas longtemps. Il est fort douteux que tout le monde s'entende brusquement, en rejetant la responsabilité de tous les crimes que l'on commet aujourd'hui sur les criminels d'hier. Je regrette de jouer les trouble-fête, mais je ne vois rien de mieux à faire, à présent, que ce que je fis en d'autres temps : trouver une consolation dans la conscience que rien n'est définitif, que mon rôle n'est pas à jamais fixé et que la possibilité — jadis appelée espoir — demeure que tout, absolument tout n'ait été qu'une erreur de calcul. Alors, l'histoire pourrait recommencer.

« Voilà, je vous ai dit toute la vérité, déclaré-je à Ulrich avec une tranquillité d'esprit que je n'avais pas sentie depuis des années.

— La vérité, la vérité, fait-il, souriant. Parfois, je me dis que vous-même ne croyez pas un mot de ce que vous racontez… »

Et voilà que ça recommence : le gentil, le docile Ulrich devient un médecin insensible, lointain, qui ne s'intéresse ni à ma souffrance ni à mon histoire. J'ai tout d'abord cru qu'il serait différent des autres, qu'il compatirait à ma douleur, mais je vois que je me suis trompé. Son amabilité n'était qu'une stratégie pour me pousser dans mes derniers retranchements, pour me contredire.

« Monsieur Links, me dit-il, impassible, quelque chose ne cadre pas. Je comprends votre souffrance, mais j'ai l'impression qu'il y a un sujet que vous refusez d'aborder… Dans tout ce que vous m'avez dit, rien ne justifie que vous ayez dû demeurer toutes ces longues années ici…

— Seriez-vous devin ? lui demandé-je, sarcastique. En effet, il manque une partie de l'histoire. La dernière des trahisons, la pire de toutes. Voulez-vous que je vous la raconte ?

— Bien entendu, monsieur Links.

— A la fin de la guerre, j'avais tout perdu. Tout ce que j'aimais, tout ce qui avait réellement compté pour moi. Ma patrie. Les mathématiques. Mon foyer. Et, surtout, Heinrich, Marianne et Natalia… Alors, quelqu'un est apparu. Quelqu'un qui, à son tour, m'a fait confiance. Quelqu'un qui pouvait remplacer, au moins pour quelques instants, ceux que j'avais aimés et qui étaient morts. Un nouvel ami, vous comprenez ? Il était physicien et membre des forces armées nord-américaines qui avaient libéré l'Allemagne du joug nazi. Et, par une de ces étranges coïncidences du destin, il avait besoin de moi, pour que je le conduise jusqu'à Klingsor. Il s'appelait Bacon. Le lieutenant Francis P. Bacon. »

La vengeance de Klingsor

1

Bacon avait l'impression d'être une marionnette. Comment avait-il pu se montrer aussi stupide ? Irene avait bien tenté de lui présenter une excuse, de lui donner une preuve de confiance tardive, mais il n'était tout de même pas si bête : elle avait attendu le dernier moment pour avouer sa trahison, une fois qu'elle avait été découverte et qu'il ne lui était resté d'autre recours que de faire appel à sa pitié.

« Comment as-tu pu me faire ça ? » lui avait-il dit, désireux de lui manifester toute son indignation et, en même temps, toute la tendresse qu'il éprouvait pour elle. Il ne l'avait pas accusée d'emblée, n'avait pas menacé de la dénoncer : il s'était borné à lui redire ces mots, empreints de dérision et d'apitoiement sur lui-même.

Pour pallier la honte qu'elle n'éprouvait pas, elle eut recours aux larmes. Les larmes sont toujours utiles : transparentes et fluides, elles font immanquablement leur effet et ne coûtent pas grand-chose. Versées en abondance, elles finissent toujours par convaincre un amant qui se veut indomptable. « Je regrette, je n'avais pas le choix… » Elle n'avait pas le choix ? N'aurait-elle pas pu le dire dès le début de leur liaison ? N'aurait-elle pas dû lui faire confiance, si elle l'aimait vraiment ?

« Qui te paie ces informations ? avait poursuivi Bacon conservant un peu de dignité. Pour qui travailles-tu ? Pour les Russes ? » C'était évident : ce qu'Irene pouvait encore faire de mieux, c'était se taire et opiner ; elle n'y manqua pas. Les paroles finissent toujours par être dévastatrices dans l'esprit, elles nous remontent à la mémoire comme des guêpes furieuses ; en revanche, les silences s'oublient facilement.

« Pourquoi ? » voulut savoir Bacon, naïvement. Vouloir connaître les raisons qui avaient pu pousser sa maîtresse à le trahir, c'était tenter de lui trouver une justification. Peut-être la menaçait-on, peut-être était-elle en danger… Elle savait ce qu'elle devait répondre : « Oh ! Je regrette tant »… les stupidités sentimentales de toujours. Et, Seigneur ! Frank allait la croire. Il voulait croire à ces sottises.

Alors, elle eut recours à une tactique qui, pour avoir été très largement utilisée, n'en demeure pas moins efficace : « Il le fallait. Il fallait que tu tombes amoureux de moi. Mais tout a changé tellement vite, tout a commencé à mal tourner, Frank… Tu es devenu important pour moi, mais je ne pouvais éviter de collaborer avec eux… Ils veulent Klingsor, à tout prix… » Elle croyait jouer tout cela à merveille, en grande actrice. « Il se peut que ça ait commencé comme ça, entre nous, mais je ne pouvais pas prévoir que j'allais tomber amoureuse de toi… C'est vrai, je te le jure ! Chaque jour, j'en souffrais, je voulais tout t'avouer, mais j'avais trop peur… J'aurais dû le faire, avant que tu ne me découvres… Je t'aime. »

Le lieutenant, en entendant ces mots, sentit son cœur se serrer. Comment pouvait-elle avoir le culot de recourir à une stratégie aussi grossière ? Pouvait-elle sous-estimer à ce point son intelligence ? Comptait-elle le séduire de cette manière ? Seigneur ! Si j'avais pu être présent pour faire remarquer au lieutenant toute l'énormité de cette pseudo-confession… Hélas ! Je ne le sais que trop bien, l'amour est une malédiction qui, non contente de troubler l'entendement, dévaste l'âme. Tout ce que désirait Bacon, en vérité, c'était la prendre de nouveau dans ses bras, la couvrir de baisers, lui faire l'amour comme il ne l'avait encore jamais fait et ne le ferait jamais plus… Toutefois, il était officier des services secrets, et il savait que c'était justement là ce qu'il ne devait pas se permettre. Mais jusqu'où irait son sens du devoir et jusqu'où ses sentiments ? Jusqu'où son intelligence et jusqu'où sa passion ?

Frank partit et la laissa seule, apparemment inconsolable ; il courut les rues de Göttingen, cherchant une explication, une réponse, une trêve des armes. Il l'aimait. Il l'aimait par-dessus tout. Plus que lui-même. Plus que Dieu et plus que sa patrie. Plus que son honneur. Et plus que la vérité.

2

« Frank ! Tu es revenu ! » Pour la première fois depuis longtemps, l'apparence d'Irene reflétait un véritable bonheur ; je ne saurais affirmer qu'il était dû à ses sentiments prestigieux et insondables pour le lieutenant Bacon, ou à la vague idée qu'il pourrait pardonner. Mais, ce qui est certain, c'est qu'en le voyant, elle comprit que c'était là son unique chance de le convaincre, de sauver son amour, son avenir et peut-être sa vie.

« Tu es revenu parce que tu me crois, n'est-ce pas ?

— Je ne sais pas encore pourquoi je suis venu, Irene. » Il tâchait de s'exprimer avec dureté, mais le simple fait de se trouver chez elle dénonçait sa faiblesse.

Irene essaya de l'embrasser, mais Bacon fit prudemment un pas de côté ; le moment de l'enthousiasme renouvelé n'était pas encore venu : Irene devait patienter, attendre un peu. Elle sentait qu'elle était sur le point de gagner la partie, qu'il ne fallait pas désespérer et risquer de tout perdre pour une vexation sans importance.

« Frank, je t'aime, dit-elle, suivant pas à pas un scénario appris par cœur. Peut-être les Soviétiques disposaient-ils d'un manuel pour séduire les agents étrangers.

— Je sais », fit-il, mais il mentait.

Si ce n'était pas une capitulation, c'était quelque chose de très semblable.

« Que puis-je faire, pour que tu me croies ? » C'était un autre coup d'échecs, le gambit de la reine : sacrifier un pion en début de partie pour obtenir une meilleure position au centre de l'échiquier.

« Me dire la vérité. » Et puis quoi, encore ? « Toute la vérité. Autrement, je ne pourrai pas te faire confiance. »

La vérité. Encore une fois. Pourquoi nous obsède-t-elle à ce point ? Pourquoi la réclamons-nous, l'exigeons-nous, supplions-nous qu'on nous la dise, quand ce que nous voulons vraiment, c'est que l'on confirme notre point de vue ?

« Je te dirai tout ce que tu veux. » Et Irene n'aurait pu mieux dire : ce que tu veux, ce qui te fait plaisir, te séduit, mais ni ce que je sais ni ce que je pense. Tout cela, oui, mais pas la vérité.

« Je t'écoute, dit Bacon scellant son destin et le mien sur un ton faussement menaçant.

— Tu sais, Frank, nous ne sommes pas très différents, toi et moi, dans le fond. Nous luttons tous deux pour la même chose. Les nazis sont nos ennemis communs, tu ne dois pas l'oublier. Pendant des années, ils se sont acharnés à détruire tout ce que j'aimais… Quand Hitler est devenu chancelier du Reich, mon père, qui était membre du parti communiste allemand, a été arrêté. Il est mort en prison avant le début de la guerre. Ma famille a tout perdu, Frank… Nous avons dû nous opposer à eux, comme toi…

— Et qu'as-tu fait ? » L'intérêt que manifestait Bacon prouvait qu'il était tombé dans le piège.

« J'avais quinze ans quand je suis allée frapper à la porte d'un ami de mon père qui vivait dans la clandestinité. » Irene était maintenant lancée dans son récit épique. « Je lui ai dit que je voulais adhérer au parti… Il m'a regardée, surpris par la colère d'une jeune fille de mon âge, grande et maigre, qui, à ses yeux, aurait dû s'en tenir à jouer à la poupée. "Tu es sûre ?" m'a-t-il demandé, et je lui ai répondu, décidée : "Oui, camarade." Il a réfléchi un moment, puis il a noté une adresse sur un morceau de papier. "Très bien, m'a-t-il dit, va voir cet homme, il te dira que faire."

— Et tu y es allée…

— Bien sûr que j'y suis allée ! s'exclama Irene. C'était dans l'un des pires quartiers de Berlin. Un homme roux, édenté, m'a ouvert la porte. Je lui ai remis la feuille avec l'adresse et j'ai attendu sa réaction. "Que veux-tu, petite ?" m'a-t-il demandé sans grand enthousiasme. "Je veux m'affilier au parti", lui ai-je répondu. L'homme a ri de bon cœur, en découvrant ses gencives et ses chicots. "Je vois que tu es drôlement décidée, petite. Comment t'appelles-tu ? — Inge", lui ai-je dit, c'est mon vrai prénom, Frank, je m'appelle Inge Schwartz. "Eh bien, à partir de maintenant, tu t'appelleras Irene Hofstader, et tu ne t'inscriras pas au parti, mais tu travailleras pour nous, sans que personne le sache, tu m'as compris ? De cette manière, tu nous seras beaucoup plus utile."

— Alors, je dois t'appeler Inge, à présent ? demanda le pauvre Bacon.

— Comme tu voudras…

— Et, bien sûr, tu n'as pas de fils appelé Johann.

— Non.

— Ainsi, tu es devenue une espionne…

— Au début, je portais seulement des messages, poursuivit Irene. Il me demandait de remettre des paquets à telle ou telle personne, et je n'avais rien d'autre à faire. J'étais un peu déçue, mais tout de même convaincue que ce petit travail était utile à la cause. A seize ans, on m'a confié ma première vraie mission. Je n'avais plus l'air d'une gamine. Karl, le rouquin dont je t'ai parlé m'a dit que, si je voulais, il pouvait me confier des tâches plus importantes. Je lui ai répondu que j'étais à ses ordres. "Tu es devenue une jeune fille très belle, m'a-t-il dit, peut-être ta beauté pourrait-elle être une belle arme." »

Pendant ses années de formation à l'OSS, Bacon avait entendu parler de ces belles femmes qui travaillaient pour les Soviétiques, mais il n'avait jamais pensé qu'il en connaîtrait une un jour.

« Tu séduisais les hommes et les Russes t'indiquaient comment leur soutirer des informations.

— Ce n'était qu'une manière de contribuer à la lutte, une mission comme une autre, Frank. Comme la tienne… » ajouta Irene ou Inge pour le remettre à sa place.

« Ce n'est pas la même chose…

— Et pourquoi ? rétorqua-t-elle. Toi, tu utilises tes connaissances scientifiques pour servir ton pays… Je ne vois pas la différence, Frank. » Il ne put que se taire, et écouter. « J'ai lutté pour mes idéaux du mieux que je le pouvais, tu ne peux me le reprocher… Il fallait vaincre Hitler à tout prix.

— Combien de fois l'as-tu fait ?

— Quoi ?

— Coucher avec des hommes pour lutter pour tes idéaux…

— Quelle importance ? » Inge ou Irene avait maintenant pris le contrôle de la situation. « C'est cela qui t'intéresse, Frank ? Des dizaines, des dizaines de fois…

— Tout ce qui comptait, c'était d'accomplir ta mission, c'est ça ?

— C'est ça. Je le dis sans orgueil, Frank : je suis devenue l'une des meilleures.

— Je suppose que je devrais me sentir flatté, dit Bacon, ironique.

— Pour les Russes, tu es une affaire prioritaire, répondit Irene sans hésiter. C'est pour ça qu'ils m'ont envoyée vers toi, Frank. Mais, maintenant, je ne veux pas continuer à travailler pour eux. Pour la première fois de ma vie, je suis véritablement amoureuse…

— De moi ? fit Bacon en riant jaune. Et pourquoi serais-je traité autrement que les autres ? Pourquoi devrais-je te croire ?

— Parce que je t'aime, ne comprends-tu pas ? insista Inge. J'abandonnerais tout pour toi. Absolument tout. La seule chose qui compte, pour moi, c'est d'être auprès de toi… Nous irons où tu voudras, Frank. Que puis-je faire pour te le prouver ?

— Es-tu en train de me dire que tu as l'intention de trahir les Russes ?

— Oui. »

Bacon demeura quelques instants silencieux. Il était placé devant une certitude atroce : elle avait beau lui mentir effrontément, il ne pouvait cesser de l'aimer.

« Tu viendras avec moi aux États-Unis ? Tu collaboreras avec mon gouvernement ?

— Je ferai ce que tu me demanderas de faire, dit Inge sans la moindre hésitation. » Elle était décidée à vaincre.

« D'accord », murmura Frank.

Un large sourire se dessina sur les lèvres d'Inge. Elle avait gagné ! Bacon la laissa l'embrasser avec ardeur et reconnaissance.

« Je te le dis encore une fois, Frank : je ferai ce que tu voudras.

— Moi aussi je laisserai tomber ce métier, prétendit Bacon. Je retournerai à mon travail de physicien... A mes nombres et à mes théories...

— Ce sera merveilleux ! s'exclama Irene, outrant son jeu.

— Je m'occuperai des préparatifs nécessaires, ajouta le lieutenant. Nous devons quitter l'Allemagne au plus vite... »

Malheureusement, la roucoulade eut une suite. Il y avait un dernier petit obstacle. Un ultime service qu'Inge devait rendre.

« Frank, dit-elle avec douceur, en lui caressant le visage, presque en adoration devant son amant, devant sa victime, j'ai peur que ce ne soit pas aussi facile. Je ne peux m'en aller comme ça. Les Russes m'en empêcheraient... Je le sais. Pour les tromper, il va falloir jouer le jeu jusqu'au bout.

— Que veux-tu dire ?

— Je dois accomplir la mission qu'ils m'ont confiée, sans quoi ils ne me lâcheront pas. Ils préféreraient me tuer...

— Mais qu'est-ce qu'ils veulent donc ? s'écria Bacon, indigné.

— La même chose que toi. » C'était l'évidence même. « Ils veulent Klingsor.

— Mais nous ne savons même pas qui est Klingsor !

— Si, nous le savons, Frank.

— De qui parles-tu ?

— De Links. »

3

Depuis quelques minutes, Bacon envisageait cette possibilité, aussi ne fut-il pas surpris de l'entendre prononcer mon nom.

« Gustav ? fit-il. Mais nous n'avons aucune preuve... Inge. Peut-être a-t-il brouillé les pistes, mais cela ne fait pas de lui un criminel.

— Si j'ose te le demander, c'est parce que j'en suis sûre, Frank, affirma-t-elle sur son ton le plus dramatique. Tu m'as demandé de te dire la vérité, et je le fais. Toutes nos recherches convergent vers lui.

— Je comprends que tu ne l'aimes pas, mais de là à croire...

— Dès le commencement, il a cherché à incriminer Heisenberg. » Inge ne lâchait pas prise. « Il t'a lancé dans une enquête interminable, qu'il a soigneusement planifiée, pour te conduire à une conclusion absurde. Nous savons bien tous les deux que Heisenberg a collaboré avec les nazis, mais il n'en a jamais fait partie. Il était égoïste, infatué de lui-même et peut-être déloyal, mais ce n'est pas un monstre. Alors que Links en est un.

— Des preuves, des preuves, des preuves, s'impatienta Bacon. Sans preuve, tes soupçons ne valent rien, Inge. Je veux une preuve.

— Je vais te raconter ce que je sais, après, tu décideras. » Et Inge se mit à parler précipitamment, pour faire croire à une nervosité qu'elle n'éprouvait pas. « Que sais-tu de Links, hormis ce qu'il t'a raconté ? La seule chose qui pourrait l'innocenter, le bouclier qu'il brandit sans cesse, c'est sa participation à la conspiration du 20 juillet. Cependant, il faut considérer cette affaire de plus près. Links dit que, quand elle fut découverte et écrasée, il a été arrêté sur une dénonciation de Heinrich von Lütz, son meilleur ami, l'un des principaux organisateurs du coup d'État. Et sais-tu pourquoi ? Parce que Lütz aurait découvert que sa femme, Natalia, était la maîtresse de Links… Le contraire paraît beaucoup plus vraisemblable : Links a dénoncé Lütz pour se débarrasser de son rival…

— J'admets, Inge, que ce que tu dis prouve que Links a menti, et même qu'il a fait pire en trahissant son meilleur ami non pas une, mais deux fois : en couchant avec sa femme et en le dénonçant ensuite… Je ne vois rien de plus vil, et, si cela était prouvé, Links devrait être châtié… » Bacon faisait vraiment tout son possible pour se montrer raisonnable. « Mais cette faute entre dans la catégorie des crimes passionnels. Rien ne démontre qu'il soit Klingsor.

— Très bien. Alors, écoute la suite, reprit-elle. Après avoir été arrêté, Links aurait dû être jugé et exécuté comme l'ont été Lütz et tous ses compagnons. Mais il n'en est pas allé ainsi. Il affirme qu'il a été sauvé par un coup de chance inespéré : au moment où il devait comparaître devant le Tribunal du Peuple, un bombardement allié a endommagé le palais de justice de Berlin, et le juge Roland Freisler est mort sur le coup, en recevant sur la tête un partie du plafond qui s'était écroulé. C'est un fait avéré : Freisler est mort et la sentence qui devait frapper les accusés a été remise à plus tard, à plusieurs reprises. Cependant, les documents dont nous disposons sur le procès indiquent que quatre détenus ont comparu ce jour-là devant la cour, mais le nom de Links n'y figure pas… Il prétend que, par la suite, il a été transféré d'une prison à une autre, avant d'être libéré par une unité nord-américaine, mais rien ne le prouve, une fois de plus. A la fin de la guerre, il apparaît à Göttingen, sans que personne ne sache exactement d'où il est venu. Plus tard, lors de la dénazification, il a été blanchi par les Anglais, mais les Soviétiques n'ont jamais cessé de nourrir des soupçons à son égard. Te rends-tu compte ? Le plus probable, c'est qu'il n'ait jamais été invité à se joindre à la conspiration, que Natalia lui ait appris que Lütz en faisait partie, et qu'il ait profité de l'occasion pour se défaire de son rival…

— Il y a quelque chose qui ne colle pas, dit Bacon, réfléchissant en toute hâte : Links m'a raconté que Natalia, la femme de Heinrich, a elle aussi été arrêtée et exécutée. Si Links était Klingsor, comment n'a-t-il pas empêché l'assassinat de sa maîtresse ?

— Je suppose que, malgré tout, Links n'aurait jamais imaginé que Hitler pût aller si loin… En dénonçant Heinrich, il a joué son atout maître, et il a perdu… C'est peut-être pour ça que Marianne, la femme de Links, a fini par se suicider, à Berlin…

— D'accord, Inge, ton histoire tient debout, mais rien ne prouve qu'elle soit exacte. » Bacon essayait de me défendre jusqu'au bout. « Il s'agit d'une interprétation des faits, mais il peut y en avoir d'autres, tout aussi cohérentes… Imagine un instant que Links ait pu s'en tirer parce qu'il avait dénoncé son ami. Cela expliquerait tout ce que tu viens de dire, mais ne permettrait pas d'affirmer qu'il soit Klingsor… »

Inge n'allait pas le lâcher. Pas au moment où elle était si près de la victoire. Elle changea son fusil d'épaule :

« Malgré son désintérêt apparent pour la recherche nucléaire, Hitler avait besoin de quelqu'un travaillant sur le projet pour l'informer des progrès accomplis. Vers la fin de la guerre, l'importance de ces informations était toujours plus grande. Souviens-toi qu'en 1945, la bombe était le dernier espoir que Hitler avait de gagner la guerre… Qui, mieux que Links, pouvait se charger de cette tâche ? Il travaillait avec Heisenberg, il connaissait tous les résultats obtenus… » Inge avait de la peine à contenir son animosité ; son ton était aigre. « Aussitôt après la disparition de Heinrich et de Natalia, on perd sa trace jusqu'à la fin de la guerre, quand il réapparaît, sain et sauf, à Göttingen. Seul quelqu'un comme Klingsor, ayant un pouvoir suffisant pour tirer les ficelles de l'administration nazie et se cacher sous une apparence de respectabilité, a pu le faire. Tout concorde, Frank, admets-le… Les Russes pensent que Links est Klingsor. Si je ne le leur livre pas, je finirai par le payer. Pourquoi ne les laisses-tu pas en décider ? C'est la seule possibilité que j'aie de m'en tirer. »

C'était une histoire parfaite, nette et claire, d'une cohérence redoutable. Dommage qu'elle fût absolument fausse. C'était son coup de maître.

« Je ne peux pas. » L'indignation de Bacon entretenait la dernière étincelle de sa dignité. « Si je laisse les Russes s'emparer de Gustav, je ne trahis pas seulement cet homme, mais mon pays…

— Il faut leur donner quelqu'un qui puisse être Klingsor, insista-t-elle. C'est notre seul espoir…

— Tu demandes trop, Inge. C'est une alternative atroce : toi ou lui…

— Moi non plus je n'aime pas ça, Frank, mais ce n'est pas moi qui ai fait les règles du jeu… »

Certes, elle n'était pas maîtresse de ce jeu-là : pour la première fois, elle ne mentait pas.

« Et que me veulent-ils, à moi ? » Bacon était sur le point de sortir de ses gonds, de faire un éclat. Le sang lui était monté à la tête et il agitait les mains avec une fureur qui n'était pas loin de prendre Inge pour cible. « Pourquoi leur faut-il mon consentement ? »

Il fallut quelques minutes au lieutenant pour se calmer, mais il parvint à maîtriser sa colère. Il se leva aussitôt, comme s'il se réveillait d'un mauvais rêve.

« Cette zone est contrôlée par les Anglais, expliqua Inge pour tâcher d'atteindre au plus vite son but. Il n'y a qu'un endroit sûr pour l'arrêter.

— Le logement d'un officier nord-américain ? fit

Bacon, sarcastique. Ils vont s'emparer de lui chez moi ? »

Inge ne daigna même pas répondre à cette question. Il n'y avait plus rien à ajouter.

« Je t'aime, Frank, se borna-t-elle à dire d'une voix suppliante. Ce n'est que comme ça que nous pourrons vivre ensemble. Aie confiance en moi... Aie confiance en mon amour. »

4

Pour la première fois de sa vie, Bacon devait prendre seul une décision. Jusqu'alors, il n'avait fait qu'esquiver les difficultés et peut-être bien se fuir lui-même. La science l'avait libéré de son malheur, Von Neumann de son hésitation entre Vivien et Elizabeth ; la guerre de son incapacité de se distinguer en physique, Inge de sa désolation, et moi de sa responsabilité en Allemagne. Il s'était comporté dans tous les cas comme une particule atomique soumise aux poussées impérieuses de forces plus puissantes qu'elle. Plutôt qu'un joueur, il avait été un pion sur l'immense échiquier de la création.

A présent, de façon soudaine, ce schéma clair et sans surprise, cet univers où les effets et les causes se succédaient sans presque l'atteindre avait été annihilé. A qui pouvait-il se fier ? A Inge ? Non, bien sûr que non. A Von Neumann ? A Einstein ? A Heisenberg. A moi ? Il n'avait pas d'excuse : cette fois, ni la science, ni l'amour, ni les autres ne pouvaient le tirer d'affaire. La stabilité de son monde s'était effondrée parce que tous ceux qui l'entouraient cherchaient comme lui à fuir la vérité. Bacon était furieux et, en même temps, désemparé. Le vieil Épiménide s'était trompé : tous les hommes, et pas seulement les Crétois, étaient des menteurs. S'il n'y avait pas de certitude absolue — ou, pis encore, si malgré tous ses efforts il était incapable d'y accéder — comment pouvait-il savoir si Inge l'aimait ou si elle le manipulait une fois de plus, si j'avais été son ami ou si je m'étais contenté de le trahir, comme j'avais un jour trahi Heinrich ? Comment pouvait-il savoir jusqu'où allait ma duplicité, et comment pouvait-il décider de l'attitude à adopter ?

Tout à coup, il s'avisa que la situation était très simple, douloureusement simple. Pour quelque obscure raison, c'était à lui, cette fois, de décider de ce qui était juste ou faux, d'attribuer à l'un la vertu et à l'autre le déshonneur ; un caprice du cosmos — ambigu, incertain — lui imposait le douloureux devoir d'écrire l'Histoire. Entre les innombrables univers parallèles conçus par Schrödinger, il devait choisir celui qui allait être le nôtre. Même si Inge mentait, Bacon pouvait tenter de la racheter. Bien que je fusse innocent — ou du moins, à ses yeux, que ma culpabilité ne fût pas certaine —, il pouvait décider que je devais être châtié. Qu'importait que Klingsor nous eût trompés ou que nous n'eussions jamais été aussi proches de lui ? Par la seule manifestation de sa volonté, Bacon se chargerait de nous juger. Il devait le faire, oublier les principes de la science et de la justice, de la raison et de la morale, pour consolider une invention non moins discordante : l'amour d'Inge.

Ce qui suivit fut tout juste un peu plus qu'une simple formalité. Peut-être aurais-je pu le prévoir, mais, je ne sais pourquoi, je faisais encore confiance à Bacon. Cet après-midi-là, il me donna rendez-vous chez lui, et non pas à son bureau. Ce seul fait eût dû me mettre en alerte, mais j'arrivai comme d'habitude à l'heure au rendez-vous. J'espérais qu'il aurait recouvré son bon sens et compris une bonne fois qu'Irene l'avait manipulé. Je rêvais. Je frappai à sa porte. Il était seul, assis sur une caisse en bois. Il était impossible de lire ses émotions sur son visage : un voile, un enchantement cachait sa fureur ou son découragement. C'était, comme moi, un homme pris au piège. J'inspectai rapidement du regard l'ensemble de la pièce et je me rendis compte que tous ses objets personnels avaient disparu ; à leur place, il n'y avait plus qu'une douzaine de paquets alignés contre le mur.

« On déménage, lieutenant ? fis-je d'un ton qui se voulait moqueur.

— Cet endroit est devenu trop petit pour moi, Gustav, me répondit-il d'une voix neutre, atone. J'en ai assez. Peut-être me suis-je trompé dès le commencement.

— Vous rentrez aux États-Unis. Ce n'était pas une question, mais une constatation.

— Oui, répondit-il, mentant encore. Cette affaire nous a dépassés. »

C'est à ce moment-là que je compris. Il n'avait pas besoin d'en dire davantage pour que je devine ce qui allait se passer. Elle l'avait vaincu. Elle m'avait vaincu. Je lui coupai la parole ; tout ce que je pouvais faire, c'était gagner du temps, espérer qu'un miracle se produise.

« Voulez-vous que je vous raconte le troisième acte du *Parsifal* de Wagner ? lui demandai-je sans détour. Il faut que vous en connaissiez la fin, lieutenant. »

Il hésita un instant, puis acquiesça.

« Beaucoup de temps a passé depuis la fin du deuxième acte, commençai-je d'une voix sereine. Le rideau se lève, nous nous trouvons au cœur d'une forêt majestueuse, l'une de ces forêts du temps des chevaliers teutoniques que les nazis regrettaient tant. Dans le fond, enfouie dans le feuillage, il y a une petite cabane qui appartient à Gurnemanz. Vous souvenez-vous de lui ? » Bacon fit une moue indiquant qu'il avait oublié. « C'est l'un des vieux chevaliers du Graal dont nous avons fait la connaissance au premier acte. Peu importe. Gurnemanz sort de sa cabane et entend quelqu'un pousser un soupir ; non, ce n'est pas un soupir, mais un sanglot. Il regarde partout autour de lui et aperçoit Kundry adossée au tronc d'un pin. Elle semble en transe ou en proie au délire, car elle murmure : "Servir, servir", en une sorte de cantilène ou de conjuration… Gurnemanz aperçoit encore, au loin, une autre forme humaine, qui ne peut être que celle de Parsifal. Vous vous rappelez sans doute, lieutenant, qu'après la destruction du château de Klingsor, Kundry a maudit le jeune homme parce qu'il avait résisté à sa tentative de séduction…

— Oui, admit Bacon.

— A la suite de cette malédiction, Parsifal a erré pendant des années, perdu, à la recherche du château de Montsalvat et des chevaliers du Graal. Enfin, au terme d'un long pèlerinage hasardeux, il approche de son but… Gurnemanz le reconnaît et lui raconte, accablé, ce qui s'est produit pendant son absence : depuis le combat qui a opposé Parsifal à Klingsor, l'ordre de l'univers est entré en décadence. Titurel est mort et le vieil Amfortas, privé de la miséricorde divine, ne permet même plus qu'ait lieu le festin sacré, afin de hâter sa propre mort. » Je vis alors les yeux de Bacon briller d'un éclat sinistre. « Heureusement, Parsifal est revenu pour rétablir l'harmonie perdue : il porte la lance de Longin, et doit être oint, comme nouveau roi du Graal. Ce n'est plus le jeune innocent dépourvu d'expérience d'antan, mais un adulte plein de sagesse et de désillusion… Son premier geste est de baptiser Kundry, pour la soulager de la malédiction de Klingsor qui pèse sur elle. La femme se lève et se jette aux pieds de Parsifal. C'est alors que commence l'une des plus belles scènes de l'opéra, fis-je, un instant enthousiasmé : l'Enchantement du Vendredi saint. La musique, je vous l'assure, lieutenant, est de toute beauté. Parsifal monte au château de Montsalvat et y retrouve le vieil Amfortas dolent. Celui-ci s'entête à refuser de dévoiler le Graal et prie Parsifal de mettre fin à ses souffrances en lui donnant la mort. Mais le héros, au lieu de faire ce qu'il demande, approche la lance de Longin de la blessure suppurante du vieil homme et le libère de la douleur. Les chevaliers du Graal se réunissent de nouveau, en chantant le "Miracle du salut" et d'autres paroles mystérieuses viennent s'ajouter à leur chant : "Rédemption au rédempteur"... Voulez-vous que je vous dise comment s'achèvent l'opéra et le mythe, lieutenant ?

— Allez-y.

— Kundry s'avance vers l'autel où se trouve le Graal, dis-je sombrement, et elle tombe morte à l'instant, lavée de ses fautes. Il faut mourir pour être sauvé, lieutenant, comprenez-vous ? C'est la seule manière d'expier la trahison... »

Je n'avais pas achevé ma phrase — par laquelle je lui suggérais cette unique issue, cette unique voie de salut — qu'un vacarme soudain nous faisait sursauter. Nous nous retournâmes et nous vîmes deux hommes de haute taille à la carrure impressionnante, vêtus en civils, faire irruption dans la pièce. Derrière eux, à peine visible dans l'ombre du couloir, je pus apercevoir la silhouette de la belle Inge.

« Qu'est-ce que cela signifie, lieutenant ?

— Je regrette, Gustav. » Ce fut la seule excuse qu'il me présenta. « La partie est terminée.

— Et c'est moi le perdant ?

— Dans cette partie, nous sommes tous perdants. » Telles furent les dernières paroles qu'il m'adressa. C'était son baiser de Judas. Repentant ou pas, Bacon m'avait livré.

Les Soviétiques ne tardèrent pas à me ligoter et à me bâillonner. Je passai les heures suivantes dans le coffre d'une automobile. Je m'éveillai quelque part dans le désert honteux que l'on appelle la République démocratique allemande. Le commando qui m'avait arrêté à Göttingen — et dont Inge faisait partie —

prétendait avoir réuni contre moi tout un arsenal de preuves. Toutefois, en dépit des tortures et des interrogatoires que l'on me fit subir pendant des mois, on ne parvint jamais à démontrer de façon concluante que j'étais Klingsor. Dans le doute, pour masquer cet échec et éviter le scandale diplomatique qui n'aurait pas manqué de s'ensuivre, on préféra m'enfermer dans cet asile de fous isolé. Il y a de cela quarante ans : quatre décennies pendant lesquelles, comme mon regretté et oublié Cantor, l'adorateur de l'infini, je n'ai pu faire autre chose que réfléchir aux obscures coïncidences qui m'ont sauvé de la mort et à quelques autres, plus troublantes encore, qui m'ont condamné à cette longue vie de réclusion. Il m'arrive de me dire que ce fut là, pour moi, le châtiment le plus adéquat. En définitive, ma chère Natalia, il m'a permis de me souvenir de toi sans cesse et de te demander pardon jour après jour, jusqu'à ma fin dernière.

Bacon m'a trahi à cause d'une femme. Il m'a condamné, délibérément, à la torture et à l'exil, à la prison et peut-être aussi à y finir mes jours, sans jugement équitable. Après avoir recherché pendant des mois l'ombre de cet homme rusé et muet qui se cachait sous le nom de Klingsor, le lieutenant Francis P. Bacon avait été victime de sa malédiction. Une nouvelle et malheureuse Kundry l'avait forcé à se convertir, à son tour, en un menteur, en un criminel… Suffit-il de dire, à sa décharge, que j'aurais fait de même ? Qu'en un certain sens, j'ai fait de même ? Son châtiment est sans doute pire que le mien : jamais il ne pourra se libérer de l'incertitude qui pèse sur son amour. Et, aussi fort qu'il puisse le désirer, il ne pourra jamais oublier les tourments de sa faute. En définitive, nous ressemblons tous les deux à l'infortuné et abominable Amfortas : loin de Dieu, nos blessures suppureront pour l'éternité.

Mexico, janvier 1994-Salamanque, février 1999.

Sources et remerciements

Bien que Gustav Links soit d'un autre avis, ce livre est un roman, et bien que la plupart des faits historiques et des événements scientifiques qui y sont relatés soient fondés sur des sources réelles, le point de vue du narrateur n'en demeure pas moins toujours inscrit dans la fiction.

L'attitude de Werner Heisenberg envers le nazisme a été pour le moins ambiguë, mais aucune des positions qu'il prit pendant la Seconde Guerre mondiale ne peut être considérée, en ultime analyse, comme un crime. Quoi qu'il en soit, le sujet n'est pas épuisé, et il existe une imposante bibliographie le concernant que le lecteur pourra consulter. A ce propos, il me faut signaler une coïncidence, entre toutes celles qui ont accompagné la gestation de ce livre : en mai 1998, alors que j'en écrivais les dernières pages, avait lieu à Londres la première de la pièce de Michael Frayn, *Copenhague* (Methuen Drama, 1998). Le dramaturge anglais y présentait un épisode qui figure également dans ce roman : l'âpre rencontre de Bohr et de Heisenberg dans la capitale danoise en 1941. On consultera avec profit l'appendice qui clôt le texte de Frayn, dans lequel l'auteur interprète les divers points de vue concernant cette rencontre. Carlos Fuentes a été le premier à me signaler les rapprochements curieux entre

Copenhague et *A la recherche de Klingsor,* et je lui en suis à jamais reconnaissant.

Enfin, en ce qui concerne l'identité fuyante de Klingsor, je puis seulement ajouter que, s'il n'existe aucune mention expresse concernant l'existence historique de ce personnage, un *Reichsforschungsrat* — conseil pour la recherche scientifique du Reich, organisation collégiale — a exercé des fonctions très proches de celles que j'attribue au conseiller scientifique de Hitler dans ce roman.

Écrire un livre de cette sorte implique nécessairement l'existence de nombreux autres livres. C'est pourquoi je tiens à signaler quelques-uns des ouvrages qu'il m'a fallu consulter pour en construire la toile de fond historique.

En premier lieu, je mentionnerai quelques-unes des grandes biographies des scientifiques du XXe siècle. Pour Einstein et Bohr, les superbes travaux d'Abraham Pais : *Subtle is the Lord. The Science and Life of Albert Einstein* (Oxford University Press, 1982), *Einstein Lived Here* (Oxford University Press, 1994) et *Niels Bohr's Times, in Physics, Philosophy, and Polity* (Oxford University Press, 1991). Les ouvrages de Jeremy Bernstein : *Einstein* (Fontana, 1973) ; de Ronald Clark : *Einstein, the Life and Times* (Hodder & Stoughton, 1979) ; de Philip Frank : *Einstein : His Life and Times* (Jonathan Cape, 1948) et de Roger Heighfield et Paul Carter : *The Private Lifes of Albert Einstein* (Faber & Faber, 1993), les propres livres de Einstein : *The World as I See It* (Citadel Press, 1991) et *Ideas and Opinions* (Alvin Redman, 1954), sa correspondance avec Michele Besso (Tusquets, 1995) ; et, en particulier, le reportage d'Ed Regis : *Who Got Einstein's Office ?* (Adison Wesley, 1987), sur l'Institut des hautes études de Princeton.

Pour Heisenberg, la science nazie, la construction de la bombe, les jugements de Nuremberg et la conspiration du 20 juillet 1944 contre Hitler, les ouvrages de David Cassidy : *Uncertainty. The Life and Science of Werner Heisenberg* (Freeman, 1992), de Thomas Powers : *Heisenberg's War* (Penguin, 1994), de Robert Jungk : *Brighter Than a Thousand Sons* (Harcourt Place, 1958) m'ont été des plus utiles, tout comme l'essai autobiographique de Heisenberg : *Physics and Beyond* (Harper & Row, 1971) ; les ouvrages de David Irving : *The Virus House* (Collins, 1967) ; Richard Rodes : *The Making of the Atomic Bomb* (Simon & Schuster, 1988) ; Mark Walker : *Nazi Science : Myth, Truth, and the German Atomic Bomb* (Plenum Press, 1995) ; William Sweet : *Hitler's Uranium Club : The Secret Recordings of Farm Hall* (AIP Press, 1996) ; Joseph E. Persico : *Nuremberg, Infamy on Trial* (Penguin, 1994) et Joachim Fest : *Plotting Hitler's Death. The German Resistance to Hitler* (Phoenix, 1997).

Pour Schrödinger, la biographie de Walter Moore : *A Life of Erwin Schrödinger* (Cambridge University Press, 1994), ainsi que ses propres œuvres de vulgarisation : *My View of the World* (Cambridge University Press, 1964) ; *Mind and Mater* (Cambridge University Press, 1958) et *What is Life ?* (Cambridge University Press, 1947). Et, pour Von Neumann, l'essai de William Poundstone : *El dilemna del prisionero* (Alianza Editorial, 1995). Je mentionnerai encore quelques ouvrages de caractère plus général : *Personaggi e scoperte della fisica contemporanea* (Mondadori, 1996), d'Emilio Segrè ; *Men of Mathematics* (Simon & Schuster, 1965), de Eric Bell ; *Autobiografía de la ciencia* (FCE, 1986), de F.R. Moulton et J.J. Schiffers, et *Vidas de físicos* (Alianza Editorial, 1995), de George Gamow.

Il me faut aussi reconnaître ce que je dois à l'un des livres les plus stimulants que j'aie pu lire, et qui m'a inspiré l'idée de ce roman : *Gödel, Escher, Bach :*

An Eternal Golden Braid (Basic Books, 1979 ; Tusquets, 1987), de Douglas Hofstader.

Il me reste enfin à remercier Fernanda Alvarez, Raquel Blázquez, Natalia Castro, Sandro Cohen, Luis García Jambrina, Luis Lagos, Gerardo Laveaga, Jesús Rodríguez, Sergio Vela et Eloy Urroz pour leurs suggestions et leurs révisions du manuscrit ; les professeurs Shahen Hacyan, Jaime Besprosvany et Victor Manuel Romero, de l'Institut de physique de l'Université nationale autonome de Mexico, pour leurs remarques importantes sur les aspects scientifiques de ce roman ; Antonia Kerrigan, Andrew Wylie, Benita Edzard, Eva Romero, Luisa Herrero, María Pijoan, René Solis, Jesús Anaya et Patricia Mazón pour leur effort de diffusion enthousiaste ; aux membres du jury du prix Biblioteca Breve, Guillermo Cabrera Infante, Luis Goytisolo, Pere Gimferrer et Susana Fortes, et, plus particulièrement Basilio Baltasar, sans lequel je serais encore à la recherche de Klingsor.

J.V.

Atlanta — Mexico, juillet 2000.

Table

LIVRE DEUXIÈME

LIVRE TROISIÈME

Cet ouvrage a été composé par
Nord Compo (Villeneuve-d'Ascq)

Impression réalisée sur Presse Offset par

BRODARD & TAUPIN

GROUPE CPI

20882 – La Flèche (Sarthe), le 22-10-2003
Dépôt légal : novembre 2003

POCKET – 12, avenue d'Italie - 75627 Paris cedex 13
Tél. : 01.44.16.05.00

Imprimé en France